U0136027

本書系揚州大學揚州八怪研究所規劃專案

古典文學研究叢刊第一輯 7

鄭板橋全集

党明放 編

蘭臺出版社

鄭板橋畫像（據《清代學者像傳》複製）

鄭燮，字克柔，號板橋，江南興化人。乾隆元年進士，官山東濰縣知縣，有政聲。在任十二年，囹圄囚空者數次。以歲饑為民請賑，忤大吏，遂乞病歸。去官日，百姓痛哭遮留，家家畫像以祀。先生為人，疏宕灑脫，天性獨摯。工畫蘭竹，蘭葉用焦墨揮毫，以草書之中豎長撇法運之；畫竹神似坡公，多不亂，少不疏，脫盡時習，秀勁絕倫。書有別致，以隸楷行三體相參，圓潤古秀；楷書尤精，惟不多作。詩近香山放翁，吊古諸篇，激昂慷慨。詞亦不肯作熟語。時有「鄭虔三絕」之目。所著有《家書》、《板橋詩鈔》，手書刊刻行於世。其家書數篇，情真語摯，最悱惻動人云。

——［清］葉衍蘭《清代學者像傳》

十六通家書小引

板橋詩文。最不喜求人作叙。求之王公大人。既以借光為可恥。求之湖海名流。必至含譏帶訕。遭其荼毒而無可如何。總不如不叙為得也。幾篇家信。原算不得文章。有些好處。大家看看。如無好處。糊窗糊壁。覆瓿覆盎而已。何以叙為。

鄭燮自題

乾隆己巳

板橋十六通家書小引刻本

與舍弟書十六通

興化鄭燮板橋氏著

雍正十年杭州韜光庵中寄舍弟墨

誰非黃帝堯舜之子孫。而至于今日。其不幸而為臧獲、為婢妾、為輿臺、皂隸。窘窮迫逼。無可奈何。非其數十代以前。即自臧獲婢妾輿臺皂隸來也。一旦奮發有為。精勤不倦。有及身而富貴者矣。有及其子孫而富貴者矣。王侯將相。豈有種乎。而一二失路名家。落

板橋十六通家書刻本

板橋詩鈔

興化鄭燮克柔氏著

鉅鹿之戰

懷王入關自聾瞽楚人太拙秦人虎殺人八萬取漢中江邊鬼哭酸風雨項羽提戈來救趙暴雷驚電連天掃臣報君讐子報父殺盡秦兵如殺草戰酣氣盛聲喧呼諸侯壁上驚魂逋項王何必爲天子只此快戰千古無千奸萬黠藏兇戾曹操朱溫盡稱帝何似英雄駿馬與美人烏江過者皆流涕

種菜歌 爲常公延齡作

板橋詩鈔刻本

金陵懷古十二首

石頭城

懸巖千尺。借歐刀吳斧。削成江郭。千里金城迴不盡。萬里洪濤噴薄。王濬樓船。旌麾直指。風利何曾泊。船頭列炬。等閒燒斷鐵索。　而今春去秋來。一江烟雨。萬點征鴻掠。叫盡六朝興廢事。叫斷孝陵殿閣。山色蒼涼。江流悍急。潮打空城腳。數聲漁笛。蘆花風起作作。

周瑜宅

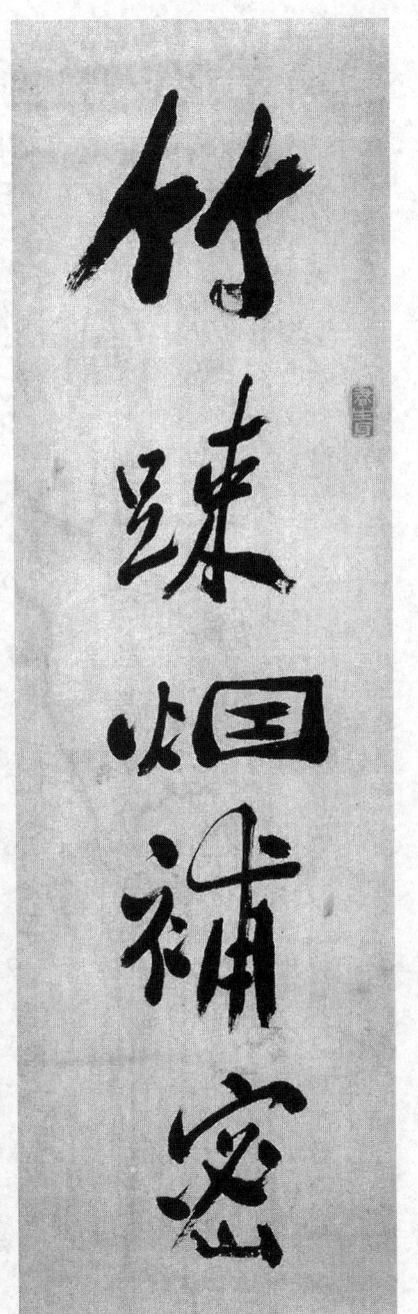

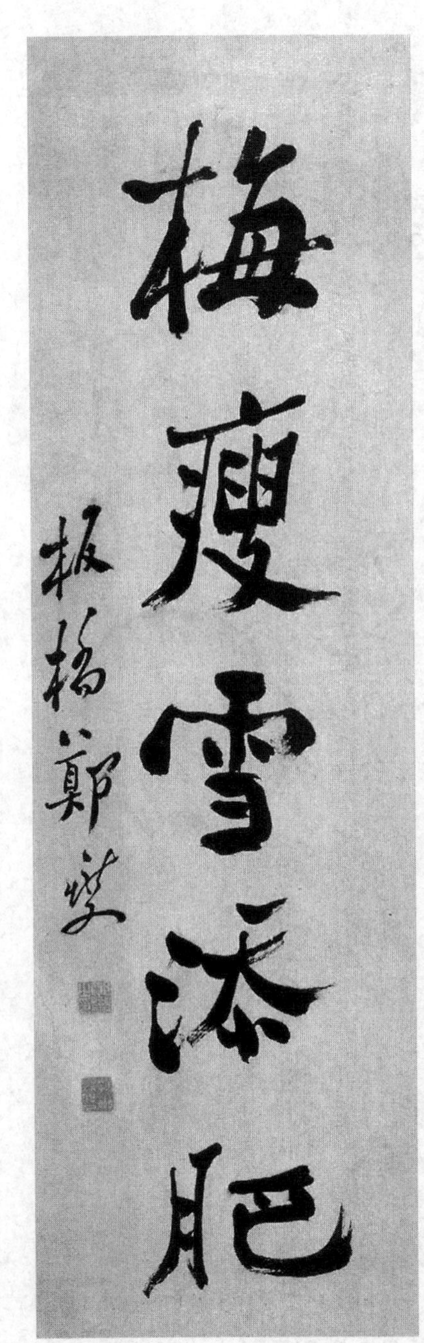

板橋楹聯：竹疏烟補密；梅瘦雪添肥

板橋楹聯：富于筆墨窮於命；老在鬚眉壯在心

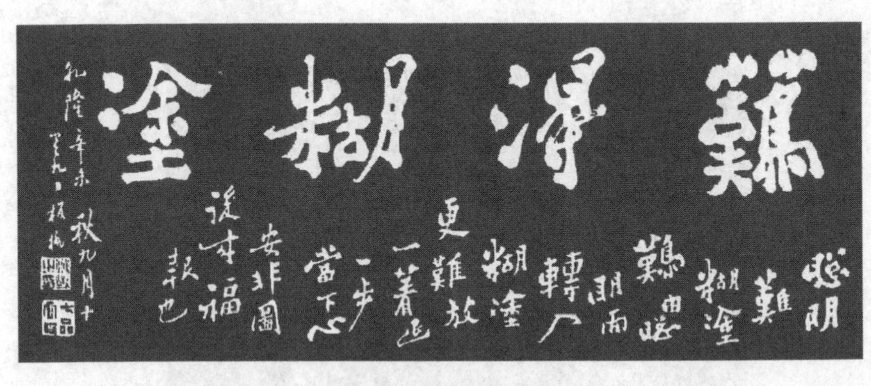

板橋匾額：難得糊塗

板橋匾額：歌吹古揚州

板橋匾額：龍跳虎卧

板橋竹石圖

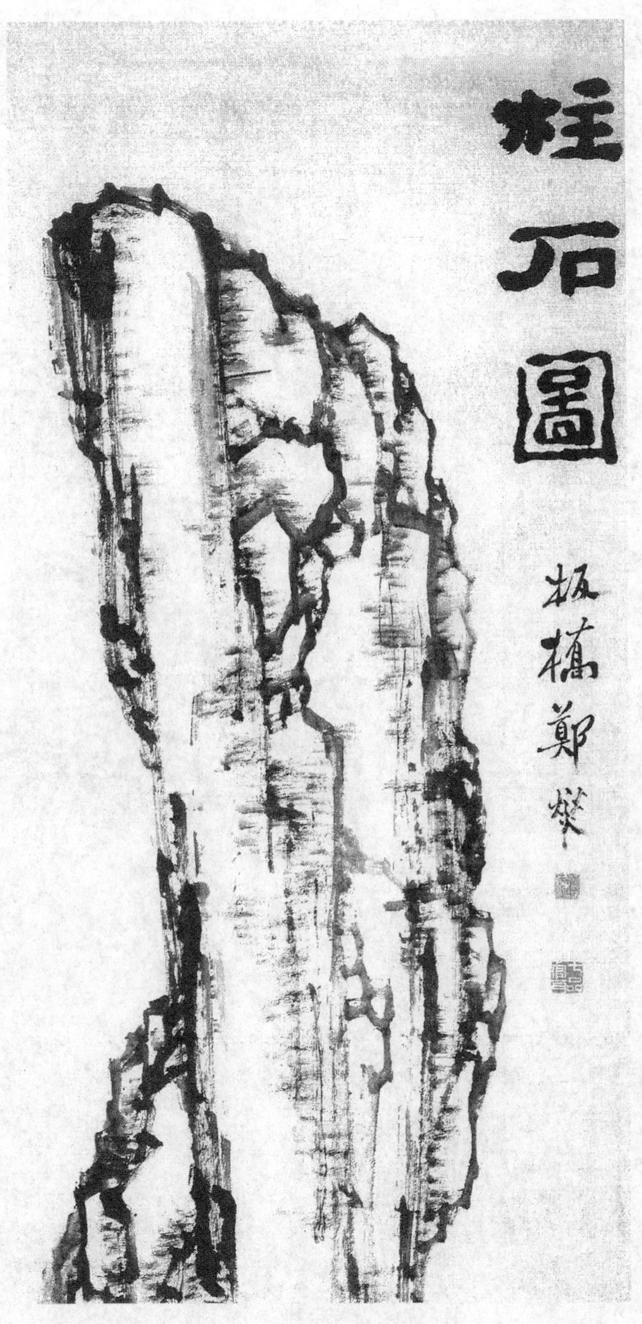

板橋柱石圖

重修城隍廟碑記
一角四足而毛者為麟兩翼兩
足而文采者為鳳無足而以齟
齬行者為蛇上下震電風霆
雲靁有足而無所可用者為龍
各一其名各一其物不相襲也故
仰而視之蒼然者天也俯而臨之

板橋重修城隍廟碑記（局部）

暑往寒來春復秋夕陽西
下水東流將軍戰馬今何在野草
閒花滿地愁莊列往[illegible][illegible]這篇詩是

板橋道情十首詞（局部）

掃取寒梢萬尺長 梅道人云我亦有亭深竹裏也 思嶧老聽櫨聲皆詩意濟絕 采筍以畫傳X 既不能詩又不能畫小獨畫傳叢畫亦傳竹而 厭亦勉題對語霺 傳而止斜陽曚一片 新篁旋節一影瘦繁欹 我窗子上便抱 窗子上便抱 意寒 素窝將意寒身慚

板橋鄭燮 霖止年學先生 敬哲

板橋墨竹圖

揚州二月花時也板橋居士
晨起由傍花村過虹橋直抵
雷塘問玉勾斜遺跡去城蓋
十里許矣樹木叢茂居民漸
少遙望文杏一株在圍牆竹
樹之間叩門逕入徘徊花下有
一老嫗捧茶一甌

板橋揚州雜記卷墨迹（局部）

顏刑部家者深精極筆法水鏡之辨許在末行又以
尚書司勳郎盧象小宗伯張正言曾為歌詩故敘之曰開士懷素僧中
之英氣槩通疏性靈豁暢精心草聖積有歲時江嶺之間其名
大著故吏部侍郎韋公陟睹其筆力勖以有成今禮部侍郎
張公謂賞其不羈引以遊處兼好事者同作歌以贊之動
盈卷軸夫草藁之作起於漢代杜度崔瑗始以妙聞
迨乎伯英尤擅其美羲獻茲降虞陸相承口訣手授以至於
吳郡張旭長史雖姿性顛逸超絕古今而模楷精詳特
為真正真卿早歲常接遊居屢蒙激昂教以筆法
板橋道人鄭燮

板橋節錄懷素自敘帖

無數青山拜草廬

見人一善忘其百非

鄭板橋

風塵俗吏

吃飯穿衣

有竹人家

老而作畫

青藤門下牛馬走

康熙秀才雍正舉人
乾隆進士

麻丫頭針綫

鄭蘭

乾隆東封書畫史

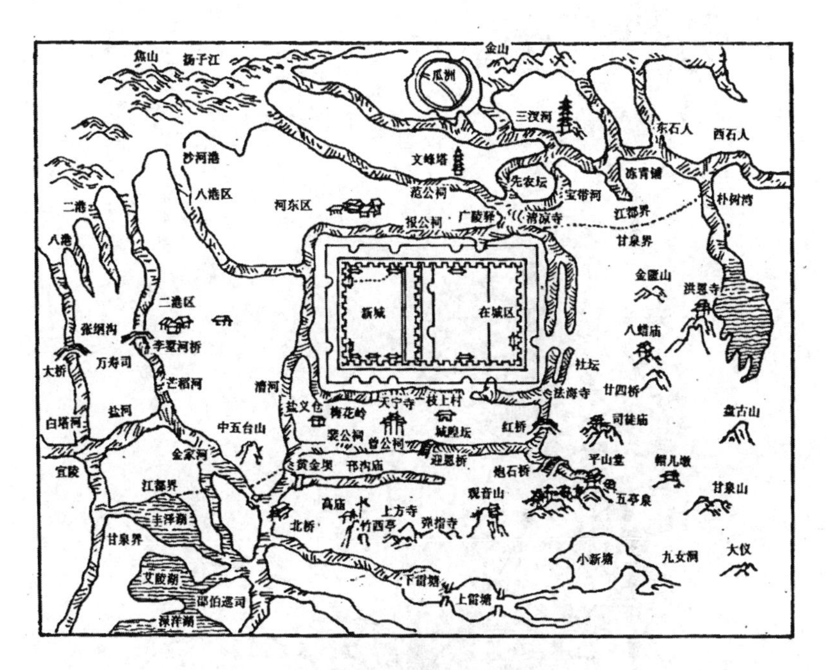

焦山
扬子江
金山
瓜洲
三汊河
东石人
西石人
沙河港
文峰塔
先农坛
冻青铺
八港区
河东区
范公祠
宝带河
朴树湾
二港
报公祠
广陵驿
清凉寺
江都界
八港
甘泉界
金匮山
洪恩寺
二港区
新城
在城区
八蜡庙
张纲沟
李墅河桥
万寿司
大桥
社坛
芒稻河
漕河
法海寺
廿四桥
盐义仓
梅花岭
天宁寺
枝上村
盘古山
盐河
白塔河
中五台山
裴公祠
曾公祠
城隍坛
红桥
司徒庙
金家河
迎恩桥
平山堂
帽儿墩
宜陵
黄金坝
邗沟庙
炮石桥
江都界
观音山
五亭泉
甘泉山
高庙
上方寺
丰泽湖
北桥
竹西亭
禅智寺
甘泉界
小新塘
九女涧
大仪
艾陵湖
下雷塘
邵伯巡司
上雷塘
渌洋湖

乾隆年間揚州城池圖

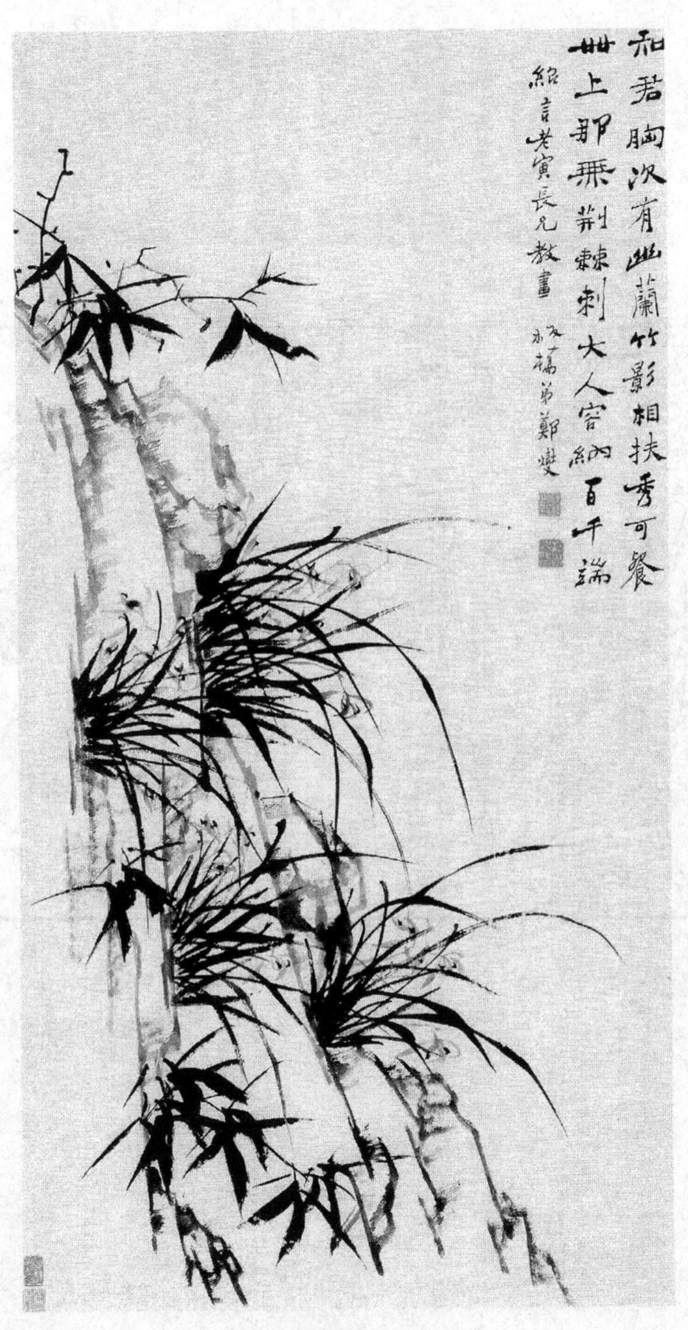
和君胸次有幽蘭竹影相扶秀可餐
世上那無荊棘刺大人容納百千端
紹言老寅長兄教畫
板橋弟鄭燮

板橋蘭竹石圖

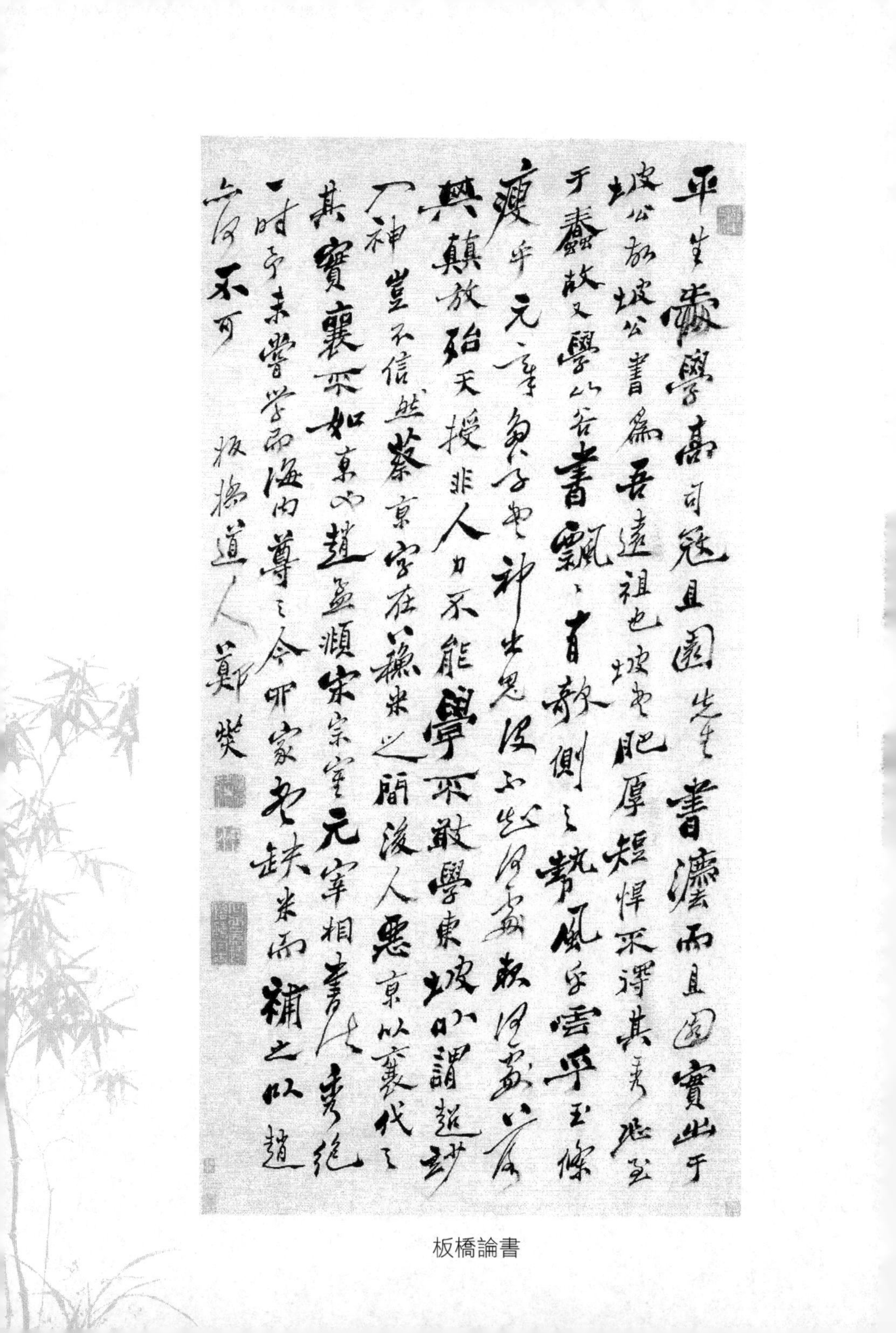

板橋論書

戒爾學立身莫若先孝悌怡怡奉親長不敢生驕易戰戰復兢兢造次必於是戒爾
祿莫若勤道藝嘗聞諸格言學而優則仕不患人不知惟患學不至戒爾遠恥辱恭則近
乎禮自卑而尊人先彼而後己相鼠與茅鴟宜鑑詩人刺戒爾勿放曠放曠非端士周孔垂名
教齊梁尚清議南朝稱八達千載穢青史戒爾勿嗜酒狂藥非佳味能移謹厚性化為凶險
類古今傾敗者歷歷皆可記戒爾勿多言多言眾所忌苟不慎樞機災厄從此始是非毀譽閒適
足為身累舉世重交遊擬結金蘭契忿怨容易生風波當時起所以君子心汪汪淡如水舉世好承
奉昂昂爭意氣不知承奉者以爾為玩戲所以古人疾籧篨與戚施舉世重游俠俗呼為氣義
為人赴急難往往陷囚繫所以馬援書殷勤戒諸子舉世賤清素奉身好華侈肥馬衣輕裘揚揚
過閭里雖得市童憐還為識者鄙我乃羇旅臣遭逢堯舜理位重才不充戚戚懷憂懼深淵與薄
冰蹈之唯恐墜爾曹當閔我勿使增罪戾閉門斂蹤跡縮首避名勢勢位難久居畢竟何足恃物盛
則必衰有隆還有替速成不堅牢亟走多顛躓灼灼園中花早發還先萎遲遲澗畔松鬱鬱含晚翠賦
命有疾徐青雲難力致寄語謝諸郎躁進徒為耳

范魯公質為宰相從子杲嘗求奏遷秩質作詩曉之　康熙六十一年歲在壬寅嘉平月廿有七日讀小學至此不覺慨然歎息
想見質之為人至於君臣大義忠貞亮節姑置勿論矣　睢園鄭燮書

板橋書范質訓子詩

板橋墨竹圖

南山獻壽高千尺 勁節清風覽更高 積行人家天所佑 蘭孫蕙種自然饒 乾隆丙子寫祝 劉母卞太君八旬榮慶 學弟鄭燮 板橋鄭燮

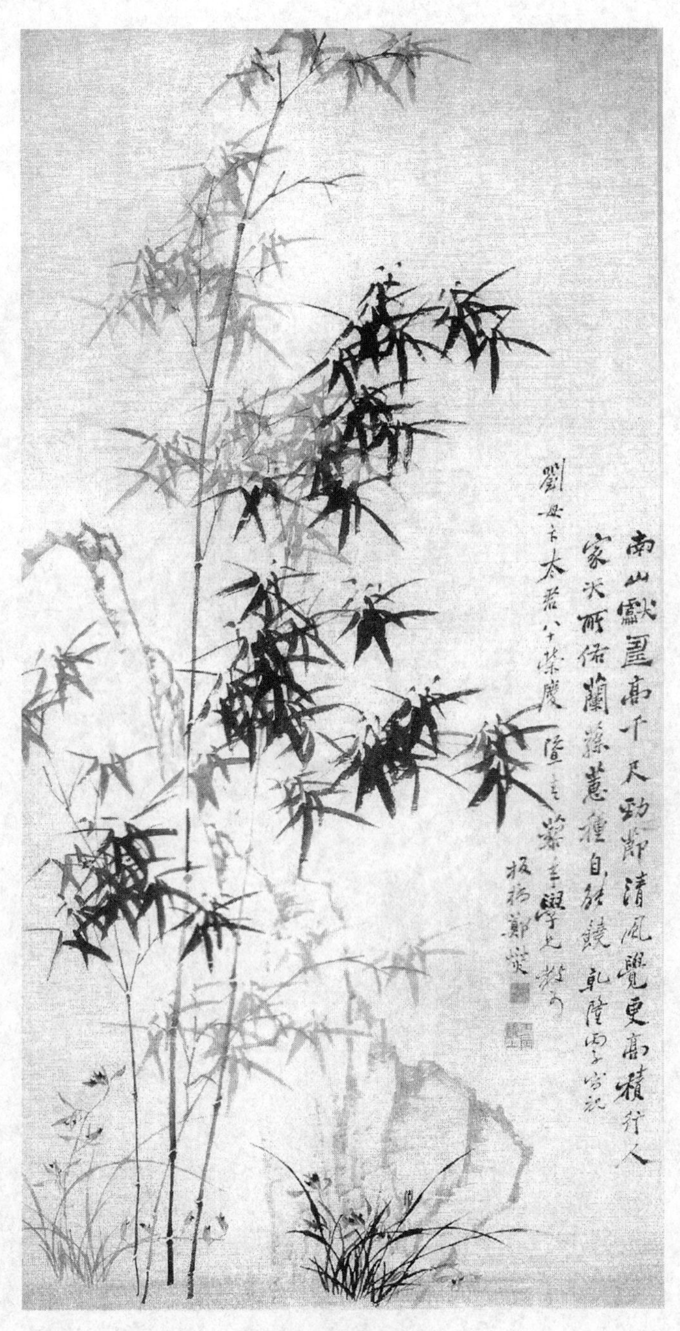

板橋蘭竹石圖

板橋墨竹圖

板橋蘭竹圖

琢出雲雷成古器
闢開蒙翳見通衢

板橋行書七言聯

板橋行書批詞（之一）

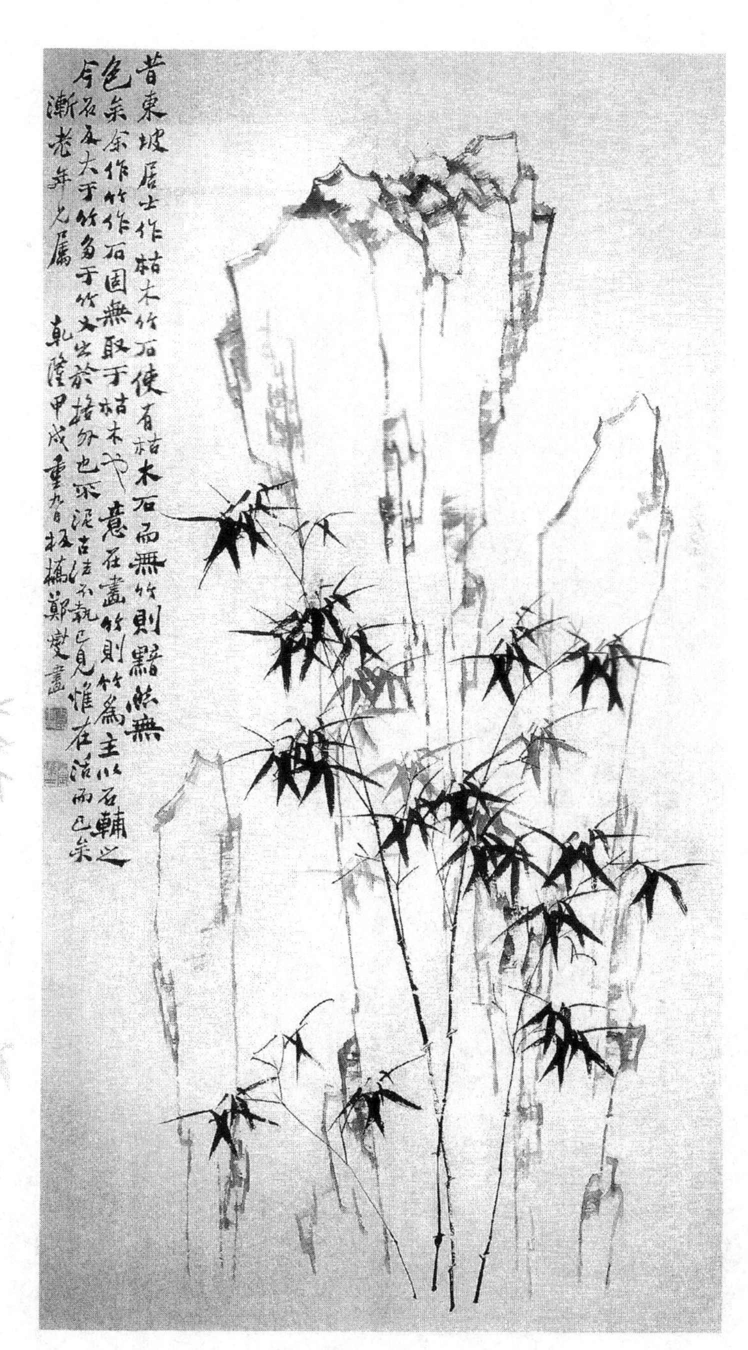
昔東坡居士作枯木竹石使有枯木石而無竹則黯然無
色矣余作竹作石固無取于枯木也意在畫竹則竹為主以石輔之
今石反大于竹多于竹又出於格外也不泥古法不執己見惟在活而已矣
漸老年兄屬
乾隆甲戌重九日板橋鄭燮畫

板橋竹石圖

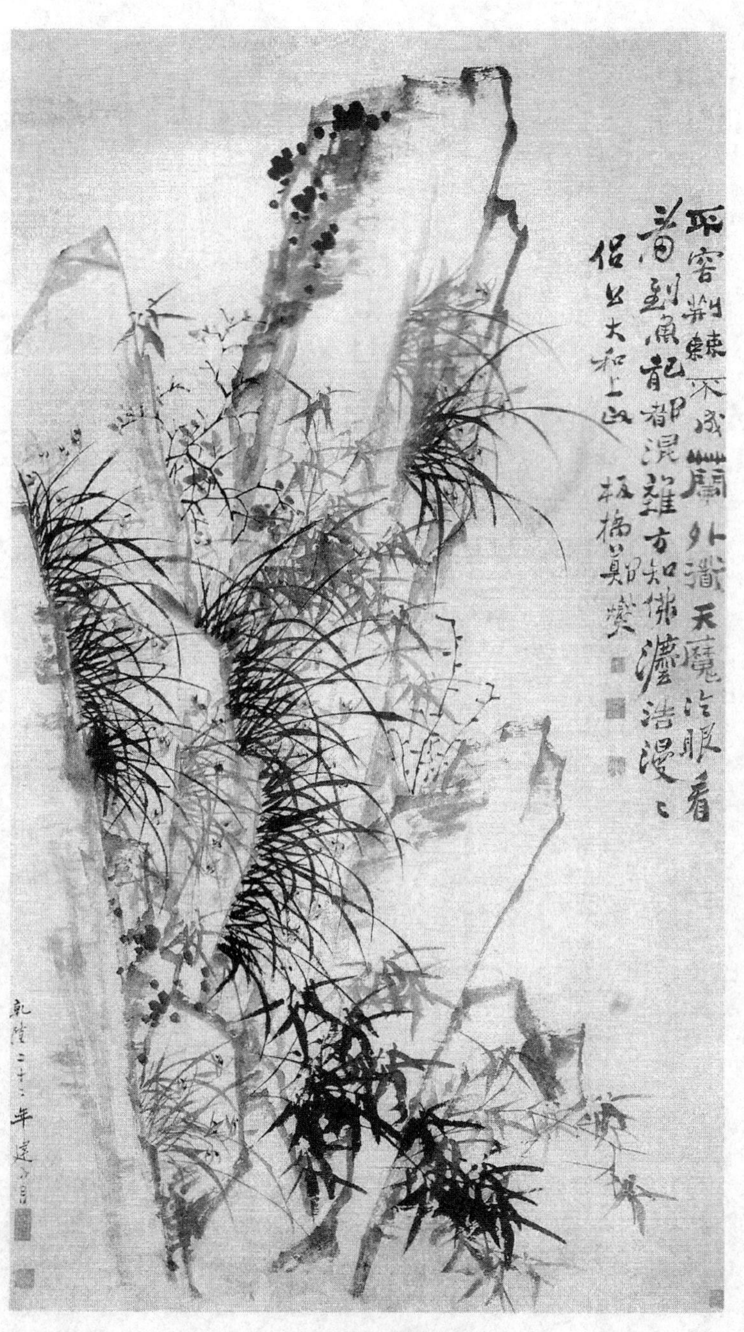

板橋蘭竹荊棘圖

板橋竹石圖

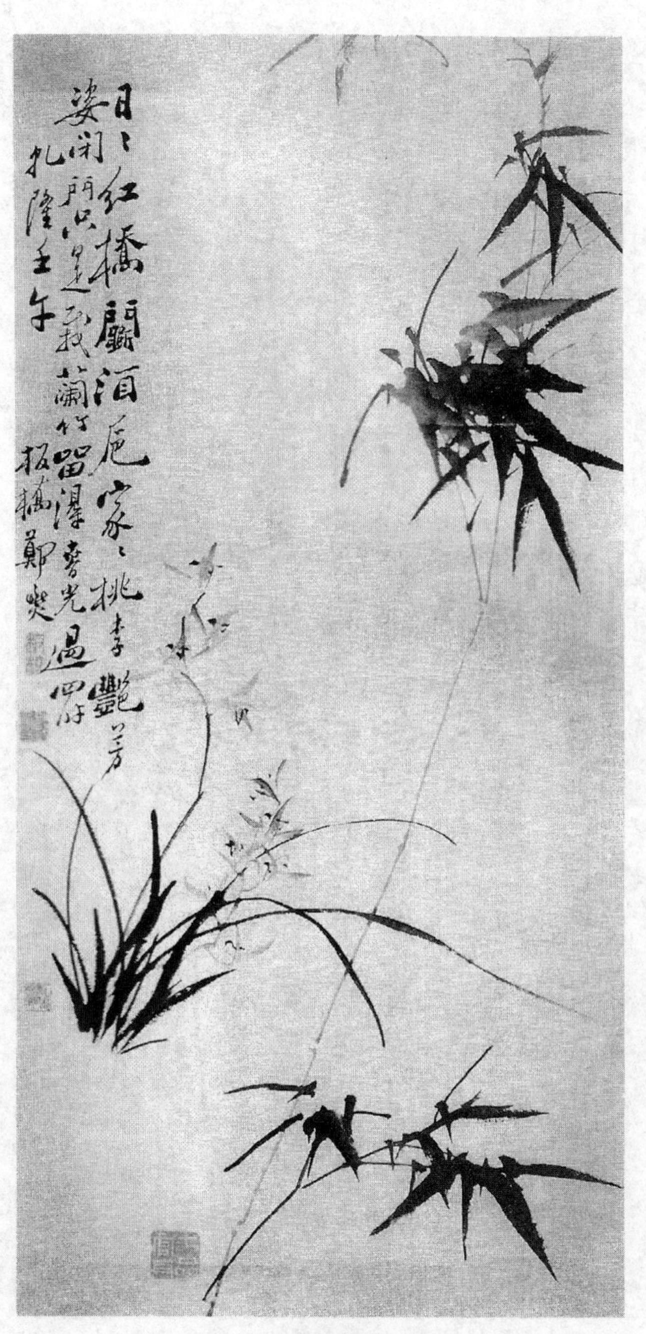

板橋蘭竹圖

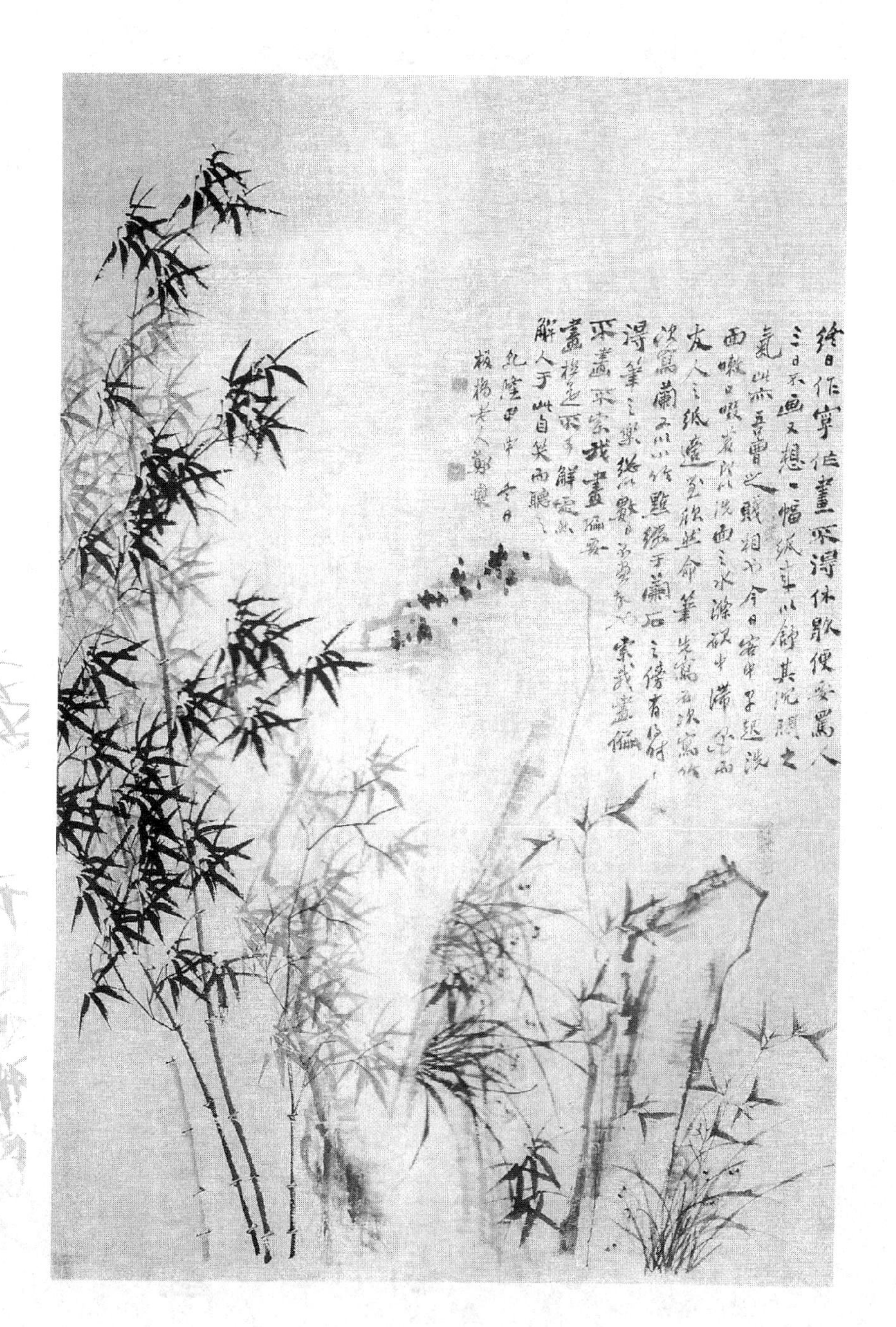

板橋竹石蘭花圖

古人作蘭亭敘孔子廟堂碑皆作一淡墨本蓋見前賢用筆迴腕餘勢若深墨本但得筆中意耳今人但見深墨本收鋒芒故以濃墨臨倣不知前輩書法亦有鋒鍔此不傳之妙也右軍自言見秦篆及漢石經正書乃大進故知局促轅下者不知輪扁斲輪有不傳之妙王氏以來惟顏魯公楊少師乃得蘭亭用筆意

一派思同社老長兄 板橋居士鄭燮

板橋論淡墨本

板橋節錄梁武帝《書評》

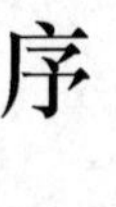

序

丁家桐

鄭板橋《後刻詩序》云：「板橋詩刻止於此矣。死後如有託名翻版，將平日無聊應酬之作改竄爛入，吾必為厲鬼，以擊其腦。」鄭先生的意思，我理解為他對自己的詩文成果取一分為二的態度：一部分是抒情言誌之作，一部分則是酬贈往還之作。他告誡後人，他的應酬之作不宜流傳。這也就是說，他主張出選集，而且是自選集，不主張出全集。

我們都是板橋後人。後人需要欣賞板橋，也需要研究板橋。欣賞板橋，讀點代表作就可以了。但倘若研究板橋，則需要把握更多的資訊，瞭解若干沒有進入自選集的內容，以求對板橋能有多側面的瞭解。正因為這樣，許多人不辭「擊腦」之災，蒐羅板橋未嘗刻板的內容廣泛流轉。

我們現在能夠見到的板橋全集有多種版本。總體說來，出版時間愈後的總比前人編印的內容更豐富些，學術領域，後人總是踩著前人肩膀攀升。党明放先生研究板橋多年，著述豐盈，成果累累。這次經他考訂的本子比前人所編更系統、更充實、更完整。當然，有些內容歷來云真云假，尚待進一步辨析。

在這裡，我要向板橋在天之靈進一言：後人傾慕先生，研究先生，希望獲得關於先生更多的資料，先生應當高興。時代不同了，文化觀念不一樣，褒貶隨人，「擊腦」不必了，還是「難得糊塗」為佳。

壬辰年煙花三月於揚州

編例

一、本書分《家書》、《詩鈔》、《詞鈔》、《小唱》、《題畫》、《序跋》、《碑記》、《印章》、《印跋》、《判牘》、《尺牘》、《楹聯》、《匾額》、《書目》及《畫目》十五卷。

二、《家書》、《詩鈔》、《詞鈔》、《小唱》諸卷係以民國二十四年（1935）世界書局影印真跡本《鄭板橋全集》為藍本。補遺續後。

三、《題畫》，係依據板橋傳世書畫作品輯錄。因板橋題畫詩文泰半無題，故分為竹、石、蘭、梅、竹石、蘭竹、蘭石、蘭竹石、梅蘭竹石諸類。

四、《序跋》、《碑記》係徵引原中華書局上海編輯所《鄭板橋集》（上海古籍出版社1979）。

五、《印章》係依據板橋傳世書畫作品、清人徐兆豐《板橋先生印冊》及何雪漁舊藏《鄭板橋印冊》文字、印鑒並相關史料參交互考後採輯。並歸為姓名字號、籍貫齋館、苦難身世、政治抱負、幽默詼諧、修身養性及藝術追求諸項。

六、《印跋》係徵引清人秦祖永《七家印跋》。

七、《判牘》係徵引李一氓《鄭板橋判牘》（文物出版社1987）。

八、《尺牘》係徵引上海大通圖書社《鄭板橋尺牘》刊本。

九、《楹聯》、《匾額》係參閱清人梁章鉅《楹聯叢話全編》、李鬥《揚州畫舫錄》、曾衍東《小豆棚》等文獻，並從當代諸賢述學中多所汲納。其中《楹聯》又分《勝跡》、《題贈》、《述懷》、《格言》、《宅第》、《敘時》、《述物》、《題畫》、《諧謔》、《雜綴》諸卷。

十、《書目》、《畫目》係依據板橋傳世書畫作品採輯。

總目

目次

目錄

目錄

目錄

目錄

家書卷一

十六通家書小引

板橋詩文，最不喜求人作敘。求之王公大人，既以借光為可恥；求之湖海名流，必至含譏帶訕，遭其荼毒而無可如何，總不如不敘為得也。幾篇家信，原算不得文章，有些好處，大家看看；如無好處，糊窗糊壁，覆瓿覆盎而已，何以敘為！

鄭燮自題，乾隆己巳。

與舍弟書十六通　興化鄭燮板橋氏著

雍正十年杭州韜光庵中寄舍弟墨

誰非黃帝堯舜之子孫，而至於今日，其不幸而為臧獲、為婢妾、為輿台、皂隸，窘窮迫逼，無可奈何。非其數十代以前，即自臧獲、婢妾、輿台、皂隸來也。一旦奮發有為，精勤不倦，有及身而富貴者矣，有及其子孫而富貴者矣，王侯將相，豈有種乎！而一二失路名家，落魄貴胄，借祖宗以欺人，述先代而自大。輒曰：彼何人也，反在霄漢；我何人也，反在泥塗。天道不可憑，人事不可問。嗟乎！不知此正所謂天道人事也。天道福善禍淫，彼善而富貴，爾淫而貧賤，理也，庸何傷？天道迴圈倚伏，彼祖宗貧賤，今當富貴，爾祖宗富貴，今當貧賤，理也，又何傷？天道如此，人事即在其中矣。愚兄為秀才時，檢家中舊書簏，得前代家奴契券，即於燈下焚去，並不返諸其人。恐明與之，反多一番形跡，增一番愧恧。自我用人，從不書券，合則留，不合則去。何苦存此一紙，使吾後世子孫，借為口實，以便苛求抑勒乎！如此存心，是為人處，即是為己處。若事事預留把柄，使入其網羅，無能逃脫，其窮愈速，其禍即來，其子孫即有不可問之事、不可測之憂。試看世間會打算的，何曾打算得別人一點，直是算盡自家耳！可哀可歎，吾弟識之。

焦山讀書寄四弟墨

僧人遍滿天下，不是西域送來的。即吾中國之父兄子弟，窮而無歸，入而難返者也。削去頭髮便是他，留起頭髮還是我。怒眉瞋目，叱為異端而深惡痛絕之，亦覺太過。佛自周昭王時下生，迄於滅度，足跡未嘗履中國土。後八百年而有漢明帝，說謊說夢，惹出這場事來，佛實不聞不曉。今不責明帝，而齊聲罵佛，佛何辜乎？況自昌黎辟佛以來，孔道大明，佛焰漸息，帝王卿相，一遵《六經》、《四子》之書，以為齊家治國平天下之道，此時而猶言辟佛，亦如同嚼蠟而已。和尚是佛之罪人，殺盜淫妄，貪婪勢利，無復明心見性之規。秀才亦是孔子罪人，不仁不智，無禮無義，無復守先待後之意。秀才罵和尚，和尚亦罵秀才。語云：「各人自掃階前雪，莫管他家屋瓦霜。」老弟以為然否？偶有所觸，書以寄汝，並示無方師一笑也。

儀真縣江村茶社寄舍弟

江雨初晴，宿煙收盡，林花碧柳，皆洗沐以待朝暾；而又嬌鳥喚人，微風疊浪，吳、楚諸山，青蔥明秀，幾欲渡江而來。此時坐水閣上，烹龍鳳茶，燒夾剪香，令友人吹笛，作〈落梅花〉一弄，真是人間仙境也。嗟乎！為文者不當如是乎！一種新鮮秀活之氣，宜場屋，利科名，即其人富貴福澤享用，自從容無棘刺。王逸少、虞世南書，字字馨逸，二公皆高年厚福。詩人李白，仙品也；王維，貴品也；杜牧，雋品也。維、牧皆得大名，歸老輞川、樊川，車馬之客，日造門下。維之弟有縉，牧之子有荀鶴，又復表表後人。惟太白長流夜郎。然其走馬上金鑾，御手調羹，貴妃侍硯，與崔宗之著宮錦袍游遨江上，望之如神仙，過揚州未匝月，用朝廷金錢三十六萬，凡失路名流，落魄公子，皆厚贈之，此其際遇何如哉！正不得以夜郎為太白病。先朝董思白，我朝韓慕廬，皆以鮮秀之筆，作為制藝，取重當時。思翁猶是慶、曆規模，慕廬則一掃從前，橫斜疏放，愈不整齊，愈覺妍妙。二公並以大宗伯歸老於家，享江山兒女之樂。方百川、靈皋兩先生，出慕廬門下，學其文而精思刻酷過之；然一片怨詞，滿紙淒調。百川早世，靈皋晚達，其崎嶇屯難亦至矣，皆其文之所必致也。吾弟為文，須想春江之妙境，挹先輩之美詞，令人悅心娛目，自爾利科名，厚福澤。或曰：吾子論文，常曰生辣，曰古奧，曰離奇，曰淡遠，何忽作此秀媚語？余曰：論文，公道也，訓子弟，私情也。豈有子弟而不願其富貴壽考者乎！故韓非、商鞅、晁錯之文，非不刻削，吾不願子弟學之也；褚河南、歐陽率更之書，非不孤峭，吾不願子孫學之也；郊寒島瘦，長吉鬼語，詩非不妙，吾不願子孫學之學也。私也，非公也。是日，許生既白買舟繫閣下，邀看江景，並遊一戧港。書罷，登舟而去。

焦山別峰庵雨中無事書寄舍弟墨

秦始皇燒書，孔子亦燒書。刪書斷自唐、虞，則唐、虞以前，孔子得而燒之矣。詩三千篇，存三百十一篇，則二千六百八十九篇，孔子亦得而燒之矣。孔子燒其可燒，故灰滅無所復存，而存者為經，身尊道隆，為天下後世法。始皇虎狼其心，蜂蠆其性，燒經滅聖，欲剜天眼而濁人心，故身死宗亡國滅，而遺經復出。始皇之燒，正不如孔子之燒也。自漢以來，求書著書，汲汲每若不可及。魏、晉而下，迄於唐、宋，著書者數千百家。其間風雲月露之辭，悖理傷道之作，不可勝數，常恨不得始皇而燒之。而抑又不然，此等書不必始皇燒，彼將自燒也。昔歐陽永叔讀書秘閣中，見數千萬卷，皆黴爛不可收拾，又有書目數十卷亦爛去，但存數卷而已。視其人名皆不識，視其書名皆未見。夫歐公不為不博，而書之能藏秘閣者，亦必非無名之子。錄目數卷中，竟無一人一書識者，此其自焚自滅為何如！尚待他人舉火乎？近世所存漢、魏、晉叢書，唐、宋叢書，《津逮秘書》、《唐類函》、《說郛》、《文獻通考》、杜佑《通典》、鄭樵《通志》之類，皆卷冊浩繁，不能翻刻，數百年兵火之後，十亡七八矣。劉向《說苑》、《新序》、《韓詩外傳》、陸賈《新語》、揚雄《太玄》、《法言》、王充《論衡》、蔡邕《獨斷》，皆漢儒之矯矯者也。雖有些零碎道理，譬之《六經》，猶蒼蠅聲耳，豈得為日月經天，江河行地哉！吾弟讀書，《四書》之上有《六經》，《六經》之下有《左》、《史》、《莊》、《騷》，賈、董策略，諸葛表章，韓文杜詩而已，只此數書，終身讀不盡，終身受用不盡。至如《二十一史》，書一代之事，必不可廢。然魏收穢書、宋子京《新唐書》，簡而枯；脫脫《宋書》，冗而雜。欲如韓文杜詩膾炙人口，豈可得哉！此所謂不燒之燒，未怕秦灰，終歸孔炬耳。《六經》之文，至矣盡矣，而又有至之至者：渾淪磅礡，闊大精微，卻是家常日用，《禹貢》、《洪範》、《月令》、《七月流火》是也。當刻刻尋討貫串，一刻離不得。張橫渠《西銘》一篇，巍然接《六經》而作，嗚呼休哉！雍正十三年五月廿四日，哥哥字。

焦山雙峰閣寄舍弟墨

郝家莊有墓田一塊，價十二兩，先君曾欲買置，因有無主孤墳一座，必須刨去。先君曰：「嗟乎！豈有掘人之塚以自立其塚者乎！」遂去之。但吾家不買，必有他人買者，此塚仍然不保。吾意欲致書郝表弟，問此地下落，若未售，則封去十二金，買以葬吾夫婦。即留此孤墳，以為牛眠一伴，刻石示子孫，永永不廢，豈非先君忠厚之義而又深之乎！夫堪輿家言，亦何足信。吾輩存心，須刻刻去澆存厚，雖有惡風水，必變為善地，此理斷可信也。後世子孫，清明上塚，亦祭此墓，卮酒、隻雞、盂飯、紙錢百陌，著為例。雍正十三年六月十日，哥哥寄。

淮安舟中寄舍弟墨

以人為可愛，而我亦可愛矣；以人為可惡，而我亦可惡矣。東坡一生覺得世上沒有不好的人，最是他好處。愚兄平生漫罵無禮，然人有一才一技之長，一行一言之美，未嘗不嘖嘖稱道。橐中數千金，隨手散盡，愛人故也。至於缺阨欹危之處，亦往往得人之力。好罵人，尤好罵秀才。細細想來，秀才受病，只是推廓不開，他若推廓得開，又不是秀才了。且專罵秀才，亦是冤屈。而今世上那個是推廓得開的？年老身孤，當慎口過。愛人是好處，罵人是不好處。東坡以此受病，況板橋乎！老弟亦當時時勸我。

范縣署中寄舍弟墨第一書

剎院寺祖墳，是東門一枝大家公共的，我因葬父母無地，遂葬其傍。得風水力，成進士，作宦數年無恙。是衆人之富貴福澤，我一人奪之也，於心安乎不安乎！可憐我東門人，取魚撈蝦，撐船結網；破屋中吃秕糠，啜麥粥，搴取荇葉、蘊頭、蔣角煮之，旁貼蕎麥鍋餅，便是美食，幼兒女爭吵。每一念及，真含淚欲落也。汝持俸錢南歸，可挨家比戶，逐一散結。南門六家，竹橫港十八家，下佃一家，派雖遠，亦是一脈，皆當有所分惠。騏驎小叔祖亦安在？無父無母孤兒，村中人最能欺負，宜訪求而慰問之。自曾祖父至我兄弟四代親戚，有久而不相識面者，各贈二金，以相連續，此後便好來往。徐宗于、陸白義輩，是舊時同學，日夕相征逐者也。猶憶談文古廟中，破廊敗葉颼颼，至二三鼓不去；或又騎石獅子脊背上，論兵起舞，縱言天下事。今皆落落未遇，亦當分俸以敦夙好。凡人於文章學問，輒自謂己長，科名唾手而得，不知俱是僥倖。設我至今不第，又何處叫屈來，豈得以此驕倨朋友！敦宗族，睦親姻，念故交，大數既得；其餘鄰里鄉黨，相賙相恤，汝自為之，務在金盡而止。愚兄更不必瑣瑣矣。

范縣署中寄舍弟墨第二書

吾弟所買宅，嚴緊密栗，處家最宜，只是天井太小，見天不大。愚兄心思曠遠，不樂居耳。是宅北至鸚鵡橋不過百步，鸚鵡橋至杏花樓不過三十步，其左右頗多隙地。幼時飲酒其旁，見一片荒城，半堤衰柳，斷橋流水，破屋叢花，心竊樂之。若得製錢五十千，便可買地一大段，他日結茅有在矣。吾意欲築一土牆院子，門內多栽竹樹草花，用碎磚鋪曲徑一條，以達二門。其內茅屋二間，一間坐客，一間作房，貯圖書史籍、筆墨硯瓦、酒董茶具其中，為良朋好友後生小子論文賦詩之所。其後住家，主屋三間，廚屋二間，奴子屋一間，共八間。俱用草苫，如此足矣。清晨日尚未出，望東海一片紅霞，薄暮斜陽滿樹立院中高處，便見煙水準橋。家中宴客，牆外人亦望見燈火。南至汝家百三十步，東至小園僅一水，實為恒便。或曰：此等宅居甚適，只是怕盜賊。不知盜賊亦窮民耳，開門延入，商量分惠，有甚麼便拿甚麼去；若一無所有，便王獻之青氈，亦可攜取質百錢救急也。吾弟當留心此地，為狂兄娛老之資，不知可能遂願否？

范縣署中寄舍弟墨第三書

禹會諸侯於塗山，執玉帛者萬國。至夏、殷之際，僅有三千，彼七千者竟何往矣？周武王大封同異姓，合前代諸侯，得千八百國，彼一千餘國又何往矣？其時強侵弱，眾暴寡，刀痕箭瘡，薰眼破脅，奔竄死亡無地者，何可勝道。特無孔子作《春秋》，左丘明為傳記，故不傳於世耳。世儒不知，謂春秋為極亂之世，復何道？而春秋以前，皆若渾渾噩噩，蕩蕩平平，殊甚可笑也。乙太王之賢聖，為狄所侵，必至棄國與之而後已。天子不能征，方伯不能討，則夏、殷之季世，其搶攘淆亂為何如，尚得謂之蕩平安輯哉！至於《春秋》一書，不過因赴告之文，書之以定褒貶。左氏乃得依經作傳。其時不赴告而背理壞道亂亡破滅者，十倍於《左傳》而無所考。即如「漢陽諸姬，楚實盡之」，諸姬是若干國？楚是何年月日如何殄滅他？亦尋不出證據來。學者讀《春秋》經傳，以為極亂，而不知其所書，尚是十之一，千之百也。嗟乎！吾輩既不得志於時，困守於山椒海麓之間，翻閱遺編，發為長吟浩歎，或喜而歌，或悲而泣。誠知書中有書，書外有書，則心空明而理圓湛，豈復為古人所束縛，而略無張主乎！豈復為後世小儒所顛倒迷惑，反失古人真意乎！雖無帝王師相之權，而進退百王，屏當千古，是亦足以豪而樂矣。又如《春秋》，魯國之史也，使豎儒為之，必自伯禽起首，乃為全書，如何沒頭沒腦，半路上從隱公說起？殊不知聖人只要明理範世，不必拘牽。其簡冊可考者考之，不可考者置之。如隱公並不可考，便從桓、莊起亦得。或曰：《春秋》起自隱公，重讓也；刪書斷自唐、虞，亦重讓也。此與兒童之見無異。試問唐、虞以前天子，哪個是爭來的？大率刪書斷自唐、虞，唐、虞以前，荒遠不可信也。《春秋》起自隱公，隱公以前，殘缺不可考也，所謂史闕文耳。總是讀書要有特識，依樣葫蘆，無有是處。而特識又不外乎至情至理，歪扭亂竄，無有是處。

人謂《史記》以吳太伯為《世家》第一，伯夷為《列傳》第一，俱重讓國。但《五帝本紀》以黃帝為第一，是蚩尤用兵之始，然則又重爭乎？後先矛盾，不應至是。總之，豎儒之言，必不可聽，學者自出眼孔、自豎脊骨讀書可爾。乾隆九年六月十五日，哥哥字。

范縣署中寄舍弟墨第四書

十月二十六日得家書，知新置田獲秋稼五百斛，甚喜。而今而後，堪為農夫以沒世矣！要須製碓、製磨、製篩羅簸箕、製大小掃帚、製升斗斛。家中婦女，率諸婢妾，皆令習舂揄蹂簸之事，便是一種靠田園長子孫氣象。天寒冰凍時，窮親戚朋友到門，先泡一大碗炒米送手中，佐以醬薑一小碟，最是暖老溫貧之具。暇日咽碎米餅，煮糊塗粥，雙手捧碗，縮頸而啜之，霜晨雪早，得此周身俱暖。嗟乎！嗟乎！吾其長為農夫以沒世乎！我想天地間第一等人，只有農夫，而士為四民之末。農夫上者種地百畝，其次七八十畝，其次五六十畝，皆苦其身，勤其力，耕種收穫，以養天下之人。使天下無農夫，舉世皆餓死矣。吾輩讀書人，入則孝，出則弟，守先待後，得志澤加於民，不得志修身見於世，所以又高於農夫一等。今則不然，一捧書本，便想中舉、中進士、作官，如何攫取金錢、造大房屋、置多田產。起手便錯走了路頭，後來越做越壞，總沒有個好結果。其不能發達者，鄉里作惡，小頭銳面，更不可當。夫束脩自好者，豈無其人；經濟自期，抗懷千古者，亦所在多有。而好人為壞人所累，遂令我輩開不得口；一開口，人便笑曰：汝輩書生，總是會說，他日居官，便不如此說了。所以忍氣吞聲，只得捱人笑罵。工人製器利用，賈人搬有運無，皆有便民之處。而士獨於民大不便，無怪乎居四民之末也！且求居四民之末而亦不可得也！愚兄平生最重農夫，新招佃地人，必須待之以禮。彼稱我為主人，我稱彼為客戶，主客原是對待之義，我何貴而彼何賤乎？要體貌他，要憐憫他；有所借貸，要周全他；不能償還，要寬讓他。嘗笑唐人《七夕》詩，詠牛郎織女，皆作會別可憐之語，殊失命名本旨。織女，衣之源也，牽牛，食之本也，在天星為最貴；天顧重之，而人反不重乎！其務本勤民，呈象昭昭可鑒矣。吾邑婦人，不能織綢織布，然而主中饋，習針線，猶不失為勤謹。近日頗有聽鼓兒詞，以鬥葉為戲者，風俗蕩軼，亟宜戒之。吾家業地雖有三百畝，總是典產，不可久恃。將來須買田二百畝，予兄弟二人，各得百畝足矣，亦古者一夫受田百畝之義也。若再求多，便是占人產業，莫大罪過。天下無田無業者多矣，我獨何人，貪求無厭，窮民將何所措足乎！或曰：世上連阡越陌，數百頃有餘者，子將奈何？應之曰：他自做他家事，我自做我家事，世道盛則一德遵王，風俗偷則不同為惡，亦板橋之家法也。哥哥字。

范縣署中寄舍弟墨第五書

作詩非難，命題為難。題高則詩高，題矮則詩矮，不可不慎也。少陵詩高絕千古，自不必言，即其命題，已早據百尺樓上矣。通體不能悉舉，且就一二言之：〈哀江頭〉、〈哀王孫〉，傷亡國也；〈新婚別〉、〈無家別〉、〈垂老別〉、〈前後出塞〉諸篇，悲戍役也；〈兵車行〉、〈麗人行〉，亂之始也；〈達行在所〉三首，慶中興也；〈北征〉、〈洗兵馬〉，喜復國望太平也。只一開卷，閱其題次，一種憂國憂民忽悲忽喜之情，以及宗廟邱墟，關山勞戍之苦，宛然在目。其題如此，其詩有不痛心入骨者乎！至於往來贈答，杯酒淋漓，皆一時豪傑，有本有用之人，故其詩信當時、傳後世，而必不可廢。放翁詩則又不然，詩最多，題最少，不過〈山居〉、〈村居〉、〈春日〉、〈秋日〉、〈即事〉、〈遣興〉而已。豈放翁為詩與少陵有二道哉？蓋安史之變，天下土崩，郭子儀、李光弼、陳元禮、王思禮之流，精忠勇略，冠絕一時，卒〉唐之社稷。在〈八哀〉詩中，既略敘其人，而〈洗兵馬〉一篇，又〉總其全數而讚歎之，少陵非苟作也。南宋時，君父幽囚，棲身杭越，其辱與危亦至矣。講理學者，推極於毫釐分寸，而卒無救時濟變之才；在朝諸大臣，皆流連詩酒，沉溺湖山，不顧國之大計。是尚得為有人乎！是尚可辱吾詩歌而勞吾贈答乎！直以〈山居〉、〈村居〉、〈夏日〉、〈秋日〉，了卻詩債而已。且國將亡，必多忌，躬行桀、紂，必曰駕堯、舜而軼湯、武。宋自紹興以來，主和議、增歲幣、送尊號、處卑朝、括民膏、戮大將，無惡不作，無陋不為。百姓莫敢言喘，放翁惡得形諸篇翰以自取戾乎！故杜詩之有人，誠有人也；陸詩之無人，誠無人也。杜之歷陳時事，寓諫諍也；陸之絕口不言，免羅織也。雖以放翁詩題與少陵並列，奚不可也！近世詩家題目，非賞花即宴集，非喜晤即贈行，滿紙人名，某軒某園，某亭某齋，某樓某岩，某村某墅，皆市井流俗不堪之子，今日才立別號，明日便上詩箋。其題如此，其詩可知，其詩如此，其人品又可知。吾弟欲從事於此，可以終歲不作，不可以一字苟吟。慎題目，所以端人品，厲風教也。若一時無好題目，則論往古，告來今，樂府舊題，盡有做不盡處，盍為之。哥哥字。

濰縣署中寄舍弟墨第一書

讀書以過目成誦為能，最是不濟事。眼中了了，心下匆匆，方寸無多，往來應接不暇，如看場中美色，一眼即過，與我何與也。千古過目成誦，孰有如孔子者乎？讀《易》至韋編三絕，不知翻閱過幾千百遍來，微言精義，愈探愈出，愈研愈入，愈往而不知其所窮。雖生知安行之聖，不廢困勉下學之功也。東坡讀書不用兩遍，然其在翰林讀〈阿房宮賦〉至四鼓，老吏苦之，坡灑然不倦。豈以一過即記，遂了其事乎！惟虞世南、張睢陽、張方平，平生書不再讀，迄無佳文。且過輒成誦，又有無所不誦之陋。即如《史記》百三十篇中，以〈項羽本紀〉為最，而〈項羽本紀〉中，又以鉅鹿之戰、鴻門之宴、垓下之會為最。反覆誦觀，可欣可泣，在此數段耳。若一部《史記》，篇篇都讀，字字都記，豈非沒分曉的鈍漢！更有小說家言，各種傳奇惡曲，及打油詩詞，亦復寓目不忘，如破爛廚櫃，臭油壞醬悉貯其中，其齷齪亦耐不得。

濰縣署中與舍弟墨第二書

余五十二歲始得一子，豈有不愛之理！然愛之必以其道，雖嬉戲頑耍，務令忠厚悱惻，毋為刻急也。平生最不喜籠中養鳥，我圖娛悅，彼在囚牢，何情何理，而必屈物之性以適吾性乎！至於髮繫蜻蜓，線縛螃蟹，為小兒頑具，不過一時片刻便折拉而死。夫天地生物，化育劬勞，一蟻一蟲，皆本陰陽五行之氣絪縕而出。上帝亦心心愛念。而萬物之性人為貴，吾輩意不能體天之心以為心，萬物將何所托命乎？蛇蚖蜈蚣、豺狼虎豹，蟲之最毒者也，然天既生之，我何得而殺之？若必欲盡殺，天地又何必生？亦惟驅之使遠，避之使不相害而已。蜘蛛結網，於人何罪，或謂其夜間咒月，令人牆傾壁倒，遂擊殺無遺。此等說話，出於何經何典，而遂以此殘物之命，可乎哉？可乎哉？我不在家，兒子便是你管束。要須長其忠厚之情，驅其殘忍之性，不得以為猶子而姑縱惜也。家人兒女，總是天地間一般人，當一般愛惜，不可使吾兒淩虐他。凡魚飧果餅，宜均分散給，大家歡嬉跳躍。若吾兒坐食好物，令家人子遠立而望，不得一沾唇齒，其父母見而憐之，無可如何，呼之使去，豈非割心剜肉乎！夫讀書中舉、中進士、作官，此是小事，第一要明理作個好人。可將此書讀與郭嫂、饒嫂聽，使二婦人知愛子之道在此不在彼也。

書後又一紙

所云不得籠中養鳥，而予又未嘗不愛鳥，但養之有道耳。欲養鳥莫如多種樹，使繞屋數百株，扶疏茂密，為鳥國鳥家。將旦時，睡夢初醒，尚輾轉在被，聽一片啁啾，如〈雲門〉、〈咸池〉之奏；及披衣而起，頮面漱口啜茗，見其揚翬振彩，倏往倏來，目不暇給，固非一籠一羽之樂而已。大率平生樂處，欲以天地為囿，江漢為池，各適其天，斯為大快。比之盆魚籠鳥，其巨細仁忍何如也！

書後又一紙

嘗論堯、舜不是一樣，堯為最，舜次之。人咸驚訝。其實有至理焉。孔子曰：「大哉，堯之為君！惟天為大，惟堯則之。」孔子從未嘗以天許人，亦未嘗以大許人，惟稱堯不遺餘力，意中口中，卻是有一無二之象。夫雨暘寒燠時若者，天也。亦有時狂風淫雨，兼旬累月，傷禾敗稼而不可救；或赤旱數千里，蝗蝝螟特肆生，致草黃而木死，而亦不害其為天之大。天既生有麒麟鳳凰、靈芝仙草、五穀花實矣，而蛇虎蜂蠆、蒺藜稂莠蕭艾之屬，即與之俱生而並茂，而亦不害其為天之仁。堯為天子，既已欽明文思，光四表而格上下矣，而共工、驩兜尚列於朝，又有九載績用弗成之鮌，而亦不害其為堯之大。渾渾乎一天也！若舜則不然，流共工，放驩兜，殺三苗，殛鮌，罪人斯當矣。命伯禹作司空，契為司徒，稷教稼，皋陶掌刑，伯益掌火，伯夷典禮，後夔典樂，倕工鳩工，以及殳戕、朱虎、熊羆之屬，無不各得其職，用人又得矣。為君之道，至毫髮無遺憾。故曰：「君哉，舜也！」又曰：「舜其大知也！」夫彰善癉惡者，人道也；善惡無所不容納者，天道也。堯乎，堯乎！此其所以為天也乎！厥後舜之子孫，賓諸陳，無一達人。後代有齊國，亦無一達人。惟田橫之卒，五百人從之，斯不愧祖宗風烈。非天之薄於大舜而不予以後也，其道已盡，其數已窮，更無從蘊而再發耳。若堯之後，至迂且遠也。豢龍御龍，而有中山劉累，至漢高而光有天下。既二百年矣，而又光武中興。又二百年矣，而又先帝入蜀，以諸葛為之相，以關、張為之將；忠義滿千古，道德繼賢聖。豈非堯之留餘不盡，而後有此發洩也哉！夫舜與堯同心同德同聖，而吾為是言者，以為作聖且有太盡之累，則何事而可盡也？留得一分做不到處，便是一分蓄積，天道其信然矣。且天亦有過盡之弊。天生聖人亦屢矣，未嘗生孔子也。及生孔子，天地亦氣為之竭而力為之衰，更不復能生聖人。天受其弊，而況人乎！昨在范縣，與進士田種玉、孝廉宋緯言之，及來濰縣，與諸生郭偉勣談論，咸鼓舞震動，以為得未曾有。並書以寄老弟，且藏之匣中，待吾兒少長，然後講與他聽，與書中之意互相發明也。

濰縣寄舍弟墨第三書

富貴人家延師傅教子弟，至勤至切，而立學有成者，多出於附從貧賤之家，而已之子弟不與焉。不數年間，變富貴為貧賤；有寄人門下者，有餓莩乞丐者。或僅守厥家，不失溫飽，而目不識丁；或百中之一亦有發達者，其為文章，必不能沉著痛快，刻骨鏤心，為世所傳誦。豈非富貴足以愚人，而貧賤足以立志而濬慧乎！我雖微官，吾兒便是富貴子弟，其成其敗，吾已置之不論；但得附從佳子弟有成，亦吾所大願也。至於延師傅，待同學，不可不慎。吾兒六歲，年最小，其同學長者當稱為某先生，次亦稱為某兄，不得直呼其名。紙筆墨硯，吾家所有，宜不時散給諸眾同學。每見貧家之子，寡婦之兒，求十數錢，買川連紙釘仿字簿，而十日不得者，當察其故而無意中與之。至陰雨不能即歸，輒留飯；薄暮，以舊鞋與穿而去。彼父母之愛子，雖無佳好衣服，必製新鞋襪來上學堂，一遭泥濘，復製為難矣。夫擇師為難，敬師為要。擇師不得不審，既擇定矣，便當尊之敬之，何得復尋其短？吾人一涉宦途，即不能自課其子弟。其所延師，不過一方之秀，未必海內名流。或暗笑其非，或明指其誤，為師者既不自安，而教法不能盡心；子弟復持藐忽心而不力於學，此最是受病處。不如就師之所長，且訓吾子弟之不逮。如必不可從，少待來年，更請他師；而年內之禮節尊崇，必不可廢。

又有五言絕句四首，小兒順口好讀，令吾兒且讀且唱，月下坐門檻上，唱與二太太、兩母親、叔叔、嬸娘聽，便好騙果子吃也。

二月賣新絲，五月糶新穀；醫得眼前瘡，剜卻心頭肉。

耘苗日正午，汗滴禾下土；誰知盤中飧，粒粒皆辛苦。
昨日入城市，歸來淚滿巾；遍身羅綺者，不是養蠶人。
九九八十一，窮漢受罪畢；才得放腳眠，蚊蟲獦蚤出。

濰縣寄舍弟墨第四書

凡人讀書，原拿不定發達。然即不發達，要不可以不讀書，主意便拿定也。科名不來，學問在我，原不是折本的買賣。愚兄而今已發達矣，人亦共稱愚兄為善讀書矣，究竟自問胸中擔得出幾卷書來？不過挪移借貸，改竄添補，便爾釣名欺世。人有負於書耳，書亦何負於人哉！昔有人問沈近思侍郎，如何是救貧的良法？沈曰：讀書。其人以為迂闊。其實不迂闊也。東投西竄，費時失業，徒喪其品，而卒歸於無濟，何如優游書史中，不求獲而得力在眉睫間乎！信此言，則富貴，不信，則貧賤，亦在人之有識與有決並有忍耳。

濰縣署中與舍弟第五書

無論時文、古文、詩歌、詞賦，皆謂之文章。今人鄙薄時文，幾欲摒諸筆墨之外，何太甚也？將毋醜其貌而不鑒其深乎！愚謂本期文章，當以方百川制藝為第一，侯朝宗古文次之；其他歌詩辭賦，扯東補西，拖張拽李，皆拾古人之唾余，不能貫串，以無真氣故也。百川時文精粹湛深，抽心苗，發奧旨，繪物態，狀人情，千回百折而卒造乎淺近。朝宗古文標新領異，指畫目前，絕不受古人羈紲；然語不遒，氣不深，終讓百川一席。憶予幼時，行匣中惟徐天池《四聲猿》、方百川制藝二種，讀之數十年，未能得力，亦不撒手，相與終焉而已。世人讀《牡丹亭》而不讀《四聲猿》，何故？

文章以沉著痛快為最，《左》、《史》、《莊》、《騷》、杜詩、韓文是也。間有一二不盡之言，言外之意，以少少許勝多多許者，是他一枝一節好處，非六君子本色。而世間纖小之夫，專以此為能，謂文章不可說破，不宜道盡，遂訾人為刺刺不休。夫所謂刺刺不休者，無益之言，道三不著兩耳。至若敷陳帝王之事業，歌詠百姓之勤苦，剖析聖賢之精義，描摹英傑之風猷，豈一言兩語所能了事？豈言外有言、味外取味者，所能秉筆而快書乎？吾知其必目昏心亂，顛倒拖遝，無所措其手足也。王、孟詩原有實落不可磨滅處，只因務為修潔，到不得李、杜沉雄。司空表聖自以為得味外味，又下於王、孟一二等。至今之小夫，不及王、孟、司空萬萬，專以意外言外，自文其陋，可笑也。若絕句詩、小令詞，則必以意外言外取勝矣。

「宵寐匪禎，劄闥洪庥。」以此訾人，是歐公正當處，然亦有淺易之病。「逸馬殺犬於道」，是歐公簡煉處，然《五代史》亦有太簡之病。高密單進士烺曰：「不是好議古人，無非求其至事。」

寫字作畫是雅事，亦是俗事。大丈夫不能立功天地，字養生民，而以區區筆墨供人玩好，非俗事而何？東坡居士刻刻以天地萬物為心，以其餘閒作為枯木竹石，不害也。若王摩詰、趙子昂輩，不過唐、宋間兩畫師耳！試看其平生詩文，可曾一句道著民間痛癢？設以房、杜、姚、宋在前，韓、范、富、歐陽在後，而以二子廁乎其間，吾不知其居何等而立何地矣！門館才情，遊客伎倆，只合剪樹枝、造亭榭、辨古玩、鬥茗茶，為掃除小吏作頭目而已，何足數哉！何足數哉！愚兄少而無業，長而無成，老而窮窘，不得已亦借此筆墨為糊口覓食之資，其實可羞可賤。願吾弟發憤自雄，勿蹈乃兄故轍也。古人云：「諸葛君真名士。」名士二字，是諸葛才當受得起。近日寫字作畫，滿街都是名士，豈不令諸葛懷羞，高人齒冷？

以上自《板橋家書》刻本

與四弟書

郭奶奶不肯來，亦怪不得。但愚兄邇日年老近道，蓋其心本平易協和。昨因有兒子，故風事聽其大概。今兒子又死，非郭奶奶不能為我生兒也。我已買得滾盤珠十二顆，雖顆頭略小，亦可直百二十金。又買得古鏡一百面，亦可直百金。都要付與郭奶奶收掌。將來賣出本錢，制市房一所，亦是二位奶奶養老之資也。若決意不來，我亦不怪，但成我平生之過，終古之罪人耳。此時先著人來，帶裱背匠，俟我出場後，再著人來請二位奶奶。我因郭奶奶不肯來，故書中細細說明當來之故。饒奶奶無不來之說，故不必喋喋重言也。我歷觀書史，有兒無兒，自有大命。郭奶來，或可望，若再買丫頭，作死作業，亦殊可笑爾。四弟將書中意，細講與郭奶奶聽。哥哥字。

泰州博物館藏墨蹟

與墨弟書

來銀三十兩，大女兒與之三兩，餘留家用。華燦所當，已與銀令其自贖矣。

初到杭，吳太守甚喜，請酒一次、請遊湖一次、送下程一次、送綢緞禮物一次、送銀四十兩。鄭分司與認族誼，因令兄八哥十哥舊在揚州原有一拜；甚親厚，請七八次、遊湖兩次、送銀十六兩。但盤費不少，故無多帶回也。

掖縣教諭孫升任烏程知縣，與我舊不相合。杭州太守為之和解，前憾盡釋。而湖州太守李公諱堂者，壬戌進士，久知我名，硬奪杭守字畫，孫烏程是其下屬，欲逢迎之，強拉入湖州作一月遊。其供給甚盛，姑且遊諸名山以自適。第一是過錢塘江，探禹穴、遊蘭亭，往來山陰道上，是平生快舉；而吼山尤妙，待歸來一一言之。華燦且留住數日，我於端午後必回。

兄燮與墨弟。

潘承厚《明清兩朝畫苑尺牘》

致墨弟書

一到杭州即訪楊四徧，其子一貧徹骨。嗟乎！興化人笑我不會尋錢，豈知我之所以養身養財者，固自有道乎？楊四徧兒子命理甚精，比俗流欲高數等，謂我這五年是晦氣，乃知孟周之言亦不靈也。我六十五歲方大行運，與前不同，當為內京官，掌生殺。湖州太守命學尤精，謂我六十五後生子，揚名發財。其命章帶與你看。若果如此，吾弟可無憂窨隘矣。個個算命人皆如此說，而楊、李二公談最為親切有理，咬牙頓口不差。可與太太、兩嫂子並大女、二女說也。

兄燮又與墨弟。

揚州博物館藏墨跡

詩鈔卷二

前刻詩序

余詩格卑卑，七律尤多放翁習氣。二三知己屢詬病之，好事者又促余付梓。自度後來亦未必能進，姑從諛而背直，慚愧汗下，如何可言！板橋自題。

後刻詩序

古人以文章經世，吾輩所為，風月花酒而已。逐光景，慕顏色，嗟困窮，傷老大，雖刳形去皮，搜精抉髓，不過一騷壇詞客爾，何與於社稷生民之計，三百篇之旨哉！屢欲燒去，平生吟弄，不忍棄之。況一行作吏，此事又束之高閣。姑更定前稿，復刻數十首於後，此後更不作矣。板橋又題。板橋詩刻止於此矣，死後如有託名翻版，將平日無聊應酬之作，改竄爛入，吾必為厲鬼以擊其腦！

紫瓊崖道人慎郡王題詞

高人妙意不求解，充腸朽腐同魚蟹。此情古人誰復知，疏鑿混沌驚真宰。振枯伐萌陳厥粗，浸淫漁畋無不無。按拍遙傳月殿曲，走盤亂瀉蛟宮珠。十載相知皆道路，夜深把卷吟秋屋。明眸不識烏雌雄，妄與盲人辨烏鵠。

鉅鹿之戰

懷王入關自聾瞽，楚人太拙秦人虎，殺人八萬取漢中，江邊鬼哭酸風雨。項羽提戈來救趙，暴雷驚電連天掃，臣報君仇子報父，殺盡秦兵如殺草。戰酣氣盛聲喧呼，諸侯壁上驚魂逋，項王何必為天子，只此快戰千古無。千奸萬黠藏凶戾，曹操朱溫盡稱帝，何似英雄駿馬與美人，烏江過者皆流涕！

種菜歌為常公延齡作

有明萬曆天啟間，時事壞爛生凶頑，群賢就戮九千歲，宮中不復尊龍顏。烈皇帝起震而怒，綀帛一條殪凶孺，天荒氣敗不可回，龜鼎潛移九廟僕。蒼谷先生開平嗣，屢疏交章稱天意，提將白刃守宮門，散盡黃金酬死事。都城陷沒走南邦，惡孽桐城馬貴陽，新王夜夜酣春夢，戍卒朝朝立曉霜。上方請劍長號唾，忠讜不聞城又破，虎口才離二黠奸，孤舟欲覆江流大。買田種菜作生涯，淚落春風迸野花，懶尋舊第烏衣巷，怕看鐘山日暮霞。荷鋤負擔為傭保，菜羹糲食隨荒草，時供麥飯孝陵前，一聲長哭松楸倒。家有賢媛魏國孫，甘貧茹苦破柴門，燒殘昔日鴛鴦錦，滌盡從前翡翠痕。一畦菜熟一畦種，時時汲水提春甕，玉纖牽斷井邊繩，茅棚壓匾釵梁鳳。幾年酕醄先生死，含飯無資乞鄰里，天涯有客獨揮金，棺衾畫翣皆周視。人心不死古今然，欲往金陵問菜田，招魂何處孤臣墓，萬里春風哭杜鵑。

題雙美人圖

珮環搖動湘裙冷，俏風偷入羅衫領。美人相倚借餘溫，細語無聲親素頸。玉指尖纖指何許，似笑姮娥無伴侶。又似天邊笑薄雲，夜寒不得成濃雨。

自遣

嗇彼豐茲信不移，我於困頓已無辭；束狂入世猶嫌放，學拙論文尚厭奇。看月不妨人去盡，對花只恨酒來遲；笑他縑素求書輩，又要先生爛醉時。

山色

山色清晨望，虛無杳靄間；直愁和霧散，多分遣雲攀。流水澹然去，孤舟隨意還；漁家破蓑笠，天肯令之閑！

詩四言

夜殺其人，明坐其家；處分息事，吒眾毋嘩。主人不知，托為腹心；無奸不直，無淺不深。仁義之言，出於聖口；奸邪竊似，濟欲忘醜。播談忠孝，聲淒淚痛；哈狂賢明，況汝愚眾。當春不華，蓄意待秋；秋又不實，行將誰尤？茸蔓藏蛇，梧桐巘鳳；象分性別，各以類貢。況汝棘刺，鴟鴞避之；乃思鸞鳳，槁死不知。求利於地，絲枲稼穡；求利於天，鋤欲植德；求利於物，網罟釣弋；求利於人，面曲背直。有禽其心，有獸其力；詆賢玩愚，寢危臥仄；天亦汝憐，大道不塞。

偶然作

英雄何必讀書史，直攄血性為文章，不仙不佛不賢聖，筆墨之外有主張，縱橫議論析時事，如醫療疾進藥方。名士之文深莽蒼，胸羅萬卷雜霸王，用之未必得實效，崇論閎議多慨慷。雕鐫魚鳥逐光景，風情亦足喜且狂。小儒之文何所長，抄經摘史餖飣強，玩其詞華頗赫爍，尋其義味無毫芒。弟頌其師客談說，居然拔幟登詞場。初驚既鄙久蕭索，身存氣盛名先亡。輦碑刻石臨大道，過者不讀倚壞牆。嗚呼文章自古通造化，息心下意毋躁忙。

送友人焦山讀書

焦山須從象山渡，參差上下一江樹。高枝倒挽行雲住，低枝搏擊江濤怒。枯藤盤拏蛇走壁，怪石崚嶒鬼峽路。日落煙生江霧昏，微茫星火沿江村。忽然飛鏡出東海，萬里一碧開乾坤。夜悄山中更淒肅，鸛鶴無聲千樹禿。鄰屋時聞老僧咳，山魈遠在雲端哭。幾年不到大江濱，花枝鳥語春復春。抱書送爾入山去，雙峰覓我題詩處。

海陵劉烈婦歌

烈婦夫武舉，從左良玉陣亡，無後。婦誓奉公姑，待其終年，即自縊死。州人哀之，稱為劉烈婦云。

濕雲壓窗燈欲死，少婦停梭拂衣起，夜慘心孤倦欹臥，沙場夢入深閨裡。破甲殘旗裹血痕，手提敗鼓號冤魂；自云轉戰身陷沒，斷骸漂骨黃河奔。倉皇躑躅婦驚覺，群犬亂吠秋籬根。深夜欲啼啼不得，淚珠迸落羅衾濕。抹去胭脂罷曉妝，翠翹雲鬢無顏色。凶問傳來敗散軍，果然與夢無差分。溫言緒語慰翁媼，幽閨裂破繡羅裙；椎心一哭數斗血，紙錢飄去回秋雲。柴門寂寞毾㲪閂，病婦把家門戶瘦；夜夜寒機達曙光，朝朝破井提甕甃。十畝荒田歲不收，一園花柳空如繡。翁歿媼歿婦即歿，宗祀無人妾何立？拚將皓頸委紅羅，要使芳魂覓沙磧。丈夫死國妻死夫，忠義不得轉呼吸；一念徘徊事則敗，包羞泉壤何嗟及。至今墳樹晚悲號，荒河白草秋原高；寒鴉孤棲夜不定，哀鳴向月求其曹。

揚州

畫舫乘春破曉煙，滿城絲管拂榆錢。千家養女先教曲，十里栽花算種田。雨過隋堤原不濕，風吹紅袖欲登仙。詞人久已傷頭白，酒暖香溫倍悄然。

廿四橋邊草徑荒，新開小港透雷塘。畫樓隱隱煙霞遠，鐵板錚錚樹木涼。文字豈能傳太守，風流原不礙隋皇。量今酌古情何限，願借東風作小狂。

西風又到洗妝樓，衰草連天落日愁。瓦礫數堆樵唱晚，涼雲幾片燕驚秋。繁華一刻人偏戀，嗚咽千年水不流。借問累累荒塚畔，幾人耕出玉搔頭？

江上澄鮮秋水新，邗溝幾日雪迷津。千年戰伐百餘次，一歲變更何限人。盡把黃金通顯要，惟餘白眼到清貧。可憐道上饑寒子，昨日華堂臥錦茵。

曉行真州道中

僮僕飄零不可尋，客途長伴一張琴。五更上馬披風露，曉月隨人出樹林。麥秀帶煙春郭迥，山光隔岸大江深。勞勞天地成何事，撲碎鞭梢為苦吟。

寄許生雪江三首

詩去將吾意，書來見爾情。三年俄夢寐，數語若平生。雨細窗明火，鴉棲柳暗城。小樓良夜靜，還憶讀書聲。

金紫人間事，縹緗我輩需。閑吟聊免俗，極賤到為儒。妙墨疑懸漏，雄才欲唾珠。時時盼霄漢，待爾入雲衢。

不捨江幹趣，年來臥水村。雲揉山欲活，潮橫雨如奔。稻蟹乘秋熟，豚蹄佐酒渾。野人歡笑罷，買棹會相存。

贈石道士

樓殿玲瓏草木閑，洞蕭吹徹碧雲間。歌成莫擬無投贈，新洗羊脂白玉環。

閑居

懶慢從來應接疏，閉門掃地足閒居。荊妻拭硯磨新墨，弱女持箋索楷書。柿葉微霜千點赤，紗廚斜日半窗虛。江南大好秋蔬菜，紫筍紅薑煮鯽魚。

宗子相墓

寥落百花洲，老屋破還在。遠水如帶環，東風吹野菜。

七歌

鄭生三十無一營，學書學劍皆不成；市樓飲酒拉年少，終日擊鼓吹竽笙。今年父歿遺書賣，剩卷殘編看不快。爨下荒涼告絕薪，門前剝啄來催債。嗚呼一歌兮歌逼側，惶遽讀書讀不得！

我生三歲我母無，叮嚀難割繈中孤。登床索乳抱母臥，不知母歿還相呼！兒昔夜啼啼不已，阿母扶病隨啼起；婉轉噢撫兒熟眠，燈昏母咳寒窗裡。嗚呼二歌兮夜欲半，鴉棲不穩庭槐斷！

無端涕泗橫闌干，思我後母心悲酸。十載持家足辛苦，使我不復憂饑寒。時缺一升半升米，兒怒飯少相觸抵；伏地啼呼面垢汙，母取衣衫為湔洗。嗚呼三歌兮歌彷徨，北風獵獵吹我裳！

有叔有叔偏愛侄，護短論長潛覆匿；倦書逃藥無事無，藏懷負背趨而逸。布衾單薄如空橐，敗絮零星兼臥惡；縱橫溲溺漫不省，就濕移幹叔夜醒。嗚呼四歌兮風蕭蕭，一天寒雨聞雞號。

幾年落拓向江海，謀事十事九事殆。長嘯一聲沽酒樓，背人獨自問真宰。枯蓬吹斷久無根，鄉心未盡思田園；千里還家到反怯，入門忸怩妻無言。嗚呼五歌兮頭髮豎，丈夫意氣閨房沮。

我生二女復一兒，寒無絮絡饑無糜；啼號觸怒事鞭樸，心憐手軟翻成悲。蕭蕭夜雨盈階戺，空床破帳寒秋水；清晨那得餅餌持，誘以貪眠罷早起。嗚呼眼前兒女兮休呼爺，六歌未闋思離家。

種園先生是吾師，竹樓桐峰文字奇，十載鄉園共遊憩，壯心磊落無不為。二子辭家弄筆墨，片語干人氣先塞；先生貧病老無兒，閉門僵臥桐陰北。嗚呼七歌兮浩縱橫，青天萬古終無情！

種園先生陸震　竹樓王國棟　桐峰顧於觀

哭惇兒五首

天荒食粥竟為長，慚對吾兒淚數行。今日一匙澆汝飯，可能呼起更重嘗！

歪角髫兒好戴花，也隨諸姊要盤鴉。於今寶鏡無顏色，一任朝光滿碧紗。

墳草青青白水寒，孤魂小膽怯風湍。荒塗野鬼誅求慣，為訴家貧楮鏹難。

可有森嚴十地開，兒魂一去幾時回？啼號莫倚嬌憐態，邏刹非而父母來。

蠟燭燒殘尚有灰，紙錢飄去作塵埃。浮圖似有三生說，未了前因好再來。

村塾示諸徒

飄蓬幾載困青氈，忽忽村居又一年。得句喜拈花葉寫，看書倦當枕頭眠。蕭騷易惹窮途恨，放蕩深慚學俸錢。欲買扁舟從釣叟，一竿春雨一蓑煙。

淮陰邊壽民葦間書屋

邊生結屋類蝸殼，忽開一窗洞寥廓；數枝蘆荻撐煙霜，一水明霞靜樓閣。夜寒星斗垂微茫，西風入幬搖燭光。隔岸微聞寒犬吠，幾拈吟鬚更漏長。

項羽

已破章邯勢莫當，八千子弟赴咸陽。新安何苦坑秦卒，壩上焉能殺漢王！玉帳深宵悲駿馬，楚歌四面促紅妝。烏江水冷秋風急，寂寞野花開戰場。

鄴城

劃破寒雲漳水流，殘星畫角動譙樓。孤城旭日牛羊出，萬里新霜草木秋。銅雀荒涼遺瓦在，西陵風雨石人愁。分香一夕雄心盡，碑版仍題漢徹侯。

銅雀台

銅雀台，十丈起，掛秋星，壓寒水。漳河之流去不已，曹氏風流亦可喜。西陵松柏是新栽，松下美人皆舊妓。當年供奉本無情，死後安能強哭聲。縛幃八尺催歌舞，懶慢盤鴉鬟不成。若教賣履分香後，盡放民間作佳偶。他日都梁自撿燒，回首君恩淚沾袖。

泜水

泜水清且淺，沙礫明可數。漾漾浮輕波，悠悠匯遠浦。千山倒空青，亂石兀崖堵。我來恣游泳，浩歌懷往古。逼側井陘道，卒列不成伍。背水造奇謀，赤幟立趙土。韓信購左車，張耳陋肺腑。何不赦陳餘，與之歸漢主？

易水

子房既有椎，漸離亦有築，荊卿利匕首，三人徒碌碌。世濁無鳳麟，運否縱蛇蝮。雷霆避其威，人謀焉得速！蕭蕭易水寒，悄悄燕丹哭。事急履虎尾，僨轅終敗輹。酒酣市上情，一往不可復。

贈甕山無方上人二首

山裏都城北，僧居御苑西。雨晴天嶂碧，雲起萬松低。天樂飄還細，宮莎剪欲齊。菜人驅豆馬，歷歷俯長堤。

一見空塵俗，相思已十年。補衣仍帶綻，閒話亦深禪。煙雨江南夢，荒寒薊北田。閑來澆菜圃，日日引山泉。

追憶莫愁湖納涼

江上名湖號莫愁，納涼先報楚江秋。風從綠若梢頭響，雲向青山缺處流。尚憶羅襟沾露竹，可堪清夢隔沙鷗。遙憐新月黃昏後，團扇佳人正倚樓。

送職方員外孫丈歸田諱兆奎

先生六月江南去，敝橐秋風亦徑歸。鱸膾先嘗應憶我，蕨薇堪飽莫開扉。故人幾輩頭俱白，後學相看識者稀。淮海文章終自在，任渠披謁絳紗幃。

鶴兒灣畔藕花香，龍舌津邊粳稻黃。小艇霧中看日出，青錢柳下買魚嘗。村墟古廟紅牆立，天末孤雲白帶長。借取漁家新箬笠，一竿煙雨入滄浪。

嶧山

徐州五色土，乃在嶧山下；凸凹見青黃，崩裂墮赤赭。偃蹇十里石，蓄怒臥牛馬；苔斑古銅鑄，黑骨積鐵冶。砉然觸穹蒼，千峰構雲廈。曲徑迴腸盤，飛泉震雷瀉。古碑斷蟲魚，老屋頹甓瓦。秋河舀可竭，寒星摘盈把。悲烏百群叫，孤鶴萬年寡。結茅此間住，萬事棼可捨。山中古仙人，或有騎龍者。

山寺

山頂何年寺，寒牆補破雲。古鐘雀巢鈕，斷石蘚成文。僧話從教譯，爐香久不焚。回風吹柿葉，淒響正紛紛。

徐君墓

湛盧夜哭墳頭樹，天神百怪精靈聚。月射芙蓉冷露凝，霜寒韘璋銀蛇吐。殷殷時呼水底龍，熊熊欲化山頭虎。為表延陵萬古心，忍負徐君三尺土。世人投贈不及身，百千賻布空爾情，季子抱恨刻心骨，區區掛劍徒虛名。眼前眷戀情難厭，死後相思空寄念；席上摩挲便贈之，一條秋水橫棺殮。

贈博也上人

閉門何處不深山，蝸舍無多八九間。人跡到稀春草綠，燕巢營定畫梁閑。黃泥小灶茶烹陸，白雨幽窗字學顏。獨有老僧無一事，水禽沙鳥聽關關。

寄許衡山

江淮韻士許衡州，近日蕭疏似昔不？好事春泥修茗灶，多情小碗覆詩鬮。食眠消減緣花瘦，鶯燕商量怨水流。我有無題新脫稿，寄君吟向小朱樓。

寄松風上人

豈有千山與萬山，別離何易來何難！一日一日似流水，他鄉故鄉空倚闌。雲補斷橋六月雨，松扶古殿三時寒。筍脯茶油新麥飯，幾時猿鶴來同餐！

喜雨

宵來風雨撼柴扉，早起巡簷點滴稀。一徑煙雲蒸日出，滿船新綠買秧歸。田中水淺天光淨，陌上泥融燕子飛。共說今年秋稼好，碧湖紅稻鯉魚肥。

弘量上人精舍

渺渺秋濤湧樹根，西風落葉破柴門。蠻鴉日暮無人管，飛起前村入後村。
山門夜悄不能呼，冷燭秋船宿葦浦。殘月半天霜氣重，曉鐘雞唱滿東湖。

題畫

秋山秋樹秋水，蒼瘦禿落清駛。舊曾遊望依稀，渺渺雁行沙嘴。

悍吏

縣官編丁著圖甲，悍吏入村捉鵝鴨。縣官養老賜帛肉，悍吏沿村括稻穀。豺狼到處無虛過，不斷人喉抉人目。長官好善民已愁，況以不善司民牧。山田苦旱生草菅，水田浪闊聲潺潺。聖主深仁發天庾，悍吏貪勒為刁奸。索逋洶洶虎而翼，叫呼楚撻無寧刻。村中殺雞忙作食，前村後村已屏息。嗚呼長吏定不知，知而故縱非人為。

私刑惡

自魏忠賢拷掠群賢，淫刑百出，其遺毒猶在人間。胥吏以慘掠取錢，官長或不知也。仁人君子，有至痛焉。

官刑不敵私刑惡，掾吏搏人如豕搏；斬筋抉髓剔毛髮，督盜搜贓例苛虐。吼聲突地無人色，忽漫無聲四肢直；遊魂蕩漾不得死，婉轉回甦天地黑。本因凍餒迫為非，又值奸刁取自肥；一絲一粒盡搜索，但憑皮骨當嚴威。累累妻女小兒童，拘囚系械網一空；牽累無辜十七八，夜來鎖得鄰家翁。鄰家老翁年七十，白梃長椎敲更急。雷霆收聲怯吏威，雲昏雨黑蒼天泣。

撫孤行

十年夫歿扃書簏，歲歲曬書抱書哭；縹緗破裂方錦紋，玉軸牙籤斷湘竹。孀婦義不賣藏書，況有孤雛是遺腹。四壁塗鴉嗔不止，十日索墨五日紙；學俸無錢愧塾師，線腳針頭勞十指。燈昏焰短空房黑，兒讀無多母長織。敗葉走地風沙沙，檢點兒眠聽曉鴉。

贈巨潭上人三首

山骨蒼寒壓古牆，壞廊拳曲入僧房。金錢十萬誰來施，多起樓臺占夕陽。

黑碟鉛匙一兩三，半窗畫意寫江南。誰家絹素催人急，先向空中作遠嵐。

寒煙㜷㜷淡孤村，一綹霜華界瓦痕。睡足曉窗無一事，滿山晴日未開門。

別梅鑒上人

海陵南郭居人少，古樹斜陽破佛樓。一徑晚煙籬菊瘦，幾家黃葉豆棚秋。雲山有約憐狂客，鐘鼓無情老比邱。回首舊房留宿處，暗窗寒紙颯颼颼。

客揚州不得之西村之作

自別青山負夙期，偶來相近輒相思。河橋尚欠年時酒，店壁還留醉後詩。落日無言秋屋冷，花枝有恨曉鶯癡。野人話我平生事，手種垂楊十丈絲。

再到西村

青山問我幾時歸，春雨山中長蕨薇。吩咐白雲留倦客，依然松竹滿柴扉。送花鄰女看都嫁，賣酒村翁興不違。好待秋風禾稼熟，更修老屋補斜暉。

除夕前一日上中尊汪夫子

瑣事貧家日萬端，破裘雖補不禁寒。瓶中白水供先祀，窗外梅花當早餐。結網縱勤河又沍，賣書無主歲偏闌。明年又值掄才會，願向秋風借羽翰。

秋夜懷友

斗帳寒生夾被輕，疏星歷歷隔窗明。滿階蕉葉兼梧葉，一夜風聲似雨聲。塞北天高鴻雁遠，淮南木落楚江清。客中又念天涯客，直是相思過一生。

芭蕉

芭蕉葉葉為多情，一葉才舒一葉生。自是相思抽不盡，卻教風雨怨秋聲。

梧桐

高梧百尺夜蒼蒼，亂掃秋星落曉霜。如何不想西州植，倒掛綠毛麼鳳皇。

得南闈捷音

忽漫泥金入破籬，舉家歡樂又增悲。一枝桂影功名小，十載征途發達遲。何處寧親惟哭墓，無人對鏡懶窺帷。他年縱有毛公檄，捧入華堂卻慰誰？

山中雪後

晨起開門雪滿山，雪晴雲淡日光寒。簷流未滴梅花凍，一種清孤不等閒。

題畫

兩岸青山聚米多，長江窄窄一條梭。千秋征戰誰將去，都入漁家破網羅。

莫為

莫為甄妃感寂寥，袁曹寵倖舊曾饒。周郎早世孫郎夭，腸斷江東大小喬。

小廊

小廊茶熟已無煙，折取寒花瘦可憐。寂寂柴門秋水闊，亂鴉揉碎夕陽天。

懷舍弟墨

我無親弟兄，同堂僅二人；上推父與叔，豈不同一身！一身若連枝，葉葉相依因；樹大枝葉富，樹小枝葉貧。況我兩弱幹，荒河蔓草濱。走馬折為鞭，樵斧摧為薪；含淒度霜雪，努力愛秋春。我年四十二，我弟年十八。憶昔幼小時，清臒欠肥肭。老父酷憐愛，謂叔晚年兒；餅餌擁其手，病飽不病饑。出門幾回顧，入門先抱持。年來父叔歿，移家僦他宅；幸有破茅茨，而無飽糠覈。老兄似有才，苦不受繩尺；賢弟才似短，循循受謙益。前年葬大父，壙有金蝦蟆，或云是貴徵，便當興其家。起家望賢弟，老兄太浮誇。家貧富書史，我又無兒子；生兒當與分，無兒盡付爾。離家一兩月，念爾不能忘。客中有老樹，枝葉鬱蒼蒼。東枝近簷屋，西枝過鄰牆；兩枝不相顧，剪伐誰護將？感此傷我懷，苦樂須同嘗。

晝苦短

晝苦短，夜正不長。清歌妙舞看未足，樓頭曙鼓聲皇皇。明星拔地才數尺，日光搖動來扶桑，晝苦短晝亦不短。山中暇日如小年，塵世光陰疾如箭。古來開國多聖明，歷盡艱難身百戰；一朝勘定稱至尊，承明殿上頭毛變。安期棗盡還瘦羸，赤松黃帝墳累累，學仙學佛空爾為。晝苦短，西日飛。

贈高郵傅明府，並示王君廷瀠傅諱椿

出牧當明世，銘心慕古賢：安人龔渤海，執法況青天。瑣細知幽奧，高明得靜便。星躔羅腹底，冰雪耀眉端。昔守淮堤撼，曾憂暑雨濺。麻鞋操畚鍤，百日寄舟船。生死同民命，崎嶇犯世嫌。上官催決塞，小吏只壅田。時值西風急，憑翻竹楗編。孤城將不保，一命敢求全。痛哭蒼天應，焚香巨浪恬。支祁收震怒，河伯效淵潛。運道終無恙，居民亦有年。稻粱千里熟，歌舞數州連。魚蟹多無算，雞豚不記錢。青簾橋畔酒，細雨樹中煙。父老村村祝，銓衡緩緩遷。文游春水湛，甓社夜珠懸。願獻長溪藻，還供縮項鯿。鄰邦咸取法，下邑賜矜憐。訪我荒城北，停舟荻岸邊。一談胸吐露，數盞意周旋。頗有王生者，曾經絳幄延。美材承斫削，高義破迍邅。約束神應阻，爐錘器益堅。秋風動南國，六翮會翩躚。

落拓

乞食山僧廟，縫衣歌妓家。年年江上客，只是為看花。

贈潘桐岡

讀書必欲讀五年，胸中撐塞如亂麻。作文必欲法前古，婢學夫人徒自苦。吾曹筆陣凌雲煙，掃空氛翳鋪青天；一行兩行書數字，南箕北斗排星躔。有時滴墨嬌且妍，曉花浮露春風鮮；畫眉女郎年十四，欲折不折心相憐。斬龍殺虎提龍泉，定情溫細桃花箋。蕭蕭落落自千古，先生信是人中仙。天公曲意來縛縶，困倒揚州如束濕。空將花鳥媚屠沽，獨遺愁魔陷英特。志亦不能為之抑，氣亦不能為之塞。十千沽酒醉平山，便拉歐蘇共歌泣。君不見迷樓隋帝最荒淫，千秋猶占煙花國。名姬百琲試琵琶，駿馬千金買鞍勒。丈夫得志會有時，人生意氣何終極。揚州四月嫩晴天，且買櫻筍鰣魚相啖食。

觀潮行

銀龍翻江截江入，萬水爭飛一江急。雲雷風霆為先驅，潮頭聳並青山立。百里之外光熒熒，若斷若續最有情。崩轟喧豗倏已過，萬馬飛渡蕭山城。錢江岸高石五丈，古松大櫟盤森爽。翠樓朱檻沖波翻，羽旗金甲雲濤上。伍胥文種兩將軍，指揮鯤鱷鯨鼉蟒。杭州小民不敢射，蕩豬擊彘來相享。我輩平生多鬱塞，豪情逸氣新搔癢。風定月高潮漸平，老魚夜器蛟宮蕩。

弄潮曲

錢塘小兒學弄潮，硬篙長楫捺復捎。舵樓一人如鑄鐵，死灰面色睛不搖。潮頭如山挺船入，檣櫓掀翻船豎立。忽然滅沒無影蹤，緩緩浮波眾船集。潮平浪滑逐沙鷗，歌笑山青水碧流。世人歷險應如此，忍耐平夷在後頭。

肅宗

百戰艱難復兩京，范陽餘孽尚縱橫。太平天子無愁思，內殿惟聞打子聲。

南內

南內淒清西內荒，淡雲秋樹滿宮牆。由來百代明天子，不肯將身作上皇。

韜光

韜光古庵嵌山巘，北窗直吸餘杭縣。葛洪小兒峰嶺低，南屏一片排秋扇。錢塘雪浪打西湖，只隔杭州一條線。海日烘雲濕已乾，下界奔雷作蛇電。山中老僧貌奇古，十年不踏西泠土；厭聽湖中歌吹聲，肯來伺候衙門鼓？曲房幽澗養神魚，古碑剔蘚蝌蚪書，銅瓶野花烏幾靜，湘簾竹榻清風徐。飲我食我復導我，茅屋數間山側左，分屋而居分地耕，夜燈共此琉璃火。我已無家不願歸，請來了此前生果。

偶成

雨過天全嫩，樓新燕有情。江晴春浩浩，花落水平平。越女吹簫坐，吳兒撥馬行。回頭各含意，煙柳閉州城。

飲李復堂宅賦贈

四月十五月在樹，淡風清影搖窗戶；舉酒欲飲心事來，主客無言客起去。主人起家最少年，驊騮初試珊瑚鞭；護蹕出入古北口，橐筆侍直仁皇前；才雄頗為世所忌，口雖讚歎心不然。蕭蕭匹馬離都市，錦衣江上尋歌妓；聲色荒淫二十年，丹青縱橫三千里。兩嬰世網破其家，黃金散盡妻孥嗟；剝啄催租惱吏頻，水田千畝翻為累。途窮賣畫畫益賤，傭兒賈豎論非是；昨畫雙松半未成，醉來怒裂澄心紙。老去翻思踏軟塵，一官聊以庇其身；幾遍花開上林樹，十年不見京華春。此中滋味淡如水，未忍明良徑賤貧。

題圜冠霞畫山樓

豎幅橫披總畫山，滿樓空翠滴煙鬟。明朝買棹清江上，卻在君家圖畫間。

大中丞尹年伯贈帛

落拓揚州一敝裘，綠楊蕭寺幾淹留。忽驚霧縠來相贈，便剪春衫好出遊。花下莫教沾露滴，燈前還擬覆香篝。興來小步隋堤上，滿袖東風散旅愁。

題遊俠圖

大雪滿天地，胡為仗劍遊？欲談心裡事，同上酒家樓。

題程羽宸黃山詩卷

黃山擘空青，造化何技癢？陰陽未判割，精氣互滉瀁。團結勢綿迂，抽拔骨撐掌。日月始明白，雲龍漸來往。軒成未苗裔，煉丹破幽敞。天都強名目，芙蓉謬借獎。秦漢封錮深，唐宋遊屐廣。雲海蕩詩肺，松濤簸天響。飛泉百斷續，怪石萬魍魎。少少塔廟開，微微金翠榜。岑崿裏樓殿，龍象森灌莽。鶻鶴鵾鳩鴶，榛榧棗栗橡。岩果垂累累，仙禽翩晃晃。山腰矮雷電，峰頂聳蒲蔣。膚土寸若金，風蘿密於網。轉徑窄欲墮，陡巘眩還惘。我欲躋顛嶠，夢寐徒悵快。陸騎姑熟驢，波泛浙江槳。羈遲婚嫁累，苟賤簪笏想。山靈久拒斥，飛砂擊俗顙。輸君飽遊憩，晴嵐披翠爽。澡泉暢骨脈，臥雪飲瀣沆。聒耳流琮琤，聳身峰仄仰。摘星揭戶牖，洗日滌盆盎。賦詩數十篇，才思何闊朗。刻畫寵金石，鏗鏘葉平上。朱砂入爐灶，天馬受羈鞅。骨重勢鬱紆，神清氣英蕩。作記數千言，瑣細傳幽賞。同游誰何人，吾宗虔穀黨。當境欣淋漓，離懷惜疇曩。昔我未追逐，今我實慨慷。萬願林壑最，一官休歙儻。當復邀同遊，為君負笻鼈。

贈張蕉衫

淮南又遇張公子，酒滿青衫日已曛。攜手玉勾斜畔去，西風同哭窈娘墳。

上江南大方伯晏老夫子諱斯盛

虎瞰峰高迴出雲，鳳池春早曲流紋。才充上苑千林秀，氣壓西江九派分。舟下牂牁開漲海，山臨銅鼓拂南薰。武侯千載征蠻後，直待先生展大文。公新渝人由翰苑視學貴州。

歸朝晉秩列卿班，檢點彤儀肅佩環。虎旅千人排象闕，鵷行九品拜龍顏。再持文柄心逾下，屢沐殊恩意轉閑。慚愧無才經拂拭，也隨桃李謁高山。公以大鴻臚分校禮闈。

星軺渺渺下南邦，劍匣書囊動曉裝。六代煙花迎節鉞，一江波浪湧文章。雲邊保障開鍾阜，天下軍儲仰建康。赤旱於今憂不細，披圖何以繪流亡！

淮南大郡古揚州，小縣人居薄海陬。架上縹緗皆舊帙，枕中方略問新猷。鄱湖浪闊輸洋子，匡阜雲來潤石頭。手把干將渾未試，幾回磨淬大江流。

由興化迂曲至高郵七截句

百六十里荷花田，幾千萬家魚鴨邊。舟子搦篙撐不得，紅粉照人嬌可憐。

煙蓑雨笠水雲居，鞋樣船兒蝸樣廬。賣取青錢沽酒得，亂攤荷葉擺鮮魚。

湖上買魚魚最美，煮魚便是湖中水。打槳十年天地間，鷺鷥認我為漁子。

買得鱸魚四片腮，蓴羹點豉一樽開。近來張翰無心出，不待秋風始卻回。

柳塢瓜鄉老綠多，么紅一點是秋荷。暮雲卷盡夕陽出，天末冷風吹細波。

一塘蒲過一塘蓮，荇葉菱絲滿稻田。最是江南秋八月，雞頭米賽蚌珠圓。

船窗無事哺秋蟲，容易年光又冷風。繡被無情團扇薄，任他霜打柿園紅。

贈國子學政侯嘉璠弟

讀書數萬卷，胸中無適主；便如暴富兒，頗為用錢苦。大哉侯生詩，直達其肺腑；不為古所累，氣與意相輔。灑灑如貫珠，斬斬入規矩。當今文士場，如公那可睹！家住浙東頭，山凹水之滸；雁峰天上排，台根海底柱。樹密龍氣深，雲霾石情怒。安得從君遊，嘯歌入天姥！龍湫萬丈懸，對坐濯靈府。我詩無部曲，彌漫列卒伍。轉鬥屢蹶傷，猶思暴猛虎。家非山水鄉，半生食鹽鹵。頑石亂木根，憑君施巨斧。

贈胡天游弟

作文勉強為，荊棘塞喉齒。乃興勃發處，煙雲拂滿紙。檢點豈不施，濤瀾浩無涘。昨讀〈秋霖賦〉，觸手生妙理。塗抹古是非，排撻世歡喜。抽思雲影外，造語石骨裡。李廣飛將軍，自然成壁壘；列子御風行，庸夫尋轍軌。錢塘江雨青，山陰石發紫。何必採靈芝，千崖看秀起。山靈愛狂逸，魑魅識才技。雜遝吾揚州，煙花欲羞死。

燕京雜詩

不燒鉛汞不逃禪，不愛烏紗不要錢；但願清秋長夏日，江湖常放米家船。

偶因煩熱便思家，千里江南道路賒。門外綠楊三十頃，西風吹滿白蓮花。
碧紗窗外綠芭蕉，書破繁陰坐寂寥。小婦最憐消渴疾，玉盤紅顆進冰桃。

呈長者

御溝楊柳萬千絲，雨過煙濃嫩日遲。擬折一枝尤未折，罵人春燕太嬌癡。
桃花嫩汁搗來鮮，染得幽閨小樣箋。欲寄情人羞自嫁，把詩燒入博山煙。

酬中書舍人方超然弟

研粉宮箋五色裁，兔毫揮斷紫煙煤。書成便擬蘭亭帖，何用蕭郎賺辨才！
君家兩世文名盛，宦況蕭條分所宜。笑我筆花枯已盡，半生冤枉作貧兒。
老伯文輈先生諱棻如

讀昌黎上宰相書因呈執政

常怪昌黎命世雄，功名之際太匆匆；也應不肯他途進，惟有修書謁相公。

甕山示無方上人

松梢雁影度清秋，雲淡山空古寺幽。蟋蟀亂鳴黃葉徑，瓜棚半倒夕陽樓。客來招飲欣同出，僧去烹茶又小留。寄語長安車馬道，觀魚濠上是天遊。

寄青崖和尚

山中臥佛何時起，寺裡櫻桃此日紅。驟雨忽添崖下水，泉聲都作晚來風。紫衣鄭重君恩在，御墨淋漓象教崇。透脫儒書千萬軸，遂令禪事得真空。

訪青崖和尚和壁間晴嵐學士虛亭侍讀原韻晴嵐張公若靄虛亭鄂公容安

西風肯結萬山緣，吹破濃雲作冷煙。匹馬徑尋黃葉寺，雨晴稻熟早秋天。渴疾由來亦易消，山前酒旆望非遙。夜深更飲秋潭水，帶月連星舀一瓢。

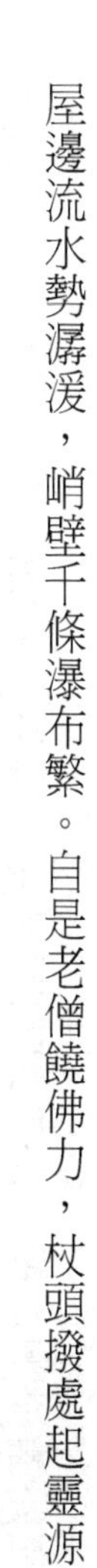

屋邊流水勢潺湲，峭壁千條瀑布繁。自是老僧饒佛力，杖頭撥處起靈源。

煙霞文字本關情，袍笏山林味總清。兩兩鳳凰天外叫，人間小鳥更無聲。

法海寺訪仁公

昔年曾此摘蘋婆，石徑欹危扶綠蘿。金碧頓成新法界，惜他荒樸轉無多。

參差樓殿密遮山，鴉雀無聲樹影閑。門外秋風敲落葉，錯疑人叩紫金環。

樹滿空山葉滿廊，袈裟吹透北風涼。不知多少秋滋味，卷起湘簾問夕陽。

同起林上人重訪仁公

賓主吟聲合，幽窗夜火燃。風鈴如欲語，樹鶴不成眠。月轉山沉霧，花深鳥入煙。朝霞鋪滿徑，裁取作蠻箋。

山中夜坐再陪起上人作

人語山上煙，月出秋樹底。清光射玲瓏，峭壁澄寒水。棲鳥見其腹，歷歷明可指。秋蟲草際鳴，切切哀不已。禪心冷欲冰，詩懷淡彌旨。吟成無箋麻，書上破窗紙。頑奴倦烹茶，湯沸火已滅；冷然酌秋泉，心肺總寒冽。叢花夜露滋，細媚石上茁。老槐恃氣力，排風骨正折。坐久月當中，寒光射毛髮。不但飲秋泉，此心何得熱。詩成令我寫，寫就復塗抹。骨脈微參差，有愛忍心割。未得如抽繭，針尖隱毛褐。既得如屍解，蜣螂忽蟬脫。主人門外來，詩才日豪闊。遲疾各性情，維余氣先奪。

贈圖牧山諱清格

我訪圖牧山，步出沙窩門。臃腫百本樹，斷續千丈垣。野廟包其中，蹒跚僧灌園。僮奴數十家，雞犬自成村。青鞋踏曉露，小閣延朝暾。烹茶亦已熟，洗盞猶細捫。平生書畫意，絕口不一言。江南渺音耗，不知君尚存。願書千萬幅，相與寄南轅。

又贈牧山

十日不能下一筆，閉門靜坐秋蕭瑟。忽然興至風雨來，筆飛墨走精靈出。小草小蟲意微妙，古石古雲氣奔逸。字作神禹鐘鼎文，雜以蝌蚪點濃漆。怪迂荒幻性所鍾，妥貼細膩學之謐。訪君古樹荒墳邊，葉凋草硬霜凜栗。一醉十日亦不辭，蘆溝歸馬催人疾。揚州老僧文思最念君，一紙寄之勝千鎰。

送都轉運盧公諱見曾

揚州自古風流地，惟有當官不自怡。鹽筴米囊銷歲月，崖花澗鳥避旌旗。一從吏議三年謫，得賦淮南百首詩。昨把青鞋踏隋苑，壺漿獻出野田兒。

清詞頗似王摩詰，復以精華學杜陵。吟撼夜窗秋紙破，思凝塞澗曉星澄。樓頭古瓦疏桐雨，牆外清歌畫舫燈。歷盡悲歡並喧寂，心絲嫋入碧雲層。

塵埃吹去又生塵，汨盡英雄為要津。世外煙霞負漁釣，胸中寵利愧君臣。去毛折項葫蘆熟，豁齒蓬頭婢僕真。兩世君家有清德，即今風雅繼先民。

何限鵷鸞供奉班，慚予引對又空還。舊詩燒盡重謄稿，破屋修成好住山。自寫簪花教幼婦，閑拈玉笛引雙鬟。吹噓更不勞前輩，從此江南一梗頑。

李氏小園

小園十畝寬，落落數間屋。春草無穢滋，寒花有餘馥。閉戶養老母，拮据市粱肉。大兒執鸞刀，縷縷切紅玉；次兒拾柴薪，細火煨陸續。煙飄豆架青，香透疏籬竹。貧家滋味薄，得此當鼎餗。弟兄何所餐，宵來母剩粥。晨起縫破衣，針線不成行。母年七十四，眼昏手又僵。裝綿苦欲厚，用線苦欲長；線長衣縫緊，綿厚耐雪霜。裝成令兒暖，母衣單薄涼。不衣逆母懷，衣之情內傷。兒病母煮藥，老淚滴爐灰。幾死復得活，為母而再來。終養理之順，哭兒情至哀。老天有矜憐，復使歸母懷。兄起掃黃葉，弟起烹秋茶。明星猶在樹，爛爛天東霞。杯用宣德瓷，壺用宜興砂。器物非金玉，品潔自生華。蟲游滿院涼，露濃敗蒂瓜。秋花發冷豔，點綴枯籬笆。閉戶成羲皇，古意何其賒！

野老

輸罷官租不入城，秋風社酒各言情。明年二月逢春閏，細雨長堤看耦耕。

贈金農

亂髮團成字，深山鑿出詩；不須論骨髓，誰得學其皮！

細君

為折桃花屋角枝，紅裙飄惹綠楊絲。無端又坐青莎上，遠遠張機捕雀兒。

雨中

終日苦應酬，連陰得閉門。清涼滿心肺，草木向我言。新竹倚屋簷，綠沁窗紙昏。梁燕坐不出，蝸牛滿苔痕。犬跡踏沙軟，躡屐恐泥翻。回廊足散步，把書行且溫。家釀亦已熟，呼僮傾盎盆。小婦便為客，紅袖對金樽。

平山宴集詩為進士王元衡作

閑雲拍拍水悠悠，樹繞春城燕繞樓。買盡煙花消盡恨，風流無奈是揚州。

春風細雨雷塘路，旭日明霞六一祠。江上落花三十里，令人愁殺冷胭脂。

江東豪客典春衫，綺席金尊索笑談。臨上馬時還送酒，寒鴉落日滿淮南。

野花紅豔美人魂，吐出荒山冷墓門。多少隋家舊宮怨，珮環聲在夕陽村。

贈梁魏金國手

坐我大樹下，秋風飄白髭；朗朗神仙人，閉息斂光儀。小婦竊窺廊，紅裙揚疏籬。黃精煨正熟，長跪奉進之。食罷仍閉目，鼻息細如絲。夕影上樹杪，落葉滿身吹。機心付冰釋，靜脈無橫馳。養生有大道，不獨觀弈棋。

骨董

末世好古董，甘為人所欺。千金買書畫，百金為裝池。缺角古玉印，銅章盤龜螭。烏幾研銅雀，象床燒金猊。一杯一樽斝，按圖辨款儀。鉤深索遠求，到老如狂癡。骨肉起訟獄，朋友生猜疑。方其富貴日，價值千萬奇；及其貧賤來，不足換餅糍。我有大古器，世人苦不知。伏羲畫八卦，文周孔〈繫辭〉；《洛書》著〈洪範〉，夏禹傳商箕；〈東山〉、〈七月〉篇，斑駁何陸離：是皆上古物，三代即次之。不用一錢買，滿架堆離披。乃其最下者，韓文李杜詩。用以養德行，壽考百歲期；用以治天下，百族歸淳熙。大古不肯好，逐逐流俗為？東家宣德爐，西家成化瓷；盲人寶陋物，惟下愚不移。

逢客入都寄勗宗上人口號

汝到京師必到山，山之西麓有禪關；為言九月吾來住，檢點白雲房半間。

貧士

貧士多窘艱，夜起披羅幃；徘徊立庭樹，皎月墮晨輝。念我故人好，謀告當無違。出門氣頗壯，半道神已微。相遇作冷語，吞話還來歸。歸來對妻子，局促無儀威。誰知相慰藉，脫簪典舊衣。入廚燃破釜，煙光凝朝暉；盤中宿果餅，分餉諸兒饑。待我富貴來，鬢髮短且稀；莫以新花枝，誚此蘼蕪非。

行路難三首

天明始覺滿身霜，抖擻征衫曳馬韁。茅店暖煙噓冷面，射人朝日出林塘。

關山老馬怯馳驅，幼僕而今作壯夫。萬里功名何處是，猶將青鏡看髭鬚。

紅帖糊門掛柏枝，東風馬上過年時。一杯濁酒家千里，逆旅多情送餅糍。

又一首仍用前起句

天明始覺滿身霜，日出才伸十指僵。山色半青還半霧，馬頭紅葉是何莊？

廣陵曲

隋皇只愛江都死，袁娘淚斷紅珠子。玉勾斜土化為煙，散入東風豔桃李。樓上摘星攀夜天，鬥珠灼灼齊人肩。雷塘水光四更白，月痕斜出吳山尖。曉閣涼雲笛聲瘦，碎鼓點花撒秋豆，長夜歡娛日出眠，揚州自古無清晝。

秦宮詩後長吉作

方庭四角燒豔香，酒闌妓合燈煌煌。金輿翠幰貴人散，只有秦宮入畫堂。南堂夫人賜金兕，北堂相公同繡被。未識歡哥一片心，平分偏向知何寄。內寵外寵重復重，晝有微眠夜天寐。自古淫花蕩雨風，海棠不得辭憔悴。天生桀黠奴非眾，柔軟嬌憨復驍勇。鴆鵲承明百尺牆，鬥上平翻燕赤鳳。

范縣呈姚太守諱興滇

落落漠漠何所營，蕭蕭澹澹自為情。十年不肯由科甲，老去無聊掛姓名。布襪青鞋為長吏，白榆文杏種春城。幾回大府來相問，隴上閑眠看耦耕。

塞下曲三首

天遠山空塞草長，太平羽獵出漁陽；少年馬上談詩事，一種風流夾莽蒼。

萬嶂千山落日多，將軍獵罷選清歌；胡姬醉舞雙紅袖，笑指黃羊掛駱駝。

洗盡寒酸舊筆頭，十年關塞覓封侯；臂鷹躍馬黃皮褲，射得豐狐作短裘。

村居

霧樹溟蒙叫亂鴉，濕雲初變早來霞。東風已綠先春草，細雨猶寒後夜花。村艇隔煙呼鴨鶩，酒家依岸紮籬笆，深居久矣忘塵世，莫遣江聲入遠沙。

懷無方上人

初識上人在西江，廬山細瀑鳴秋窗。後遇上人入燕趙，甕山古瓦埋荒廟。今君聞住孝兒營，亂石寒雲補棘荊；別築岩前數間屋，繪圖招我同歸耕。伊昔茅棚曬秋藥，我混屠沽君種作；推墮蹇驢村市中，笑而不怒心寥廓。嗟我的事如束柴，爪牙惡吏相推排；不知喜怒為何事，夜夢局蹐朝喧豗。一年一年逐留滯，徒使高人笑疣贅；我已心魂傍爾飛，來歲不歸有如水。

懷程羽宸

余江湖落拓數十年，惟程三子鵕奉千金為壽，一洗窮愁。羽宸是其表字。

世人開口易千金，畢竟千金結客心。自遇西江程子駿，掃開寒霧到如今。

十載音書迥不通，蓼花洲上有西風。傳來似有非常信，幾夜酸辛屢夢公。

渡江

海日出覆沒，江光紫而冷。風平浩浩波，帆定亭亭影。瓜步渺然去，北固蒼翠耿。未暇游金焦，先寓象山嶺。

招隱寺訪舊五首

江鳥喚朝興，山中訪舊僧。遇泉先解渴，濟勝漫誇能。十里樹中曲，半樓天外憑。上方應遠在，小歇更攀登。

沃水先清面，除煩更削瓜。客真無禮數，僧亦去袈裟。竹榻斜支枕，苔窗臥看花。來朝好風日，細細探煙霞。

禪房精筆硯，窗又碧紗糊。吮墨情遥細，吟詩味澹腴。茶槍新摘蕊，蓮露旋收珠。小盞烹涓滴，青光淺淺浮。

俯瞰僧歸寺，微茫蟻附階。過橋疑入澗，轉樹忽登崖。碧綠新筐果，輕黃舊草鞋。林深天欲暮，風起作陰霾。

樓有高於樹，樹更迥於樓。上下扶蘇碧，陰晴戶闥幽。鳥聲人語讓，花氣日光遒。五月山秋逼，僧衣裏作裘。

雲

濃雲風不動，薄靄片時過。澤小含煙少，山深吐氣多。彌漫遮大塊，輕弱赴微波。愛巧嫌癡重，人情可奈何！

乳母詩

乳母費氏，先祖母蔡太孺人之侍婢也。燮四歲失母，育於費氏。時值歲饑，費自食於外，服勞於內。每晨起，負燮入市中，以一錢市一餅置燮手，然後治他事。間有魚飧瓜果，必先食燮，然後夫妻子母可得食也。數年，費益不支，其夫謀去，乳母不敢言，然長帶淚痕。日取太孺人舊衣濺洗補綴，汲水盈缸滿甕，又買薪數十束積灶下，不數日竟去矣。燮晨入其室，空空然，見破床敗幾縱橫，視其灶猶溫，有飯一盞，菜一盂，藏釜內，即常所飼燮者也。燮痛哭，竟亦不能食矣。後三年，來歸侍太孺人，撫燮倍摯。又三十四年而卒，壽七十有六。方來歸之明年，其子俊得操江提塘官，屢迎養之，卒不去，以太孺人及燮故。燮成進士，乃喜曰：「吾撫幼主成名，兒子作八品官，復何恨！」遂以無疾終。

平生所負恩，不獨一乳母。長恨富貴遲，遂令慚恧久。黃泉路迂闊，白髮人老醜。食祿千萬鐘，不如餅在手。

白門楊柳花

白門楊柳花飄飄，陌上遊人互見招；明璫翠袖車中手，錦帶彎弓馬上腰。少年何必曾相識，好鳥名花天下惜；妾住青樓第幾家，映門桃柳方連刻。家有水亭新綠荷，東風不大生微波；願得晴明好天氣，郎來倚檻流清歌。郎意溫勤自安妥，郎情佻薄誰關鎖？陌上遊人盡愛儂，儂得郎憐然後可。

長干女兒

長干女兒年十四，春遊偶過南朝寺。鬢髮纖松拜佛遲，低頭墮下金釵翠。寺裡遊人最少年，閑行拾得翠花鈿。送還不識誰家物，幾嗅香風立悵然。

長干里

牆裡花開牆外見，籬門半覆垂楊線；門外春流一派清，青山立在門當面。老子栽花百種多，清晨擔賣下前坡；三間古屋無兒女，換得鮮魚供阿婆。繅絲織繡家家事，金鳳銀龍貢天子；花樣新添一線雲，舊機不用西湖水。機上男兒百巧民，單衫布褐不遮身；中原百歲無爭戰，免荷干戈敢怨貧！

比蛇

粵中有蛇，好與人比較長短，勝則齧人，不勝則自死，然必面令人見，不暗比也。山行見者，以傘具上沖，蛇不勝而死。

好向人間較短長，截岡要路出林塘；縱然身死猶遺直，不是偷從背後量。

脆蛇

是蛇易斷易續，能治病，無毒。土人以竹筒誘入，塞之，焙以為藥。

為制人間妙藥方，竹筒深鎖掛枯牆；剪屠有毒餐無毒，究竟身從何處藏？

紹興

丞相紛紛詔敕多，紹興天子只酣歌。金人欲送徽欽返，其奈中原不要何！

宿光明殿贈婁真人諱近垣

老聃莊列人中仙，未聞白晝升青天；五千妙義南華詮，虛靜恬澹返自然。秦皇漢武心如煙，騰空飄幻無涯邊；茂陵樹接驪山阡，牧羊奴子來燒煎。金丹服食促壽年，元和大曆無愚賢。我朝力掃諸從前，踢翻藥灶流丹鉛。真人應運來翩翩，神清氣朗心靜專，渾融天地為方圓，出入仁義恢經權，藏和納粹歸心田。有何燒煉丹磨研？有何解脫屍蛇蟬？我來古殿夜宿眠，銀龍金索搖星躔，雕闌玉砌朝露鮮，名花異草相綿連。費民千百萬金錢，有明事業諸所傳。真人假寓心棄捐，毀之重勞姑置焉，天子曰俞聊取便。匪今逐逐還沾沾，富而教之王政全，萬國壽命同修延。

破衲為從祖福國上人作

衲衣何日破，四十有餘年；白首仍縫綻，青春已結穿。透涼經夏好，等絮入秋便；故友無如此，相看互有憐。

贈勗宗上人三首

罨畫溪邊髻尚鬡，便拈荷葉作袈裟。一條水牯斜陽外，種得山頭十畝霞。

髯公美似晉司空，謂青崖老人。識取雲間紫氣濃。手把干將日磨淬，匣中抽出秋芙蓉。

詩清雲淡兩無心，人自青春韻自深。好待菊花重九後，萬山紅葉冷相尋。

山中臥雪呈青崖老人

一夜西風雪滿山，老僧留客不開關。銀沙萬里無來跡，犬吠一聲村落閑。

將之范縣拜辭紫瓊崖主人

紅杏花開應教頻，東風吹動馬頭塵。闌干苜蓿嘗來少，琬琰詩篇捧去新。莫以梁園留賦客，須教七月課豳民。我朝開國於今烈，文武成康四聖人。

附：紫瓊崖主人送板橋鄭燮為范縣令

萬丈才華繡不如，銅章新拜五雲書。朝廷今得鳴琴牧，江漢應閑問字居。四廓桃花春雨後，一缸竹葉夜涼初。屋樑落月吟瓊樹，驛遞詩筒莫遺疏。

僧壁題張太史畫松 諱鵬沖

畫背所揭紙，案頭已敗筆。僧房坐無聊，偶然作松骨。松毛無幾許，松幹頗鬱兀；虬龍挺僵瘦，修蛇欻出沒。輕雲澹欲無，奔雷怒將擊。想當無意中，情神乍飄忽。傍無指授人，令作何體格。胸無成見拘，摹擬反自失。魯公坐位帖，要以草槁得。我昔未嘗見，僧粘在破壁，及經驚歎奇，千求不我錫。此紙立即破，裝潢事孔急。吾求不汝強，汝當真愛惜。

板橋詩鈔　范縣作　興化鄭燮克柔氏

音布

昔予老友音五哥，書法峭崛含阿那。筆鋒下插九地裂，精氣上與雲霄摩。陶顏鑄柳近歐薛，排黃鑠蔡淩顛坡。墨汁長傾四五斗，殘毫可載數駱駝。時時作草恣怪變，江翻龍怒魚騰梭。與予飲酒意靜重，討論人物無偏頗。眾人皆言酒失大，予執不信嗔偽訛。大致蕭蕭足風範，細端瑣碎寧為苛！鄉里小兒暴得志，好論家世談甲科。音生不顧輒嘘唾，至親戚屬相矛戈。愈老愈窮愈怫鬱，屢顛屢僕成蹉跎。革去秀才充騎卒，老兵健校相遮羅。群呼先生拜于地，坌酒大肉排青莎。音生瞪目大歡笑，狂鯨一吸空千波。醉來索筆索紙墨，一揮百幅成江河。群爭眾奪若拱璧，無知反得珍愛多。昨遇老兵劇窮餓，頗以賣字溫釜鍋。談及音生舊時事，頓足歎恨雙涕沱。天與才人好花樣，如此行狀應不磨。嗟予作詩非寫怨，前賢逝矣將如何！世上才華亦不盡，慎勿吒叱為么魔。此等自非公輔器，山林點綴雲霞窩。泰岱嵩華自五嶽，豈無別嶺高嵯峨。大書卷帙告諸世，書罷茫茫發浩歌。

范縣

四五十家負郭民，落花廳事淨無塵。苦蒿菜把鄰僧送，禿袖鶉衣小吏貧。尚有隱幽難盡燭，何曾頑梗竟能馴！縣門一尺情猶隔，況是君門隔紫宸。

寄題東村焚詩二十八字

聞說東村萬首詩，一時燒去更無遺。板橋居士重饒舌，詩到煩君並火之。

寄招哥

十五娉婷嬌可憐，憐渠尚少四三年。宦囊蕭瑟音書薄，略寄招哥買粉錢。

懷揚州舊居即李氏小園賣花翁汪髯所築

樓上佳人架上書，燭光微冷月來初。偷開繡帳看雲鬟，擘斷牙籤拂蠹魚。謝傅青山為院落，隋家芳草入園蔬。思鄉懷古兼傷暮，江雨江花爾自如。

感懷

歌舞樓頭暮影催，雪霜門戶豔陽回。蘇秦六國都丞相，羅隱西湖老秀才。遊說寂寥齊市哭，文章光怪越山開。分明一匹鴛鴦錦，玉剪金刀請自裁。

送陳坤秀才入都

天臺才子侯嘉璠，與予京師飲酒西華門；開懷吸盡玉泉水，隻手拔斷西山根。是時長安新晴九陌淨，月光爛爛升銀盆，長風吹天片雲邈，銀台萬樹含煙翻，疏星遠火動芳甸，迴沙細浪酷似江南村。是後相逢廣陵道，予正肩舁入煙島。左竿一壺酒，右竿一尾魚；烹魚煮酒恣談謔，道傍便借村人居。飲罷茫茫又分去，君從何處得此侯生書？侯生不妄許與人，滇池洱海寧為親；憐君書法有古意，歷落不顧時賢嗔。贈詩贈字指君路，要窺北闕排勾陳。范州知縣亦何幸？回車枉駕來沙塵。荒城古柳夕陽瘦，長堤嗥犬秋墳新。此去京師一千里，十日可到渾河津。薄酒寒茶飯粗糲，對人慎勿羞吾貧。京師有僧介庵子，是爾滇南舊閭裡；書法晶瑩秀且清，秋蘭挺拔春桃紫。君往從之必有倚，況兼古碑舊帖藏最多，縱橫觀之疑問彼。問君此去胡為乎？功名富貴良難圖，惟有文章世公器，石渠天祿開通渠。觀君運腕頗有力，柔軟妥貼須工夫；莫辭長跪首泥地，只紙片字明月珠。書法巨公二老在，法華庵主樑西湖。

法華主張公照，梁西湖諱詩正

鄂公子左遷諱容安

仲子空殘嘔血，鄂君原不求名；革去東宮詹事，來充國子先生。

十日菊

十日菊花看更黃，破籬笆外鬥秋霜；不妨更看十餘日，避得暖風禁得涼。

縣中小皂隸有似故僕王鳳者每見之黯然

喝道前行忽掉頭，風情疑是舊從遊；問渠了得三生恨，細雨空齋好說愁。

口輔依然性亦溫，差他吮筆墨花痕；可憐三載渾無夢，今日輿前遠近魂。
小印青田寸許長，抄書留得舊文章；縱然面上三分似，豈有胸中百卷藏！
乍見心驚意便親，高飛遠鶴未依人；楚王幽夢年年斷，錯把衣冠認舊臣。

喝道

喝道排衙懶不禁，芒鞋問俗入林深。一杯白水荒塗進，慚愧村愚百姓心。

范縣詩

十畝種棗，五畝種梨，胡桃頻婆，沙果柿椑。春花淡寂，秋實離離，十月霜紅，勁果垂枝。爭榮謝拙，韞采於斯，消煩解渴，拯疾療饑。

桑下有梯，桑上有女，不見其人，葉紛如雨。小妹提籠，小弟趨風，掇彼桑葚，青澀未紅。既養我蠶，無市我繭，杼軸在堂，絲絮在拈。暖老憐童，秋風裁剪。

維蒿維蕨，蔬百其名，維筐維榼，百獻其情。蒲桃在井，萱草在坪，棗花侵縣，麥浪平城。小蟲未翅，窈窕厥聲，哀呼老趙，望食延頸。范以黃口為小蟲，以銜食哺雛者為老趙臭麥一區，饑雞弗顧，甜瓜五色，美于甘瓠。結草為庵，扶翳遠樹，苜蓿綿芊，蕎花錦互。三豆為上，小豆斯附，綠質黑皮，勻圓如注。范有臭麥，成熟後則不臭。黃、黑、綠為三豆，為大豆，餘俱小豆。黑豆而骨青者最貴。

鵝為鴨長，率游於池，悠悠遠岸，漠漠楊絲。人牛晝臥，高樹蔭之，赤日不到，清風來吹。

鬥斯巨矣，三登其一；尺斯廣矣，十加其七。豆區權衡，不官而質。田無埂隴，畝無侵軼。爾種爾黍，我穫我稷。丈之以弓，岔之以尺。

黍稷翼翼，以蒽以鬱，黍稷栗栗，以實以積。九月霜花，雇役還家；腰鐮背谷，腳露肩霞。遙指我屋，思見我婦，一縷晨煙，隔於深樹。牽衣獻果，幼兒識父。

錢十其貫，布兩其端，四十聘婦，我家實寒。亦有勝村，童兒女孫，十五而聘，十七而婚。苑枯異勢，造化無根。我欲望天，我實戴貧。六十者傭，不識妻門，籠燈舁彩，終身為走奔。

驢騾馬牛羊，匯賣斯為集；或用二五八，或以一四七。期日。長吏出收租，借問民苦疾；老人不識官，扶杖拜且泣。官差分所應，吏擾竟何極；最畏朱標籤，請君慎點筆。貪者三其祖，廉者五其息。即此悟官箴，恬退亦多得。

朝歌在北，濮水在南；維茲範邑，匪淫匪婪。陶堯孫子，劉累庶枝，鼻祖於會，衍世於茲。娓娓斤斤，〈唐風〉所吹；墾墾力力，物土之宜。

絕句二十一首

高鳳翰

號西園，膠州秀才，薦舉為海陵督灞長。工詩畫，尤善印篆；病廢後，用左臂，書畫更奇。

西園左筆壽門書，海內朋交索向余；短劄長箋都去盡，老夫贗作亦無餘。

圖清格

號牧山，滿洲人，部郎。善畫，學石濤和尚。

懶向人間作畫師，朋游山下牧羊兒。崖前古廟新泥壁，墨竹臨風寫一枝。

李鱓

號復堂，興化人，孝廉。供奉內廷，後為滕縣令。畫筆工絕。

兩革科名一貶官，蕭蕭華髮鏡中寒。回頭痛哭仁皇帝，長把靈和柳色看。

蓮峰

杭州詩僧，雍正間賜紫。

鐵索三條解上都，君王早為白冤誣；他年寫入高僧傳，一段風波好畫圖。

傅雯

字凱亭，閭陽布衣。工指頭畫，法且園先生。

長作諸王座上賓，依然委巷一窮民。年年賣畫春風冷，凍手胭脂染不勻。

潘西鳳

字桐岡，人呼為老桐，新昌人。精刻竹，濮陽仲謙以後一人。

年年為恨詩書累，處處逢人勸讀書；試看潘郎精刻竹，胸無萬卷待何如！

孫峨山前輩

諱勷，德州人，進士，通政司右通。文章滿天下，子孫科甲無算，先生泊如也。

屢勸諸兒莫做官，立官難更立身難；一門自有千秋業，萬石高風國史看。

黃慎

字恭懋，號癭瓢。七閩老畫師。

愛看古廟破苔痕，慣寫荒崖亂樹根；畫到情神飄沒處，更無真相有真魂。

邊維祺

字頤公，一字壽民，山陽秀才。工畫雁。

畫雁分明見雁鳴，縑緗颯颯荻蘆聲；筆頭何限秋風冷，盡是關山離別情。

李 鍇

字梅山，又號豸青山人，索相子婿也。極博工詩，遼東世胄。

落魄王孫號豸青，文章無命命無靈。西風吹冷平津閣，何處重尋孔雀屏？

郭 沅

字南江，揚州人，孝廉。工制藝。

點染詩書萬卷開，丹黃如繡墨如苔。客來相對無言說，文弱書生小秀才。

音 布

字聞遠，長白山人。善書。

柳板棺材蓋破袪，紙錢蕭淡掛輀車；森羅未是無情地，或恐知人就索書。

沈 鳳

字凡民，江陰人，盱眙縣令，王篛林太史門生。工篆刻。

政績優遊便出奇，不須峭削合時宜；良苗也怕驚雷電，扇得和風好好吹。

周景柱

字西擎，遂安人，孝廉。由內閣中書為潮州府丞。工書法。

曾約嚴灘去釣魚，春風江上草為廬；如何萬里無消耗，君屈衙官我簿書。

董偉業

字恥夫，號愛江，瀋陽人。流寓甘泉，作《揚州竹枝詞》九十九首。

百首新詩號《竹枝》，前明原有豔妖詞；合來方許稱完璧，小楷抄謄枕秘隨。

保祿

字雨村，滿洲筆帖式。遇於江西無大師家，贈詩云：「西江馬大士，南國鄭都官。」

曾把都官目板橋，心知誑哄又虛驕。無方去後西山遠，酒店春旗何處招？

伊福納

字兼五，姓那拉，滿洲人。進士，戶部郎中。工詩。

紅樹年年只報秋，西山歲歲想同遊。枯僧去盡沙彌換，誰識當時兩黑頭！

申甫

號笏山，關中人，孝廉。工詩。

男兒須鬥百千期，眼底微名豈足奇；料得水枯青石爛，天涯滿誦笏山詩。

杭世駿

字大宗，號堇浦，杭州人。工詩。舉鴻博，授翰林苑編修。

門外青山海上孤，階前春草夢中臒；宦情不及閒情熱，一夜心飛入鑒湖。

方超然

字蘇台，淳安人。工書。為鹽場大使。

蠅頭小楷太勻停，長恐工書損性靈；急限采箋三百幅，宮中新制錦圍屏。

金司農

字壽門，錢塘人。博物工詩。舉鴻博不就。

九尺珊瑚照乘珠，紫髯碧眼聚商胡；銀河若問支機石，還讓中原老匹夫。

凡大人先生，載之國書，傳之左右史。而星散落拓之輩，名位不高，各懷絕藝，深恐失傳，故以二十八字標其梗概。

峨山先生不應在是列，筆之所至，遂不能自已。

南朝

昔人謂陳後主、隋煬帝作翰林，自是當家本色。燮亦謂杜牧之、溫飛卿為天子，亦足破國亡身。乃有幸而為才人，不幸而有天位者，其遇不遇，不在尋常眼孔中也。

舞榭歌樓蕩子家，騷人落拓借扯遮。如何冕藻山龍客，苦戀溫柔旖旎花！紅豆有情傳夢寐，青春無賴鬥煙霞。風流不是君王派，請入雞林謝翠華。

歷覽三首

歷覽名臣與佞臣，讀書同慕古賢人。烏紗略戴心情變，黃閣旋登面目新。翻笑腐儒何寂寂，可憐世味太津津。勸君莫作《閒居賦》，潘嶽終須負老親。

歷覽冰山過眼傾，眼前崒嵂有誰爭？三千羅綺傳宮粉，十萬貔貅擁禁兵。白髮更饒門戶計，黃金先買史書名。焚香痛哭龍門叟，一字何曾誑後生！

歷覽前朝史筆殊，英才多少受冤誣！一人著述千人改，百日辛勤一日塗。忌諱本來無筆削，乞求何得有褒誅？唯餘適口文堪讀，惆悵新添者也乎。

有年

槐影鴉聲晝漏稀，了除案牘吏人歸。拈來舊稿花前改，種得新蔬雨後肥。小院烏童調駿馬，畫樓纖手疊朝衣。岡陵未足酬恩造，大有書年報紫微。

立朝

立朝何必無纖過，要在聞而遽改之；千古怙終緣寵戀，問君戀得幾多時？

君臣

君是天公辦事人，吾曹臣下二三臣；兢兢奉若穹蒼意，莫待雷霆始認真。

詠史

蜂起孤鳴幾輩曹，是真天子壓群豪；何須傀儡諸龍種，拜冕垂旒贈一刀。天位由來自有真，不須剗削舊松筠；漢家子弟幽囚在，王莽猶非極惡人。

二生詩　宋緯、劉連登，范縣秀才。

腐《史》湘《騷》問幾更，衙齋風雨見高情。也知貧病渾無措，不敢分錢惱二生。

懷李三鱓

耕田便爾牽牛去，作畫依然弄筆來。一領破蓑雲外掛，半張陳紙酒中裁。青春在眼童心熱，白髮盈肩壯志灰。惟有蓴鱸堪漫吃，下官亦為啖魚回。

待買田莊然後歸，此生無分到荊扉。借君十畝堪栽秫，賃我三間好下幃。柳線軟拖波細細，秧針青惹燕飛飛。夢中長與先生會，草閣南津舊釣磯。

秋荷

秋荷獨後時，搖落見風姿；無力爭先發，非因後出奇。

平陰道上

闗河夜雨，車馬晨征。蕭蕭日出，蕩蕩波平。山城樹碧，古戍花明。雲隨馬足，風送車聲。漁者以漁，耕者以耕。高原婦饁，墟落雞鳴。帝王之業，野人之情。

止足

年過五十，得免孩埋；情怡慮淡，歲月方來。彈丸小邑，稱是非才。日高猶臥，夜戶長開。年豐日永，波淡雲回。鳥鳶聲樂，牛馬群諧。訟庭花落，掃積成堆。時時作畫，亂石秋苔；時時作字，古與媚皆；時時作詩，寫樂鳴哀。閨中少婦，好樂無猜；花下青童，慧黠適懷。圖書在屋，芳草盈階。晝食一肉，夜飲數杯。有後無後，聽已焉哉！

七夕

天上人間盡苦辛，飛橋斜度水粼粼；一年一會多離隔，好把牛郎覷得真。

漏盡星飛頃別離，細將長夜說相思；明年又有新愁恨，不得重提舊怨詞。

孤兒行

孤兒躑躅行，低頭屏息，不敢揚聲。阿叔坐堂上，叔母臉厲秋錚錚。阿叔不念兒，叔母不念嫂。不記瘦嫂病危篤，枕上叩頭，孤兒幼小；立喚孤兒跪，床前拜倒。拭淚諾諾，孤兒是保。嬌兒坐堂上，孤兒走堂下；嬌兒食粱肉，孤兒兢兢捧盤盂，恐傾跌，受笞罵。朝出汲水，暮莝芻養馬。芻傷指，血流瀉瀉。孤兒不敢言痛，阿叔不顧視，但詈死去兄嫂，生此無能者。嬌兒著紫裘，孤兒著破衣；嬌兒騎馬出，孤兒倚門扉。舉頭望望，掩淚來歸。

晝食廚下，夜臥薪草房。豪奴麗僕，食餘棄骨，孤兒拾齧，並遺剩羹湯。食罷濯盤浴釜，諸奴樹下臥涼。老僕不分涕泣，罵諸奴骨輕肉重，乃敢凌幼主，高賤軀。阿叔阿姆聞知，閉房悄坐，氣不得蘇，終然不念煢煢孤。老僕攜紙錢，出哭孤兒父母，頭觸墳樹，淚滴墳土。當初一塊肉，羅綺包裹，今日受煎苦。墓樹蕭蕭，夕陽黃瘦，西風夜雨。

後孤兒行

十歲喪父，十六喪母。孤兒有婦翁，珠玉金錢付其手。蒲葦繫磐石，可以卒長久。縱不愛他人兒，甯不為阿女守？丈丈翁，得錢歸，鼠心狼肺，側目吞肥，千謀萬算伏危機。姥曰：「不可。」翁曰：「不然。」令孤兒汲水大江邊，失足落江水，鄰救得活全。丈丈聞知復活，不謝鄰舍，中心悵然。朝不與食，暮不與棲止，孤兒蕩蕩無倚。乞求餐飯，旬日不返；外父外母不問，曷論生死！夜宿野廟，荒葦茫茫。聞人笑語，漸見燈光；綠林君子，勒令把火隨行。孤兒不敢不聽從強梁。事發賊得，累及孤兒；賊白冤故，官亦廉知。丈丈辣心毒手，悉力買告，令誣涅與賊同歸。西日慘慘，群盜就戮。顧此孤兒，肌如瑩玉。不恨己死，痛孤冤毒。行刑人淚相續。

題陳孟周詞後

陳孟周，瞽人也。聞予填詞，問其調。予為誦太白《菩薩蠻》、《憶秦娥》二首。不數日，即為其友人填二詞，亦用《憶秦娥》調。其詞曰：「光陰瀉，春風記得花開夜。花開夜，明珠雙贈，相逢未嫁。舊時明月如鉤掛，只今提起心還怕。心還怕，漏聲初定，玉樓人下。」「何時了，有緣不若無緣好。無緣好，怎生禁得，多情自小。重逢那覓回生草，相思未創招魂稿。招魂稿，月雖無恨，天何不老！」予聞而驚歎，逢人便誦。鹹曰青蓮自不可及，李後主、辛稼軒何多讓矣。拙詞近數百首，因愧陳作，遂不復存。

圓嶠仙人海上飛，吸風飲露不曾歸。偶然唾墨成涓滴，化作靈雲入少微。

世間處處可憐情，冷雨淒風作怨聲。此調再傳黃壤去，癡魂何日出愁城？

署中示舍弟墨

學詩不成，去而學寫。學寫不成，去而學畫。日賣百錢，以代耕稼；實救困貧，託名風雅。免謁當途，乞求官舍；座有清風，門無車馬。四十科名，五十旂旌；小城荒邑，十萬編氓。何養何教，通性達情；何興何廢，務實辭名。一行不當，百慮難更。少予失教，躁率易輕。水衰火熾，老更不平。日有悔吝，終夜屏營。妻孥綺縠，僮僕鼎羹；何功何德，以安以榮？若不速去，禍患叢生。李三復堂，筆精墨渺。予為蘭竹，家數小小；亦有苦心，卅年探討。速裝我硯，速攜我稿；賣畫揚州，與李同老。詩學三人，老瞞與焉；少陵為後，姬旦為先。字學漢魏，崔蔡鐘繇；古碑斷碣，刻意搜求。維茲三事，屋舍田疇。宦貧何畏，宦富可惴；即此言歸，有贏不匱。人不疵尤，鬼無瞰祟。吾既不貪，爾亦無恚。需則失時，決乃雲智。

破屋

廨破牆仍缺，鄰雞喔喔來。庭花開扁豆，門子臥秋苔。晝鼓斜陽冷，虛廊落葉回。掃階緣宴客，翻惹燕鴉猜。

登范縣城東樓

獨上秋城望，高樓出曉煙。西風漳鄴水，旭日魯鄒天。過客荒無館，供官薄有田。時平兼地僻，何況又豐年。

姑惡

古詩云：「姑惡，姑惡，姑不惡，妾命薄。」可謂忠厚之至，得三百篇遺意矣！然為姑者，豈有悛悔哉？因復作一篇，極形其狀，以為激勸焉。

小婦年十二，辭家事翁姑。未知伉儷情，以哥呼阿夫。兩小各羞態，欲言先囁嚅。翁令處閨閣，織作新流蘇。姑令雜作苦，持刀入中廚。切肉不成塊，礧磈登盤箟；作羹不成味，酸辣無別殊；析薪纖手破，執熱十指枯。翁曰：「是幼小，教導當徐徐。」姑曰：「幼不教，長大誰管拘？恃其桀傲性，將欺頹老軀；恃其驕縱資，吾兒將伏蒲。」今日肆詈辱，明日鞭撻俱。五日無完衣，十日無完膚。吞聲向暗壁，啾唧微歎籲。姑云是詛咒，執杖持刀語：「汝肉尚可切，頗肥未為膢；汝頭尚有發，𦡦盡為秋壺。與汝不同生，汝活吾命殂。」鳩盤老形貌，努目真凶屠。阿夫略顧視，便嗔羞恥無。阿翁略勸慰，便嗔昏老奴。鄰舍略探問，便嗔何與渠。嗟嗟貧家女，何不投江湖？江湖飽魚鱉，免受此毒荼。嗟哉天聽卑，豈不聞怨呼？人間為小婦，沉痛結冤誣。飽食償一刀，願作牛羊豬。豈無父母來？洗淚飾歡娛。豈無兄弟問？忍痛稱姑劬。疤痕掩破襟，禿髮云病疏，一言及姑惡，生命無須臾！

邯鄲道上二首

銅台西北又叢台，泱漭塵沙泜水回。笑武靈王無末路，愛廝養卒有英才。青山易老人長在，白髮無權志不灰。最是耳餘堪借鑒，千秋刎頸有疑猜。

仙館荒寒不見人，呂翁遺像滿埃塵。古碑剔蘚前文陋，畫壁含苔幻說新。幾處斷橋支破板，一溝折葦臥秋蘋。分明告我浮生事，伏枕何須夢假真。

漁家

賣得鮮魚百二錢，糴糧炊飯放歸船；拔來濕葦燒難著，曬在垂楊古岸邊。

小游贈杭州餘省三

撇杭越，入姑蘇；吞震澤，藐西湖。錢塘之潮十里闊，蕩乙太湖波浪渾如無。惠山買酒醉酩酊，金山腳踢成齏粉。別有寥寥古淡心，披衣散發焦崖頂；半夜狂捫〈瘞鶴銘〉，五更冷對文王鼎。大索揚州不見我，飄飄千里來山左。袖中力士百斤椎，椎開俗吏雙眉鎖。俗吏之俗亦可憐，為君貸取百千錢。謁曲阜墓，觀嶧山刻，登泰山顛。尚有嘶風掃電之驥足，送君雲外飛歸鞭。君之小遊略如此，壯遊他日吾從爾。

江七姜七名昱、名文載。

揚州江七無書名，予獨愛其神骨清；歐陽體制褚性情，藐姑冰雪光瑩瑩。如皋姜七無畫名，予獨愛其堅秀時；梧桐月夜仙娥婭，如聞歎息微微聲。畫中景。二子才思原縱橫，二子學術原崢嶸。天南萬里諸髦英，俯首聽命無衡爭。板橋道人孤異行，昌羊別嗜顛倒傾。獨推書畫眾目瞠，尋諸至理還平平。廟堂若薦犧剛騂，二子應列丹刻楹。大章〈簫韶〉〈咸池〉鳴，景王無射休噌吰。即今別調吹竽笙，世間破裂琵琶箏。我來山左塵沙並，春風夜雨思喬鶩。窮達遇合何足營，望君刻苦孤邁征。江書姜畫懸梟棖，歐幹卞璧湘秋蘅。或予謬鑒雙目盲，請呼老禿嗤殘傖。

逃荒行

十日賣一兒，五日賣一婦，來日剩一身，茫茫即長路。長路迂以遠，關山雜豺虎；天荒虎不饑，肝人伺岩阻。豺狼白晝出，諸村亂擊鼓。嗟予皮發焦，骨斷折腰膂。見人目先瞪，得食咽反吐。不堪充虎餓，虎亦棄不取。道旁見遺嬰，憐拾置擔釜；賣儘自家兒，反為他人撫。路婦有同伴，憐而與之乳。咽咽懷中聲，咿咿口中語；似欲呼爺娘，言笑令人楚。千里山海關，萬里遼陽戍。嚴城齧夜星，村燈照秋滸；長橋浮水面，風號浪偏怒。欲渡不敢攖，橋滑足無屨；前牽復後曳，一跌不復舉。過橋歇古廟，聒耳聞鄉語。婦人敘親姻，男兒說門戶；歡言夜不眠，似欲忘愁苦。未明複起行，霞光影踽踽。邊牆漸以南，黃沙浩無宇。或云薛白衣，征遼從此去；或云隋煬皇，高麗拜雄武。初到若夙經，艱辛更談古。幸遇新主人，區脫與眠處。長犁開古磧，春田耕細雨；字牧馬牛羊，斜陽谷量數。身安心轉悲，天南渺何許。萬事不可言，臨風淚如注。

還家行

死者葬沙漠，生者還舊鄉；遙聞齊魯郊，穀黍等人長。目營青岱雲，足辭遼海霜；拜墳一痛哭，永別無相望。春秋社燕雁，封淚遠寄將。歸來何所有，兀然空四牆；井蛙跳我灶，狐狸據我床。驅狐窒鼴鼠，掃徑開堂皇；濕泥塗舊壁，嫩草覆新黃。桃花知我至，屋角舒紅芳；舊燕喜我歸，呢喃話空梁；蒲塘春水暖，飛出雙鴛鴦。念我故妻子，羈賣東南莊；聖恩許歸贖，攜錢負橐囊。其妻聞夫至，且喜且彷徨；大義歸故夫，新夫非不良。摘去乳下兒，抽刀割我腸。其兒知永絕，抱頸索阿娘；墮地幾翻覆，淚面塗泥漿。上堂辭舅姑，舅姑淚浪浪。贈我菱花鏡，遺我泥金箱；賜我舊簪珥，包並羅衣裳。「好好作家去，永永無相忘。」後夫年正少，慚慘難禁當；潛身匿鄰舍，背樹倚斜陽。其妻徑以去，繞隴過林塘。後夫攜兒歸，獨夜臥空房；兒啼父不寐，燈短夜何長！

思歸行

山東遇荒歲，牛馬先受殃；人食十之三，畜食何可量。殺畜食其肉，畜盡人亦亡。帝心軫念之，布德回穹蒼。東轉遼海粟，西截湘漢糧；雲帆下天津，艨艟竭太倉。金錢數百萬，便宜為賑方。何以未賑前，不能為周防？何以既賑後，不能使樂康？何以方賑時，冒濫兼遺忘？臣也實不材，吾君非不良。臣幼讀書史，散漫無主張：如收敗貫錢，如撐斷港航；所以遇煩劇，束手徒周章。臣家江淮間，蝦螺魚藕鄉；破書猶在架，破氈猶在床。待罪已十年，素餐何久長。秋雲雁為伴，春雨鶴謀粱；去去好藏拙，滿湖蓴菜香。

效李艾山前輩體

秋聲何處尋，尋入竹梧裡；一片竹梧陰，何處秋聲起？

挽老師鄂太傅五首

西華門外草萋萋，白塔金龕樹影迷。北斗有光清漏肅，三台無力曉雲低。上方乙夜調丹藥，七校春風送紫泥。其奈巫陽下霄漢，鈞天有詔意先齎。

松蒼檜老日華東，鈴索淒清澹曉風，遺草不曾歸太史，嘉謨只是告深宮。河山有象心難畫，周召無模趣則同。應向九天陪列聖，赤虯騎在白雲中。

六詔風煙舊莽蒼，九邊吹角夜琅琅。雲山秋靜黃金甲，花柳春深綠野堂。辟谷有方羞檢閱，掃門無客自清涼。聖朝若畫麒麟閣，姓霍仍須諱寫光。

天淚湟湟濕尾箕，八荒九譯盡銜悲。武功萬里兼文德，王佐千秋實帝師。學並南陽還令主，勳高郭相又佳兒。人間五福於今備，合演《洪疇》作誄辭。

平泉草木錫天家，石檻松門竹徑賒。籠鳥放還天地囿，池魚樂並海江涯。布衣屢臥平津閣，遠淚難揮杜曲花。華屋山丘何限痛，終須來吊舊煙霞。

斷句

白駒場顏秋水前輩詩云：□□□□□□□，□□□□□□□。又云：偷臨畫稿奴藏筆，貪看斜陽婢倚樓。滿洲常建極有云：奴濳去志神先阻，鶴有饑容羽不修。湖洲潘汝龍《西湖詩》云：秋風雁響錢王塔，暮雨人耕賈相園。淮安程鳳衣云：乾坤著意窮吾党，途路難言仗友生。一斑可喜，何必全豹。

小小茅齋短短籬，文窗繡案緊封皮；秋風白粉新泥壁，細貼群賢斷句詩。

署中無紙書狀尾數十與佛上人

閒書狀尾與山僧，亂紙荒麻疊幾層。最愛一窗晴日照，老夫衙署冷於冰。

詠史

雲裡關門六扇開，天邊太華鳥飛回，漢家安受秦家業，項羽東歸只廢材。

已背齊盟強自雄，便應割據守關中，如何宴罷鴻門去，卻覓彭城小附庸。

窘況為許衡州賦

半缺柴門叩不開，石稜磚縫好蒼苔；地偏竹徑清於水，雨冷詩情瘦似梅。山茗未賒將菊代，學錢無措喚兒回；塾師亦復多情思，破點經書手送來。萬里西風雁陣哀，五更霜月起徘徊。薄田累我年年種，秋稼登場事事來。私券官租紛夙欠，女裙兒褐待新裁。老親八十豪情在，斗米焉能廢臘醅！

憶湖村

數聲桄桔隔煙蘿，是處西風壓稻禾。荻筆半含東墅雨，鷺鷥遙立夕陽波。買魚人鬧橋邊市，得酒船歸月下歌。擬向湖幹築秋舍，菊籬楓徑近如何！

和高相公給賑山東道中喜雨並五日自壽之作諱斌，號東軒

相公捧招視東方，百萬陳因下太倉。天語播時人盡飫，好風吹處日俱長。村村布穀催新綠，樹樹斜陽送晚涼。多謝西南雲一片，頓教霖雨遍耕桑。五日生辰道上過，山根雲腳水羅羅。沖泥角黍蓑翁獻，介壽蒲尊瓦盎多。馬上旌旗迷渤海，柳邊輿蓋拂濰河。愚民攀拽無他囑，為報君王有瑞禾。

和學使者于殿元枉贈之作諱敏中

十載揚州作畫師，長將赭墨代胭脂。寫來竹柏無顏色，賣與東風不合時。

潦倒山東七品官，幾年不聽夜江湍。昨來話到瓜洲渡，夢繞金山曉日寒。

三百人中最後生，玉堂時聽夜書聲。知君療得嫦娥渴，不為風流為老成。

山東鎖院自清涼，湖水湖雲入檻長。剪取吾家書帶草，為君結束錦詩囊。

濟南試院奉和宮詹德大主師枉贈之作諱保

鎖院西風畫角清，淡雲疏雁濟南城。桂花不用月中折，奎閣儼如天上行。模範已看金在鑄，洗磨終愧玉無成。饒他崷華青青色，還讓先生泰岱橫。

小園

月光清峭射樓臺，淺夜籬門尚半開。樹裡燈行知客到，竹間煙起喚茶來。數聲犬吠秋星落，幾陣風傳遠笛哀。坐久談深天漸曙，紅霞冷露滿蒼苔。

寄小徒昆寧坤豫二孝廉，兼呈令師崔雲墅先生

橋橋頭髮已蒼蒼，爾輩何須學老狂？記取舊延崔錄事，鶺鴒那得及鴛鴦！

御史沈椒園先生，新修南池建少陵書院，並作雜劇侑神，令歲時歌舞以祀沈諱廷芳

御史驄馬行山東，馬蹄到處膏露濃。洗排泰岱礪鄒嶧，吹青漢柏秦皇松。少陵南池久寂沉，夕陽慘惔荒波紅。廟之祏之繪而塑，牢之餮之鼎以鐘。雕鐫鱗羽動筍簴，梁桷翬翩相飄沖。揮毫蘸墨作碑版，百金一字尤堅工。板橋居士讀不厭，臥看三日鋪秋茸。頗聞風時虔禱祀，蕩豬割雉陳蝦鯆。荏梨青桃海獐鹿，楊梅橘柚南柑封。以其餘閒作雜劇，燕姬越女黃娘蹤。相隨太白著宮錦，潞州別駕調羹饔。金元院本久退舍，秦簫汀瑟清魚龍。神靈飄飄侑而喜，葦花之外雲之中。願從先生乞是劇，選伶遍譜琳琅宮。

瓜州夜泊

葦花如雪隔樓臺，咫只金山霧不開。慘澹秋燈魚舍遠，朦朧夜話客船偎。風吹隱隱荒雞唱，江動洶洶北斗回。吳楚咽喉橫鐵甕，數聲清角五更哀。

偶然作

文章動天地，百族相綢繆；天地不能言，聖賢為嚨喉。奈何纖小夫，雕飾金翠稠，口讀《子虛賦》，身著貂錦裘；佳人二八侍，明星爍高樓；名酒黃羊羹，華燈水晶球。偶然一命筆，幣帛千金收；歌鐘連戚裡，詩句欽王侯；浪膺才子稱，何與民瘼求！所以杜少陵，痛哭何時休！秋寒室無絮，春雨耕無牛；嬌兒樂歲饑，病婦長夜愁。推心擔販腹，結想山海陬。衣冠兼盜賊，征戍雜累囚。史家欠實錄，借本資校讎。持以奉吾君，藻鑒橫千秋。曹劉沈謝才，徐庾江鮑儔，自云黼黻筆，吾謂乞兒謀。

題盆蘭倚蕙圖

春蘭未了夏蘭開，畫裡分明喚阿呆，閱盡榮枯是盆盎，幾回拔去幾回栽。

題破盆蘭花圖

春雨春風寫妙顏，幽情逸韻落人間。而今究竟無知己，打破烏盆更入山。

題峭壁蘭花圖

山頂蘭花早早開，山腰小箭尚含胎，畫工立意教停蓄，何苦東風好作媒。

題半盆蘭蕊圖

盆畫半藏，蘭畫半含。不求發洩，不畏凋殘。

題屈翁山詩劄，石濤石谿八大山人山水小幅，並白丁墨蘭共一卷

國破家亡鬢總皤，一囊詩畫作頭陀，橫塗豎抹千千幅，墨點無多淚點多。

題姚太守家藏惲南田梅菊二軸姚諱興滇

今日方知惲壽平，石田筆墨十洲情。廿年贗本相疑信，徒使前賢笑後生。

畫芝蘭棘刺圖寄蔡太史諱時田

寫得芝蘭滿幅春，傍添幾筆亂荊榛；世間美惡俱容納，想見溫馨澹遠人。

題石東村鑄陶集

詩人老去興偏豪，燒盡千篇又鑄陶；從此鑄韓還鑄杜，更於三代鑄風騷。

家袞州太守贈茶諱方坤

頭綱八餅建溪茶，萬里山東道路賒。此是蔡丁天上貢，何期分賜野人家。

惱濰縣

行盡青山是濰縣，過完濰縣又青山。宰官枉負詩情性，不得林巒指顧問。

饒詩

客來頗有一盤棋，客去非無酒數巵。發短官忙身又病，倩君饒我一篇詩。
興到千篇未是多，愁來一字懶吟哦。非云此事從今絕，脫復佳時待體和。

贈陳際青

瓜洲江水夜潮平，月滿秋田鶴唳清。記得扁舟同臥聽，金山雲板二三更。

真州雜詩八首並及左右江縣

春風十里送啼鶯，山色江光翠滿城。曲岸紅薇明澗水，矮窗白紙出書聲。衙齋種豆官無事，刀筆題詩吏有名。昨夜村燈魚藕市，青簾醇酒見人情。

村中布穀縣中啼，桑柘低簷麥隴齊。新筍斸來泥未洗，江魚買得酒還攜。山花雨足皆含笑，絮襖春深欲換綈。何限農家辛苦事，漸看兒女滿町畦。

寒衣新熨折參差，一笑裘毛落許時。脾土漸衰唯食粥，風情不減尚填詞。雪中松樹文山廟，雨後桃花浣女祠。最愛捲簾高閣上，楚江晴碧晚煙遲。

月白潮生野水潺，上游千里控荊蠻。洗淘赤壁無遺燎，溶漾金陵有剩山。煙裡戍旗秋露濕，沙邊戰艦夕陽閑。真州漫笑彈丸地，從古英雄盡往還。

吳越咽喉鐵甕城，隔江相望曉煙橫。高檣迴與山排列，濁浪喧同海鬥爭。捲去蘆花渾雪意，飄來鼓角盡秋聲。中原萬里無烽燧，扶仗衰翁未見兵。

南國楓凋結綺樓，雷塘北去蓼花秋。染成紅淚胭脂濕，蘸破新霜草木愁。兩地干戈才轉瞬，一般成敗莫回頭。後庭遺曲江邊唱，又聽隋家《清夜遊》。

行過青山又一山，黃將軍墓兀其間。懸崖斷處孤松出，駭浪崩時血淚還。江上諸藩皆逆類，樞中一老復頹顏。抵天只手終何益，遠去心枯事總艱。

何事秋風只杜門，護花長怕曉霜痕。掛冠盛世才原拙，賣字他鄉道豈尊？山雨乍晴如洗沐，江煙一起又黃昏。惟君詩興清豪在，喚醒東南旅客魂。和張仲蕎一首

真州八首，屬和紛紛，皆可喜，不辭老醜，再疊前韻

江頭語燕雜啼鶯，淡淡煙籠繡畫城。沙岸柳拖騎馬客，翠樓簾卷賣花聲。三冬薺菜偏饒味，九熟櫻桃最有名。清興不辜諸酒伴，令人忘卻異鄉情。謂張仲蕎　鮑匡溪　米舊山　方竹樓諸子

滿林煙雨曙鴉啼，脈脈春流與岸齊。蝦菜半肩奴子荷，花枝一剪老夫攜。除煩苦茗煎新水，破暖輕衫染舊綈。最是老農閒不住，牆邊屋角韭為畦。

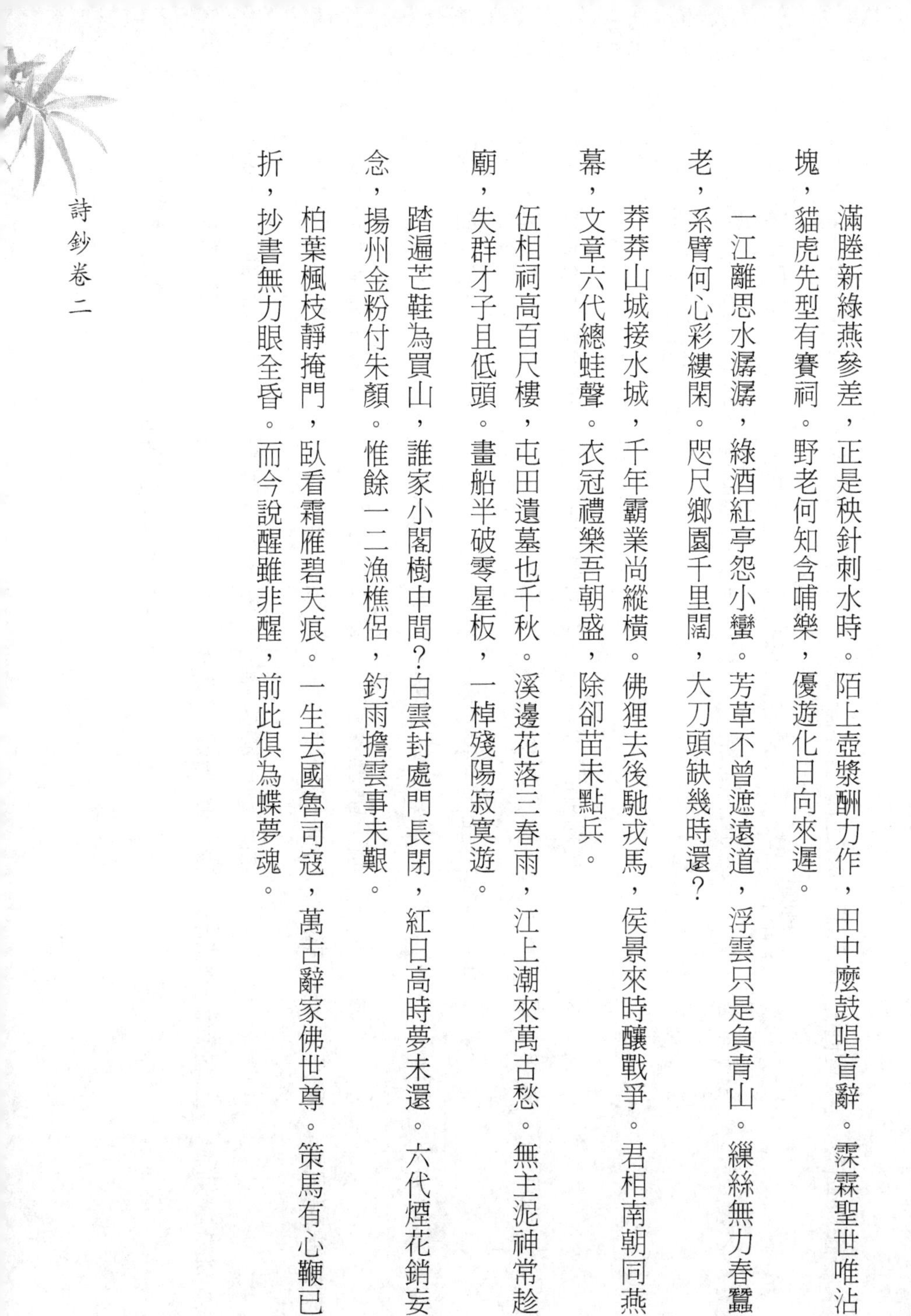

滿塍新綠燕參差，正是秧針刺水時。陌上壺漿酬力作，田中麼鼓唱盲辭。霂霖聖世唯沾塊，貓虎先型有賽祠。野老何知含哺樂，優遊化日向來遲。

一江離思水潺潺，綠酒紅亭怨小蠻。芳草不曾遮遠道，浮雲只是負青山。繅絲無力春蠶老，系臂何心彩縷閑。咫尺鄉園千里闊，大刀頭缺幾時還？

莽莽山城接水城，千年霸業尚縱橫。佛狸去後馳戎馬，侯景來時釀戰爭。君相南朝同燕幕，文章六代總蛙聲。衣冠禮樂吾朝盛，除卻苗未點兵。

伍相祠高百尺樓，屯田遺墓也千秋。溪邊花落三春雨，江上潮來萬古愁。無主泥神常趁廟，失群才子且低頭。畫船半破零星板，一棹殘陽寂寞遊。

踏遍芒鞋為買山，誰家小閣樹中間？白雲封處門長閉，紅日高時夢未還。六代煙花銷妄念，揚州金粉付朱顏。惟餘一二漁樵侶，釣雨擔雲事未艱。

柏葉楓枝靜掩門，臥看霜雁碧天痕。一生去國魯司寇，萬古辭家佛世尊。策馬有心鞭已折，抄書無力眼全昏。而今說醒雖非醒，前此俱為蝶夢魂。

和雅雨山人紅橋修禊盧諱見曾

一線莎堤一葉舟，柳濃鶯脆恣淹留。雨晴芍藥彌江縣，水長秦淮似蔣州。薄幸春光容易老，遷延詩債幾時酬？使君高唱淩顏謝，獨立吳山頂上頭。

年來修禊讓今年，太液昆池在眼前。迴起樓臺回水曲，直鋪金翠到山巔。花因露重留蝴蝶，笛怕春歸戀畫船。多謝西南新月掛，一鉤清影暗中圓。

十里亭池一水通，儼開銀鑰日華東。逶迤碧草長楊道，靜悄朱簾上苑風。天淨有雲皆錦繡，樹深無雨亦溟蒙。〈甘泉〉〈羽獵〉應須賦，雅什先排禊帖中。

草頭初日露華明，已有遊船歌板聲。詞客關河千里至，使君風度百年清。青山駿馬旌旗隊，翠袖香車繡畫城。十二紅樓都倚醉，夜歸疑聽景陽更。

再和盧雅雨四首

廣陵三日放輕舟，漸老春光尚小留。才子新詩高白傅，故園名酒載青州。公山東人。花因近席枝偏亞，人有憑闌句未酬。隔岸湔裙諸女伴，一時欣望盡回頭。

莫以青年笑老年，老懷豪宕倍從前。張筵賭酒還通夕，策馬登山直到巔。落日澄霞江外樹，鮮魚晚飯越中船。風光可樂須行樂，梅豆青青漸已圓。別港朱橋面面通，畫船西去又還東。曲而又曲邗溝水，溫且微溫上巳風。放鴨洲邊煙漠漠，賣花聲裡雨濛濛。關心民瘼尤堪慰，麥隴青蔥入望中。新月微微一線明，唧山低樹傍歌聲。煙橫碧落春星淡，露滿宮樓夜氣清。皂隸解吟箋上句，輿台沾醉柳邊城。歸途莫漫頻吆喝，花漏東丁已二更。

後種菜歌仍為常公延齡作

菜葉青，霜雪零；菜葉落，桃李灼。別有寒暄只自知，骨頭不比松枝弱。轆轤牽斷銀瓶綆，填瞎胭脂亡國井。畦幹蟲蠹葉如紗，蠹入孝陵牆上粉。碎麟殘虎墓松聲，掃葉填沙隧道傾。年年寒食一盞飯，來享孤臣舊菜羹。

李御、于文濬、張賓鶴、王文治會飲

黃金避我竟如仇，湖海英雄不自由。今日一杯明日別，訂盟何得及沙鷗！

小古鏡為同年金殿元作諱德瑛

土花剝蝕蛟龍缺，秋水澄泓海月殘。料得君心如此鏡，玉堂高掛古清寒。

贈袁枚

室藏美婦鄰誇豔，君有奇才我不貧。

以上自《板橋詩鈔》

游白狼山

積雨空山草木多，山僧晨起斫煙蘿；崖前露出一塊石，悄坐松陰似達摩。

懸岩小閣碧梧桐，似有人聲在半空；百叩銅環渾不應，松花滿地午陰濃。

客焦山袁梅府送蘭

秋蘭一百八十箭，送與焦山石屋開。曉月敲門傳簡帖，煙帆昨夜過江來。

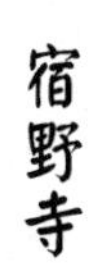

宿野寺

野寺荒寒亂水侵，長廊壞院一燈深；芭蕉淅颯梧桐雨，不起愁心是恨心。

游焦山

日日江頭數萬山，諸山不及此山閑；買山百萬金錢少，賒欠何曾定要還。老去依然一秀才，滎陽家世舊安排；烏紗不是遊山具，攜取教歌拍板來。

雪晴

簷雪才消日上遲，古銅瓶曬臘梅枝。觸窗無力癡蠅軟，切莫欺他失意時。

六朝

一國興來一國亡，六朝興廢太匆忙。南人愛說長江水，此水從來不得長。

題張賓鶴西湖送別圖

西湖煙水不成秋，半是僧樓半酒樓。雲外一帆揮手去，要看江海泊天流。

贈孝廉金兆燕

買得吳兒也姓徐，陳髯風調滿詩餘。老夫深愧巢民叟，不得金錢送後車。

焦山贈袁四梅府

畫角淒涼鐵笛哀，一江秋色冷莓苔。多情只是袁梅府，十日扁舟五去來。

江晴

霧裏山疑失，雷鳴雨未休；夕陽開一半，吐出望江樓。天陰作圖畫，紙墨俱潤澤；更愛嫩晴天，寥寥三五筆。

羅隱

羅隱終身不負唐，君王原自愛文章。諸臣瑣瑣憂轅轢，改面更衣卻事梁。
吳越山川黯寂寥，秀才心事有芻蕘。如何萬弩橫江上，不射朱溫卻射潮？

文章

唐明皇帝宋神宗，翰苑青蓮蘇長公。千古文章憑際遇，燕泥庭草哭秋風。

李商隱

不歷崎嶇不暢敷，怨爐鞴冶鑄吾徒。義山逼出西昆體，多謝郎君小令狐。

金蓮燭

畫燭金蓮賜省簽，令狐小子負堂廉。大名還屬真名士，異代留傳蘇子瞻。

四皓

雲掩商於萬仞山，漢庭一到即回還。靈芝不是凡夫采，苟得乾坤養得閒。

以上自《板橋詩鈔》刻本

題碧崖和尚遺照

洞曹之後，何得無人？敏修大德，公善其身。兩住焦山，其道益純。肩挑重擔，腳踏危津。剖石見玉，選竹抽筠。俗僧勸舍，不舍便嗔。及其已舍，萬告千貧。如割心肺，如剜齒唇。忽然禍至，一費千緡。求死不得，求活無因。何似我公，萬境皆春。焦山杯水，吳豉江蓴。焦山抔土，首丘至仁。是僧之言，是我之鄰。

碧崖大和上遺照。板橋鄭燮拜題。

鎮江博物館藏墨蹟

教館詩

教館本來是下流，傍人門戶渡春秋。半饑半飽清閒客，無鎖無枷自在囚。課少父兄嫌懶惰，功多子弟結冤仇。而今幸作青雲客，遮卻當年一半羞。

《雨窗消意錄》卷一

自詠詩

濰縣三年范五年，山東老吏我居先。一階未進真藏拙，隻字無求倖免嫌。春雨長堤行麥隴，秋風古廟問瓜田。村農留醉歸來晚，燈火千家望不眠。

載臣先生正，板橋鄭燮。

北京故宮博物院藏墨蹟

贈梅鑒和尚

十年不見亦如斯，逐日相從了不奇。挑菜舊籃猶掛壁，種花新隴欲通池。風霜漸逼慵縫衲，楮墨重尋但索詩。此別無多應會面，雪花飄落馬頭時。

此雍正十一年重九日奉別梅鑒和尚之作也，時結交已十餘載。乾隆二十年，余自山左南歸，重過海陵，師請再書，遂作一大幅，又一小幅，以供方丈，他日二徒可分守矣。

《昭陽述舊編》卷一

和汪芳藻詠顧世永代弟買妾

一夜花枝泣別離，東風無復訂佳期。櫻桃熟後憑人摘，梅子酸時只自知。何幸荊釵完夙契，免教破鏡惹相思。人間處處風波在，莫打鴛鴦與鷺鷥。

德遠老親台老年翁顧公世永為其弟世美買妾，既成價矣，聞其有夫，即還之，不責其值，且贈以金。此義舉也。中尊汪夫子邑侯汪公芳藻既旌其廬，復歌詠其事。燮不揣固陋，賦詩謹和。時雍正十二年七月九日也。

《昭陽述舊編》卷一

揚州福國和尚至范賦二詩贈行

不向空山臥寂寥，紅塵堆裡剎竿招。宰官風雨朝停泊，艇子驚呼夜聽潮。眼底浮雲真幻化，杖頭芒屩自迢遙。懸知法雨無邊際，洗盡鉛華廿四橋。

范城小縣無人到，忽漫袈裟暮叩門。一盞寒燈供佛火，數椽茅茨即山村。支持祖德留清白，冷落鄉園愧弟昆。本分鉗錘公透脫，更何了悟教諸孫。和尚為鄭之祖行

周尚質等《曹州府志》卷十九

贈范縣舊胥

范縣民情有古風，一團和藹又包容。老夫去後相思切，但望人安與歲豐。

舊胥來索書，為作十紙，此其末幅也。感而賦詩，不覺出涕。罷官後，當移家於范，約為兄弟婚姻。板橋鄭燮。

濰坊市圖書館藏墨蹟

禹王臺北勘災

滄海茫茫水接天，草中時見一畦田。波濤過處皆鹽鹵，自古何曾說有年！

郭榆壽《榆園雜錄》卷一

贈鍾啟明並留別乾隆壬申十二月

一堂五世古今稀，父祖曾高子姓依。漫道在官無好處，須知積德有光輝。

乾隆壬申嘉平月，板橋老人題贈鐘啟明並留別。

《支那墨蹟大成》第八卷

濰縣竹枝詞二十四首

三更燈火不曾收，玉膾金齏滿市樓。雲外清歌花外笛，濰州原是小蘇州。

鬥雞走狗自年年，只愛風流不愛錢。博進已償三十萬，青樓猶伴美人眠。

負郭園林竹樹深，良田美產貴於金。誰家子弟能銷費，為買溫柔一片心。

城上春雲覆畫樓，城邊春水泊天流。夜來雨過千山碧，亂落桃花出澗溝。

水流曲曲樹叢叢，樹裡青山一兩峰。茅屋深藏岩壑靜，數聲雞犬夕陽中。

幾家活計賣青山，石塊堆來錦繡斑。薄暮回車人半醉，亂鴉聲裡唱歌還。

滿城豪富好栽花，洋菊洋桃信口誇。昨日膠州新送到，一盆紅豔寶珠茶。

大魚買去送財東，巨口銀鱗曉市空。更有諸城來美味，西施舌進玉盤中。
羅綺成箱繡作堆，春衫窄袖好新裁。閨人不肯持刀尺，斷要姑蘇定織來。
小閣桐陰送晚涼，茉莉花間夜來香。微風搖動輕羅帳，銀蒜金鉤玳瑁床。
翩翩少俊好腰身，半揖鞭梢對客人。忽漫翻身騎馬去，綠楊陰裡一行塵。
美人家處綠揚橋，樹裡春風酒旆招。一字香銷怨南國。杏花零落馬蹄遙。
姑蘇子弟好清歌，多少青春欲著魔。今日暫來明日去，他心已是隔山河。
兩行楊樹一條堤，東自登萊達濟西。若論五都兼百貨，自然濰縣甲青齊。
醃豬滴血滿城紅，南販蘇州北薊中。縱使千金誇利益，何如本富作田翁。
天道由來最好生，家家刀梃太無情。老夫欲種菩提樹，十里春風入化城。
北窪深處好拿魚，淡蕩春風漾綠渠。日暖人家曬網罟，水光山色浸茅廬。
小橋曲岸水灣環，荻葦花中釣艇間。忽漫鷺鷥驚起去，一痕晴雪上西山。

繞郭良田萬頃賒，大都歸併富豪家。可憐北海窮荒地，半簍鹽挑又被拿。

二十條槍十口刀，殺人白晝共稱豪。汝曹軀命原拚得，父母妻兒慘泣號。

放囚出獄淚千行，拜謝君恩轉自傷。從此更無牢粥飯，又為盜竊觸桁揚。

馬思南北是山田，石塊沙窩不殖錢。坐得三分秋稼熟，大家歡喜說豐年。

徵發錢糧只恨遲，茅簷蔀屋又堪悲。掃來草種三升半，欲納官租賣與誰？

濰城原是富豪都，尚有窮黎痛剝膚。慚愧他州兼異縣，救災循吏幾封書。

乾隆十二年告災不許，反記大過一次，百姓含愁，知縣解體。板橋居士鄭燮舊作，辛未建子月書。

濰縣竹枝詞四十首

三更燈火不曾收，玉膾金虀滿市樓。雲外清歌花外笛，濰州原是小蘇州。

鬥雞走狗自年年，只愛風流不愛錢。博進已賒三十萬，青樓猶伴美人眠。

美人家處綠楊橋，樹裡春風酒旆招。一自香銷怨南國，杏花零落馬蹄遙。

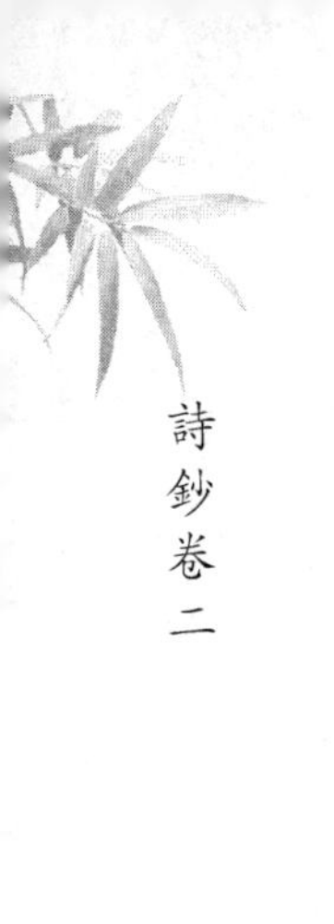

四面山光樹木深，良田美產貴千金。呼盧一夜燒紅蠟，割盡膏腴不掛心。

豪家風氣好栽花，洋菊洋桃信口誇。昨夜膠州新送到，一盆紅豔寶珠茶。

大魚買去送財東，巨口銀鱗曉市空。更有諸城來美味，西施舌進玉盤中。

小閣桐陰日影斜，晚風吹放茉莉花。衣裳盡道南中好，細葛香羅萬字紗。

翠袖湘裙小婢扶，時興打扮學姑蘇。村中婦女來相耀，亂戴銀冠釘假珠。

幾家活計賣青山，石塊堆來錦繡斑。薄暮回車人半醉，亂鴉聲裡唱歌還。

水流曲曲樹重重，樹裡春山一兩峰。茅屋深藏人不見，數聲雞犬夕陽中。

集散人歸掩市門，市樓燈火定黃昏。白狼河水無情甚，不肯停留盡夜奔。

兩行官樹一條堤，東自登萊達濟西。若論五都兼百貨，自然濰縣甲青齊。

連雲甲第尚書府，帶宅園林太守家。是處池塘秋水闊，紅荷花間白荷花。

蒼松十里郭西頭，繫馬松根上酒樓。天外暮霞紅不盡，秋山浮翠是青州。

北窪深處好罾魚，淡蕩春風二月初。河水盡開冰盡化，家家網罟曝村墟。
秋風荻葦路灣環，釣叟潛藏亂草間。忽漫鷺鷥驚起去，一痕青雪上西山。
淺草平沙秋氣高，青光不動海光搖。忽騰一騎鸞鈴響，繡箭前坡落皂雕。
射罷黃羊獵罷山，雕弓掛在老松間。帳中嫋嫋聞吹笛，新買吳姬號小蠻。
城上春雲拂畫樓，城邊春水泊天流。昨霄雨過千山碧，亂落桃花出澗溝。
迎婚娶婦好張羅，彩轎紅燈錦繡拖。鼓樂兩行相疊奏，漫騰騰響小雲鑼。
席棚高揭遠招魂，親戚朋交拜墓門。牢醴漫誇今日備，逮存曾否薦雞豚？
醃豬滴血滿城紅，南販姑蘇北薊中。縱使千金誇利益，刀頭富貴梃頭雄。
天道由來自好生，家家殺戮太無情。老夫欲種菩提樹，十里春風作化城。
繞郭良田萬頃賒，大都歸併富豪家。可憐北海窮荒地，半簍鹽挑又被拿。
行鹽原是靠商人，其奈商人又赤貧？私賣怕官官賣絕，海邊餓灶化冤磷。

二十條槍十口刀，殺人白晝共稱豪。汝曹軀命原拚得，父母妻兒慘泣號。
街頭攫得百錢文，爛肉燒腸濁酒醺。到得來朝無理料，又尋賭賬鬧紛紛。
面上春風眼上波，秧歌高唱扮漁婆。不施脂粉天然俏，一幅纏頭月白羅。
東家貧兒西家僕，西家歌舞東家哭。骨肉分離只一牆，聽他笞罵由他辱。
莫怨詩書發跡遲，近來風俗笑文辭。高門大舍聽明子，化作朱顏市井兒。
百歲辛勤貌可哀，養兒妖縱不成材。骰盆博局開門去，待得三更徑不回。
放囚宣詔淚潺潺，拜謝君恩轉戚顏。從此更無牢獄食，又為盜竊觸機關。
馬思南北是山田，石塊沙窩不殖錢。待到三分秋稼熟，大家歡喜說豐年。
徵發錢糧只恨遲，茅簷蔀屋又堪悲。掃來草種三升半，欲納官租賣與誰？
濰城原是富豪都，尚有窮黎痛剝膚。慚愧他州兼異縣，救災循吏幾封書。
木饑水毀太凋殘，天運今朝往復還。閑行北郭南郊外，麥隴青青正好看。
關東逃戶幾人歸，攜得妻兒認舊扉。茅屋再新牆再葺，園中春韭雨中肥。

淚眼今生永不乾，清明節候麥風寒。老親死在遼陽地，白骨何曾負得還。

賣兒賣婦路倉皇，千里音書失故鄉。帝王深恩許重聚，豐年稼熟好商量。

奢靡只愛學南邦，學得南邦未算強。留取三分淳樸意，與君攜手入陶唐。

民國二十年石印本

留別恒徹上人

隔城何處鬱蒼蒼？落照松林短畫牆。清磬一聲天似水，長河半夜月如霜。僧閑地僻行難到，官罷雲回可別傷。滿架葡萄珠萬斛，秋風猶憶老夫嘗。

《濰縣誌稿》卷四十二

贈濟甯烏程知縣孫擴圖二首

吳興山水幾家詩，最好官閑弄筆時。寄取東坡與耘老，吾曹賓主略如斯。

六千三萬太湖波，七十二峰高峨峨。祝君壽掘晉君酒。苕霅重添百叵羅。

乾隆甲戌蕤賓之月，奉祝烏程使君靈匯老先生壽。板橋弟鄭燮。

濟甯李既匋先生藏墨蹟

借寓南園，值郭質亭母劉太宜人生辰，送土物代柬

江南年事最清幽，綠橘香橼橄欖收。持薦一盤呈阿母，可能風景似瓜州。太宜人，揚之瓜州人也。

《榆園雜錄》卷一

和盧雅雨紅橋泛舟

今年春色是何心，才見陽和又帶陰。柳線碧從煙外染，桃花紅向雨中深。笙歌婉轉隨遊舫，燈火參差出遠林。佳境佳辰拚一醉，任他杯酒漬衣襟。

李福祚《昭陽述舊編》卷三

懷濰縣二首贈郭倫昇歸里

相思不盡又相思，濰水春光處處遲。隔岸桃花三十里，鴛鴦廟接柳郎祠。

紙花如雪滿天飛，嬌女秋千打四圍。五色羅裙風擺動，好將蝴蝶鬥春歸。

懷濰縣二首，即送倫昇年兄歸里。

時乾隆二十八年，歲在癸未夏四月，板橋鄭燮去官十載，壽七十又一。

常之英《濰縣誌稿》卷二十

恭頌徐母蔡二姑母

羅幃空復繡鴛鴦，月淡燈寒夜正長。被底孤雛惟解睡，夢中雙雁不成行。廿年婚嫁今才畢，百尺松筠老更強。慘澹自臨樓上鏡，不堪青鬢總蒼蒼。

憶昔相從□□年，外家池屋傍紅蓮。侄方憑虎矜神駿，姑正描鸞坐繡簾。晌眼風光歸落葉，兩家人物付奔川。惟余妙理談無盡，羯末終輸道韞賢。

小詩二章，恭頌徐母蔡二姑母。雍正甲寅九秋，愚表姪鄭燮拜稿。

南京徐石橋先生藏墨蹟

判濰縣僧尼還俗完婚

一半葫蘆一半瓢，合來一處好成桃。從今入定風規寂，此後敲門月影遙。鳥性悅時空即色，蓮花落處靜偏嬌。是誰勾卻風流案，記取當年鄭板橋。

曾衍東《小豆棚》卷十六

會宴趵突泉

原原有本豈徒然，靜裡觀瀾感逝川。流到海邊渾是鹵，更誰人辨識清泉。

曾衍東《小豆棚》卷十六

罷官作

老困烏紗十二年，遊魚此日縱深淵。春風蕩蕩春城闊，閑逐兒童放紙鳶。

買山無力買船居，多載芳醪少載書。夜半酒酣江月上，美人纖手炙鱸魚。

乾隆癸酉太簇之月，板橋鄭燮罷官作二首。

北京寶古齋藏墨蹟

祝孫靈匯壽

吳興山水幾家詩，最好官閑弄筆時。寄取東坡與耘老，吾曹賓主略如斯。

六千三萬太湖波，七十二峰高峨峨。祝君壽掘晉君酒，苕霅重添百叵羅。

乾隆甲戌蕤賓之月，奉祝烏程使君靈匯老先生壽並正，板橋弟鄭燮。

濟甯李既匋藏墨蹟

祝木翁老先生壽

宦海歸來兩鬢霜，幾多後學問行藏。誰知老輩猶強健，我又居然子弟行。

俚語奉祝木翁老先生壽，鄭燮。

興化圖書館藏墨蹟

祝房母江太夫人八六榮壽

太簇星辰貴，文通地望高。母傳青鳥信，兒有鳳皇毛。階下三珠秀，閨中八蠶繰。壽筵何以介，清酒釀葡萄。

小詩奉祝房母江太夫人八六榮壽，板橋鄭燮。

天津藝術博物館藏墨蹟

祝沛郊兄及嫂夫人七十雙壽

相攜二老出華堂，七十渾如四十強。紅杏倚風春正暖，綠荷清暑日偏長。望衡對宇呼兒侄，越陌行阡課稻粱，直是無懷葛天氏，不知人世有滄桑。

恭祝沛郊二長兄、老嫂陸夫人七十上壽，板橋鄭燮。

鄧永清先生藏墨蹟

題成母單太君七十具慶圖

曾讀當年令伯書，為因祖母賦閒居。而今具慶華堂內，絕勝朱袍掛紫魚。

題為成母單太君七十具慶圖，板橋鄭燮拜手。

興化市圖書館藏墨蹟

冬夜喜復堂至

殘夜凝寒酒一卮，燈前重與說相思。可憐薄醉微吟後，已是沉沉漏盡時。

興化李小培藏墨蹟

輓志先表兄

歲星昨夜落江城，畫角淒涼野鳥驚。喬木已成延世澤，奇花還發振新聲。清心不入重泉夢，厚德應垂千古名。門外素車來百輛，登堂含淚訴離情。

志先三表兄□□，鄭燮。

揚州沈華先生藏墨蹟

由興化往老閣，天忽降雪，時已將晚，飲酒自遣，賦此寄示光師

自怪平生酒量慳，舟中無事可消閒。雜書數卷翻來厭，名紙千章寫附還。蓬背雪聲何颯逕，床前燈影半闌珊。瓦爐砂罐空相對，吟在春風醉夢間。

揚州僧讓之舊藏

寄懷興化舊友

總角曾相聚，論文共一庭。詩歌春酒綠，風雨夜燈青。自折亭邊柳，徒飄水上萍。寺鐘天外遠，何日得重聽。

興化張永泰先生藏墨蹟

奉和藥溪社長兄

日落西南淡有星，暮山紅影數堆青。故人訪我荒寒寺，苦茗閒談破草亭。應戶更無官裡僕，插花聊借酒家瓶。贈言落落清如許，直是疏梅老更馨。

小詩奉和藥溪社長兄，板橋弟鄭燮。

蘇州文物商店藏墨蹟

奉和采山同學長兄

練江才子有鴻聲，宋豔班香句立成。萬疊迴鋪黃海浪，一時壓斷板橋名。細抄舊稿兼新稿，相訂今盟與後盟。仙李同舟吾豈敢，羨君有道是先生。

海上舟次奉和采山同學長兄原韻，兼求教可，楚陽弟鄭燮。

余毅《鄭板橋書畫拓片集》

過古淡園

隔水名園問范家，秋清雨過好煙霞。誰將玉笛三更弄，吹白葭蘆一片花。

馬汝舟等《如皋縣誌》卷二十二

奉贈偈船大和尚

一到雲堂畫興開，掃塗半幅主人來。幽蘭細寫還添石，淡墨重磨更點苔。入座涼風清欲絕，過門流水淡無猜。蒲團詩思和禪瘦，肯把蠻箋為我裁。

小詩奉贈偈船大和尚兼政，板橋鄭燮。

南通博物館藏墨蹟

紫砂壺

嘴尖肚大耳偏高，才免饑寒便自豪。量小不堪容大物，兩三寸水起波濤。

李景康、張虹《陽羡砂壺圖考》

藕花居在觀音閣

菱絲荇葉藕花居，簾外清風檻外渠。老屋掛藤連豆架，破瓢舀水帶鰷魚。農歌遠蒲鐘殘後，漁唱三更月上初。最是真僧無一物，拈來活潑總成虛。

震華《興化佛教通志》卷九

題金農羅聘為己畫像

老夫七十滿頭白，拋卻烏紗更便服，同人為我祝千秋，勿學板橋爛蘭竹。

春詞

春風春暖，春日春長。春山蒼蒼，春水洋洋。清蔭蔭，綠濃濃，滿園春花開放。門庭春柳碧翠，階前春草芬芳。春魚游遍春水，春鳥啼遍春房。春色好，春光旺，幾枝春杏點春光。春風吹落枝頭露，春雨濕透春海棠。又只見幾個農人談笑開口：春短春長，趁此春日遲遲，開上幾畝春荒，種上幾畝春苗，真乃大家春忙。春日去觀春景，忙了幾位春娘，頭戴幾枝春花，身穿一套春裳；兜裡兜的春菜，籃裡挎的春桑。遊春閒散春悶，懷春懶回春房。郊外觀不盡陽春煙景，又只見一個春女，上下巧樣春裝，滿面淡淡春色，渾身處處春香；春身斜倚春閨，春眼盼著春郎。盼春不見春歸，思春返被春傷。春心結成春疾，春疾還得春方。滿懷春恨綿綿，眼淚春眼雙雙。總不如撇下這回春心，今春過了來春至，再把春心腹內藏。家裡裝上一壺春酒，唱上幾句春曲，順口春聲春腔。滿目羡慕功名，忘卻了窗下念文章，不料二月仲春鹿鳴，全不念平地春雷聲響亮。

鄉村演戲詞八首（黃鶯調）

今歲樂豐收，遍村莊豎木頭，合同未寫爭先後。賀戲禮兒報，拜客意兒周，歸家忙搭花台守。望莊溝，把箱一倒，笑煞眾群牛。
一見戲班來，這莊中鬧不開，家家去把親朋帶。藕架兒齊擺，糖鑼兒齊篩，麻糰油脆盤盤擺。繞畫台，提藍抬磚，哄得眾人呆。
最苦是何人，戲頭兒理不盡，先將寄宿安排定。奔走固辛勞，說合又勞神，一莊取樂他摟命。想逃身，逃身不得，擔子重千斤。
婦女總齊忙，暗把錢送貨郎，花鞋做得停停當。漿洗那衣裳，巧扮這梳妝，乾乾淨淨多嬌樣。更難忘，金蓮半露，鉤動鐵心腸。
還有蠢冤家，醜形容黑又麻，一雙歪腳編魚大。粉兒滿臉搽，花兒滿頭遮，挺腰倜肚台前架。笑哈哈，風流暗賣，眼角對人瞟。
才打開台鑼，戲場中人漸多，鄰莊親友茶棚坐。請客走如梭，一見扯兒拖，反將好戲耽遲誤。聽笙歌，熱鬧轟轟，急煞小哥哥。
戲完正收梢，我莊眾心又焦，要唱遝頭無錢鈔。裡打又外敲，班子又拿橋，萬分無奈將台掃。好逍遙，戲兒打散，個個總無聊。

戲完正收錢，做戲頭實可憐，許多刁才將身閃。心如滾油煎，急煞叫蒼天，差多差少要包添。更難言，旁觀冷笑，反說多賺錢。

興化張才寶提供《板橋》1990年總第7期

詠傀儡

笑爾胸中無一物，本來朽木制為身。衣冠也學詩文輩，面貌能驚市井人。得意哪知當局醜，旁觀莫認戲場真。縱教四體能靈動，不籍提撕不屈神。

揚州韋明鏵提供《板橋》1984年總第1期

奉呈小翁老先生

國初書法尚圓媚，偽董偽趙滿街市。近人爭學大唐書，鈍皮凡骨非歐虞。壯如鄭入晉小駟，血脈僨作中乾枯。先生出入二王內，骨重神寒淡秋水。餘瀋猶能作永興，殘毫斷不為元秘。肉中有骨骨有髓，遠從崔蔡探程李。八分篆隸久沐浴，楷書筆筆藏根柢。詩陋元白，文薄八家。漢之西京唐李杜，迥然意氣凌蒼霞。孌復何人邀顧盼，刬絕庸頑策疏嫩。平生文章患膠滯，邇來落筆雄心膽。秋風吹山秋鳥叫，樹不藏雲葉乾燥。月明古殿氣幽陰，泉流暗壁聲悲悄。此時獨坐心骨寒，想公筆墨青雲端。灑然惠我一二紙，刻之幽崖深洞青琅玕。

小詩奉呈小翁老先生，兼求誨定。揚州後學鄭燮。

山西省博物館藏墨蹟

詞鈔卷三

自序

燮詞不足存錄。蘭亭樓夫子謂燮詞好於詩，且付梓人，後來進益，不妨再更定。嗟乎！燮何進也？燮年三十至四十，氣盛而學勤，閱前作，輒欲焚去；至四十五六，便覺得前作好；至五十外，讀一過，便大得意。可知其心力日淺，學殖日退，忘己醜而信前是，其無成斷斷矣。樓夫子是燮鄉試房師，得毋愛忘其醜乎？

陸種園先生諱震，邑中前輩。燮幼從之學詞，故刊刻二首，以見一斑。

為文須千斟萬酌，以求一是，再三更改，無傷也。然改而善者十之七，改而謬者亦十之三。乖隔晦拙，反走入荊棘叢中去，要不可以廢改，是學人一片苦心也。燮作詞四十年，屢改屢蹶者，不可勝數。今茲刻本，頗多仍舊，而此中之酸甜苦辣備嘗而有獲者亦多矣。世間為父師者，見其子弟之文疏鬆爽豁便喜，見其拗澀晦拙便憂。吾願少寬歲月以待之，必有屈曲達心、沉著痛快之妙。天下豈有速成而能好者乎？

少年游冶學秦、柳，中年感慨學辛、蘇，老年淡忘學劉、蔣，皆與時推移而不自知者。人亦何能逃氣數也！

板橋詞鈔　興化縣鄭燮著

漁家傲

王荊公新居

積雨新晴江日吐，小橋著水煙綿樹，茅屋數間誰是主？王介甫，而今曉得青苗誤。呂惠卿曹何足數，蘇東坡遇還相恕，千古文章根肺腑。長憶汝，蔣山山下南朝路。

蝶戀花

晚　景

一片青山臨古渡，山外晴霞漠漠收殘雨；流水遠天波似乳，斷煙飛上斜陽去。

徙倚高樓無一語，燕不歸來沒個商量處；鴉噪暮雲城堞古，月痕淡入黃昏霧。

漁父

本意

宿雨新晴江氣涼，濕煙初破柳絲黃。才上巳，又清明，桃花村店酒瓶香。

漠漠海雲微漏日，茫茫春水漸盈塘。波澹蕩，燕低昂，小舟絲網曬魚梁。

浪淘沙

莫春

春氣晚來晴，天澹雲輕，小樓忽灑夜窗聲。臥聽蕭蕭還淅淅，濕了清明。

節序太無情，不肯留停，留春不住送春行。忘卻羅衣都濕透，花下吹笙。

和洪覺範瀟湘八景

瀟湘夜雨

風雨夜江寒，篷背聲喧，漁人隱臥客人歎。明日不知晴也未？紅蓼花殘。晨起望沙灘，一片波瀾，亂流飛瀑洞庭寬。何處雨晴還是舊？只是君山。

山市晴嵐

雨淨又風恬，山翠新添，薰蒸上接蔚藍天。惹得王孫芳草色，醞釀春田。朝景尚拖煙，日午澄鮮，小橋山店倍增妍。近到略無些色相，遠望依然。

漁村夕照

山迴暮雲遮，風緊寒鴉，漁舟個個泊江沙。江上酒旗飄不定，旗外煙霞。爛醉作生涯，醉夢清佳，船頭雞犬自成家。夜火秋星渾一片，隱躍蘆花。

煙寺萬鐘

日落萬山巔，一片雲煙，望中樓閣有無邊。惟有鐘聲攔不住，飛滿江天。秋水落秋泉，晝夜潺湲，梵王鐘好不多傳。除卻晨昏三兩擊，悄悄無言。

遠浦歸帆

遠水淨無波，蘆荻花多，暮帆千疊傍山坡。望裡欲行還不動，紅日西矬。名利竟如何？歲月蹉跎，幾番風浪幾晴和。愁水愁風愁不盡，總是南柯。

平沙落雁

秋水漾平沙，天末澄霞，雁行棲定又喧嘩。怕見洲邊燈火焰，怕近蘆花。是處網羅賒，何苦天涯，勸伊早早北還家。江上風光留不得，請問飛鴉。

洞庭秋月

誰買洞庭秋，黃鶴樓頭，槐花半老桂花稠。才送斜陽西嶺去，月上𢄙鉤。

漭漭大荒流，煙淨雲收，萬條銀線接天浮。不用畫船沽酒去，我自神遊。

江天暮雪

雪意滿瀟湘，天淡雲黃，梅花凍折老松僵。惟有酒家偏得意，簾旆飄揚。

不待揭簾香，引動漁郎，蓑衣燎濕暖鍋傍。踏碎瓊瑤歸路遠，醉指銀塘。

種花

宿雨昨宵晴，今日還陰，小樓簾卷賣花聲。伏枕半酣猶未足，又是斜曛。

晴雨總無憑，誑殺愁人，種花聊慰客中情。結實成陰都未卜，眼下青青。

賀新郎

徐青藤草書一卷

墨沉餘香剩，掃長箋狂花撲水，破雲堆嶺。雲盡花空無一物，蕩蕩銀河瀉影，又略點箕張鬼井。未敢披圖容易玩，撥煙霞直上嵩華頂，與帝座，呼相近。　半生未掛朝衫領，狠秋風青衿剝去，禿頭光頸。只有文章書畫筆，無古無今獨逞，並無復自家門徑。拔取金刀眉目割，破頭顱血迸苔花冷，亦不是，人間病。

西村感舊

撫景傷飄泊，對西風懷人憶地，年年耽擱。最是江村讀書處，流水板橋籬落，繞一帶煙波杜若。密樹連雲藤蓋瓦，穿綠蔭折入閑亭閣，一靜坐，思量著。　今朝重踐山中約，畫牆邊朱門欹倒，名花寂寞。瓜圃豆棚虛點綴，衰草斜陽暮雀，村犬吠故人偏惡。只有青山還是舊，恐青山笑我今非昨，雙鬢減，壯心弱。

送顧萬峰之山東常使君幕

擲帽悲歌起，歎當年父母生我，懸弧射矢。半世消沉兒女態，羈絆難逾鄉里。健羨爾蕭然攬轡，首路春風冰凍釋，泊馬頭浩淼黃河水，望不盡，洶洶勢。　到看泰岱從天墜，矗空青千岩萬嶂，雲揉月洗。封禪碑銘今在否？鳥跡蟲魚怪異，為我弔秦皇漢帝。夜半更須陵日觀，紫金球湧出滄溟底，盡海內，奇觀矣。

獨有難忘者，寧不見慈親黑髮，於今雪灑。檢點裝囊針線密，老淚潺湲而瀉，知多少夢魂牽惹。不為深情酬國士，肯孤蹤獨騎天邊跨？遊子歎，關山夜。頗聞東道兼騷雅，最羨是峰巒十萬，青排腳下。此去唱酬官閣裡，酒在冰壺共把，須勖以仁風遍野。如此清時宜樹立，況魯鄒舊俗非難化，休沉溺，篇章也！

常君名建極，字近辰，旗下人。有《登泰山絕頂》詩云：「二三星斗胸前落，十萬峰巒腳底青。」又云：「煙霞歷亂迷齊魯，碑版零星倒漢唐。」皆警句也。

贈王一姐

竹馬相過日，還記汝雲鬟覆頸，胭脂點額。阿母扶攜翁負背，幼作兒郎妝飾，小則小寸心憐惜。放學歸來猶未晚，向紅樓存問春消息，問我索，畫眉筆。　廿年湖海長為客，都付與風吹夢杳，雨荒雲隔。今日重逢深院裡，一種溫存猶昔，添多少周旋形跡！回首當年嬌小態，但片言微忤容顏赤，只此意，最難得。

贈陳周京

咄汝陳生者，試問汝天南地北，遊蹤遍也。十五年前廣陵道，馬上翩翩游冶，曾幾日髭須盈把。落拓東歸尋舊夢，剔寒燈絮盡淒涼夜，渾不似，無羈馬。　君家先世丹青亞，令祖射闖賊中目，炳千秋凌煙褒鄂，雲台耿賈。誰料關西將家子，亂草飄蓬四野，還一任雨淋霜打。莫向人前談往事，恐道傍屠販疑虛假，勉強去，妝聾啞。

有贈

舊作吳陵客，鎮日向小西湖上，臨流弄石。雨洗梨花風欲軟，已逗蝶蜂消息，卻又被春寒微勒。聞道可人家不遠，轉畫橋西去蘿門碧，時聽見，高樓笛。　緣慳覿面還相失，誰知向海雲深處，殷勤款惜。一夜尊前知已淚，背著短檠偷滴，又互把羅衫抆濕。相約明年春事早，嚼花心紅蕊相思汁，共染得，肝腸赤。

落花

小立梅花下，問今年暖風未破，如何開也？不是花開偏怨早，總為早開先謝，被斷雨零煙飄灑。粉蝶遊蜂誰念舊，背殘枝飛過秋千架，只落得，蛛絲掛。　江南二月花抬價，有多少游童陌上，春衫細馬。十里香車紅袖小，婉轉翠眉如畫，佯不解傍人覷咱。忽見柳花飛亂絮，念海棠春老誰能嫁？淚暗濕，香羅帕。

答小徒許樗存

十載名場困，走江湖盲風怪雨，孤舟破艇。江上蕭蕭黃葉寺，亂草荒煙滿徑，惹客子斜陽夢冷。檢點殘詩尋舊句，步空廊古殿琉璃影，一個字，吟難定。　書來慰勉殷勤甚，便道是前途萬里，風長浪穩。可曉金蓮紅燭賜，老了東坡兩鬢，最辜負朝雲一枕。擬買清風兼皓月，對歌兒舞女閑消悶，再休說，清華省。

述詩二首

詩法誰為准，統千秋姬公手筆，尼山定本。八斗才華曹子建，還讓老瞞蒼勁，更五柳先生淡永。聖哲奸雄兼曠逸，總自裁本色留深分，一快讀，分倫等。　唐家李杜雙峰並，笑紛紛詩奴詩丐，詩魔詩鴆。王孟高標清徹骨，未免規方略近，似顧步驊騮未騁。怪殺〈韓碑〉揚巨斧，學昌黎險語排生硬，便突過，昌黎頂。

經世文章要，陋諸家裁雲鏤月，標花寵草。縱使風流誇一世，不過閑中自了，那識得周情孔調？〈七月〉〈東山〉千古在，恁描摹瑣細民情妙，畫不出，〈豳風〉稿。　文關國運猶其小，剖鴻蒙清寧厚薄，直通奧。寒暑陰陽多殄忒，筆底迴旋不少，莫認作書生談笑。回首少年游冶習，采碧雲紅豆相思料，深愧殺，杜陵老。

食瓜

五色嘉瓜美，問東陵故侯安在，圃園殘廢。多少金台名利客，略啖腥羶滋味，便忘卻田家甘旨。門徑薜蘿荒不剪，綠楊橋板斷空流水，總不作，抽身計。　吾家家在煙波裡，繞秋城藕花蘆葉，渺然無際。底事欲歸歸不得，說是粗通作吏，聽此話令人慚恥。不但古賢吾不逮，看眼前何限賢勞輩，空日費，官倉米。

附：陸種園先生一首　弔史閣部墓

孤塚狐穿罅，對西風招魂剪紙，澆羹列鮓。野老為言當日事，戰火連天相射，夜未半層城欲下。十萬橫磨刀似雪，盡狐臣一死他何怕，氣堪作，長虹掛。　難禁恨淚如鉛瀉，人道是衣冠葬所，音容難畫。欹仄路傍松與柏，日日行人系馬，且一任樵蘇盡打。只有殘碑留漢字，細摩挲不識誰題者，一半是，荒苔藉。

青玉案

官況

十年蓋破黃綢被，盡曆遍、官滋味。雨過槐廳天似水，正宜潑茗，正宜開釀，又是文書累。

坐曹一片吆呼碎，衙子催人妝傀儡，東吏平情然也未？酒闌燭跋，漏寒風起，多少雄心退！

菩薩蠻

留春

留春不住由春去，春歸畢竟歸何處？明歲早些來，煙花待剪裁。

雪消春又到，春到人偏老。切莫怨東風，東風正怨儂。

留秋

留春不住留秋住，籬菊叢叢霜下護。佳節入重陽，持螯切嫩薑。　江上山無數，何處登高去？松徑小山頭，夕陽新酒樓。

宿千科柳

漁家泊在清淮口，西風稻熟千科柳。茅店掛新紅，酒旗青更濃。　買酒將魚換，得酒船頭轉。岸上打場聲，漁歌水上清。

浣溪沙

少年

硯上花枝折得香，枕邊蝴蝶引來狂，打人紅豆好收藏。　數鳥聲時癡卦算，借書攤處暗思量，隔牆聽喚小珠娘。

老兵

萬里金風病骨秋，創瘢血漬隴西頭，戍樓閑補破羊裘。少壯愛傳京國信，老年只話故鄉愁，近來鄉思也悠悠。

隴雨蕭蕭隴草長，夕陽慘澹下邊牆，敵樓風起暮鴉翔。冊上有名還點隊，軍中無事不歸行，替人磨洗舊刀槍。

沁園春

恨

花亦無知，月亦無聊，酒亦無靈。把夭桃斫斷，煞他風景；鸚哥煮熟，佐我杯羹。焚硯燒書，椎琴裂畫，毀盡文章抹盡名。滎陽鄭，有慕歌家世，乞食風情。　單寒骨相難更，笑席帽青衫太瘦生。看蓬門秋草，年年破巷；疏窗細雨，夜夜孤燈。難道天公，還箝恨口，不許長籲一兩聲？顛狂甚，取烏絲百幅，細寫淒清。

落梅

小苑閑窗，細雨初晴，日射朱扉。正疏梅幾點，粉嬌紅姹；幽香滿徑，天淡雲微。莫打遊蜂，還邀絳蝶，海燕今朝歸不歸？春如醉，甚東風惡劣，碎攪花飛。　明知不怪風吹，奈不怨東風卻怨誰？且落英細掃，藏諸硯匣；殘枝一剪，供在書帷。昨夜三更，燈昏月淡，鐵馬簷前說是非。全無謂，到飄零殘褪，妒甚光輝！

西湖夜月有懷揚州舊遊

飛鏡懸空，萬疊秋山，一片晴湖。望遠林燈火，乍明還滅；近堤人影，似有如無。馬上提壺，沙邊奏曲，芳草迷人臥莫扶。非無故，為青春不再，著意蕭疏。　十年夢破江都，奈夢裡繁華費掃除。更紅樓夜宴，千條絳蠟；彩船春泛，四座名姝。醉後高歌，狂來痛哭，我輩多情有是夫。今宵月，問江南江北，風景何如？

踏莎行

無題

中表姻親，詩文情愫，十年幼小嬌相護。不須燕子引人行，畫堂得到重重戶。　顛倒思量，朦朧劫數，藕絲不斷蓮心苦。分明一見怕銷魂，卻愁不到銷魂處。

荊州亭

江上

江雨蕭蕭漸大，悶倚篷窗一個。沽酒不曾來，借取鄰舟燈火。　半擔六朝奇貨，千古暮雲江左；販賣是誰家？紫綬貂蟬八座。

千里布帆無恙，萬里沙鷗來往。劃卻暮山青，更覺溶溶漾漾。　多少六朝閑賬，近日漁樵都忘；只是怨弘光，白晝金鑾選唱。

柳梢青

有贈

韻遠情親，眉梢有話，舌底生春。把酒相偎，勸還復勸，溫又重溫。　柳條江上鮮新，有何限鶯兒喚人。鶯自多情，燕還多態，我只卿卿。

虞美人

無題

盈盈十五人兒小，慣是將人惱。撩他花下去圍棋，故意推他勁敵讓他欺。　而今春去花枝老，別館斜陽早。還將舊態作嬌癡，也要數番憐惜憶當時。

念奴嬌

金陵懷古十二首

石頭城

懸岩千尺，借歐刀吳斧，削成江郭。千里金城回不盡，萬里洪濤噴薄。王濬樓船，旌麾直指，風利何曾泊。船頭列炬，等閒燒斷鐵索。　而今春去秋來，一江煙雨，萬點征鴻掠。叫盡六朝興廢事，叫斷孝陵殿閣。山色蒼涼，江流悍急，潮打空城腳。數聲漁笛，蘆花風起作作。

周瑜宅

周郎年少，正雄姿歷落，江東人傑。八十萬軍飛一炬，風捲灘前黃葉。樓櫓雲崩，旌旗電掃，熛射江流血。咸陽三月，火光無此橫絕。　想他豪竹哀絲，回頭顧曲，虎帳談兵歇。公瑾伯符天挺秀，中道君臣惜別。吳蜀交疏，炎劉鼎沸，老魅成奸黠。至今遺恨，秦淮夜夜幽咽。

桃葉渡

橋低紅板，正秦淮水長，綠楊飄撇。管領春風陪舞燕，帶露含凄惜別。煙軟梨花，雨嬌寒食，芳草催時節。畫船簫鼓，歌聲繚繞空闊。　究竟桃葉桃根，古今豈少，色藝稱雙絕。一縷紅絲偏系左，閨閣幾多埋滅。假使夷光，苧蘿終老，誰道傾城哲。王郎一曲，千秋豔說江楫。

勞勞亭

勞勞亭畔，被西風一夜，逼成衰柳。如線如絲無限恨，和雨和煙僝僽。江上征帆，樽前別淚，眼底多情友。寸言不盡，斜陽脈脈淒瘦。半生圖利圖名，閑中細算，十件長輸九。跳盡猢猻妝盡戲，總被他家哄誘。馬上旌笳，街頭乞叫，一樣歸烏有。達將何樂，窮更不若株守。

莫愁湖

鴛鴦二字，是紅閨佳話，然乎否否？多少英雄兒女態，釀出禍胎冤藪。前殿金蓮，後庭玉樹，風雨催殘驟。盧家何幸，一歌一曲長久。即今湖柳如煙，湖雲似夢，湖浪濃於酒。山下藤蘿飄翠帶，隔水殘霞舞袖。桃葉身微，莫愁家小，翻借詞人口。風流何罪，無榮無辱無咎。

長干里

逶迤曲巷，在春城斜角，綠楊陰裡。赭白青黃牆砌石，門映碧溪流水。細雨餳簫，斜陽牧笛，一徑穿桃李。風吹花落，落花風又吹起。　更兼處處繅車，家家社燕，江介風光美。四月櫻桃紅滿市，雪片鰣魚刀鮆。淮水秋青，鐘山暮紫，老馬耕閑地。一丘一壑，吾將終老於此。

台城

秋之為氣，正一番風雨，一番蕭瑟。落日雞鳴山下路，為問台城舊跡。老蔓藏蛇，幽花濺血，壞堞零煙碧。有人牧馬，城頭吹起觱栗。　當初面代犧牲，食惟菜果，恪守沙門律。何事餓來翻掘鼠，雀卵攀巢而吸？再曰「荷荷」，趺跏竟逝，得亦何妨失。酸心硬語，英雄淚在胸臆。

胭脂井

轆轤轉轉，把繁華舊夢，轉歸何許？只有青山圍故國，黃葉西風菜圃。拾橡瑤階，打魚宮沼，薄暮人歸去。銅瓶百丈，哀音歷歷如訴。　過江咫尺迷樓，宇文化及，便是韓擒虎。井底胭脂聯臂出，問爾蕭娘何處？〈清夜遊〉詞，〈後庭花〉曲，唱徹江關女。詞場本色，帝王家數然否？

高座寺

暮雲明滅，望破樓隱隱，臥鐘殘院。院外青山千萬疊，階下流泉清淺。鴉噪松廊，鼠翻經匣，僧與孤雲遠。空梁蛇脫，舊巢無復歸燕。可憐六代興亡，生公寶志，絕不關恩怨。手種菩提心劍戟，先墮釋迦輪轉。青史譏彈，傳燈笑柄，枉作騎牆漢。恒沙無量，人間劫數自短。

孝陵

東南王氣，掃偏安舊習，江山整肅。老檜蒼松盤寢殿，夜夜蛟龍來宿。翁仲衣冠，獅麟頭角，靜鎖苔痕綠。斜陽斷碣，幾人系馬而讀。聞說物換星移，神山風雨，夜半幽靈哭。不記當年開國日，元主泥人淚簇。蛋殼乾坤，丸泥世界，疾卷如風燭。老僧山畔，烹泉只取一掬。

方景兩先生祠

乾坤欹側，借豪英幾輩，半空撐住。千古龍逢原不死，七竅比干肺腑。竹杖麻衣，朱袍白刃，樸拙為艱苦。信心而出，自家不解何故。　也知稷、契、皋、夔、閎、顛、散、適，岳降維申甫。彼自承平吾破裂，題目原非一路。十族全誅，皮囊萬段，魂魄雄而武。世間鼠輩，如何妝得老虎！

洪光

宏光建國，是金蓮〈玉樹〉，後來狂客。草木山川何限痛，只解征歌選色。〈燕子〉銜箋，〈春燈〉說謎，夜短嫌天窄。海雲吩咐，五更攔住紅日。　更兼馬、阮當朝，高、劉作鎮，犬豕包巾幘。賣盡江山猶恨少，只得東南半壁。國事興亡，人家成敗，運數誰逃得！太平隆萬，此曹久已生出。

西江月

警世

細雨玲瓏葉底，春風澹蕩花心；夢中做夢最怡情，蝴蝶引人入勝。　俗子幾登青史，英雄半在紅塵；酒懷豪淡臥旗亭，滿目蒼山暮影。

世事無端冷淡，老懷何處安排？美人頭上插新梅，昨日花枝不戴。粉蝶誇衣徑去，黃鶯吝舌先回；醉中丟我在塵埃，醒後也無瞅睬。

老子殘書破帽，兒孫綠酒紅裙；爭春不肯讓毫分，轉眼西風一陣。皓月當頭最樂，疾雷破柱還驚；世間多少夢和醒，惹得黃粱飯冷。

唐多令

寄懷劉道士並示酒家徐郎

一抹晚天霞，微紅透碧紗，顫西風涼葉些些。正是客愁愁不穩，楊柳外，又驚鴉。桃李別君家，霜淒菊已花，數歸期雪滿天涯。吩咐河橋多釀酒，須留待，故人賒。

思　歸

絕塞雁行天，東吳鴨嘴船，走詞場三十餘年。少不如人今老矣，雙白鬢，有誰憐？官舍冷無煙，江南薄有田，買青山不用青錢。茅屋數間猶好在，秋水外，夕陽邊。

滿江紅

金陵懷古

淮水東頭，問夜月何時是了。空照徹飄零宮殿，淒涼華表。才子總緣杯酒誤，英雄只向棋盤鬧。問幾家輸局幾家贏，都秋草。　流不斷，長江淼；拔不倒，鐘山峭。剩古碑荒塚，淡鴉殘照。碧葉傷心亡國柳，紅牆墮淚南朝廟。問孝陵松柏幾多存？年年少。

思家

我夢揚州，便想到揚州夢我。第一是隋堤綠柳，不堪煙鎖。潮打三更瓜步月，雨荒十里紅橋火。更紅鮮冷淡不成圓，櫻桃顆。　何日向，江村躲；何日上，江樓臥。有詩人某某，酒人個個。花徑不無新點綴，沙鷗頗有閑功課。將白頭供作折腰人，將毋左。

招隱寺

轉過山頭，隱隱見松林一片。其中有佛樓斜角，紅牆半閃。雨後尋芳沙徑軟，道傍小飲村醪賤，聽石泉幽澗響琮琤，清而淺。　山門外，金泥匾；祇樹下，香塗殿。看幾朝營造，幾朝褒貶。七級浮圖空累積，一聲杜宇誰聽見？向禪扉合掌問宗風，斜陽遠。

田家四時苦樂歌 過橋新格

細雨輕雷，驚蟄後和風動土。正父老催人早作，東畬南圃。夜月荷鋤村吠犬，晨星叱犢山沉霧。到五更驚起是荒雞，田家苦。　疏籬外，桃華灼；池塘上，楊絲弱。漸茅簷日暖，小姑衣薄。春韭滿園隨意剪，臘醅半甕邀人酌。喜白頭人醉白頭扶，田家樂。

麥浪翻風，又早是秧針半吐。看壟上鳴槔滑滑，傾銀潑乳。脫笠雨梳頭頂髮，耘苗汗滴禾根土。更養蠶忙煞採桑娘，田家苦。　風蕩蕩，搖新箬；聲淅淅，飄新籜。正青蒲水面，紅榴屋角。原上摘瓜童子笑，池邊濯足斜陽落。晚風前個個說荒唐，田家樂。

雲淡風高，送鴻雁一聲悽楚。最怕是打場天氣，秋陰秋雨。霜穗未儲終歲食，縣符已索逃租戶。更爪牙常例急於官，田家苦。　紫蟹熟，紅菱剝；桄桔響，村歌作。聽喧填社鼓，漫山動郭。挾瑟靈巫傳吉兆，扶藜老子持康爵。祝年年多似此豐穰，田家樂。

老樹槎丫，撼四壁寒聲正怒。掃不盡牛溲滿地，糞渣當戶。茅舍日斜雲釀雪，長堤路斷風吹雨。盡村舂夜火到天明，田家苦。　草為榻，蘆為幕；土為銼，瓢為杓。砍松枝帶雪，烹葵煮藿。秫酒釀成歡里舍，官租完了離城郭。笑山妻塗粉過新年，田家樂。

附：陸種園夫子一首　贈王正子

驀地逢君，且攜手壚邊細語。說蜀棧十年烽火，萬山鼙鼓。楓葉滿林愁客思，黃花遍地迷歸路。歎他鄉好景最無多，難常聚。　同是客，君尤苦；兩人恨，憑誰訴？看囊中罄矣，酒錢何處？吾輩無端寒至此，富兒何物肥如許！脫敝裘付與酒家娘，搖頭去。

玉女搖仙佩

寄呈慎郡王

紫瓊居士，天上神仙，來佐人間聖世。河獻征書，楚元設醴，一種風流高致。論詩情字體，是王孟先驅，鐘張後起。豈屑屑丹青繪事，已壓倒董巨荊關數子。羨一騎翩翩，肯訪山中盤根仙李。謂梅山李鍇　我亦青玉燒燈，紅牙顧曲，醉臥瑤台錦綺。一別朱門，六年山左，老作風塵俗吏。總折腰為米，竟何曾小補民生國計。憑致書青鷹林邊，李氏莊園紫瓊天上，詩文不是忙中事，舉頭遙望燕山翠。

有所感

綠楊深巷，人倚朱門，不是尋常模樣。旋浣春衫，薄梳雲鬢，韻致十分娟朗。向芳鄰潛訪，說自小青衣，人家廝養。又沒個憐香惜媚，落在煮鶴燒琴魔障。頓惹起閒愁，代他出脫千思萬想。究竟人謀空費，天意從來，不許名花擅長。屈指千秋，青袍紅粉，多少飄零骯髒。且休論已往，試看予十載醋瓶齏盎。憑寄語雪中蘭蕙，春將不遠，人間留得嬌無恙，明珠未必終塵壤。

酷相思

本意

杏花深院紅如許，一線畫牆攔住。歎人間咫尺千山路，不見也相思苦，便見也相思苦。分明背地情千縷，翻惱從教訴。奈花間乍遇言辭阻，半句也何曾吐，一字也何曾吐！

太常引

聽噶將軍說邊外風景

滿天星露壓長城，夜黑月初生；萬障馬嘶鳴，還夾雜風聲雁聲。紅霞乍起，朝光滿地，飛鳥立轅門；邊塞靜無塵，須檢點中原太平。

水龍吟

寄噶將軍歸化城

十年不見豐儀，髭鬚應向邊庭老。李家部曲，程家刀鬥，寬嚴兩到。瘦日偏多，淡雲無著，涼風易掃。想錦裘貂障，三更雪壓，燈未滅，鄉心照。近世文章草草，把書生盡情談笑。八股何益，六經猶在，如何推倒？柏舉興吳，鄢陵破楚，兵機最妙。寄東君滿腹韜鈐，盲左亦須尋討。

滿庭芳

贈郭方儀

白菜醃菹，紅鹽煮豆，儒家風味孤清。破瓶殘酒，亂插小桃英。莫負陽春十月，且竹西村落閑行。平山上，歲寒松柏，霜裡更青青。　乘除天下事，圍棋一局，勝負難評。看金樽檀板，豪輩縱橫。便是輸他一著，又何曾著讓他贏！寒窗裡，烹茶掃雪，一碗讀書燈。

晚景

秋水連天，寒鴉掠地，夕陽紅透疏籬。草枯霜勁，颯颯葉聲悲。幾點漁莊雁戶，為風波釣艇都稀。關山遠，征人何處，九月未成衣。　柴扉無一事，乾坤偌大，盡可容伊。但著書原錯，學劍全非。漫把絲桐遣興，怕有人戶外聞知。如相問，年來蹤跡，採藥未曾歸。

贈歌兒

玉笛聲遲，琵琶索緩，幾回欲唱還停。拈花微笑，小立繡圍屏。待把金樽相勸，又推辭宿酒還酲。秋堂靜，露華悄悄，銀燭冷三更。　輕輕喉一轉，未曾入破，響迸秋星。又低聲小疊，暗媚柔情。試問青春幾許，是莫愁未嫁芳齡。吾慚甚，鬆黃鬢苦，未敢說

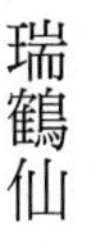

銷魂。

村居

草綠如秧，秧青似草，棋盤畫出春田。雨濃桑重，鳩婦喚晴煙。江上斜橋古岸，掛酒旗林外翩翩。山城遠，斜陽鼓角，雉堞暮雲邊。　老夫三十載，燕南趙北，漲海蠻天。喜歸來故舊，情話依然。提起髫齡嬉戲，有鷗盟未冷前言。欣重見，攜男抱幼，姻婭好相聯。

瑞鶴仙

漁家

風波江上起，繫扁舟綠楊，紅杏村裡。羨漁娘風味，總不施脂粉，略加梳洗。野花插髻，便勝似寶釵香珥。乍呼郎撒網鳴榔，一棹水天無際。　美利，蒲筐包蟹，竹籠裝蝦，柳條穿鯉。市城不遠，朝日去，午歸矣。並攜來一甕誰家美醞，人與沙鷗同醉。臥葦花一片茫茫，夕陽千里。

酒家

青旗江上酒，正細雨梨花，清明前後。蝦螺雜魚藕，況泥頭舊甕，新開未久。清醇可口，盡醉倒漁翁樵叟。向村墟歸路微茫，人與夕陽薰透。知否?世間窮達，葉底榮枯，卦中奇偶。何須計較，捧一盞，為君壽。願先生一掃長安舊夢，來覓中山渴友。解金貂付與當壚，從今脫手。

山家

山深人跡少，漸石瘦松肥，雲癡鶴老。茅齋嵌幽島，有花枝旁出，蘿陰上罩。游魚了了，潭水徹澄清寂照。啖林中春筍秋梨，當得靈芝仙草。飄緲，五更日出，犬吠雲中，雞鳴天表。籬笆西角，星未盡，月猶皎。問何年定訪山中高士，闊領方袍大帽。也不須服食黃精，能閑便好。

田家

江天春雨後，傍山下人家，野花如繡。平田大江口，喜潮來夜半，土膏浸透。青秧綹綹，埂岸上撒麻種豆。放小橋曲港春船，布穀煙中楊柳。　株守，最嫌吏擾，怕少官錢，惟知農友。匏樽瓦缶，村釀熟，拉鄰叟。每長籲稚女童孫長大，婚嫁也須成就。到冬來新婦家家，情親姑舅。

僧　家

茅庵欹欲倒，倩老樹撐扶，白雲環繞。林深無客到，有澗底鳴泉，谷中幽鳥。清風來掃，掃落葉盡歸爐灶。好閉門煨芋挑燈，燈盡芋香天曉。　非矯，也親貴胄，也踏紅塵，終歸霞表。殘衫破衲，補不徹，縫不了。比世人少卻幾莖頭髮，省得許多煩惱。向佛前燒炷香兒，閑眠一覺。

官宦家

笙歌雲外迴，正燭爛星明，花深夜永。朝霞樓閣冷，尚牡丹貪睡，鸚哥未醒。戟枝槐影，立多少金龜玉笱。霎時間霧散雲消，門外雀羅張徑。　猛省，燕銜春去，雁帶秋來，霜催雪緊。幾家寒凍，又逼出，梅花信。羨天公何限乘除消息，不是一家慳定。任憑他鐵鑄銅鐫，終成畫餅。

帝王家

山河同敝屣，羡廢子傳賢，陶唐妙理。禹湯無算計，把乾坤重擔，兒孫挑起。千祀萬祀，淘多少英雄閒氣。到如今故紙紛紛，何限秦頭楚尾。　休倚，幾家宦寺，幾遍藩王，幾回戚裡。東扶西倒，偏重處，成乖戾。待他年一片宮牆瓦礫，荷葉亂翻秋水。剩野人破舫斜陽，閑收菰米。

以上自《板橋詞鈔》刻本

西江月

贈饒五姑娘

微風曉雨初歇，紗窗旭日才溫；繡幃香夢半朦騰，窗外鸚哥未醒。　蟹眼茶聲靜悄，蝦須嗛影輕明。梅花老去杏花勻，夜夜胭脂怯冷。

鄭板橋《揚州雜記卷》

百字令

三宿崖

巃嵷怪石，似獅蹲而怒，虎臥而起。又似深林藏古廟，四壁揶揄之鬼。凹者成盂，凸而為髻，縫裂香花媚。披麻斧劈，畫家皴法都備。　堪歎疇昔金人，兵殘陣折，三宿懸崖蔽。半壁江山非正朔，也有神靈怪異。穴肯藏狐，鼠能依社，造化知何意。至今洞口，枯藤老蔓蔭翳。

《晨風閣叢書》第一集影印

鳳凰台

鳳遊臺上，是昔年狂客，舊題詩處。黃鶴樓頭能擱筆，那得虛心如許？戛玉鏗金，倚聲切韻，刻酷卿何苦，分明兀傲，不許前人獨步。　而今台變為池，鴟多於鳳，往事波流去！一片芙蓉江岸上，敗葉沙沙剪雨。梵院塵封，松關樹禿，一望惟黃土。夜深老鸛，數聲磔磔雲裡。

《晨風閣叢書》第一集影印

莫愁湖

秋情何限，向秣陵關畔，典衣沽酒。提到莫愁湖上飲，蓉菊霜前雨後，修竹人家，小橋籬落，映帶吳山瘦，風光澹淡，少個丹青畫手。便道結綺樓新，靈和殿麗，成敗難回首。何似盧家新娶婦，也有郁金堂構。海燕雙棲，野鴛同宿，只此堪長久。休教近御，亡家亡國藉口。

《鄭板橋行書真跡》

一剪梅

題蘭竹菊帳額

一幅齊紈七尺長，不畫春芳，不畫秋芳。寫來蕙草意飄颺，恍在瀟湘，又在沅江。紅羅鬥帳掛深堂，月夜流光，雨氣新涼。薄衾碧簟擁韋娘，帳裡花香，帳外花香。

《壯陶閣書畫錄》卷十八

賀新郎

前輩風流盡，遞年來斷紈零楮，化為灰燼。何幸故人藏妙墨，滿幅龍蛇困蠹。恰又似飛花糝徑，未敢披圖容易看，撥雲煙直上吳山頂，展玩處，青天近。　還愁木客山妖狠，捲天風雺時攫去，空拳難並。分付小鬟藏密室，妙酒名香細領，總無補當年蹭蹬。短髮黃鬚貧可老，破衣衫不耐春風冷，浮大白，澆君恨。

北京慶雲堂藏

蝶戀花

無題

竹裡青山山裡竹，一片清光削出千條綠。江上風來轉山曲，山根處處敲寒玉。　借問山崖何日蔔，筆架書床移入篔簹穀。四月櫻桃道筍熟，麥仁豆瓣家家足。

揚州周斯達先生提供

虞美人

和董恥夫贈招哥

看花悄立湖山間，忽聽鶯聲脆。回頭一笑是招哥，恰似柳絲新雨翠煙拖。　而今夢與書同寄，夢到書傳未？三春信去到秋涼，遙望碧天西北雁行行。

和董恥夫層招哥詞，仍用虞美人調，板橋道人鄭燮醉後書。

上海唐雲先生藏墨蹟

調寄一剪梅

題蘭竹石

幾枝修竹幾枝蘭，不畏春殘，不畏秋寒。飄飄遠在白雲端，雲裡湘山，夢裡巫山。　畫工老興未全刪，筆也清閒，墨也斕斑。借君莫作畫圖看，文裡機閑，字裡機關。

興化市文化館藏墨蹟

望江南

端陽

端陽節，正為嘴頭忙。香粽剝開三面綠，濃茶斟得一杯黃，兩碟白洋糖。
端陽節，景點十紅嘉。蘿蔔枇杷鹹鴨蛋，蝦兒莧菜石榴花，火腿說金華。
端陽節，婦子亂忙忙。寸剪蒲菖和滾水，一杯燒酒拌雄黃。額上字塗王。
端陽節，□□□□□。四碗必須燒臘肉，六盤時尚拌黃瓜，豆瓣碎爪爪。
端陽節，□□□□□。爭放黃煙熏醉判，新裁白紙畫鍾馗，天師懸堂壁。

興化王益謙先生提供　見《板橋》1987年總第5期

小唱卷四

道情十首

楓葉蘆花並客舟，煙波江上使人愁。勸君更盡一杯酒，昨日少年今白頭。自家板橋道人是也。我先世元和公公，流落人間，教歌度曲。我如今也譜得《道情十首》，無非喚醒癡聾，銷除煩惱。每到山青水綠之處，聊以自遣自譋。若遇爭名奪利之場，正好覺人覺世。這也是風流世業，措大生涯。不免將來請教諸公，以當一笑。

老漁翁，一釣竿，靠山崖，傍水灣，扁舟來往無牽絆。沙鷗點點輕波遠，荻港蕭蕭白晝寒，高歌一曲斜陽晚。一霎時波搖金影，驀抬頭月上東山。

老樵夫，自砍柴，捆青松，夾綠槐，茫茫野草秋山外。豐碑是處成荒塚，華表千尋臥碧苔，墳前石馬磨刀壞。倒不如閒錢沽酒，醉醺醺山徑歸來。

老頭陀，古廟中，自燒香，自打鐘，兔葵燕麥閑齋供。山門破落無關鎖，斜日蒼黃有亂松，秋星閃爍頹垣縫。黑漆漆蒲團打坐，夜燒茶爐火通紅。

水田衣，老道人，背葫蘆，戴袱巾，棕鞋布襪相廝稱。修琴賣藥般般會，捉鬼拿妖件件能，白雲紅葉歸山徑。聞說道懸岩結屋，卻教人何處相尋？

老書生，白屋中，說黃虞，道古風，許多後輩高科中。門前僕從雄如虎，陌上旌旗去似龍，一朝勢落成春夢。倒不如蓬門僻巷，教幾個小小蒙童。

盡風流，小乞兒，數蓮花，唱竹枝，千門打鼓沿街市。橋邊日出猶酣睡，山外斜陽已早歸，殘杯冷炙饒滋味。醉倒在回廊古廟，一憑他雨打風吹。

掩柴扉，怕出頭，剪西風，菊徑秋，看看又是重陽後。幾行衰草迷山郭，一片殘陽下酒樓，棲鴉點上蕭蕭柳。撮幾句盲辭瞎話，交還他鐵板歌喉。

邈唐虞，遠夏殷，卷宗周，入暴秦，爭雄七國相兼併。文章兩漢空陳跡，金粉南朝總廢塵，李唐趙宋慌忙盡。最可歎龍盤虎踞，盡銷磨〈燕子〉〈春燈〉。

吊龍逢，哭比干，羨莊周，拜老聃，未央宮裡王孫慘。南來薏苡徒興謗，七尺珊瑚只自殘。孔明枉作那英雄漢，早知道茅廬高臥，省多少六出祁山。

撥琵琶，續續彈，喚庸愚，警儒頑，四條弦上多哀怨。黃沙白草無人跡，古戍寒雲亂鳥還，虞羅慣打孤飛雁。收拾起漁樵事業，任從他風雪關山。

風流家世元和老，舊曲翻新調。扯碎狀元袍，脫卻烏紗帽，俺唱這道情兒，歸山去了。

是曲作於雍正七年，屢抹屢更。至乾隆八年，乃付諸梓。刻者司徒文膏也。

以上自《板橋小唱》刻本

題畫卷五

題畫竹

宋鄭所南先生〈墨竹〉一卷，題詠甚富，古岩王先生錄而藏之有年矣。乾隆七年，見板橋畫竹，謬獎有所南家法，不愧其子孫，命作長卷。板橋羞汗不敢當，又不敢辭，畫成並錄舊題於後，奉教命也。按：鄭所南墨竹卷，原有元、明、清人「舊題」略。

乾隆七年十月畫竹，畫後即錄是跋，至八年三月，乃克錄完。揚州秀才板橋鄭燮記。「鄭燮之印」（白文）、「俗吏」（朱文）。

北京故宮博物院藏墨蹟

新篁寫得四三莖，濃淡相兼自有情。記否讀書窗紙破，蕭蕭夜半起秋聲。

乾隆癸酉，書為文翁年老長兄政。板橋弟鄭燮。「鄭燮之印」（白文）。

湖北省博物館藏墨蹟

竹裡秋風應更多，打窗敲戶影婆娑。老夫不肯刪除去，留與三更警睡魔。

乾隆辛巳，板橋鄭燮畫並題。

揚州徐笠樵藏墨蹟

直幹千秋無妄曲，兒孫個個總成龍。

乾隆乙亥，寫似□□，板橋鄭燮。「紅雪山樵」（白文）、「丙辰進士」（朱文）。

蘇州市博物館藏墨蹟

小苑茅堂靜掩門，科頭竟日擁山尊。夜來葉上蕭蕭雨，窗外新栽竹數根。

寫似繼瞻年學世兄，乾隆丁丑初夏，板橋鄭燮。

江蘇省國畫院藏墨蹟

置身已在煙霞外，莫問人間道路難。寫與數竿枝清瘦，秋風湖上作漁竿。

乾隆丁丑孟夏之月為織文世兄畫並題。板橋老人鄭燮。「鄭板橋」（白文）、「乾隆東封書畫史」（白文）。

廣東省博物館藏墨蹟

揚州鮮筍趁鰣魚，爛煮春風上巳初。說與廚人休所盡，清光留此照攤書。

乾隆丁丑，寫似沛老年長兄。「鄭燮之印」（白文）「？」（朱文）。

泰州市博物館藏墨蹟

一兩三枝竹竿，四五六片竹葉；自然淡淡疏疏，何必重重疊疊？

乾隆辛未秋，板橋居士鄭燮。

上海博物館藏墨蹟

余家有茅屋二間，南面種竹。夏日新篁初放，綠陰照人，置一小榻其間，甚涼適也。秋冬之際，取圍屏骨子，斷去兩頭，橫安以為窗櫺，用勻薄潔白之紙糊之。風和日暖，凍蠅觸窗紙上，冬冬作小鼓聲。於時一片竹影零亂，豈非天然圖畫乎！凡余作畫，無所師承，多得於紙窗粉壁日光月影中耳。

寫為賜老年學世兄。乾隆丁丑，板橋鄭燮。「鄭板橋」（白文）、「麻丫頭針線」（白文）。

天津歷史博物館藏墨蹟

畫大幅竹，人以為難，吾以為易。每日只畫一竿，至完至足，須五七日畫五七竿，皆離立完好。然後以淡竹、小竹、碎竹經緯其間。或疏或密，或濃或淡，或長或短，或肥或瘦，隨意緩急，便構成大局矣。昔蕭相國何造未央宮，先立東闕、北闕、前殿，武庫、太倉，然後以別殿、內殿、寢殿、宮室、左右廊廡、東西永巷經緯之，便爾千門萬戶。總是先立其大者，則其小者易易耳。一丘一壑之經營，小草小花之渲染，亦有難處；大起造、大揮寫，亦有易處，要在其人之意境何如耳。

板橋鄭燮畫並題。乾隆辛巳七夕雨中成此。「青藤門下牛馬走」（白文）、「老畫師」（白文）、「橄欖軒」（白文）、「雪浪齋」（朱文）、「樗散」（朱文）。

揚州博物館藏墨蹟

一

神龍見首不見尾。竹，龍種也；畫其根，藏其末，其猶龍之義乎？

乾隆辛巳，板橋鄭燮畫並題。

二

莫漫鋤荊棘，由他與竹高。〈西銘〉原有說，萬物總同胞。

板橋。

三

不是春風，不是秋風，新篁初放，在夏月中。能驅吾暑，能豁吾胸，君子之德，大王之雄。

板橋道人。

四

一陣狂風倒捲來，竹枝翻回向天開。掃雲掃霧真吾事，豈屑區區掃地埃。

板橋戲題。

五

一枝偶向崖邊出，便曉山中篠簜多。寄吾採樵人莫羨，留他君子在岩阿。

板橋。

六

忽焉而淡，忽焉而濃。究其胸次，萬象皆空。

板橋。

七

誰家新筍破新泥，昨夜春風到竹西。借問竹西何限竹，萬竿轉眼上雲梯。

板橋。

八

短節古竿，如地下之鞭，忽飛騰於地上。忽則地上之竹，獨不可飛騰於天上耶？高卑固無一定也。

板橋。

九

雨中聽竹知秋意，秋在書窗小榻邊。

板橋。

十

水竹不如山竹勁，畫來須向石邊青。

板橋居士。

十一

竹林七竹如何六。兩阮原應共一枝。

板橋。

十二

竹中有竹，竹外有竹。渭川千畝，此為巨族。

乾隆辛巳，板橋道人畫並題。

日本東京國立博物館藏墨蹟

一

瓊條玉線才開碧，風尾鸞翎已掃空。自是書窗借青翠，硯池茶碗色如蔥。

乾隆壬午初夏，板橋鄭燮。

二

秋風昨夜窗前到，竹葉相敲石有聲。及至曉來濃露濕，又疑昨夜未秋清。

板橋。

三

細細的葉，疏疏的節。雪壓不垂，風吹不折。

板橋鄭燮。

四

老老蒼蒼竹一竿，長年風雨不知寒。好教真節青雲去，任爾時人仰面看。

板橋鄭燮。

上海劉靖基先生藏墨蹟

茅屋一間，新篁數干，雪白紙窗，微侵綠色。此時獨坐其中，一盞雨前茶，一方端硯石，一張宣州紙，幾筆折枝花，朋友來至，風聲竹響，愈喧愈靜；家僮掃地，侍女焚香，往來竹陰中，清光映於畫上，絕可憐愛。何必十二金釵，梨園百輩，須置身於清風靜響中也。

壬午復日寫此，靜翁年兄政。板橋老人鄭燮畫並題。

中國歷史博物館藏墨蹟

吾邑善畫竹者，以禹鴻臚為最，而漁莊尚友次之。禹竹稱於上都，漁莊之名徧於湘楚，皆童而習之，老而入妙。予不逮二公遠甚。今年七十有一，不學他技，不宗一家，學之五十年不輟，亦非苟而已也。翔高老長兄四十初度，索予寫竹為壽，且曰：「寧亂毋整，當使天趣淋漓，煙雲滿幅。」此真知畫意者也。予既出機軸，亦復遠追禹、尚二公遺筆。是不獨鄭竹，並可謂之尚竹、禹竹，合是三家，以為華封人之三祝，有何不可？

乾隆二十八年，歲在癸未，板橋道人鄭燮畫並題。「燮之印」（白文）、「？」（白文）。

瀋陽故宮博物院藏墨蹟

一

雖然高下分濃淡，總是新篁得意時。

乾隆癸未，板橋鄭燮。

二

兩鬢星星故人，憐我未凋零。春風寫依舊，江南一片青。

板橋鄭燮。

三

細細的葉，疏疏的節。雪壓不垂，風吹不折。

板橋鄭燮。

四

幹少枝稀葉又疏，清光也復照窗書。萬竿煙雨何能及，引得秋風拂草廬。

板橋。

北京市工藝品進出口公司藏墨蹟

擲去烏紗不做官，歸來江上釣魚竿。問渠釣具何處買，筆底新篁萬尺寬。

乾隆甲申，宜綸年學兄正畫，板橋鄭燮。

香港至樂樓藏墨蹟

咬定青山不放鬆，立根原在亂岩中。千磨萬擊還堅勁，任爾東西南北風。

孟翁年學老長兄教，板橋弟鄭燮「十年縣令」（朱文）、「官獨冷」（白文）、「鄭大」（白文）。

南京博物館藏墨蹟

剪取竹梢還掐葉，只將小翠鬥青春。

板橋。

江蘇常州張德俊藏墨蹟照片

曾栽密密小樓東，又聽疏疏夜雨中。滿硯冰花三寸結，為君圖寫舊清風。

板橋鄭燮「鄭燮」（白文）、「丙辰進士」（朱文）。

邵松年《古緣萃錄》卷十四

濃淡有時無變節，歲寒松柏是知心。

板橋。「鄭板橋」（白文）、「揚州興化人」（白文）、「以天得古」（白文）。

余毅《鄭板橋書畫拓片集》

不過數片葉，滿紙俱是節。萬物要見根，非徒觀半截。風雨不能搖，雪霜頗能涉。紙外更相尋，干雲上天闕。

板橋居士。

日本大阪本山彥一藏墨蹟

一片月竹如洗，護竹何勞荆杞。仍將竹作籬笆，求人不如求己。

燮。

福建泉州古文物拓片商店藏拓本

人傳楚雨帶湘煙，我意蕭疏竟不然。記得東瀛尋嶰谷，白雲黃竹幾千年。

佳翁年長學兄六十學壽。板橋鄭燮。

畫工何事好離奇，一竿掀天去不知。若使循循簷下立，拂雲擎日待何時。

廣翁年學長兄正，板橋鄭燮。「鄭燮之印」（白文）、「爽鳩氏之官」（白、朱文）。

清華大學美術學院藏墨蹟

乾筆淡墨，畫出細竹。抽得心絲，無不肖曲。

江蘇常州何乃揚藏墨蹟

畫竹意在筆先，用墨乾淡並兼。從人得其法，今年還是去年。

江蘇常州何乃揚藏墨蹟

忽焉而澹，忽焉而濃。究其胸次，萬象皆空。

《書苑》一卷10號

雨中聽竹知秋意，秋在書窗小榻邊。

板橋。

《書苑》二卷2號

偶學雲林石法，遂摹與可新篁。一片青蔥氣色，居然雨過斜陽。

《東南日報．金石書畫》第七十一期

禿竹應須作釣竿，江頭風雨不辭寒。

燮畫。

《支那南畫大成》

畫竹勢如破竹，破竹數節之後，皆迎刃而解，無復著手處；數筆之後，皆信手而揮，無復著想處。

鄭燮。

柳溥慶先生藏墨蹟

杜若清清江邊水，鷓鴣拍拍下江煙。湘婦人正蒼梧去，莫□一聲啼竹邊。

板橋。

柳溥慶先生藏墨蹟

策杖小園中，迎人君子風；此中得粉本，活潑有誰同。

板橋居士。

柳溥慶先生藏墨蹟

友孤山梅，伴東籬菊；微此君子，誰醫世俗。

鄭炳純《鄭板橋外集》

舉世愛栽花，老夫只栽竹；霜雪滿庭除，灑然照新綠。幽篁一夜雪，疏影失青綠；莫被風吹簸，玲瓏碎空玉。

鄭炳純《鄭板橋外集》

畫竹插天蓋地，風風雨雨最宜。老夫五蘊皆空，寫出大報清靜。

鄭炳純《鄭板橋外集》

直其節，虛其心；可以廊廟，可以山林。

鄭炳純《鄭板橋外集》

一枝高竹獨當風，小竹因依籠蓋中。畫出人間真具慶，諸孫羅抱阿家翁。

板橋鄭燮。「鄭燮」（白文）、「克柔」（朱文）、「然黎閣」（朱文）。

廣東省博物館藏墨蹟

掃取寒梢萬尺長。梅道人云：「我亦有亭深竹裡，也思歸去聽秋聲。」皆詩意清絕，不獨以畫傳也。不獨畫傳而畫亦傳。燮既不能詩，又不能畫，然亦勉題數語：「雷停雨止斜陽出，一片新篁旋剪裁。影落碧紗窗子上，便拈毫素寫將來。」言盡意窮，有慚前哲。

霖老年學兄政。板橋鄭燮。「板橋□燮」（白文）、「爽鳩氏之官」（白、朱文）。

廣東省博物館藏墨蹟

只道霜筠禿且枯，蕭蕭綠葉□扶疏。風雷昨夜瀟湘急，抽出龍孫一萬株。

板橋居士鄭燮。「橄欖軒」（朱文）。右下角印：「老畫師」（白文）、「七品官耳」（白文）。

首都博物館藏墨蹟

敲門欲看誰家竹，姓字先須問主人。綠蔭清風藏一榻，正宜賢主對嘉賓。

板橋老人鄭燮。「？」（朱文）、「七品官耳」（白文）。

旅順博物館藏墨蹟

小苑茅堂近郭門，科頭競日擁山尊。夜來葉上蕭蕭雨，窗外新栽竹數根。

板橋鄭燮。「？」（白文）、「？」（白文）。

旅順博物館藏墨蹟

竹枝刷石傍山根，歲久年深石□痕。千古文章無捷獲，□求問此且關門。

板橋鄭燮畫並題。「鄭燮之印」（白文）、「二十年前舊板橋」（朱文）、「丙辰進士」（朱文）。

清華大學美術學院藏墨蹟

宦海歸來兩鬢星，故人憐我未凋零。春風寫與平安竹，依舊江南一片青。

板橋居士。「？」（白文）、「？」（？）。

天津市藝術博物館藏墨蹟

減之又減無多葉，添又加添著幾枝。愛竹總如教弟子，數番剪削又扶持。

板橋居士鄭燮。「鄭燮之印」（白文）、「濰夷長」（白文）。

北京故宮博物院藏墨蹟

衙齋案牘真堪厭，賴有窗前數竿竹。記得讀書茅屋夜，一燈風雨聽秋聲。

板橋居士鄭燮。「鄭燮之印」（白文）、「橄欖軒」（朱文）。

廣西壯族自治區博物館藏墨蹟

晨起江邊看竹枝，一團青翠影離離；牡丹芍藥誇顏色，我亦情和得意時。

乾隆乙丑，板橋鄭燮。

金山寺文物館藏拓本

十畝桑麻搆小園，自成農圃自成邨；凡葩亂草何能入，惟有芝蘭近竹根。

乾隆乙酉，板橋鄭燮畫並題。「板橋道人」（白文）、「克柔」（朱文）、「板橋」（白文）。

浙江省博物館藏墨蹟

茅屋一間，新篁數干。雪白紙窗，微浸綠色，此時獨坐其中，一盞雨前茶，一方端石硯，一張宣德紙，幾筆折枝花，朋友未來，風聲竹響，愈喧愈靜。家僮掃地，侍女焚香，往來竹陰中。清光映於面上，絕可憐愛。何必十二金釵，梨園百輩，須置此身心於清風靜響中也。

板橋老人鄭燮。「燮何力之有焉」（白文）、「七品官耳」（白文）。

乾隆乙酉。「謌吹古揚州」（朱文）。

北京故宮博物院藏墨蹟

一枝瘦竹何曾少，十畝叢篁未是多；勘破世間多寡數，水邊沙石見恒河。

乾隆乙酉，為永公大和尚正，板橋鄭燮。

寫來三祝仍三竹，畫出華封是兩峰；總是人情真愛戴，大家羅拜主人翁。

乾隆壬午，板橋鄭燮。「?」（白文）、「樗散」（朱文）、「謌吹古揚州」（朱文）。

臺北國泰美術館藏墨蹟

中國歷史博物館藏墨蹟

人間四月正清和，雨氣□□□科；今日寫來千萬竿，配君高義子孫多。

憲翁年學長兄，板橋居士鄭燮。「鄭燮」（白文）、「克柔」（白文）。

鎮江市博物館藏墨蹟

竹葉陰濃盛夏時，畫工聊寫兩三枝；無端七月新篁迸，不怕秋風發跡遲。

板橋居士鄭燮。「鄭板橋」（白文）、「乾隆東封書畫史」（白文）。左下角印：「謌吹古揚州」（朱文）。

重慶博物館藏墨蹟

兩枝修竹出重霄，幾葉新篁倒掛梢；本是同根復同氣，有何卑下有何高。

乾隆乙酉五月三日，板橋鄭燮。

北京故宮博物院藏墨蹟

揚州汪士慎，字近人，妙寫竹。曾作兩枝，並瘦石一塊，索杭州金農壽門題詠。金振筆而書二十八字，其後十四字云：「清瘦兩竿如削玉，首陽山下立夷齊。」自古今題竹以來，從未有用孤竹君事者，蓋自壽門始。壽門愈不得志，詩愈奇，人亦何必汨富貴以自取陋！

蕓亭兄一粲。板橋鄭燮。

上海朱屺瞻先生藏墨蹟

昨自西湖爛醉歸，滿山密篠亂牽衣；搖舟已下金沙港，回首清風在翠微。

乾隆乙卯，板橋道人鄭燮寫。「鄭燮之印」（白文）、「二十年前鄭板橋」（朱文）。

浙江省博物館藏墨蹟

江館清秋，晨起看竹，煙光日影露氣，皆浮動於疏枝密葉之間。胸中勃勃遂有畫意。其實胸中之竹，並不是眼中之竹也。因而磨墨展紙，落筆倏作變相，手中之竹又不是胸中之竹也。總之，意在筆先者，定則也；趣在法外者，化機也。獨畫雲乎哉？

文與可畫竹，胸有成竹；鄭板橋畫竹，胸無成竹。濃淡疏密，短長肥瘦，隨手寫去，自爾成局，其神理具足也。藐茲後學，何敢妄擬前賢。然有成竹無成竹，其實只是一個道理。

文與可墨竹詩云：「擬將一段鵝溪絹，掃取寒梢萬尺長。」梅花道人詩云：「我亦有亭深竹裡，也思歸去聽秋聲。」皆詩意清絕，不獨以畫傳也。不獨以畫傳而畫益傳。愚既不能詩，又不能畫，然亦勉題數句曰：雷停雨止斜陽出，一片新篁旋剪裁；影落碧紗窗子上，便拈毫素寫將來。鄙夫之言，有慚前哲。

廷翁年學老長兄先生正畫。乾隆乙卯，板橋居士鄭燮拜手。「鄭燮之印」（白文）、「二十年前舊板橋」（朱文）、「七品官耳」（白文）、「歌吹古揚州」（朱文）。

榮寶齋藏墨蹟

與可畫竹，魯直不畫竹，然觀其書法，罔非竹也。瘦而腴，秀而拔；欹側而有準繩，折轉而多斷續。吾師乎！吾師乎！其吾竹之清臒雅脫乎！書法有行款，竹更要行款；書法有濃淡，竹更要濃淡；書法有疏密，竹更要疏密。此幅奉贈常君酉北。酉北善畫不畫，而以畫之關紐，透入於書。燮又以書之關紐，透入於畫。吾兩人當相視而笑也。與可山谷亦當首肯。

《鄭板橋集》

徐文長先生畫雪竹，純以瘦筆、破筆、燥筆、斷筆為之，絕不類竹；然後以淡墨水鉤染而出，枝間葉上，罔非雪積，竹之全體，在隱躍間矣。今人畫濃枝大葉，略無破闕處，再加渲染，則雪與竹兩不相入，成何畫法？此亦小小匠心，尚不肯刻苦，安望其窮微索渺乎！問其故，則曰：吾輩寫意，原不拘拘於此。殊不知寫意二字，誤多少事。欺人瞞自己，再不求進，皆坐此病。必極工而後能寫意，非不工而遂能寫意也。

《鄭板橋集》

石濤畫竹，好野戰，略無紀律，而紀律自在其中。燮為江君穎長作此大幅，極力仿之。橫塗豎抹，要自筆筆在法中，未能一筆逾於法外。甚矣，石公之不可及也！功夫氣候，僭差一點不得。魯男子云：「唯柳下惠則可，我則不可；將以我之不可，學柳下惠之可。」余于石公亦云。

《鄭板橋集》

為無方上人寫竹

春雷一夜打新篁，解籜抽梢萬尺長；最愛白方窗紙破，亂穿青影照禪床。

《鄭板橋集》

一枝竹十五片葉呈七太守

敢云少少許，勝人多多許？努力作秋聲，瑤窗弄風雨。

《鄭板橋集》

濰縣署中畫竹呈年伯包大中丞括

衙齋臥聽蕭蕭竹，疑是民間疾苦聲；些小吾曹州縣吏，一枝一葉總關情。

《鄭板橋集》

予告歸里，畫竹別濰縣紳士民

烏紗擲去不為官，囊槖蕭蕭兩袖寒；寫取一枝清瘦竹，秋風江上作漁竿。

《鄭板橋集》

筍竹

江南鮮筍趁鰣魚，爛煮春風三月初；吩咐廚人休斫盡，清光留此照攤書。

筍菜沿街二月新，家家廚爨剝春筠；此身願劈千絲篾，織就湘簾護美人。

《鄭板橋集》

初返揚州畫竹第一幅

二十年前載酒瓶，春風倚醉竹西亭；而今再種揚州竹，依舊淮南一片青。

《鄭板橋集》

為馬秋玉畫扇

縮寫修篁小扇中，一般落落有清風；牆東便是行庵竹，長向君家學化工。

時余客枝上村，隔壁即馬氏行庵也。

《鄭板橋集》

為黃陵廟女道士畫竹

湘娥夜抱湘雲哭，杜宇鷓鴣淚相逐。叢篁密篠遍抽新，碎剪春愁滿江綠。赤龍賣盡瀟湘水，衡山夜燒連天紫。洞庭湖渴莽塵沙，惟有竹枝乾不死。竹梢露滴蒼梧君，竹根竹節盤秋墳。巫娥亂入襄王夢，不值一錢為賤云。

《鄭板橋集》

南園畫竹贈郭質亭

我輩微官困煞人，到君園館長精神；請看一片蕭蕭竹，畫裡階前總絕塵。

《榆園雜錄》卷一

題南園叢竹圖留別郭質亭

名園修竹古煙霞，雲是饒州太守家；飲得西將一杯水，如今清趣滿林遮。
七載春風在濰縣，愛看修竹郭家園；今日寫來還贈郭，令人常憶舊華軒。

《榆園雜錄》卷一

余畫大幅竹好畫水，水與竹，性相近也。少陵云：「懶性從來水竹居。」又曰：「映竹水穿沙。」此非明證乎！渭川千畝，淇泉綠竹。西北且然，況瀟湘雲夢之間，洞庭青草之外，何在非水，何在非竹也！余少時讀書真州之毛家橋，日在竹中閒步。潮去則濕泥軟沙，潮來則溶溶漾漾，水淺沙明，綠蔭澄鮮可愛。時有鯈魚數十頭，自池中溢出，遊戲於竹根短草之間，與余樂也。未賦一詩，心常癢癢。今乃補之曰：風晴日午千林竹，野水穿林入林腹。絕無波浪自生紋，時有輕鯈戲相逐。日影天光暫一開，青枝碧葉還遮覆。老夫愛此飲一掬，心肺寒僵變成綠。展紙揮毫為巨幅，十丈長箋三斗墨。日短夜長繼以燭，夜半如聞風聲、竹聲、水聲秋肅肅。

《鄭板橋集》

畫有在紙中者，有在紙外者。此番竹竿多於竹葉，其搖風弄雨，含露吐霧者，皆隱躍於紙外乎！然紙中如抽碧玉，如削青琅玕，風來戛擊之聲，鏗然而文，鏘然而亮，亦足以散懷而破寂。紙中之畫，正復清於紙外也。

乾隆甲申，七十二歲老人板橋鄭燮寫此。

黃苗子提供

未畫以前，胸中無一竹，既畫以後，胸中不留一竹。方其畫時，如陰陽二氣，挺然怒生，抽而為筍為篁，散而為枝，展而為葉，實莫知其然而然。韓幹畫御馬，云：「天廏中十萬匹，皆吾師也。」予客居天寧寺西杏園，亦曰：後園竹十萬個，皆吾師也，復何師乎？

板橋。

孫大光藏墨蹟

短節古竿，如地下之鞭，忽飛騰於地上。然則地上之竹，獨不可以飛騰於天上耶？高卑固無一定也。一竿瘦，兩竿夠，三竿湊，四竿救。

昨游江上，見修竹數千株，其中有茅屋，有棋聲，有茶煙飄揚而出，心竊樂之。次日過訪其家，見琴書幾席，淨好無塵，作一片豆綠色，蓋竹光相射故也。靜坐許久，從竹縫中向外而窺，見青山大江，風帆漁艇，又有葦洲，有耕犁，有饁婦，有二小兒戲於沙上，犬立岸傍，如相守者，直是小李將軍畫意，懸掛於竹枝竹葉間也。由外望內，是一種境地；由中望外，又是一種境地。學者誠能八面玲瓏，千古文章之道，不出於是，豈獨畫乎？

《鄭板橋集》

茅屋一間，新篁數竿，雪白紙窗，微侵綠色。此時獨坐其中，一盞雨前茶，一方端硯石，一張宣州紙，幾筆折枝花，朋友來至，風聲竹響，愈喧愈靜；家僮掃地，侍女焚香，往來竹陰中，清光映於畫上，絕可憐愛。何必十二金釵，梨園百輩，須置身於清風靜響中也。

《鄭板橋集》

昨在西湖，過六橋，入小有天園，上南屏山，叢篁密篠，嵌岩充穀，牽衣挽裾，滿身皆濕翠也。歸而繪其意，並題詩曰：昨自西湖爛醉歸，滿身細竹亂牽衣，回舟已下金沙港，翹首清風在翠微。

《鄭板橋集》

始余畫竹，能少而不能多，既而能多矣，又不能少，此層功力，最為難也。近六十外，始知減枝減葉之法。蘇季子曰：「簡煉以為揣摩。」文章繪事，豈有二道！此幅似得簡字訣。

板橋鄭燮。

《書畫鑒影》卷二十四

小院茅堂近郭門，科頭竟日擁山尊。夜來葉上蕭蕭雨，窗外新栽竹數根。燮常以此題畫，而非我詩也。吾師陸種園先生好寫此詩，而亦非先生之作也。想前賢有此，未考厥姓名耳。特注明於此，以為吾曹攘善之戒。

《鄭板橋集》

減之又減無多葉，添又加添著幾枝；愛竹總如教子弟，數番剪削又扶持。

板橋居士鄭燮。「鄭燮之印」（白文）、「濰夷長」（白文）

北京故宮博物院藏墨蹟

宦海歸來兩袖空，逢人賣竹畫清風；還愁口說無憑據，暗裡贓私遍魯東。

板橋老人鄭燮自贊又自嘲也。乾隆乙酉，客中畫並題。

《支那南畫大成》卷一

不過數片葉，滿紙俱是節。萬物要見根，非徒觀半截。風雨不能搖，雪霜頗能涉。紙外更相尋，干雲上天闕。

板橋居士。

《藝苑掇英》第八期

信手拈來都是竹，亂葉交枝戛寒玉。卻笑洋州文太守，早向從前構成局。我有胸中十萬竿，一時飛作淋漓墨；為鳳為龍上九天，染遍雲霞看新綠。

板橋鄭燮。

《伏廬書畫錄》

一枝瘦竹何曾少，十畝叢篁未是多；勘破世間多寡數，水邊沙石見恒河。

乾隆乙酉，為永公大和尚正，板橋鄭燮。

《中國繪畫總合圖錄》卷二

南北東西四面吹，此君淡若不聞知；雨晴風定亭亭立，一種清光是羽儀。

板橋鄭燮。

《鄭板橋書畫》

曾栽密密小樓東，又聽疏疏夜雨中；滿硯冰花三寸結，為君圖寫舊清風。

《澄蘭室古緣萃錄》卷四十

軒前只要兩竿竹，絕妙風聲夾雨聲；或怕攪人眠不著，不知枕上已詩成。

玉峰三兄，此中人□不以予言為謬也。板橋鄭燮。

天津歷史博物館藏墨蹟

記得為官種竹枝，泰山腳下嶧山陲；應知爾日新篁發，定有清風憶我時。

乾隆壬午，板橋鄭燮。

鎮江金山寺文物館藏拓本

曲曲溶溶漾漾來，穿紗隱竹破莓苔；此間清味誰分得，只合高人入茗杯。

為木齋老長兄政，板橋鄭燮，乾隆癸未。

《寶迂閣書畫錄》卷三

從今不復畫芳蘭，但寫蕭蕭竹韻寒；短節零枝千萬個，憑君揀取釣魚竿。

《墨林今話》卷一

老老蒼蒼竹一竿，長年風雨不知寒；好教真節青雲去，任爾時人仰面看。

板橋鄭燮。

上海書畫出版社影印

養成便是干霄器，廢置將為爨下薪；千古蘭亭修竹茂，事因王謝幾家人。

乾隆癸未，板橋鄭燮。

武漢文物商店藏墨蹟

葉葉枝枝逐景生，高高下下自人情；兩梢直拔青天上，留得根叢作雨聲。

山東博物館藏墨蹟

老竹蒼蒼發嫩梢，當年神化走風騷；山頭一夜春雷雨，又見龍孫長鳳毛。

《名人書畫錄》

種得東南美幹材，編籬加土盡滋培；階前已見龍孫長，又報平安持上來。

板橋鄭燮。

濰坊市博物館藏拓本

轉眼人間變古今，同庚同志想知音；畫成不負生前約，掛劍徐君墓上心。

《興化佛教通志》卷九

我亦有亭深竹裡，酒杯茶具與詩囊；秋來少睡吟情動，好聽蕭蕭夜雨長。

板橋鄭燮。

南京馬志清提供

新栽瘦竹小園中，石上淒淒三兩叢；竹又不高峰又矮，大都謙退是家風。

數尺峰巒不當山，幾枝竹葉翠珊珊；山窗風暖誰相對？只有書呆屋半間。

兩枝高幹無多葉，幾許柔篁大有柯；若論經霜抵風雪，是誰挺直又婆娑。

疏疏密密復亭亭，小院幽篁一片青；最是晚風藤榻上，滿身涼露一天星。

年年畫竹買清風，買得清風價便松；高雅要多錢要少，大都付與酒家翁。

兩枝修竹過牆來，多謝鄰家為我栽；君若未忘虛竹好，請來粗茗兩三杯。

山谷寫字如畫竹，東坡畫竹如寫字；不比尋常翰墨間，蕭疏各有淩雲意。

一節一節一節，一葉一葉一葉；渾然一片玲瓏，蘇軾文同鄭燮。

濰坊市博物館藏拓本

一節復一節，千枝攢萬葉；我自不開花，免撩蜂與蝶。

《鄭板橋集》

竹稱為君，石呼為文。賜以嘉名，千秋為讓。空山結盟，介節貞朗。無色為奇，一青足仰。

乾隆甲申，板橋鄭燮寫。

《夢園書畫錄》卷二十三

竹中有竹，竹外有竹；渭川千畝，此為巨族。
忽焉而淡，忽焉而濃；究其胸次，萬象皆空。
種竹種竹，毫無塵俗；依依在牖，秋風四入。

微風倚少兒。

板橋。

北京故宮博物院藏墨蹟

秋空翠帚。

板橋。

中國歷史博物館藏墨蹟

題畫石

昔人作柱石圖，皆居中正面，竊獨以為不然。國之柱石，如公孤保傅，雖位極人臣，無居正當陽之理。今特作僻側之勢，兼系詩曰：一卷柱石欲擎天，體自尊崇勢自偏。卻是武鄉侯氣象，側身謹慎幾多年。

乾隆已亥秋，為樹人年學兄正。板橋道人鄭燮漫筆。

天津藝術博物館藏墨蹟

清朝柱石之圖。

板橋鄭燮畫。

氣骨森嚴色古蒼，儼如公輔立朝堂。竹枝亦復多情事，靠定青山有主張。

乾隆戊寅冬日，板橋鄭燮又題。「燮」（白文）、「丙辰進士」（朱文）、「七品官耳」（白文）、「二十年前舊板橋」（朱文）。

臺北國泰美術館藏墨蹟

欲學雲林畫石頭，愧他筆墨太輕柔。而今老去心知意，只向精神淡處求。

板橋鄭燮。

南京許莘農藏墨蹟照片

米元章論石，曰瘦、曰縐、曰漏、曰透，可謂盡石之妙矣。東坡又曰：「石文而醜。」一醜字則石之千態萬狀，皆從此出。彼元章但知好之為好，而不知陋劣之中有至好也。東坡胸次，其造化之爐冶乎！燮畫此石，醜石也；醜而雄，醜而秀。弟子朱青雷索余畫不得，即以是寄之。青雷袖中倘有元章之石，當棄弗顧矣。

《鄭板橋集》

何以謂之文章，謂其炳炳耀耀皆成文也，謂其規矩尺度皆成章也。不文不章，雖句句是題，直是一段說話，何以取勝？畫石亦然，有橫塊，有豎塊，有方塊，有圓塊，有欹斜側塊。何以入人之目，畢竟有皴法以見層次，有空白以見平整，空白之外又皴；然後大包小，小包大，構成全域，尤在用筆用墨用水之妙，所謂一塊元氣結而石成矣。眉山李鐵君先生文章妙天下，余未有以學之，寫二石奉寄。一細皴，一亂皴，不知彷彿公文之似否？眉山古道，不肯作甘言媚世，當必有以教我也。

《鄭板橋集》

今日畫石三幅，一幅寄膠州高鳳翰西園氏，一幅寄燕京圖清格牧山氏，一幅寄江南李鱓復堂氏。三人者，予石友也。昔人謂石可轉而心不可轉，試問畫中之石尚可轉乎？千里寄畫，吾之心與石俱往矣。是日在朝城縣，畫畢尚有餘墨，遂塗於縣壁，作臥石一塊。朝城訟簡刑輕，有臥而理之之妙，故寫此以示意。三君子聞之，亦知吾為吏之樂不苦也。

《鄭板橋集》

沖天塞地橫中立，茫茫蒼蒼氣深鬱；兀然靜鎮蓋諸山，泰岱衡陽遜不及。

鄭板橋。

老骨蒼寒起厚坤，巍然直擬泰山尊；千秋縱有秦皇帝，不敢鞭他下海門。

頑然一塊石，臥此苔階碧；雨露亦不知，霜雪亦不識。園林幾盛衰，花樹幾更易；但問石先生，先生俱記得。

《鄭板橋集》

誰與荒齋伴寂寥，一枝柱石上雲霄；挺然直是陶元亮，五斗何能折吾腰！

誕老年學兄其並承之，板橋鄭燮。

南京博物院藏墨蹟

題畫蘭

古人云：入芝蘭之室，久而不聞其香，不不聞也，聞之久與俱化也，日與士人君子相磨切，豈復有不善之事乎？畫芝蘭如見君子遜遜室中，屋室俱美。

板橋鄭燮。乾隆五年十一月十有二日寫於揚州寓齋。「鄭燮之印」（白文）、「板橋」（朱文）、「遊思六經結想五嶽」（朱文）。

陝西省美術家協會藏墨蹟

畫得幽蘭在瓦盆，西施未出苧蘿邨。天然秀骨非容易，筆底分明有露痕。

乾隆十五年歲在庚午夷□□十有八日，板橋居士鄭燮寫於華□注山下。

廣東省博物館藏墨蹟

乾隆癸酉十二月二十有五日，為粹西道友寫蘭。板橋居士鄭燮。「鄭燮之印」（白文）、「揚州興化人」（白文）。

素心蘭與赤心蘭，總把芳心與客看。豈是春風能釀得，曾經霜雪十分看。

板橋又題。「鷓鴣」（朱文）。

北京故宮博物院藏墨蹟

予作蘭有年，大率以陳古白先生為法。及來揚州，見石濤和尚墨花，橫絕一時，心善之而弗學，謂其過縱，與之自不同路。又見顏君尊五，筆極活，墨極秀，不求異奇，自有一種新氣。又有友人陳松亭，秀勁拔俗，矯然自名其家，遂欲仿之。茲所飄撇，其在顏、陳之間乎，然要不知似不似也。

乾隆甲戌十月，板橋鄭燮畫並記。「俗吏」（朱文）、「鄭板橋」（白文）、「私心有所不盡鄙陋」（朱文）、「橄欖軒」（朱文）。

中國美術研究所藏墨蹟

身在千山頂頭上，突岩深縫妙香綢；非無腳下浮雲鬧，來不相知去不留。

乾隆戊寅，鶴洲年學長兄正，板橋道人鄭燮寫。「鄭燮之印」（白文）、「二十年前舊板橋」（朱文）。

天津藝術博物館藏墨蹟

葉長則花少，葉短則花多。萬事有餘不足，英雄豪傑如何！

乾隆巳卯，寫似柿伯表弟。板橋鄭燮。「鄭燮」（白文）、「俗吏」（朱文）。

南京市博物館藏墨蹟

昔人云：入芝蘭之室，久而忘其香。夫芝蘭入室，室則美矣，芝蘭弗樂也。吾願居深山絕穀之間，有芝弗采，有蘭弗掇，各適其天，各全其性。乃為詩曰：高山峻壁見芝蘭，竹影遮斜幾片寒。便以乾坤為巨室，老夫高枕臥其間。

乾隆辛巳三月，板橋道人鄭燮。「鄭板橋」（白文）、「乾隆東封書畫史」（白文）。

上海博物館藏墨蹟

重慊曲徑草為堂，四座幽蘭四壁芳；況復盆栽猶未盡，留余滋味最悠長。

乾隆癸未，板橋鄭燮畫並題，時在焦山。「鄭燮之印」（白文）、「爽鳩氏之官」（朱、白文）、「橄欖軒」（朱文）。

湖北省鐘祥縣博物館藏墨蹟

廣陵市上賣蘭花，現取金錢不肯賒。一笑老夫無長物，自頑自畫作生涯。

武漢童邱龍先生藏墨蹟

西江絕妙贛州蘭，曾買盆花幾上看。畫裡不知還得似，故鄉風露未全乾。

奉寄冰翁年老先生大人正。板橋鄭燮。

余毅《鄭板橋書畫拓片集》

昨日尋春出禁關，家家桃柳卻無蘭。市廛不是高人住，欲訪幽宗定在山。

板橋鄭燮畫題。

《鄭板橋書畫》

轉過青山又一山，幽蘭藏躲路回環。衆香國裡誰能到，容我書呆屋半間。

板橋鄭燮「鄭燮之印」（白文），「二十年前舊板橋」（朱文）。

遼寧省博物館藏墨蹟

芳蘭才向盆中植，便有靈芝地上生。寄語青陽司節侯，好春先送濟南城。

會稽陶四達先生時客歷城，正偕燕婉，故有此祝。弟板橋鄭燮。

上海博物館藏墨蹟

處世總無窮竭氣，看花全在未開時。

板橋道人。「鄭燮之印」（白文）。

北京故宮博物院藏墨蹟

山上山下都是蘭，香芬馥郁是一般。可恨世人薄幸眼，只因高低兩樣看。

鄭炳純《鄭板橋外集》

既入芝蘭之室，豈無廊廟之材。雖然盆壺瓦罐，宜興細做粗胎。

李百剛等《鄭板橋佚文輯錄》

蘭芳葉勁，神柔筆硬，清品清材，此交可訂。

為慧如大師清正。板橋燮。

李佐賢《書畫鑒影》卷十六

常笑靈均作〈九歌〉，歌成十一不為多。即今九畹無拘數，隨意拈來蘸墨波。

板橋。

《鄭板橋書畫》

水殿風瀕翠幄涼，叢蘭九畹飄芬芳。〈離騷〉忍作幽人佩，今日方稱王者香。

揚州周斯達《鄭板橋題畫佚稿》

林下佳人迴異常，臨風無語淡生香。憑誰寫就靈均賦，為爾招魂到楚湘。

揚州周斯達《鄭板橋題畫佚稿》

荊棘以慰其根，風露以暢其神。素心不形喜怒，眾草亦沾餘春。

《鄭板橋文集》

不媚時人眼，惟從君子游。任他狂浪蝶，未許戀枝頭。

《鄭板橋文集》

叢叢蕙草水之涯，綠葉陰深半欲遮。最是清風披拂處，一莖嫩玉九枝花。

《鄭板橋文集》

一種幽蘭信筆栽，不沾雨露四時開。根繁葉密春常在，可惜無香蝶不來。

《鄭板橋文集》

誰向山中挖得來，長枝短葉幾花開。先生好把甌盆買，點石鋪苔細細栽。

《鄭板橋文集》

葉少花稀根亦微，風前也有暗香飛。何人種我砂盆缽，固本添泥雨後肥。

板橋居士。

《鄭板橋文集》

時而有心，時而無心。唯此幽香，終古常存。

板橋寫。「揚州興化人」（白文）。

濟南市博物館藏墨蹟

始則幽蘭在谷，繼則一手拏元。以是相望，即以此相賀也矣。

板橋居士鄭燮。「鄭燮印」（白文）、「克柔」（朱文）。

揚州博物館藏墨蹟

九畹蘭花江上田，寫來八畹未成全。世間萬事何時足，留取栽培待後賢。

上海博物館藏墨蹟

九畹蘭花江上田，寫來八畹未成全。世間萬事何時足，留取栽培待後賢。

上海朵雲軒藏墨蹟

兩盆蘭草，一晚一早。先後得花，春末夏曉。

江蘇常州何乃揚藏墨蹟

九畹蘭花自千古，蘭花不足蕙花補。何事荊棘夾雜生，君子容之更何忤。

板橋鄭燮。「濰夷長」（白文）、「鄭燮之印」（白文）、「板橋道人」（白文）。

私人藏

買得沙壺花正開，化為空谷不凡材。耳聞鼻臭（嗅）同心語，先在王朝御史台。

方濬頤《夢園書畫錄》卷廿三

滿幅皆君子，其後以棘刺終之，何也？蓋君子能容納小人，無小人亦不能成君子。故棘中之蘭，其花更碩茂矣。石橋老哥，君子也。持此意以處京畿，無往不利。千里之外，無所贈寄，姑以此為壓緘之物耳。

《鄭板橋集》

杭州金壽門題墨蘭詩云：「苦被春風勾引出，和蔥和蒜賣街頭。」蓋傷時不遇，又不能決然自引去也。蕓亭年兄索余畫，並索題壽門句。使當事盡如公等愛才，壽門何得出此恨句？

《鄭板橋集》

揚州豪家求余畫蘭，題曰：寫來蘭葉並無花，寫出花枝沒葉遮。我輩何能購全域，也須合攏作生涯。金壽門見而愛之，即以為贈。題曰：昨宵神女降雲峰，折得花枝灑碧空。世上凡根與凡葉，豈能安頓在其中？以壽門詩文絕俗也。

《鄭板橋集》

石濤畫蘭不似蘭，蓋其化也；板橋畫蘭酷似蘭，猶未化也。蓋將以吾之似，學古人之不似，嘻，難言矣。

《鄭板橋集》

風雖狂，葉不揚；品既雅，花亦香。問是誰與友，是我鄭大郎。友他在空谷，不喜見炎涼。願吾後嗣子，婚媾結如蘭。

《鄭板橋集》

題嶠壁蘭花圖

山頂蘭花早早開，山腰小箭尚含胎；畫工立意教停蓄，何苦東風好作媒。

《鄭板橋集》

折枝蘭

多畫春風不值錢，一枝青玉半枝妍；山中旭日林中鳥，銜出相思二月天。

《鄭板橋集》

折枝蘭

曉風含露不曾乾，誰插晶瓶一箭蘭；好似楊妃新浴罷，薄羅裙繫怯君看。

《鄭板橋集》

嶠壁蘭

峭譬一千尺，蘭花在空碧；下有採樵人，伸手摘不得。

《鄭板橋集》

韜光庵為松岳上人作畫

元日畫蘭竹，遠寄郭雲亭。萬水千山外，知余老更新。

《鄭板橋集》

破盆蘭花

春雨春風寫妙顏，幽情逸韻落人間。而今究竟無知己，打破烏盆更入山。

《鄭板橋集》

半盆蘭蕊

盆是半藏，蘭是半含；不求發洩，不畏凋殘。

《鄭板橋集》

半開未開之蘭

山上蘭花向曉開，山腰乳箭尚含胎；畫工刻意教停蓄，何苦東風好做媒！

《鄭板橋集》

題盆蘭依蕙圖

春蘭未了夏蘭開，萬事催人莫要呆。閱盡榮枯是盆盎，幾回拔去幾回栽。

客焦山袁梅府送蘭

秋蘭一百八十箭，送與焦山石屋開。曉月敲門傳簡帖，煙帆昨夜過江來。

《鄭板橋集》

贈希翁年老先生

此花不是世間花，好與青山翠竹遮。借問畫工何妨佛，先生心地發靈芽。

《鄭板橋集》

贈觀文家兄

揮毫已寫竹三草，竹下還添幾筆蘭。總為本源同七穆，欲修舊譜與君看。

《鄭板橋集》

揚州客齋寫贈六源同學兄

老夫自任是青山，頗長春風竹與蘭。君正虛心素心客，岩阿相借又何難。

《鄭板橋集》

贈會稽陶士達先生

芳蘭才向盆中植，便有靈芝地上生。寄語青陽司節候，好春先送濟南城。

《鄭板橋集》

為瞻喬老長兄畫並題

唯君心地有芝蘭，種得芝蘭十傾寬。塵世紛紛誰識得，老夫拈出與人看。

《夢園書畫錄》卷二十三

九人會因畫九畹蘭花

天上文星與酒星，一時歡聚竹西亭。何勞芍藥誇金帶，自是千秋九畹青。

《鄭板橋集》

為婁真人畫蘭

銀鴨金猊暖碧沙，瑤台硯墨帶煙霞；一揮滿幅蘭芽茁，當得君家頃刻花。

《鄭板橋集》

為侶松上人畫荊棘蘭花

不容荊棘不成蘭，外道天魔冷眼看；門徑有芳還有穢，始知佛法浩漫漫。

《鄭板橋集》

畫盆蘭勸無方上人南歸

萬里關河異暑寒，紛紛灌溉反摧殘；不如歸去匡廬阜，分付諸花莫出山。

《鄭板橋集》

畫盆蘭送范縣楊典史謝病歸杭州

蘭花不合到山東，誰識幽芳動遠空；畫個盆兒載回去，栽他南北兩高峰。

後被好事者攫去，楊甚慍之。又十餘年，余過杭，而楊公已下世久矣。其子孫述故，乞更畫一幅補之。既題前作，又繫一詩曰：相思無計托花魂，飄入西湖叩墓門。為道老夫重展筆，依然蘭子又蘭孫。

《鄭板橋集》

畫芝蘭棘刺圖寄蔡太史

寫得芝蘭滿幅春，傍添幾筆亂荊榛；世間美惡俱容納，想見溫馨澹遠人。

《鄭板橋集》

畫盆蘭送大中丞孫丈予告歸鄉諱勷，字子未，號娥山。

宿草栽培數十年，根深葉老倍鮮妍；而今歸到山中去，滿眼名葩是後賢。此雍正三年事也。後十三年過德州，公年八十二，十一子，孫曾林立，並見玄孫。復出是圖索題，又書二十八字：載得盆蘭返故鄉，天家雨露鬱蒼蒼；今朝滿把蘭芽茁，又喜山中氣候長。

《鄭板橋集》

畫蘭寄紫瓊崖道人

山中覓覓復尋尋，覓得紅心與素心；欲寄一枝嗟遠道，露寒香冷到如今。

《鄭板橋集》

僧白丁畫蘭，渾化無痕跡，萬里雲南，遠莫能致，付之想夢而已。聞其作畫，不令不見，畫畢微乾，用水噴噀，其細如霧，筆墨之痕，因茲化去。彼恐貽譏，故閉戶自為，不知吾正以此服其妙才妙想也。口之噀水與筆之蘸水何異？亦何非水墨之妙乎？石濤和尚客吾揚州數十年，見其蘭幅極多，亦極妙。學一半，撇一半，未嘗全學，非不欲全，實不能全，亦不必全也。詩曰：十分學七要拋三，各有靈苗各自探；當面石濤還不學，何能萬里學雲南？

《鄭板橋集》

余種蘭數十盆，三春告暮，皆有憔悴思歸之色。因移植於太湖石黃石之間，山之陰、石之縫，既已避日，又就燥，對吾堂亦不惡也。來年忽發箭數十，挺然直上，香味堅厚而遠。又一年更茂。乃知物亦各有本性。贈以詩曰：蘭花本是山中草，還向山中種此花；塵世紛紛植盆盎，不如留與伴煙霞。又云：山中蘭草亂如蓬，葉暖花酣氣候濃；出谷送香非不遠，那能送到俗塵中？此假山耳，尚如此，況真山乎！余畫此幅，花皆出葉上，極肥而勁。蓋山中之蘭，非盆中之蘭也。

《鄭板橋集》

叢蘭棘刺圖

東坡畫蘭，長帶荊棘，見君子能容小人也。吾謂荊棘不當盡以小人目之，如國之爪牙，王之虎臣，自不可廢。蘭在深山，已無塵囂之擾；而鼠將食之，鹿將齧之，豕將蛭之，熊、虎、豺、麝、兔、狐之屬將齧之，又有樵人將拔之割之。若得棘刺為之護撼，其害斯遠矣。

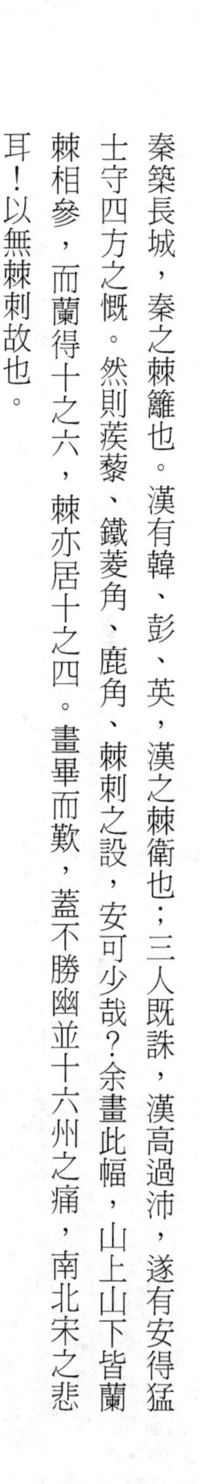

秦築長城，秦之棘籬也。漢有韓、彭、英，漢之棘衛也；三人既誅，漢高過沛，遂有安得猛士守四方之慨。然則蒺藜、鐵菱角、鹿角、棘刺之設，安可少哉？余畫此幅，山上山下皆蘭棘相參，而蘭得十之六，棘亦居十之四。畫畢而歎，蓋不勝幽並十六州之痛，南北宋之悲耳！以無棘刺故也。

《鄭板橋集》

亂草荒蓬著處理，蘭花無地可安排；想因賦質多靈秀，定要移根上苑栽。

為錫朊賢契老年侄畫並題，板橋鄭燮。

四川博物館藏墨蹟

板橋道人沒分曉，滿幅畫蘭畫不了；蘭子蘭孫百輩多，累爾夫妻直到老。

乾隆辛巳，為雨峰羅四兄尊嫂方夫人三十初度。鄭燮草稿。

《書畫鑒影》卷二十四

烏衣子弟何其盛，酷似南朝王謝家；百歲老人多種德，自然九畹盡開花。

乾隆辛巳，板橋鄭燮。

《支那南畫大成》卷一

素心花贈速心人，二月風光是好春；他日老夫歸去後，對花猶想舊情親。

景文年兄一笑，板橋居士鄭燮寫。

山東博物館藏墨蹟

東風昨夜入山來，吹得芳蘭處處開。唯有竹為君子伴，更無花卉許同栽。

一片青山一片蘭，蘭芳竹翠耐人看。洞庭雲夢三千里，吹滿春見不覺寒。

日日臨池把墨研，何曾粉黛去爭妍。要知畫法通書法，蘭竹如同草隸然。

蘭竹芳馨不等閒，同根並蒂好相攀。百年兄弟開懷抱，莫謂分居彼此山。

石上披蘭更披竹，美人相伴在幽谷。試問東風何處吹，吹入湘波一江綠。

昨宵神女降雲峰，折得花枝灑碧空。世上凡根與凡葉，豈能安頓在其中。

烏皮小幾竹窗紗，堪笑盆栽幾箭花。楚雨湘雲千萬里，青山是我外婆家。

身在青山頂上頭，突岩深縫妙香稠。非無腳下浮雲鬧，來不相知去不留。

一盆蘭草一盆芝，心地栽培幾許時。掛取竹枝何用處，拂塵灑露最相宜。

葉少花稀根亦微，風前也有暗香飛。何人種我砂盆缽，固本添泥雨後肥。

習得沙壺花正開，化為空谷不凡材。耳聞鼻臭同心語，先在王朝御史台。

峭壁垂蘭萬箭多，山根碧蕊亦婀娜。天公雨露無私意，分別高低世為何？

山頂蘭花早早開，山腰小箭尚含胎。畫工立意教停蓄，何苦東風好作媒。

蘭花本是山中草，還向山中種此花。塵世紛紛植盆盎，不如留與伴煙霞。

山中蘭草亂如蓬，葉暖花酣氣候濃。出谷送香非不遠，那能送到俗塵中。

山中覓覓復尋尋，覓得紅心與素心。欲寄一枝嗟遠道，露寒香冷到如今。

宿草栽培數千年，根深葉老倍鮮妍。而今歸到山中去，滿眼名葩是後賢。

此是幽貞一種花，不求聞達只煙霞。採樵或恐通來徑，更寫高山一片遮。

屈宋文章草木高，千年蘭譜壓風騷。如何爛賤從人賣，十字街頭論擔挑。

寫得芝蘭滿幅春，傍添幾筆亂荊榛。世間美惡俱容納，想見溫馨淡遠人。

世間盆盎空栽植，唯有青山是我家；畫入懸崖孤絕處，蘭花竹葉兩相遮。

西江絕妙贛州蘭，曾買盆花幾上看；畫裡不知還得似，故鄉風露未全乾。

昨日尋春出禁關，家家桃柳卻無蘭；市廛不是高人住，欲訪幽宗定在山。

買塊蘭花要整根，神完力足長兒孫；莫嫌今歲花猶少，請看明年花滿盆。

素心蘭與赤心蘭，總把芳心與客看；豈是春風能釀得，曾經霜雪十分寒。

不紅不紫不深黃，碧綠沉沉葉幾章；惟有西風偏稱意，慣催石上掃秋霜。

春風昨夜入山來，吹得芳蘭處處開；惟有竹為君子伴，更無他卉可同栽。

一峰過去一峰遙，路人三峰近斗杓；蘭蕊愈高香欲遠，洞庭草青滿湖飄。

蘭花與竹本相關，總在青山綠水間；霜雪不凋春不豔，笑人紅紫作客頑。

半邊修竹半邊蘭，碧葉清芬滿近山；總是一團春夏意，略無秋氣雜其間。

蜂蝶有路依稀到，雲霧無門不可通；便是東風難著力，自然香在有無中。

味自清閒氣自芳，如何淪落暗神傷；遊人莫謂飄零甚，轉眼春風滿谷香。

不減群芳作色鮮，生成石徑力猶堅；卻緣塚草休為伍，寂寞空山只自憐。

為買春風二月天，蘇松宿草種成田；隔江相望無多路，一到揚州便值錢。

林下佳人迥異常，臨風無語淡生香；憑誰寫作靈均賦，為爾招魂到楚湘。

誰向山中挖得來，長枝短葉幾花開；先生好把甌盆買，點石鋪苔細細栽。

若有香從筆論過，墨如金玉水如珠；欲將孤竹幽蘭比，只是夷齊屈大夫。

濃處清幽淡處香，花開楚畹久各揚；暖風意入高人手，移得金盆上玉堂。
四塊蘭花三塊開，中間一塊且遲回；世間萬事從容好，直待春闈蘭復來。
畫蘭且莫畫盆罌，石縫山腰寄此生；總要完他天趣在，世間栽種枉多神。
長在山頂怕太高，移來山下又塵囂；不夷不惠居身好，只在峰巒半截腰。
荊棘以慰其根，風露以暢其神；素心不形喜怒，眾草亦沾餘春。
許多含蓄意，不肯露春情；待過清明後，精華入夏清。

板橋道人畫並題。

常州張德俊藏墨蹟

蘭草寫三台，無人敢筆栽；取得新奇法，墨香吹出來。

板橋得意寫之。

常州何乃揚藏墨蹟

春日漸添長，春蘭滿徑芳；畫家無別個，只畫鄭家香。

板橋。

蘭草已成行，山中意味長；堅貞還自抱，何事鬥群芳？
留得根科大，何怨葉短稀；春雷潛夜發，香氣入雲飛。
蘭花不是花，是我眼中人；難將湘管筆，寫出此花神。
蘭香不是香，是我口中氣；難將湘管筆，寫出唇滋味。
七十三歲人，五十年畫蘭；任他風雷雨，終久不凋殘。
一筆與兩筆，其中皆妙隙；何難信手揮，不顧前人跡。
有根不在地，有花四季開；怪哉一參透，天機信筆來。
葉自短，花自長；蓄其力，揚其芳；花在室，香滿堂。

朵雲軒木刻浮水印

板橋道人。

上海博物館藏墨蹟

蘭為王者香，不與眾草伍。

常州何乃揚藏墨蹟

蘭芳竹翠，香節之國。

板橋。

江蘇常州張德俊藏墨蹟照片

題畫梅

蘭竹畫，人人所為，不得好。梅花，舉世所不為，更不得好。惟俗工俗僧為之，每見其幾段大炭，撐拄吾目，其惡穢欲嘔也。晴江李四哥獨為於舉世不為之時，以難見奇，以孤見實。故其畫梅，為天下先。日則凝視，夜則構思，身忘於衣，口忘於味，然後領梅之神、達梅之性、挹梅之韻、吐梅之情，梅亦俯首就範，入其剪裁刻劃之中而不能出。夫所謂剪裁者，絕不剪裁，乃真剪裁也；所謂刻劃者，絕不刻劃，乃真刻畫也。官止神行，人盡天復，有莫知其然而然者，問之晴江，亦不自知，亦不能告人也。愚來通州，得睹此卷，精神浚發，興致淋漓。此卷新枝古幹，夾雜飛舞，令人莫得尋其起落吾欲坐臥其下，作十日功課而後去耳。

乾隆二十五年五月十三日，板橋鄭燮漫題。

蘭州顧子惠先生藏墨蹟

梅根齧齧，梅苔燁燁；幾瓣冰塊，千秋古雪。

板橋又題。

玉骨兵肌品最高，冷淡清臒任揮毫；等閒著上胭脂水，卻是紅梅不是桃。

濰坊博物館藏墨蹟

牡丹芍藥各爭妍，葉亂花翻臭午天；何以竹籬茅屋淨？一枝清瘦出朝煙。

板橋鄭燮畫。

《支那南畫大成》卷三

鐵幹留清陰，橫斜三兩枝；亦然疏狂性，為有嶺雲知。

濰坊博物館藏墨蹟

一生從未畫梅花，不識孤山處士家；今日畫梅兼畫竹，歲寒心事滿煙霞。

北京故宮博物院藏墨蹟

題畫竹石

□□□□含瑞色，竹枝落落見清風。□□筆法偏嫌拙，總為峰巒愧蜀中。

乾隆丙寅小陽春月廿有七日，畫奉□亭老寅長兄先生，板橋鄭燮。

戈壁舟先生藏墨蹟

竹少石多，竹小石大，直是以石為君，聊復以數片葉點綴之耳。畫竹何須千萬枝，兩三片葉峭撐持，千秋不改嵩衡嶽，不靠青山卻靠誰？

乾隆十九年六月十八日雨中，極板道人鄭燮畫並題。

揚州博物館藏墨蹟

昔東坡居士作枯木竹石，使有枯木石而無竹，則黯然無色矣。余作竹作石，固無取於枯木也。意在畫竹，則竹為主，以石輔之。今石反大於竹，多於竹，又出於格外也。不泥古法，不執已見，惟在活而已矣。

漸老年兄屬，乾隆甲戌重九日，板橋鄭燮畫。「七品官耳」（白文）、「丙辰進士」（朱文）。

上海博物館藏墨蹟

十笏茅齋，一方天井，修竹數竿，石筍數尺，其地無多，其費亦無多也。而風中雨中有聲，日中月中有影，詩中酒中有情，閑中悶中有伴，非唯我愛竹石，即竹石亦愛我也。彼千金萬金造園亭，或游宦四方，終其身不能歸享。而吾輩欲遊名山大川，又一時不得即往，何如一室小景，有情有味，歷久彌新乎！對此畫，構此境，何難斂之則退藏於密，亦復放之可彌六合也。

《鄭板橋集》

新霜昨夜滿沙洲，竹葉青青色更遒。貫徹四氣時渾一氣，不知天地有清秋。

紹翁年學老長兄先生教畫。板橋居士弟鄭燮，乾隆甲戌九月二十有一日漫筆。「鄭板橋」（白文）、「乾隆東封書畫史」（白文）。

武漢市文物商店藏墨蹟

自古龍孫無弱幹，況今鳳羽不凡毛。

乾隆乙亥夏日，為荊伯年學兄。板橋鄭燮「鄭燮之印」（白文）、「板橋道人」（白文）。

廣西壯族自治區博物館藏墨蹟

昔人畫華封三祝，一峰而已，茲益一峰，是增其壽也；三竹而已，茲益以二而為五，是增其福也。上天申錫，有加無已，蓋為顯令德之君子有以致此也。

乾隆丙子冬，寫似章翁鄉祭酒年老長翁，有是德即有是福，豈不信然。板橋鄭燮。「鄭板橋」（白文）、「乾隆東封書畫史」（白文）。

天津藝術博物館藏墨蹟

昨在西湖，過六橋，入小有天園，上南屏山，叢篁密篠，嵌岩充穀，牽衣挽裾，滿身皆濕翠也。歸而繪其意，並題詩曰：昨自西湖爛醉歸，滿山細竹亂牽衣。回舟已下金沙港，翹首清風在翠微。

乾隆丙子，澄軒年學兄雅鑒，板橋鄭燮。

徐州博物館藏墨蹟

世人只曉愛蘭花，市買盆栽氣味差。明月清風白雲窟，青山是我外婆家。

乾隆丁丑秋七月，板橋道人鄭燮畫並題。

先構石，次寫蘭，次襯竹，此畫之層次也。石不點苔，懼其濁吾畫氣。

燮又題。「鄭為東道主」（白文）、「鄭燮印」（白文）、「青藤門下牛馬走」（白文）。

北京故宮博物院藏墨蹟

秋風昨夜渡瀟湘，觸石穿林慣作狂。惟有竹枝渾不怕，挺然相鬥一千場。

乾隆著雍攝提格姑洗之月，板橋鄭燮畫並題。

中國美術家協會藏墨蹟

雷停雨止斜陽出，一片新篁旋剪裁。影落碧沙窗子上，便拈毫素寫將來。

乾隆戊寅清和月，板橋老人鄭燮畫於范縣官署。「鄭」（白文）、「燮」（白文）、「橄欖軒」（朱文）。

四十年來畫竹枝，日間揮寫夜間思。冗繁削盡留清瘦，畫到生時是熟時。

上海博物館藏墨蹟

乾隆戊寅十月下浣，板橋鄭燮畫並題。「鄭燮之印」（白文）、「二十年前舊板橋」（朱文）。

無多竹葉沒多山，自有清風在此間。好待來年新筍發，滿林青綠翠雲灣。

為瀛翁年學老長兄正，板橋鄭燮又題。「鄭」（白文）、「燮」（白文）「青藤門下牛馬走」（白文）。

上海博物館藏墨蹟

吾家有茅屋二間，南面種竹。夏日新篁初放，綠陰照人，置一榻其間，甚涼適也。秋冬之際，取圍屏骨子，斷去兩頭，橫安以為窗櫺，用匀薄潔白之紙糊之。風和日暖，凍蠅觸窗紙上，冬冬作小鼓聲。於此一片竹光零亂，豈非天然圖畫乎！凡吾作畫，無所師承，多得於紙窗粉壁日光月影中耳。

乾隆戊寅，板橋鄭燮寫。

日本龜井氏攝心庵藏墨蹟

且讓青山出一頭，疏枝瘦竿未能遒；百年百尺龍孫發，多恐青山遜一籌。

板橋鄭燮並題。「揚州興化人」（白文）、「古狂」（白文）。

一、竹石圖

石縫山腰是我家，棋枰茶灶足煙霞；有人編縛為條帚，也與神仙掃落花。

乾隆戊寅，板橋鄭燮畫。「爽鳩氏之官」（白、朱文）、「鄭大」（白文）。

二、竹石圖

三、竹圖

東西南北四面吹，此君淡若不聞知；雨晴風定亭亭立，一種清光足羽儀。

板橋鄭燮。「克柔」（白文）、「北海」（朱文）。

四、竹

衙齋臥聽蕭蕭竹，疑是民間疾苦聲；些小吾曹州縣吏，一枝一葉總關情。

此濰縣時畫竹詩也。今已歲年事矣，拈筆時輒復記此。板橋鄭燮。「私心有所不盡鄙陋」（朱文）、「無數青山拜草廬」（白文）。

南京市鼓樓公園藏漆屏

繞膝龍孫好節柯，居中柱石老嵯峨；春風春雨清光滿，歷到秋冬翠更多。

乾隆己卯寫似開翁年學老長兄暨渭華同學老世兄哂政。板橋居士鄭燮。「鄭燮之印」（白文）、「濰夷長」（白文）、「謌吹古揚州」（朱文）。

遼寧大連市文物商店藏墨蹟

昨自西湖爛醉歸，漫山密箓亂牽衣。搖舟已下金沙港，回首清風在翠微。

乾隆己卯，板橋道人鄭燮寫。「鄭燮之印」（白文）、「二十年前舊板橋」（朱文）。

浙江省博物館藏墨蹟

文與可墨竹詩云：「擬將一段鵝溪絹，掃取寒梢萬尺長。」梅花道人詩云：「我亦有亭深竹裡，也思歸去聽秋聲。」皆詩意清絕，不獨以畫傳也。不獨以畫傳而畫益傳。愚既不能詩，又不能畫，然亦勉題數句曰：雷停雨止斜陽出，一片新篁旋剪裁，影落碧紗窗子上，便拈豪素寫將來。鄙夫之言，有慚前哲。

廷翁年學老長兄先生正畫。乾隆己卯，板橋居士鄭燮拜手。「鄭燮之印」（白文）、「二十年前舊板橋」（朱文）、「七品官耳」（白文）、「谞吹古揚州」（朱文）。

榮寶齋藏墨蹟

秋風昨夜窗前到，竹葉相敲石有聲。及至曉來濃霧濕，又疑昨夜未秋清。

乾隆庚辰秋杪，板橋鄭燮。「鄭燮之印」（白文）、「丙辰進士」（朱文）。

廣州博物館藏墨蹟

柱石□盤大地，竹枝一片清風，澤灑江南淮海，此風遍滿天東。

載翁老父台教畫，板橋居士鄭燮。

乾隆庚辰。「鄭板橋」（白文）、「乾隆東封書畫史」（白文）、「諤吹古揚州」（朱文）、「老畫師」（白文）。

北京劉九庵先生藏墨蹟

一半青山一半竹，一半綠蔭一半玉。請君茶熟睡醒時，對此渾如在岩谷。

受老年學兄正，板橋道人鄭燮。「鄭燮信印」（白文）、「丙辰進士」（朱文）。

文與可畫竹，胸有成竹；鄭板橋畫竹，胸無成竹。與可之有成竹，所謂渭川千畝在胸中也。板橋之無成（竹），如雷霆霹靂，草木怒生，有莫知其然而然者，蓋大化之流行，其道如是。與可之有，板橋之無，是一是二，解人會之。

燮又記。「有數杆竹無一點塵」（白文）、「諤吹古揚州」（朱文）。

乾隆壬午夏五月午後寫此。「二十年前舊板橋」（朱文）。

北京故宮博物院藏墨蹟

竹也瘦，石也瘦，不講雄豪，只求纖秀，七十老人尚留得少年氣候。

板橋鄭燮。「鄭燮之印」（白文）、「濰夷長」（白文）。

北京西單文物店藏墨蹟

七十衰翁澹不求，風光都付老春秋。畫來密簝才逾尺，讓爾青山出一頭。

燮堂大弟教畫。愚兄板橋鄭燮。

德國柏林東亞美術館藏墨蹟

迸出新篁石縫中，數枝清瘦戛玲瓏。已經掃盡塵氛氣，多謝先生又畫風。

乾隆壬午，板橋鄭燮。「鄭燮之印」（白文）、「爽鳩氏之官」（朱、白文）、「謌吹古揚州」（朱文）。

竹石相交萬萬年，兩家節介本天然；請看十月清霜後，一種蒼蒼籠碧煙。

旅順博物館藏墨蹟

乾隆癸未二月，寫似碧岑老師兄。板橋道人鄭燮。

榮寶齋藏墨蹟

渭川千畝入秦關，淇澳清清水一彎；兩地高風來拱向，中間突兀太行山。

乾隆甲申，為敬翁同口（學）老長兄並慰故鄉之意。板橋居士鄭燮。「爽鳩氏之官」（朱、白文）、「燮何力之有焉」（白文）。

辛冠潔先生藏墨蹟

石峰一塊欲撐天，小竹低頭卻不然。昨日鄰家買新筍，未曾看我一根鞭。

板橋。

福建泉州古文物拓片商店藏拓本

竹君子，石大人。千歲友，四時春。

江蘇常州何乃揚藏墨蹟

畫根竹枝插塊石，石比竹枝高一尺。雖然一尺讓他高，來年看我掀天力。

江蘇常州何乃揚藏墨蹟

寫根竹枝栽塊石，君子大人相繼出。年年歲歲看長青，日日時時瞻古色。

江蘇常州何乃揚藏墨蹟

江上家家種竹多，傍添石塊更婀娜。且應一景相看待，恍似湘山立楚娥。

板橋鄭燮。

世界書局《鄭板橋全集》插圖

茅屋一間，天井一方，修竹數竿，小石一塊，便爾成局。亦復可以烹茶，可以留客也。

月中有清影，夜中有風聲，只要閒心消受耳。

板橋鄭燮。「鄭燮之印」（白文）、「二十年前舊板橋」（朱文）、「有竹人家」（白文）。起首印：「俗吏」（朱文）。

私人藏

春風昨夜入山來，吹得芳蘭處處開。惟有竹為君子伴，更無他卉可同栽。

大老年兄。板橋鄭燮。「燮何力之有焉」（白文）、「濰夷長」（白文）。

清華大學美術學院藏墨蹟

只有高山老結鄰，絕無些子世間塵。微風細雨新晴後，一種清光迴照人。

板橋鄭燮。「?」（朱文）、「爽鳩氏之官」（白、朱文）。

廣東省博物館藏墨蹟

兩枝石筍甲成都，天下名流仰二蘇。任是文同能畫竹，也須蜀老共持扶。

板橋鄭燮。「鄭燮之印」（白文）、「丙辰進士」（朱文）、「橄欖軒」（朱文）。

安徽省博物館藏墨蹟

一拳岩下石，幾葉風前竹。筆底轉洪鈞，春光自然足。

板橋鄭燮。「板橋道人」（白文）。

中國國家博物館藏墨蹟

我亦有亭深竹裡，也思歸去聽秋聲。

板橋。「興化人」（白文）。右下角印：「七品官耳」（白文）。

上海博物館藏墨蹟

幹少枝稀葉又疏，清光也復照窗書；萬竿煙雨何能及，引得秋風拂草廬。

乾隆乙酉春二月，板橋鄭燮。「鄭燮之印」（白文）、「濰夷長」（白文）。

山西省博物館藏墨蹟

十笏茅齋，一方天井，修竹數竿，石筍數尺，其地無多，其費亦無多也。然而風中雨中有聲，日中月中有影，詩中酒中有情，閑中悶中有伴，非唯我愛竹石，即竹石亦留戀我也。彼千金萬金造園亭，而游宦四方，我終其身不能到。而吾輩欲遊名山大川，又一時不得即往，何如一室小景，有情有味，歷久彌新乎！對此畫，構此境，斂之則退藏於密，未嘗不放之彌□□□。

乾隆乙酉清和月，板橋鄭燮畫。「鄭燮印」（白文）、「燮何力之有焉」（白文）、「橄欖軒」（朱文）。

興化市博物館藏墨蹟

參差錯落每多竹，引得青風入座來。

乾隆乙酉，板橋鄭燮。

揚州市文物商店藏墨蹟

兩枝修竹一新篁，柱石相依對畫堂。日日平安來好信，又宜溫暖又宜涼。

乾隆乙酉，為濟翁年學兄正畫，板橋鄭燮。

南京市博物館藏墨蹟

竹得此中仙境界，天臺走過石樑橋。

向夫年學長兄正。板橋。

《鄭板橋書畫》

遇著青山便栽竹，短長高下總清風。

板橋道人鄭燮。

中國美術館藏墨蹟

林間飲酒，翠影搖樽；石上圍棋，輕蔭覆局。

周斯達《鄭板橋題畫佚稿》

一峰石，六竿竹，倚紗窗，對華屋，伴清談，陪相讀，涼風生，戛寒玉，日出東南滿青綠。

板橋。

日本喬木末吉藏墨蹟

四十年來畫竹枝，日間揮寫夜間思。冗繁削盡留清瘦，畫到生時是熟時。

乾隆戊寅十月下浣，板橋鄭燮畫並題。

上海博物館藏墨蹟

竹裡秋風應更多，打窗敲戶影婆娑。老夫不肯刪除去，留與三更警睡魔。

竹得此中仙境界，天臺走過石樑橋。

向夫年學長兄，板橋鄭燮。「？」（白文）、「濰夷長」（白文）。

興化市博物館藏墨蹟

石塊玲瓏整又歪，離奇秀峭公自裁，旁添竹葉濃兼淡，不費先生再點苔。

板橋。

興化市博物館藏墨蹟

石濤善畫，蓋有萬種，蘭竹其餘事也。板橋專畫蘭竹，五十餘年，不畫他物。彼務博，我務專，安見專之不如博乎！石濤畫法千變萬化，離奇蒼古，而又能細秀妥貼，比之八大山人，殆有過之無不及處。然八大名滿天下，石濤名不出吾揚州，何哉？八大純用減筆，而石濤微茸耳；且八大無二名，人易記識，石濤弘濟，又曰清湘道人，又曰苦瓜和尚，又曰大滌子，又曰瞎尊者，別號太多，翻成攪亂。八大只是八大，板橋亦只是板橋，吾不能從石公矣。

《鄭板橋集》

三間茅屋，十里春風；窗裡幽蘭，窗外修竹。此是何等雅趣，而安享之人不知也。懵懵懂懂，沒沒墨墨，絕不知樂在何處。惟勞苦貧病之人，忽得十日五日之暇，閉柴扉，掃竹徑，對芳蘭，啜苦茗，時有微風細雨，潤澤於疏籬仄徑之間；俗客不來，良朋輒至，亦適適然自驚為此日之難得也。凡吾畫蘭畫竹畫石，用以慰天下之勞人，非以供天下之安享人也。

《鄭板橋集》

題畫蘭竹

昔李涉過皖桐江上，有賊劫之。問是涉，不索物而索詩。涉曰：「細雨微風江上春，綠林豪客夜（也）知聞（文）；相逢不用相回避，世上於今半是君。」書民二哥，晚過寓齋，強索余畫，且橫甚。因也題詩誚讓之曰：「細雨微風江上村，綠林豪客暮敲門；相逢不用相回避，翠竹芝蘭畫幾盆。」狂夫之言，怪迂妄發，公其棒我乎！

癸酉九秋，板橋鄭燮。

曲阜文管會藏墨蹟

鄭所南、陳古白兩先生善畫蘭竹，燮未嘗學之；徐文長、高且園兩先生不甚畫蘭竹，而燮時時學之弗輟，蓋師其意不在跡象間也。文長、且園才橫而筆豪，而燮亦有倔強不馴之氣，所以不謀而合。彼陳、鄭二公，仙肌仙骨，藐姑冰雪，燮何足以學之哉！昔人學草書入神，或觀蛇鬥，或觀夏雲，得個入處；或觀公主與擔夫爭道，或觀公孫大娘舞西河劍器，夫豈取草書成格而規規效法者！精神專一，奮苦數十年，神將相之，鬼將告之，人將啟之，物將發之。不奮苦而求速效，只落得少日浮誇，老來窘隘而已。

《鄭板橋集》

復堂李鱓，老畫師也。為蔣南沙、高鐵嶺弟子，花卉翎羽蟲魚皆妙絕，尤工蘭竹。然燮畫蘭竹，絕不與之同道。復堂喜曰：「是能自立門戶者。」今年七十，蘭竹益進，惜復堂不再，不復有商量畫事之人也。

《鄭板橋集》

蘭竹畫，人人所為，不得好。梅花，舉世所不為，更不得好。惟俗工俗僧為之，每見其幾段大炭，撐拄吾目，其惡穢欲嘔也。晴江李四哥獨為於舉世不為之時，以難見奇，以孤見實，故其畫梅，為天下先。日則凝視，夜則構思，身忘於衣，口忘於味，然後領梅之神，達梅之性，挹梅之韻，吐梅之情，梅亦俯首就範，入其剪裁刻劃之中而不能出。夫所謂剪裁者，絕不剪裁，乃真剪裁也。所謂刻劃者，絕不刻劃，乃真刻劃也。豈止神行人畫，天復有莫知其然而然者，問之晴江，亦不自知，亦不能告人也。愚來通州，得睹此卷，精神濬發，興致淋漓。此卷新枝古幹，夾雜飛舞，令人莫得尋其起落。吾欲坐臥其下，作十日功課而後去耳。

《鄭板橋集》

不容荊棘不成蘭，外道天魔冷眼看。看到魚龍都混雜，方知佛法浩漫漫。

侶公大和上政。板橋鄭燮。「鄭燮之印」（白文）、「乾隆東封書畫史」（白文）、「直心道場」（朱文）。

乾隆二十二年建子月。「多種菩提結善緣」（白文）、「歡喜無量」（朱文）。

常州市博物館藏墨蹟

春風莫漫催花急，留取才開未放枝。滴瀝空庭，竹響共雨聲相亂。

乾隆丁卯正月二十三日。

上海博物館藏墨蹟

此是幽貞一種花，有求聞達只煙霞；採樵或恐通來徑，更取高山一片遮。

寫似□京年學兄長政畫，板橋道人鄭燮。

無錫市博物館藏墨蹟

揮毫已寫竹三竿，竹下還添幾筆蘭。總為本源同七穆，欲修舊譜與君看。

觀文家兄教畫，乾隆癸未，板橋愚弟燮。「燮何力之有焉」（白文）、「丙辰進士」（朱文）。

上海人民美術出版社藏墨蹟

梅花香裡雪初晴，誰叩柴門索畫圖。請我寫蘭兼寫竹，湘雲湘雨兩模糊。

板橋。

周斯達《鄭板橋題畫佚稿》

年年風景皆如意，水暖花香竹葉肥。

板橋鄭燮。

趙慎畛《榆巢雜識》卷上

峭壁一千尺，蘭花在空碧。下有采樵人，伸手折不得。

板橋。

郭照《鐵如意室所藏書畫錄》卷一

一片青山一片蘭，蘭芳竹翠耐人看。洞庭雲夢三千里，吹滿春風不覺寒。

板橋。

《支那南畫大成》

蘭竹奇芳。

李百剛等《鄭板橋佚文輯錄》

深山絕壁見幽蘭，竹影蕭蕭幾片寒。一頂烏紗須早脫，好來高枕臥其間。

板橋鄭燮。

1963年11月21日《光明日報》

潔疑無地種，芳不待人知。

板橋。

南京周積寅《鄭板橋書畫集》

買得蘭根滿地栽，素心揀起上花台。短牆低處加三尺，不許狂蜂浪蝶來。

揚州周斯達《鄭板橋題畫佚稿》

記得江南雨後山，春風香吐萬峰寒。而今老去無尋處，到處逢人畫竹蘭。

揚州周斯達《鄭板橋題畫佚稿》

悔貪賣畫幾文錢，辜負香閼蘭蕙天。晚飯得魚逢網戶，知心同醉素心前。

揚州周斯達《鄭板橋題畫佚稿》

細寫湘筠墨未乾，蕭蕭風雨自生寒。何如四月江南道，煙鎖新梢綠萬竿。

揚州周斯達《鄭板橋題畫佚稿》

抽毫先得性情真，畫到工夫自有神。瑟瑟蕭蕭風雨夜，賞音誰是個中人。

揚州周斯達《鄭板橋題畫佚稿》

少少數枝蘭，蕭蕭幾片竹；會得幽人懷，山居意已足。世間桃李花，紅紫媚金屋；應笑畫手迂，總不入時目。吾亦笑胭脂，太欺吾黑墨。

《鄭板橋文集》

日日臨池把墨研，何曾粉黛去爭妍？要知畫法通書法，蘭竹如同草隸然。

板橋。

《鄭板橋文集》

一

午夢醒來無一事，自磨新墨寫瀟湘。

板橋。「板橋」（朱文）。

二

一林舊竹□新竹，幾處疏枝間密枝。

板橋。「板橋」（朱文）、「鄭燮印」（白文）

三

居高貴能□，值陰在自持。□□或□轉，此根終不移。

板橋□。「板橋」（朱文）。

四

……

山谷論蘭花，一干一花者為上，一干數花者次之。

板橋寫。「板橋」（朱文）、「丙辰進士」（朱文）。

廣東省博物館藏墨蹟

一

山多蘭草卻無芝，何處尋來問畫師。總要向君心上覓，自家培養自家知。

板橋鄭燮並題。「燮」（白文）。

二

一團勁悍氣，一團倔強意。若遇潘桐岡，定然成竹器。

板橋。「十年縣令」（朱文）。

三

東風昨夜發靈芽，一片青蔥一片花。盎植盆栽殊可笑，青山是我外婆家。

板橋寫。「然黎閣」（朱文）。

四

立根堅固何能拔，雨葉風枝紙外尋。

鄭板橋畫並題。「鄭」（白文）、「燮」（白文）。

雲南省博物館藏墨蹟

一

玉盎金盆獨自貴，只栽蒲草不栽蘭。

板橋。「紫鳳」（朱文）。

二

板橋。「然黎閣」（朱文）。

三

石如叟，竹如孫，或老或幼皆可人。

板橋。「樂曠多寄情」（白文）。

四

板橋寫意。「放情丘壑」（白文）。

五

板橋。「鄭」（白文）、「燮」（白文）。

六

板橋。「不求甚解」（朱文）。

畫得盆花蕙草新，春風已過□□春。折來幾片新篁葉，好為名葩小拂塵。

衛老年學兄正。板橋鄭燮。「鄭燮之印」（白文）、「俗吏」（朱文）。

清華大學美術學院藏墨蹟

半邊修竹半邊蘭，碧葉清芬滿近山。總是一團春夏意，略無秋氣雜其間。

板橋老人鄭燮。

潘茂《鄭板橋》

屈大夫之清風，衛武公之懿德。

板橋燮。蘭竹爭妍。板橋燮畫。

題畫蘭石

余種蘭數十盆，三春告暮，皆有憔悴思歸之色。因植於太湖石、黃石之間，山之陰，石之縫，既以避日、就燥，對吾堂亦不惡也。來年忽發箭數十，挺然，其香味直上，透而遠，乃知物亦各有本性，且係以詩云：「蘭花本是山中草，還向山中種此花，塵世紛紛植盆盎，不如留與伴煙霞。山上蘭花亂如蓬，葉暖花酣氣候濃；出谷送香非不遠，那能送到俗塵中？」此假山耳，尚如此，況真山乎！余畫此幅，葉肥而勁，花皆出葉，蓋山中之蘭，而非盆中之蘭也。

丁丑秋八月，板橋鄭燮。

南通博物苑藏墨蹟

泰山高絕苦無蘭，特寫幽姿送宰官；石縫峰腰都布遍，一團秀色盡堪餐。

愷亭高六弟之任泰安，板橋同學愚兄，鄭燮作此奉贈，乾隆已巳。

山東省煙臺地區文管組藏墨蹟

唯君心地有芝蘭，種得芝蘭十頃寬。塵世紛紛誰識得，老夫拈出與人看。

乾隆辛巳，為瞻喬老長兄畫並題。板橋鄭燮。「鄭板橋」（白文）、「燮何力之有焉」（白文）、「鷓鴣」（朱文）、「橄欖軒」（朱文）。

方濬頤《夢園書畫錄》卷二十三

小小茅齋也有山，芳蘭種在石中間。春風何限階庭秀，當得三秋桂子攀。

遮康年學老世兄弄璋之慶，作此賀之。板橋鄭燮。

南通博物館藏墨蹟

潑墨淋漓擬大家，放開筆下寫蘭芽。明年長問春消息，富貴連科及第花。

板橋。

揚州周斯達《鄭板橋題畫佚稿》

蘭之氣清，石之體靜，清則久，靜則壽。

兩峰夾蘭竹，幽香在空谷；何必世人知，相知有樵牧。

鄭板橋。

美國明德堂藏墨蹟

題畫蘭竹石

一幅青山疊又高，竹枝蘭葉兩蕭蕭。山中樵子曾相約，二月春和去結茅。

乾隆癸酉，寫似聖翁老年□□政畫。板橋道人鄭燮。「燮何力之有焉」（白文）、「七品官耳」（白文）。

濟南市博物館藏墨蹟

古人云：吾入芝蘭之室，久而忘其香。夫芝蘭入室，室則美矣，芝蘭弗樂也。我願處深山古澗之間，有芝不採，有蘭不掇，各適其天，各全其性。乃為詩曰：高峰峻壁見芝蘭，竹影遮斜幾片寒。便以乾坤為巨室，老夫高枕臥其間。

乾隆丙子孟夏之月十有四日，坐移情書屋午飯清茶後寫為六翁老學老長兄正畫。板橋居士鄭燮。「乾隆東封書畫史」（白文）、「病黎閣」（朱文）、「丙辰進士」（朱文）、「橄欖軒」（朱文）。

揚州文物商店藏墨蹟

南山獻壽高千尺，勁節清風覺更高。積性人家天所佑，蘭蓀蕙種自能饒。

乾隆丙子寫，祝劉母卞太君八十榮慶暨青藜年學兄教可。板橋鄭燮。「乾隆東封書畫史」（白文）、「丙辰進士」（朱文）。

上海市文物商店藏墨蹟

古人云：入芝蘭之室，久而忘其香，夫芝蘭入室，室則美，芝蘭勿樂也。我願居深山大壑中，有芝不采，有蘭弗掇，各適其天，各全其性。乃為詩曰：高山絕壁見芝蘭，竹影遮斜幾片寒。便以乾坤為巨室，老夫高枕臥其間。

乾隆戊寅，板橋鄭燮寫。「鄭燮之印」（白文）、「二十年前舊板橋」（朱文）。

揚州博物館藏墨蹟

官罷囊空兩袖寒，聊憑賣畫佐朝餐；最慚吳隱奩錢薄，贈爾春風幾筆蘭。

乾隆戊寅，板橋老人為二女適袁氏者作。「乾隆東封書畫史」（白文）、「橍散」（朱文）、「敢征蘭乎」（白文）。

北京故宮博物院藏墨蹟

近處香微遠處賖，隨風飄渺透煙霞。青山翠竹方為伴，洗盡凡心看此花。畫蘭畫竹已多年，豎抹橫拖近自然。更向雲中畫山石，令人如望藐姑仙。

乾隆已卯，板橋鄭燮畫並題。「鄭燮之印」（白文）、「二十年前舊板橋」（朱文）、「謌吹古揚州」（朱文）。

浙江崇壽德藏墨蹟

畫蘭之法，三枝五葉；畫石之法，叢三聚五。皆起手法，非為蘭竹一道僅僅如此，遂了其生平學問也。古之善畫者，大都以造物為師。天之所生，即吾之所畫，總需一塊元氣團結而成。此幅雖屬小景，要是山腳下洞穴旁之蘭，不是盆中磊石湊栽之蘭，謂其氣整故爾。聊作二十八字以繫於後：敢云我畫竟無師，亦有開蒙上學時。畫到天機流露處，無今無古寸心知。

乾隆庚辰秋，板橋鄭燮。

中國美術家協會藏墨蹟

乾隆辛巳。

此山林之畏，佳也。若以時下之剪裁植繩之，則左矣。大率作畫之道，先從天而入於人，則規矩法律井然，後從人而返於天，則造化生成無跡。老拙之談，不識玉川老銘弟何以教我。

板橋兄，燮。

中國歷史博物館藏墨蹟

老夫自任是青山，頗長春風竹與蘭。君正虛心素心客，岩阿相借又何難。

乾隆壬午春日，揚州寓齋寫贈六源同學兄，並題二十八字見志。板橋道人鄭燮。「燮何力之有焉」（白文）、「樗散」（朱文）。

揚州博物館藏墨蹟

竹石幽蘭合一家，乾坤正氣此間賒。任渠霜雪連冰凍，蒼翠何曾減一些。

乾隆壬午，板橋鄭燮。「鄭燮之印」（白文）、「爽鳩氏之官」（白、朱文）。

天津藝術博物館藏墨蹟

介於石，臭如蘭，堅多節，皆《易》之理也，君子以之。

復堂李鱓，老畫師也。為蔣南沙、高鐵嶺弟子，花卉翎羽蟲魚皆妙絕，尤工蘭竹。然燮畫蘭竹，絕不與之同道。復堂喜曰：「是能自立門戶者。」今年七十，蘭竹益進，惜復堂不再，不復有商量畫事之人也。

嘉興王少鵬先生藏墨蹟

乾隆二十七年花朝寫於揚州。「鷓鴣」（朱文）。

紅蘭主人以後有紫瓊崖主人，今又有素鞠主人，皆天潢的派詞源大手筆也。恨不得見紅蘭而得，侍紫瓊翰墨已幸甚，今又見素鞠亦生平之幸也。因以拙筆蘭竹奉獻，蘭芳竹勁石介芝靈，唯主人足當之。見主人則紅蘭、紫瓊如在目前不遠。

橄欖軒記。「？」（白文）、「？」（白文）。

板橋鄭燮。「鄭板橋」（白文）、「爽鳩氏之官」（朱、白文）、「橄欖軒」（朱文）。

上海博物館藏墨蹟

索畫者必有來意，某處畫蘭，某處畫竹，某處畫石，而作畫者又倔強不依此，兩兩所以背謬也。殊不知即其所索之中依其位置而略為剪裁，稍加伸縮，既不失主人意指，而亦不愧自家筆墨，顧不美乎？主司命題如此，而我之作文偏不如此。雖錦繡珠璣與題何涉。善作者絕不與眾人同，而卻不與命題囗囗，求匠心獨得乎！吾之此畫亦只是蘭竹石，而絕不與眾家同，亦絕不與自家同，或亦有匠心焉。

乾隆壬午板橋老人鄭燮。

山西省博物館藏墨蹟

畫竹之法，不貴拘泥成局，要在會心人得神，所以梅道人能超最上乘也。蓋竹之體，瘦勁孤高，枝枝傲雪，節節幹霄，有似乎士君子豪氣凌雲，不為俗屈。故板橋畫竹，不特為竹寫神，亦為竹寫生。瘦勁孤高，是其神也；豪邁凌雲，是（其）生也；依于石而不囿于石，是其節也；落於色相而不滯於梗概，是其品也。竹其有知，必能謂余為解人；石如有靈，亦當為余首肯。

甲申秋杪，歸自邗江，居杏花樓。對雨獨酌，醉後研墨拈管，揮此一幅，留贈主人。板橋。

「板橋」（白文）、「二十年前舊板橋」（朱文）、「七品官耳」（白文）。

上海博物館藏墨蹟

掀天揭地之文，震電驚雷之字，呵神罵鬼之談，無古無今之畫，固不在尋常蹊徑中也。未畫以前，不立一格，既畫之後，不留一格。

乾隆甲申為茂林年學兄哂正，板橋鄭燮。

無錫市博物館藏墨蹟

終日作字作畫，不得休息，便要罵人；三日不畫，又想一幅紙來，以舒其沉悶之氣，此亦吾曹之賤相也。今日客中早起，洗面漱口啜茗，口以洗面之水滌硯中滯墨，而友人之紙適至，欣然命筆，先寫石次寫竹次寫蘭，又以小竹點綴。于蘭石之傍省得，時得筆之樂，總以數日不學口也。索我畫偏不畫，不索我畫偏要畫，極是不可解處，然解人於此自笑而聽之。

乾隆甲申冬日，板橋老人鄭燮。「爽鳩氏之官」（白、朱文）、「燮何力之有焉」（白文）。

上海博物館藏墨蹟

昔人云：入芝蘭之室，久而忘其香。夫芝蘭在室，室則美矣，其蘭弗樂也。我願居深山大壑間，有芝弗採，有蘭弗掇，各適其天，各正其命。乃為詩曰：高山峻壁見芝蘭，竹影遮斜幾片寒，便以乾坤為巨室，老夫高枕臥其間。

誕數年學兄粘壁，板橋鄭燮奉寄。「?」（朱文）、「丙辰進士」（朱文）。

乾隆甲申。「雞犬圖書共一船」（朱文）。

上海博物館藏墨蹟

幾枝修竹幾枝蘭，不畏春殘，不畏秋寒。飄飄遠在白雲端，雲裡湘山，夢裡巫山。畫工老興未全刪，筆也清閒，墨也爛斑。借君莫作畫圖看，文裡機閑，字裡機關。（調寄《一剪梅》）

興化市文化館藏墨蹟

昔遊天目山，與老僧坐密室中，聞幽蘭香，不知所出。僧即開小窗，見矯壁千尺，皆芳蘭披拂，而下又有枯樹根，怪醜壞爛，蘭亦寄生其上，如虬龍勃怒，鬐鬣皆張，實異境也。省堂老伯游湘楚中，所見必多，此種惜不得人為之圖寫耳。

小侄鄭燮敢畫此以獻于左。

上海博物館藏墨蹟

有蘭有竹有石，有芳有節有骨。非唯春夏青蔥，更看秋冬顏色。

秀林年學兄正畫，板橋鄭燮。「鄭燮之印」（白文）、「七品官耳」（白文）。

西安美術學院藏墨蹟

竹頭蘭芳情自然，南山石塊更遒堅。祝君花甲應無算，加倍先過百廿年。

奉祝有三老親翁六十榮壽，板橋鄭燮。

日本東京河井荃廬藏墨蹟

蘭竹石，相繼出。大君子，離不得。

江蘇常州何乃揚藏墨蹟

不滋不蔓土芳心，空谷無人自賞音。讀罷〈離騷〉清玩久，滿懷真趣托瑤琴。

揚州周斯達《鄭板橋題畫佚稿》

畫蘭畫竹畫石，敢云不朽之物。懸之大廈高梁，香氣清風拂拂。

此花不是世間花，好與青山翠竹遮。借向畫工何彷彿，先生心地發靈芽。

希翁年老先生大人教畫。板橋鄭燮拜手。「鄭燮之印」（白文）、「爽鳩氏之官」（白、朱文）。起首印：「敢征蘭乎」（白文）。

上海博物館藏墨蹟

四時花草最無窮，時到芬芳□□空。唯有山中蘭與竹，經春歷夏又秋冬。

般薦二兄正畫。板橋鄭燮。

和君胸次有幽蘭，竹影相扶秀可餐。世上那無荊棘刺，大人容納百千端。

紹言老寅長兄教畫。板橋弟鄭燮。「鄭燮之印」（白文）、「揚州興化人」（白文）。

北京故宮博物院藏墨蹟

蘭花與竹本相關，總在青山綠水間。霜雪不凋春不豔，笑人紅紫作客玩。

濟老年兄，板橋居士鄭燮。

江蘇省江都市圖書館藏墨蹟

竹石幽蘭不一家，妙香清品不爭差。畫來一片山中起，得志終為上苑花。

板橋鄭燮。「鄭燮印」（白文）、「濰夷長」（白文）、「詞吹古揚州」（朱文）。

四川省美術家協會藏墨蹟

蘭竹石頭各一家，不曾水乳亂槎丫。板橋居士聊□點，莫定高卑總不差。

美國耶魯大學藝術館藏墨蹟

有蘭有竹有石，一種多情歷歷。何□碧綠□黃，千載墨痕一色。

板橋。「鄭」（白文）、「燮」（白文）。

重慶博物館藏墨蹟

平生愛所南先生及陳古白畫蘭竹，既又見大滌子畫石，或依法皴，或不依法皴，或整或碎，或完或不完。遂取其意構成石勢，然後以蘭竹彌縫其間，雖出學兩家，而筆墨則一氣也。

宏翁同學老長兄善品題書畫，故就正焉。板橋鄭燮。「？」（白文）、「謌吹古揚州」（朱文）。

揚州博物館藏墨蹟

竹石蕭疏又寫蘭，春風江上解春寒。不須紅紫誇桃李，秀色如君盡可餐。

揚州周斯達《鄭板橋題畫佚稿》

幾枝修竹幾枝蘭，不畏春殘，不畏秋寒。飄飄遠在碧雲端。雲裡湘山，夢裡巫山。畫工老興未全刪，筆也清閒，墨也爛斑。借君莫作圖畫看，文裡波瀾，字裡機關。右詞一剪梅。

西老年兄政，板橋鄭燮畫並題。「鄭燮印」（白文）、「老畫師」（白文）。

興化市博物館藏墨蹟

蘭梅竹菊四名家，但少春風第一花。寄語東君諸子弟，好將文事奪天葩。

板橋鄭燮。

余毅《鄭板橋書畫拓片集》

古人云：孤松瘦石少為貴者，至於叢蘭叢鞠叢竹，則又以多為貴也。詩云：竹苞松茂，則松又何嘗不□多而況竹乎，長子孫傲霜雪守定節實，四時此君有全德焉。

板橋鄭燮。「鄭燮」（白文）、「克柔」（白文）。

廣州市博物館藏墨蹟

板橋居士既為陶道人作滿山蘭竹矣，流泉之東，不得更著一花一葉，又懼其淡寂，乃復題二十八字以實之：峭壁飛流萬丈孤，兀然仙境世間無，蘭芳竹翠幽深處，置個丹爐與茗爐。

《鄭板橋集》

昔李涉過皖桐江上，有賊劫之。問是涉，不索物而索詩。涉曰：「細雨微風江上春，綠林豪客夜知聞；相逢不用相回避，世上於今半是君。」書民二哥，晚過寓齋，強索余畫，且橫甚。因亦題詩誚讓之曰：「細雨微風江上村，綠林豪客暮敲門；相逢不用相回避，翠竹芝蘭畫幾盆。」狂夫之言，怪迂妄發，公其棒我乎！

《鄭板橋集》

昔人云：入芝蘭之室，久而忘其香。夫芝蘭入室，室則美矣，芝蘭勿樂也。吾願居深山絕谷之間，有芝弗採，有蘭弗掇，各適其天，各全其性。乃為詩曰：高山峻壁見芝蘭，竹影遮斜幾片寒。便以乾坤為巨室，老夫高枕臥其間。

《鄭板橋集》

昔人畫竹者稱文與可、蘇子瞻、梅道人。畫蘭者無聞。近世陳古白、吾家所南先生，始以畫蘭稱，又不工於竹。惟清湘大滌子山水、花卉、人物、翎毛無不擅場，而蘭竹尤絕妙冠時。蓋以竹幹葉皆青翠，蘭花葉亦然，色相似也；蘭有幽芳，竹有勁節，德相似也；竹曆寒暑而不凋，蘭發四時而有蕊，壽相似也。清湘之意，深得花竹情理。余故彷彿其意。又聞有明三百年，文人皆善蘭竹，今不概見，不識何故。

《鄭板橋集》

介於石，臭如蘭，堅多節，皆《易》之理也，君子以之。

《鄭板橋集》

文與可、梅道人畫竹，未畫蘭也。蘭竹之妙，始於所南翁，繼以古白先生。鄭則元品陳則明筆。近代白丁、清湘，或渾成，或奇縱，皆脫古維新特立。近日禹鴻臚畫竹，頗能亂，甚妙。亂之一字，甚當體任，甚當體任！

《鄭板橋集》

題畫梅蘭竹石

一、梅

一釣寒月孤山夜，照見平生鐵石心。

克柔板橋。「板橋」（白文）。

二、蘭石

除卻東風開謝後，人間原不異仙鄉。

揚州道人板橋。「鄭燮」（白文）。

三、竹石

凌霜自得良朋友，過雨時添好子孫。

鄭燮。「七品官耳」（白文）。

四、菊石

千載白衣酒，一生清女霜。

乾隆乙丑，板橋。「丙辰進士」（朱文）。

興化市鄭板橋紀念館藏拓片

一生從未畫梅花，不識孤山處士家。今日畫梅兼畫竹，歲寒心事滿煙霞。

板橋。「鄭燮之印」（白文）、「揚州興化人」（白文）。

北京故宮博物院藏墨蹟

題雜畫

畫松贈肅公

乾隆二年丁巳，始得接交於肅公同學老長兄。見其朴茂忠實，綽有古意，如松柏之在岩阿，眾芳不及也。後十餘年，再會如故。又三年復會，亦如故。豈非松柏之質本於性生，春夏無所爭榮，秋冬亦不見其搖落耶？因畫〈雙松圖〉奉贈。弟至不材，亦竊附松之列，以為二老人者相好相倚藉之一證也。

又畫小竹襯貼期間，作竹苞松茂之意，以見公子孫承承繩繩，皆賢人哲士；蓋朴茂忠實之報有必然者。

乾隆二十三年，歲在戊寅，三月二日，板橋弟鄭燮畫並題。「？」（朱文）、「二十年前舊板橋」（朱文）、「七品官耳」（白文）、「丙辰進士」（朱文）。

山東省博物館藏墨蹟

盆菊瓶竹圖

蘭梅竹菊四名家，但少春風第一花。寄與東君諸子弟，好將文事奪天葩。

乾隆壬申，板橋鄭燮。「鄭燮」（白文）、「橄欖軒」（朱文）

濟南市博物館藏墨蹟

盆菊瓶竹圖

蘭梅竹菊四名家，但少春風第一花。寄與東君諸子弟，好將文事奪天葩。

乾隆壬申，板橋鄭燮。「鄭燮」（白文）、「橄欖軒」（朱文）

北京故宮博物館藏墨蹟

題曹若汀看子圖

只作畫圖看，不必云寫照。閉目自凝神，開眼得幽奧。孤行復孤吟，冷懷謝同調。同調非無人，人多徒取鬧。

板橋老人鄭燮為若汀賢友題。

南京許莘農先生藏墨蹟

龍孫起蟄圖

昨夜春雷平地起，兒孫都領上青雲。

板橋燮。

日本岡山縣柚木玉樹藏墨蹟

蘭竹菊蓮蓬菱蒜蝦蟹圖

黃花盈甕酒盈罏，掃徑呼朋待月生；剝蒜搗薑同一嚼，看他螃蟹不橫行。

午飯梳頭倦不勝，棉衣須補補何曾；秋波未覺秋風冷，自向門外看老菱。

董愛江《竹枝詞》二首，板橋居士鄭燮寫其意。

《支那南畫大成》續集

佛手香櫞蘭花小軸

始則幽蘭在谷，繼則一手拿元；以是相望，即以此相賀也。

板橋居士鄭燮。

揚州博物館藏墨蹟

藤蘿圖

兩枝石筍一叢花，紅紫繽紛豔質賒；曾在浙江江上見，苧羅村裡麗人家。

濰坊博物館藏墨蹟

秋葵石筍圖

牡丹富貴好花王，芍藥調和宰相祥；我亦終葵稱進士，相隨丹桂狀元郎。

板橋鄭燮題。

《神州大觀集》

題三友圖

復堂奇筆劃老松，晴江乾墨插梅兒；板橋學寫風來竹，圖成三友祝何翁。

乾隆乙亥，鄭燮並題。

常州何乃揚藏墨蹟

菊石圖

南陽菊水多耆舊，此是延年一種花；八十老人勤採啜，定教霜鬢變成鴉。

板橋居士鄭燮。

《支那南畫大成》

本為編籬護菊花，誰知老竹又生芽；千秋名士原同調，陶令王猷合一家。

偶然畫竹渾無色，又向秋風寫菊花；不敢自誇君子節，願從陶令作籬笆。

桂皮香與菊花香，都入陶家漉酒缸；醉後便饒春意味，不知天地有秋霜。

牡丹花下一枝梅，富貴窮酸共一堆；莫道牡丹真富貴，不如梅占百花魁。

蘭蕙種種要栽盆，無數英雄擠破門；不如畫個空缸在，好與山人作酒樽。

題他人畫

為焦五閂跋汪士慎乞水圖

此畫此詩此書，可值一甕金，甕水不足償也。然巢林居士不以易金而以易水，則巢林之清品可知矣。不以易他人之水，而以易焦君五閂之水，則焦君之清品益可知矣。板橋老人係以詩曰：抱甕柴門四曉煙，畫圖清趣入神仙；莫言冷物渾無用，雪汁今朝值萬錢。

乾隆辛巳九月十四日。

美國普林斯頓大學美術館藏墨蹟

跋黃慎鍾馗嫁妹圖

五月終南進士家，深懷巨盎醉生涯。笑他未嫁嬋娟妹，已解宜男是好花。

板橋鄭燮題。「老畫師」（白文）、丙辰進士（朱文）。

四川省博物館藏墨蹟

題高鳳翰畫冊

第一開

睡龍醒後才伸爪，抓破南山一片青。

聊題畫境，其筆墨之妙，古人或不能到，予何言以知之。

弟鄭燮板橋。

第二開

此幅已極神品逸品之妙，而蟲蝕剝落處又足以助其空靈。

板橋。

第四開

此幅從何處飛來，其筆墨未嘗著紙，然飛來又恐飛去，須磔狗血以厭之。

板橋居士鄭燮。

第五開

仿白石翁，亦似高房山。

板橋居士鄭燮記。

第八開

此幅三石擠塞滿紙，而其為綠、為赭、為墨，何清晰也！為高、為下、為內、為外，何徑路分明也！又以苔草點綴，不粘不脫，使彼此交搭有情，何雋永也！西園老兄，秀才出身，故畫法具有理解。近日詩古家罵秀才、罵制藝，幾至於不可耐。不知詩古不從制藝出，皆無倫雜湊。滿口山川風月，滿手挑柳杏花，張哥帽，李哥戴，直是不堪一笑耳。聖天子以制藝取士，士嚱應之。明清兩朝士人，精神聚會，正在此處。試看西園兄畫，絕無時文氣，而卻從時人制藝出來。

乾隆辛巳，愚弟板橋鄭燮題。

《高南阜畫冊》

跋黃慎米山小幀圖

蒼茫一晌揚州夢，鄭李兼之對楊僧。記我依欄論畫品，濛濛海氣隔簾燈。

嘗在東萊蠡勺亭，與友共論癭瓢畫，登萊間人極重其畫也。

雍正六年八月與李復堂同寓揚州天寧寺作。

翁方綱《復初齋詩集》卷五十二

題李鱓蕉竹圖

君家蕉竹浙江東，此畫還添柱石功。最羨先生清貴客，宮袍南院四時紅。

板橋居士弟鄭燮拜手，為復堂先生題畫。

北京故宮博物院藏墨蹟

題高鳳翰寒林鴉陣圖

高西園，膠州人，初號南村。此幅是其少作，後病廢用左手，書畫益奇。人但羨其末年老筆，不知規矩準繩自然秀異絕俗，於少時已壓倒一切矣。西園為晚峰先生畫，余不及見晚峰，而西園見之；後人不及見西園，而予得友之。由此而上推，何古人之不可見？由此下推，何後人之不可傳？即一畫有千秋遐想焉！

青島市文管會藏墨蹟

跋黃慎山水冊

第一開，……

兒子於何處得寶月觀賦，琅然誦之，老夫臥聽，未半蹶然而起，恨二十年，相從元章不盡！……今世也。

嶺海八年，親友曠絕，亦未嘗關念。獨念吾元章邁往凌雲之氣，清雄絕俗之文，超妙入神之字，何時見之，以洗我積年瘴毒耶！今真見之矣，余無足言者。

板橋。「板橋」、「結歡喜緣」。

第二開，繪峰巒一簇，疏樹三株，墨色淡雅。

無款有印

蘆葉滿汀洲，寒沙帶淺流，二十年重渡南樓。柳下繫舟猶未穩，能幾日？又中秋。黃鶴斷磯頭，故人曾到不？舊江山總是新愁。欲買桂花同載酒，終不似，少年游。唐多令。

板橋。

第三開，繪峰巒直立，半山孤松一株，一人拄杖徐步山下，淡墨寫意。

黃山始信峰上有撫龍松，古峭屈曲，今所畫景，得毋是？

江頭醉倒山翁，月明中，記得昨宵歸路笑兒童。溪欲轉，山已斷，兩三松，一段可憐風月久詩翁。

板橋。「克柔」（朱文）、「二十年前舊板橋」（朱文）。

第四開，繪重岩高下，松蔭參差，洞口飛泉，石上湍急，略渲青絳，筆墨無痕。

無款無印

遵海南耶？我行山路，朝儛非耶？遙望秦台，東觀日出，即此山耶？崖光一線，雲耶？青未了，松邪？柏邪？獨鳥來時，連峰斷處，即此人耶？

板橋。「鷓鴣」（朱文）。

第五開，……

皇皇惟敬，□生詬，□戕□。鑒之銘曰：見爾前，慮爾後。與其溺於人也，寧溺於淵。溺於淵，猶可遊也；溺於人，不可救也。輔人無苟，扶人無咎。

板橋。「詩絕字絕畫絕」（朱文）、「鄭為東道主」（白文）。

第六開，……

上横書：岣嶁碑。

下横書：承帝曰諮，翼輔佐卿，州渚與登，鳥獸之門，參身洪流，而明發爾興，久旅忘家，宿嶽麓庭，智營形折，心罔弗辰，往求平定，華嶽泰衡，宗疏事裒，勞余伸禋，鬱塞昏徒，南瀆衍亨，衣制食備，萬國其寧，竄舞永奔。

板橋。「病黎閣」（朱文）。

第七開，……

大石側立千尺，如猛獸奇鬼，森然欲搏人，而山上棲鶻，聞人聲亦驚起，磔磔雲霄間。又有若老人欬且笑於山谷中者，或曰：「此鸛鶴也」。

板橋居士書。「橄欖軒」（朱文）。

第八開，……

元豐六年十月十二日夜，解衣欲睡，月色入戶，欣然起行。念無與為樂者，遂至承天寺尋張懷民，懷民亦未寢，相與步於中庭。庭下如積水空明，水中藻荇交横，蓋竹柏影也。何夜無月，何處無竹柏，但少閒人如吾兩人耳。

板橋。「板橋」（白文）、「臣燮」（白文）。

第九開，……

紅藕花多映碧闌，秋風初起易凋殘。池塘一段枯榮事，都被沙鷗冷眼看。

白石翁題畫詩，板橋鄭燮書。乾隆五年六月十一日。

板橋。「谷口」（朱文）、「搜盡奇峰打草稿」。

第十開，……

昨日有人出墨數寸，僕望見，知其為廷珪也。凡物莫不然，不知者如烏之雌雄，其知之者如烏、鵠也。

東坡居士酒醉飯飽，倚於几上，白雲左繚，清江右回，重門洞開，林巒岔入，當此時若有思而無所思，以受百物之備，慚愧慚愧。

鄭燮。「鄭燮」（白文）、「克柔」（朱文）、「書帶草」（白文）。

第十一開，繪岡阜隆起，梅樹兩枝，二人對立其上。淡設色。

才聞戰馬渡滹沱，南北紛紛盡倒戈。諸將無心留社稷，一杯遺恨對山河。秋風暮嶺松篁暗，夕照荒城鼓角多。寂寞夜台誰弔問，蓬蒿滿地牧童歌。

汴水無情只向東，荒原萬木起悲風。傳聞鐵騎墳前過，下馬摳衣拜相公。

二詩皆弔史閣部墓者。墓在梅花嶺旁。觀黃君畫，因憶其二詩，遂書以繫於畫後。

乾隆五年清和月，板橋鄭燮坐枝上村作此。「二十年前舊板橋」（朱文）。

第十二開，……

輒便往山中，憩感興寺，與山僧飯訖而去。北涉玄灞，清月映郭；夜登華子岡，輞水淪漣，與月上下。寒山遠火，明滅林外；深巷寒犬，吠聲如豹；村墟夜舂，復與疏鐘相間。此時獨坐，僮僕靜默，多思曩昔攜手賦詩，步仄徑、臨清流也。

乾隆五年五月五日前一日，板橋居士鄭燮書。「板橋」（白文）。

邵松年《古緣萃錄》卷十四

跋程鳴閒居愛重九圖冊

蕭蕭冷雨重陽節，豔豔新霜菊徑花。不論陰晴各天氣，詩情宜稱破籬笆。

耐愚年學長兄並政，板橋鄭燮草。「鄭」（白文）、「燮」（白文）。

跋高鳳翰、葉芳林、張珩雅雨山人出塞圖長卷

四川大學博物館藏墨蹟

鱷魚馴暴衡雲開，同谷七歌酸以哀。千磨萬煉成巨器，杜韓不盡誇天才。美酒肥羊飽紈綺，聲色埋人無出路。我輩豈是尋常人，摧殘屈折皆調護。先生文章政績兩殊絕，天意雕鐫未休歇，欲使飛騰破九霄，故教蜿蜒蟠邱垤。寒雲黃，日青咽；寒草短，雪嚴齧。寒水濺濺，冰老成石；塞風拉拉，樹頑成玦。南望長城二千里，秦時古苔未磨滅。北過瀚海弄石子，五色斑花繡成塊。磊落胸中萬卷書，一夜悲笳盡欲裂。首斷魂僵夢亦枯，英雄氣冷何由熱？豈知天意正有以，不是逢樗摧即折。劍閃芙蓉百煉深，馬雄天廄千場貼。鳳閣頒書早晚歸，玉堂此畫須高揭。萬鐘於我何加損，未容換此灰中劫。

揚州後學板橋鄭燮。

題黃慎黃漱石捧硯圖

北京故宮博物院藏墨蹟

鐵硯猶穿況石頭，知君心事欲千秋。文章吐納煙霞外，入手先親即墨侯。

畫蘭贈高愷亭

泰山高絕苦無蘭，特寫綱姿送宰官。石縫峰腰都布遍，一團秀色盡堪餐。

題高鳳翰風荷圖

濟南城外百池塘，荇葉荷花菱藕香。更有葦竿堪作釣，畫工點染入滄浪。

葦花秋水逼秋清，畫舫江南舊有情。最是採蓮諸女伴，鬨高風鄭笑呼名。

跋李鱓雍正十三年乙卯冬十二月所作三清圖

雍正乙卯，余分校浙闈，得外簾，同人皆悵悵不樂，因解之曰：孤山探梅，不勝於區區桃李。徹（撤）棘石，飽游西陵松柏，過林處士家，時已十月後，神（？）英略略數枝也。歸而語復堂先生，先生曰：「吾為君作紅梅奪桃李之色有餘矣。子盍題詩以紀其事科。」乃爰箋書二十八字：浙江桃李屬他人，只有梅花是我春；寫取一枝清又貴，夕陽紅影出松筠。

雍正間題此，乾隆元年三月，板橋道人鄭燮重錄。「鄭燮之印」（白文）、「二十年前舊板橋」（朱文）、「老而作畫」（白文）、「橄欖軒」（朱文）。

首都博物館藏墨蹟

題高鳳翰披褐圖卷

豈是人間短褐徒，胸中錦繡要模糊。況經風雨離披後，廢盡天吳紫鳳圖。南阜山人作披褐圖，寂寥蕭澹。既已蔬食沒齒無怨矣。板橋居士為題二十八字，則又怨甚，然居士實不怨也。復錄〈遺懷〉舊作一首，寄於卷內，以與先篇相發明焉：江海飄零竊大名，宮花曾壓帽檐輕。樽前更挾韋娘豔，再怨清貧太不情。

山東省博物館藏墨蹟

飲牛四長兄過予寓齋，檢家中舊幅蘭竹石圖奉贈

飲牛四長兄，其勁如竹，其清如蘭，其堅如石，行輩中無此人也，屢索予畫，未有應之。乾隆五年九秋，過予寓齋，因檢家中舊幅奉贈；竹無幹，蘭葉偏，石勢仄，恐不足當君子之意，他日當作好幅贖過耳。

板橋弟鄭燮。「鄭燮」（白文）、「克柔」（朱文）。

北京故宮博物館藏墨蹟

跋圖清格蘭石條幅

牧山雅人，文公韻士，如蘭如石，相得益彰。往余在京師，遇牧山，極道文公不置；及來揚，遇文公，又道牧山不去口。余以非材謭陋，得二公雅愛，且新且慚，亦如苔斑墨汁，亂點於幽蘭怪石間也。

板橋弟鄭燮。乾隆五年六月廿有二日。

為程振凡作蘭竹圖並題識

知君本是素心人，畫得幽蘭為寫真。他日江南投老去，竹籬茅舍是芳鄰。

乾隆七年春，為振凡先生畫並題，統求教正，板橋弟鄭燮拜手。

中國國家博物館藏墨蹟

美國艾裡奧特藏墨蹟

與復堂合題循九王像

（上下為復堂書）：不見王郎十九年，相逢入畫畫圖邊。科頭抱膝松陰下，手讀《南華》、〈秋水〉篇。獨坐孤吟愛晚涼，是誰可與□壺觴。蒹葭楊柳芙蓉岸，所謂伊人水一方。

乾隆十年二月廿四日，題循九王三清秋小影，既書於卷，又書於冊，愛與板橋為鄰也。李鱓。「李鱓」（白文）。

（中間為板橋書）：歲行盡□風雨淒然，紙窗竹屋，燈火青熒，時於此間得少佳趣，無由持贈，獨享為快，想當一笑也。

板橋。「鄭」（白文）、「燮」（白文）。

鎮江博物館藏墨蹟

為曉堂賢友作蘭石圖並題識

我在山頭蘭葉短，爾在山腰蘭葉長。後來居上前賢讓，定抵先生十倍香。

曉堂賢友粲正。乾隆乙丑秋八月，板橋居士鄭燮畫寄。

泰裕藏墨蹟

題李鱓六十歲之前為退庵禪師四十壽作枯木竹石圖

此復堂先生六十內畫也。力足手橫，大是青藤得意之筆，不知者以為贗作，直是兒童手眼未除耳。

日本東京國立博物館藏墨蹟

跋與汪士慎、李鱓、李方膺合作花卉圖

梅花抱冬心，月季有正色；俯視石菖蒲，清淺茁寒碧。佛手喻畫禪，彈指現妙跡；共玩此窗中，聊為一笑適。

乾隆丁卯秋日，士慎畫梅，復堂補佛手、石菖蒲，晴江添月季，余作詩於上。

揚州僧讓之舊藏墨蹟

題黃慎月夜遊平山圖

簫鼓無聲燈火寂，扁舟獨繫青山側。海月孤光出冷雲，高人影與千松立。冷淡山情厭客多，最宜孤杖入藤蘿。月明風靜一聲鶴，兀兀西樓倚絳河。

板橋道人鄭燮題《月夜遊平山圖》。

上海博物館藏墨蹟

與李鱓、李方膺合作三友圖

復堂奇筆劃老松，晴江乾墨插梅兄。板橋學寫風來竹，圖成三有祝何翁。

乾隆乙亥，鄭燮並題。

常州何乃揚先生藏墨蹟

跋李鱓花卉疏果冊

復堂之畫凡三變；初從裡中魏凌蒼先生學山水，便爾明秀蒼雄，過於所師。其後人都謁仁皇帝馬前，天顏霽悅，令從南沙蔣廷錫學畫，乃為作色花卉如生。此冊是三十外學蔣時筆也。後經崎嶇患難，入都得侍高司寇其佩，又在揚州見石濤和尚畫，因作破筆潑墨，畫益奇。初入都一變，再入都又一變，變而愈上，蓋規矩方圓尺度，顏色深淺離合，絲毫不亂，藏在其中，而外之揮灑脫落，皆妙諦也。六十外又一變，則散漫頹唐，無復筋骨，老可悲也。冊中一脂、一墨、一赭、一青綠，皆欲飛去，不可攀留。世之愛復堂者，存其少作、壯年筆，而焚其衰筆、贗筆，則復堂之真精神、真面目，千古常新矣。

乾隆庚辰，板橋鄭燮記。「六分半書」（朱文）。

四川省博物館藏墨蹟

跋高風翰香流幽谷圖並贈丁有煜

燮自興化來通州謁個老人，即竊取其墨梅四幅，皆藏其不輕出者，老人笑而不責也。老人最重西園高先生筆墨，無以慰其意，遂令奴子往返千里，取高公赭墨菊花以獻。至燮自呈所作詩字畫，各有數種，直是王愷珊瑚，不足當季倫鐵如意一擊也。

板橋弟燮。

南京博物館藏墨蹟

題丁有煜墨竹冊

以書為畫。

個道人《墨竹冊》，弟鄭燮題。

南通博物苑藏墨蹟

題朱逢年山水人物圖冊

一、山村漁歸圖

路轉峰回一逕奢，綠陰深處有人家。小橋流水杳然去，取得魚歸半日斜。

板橋老人題。「鄭燮之印」（白文）、「二十年前舊板橋」（朱文）。

二、牛角掛書圖

不識他年作鄴侯，山中讀罷飯黃牛。雖然未遂中原志，已有英名振九洲。

板橋題。「鄭燮印」（白文）。

三、仿米氏雲山圖

披圖常愛米襄陽，水閣橫空樹數章。山雨欲來風滿座，隔溪時見白雲翔。

板橋老人鄭燮。「鄭燮之印」（白文）、「二十年前舊板橋」（朱文）、「然黎閣」（朱

文）。

四、朝為行雲暮為行雨圖

翩翩舞袖愛新妝，嫋嫋歌聲繞畫梁。不識行雲行雨意，令人空憶楚襄王。

乾隆癸未秋八月，橄欖軒主人題。「鄭燮之印」（白文）、「板橋」（白文）。

五、秋山疏林圖

疏林落葉帶霜紅，細草斜陽一逕通。最愛幽人山上坐，雲深山色更玲瓏。

鄭板橋老人題於吳公湖上。「鄭燮印」（白文）、「丙辰進士」（朱文）。

六、長生圖

由來五福壽為先，細藕新桃色色鮮。月華金精符玉兔，丹成九轉羨長年。

橄欖軒主人題。「橄欖軒」（朱文）。

七、蒼松

雲滿寒山水自流，朔風凜凜六花稠。峨嵋萬疊皆如玉，溪上蒼松盡白頭。

板橋鄭燮。「鄭燮」（白文）。

八、細琴難字問相如圖

一種風流只自知，當壚盡有讀書時。攜來燈下低聲問，妒殺五陵輕薄兒。

板橋戲題。「鄭燮之印」（白文）、「二十年前舊板橋」（朱文）。

九、深山樓閣圖

深山樓閣亂紅飛，幾處花光接翠微。網得江魚常換酒，一尊岩畔對斜暉。

板橋老人鄭燮漫題。「飲露餐英領何傷」（白文）。

十、陸機督洛客黃耳圖

陸子曾停洛下車，往來黃犬為傳書。呼人牽向王庭立，豪氣原來尚未除。

板橋。「骨常新」（白文）。

十一、甘雨和風圖

甘雨和風四月天，秧針初綠柳如煙。何年卜築深山裡，也傍長□學種田。

鄭燮題。「濰夷長」（白文）。

十二、徐孺下陳蕃之榻圖

一聲長嘯月黃昏，望重南州品自尊。孺子於今空偃仰，九邱何處覓陳蕃。

乾隆癸未，板橋老人題句。「鄭燮之印」（白文）、「克柔」（朱文）。

為某君題畫

萱貓

最得閨中婦女憐，牙床繡被任他眠；偶來花下尋蝴蝶，吉兆先期九十年。

板橋老人。「鄭為東道主」（白文）、「思貽父母令名」（朱文）。

八哥

類同乾鵲將毋小，族比慈烏未是多。借問人間何手足，相逢此鳥便稱哥？

板橋老人鄭燮。「鄭燮之印」（白文）、「俗吏」（朱文）。

鶺鴒

鶺鴒兩兩喚同行，不減原令好弟兄。可歎世人無古道，釀他饑餓逼他爭。

乾隆甲申，板橋鄭燮。「爽鳩氏之官」（白、朱文）、「直心道場」（朱文）。

鷺鷥

鷺鷥拳足立溪邊，紅蓼花殘水月天。欲把霜翎鬥霜色，直隨孤鶴去摩天。

板橋鄭燮。「白箋」（朱文）、「鄭板橋」（白文）。

菊花

菊花盤裡是明珠，金碗紅心翠葉鋪。涼氣未來霜未落，秋風富貴盡堪圖。

板橋。「七品官耳」（白文）。

芙蓉

最憐紅粉幾條痕，水外橋邊小竹門。照影自驚還自惜，西施原住苧蘿村。

鄭板橋。「所南翁後」（朱文）。

中國國家博物館藏墨蹟

題羅智山水條幅

松聲瀑響滿虛亭，高士閑眠側耳聽；幾個樵夫尋不到，古苔幽徑萬年青。

愚溪畫，板橋題。

揚州市文物商店藏墨蹟

題高翔山水圖

幽岩雨過靜篠竿，傍水沿籬結草廬。何日買山如畫裡，臥風消受一床書。

揚州商健勳舊藏墨蹟

題李鱓古柏凌霄圖

古柏蒼然挺歲寒，淹留廢院氣丸丸。畫工助爾參天力，故遣凌霄上下盤。

板橋。

美國私人藏墨蹟

題李鱓老少年圖

仰天鴻雁唳晴空，立地珊瑚七尺紅。驚爾文章成絢爛，從人閱歷換霜風。

嘉興王少鶴舊藏墨蹟

題李鱓紅菊冊頁

籬菊花開豔，經霜色更紅，不畏西風惡，巍然獨自雄。

許征白先生舊藏

題華嵒扇面

楊柳桃花幾度春，隔溪歌舞認前身。吳宮滋味如紗薄，洗盡江山是美人。

宣人哲舊藏

題許湘芭蕉圖

主人畫筆最清幽，何苦芭蕉寫作愁，雨半窗，風半榻，怎教宋玉不悲秋。

許衡州畫，鄭板橋題。

南京博物院藏墨蹟

題李寅殘菊圖

枝盡葉凋謝，難扶汝傲霜，由來花放足，風過不聞香。

揚州蕭畏之先生舊藏

題李寅紅秋色圖

玉露秋華湛碧空，欣看秋圃綻芳叢。一聲雁唳江天外，七尺珊瑚貫頂紅。

揚州徐感也先生舊藏

題周璕龍圖

神龍潛何處，紛紛辯有無，昔聞生大澤，今豈辱泥塗。不見葉公好，荒言列予屠，南陽有遺跡，鼾臥在江湖。

揚州陳重慶先生舊藏

題李萌歲朝圖

一瓶一瓶又一瓶，歲朝圖畫筆如生。莫將片紙嫌殘缺，三百年來愛古情。

乙丑冬十有二月，游揚州東郭，見市上有此畫，幾於破爛不堪，屬裝畫者托之，常掛幾席間，聊以存元初筆仗云。板橋鄭燮燈下志。

《自怡悅齋書畫錄》卷一

題李方膺墨竹

此二竿者可以為簫，可以為笛，必須鑿出孔竅。然世間之物，與其有孔竅，不若沒孔竅之為妙也。晴江道人畫數片葉以遮之，亦曰免其穿鑿。

北京故宮博物院藏墨蹟

題張賓鶴西湖送別圖

西湖煙水不成秋，半是僧樓半酒樓。雲外一帆揮手去，要看江海泊天流。

題李復堂秋稼晚菘圖

稻穗黃，充饑腸，菜葉綠，作羹湯；味平淡，趣悠長。萬人性命，二物耽當。幾點濡濡墨水，一幅大大文章。

板橋題。

《夢園書畫錄》卷二十三

序跋卷六

書歐陽修秋聲賦後

乙未九秋，山中尋菊，感黃葉之半零，望孤雲而不返；殘阳水面，渺渺寒濤；古寺山腰，淒淒晚磬；棲鴉欲定而猶驚，涼月雖升而未傾。偶翻歐賦，爰錄是篇。諷詠未終，百端交集。村醪數盞，任涼露之侵衣；清夢半床，聽山雞之送曉。聊書所曆，有愧前賢。

板橋鄭燮寫於甕山之漱雲軒。「克柔」（朱文）、「板橋」（朱文）、「鄭燮」（白文）。

上海陸平恕先生藏墨蹟

書范質詩後

范魯公質為宰相，從子杲嘗求奏遷秩，質作詩曉之。康熙六十一年，歲在壬寅，嘉平月廿有七日，讀《小學》至此，不覺慨然歎息，想見質之為人。至於君臣大義、忠貞亮節，姑置勿論矣。

雎園鄭燮書。

書道情詞後

雍正三年，歲在乙巳，予落拓京師，不得志而歸，因作《道情》十首以遣興。今十二年而登第，其胸中尤是蕭騷也。人於貧賤時，好為感慨。一朝得志，則諱言之，其胸中把鼻安在！西峰老賢弟從予游，書此贈之。異日為國之柱石，勿忘寒士家風也。

乾隆二年人日，板橋鄭燮書並識。

裴景福《壯陶閣書畫錄》卷十八

題宋拓虞永興破邪論序冊

書法與人品相表裡。方煬帝征遼時，世南草檄，袁寶兒顧盼殿上，帝佯優之，命賦一詩而罷，終身不復見用。及太宗皇帝定天下，乃起從之。卓為學者宗師，可不謂神龍出沒隱現，各得其時哉！士固有遇有不遇，藉使開皇之末，仍然五季，天下土崩，無復聖天子出，雖終其身蓬室樞戶可也，豈區區於仕進乎！夫區區仕進，必不完于煬帝時矣。今觀其所書《廟堂碑》及〈破邪論〉序，介而和，溫而栗，峭勁不迫，風雅有度，即其人品，於此見矣。昔有評右軍書云：位重才高，調清詞雅，聲華未泯，翰牘仍存。吾於世南亦云。

題〈破邪論〉序後。時乙巳清明後一日。板橋鄭燮。

裴景福《壯陶閣書畫錄》卷二十二

題宋拓聖教序

此〈聖教序〉之未斷本也。非復唐拓，亦是宋元間物。惜其拓手鹵莽，傷于水墨，如「宇宙千劫，凡愚疑惑」等字皆漫漶，共兩頁十六行，入後則無不善也。自「微言廣被」以下，甚鋩鑯皆可觀。近世絳雲樓藏本為最，後入泰興季滄葦家，價六百金。何義門、王篛林兩先生皆有善本，曾見之。商邱宋氏本最明晰，今歸德州盧雅雨先生，蓋以二百六十金收之。此本不逮諸家，非時代之後，而拓者之咎也。昔為棗強鄭氏物，今歸板橋鄭氏。

乾隆廿四年七月十九日，橄欖軒主人燮記。

用墨之妙，當觀墨蹟，其濃淡燥濕，如火如花。用筆之妙，當觀石刻，其弱者強之，肥者瘦之，鐫手亦大有力。新碑不如舊碑，取其退火氣。然三四百年後，過於剝落，亦無取焉。

鄭燮又記。

或問此帖與定武〈蘭亭〉孰優劣，愚曰：未易言也。〈蘭亭〉乃一時高興所至，天機鼓舞，豈復自知！如李廣、郭汾陽用兵，隨水草便益處，軍人皆各得自由，而未嘗有失。至〈聖教序〉，字字精悍，筆筆嚴緊，程不識刁鬥森嚴，李臨淮旌旗整肅，又是一家氣象。

板橋鄭燮。

金錢帖一錢易一字，是雜湊來的，豈無大小參差，真草互異之病，卻如一氣呵成，定出高人部署。李北海《嶽麓碑》及《雲麾將軍神道碑》皆出於此，而姿媚愈多，骨力愈少。回視此帖，所謂「撼泰山易，撼岳家軍難」矣。

乾隆十七年寒食，濰縣署中記。鄭燮。

再題宋拓聖教序

此〈聖教序〉之未斷本也。非復唐拓，亦是宋元間物。惜其拓手鹵莽，傷于水墨，如「宇宙千劫，凡愚疑惑」等字皆漫漶，共兩頁十六行，入後則無不善也。自「微言廣被」以下，甚鋩鑯皆可觀。近世絳雲樓藏本為最，後入泰興季滄葦家，價六百金。何義門、王篛林兩先生皆有善本，曾見之。商邱宋氏本最明晰，今歸德州盧雅雨先生，蓋以二百六十金收之。此本不逮諸家，非時代之後，而拓者之咎也。昔為棗強鄭氏物，今歸板橋鄭氏。

乾隆廿四年七月十九日，橄欖軒主人燮。

四川省博物館藏墨蹟

南垞詩鈔序

遊山詩，以謝靈運、王維為最，而少陵次之。彼其〈發秦州〉、〈入蜀〉諸作，雖時時寫景，而流離感慨之致，夾雜其中，是紀行，非遊山也。惟謝與王，為當行本色，與酈道元《水經注》、柳子厚〈石渠〉、〈石澗〉、〈鐵爐步〉、〈袁家謁〉諸記，可稱古今四絕。處處挨寫，尺寸萬變，非躁心盡釋、才學鑄熔者，莫能為之。南垞老友，以家事付之阿郎，一心以詩酒山林為事。故其遊山篇什，即事即景，即人即物，當境抓住，過即失之者，無不收之囊中，春容和淡，曲折搜討，蓋有古人遺意焉。余不得遠追謝、酈、王、柳之輩與之游，而南垞之遊攝山，入鳩江，泛西湖，又不得執杖奉幾以從其後，蓋甚惜之。惟痛讀其詩，浮一大白可也。

板橋鄭燮。

李約社詩集序

康熙間，吾邑有三詩人：徐公白齋、陸公種園、李公約社。徐詩穎秀，陸詩疏蕩，李詩沉著。三君子相友善，又互為磋磨琢切，以底於成。徐則詩之外兼攻制藝，陸又以詩餘擅場，惟約社先生專治詩，嘔心吐肺，抉膽搜髓，不盡不休。燮以後輩，從徐陸二公，謁約社於家。其時海棠盛放，命酒為歡。三公論詩，雖毫黍尺寸不相假也。是後，燮薄游四方。三君子相次下世。及歸，無一存者。乾隆丙子春，有女奴捧約社先生集，屬序於燮，且傳其主母馮夫人之命。夫人為約社子媳，守節三十年，食貧茹苦，抱遺書、舊硯、殘毫、破卷，不敢廢。今又以心枯力竭之餘，謀付欹劂，不其偉哉！約社詩，一刻于南梁練氏，公之女再刻于馮夫人，公之子媳為李公者身後有人，亦不為不遇矣。種園詞，揚州吳雨山刻之。白齋詩，未付梓人。安得好事者裒集三賢之詩，合刻一處，以大行於四方，然後取酒於海棠花下，酹前輩而告之成，豈不大快！然余老矣，未知此願得遂否也。

乾隆丙子仲夏，後學鄭燮為序。

香港《書譜》總第二十二期

集唐詩序

集唐詩，則必讀唐詩，而且多讀唐詩。自李、杜、王、孟、高、岑而外，極幽極冷之詩，一旦火熱，使得翻閱於明窗淨几之間，此亦天地間一大快事也。讀唐詩，則必鑽其穴，剖其精，抉其髓，而後能集之。使我之心，即入乎唐人之心，而又使唐人之心，即為我之心。常覺千古之名流高士，儼聚一堂，此又天地間一大快事也。集唐之難，不得參差錯落，謬托於古，必須五七言律，字字對仗精工，而又流利通適。往往有六句七句，獨欠一句，左對右對，皆不得妥，三月兩月，搔首搔耳，而其句不成。及一觸忽然得之，如獲異寶，如釋滯疾，此又天地間一大快事也。有時集句已成，頗自得意，而亦少有未安。良朋好友猝至，指之曰：某句未妥。則心病一挑，不能藏匿。而又有一友從旁曰：以某句對之，何如？頓覺天衣無縫，如鑄成的，如樹上結的，如聖歎之有斫山相資相助，皆得並傳於世，此又天地間一大快事也。唐君欣若，自能詩，而又好集唐詩。集之久，而已詩俱廢。蓋以專一而得神奇者也。夫唐人之詩，舊詩也，讀之千古常新，得君之集而更新，滿紙皆陸離斑駁。今人之詩，新詩也，但覺滿紙皆陳飯土羹。與為彼之作，正不如君之集也。問序於愚，愚何能序唐君之甘苦閱歷，約略言之，非為唐君言之，為後之學詩學文者言之也。

《集唐詩》卷首

乾隆己卯，板橋鄭燮撰。

題程邃印譜

生客會宴，皆四方遠地人也。有一人自贊曰：「吾鄉有某先生能詩，某先生能書法，某孝廉、某進士、某翰林皆有文集行世可觀。」言之累累，無一人應者。又有一人，與之樹敵，自贊其鄉人，亦復如是，亦無一人應者。其主人不得已曰：「敬慕久仰」，便請舉酒。四字外，不能更著一字也。此等輩如蝦螺蜯蛤，不能自為，何能為人？況其所稱者，是亦蝦螺蜯蛤而已哉！孟子曰：一鄉之善，友一鄉。一國之善，友一國。天下之善，友天下。而又上論千古。夫席中談前輩者，必吾輩讀書人，豈有讀書而不讀《孟子》者乎？何鶻突也！東坡最好獎借文人，以川蜀之遙，一獎山谷，西江人；一獎與可，湖州人；一獎少游，高郵人；一獎元章，襄陽人。其他如晁無咎、滕道達、毛東堂、姜堯佐、陳無已之流，皆非蜀產，而稱道不置。縱橫千里萬里，夫豈井蛙夏蟲之拘篤而已哉！燮，揚州人，穆倩，亦揚州人。稱其篆刻為四海一人，得無私甚？然此非一人之私言，而天下之公論也。設東坡當日眉州更出一才如東坡，亦必稱道之不去口。

乾隆庚辰，鄭燮。

楷書必從八分書來，蓋今書之母也。點畫形象，偏旁假借，皆有名理。本朝八分，以傅青主為第一，鄭谷口次之，萬九沙又次之，金壽門、高西園又次之。然此論其後先，非論其工拙也。若論高下，則傅之後為萬，萬之後為金，總不如穆倩先生古外之古，鼎彝剝蝕千年也。

板橋鄭燮。

周櫟園先生《印人傳》，八十餘人，以何雪漁、文三橋為首，而往復流連，贊不容口者，則為垢道人，可謂知人特識矣。其《賴古堂印譜》近千顆，分為四冊，然皆方硬板重，如道人之渾古流媚者，百不得一。想道人亦深自貴重，不輕為人捉刀耶？

板橋。

贈丁有煜石硯並題刻銘文

南唐寶石，為我良田。縝密以栗，清潤而堅。麋丸起霧，麥光浮煙。萬言日試，倚馬待焉。降爾遐福，受祿於天。如山之壽，於萬斯年。

板橋鄭燮志。

南通博物苑藏硯

題高鳳翰披褐圖

豈是人間裋褐徒，胸中錦繡要模糊。況經風雨離披後，廢盡天吳紫鳳圖。南阜山人作披褐圖，寂寥蕭澹。既已蔬食沒齒無怨也。板橋居士為題二十八字，則又怨甚，然居士實不怨也。復錄〈遺懷〉舊作一首，寄於卷內，以與先篇相發明焉：江海飄零竊大名，宮花曾壓帽檐輕；尊前更挾韋娘豔，再怨清貧太不情。

愚弟鄭燮。

花品跋

僕江南逋客，塞北羈人。滿目風塵，何知花月；連宵夢寐，似越關河。金樽檀板，入疏籬密竹之間；畫舸銀箏，在綠若紅蕖之外。癡迷特甚，惆悵絕多。偶得烏絲，遂抄《花品》。行間字裡，一片鄉情；墨際毫端，幾多愁思。書非絕妙，贈之須得其人；意有堪傳，藏者須防其蠹。

雍正三年十月十九日，板橋鄭燮書於燕京之憶花軒。

揚州竹枝詞序

秋雲再削，瘦漏如文；春凍重雕，玲瓏似筆。挾荊軻之匕首，血濡縷而皆亡；燃溫嶠之靈犀，怪無微而不照。招尤惹謗，割舌奚辭；識曲憐才，焚香恨晚。蓋廣陵風俗之變，愈出愈奇；而董子調侃之文，如銘如偈也。更有失路名流，拋家蕩子，黃冠緇素，皂隸屠沽，例得載於詩篇，並且標其名目。譬夫釀家紀叟，青蓮動問於黃泉；樂部龜年，杜甫傷心於江上。琵琶商婦，白老歌行；石鼎軒轅，昌黎序次。修翎已佚，猶憐好鳥之音；碧葉雖凋，忍棄名花之本。酒情跳蕩，市上呼驧；詩興顛狂，墳頭拉鬼。於嬉笑怒罵之中，具瀟灑風流之致。身輕似葉，原不借乎縉紳；眼大如箕，又何知夫錢虜。

乾隆五年九月朔日，楚陽板橋居士鄭燮題。

隨獵詩草花間堂詩草跋

紫瓊崖主人者，聖祖仁皇帝之子、世宗憲皇帝之弟、今上之叔父也。其胸中無一點富貴氣，故筆下無一點塵埃氣。專與山林隱逸、破屋寒儒爭一篇一句一字之短長，是其虛心善下處，即是其辣手不肯讓人處。

學問二字，須要拆開看。學是學，問是問。今人有學而無問，雖讀書萬卷，只是一條鈍漢爾。瓊崖主人讀書好問，一問不得，不妨再三問，問一人不得，不妨問數十人，要使疑竇釋然，精理迸露。故其落筆晶明洞徹，如觀火觀水也。

善讀書者曰攻、曰掃。攻則直透重圍，掃則了無一物。紫瓊道人深得讀書三昧，便有一種不可羈勒之處。試讀其詩，如岳鵬舉用兵，隨方佈陣，緣地結營，不必武侯八陣圖矣。

曰清、曰輕、曰新、曰馨。偶然得句，未及寫出，旋又失之，雖百思之不能續也。又有成局已構，及援筆興來，絕非□□，若有神助者。主人深於此道，兩種境地，集中皆有。一獸奔來萬眾呼，是大景；氈幃戲插路傍花，是小景。偶然得之，便爾成趣。

《五經》、《廿一史》、《藏》十二部，句句都讀，便是呆子；漢魏六朝、三唐、兩宋詩人，家家都學，便是蠢才。紫瓊道人讀書精而不鶩博，詩則自寫性情，不拘一格，有何古人，何況今人！

主人深居獨坐，寂若無人，輒於此中領會微妙。無論聲色子女不得近前，即談詩論文之士亦不得入室。蓋談詩論文，有粗鄙熟爛者，有旁門外道者，有泥古至死不悟者，最足損人神智，反不如獨居寂坐之謂領會也。

紫瓊道人□□□□□淵默自涵，一旦心花怒發，便如太華峰頭十丈蓮矣。

他人作詩何其易，主人作詩何其難？千古通人，總是此個難字。他人檢閱舊詩輒便得意，主人檢閱舊稿輒不自安；即此不自安處，所謂前途萬里長也。

問瓊崖之詩已造其極乎？曰：未也。主人之年才三十有二，此正其勇猛精進之時。今所刻詩，乃前矛，非中權，非後勁也。執此為陶、謝復生，李、杜再作，是諂諛之至，則吾豈敢！

英偉俊拔之氣，似杜牧之；春融澹泊之致，似韋□□；□□清遠之態，似王摩詰；沉□□□□，似杜少陵、韓退之。種種境地，已具有古人骨幹。不數年間，登其堂、入其室、探其鑰、發其藏矣。

主人有三絕：曰畫、曰詩、曰字。世人皆謂詩高於畫，燮獨謂畫高於詩，詩高於字。蓋詩、字之妙，如不雲之月，帶露之花。百歲老人，三尺童子，無不愛玩。至其畫，則荒河亂石，盲風怪雨，驚雷掣電，吾不知之，主人亦不自知也。世人讀其詩，更讀其畫，則不知足之蹈之，手之舞之。

此題後也，若作敘，則非燮之所敢當矣。故段段落落，隨手寫來，以見不敢為序之意。

乾隆七年六月二十五日，板橋鄭燮謹頓首頓首。

上海圖書館藏刊本

跋臨蘭亭敘

黃山谷云：世人只學蘭亭面，欲換凡骨無金丹。可知骨不可凡，面不足學也。況蘭亭之面，失之已久乎！板橋道人以中郎之體，運太傅之筆，為右軍之書，而實出以己意，並無所謂蔡、鍾、王者，豈復有蘭亭面貌乎！古人書法入神超妙，而石刻木刻，千翻萬變，遺意蕩然。若復依樣葫蘆，才子俱歸惡道。故作此破格書，以警來學，即以請教當代名公，亦無不可。

乾隆八年七月十八日，興化鄭燮並記。

板橋自序

板橋居士讀書求精不求多，非不多也，唯精乃能運多，徒多徒爛耳。少陵七律、五律、七古、五古、排律皆絕妙，一首可值千金。板橋無不細讀，而尤愛七古，蓋其性之所嗜，偏重在此。《曹將軍丹青引》、《渼陂行》、《瘦馬行》、《岳車行》、《哀王孫》、《洗兵馬》、《縛雞行》、《贈畢四曜》，此其最者；其餘不過三四十首，並前後《打魚歌》，盡在其中矣。是《左傳》，是《史記》，似《莊子》、《離騷》，而六朝香豔，亦時用之以為奴隸。大哉杜詩，其無所不包括乎！

七律詩《秋興》八首、《諸將》五首、《詠懷古跡》五首，皆由此而推之。五律詩《秦州雜詩》二十首、《詠物》三十餘首、《達行在所》三首，皆由此而推之。五言古詩前後《出塞》、《新婚別》、《垂老別》、《無家別》、《北征》、《彭衙行》，以及排律之《經昭陵》、《重經昭陵》、《別嚴賈二閣老》、《別高岑》，皆由此而推之。立志不分，乃凝於神。

板橋平生無不知己，無一知己。其詩文字畫每為人愛，求索無休時，略不遂意，則怫然而去。故今日好，為弟兄，明日便成陌路。

紫瓊崖主人極愛惜板橋，嘗折簡相招，自作駢體五百字以通意，使易十六祖式、傅雯凱亭持以來。至則袒而割肉以相奉，且曰：「昔太白御手調羹，今板橋親王割肉，後先之際，何多讓焉！」

板橋遊歷山水雖不多，亦不少；讀書雖不多，亦不少；結交天下通人名士雖不多，亦不少。初極貧，後亦稍稍富貴，富貴後亦稍稍貧。故其詩文中無所不有。

陋軒詩最善說窮苦，惜其山水不多，接交不廣，華貴一無所有。所謂一家言，未可為天下才也。板橋詩如《七歌》，如《孤兒行》，如《姑惡》，如《逃荒行》、《還家行》，試取以與陋軒同讀，或亦不甚相讓。其他山水、禽魚、城郭、宮室、人物之茂美，亦頗有自鑄偉詞者。而又有長短句及家書，皆世所膾炙。待百年而論定，正不知鹿死誰手。

乾隆庚辰，鄭燮克柔甫自敘於汪氏之文園，與劉柳村冊子合觀之，亦足以知其梗概。

歎老嗟卑，是一身一家之事；憂國憂民，是天地萬物之事。雖聖帝明王在上，無所可憂，而往古來今，何一不在胸次？歎老嗟卑，迷花顧曲，偶一寓意可耳，何諄諄也！

燮又記。

徐平羽藏墨蹟

板橋自敘

板橋居士，姓鄭氏，名燮，揚州興化人。興化有三鄭氏，其一為「鐵鄭」，其一為「糖鄭」，其一為「板橋鄭」。居士自喜其名，故天下咸稱為鄭板橋云。板橋外王父汪氏，名翊文，奇才博學，隱居不仕。生女一人，端嚴聰慧特絕，即板橋之母也。板橋文學性分，得外家氣居多。父立庵先生，以文章品行為士先。教授生徒數百輩，皆成就。板橋幼隨其父學，無他師也。幼時殊無異人處，少長，雖長大，貌寢陋，人咸易之。又好大言，自負太過，漫罵無擇。諸先輩皆側目，戒勿與往來。然讀書能自刻苦，自憤激，自豎立，不苟同俗，深自屈曲委蛇，由淺入深，由卑及高，由邇達遠，以赴古人之奧區，以自暢其性情才力之所不盡。人咸謂板橋讀書善記，不知非善記，乃善誦耳。板橋每讀一書，必千百遍。舟中、馬上、被底，或當食忘匕箸，或對客不聽其語，並自忘其所語，皆記書默誦也。書有弗記者乎？

平生不治經學，愛讀史書以及詩文詞集，傳奇說簿之類，靡不覽究。有時說經，亦愛其斑駁陸離，五色炫爛。以文章之法論經，非《六經》本根也。

酷嗜山水。又好色，尤多餘桃口齒，及椒風弄兒之戲。然自知老且醜，此輩利吾金幣來耳。有一言干與外政，即叱去之，未嘗為所迷惑。好山水，未能遠跡；其所經歷，亦不盡遊趣。乾隆十三年，大駕東巡，燮為書畫史，治頓所，臥泰山絕頂四十餘日，亦足豪矣。

所刻詩鈔、詞鈔、道情十首、與舍弟書十六通，行於世。善書法，自號「六分半書」。又以餘閒作為蘭竹，凡王公大人、卿士大夫、騷人詞伯、山中老僧、黃冠煉客，得其一片紙、只字書，皆珍惜藏庋。然板橋從不借諸人以為名。惟同邑李鱓復堂相友善。復堂起家孝廉，以畫事為內廷供奉。康熙朝，名噪京師及江淮湖海，無不望慕嘆羨。是時板橋方應童子試，無所知名。後二十年，以詩詞文字與之比並齊聲。索畫者，必曰復堂；索詩字文者，必曰板橋。且愧且幸，得與前賢埒也。李以滕縣令罷去。板橋康熙秀才，雍正壬子舉人，乾隆丙辰進士。初為范縣令，繼調濰縣。乾隆己巳，時年五十有七。

板橋詩文，自出己意，理必歸於聖賢，文必切於日用。或有自云高古而幾唐宋者，板橋輒呵惡之，曰：「吾文若傳，便是清詩清文；若不傳，將並不能為清詩清文也。何必侈言前古哉！」明清兩朝，以制藝取士，雖有奇才異能，必從此出，乃為正途。其理愈求而愈精，其法愈求而愈密。鞭心入微，才力與學力俱無可恃，庶幾彈丸脫手時乎？若漫不經心，置身甲乙榜之外，輒曰：「我是古學。」天下人未必許之，只合自許而已。老不得志，仰借於人，有何得意？

賈、董、匡、劉之作，引繩墨，切事情。至若韓信登壇之對，孔明隆中之語，則又切之切者也。理學之執持綱紀，只合閒時用著，忙時用不著。板橋十六通家書，絕不談天說地，而日用家常，頗有言近旨遠之處。

板橋非閉戶讀書者，長遊於古松、荒寺、平沙、遠水、峭壁、墟墓之間。然無之非讀書也。求精求當，當則粗者皆精，不當則精者皆粗。思之，思之，鬼神通之！板橋又記，時年已五十八矣。

楊蔭溥藏墨蹟

跋西疇詩稿

其氣深矣，其養邃矣。以香山溫逸之筆，烹煉而入於王、孟。觀其束馬半槎及崇川諸作，皆布帛菽粟之文，自然高淡，讀之反復想見其人。

板橋弟鄭燮拜手。

四子書真跡序

板橋生平最不喜人過目不忘，而《四書》《五經》自家又未嘗時刻而稍忘。無他，當忘者不容不忘，不當忘者，不容不不忘耳。戊申之春，讀書天寧寺，咕嗶之暇，戲同陸、徐諸硯友賽《經》□生熟。市坊間印格，日默三五紙，或一二紙，或七、八、十餘紙，或興之所至，間可三二十紙。不兩月而竣工。雖字有真草訛減之不齊，而語句之間，實無毫釐錯謬。固誦讀之勤，亦刻苦之驗也。

孔夫子刪書，聖也；秦始皇燒書，暴也。則非始皇與孔子，前人著作，不得妄加芟除矣。近見有腐儒老傖，以全《禮》不便幼學，甚且不便兩闈，簡而為《禮注》，又簡而為提要，為心典，殊可痛恨。夫使《禮》果可刪，前人亦何必著之為經？既已著之為經，吾人復從而刪之，不幾欲法孔子而師始皇乎？可乎，不可乎？而要之亦無足深怪。此老傖腐儒之見，亦僅為不便幼學，不便兩闈。夫不便幼學，則其見不出乎小兒；不便兩闈，則其見不過望著中舉、中進士，做個小官，弄幾個錢養活老婆兒女。以言夫日月經天，江河行地，處而正心誠意，出而致君澤民，其義固茫乎莫辨也。而必沾沾焉與之論可删不可删，亦何異饋聾以聲，諭瞽以色！

黃涪翁有杜詩抄本，趙松雪有《左傳》抄本，皆為當時欣慕，後人珍藏，至有爭之而致訟者。板橋既無涪翁之勁拔，又鄙松雪之滑熟，徒矜奇異，創為真隸相參之法，而雜以行草，究之師心自用，無足觀也。博雅之士，幸仍重之以經，而書法之優劣，萬不必計。

揚州李梅閣藏墨蹟

跋王李四賢手卷

物不舊則火氣逼人。古人之佳詩佳書，裝潢於數十年之後，其紙皆有古色，書法詩意，更復杳然藐然也。王李四賢，為吾邑詩字文章弁冕，當數十世寶貴之。

乾隆丙子，後學鄭燮題。

城隍廟碑草稿自跋

板橋居士作《城隍廟碑草稿》初就，趙君六吉即剪貼成冊，可謂刻劃無鹽唐突西子矣。是碑不足觀，而作文之意無非欲寫人情，所欲言而未能說。此實在眼前，實出意外，是千古作文第一訣。若抄經摘史、竊柳偷蘇，成何筆手？

乾隆十七年元日，板橋道人鄭燮又記。

南京博物館藏墨蹟

題陳公伯瞻出使高麗贈送詩文卷子

山海關雄薊北門，大明天子嫌侵吞。高句驪古東屬國，陸公萬里宣王言。彼之事我實帝天，我之字愛如弟昆。不用干戈用禮讓，松花鴨綠波濤溫。小隊前驅騎後簇，中持使節風飄翻。關門小吏出羅拜，香猊彩幛連花邨。旌旃旗羽列山阜，入其國郭王來奔。公之豐裁動中國，況經異域尤輝警。夏璉商瑚周大貝，光價百倍璠璵璠。君臣賽歌勞行役，盈廷唱和如篪塤。不取珍奇取筆墨，外國愈益天朝尊。即今三百七十載，字跡端好詩完存。錦囊玉軸檀匣櫝，世世繼繼賢兒孫。君家滄浪及方壺，神仙經濟難具論。鶺鴒春草動宰相，虛靜恬澹箋漆園。爝火文章欻滅沒，此獨屼嵂撐乾坤。雲間諸陸古所貴，精靈百代猶淵源。

公之裔孫元禮屬題，後學鄭燮拜手敬頌。乾隆二十七年歲在壬午後五月二十有八日。

興化鄭板橋故居藏墨蹟

恭祝朱子功八十二壽序

東海之濱，有君子焉，姓朱氏，人稱子功先生，蓋予先君子之良友而愚小子之父執也。東海之濱，土堅燥，人勁悍，率多慷慨英達豪俠詭激之徒，而恂恂退讓君子絕少。先生自少以孝友聞，家本素封，父安如公酷嗜讀書，不問家人生產作業，又好施與，其家遂少落。先生曲承父志，不敢違；完婚姻、助喪葬、拯乏困、濟顛危，不可一、二數；古廟壞決，有葺之，使整完；清明寒食，念荒塚無後人，令奴子奔土覆之，雖無酒漿麥飯之薦，而地下之感，倍人世也。然先生絕不著於顏色，與人處若無一能無一長者。事伯兄如父，事長嫂如母。其幼弟極能文，不幸早逝，先生哭其哀，淚盡而繼以血。平生孝友德讓不能盡，其大概可見者如此。至於內自節儉，外曆勤苦，家道之隆較昔倍之。然則世之鄙吝者何必富，而好施者何必貧耶！先君子館西團，常過小海造先生之廬而謁焉。其心慕口誦，為予小子言者歷歷也。東海之風，亦於斯一變矣。令嗣麟標、丹五兩世兄，幼與予善，迄今廿有餘載，其人斂英才於學力，渾義勇於從容，所見者大，所識者遠也。其孫秉琳如芝草五色而映日，蘭芽初茁而帶露也。蓋先生之孝友德讓足以動天而報以後人，有以夫！雍正十一年，先生八十有二，子始克祝於其家，請先生而謁焉。其氣清貌古，意渾神閑，益信先君子之言不謬。而兩世兄之根柢深而枝葉茂也。古人以百二十歲為上壽，以百歲為中壽，以八十為下壽。先生孝友著於家庭，德讓化於鄉黨，子孫邁於今人，壽考自當孚於上世，今之八十其初發軔乎。如巒嶠聳峙而澗壑渟泓，淵淵乎。其莫測也，如玉之初剖、珠之方瑩，而今之出鑛，而就鎔也；如鸞鳳之羽毛鮮潔，鼎彝之青翠斑駁而未有艾耶！後三十八年而復來為壽，恭祝子翁老伯先生八十二壽。

年家眷教小姪鄭燮拜首拜撰。「板橋」（白文）、「鄭燮」（白文）、「克柔」（朱文）。

江蘇省大豐縣文化館藏墨蹟

碑記卷七

梅莊記

廣陵城東二里許，有梅莊，敬齋先生之業也。先生性嗜梅，其家所植亦夥矣。又構別墅於郊外，老梅數十畝矣，號曰「梅莊」，蓋其嗜也。梅之古者百餘年，其次七八十年，其次二三十年，虯枝鐵杆，蠖屈龍盤。先生與梅最親切，僕者立之，臥者扶之，缺者補之，茸者削之；根之拔者築土以培之，枝之遠者架木以荷之。梅亦發奮自喜，崢嶸碩茂，以慰主人之意。又嘗伐他樹枝以相撐柱。其柯得氣而活，交枝接葉，與梅相抱，若連理焉，豈非氣至而神。神至而化乎！春明花放，主人載酒筒，陳酒壘，列茶具，或一人獨往以領其神，或與客偕來以廣其趣。歌詩贈答，篇章重疊，酒盞紛紜。至於霜淒月冷，冰魂雪魄，淡煙浮繞於內外，主人徘徊其下，漏點頻催，不忍就臥，蓋念梅之寒，與同寒也。逮夫朝日將出，紅霞麗天，與梅英相映射，若含笑，若微醉。梅亦呼主人，與之割暄分暖，不獨享也。主人與梅，是一是二，誰能辨之？更有風號雨溢，電激雷奔，主人披衣而起，挑燈達旦，周遭巡視，俟梅之安而後即安。此豈有所勉強矯飾哉！其性之所嗜，有不知其然而然者也。其他蒼松古柏、修竹萬竿，為梅之執交。檀梅放臘，為梅之先馳；辛夷漲天，繡球撲地，為梅之後勁。桃李丁杏，江籬木芍，山榴桂菊，不可勝記，皆梅之附庸小國也。一亭一池，一樓一閣，一台一榭，一廊一柱，一欄一檻，一花一木，皆主人經營部署，出人意表之旨趣焉。

翁林王太史，千字十種，勒石嵌壁，千古楷模。儲同人先生課□棘□，勸勤後學，有修無壞，蓋主人挹梅之清，攬梅之韻，挺梅之骨，聚梅之神，事事皆洗，□式□無，□□□□□□，主人姓陳氏，名揚宗，字□啟□，號敬齋。□而後可當號為梅□□□。

板橋老人鄭燮作並□。

揚州博物館藏墨蹟

重修城隍廟碑記

乾隆十七年歲在橫艾涒灘，月在蕤賓，知濰縣事板橋鄭燮撰並書。

一角四足而毛者為麟，兩翼兩足而文采者為鳳，無足而以齟齬行者為蛇，上下震電，風霆雲雷，有足而無所可用者為龍，各一其名，各一其物，不相襲也。故仰而視之，蒼然者天也；俯而臨之，塊然者地也。其中之耳目口鼻手足而能言、衣冠揖讓而能禮者，人也。豈有蒼然之天而又耳目口鼻而人者哉？自周公以來，稱為上帝，而俗世又呼為玉皇。於是耳目口鼻手足冕旒執玉而人之；而又寫之以金，範之以土，刻之以木，琢之以玉；而又從之以妙齡之官、陪之以武毅之將。天下後世，遂裒裒然從而人之，儼在其上，儼在其左右矣。至如府州縣邑皆有城，如環無端，齒齒巀巀者是也；城之外有隍，抱城而流，湯湯汩汩者是也。又何必烏紗袍笏而人之乎？而四海之大，九州之眾，莫不以人祀之；而又予之以禍福之權，授之以生死之柄，而又兩廊森肅，陪以十殿之王，而又有刀花、劍樹、銅蛇、鐵狗、黑風、蒸鬲以懼之。而人亦亵亵然從而懼之矣。非惟人懼之，吾以懼之。每至殿庭之後，寢宮之前，其窗陰陰，其風吸吸，吾以毛髮豎栗。狀如有鬼者，乃知古帝王神道設教不虛也。子產曰：「凡此所以為媚也，愚民不媚不信。」然乎！然乎！

濰邑城隍廟在縣治西，頗整翼。十四年大雨，兩廊壞；東廊更甚，見而傷之。謀葺新於諸紳士，咸曰：「俞。」爰是重新兩廊，高於舊者三尺。其殿廈、寢室、神像、鼓鐘筍簴，以堅以煥，而於大門之外，新立演劇樓居一所。費及千金，不且多事乎哉！豈有神而好戲者乎？是又不然，《曹娥碑》云：「盱能撫節安歌，婆娑樂神」。則歌舞迎神，古人已累有之矣。《詩》云：「琴瑟擊鼓，以迓田祖。」夫田果有祖，田祖果愛琴瑟，誰則聞知？不過因人心之報稱，以致其重疊愛媚於爾大神爾。今城隍既以人道祀之，何必不以歌舞之事娛之哉！況金元院本，演古勸今，情神刻肖，令人激昂慷慨，歡喜悲號，其有功於世不少。至於鄙俚之私，情欲之昵，直可置弗復論耳。則演劇之樓，亦不為多事也。總之，虙羲、神農、黃帝、堯、舜、禹、湯、文、武、周公、孔子，人而神者也，當以人道祀之；天地、日月、風雷、山川、河嶽、社稷、城隍、中霤、井灶，神而不人者也，不當以人道祀之。然自古聖人亦皆以人道祀之矣。夫繭栗握尺之牛，太羹元酒之味，大路越席之素，瑚璉簠簋之華，天地神祇豈嘗食之飲之驅之御之哉？蓋在天之聲色臭味不可彷彿，姑就人心之慕願，以致其崇極云爾。若是則城隍廟碑記之作，非為一鄉一邑而言，直可探千古禮意矣。董其事者，州同知陳尚志、田廷琳、譚信、郭耀章，諸生陳翠，監生王爾傑、譚宏。其餘蠲貲助費者甚夥，俟他日摹勒碑陰，壽諸永久，愚亦未敢惜筆墨焉。

上元司徒文膏鐫。

濰坊市十笏園藏碑

乾隆修城記

天地有春必有秋，國家有治必有亂，狃於承平，而不知積漸之衰，倉猝之變，非智也。今天子聖仁，海內安靜，而不思患預防，綢繆未雨，豈非人而不如鳥乎！

濰縣地界海濱，號稱殷富，一旦有事，凡張牙利吻之徒，欲狼吞而虎噬者，濰其首也。前明末造，賴諸紳士蠲輸之力，修造之功，知土城不足恃，易而石之。是以賊人屢窺。卒挫其鋒，歎為無可如何而退。今之所修，不過百分中之二三分耳。量諸紳士出之不難，舉行甚樂。而本縣先為之倡，首修城工六十尺，計錢三百六十千，即付諸薦紳，不徒以紙上空名取其好看。其餘各任各段，各修各工，本縣一錢一物概不經手，但聿觀厥成而已。

乾隆戊辰九秋，鄭燮題。

常之英等《濰縣誌稿》卷八

修濰縣城記

濰縣舊土城，崇禎十三年易土而石。不費國帑，諸紳士里民自為之。雍正八年六月二十四日，白浪河水漲，齊城腰，一時倒壞千四百餘尺。最後漸次傾圮千八百尺有餘。板橋鄭燮來蒞茲土，謀重修。諸紳士慨然樂從。遂於乾隆戊辰十月開工，明年三月訖工。燮以邑宰捐修八十尺，其代修者郭偉業、郭耀章也。

常之英等《濰縣誌稿》卷八

文昌祠記

文云乎哉！行云乎哉！神云乎哉！修其文，懿其行，祀其神，斯得之矣。濰城東南角，舊有文昌帝君祠，竦峙孤特，翹然為青龍昂首，闔邑之文風賴焉。乾隆年來，日就頹壞。今若不葺修，將來必致一磚、一瓦、一木、一石而無之矣。諸紳士慨然捐助，以復舊觀，並覓一妥貼精幹之人，以為朝夕香火、塵埃草蔓掃除之用；誠盛舉亦要務也。既已妥侑帝君在天之靈，便當修吾文、懿吾行，以付帝君司掌文衡之意。昔人云：拜此人須學此人，休得要混帳磕了頭去也。心何為悶塞而肥？文何為通套而陋？行何為修飾而欺？又何為沒利而肆？帝君其許我乎！濰邑諸紳士，皆修文潔行而後致力以祀神者，自不與齷齪輩相比數。本縣甚嘉此舉，故愛之望之，而亦諄切以警之，是為民父母之心也。

乾隆十五年，歲在庚午二月初十日，杏苑花繁之際。

石刻拓本

自在庵記

興化無山，其間菜畦瓜圃，雁戶漁莊，頗得畫家平遠之意。一村一落，必有茅庵精舍，為高僧隱流焚修棲息之所。而平望莊自在庵之建，不盡為此也。庵始於邑侯張公蔚生，廉明慈惠，念水鄉窮民棺骨無葬地，於城北九里平望東偏買地為義塚，凡一十二畝三分。即於是莊建佛殿，招僧為住持；固以奉佛，實以修護窮民之塚也。張公去後，佛舍荒，塚地蕩，過者傷之。慧圓上人毅然以重修為己任，眾亦敬其素操，翕然從之。爰造梵宇二十二間。張公置田五十二畝，慧遠置四十畝，曉達置十畝，計田一百二畝。而曉達之師、慧圓之徒祥元者，雖未有所創造，乾隆中疊漕水災七八載，祥元竭力支持，使此庵不廢，則其功亦不可不書也。山田足供僧眾，而自在庵永不廢矣。有庵有僧，耕漁之暇，持一畚一鍤以修塚，而枯骨於茲有托矣。佛舍修、枯骨聚，而張公仁民愛物之心，傳於千古矣。凡庵有興有廢，而是庵澤及枯骨，深得佛理，當久而弗替也。

劉熙載等《興化縣誌》卷一

濰縣永禁煙行經紀碑

乾隆十四年三月，濰縣城工修訖，譙樓、炮臺、垛齒、睥睨，煥然新整；而土城猶多缺壞，水眼猶多滲漏未填塞者。五六月間，大雨時行，水眼漲溢，土必崩，城必壞，非完策也。予方憂之。諸煙鋪聞斯意，以義捐錢二百四十千，以築土城。城遂完善，無復遺憾，此其為功豈小小哉！查濰縣煙葉行本無經紀，而本縣蒞任以來，求充煙牙執秤者不一而足，一概斥而揮之，以本微利薄之故；況今有功於一縣，為萬民保障，為城闕收功，可不永革其弊，以報其功、彰其德哉！如有再敢妄充私牙與稟求經紀者，執碑文鳴官重責重罰不貸！

石刻拓本

題許松齡隸書軸

渾古迂拙，精滿骨脫，鐘繇欲死，中郎欲活。

後學鄭燮復題十六字。

板橋偶記

揚州二月，花時也。板橋居士晨起，由傍花村過虹橋，直抵雷塘，問玉勾斜遺跡，去城蓋十里許矣。樹木叢茂，居民漸少，遙望文杏一株，在圍牆竹樹之間。叩門逕入，徘徊花下。有一老媼，捧茶一甌，延茅亭小坐。其壁間所貼，即板橋詞也。問曰：「識此人乎？」答曰：「聞其名，不識其人。」告曰：「板橋，即我也。」媼大喜，走相呼曰：「女兒子起來，女兒子起來！鄭板橋先生在此也。」是刻已日上三竿矣，腹餒甚。媼具食。食罷，其女豔妝出，再拜而謝曰：「久聞公名，讀公詞，甚愛慕，聞有《道情十首》，能為妾一書乎？」板橋許諾。即取淞江蜜色花箋，湖穎筆，紫端石硯，纖手磨墨，索板橋書。書畢，復題《西江月》一闋贈之，其詞曰：「微雨曉風初歇，紗窗旭日才溫；繡幃香夢半朦朧，窗外鸚哥未醒。蟹眼茶聲靜悄，蝦須簾影輕明；梅花老去杏花勻，夜夜胭脂怯冷。」母女皆笑領詞意。問其姓，姓饒；問其年，十七歲矣。有五女，其四皆嫁，惟留此女為養老計，名五姑娘。又曰：「聞君失偶，何不納此女為箕帚妾？亦不惡，且又慕君。」板橋曰：「僕寒士，何能得此麗人？」媪曰：「不求多金，但足養老婦人者可矣。」板橋許諾，曰：「今年乙卯，來年丙辰計偕，後年丁巳，若成進士，必後年乃得歸，能待我乎？」媪與女皆曰：「能。」即以所贈詞為訂。明年，板橋成進士，留京師。饒氏益貧，花鈿服飾，拆賣略盡。宅邊有小園五畝，亦售人。有富賈者，發七百金，欲購五姑娘為妾。其母幾動，女曰：「已與鄭公約，背之不義。七百兩亦有了時耳。不過一年，彼必歸，請待之。」江西蓼洲人程羽宸，過真州江上茶肆，見一對聯云：「山光撲面因朝雨，江水回頭為晚潮。」傍寫「板橋鄭燮題」。甚驚異，問何人，茶肆主人曰：「但至揚州，問人便知一切。」羽宸至揚州，問板橋，在京，且知饒氏事，即以五百金為板橋聘資授饒氏。明年，板橋歸，復以五百金為板橋納婦之費。常從板橋遊，索書畫。板橋略不可意，不敢硬索也。羽宸年六十餘，頗貌板橋，兄事之。

江秩文，小字五狗，人稱為五狗江郎。甚美麗。家有梨園子弟十二人，奏十種番樂者。十二人皆少俊，主人一出，俱廢矣。其園亭索板橋一聯句，題曰：「草因地暖春先翠，燕為花忙暮不歸。」江郎喜曰：「非惟切園亭，並切我。」遂徹玉杯為壽。

常二書民有小園，索板橋題句。題曰：「憐鶯舌嫩由他罵，愛柳腰柔任爾狂。」常大喜，以所愛僮贈板橋，至今未去也。

王箬林澍，金壽門農，李復堂鱓，黃松石樹穀，後名山，鄭板橋燮，高西唐翔，高鳳翰西園，皆以筆租墨稅，歲獲千金，少亦數百，以此知吾揚之重士也。

乾隆十二年，歲在丁卯，濟南鎖院，板橋居士偶記。

上海博物館藏墨蹟

板橋論書

平生愛學高司寇且園先生書法，而且園實出於坡公，故坡公書為吾遠祖也。坡書肥厚短悍，不得其秀，恐至於蠢，故又學山谷書，飄飄有欹側之勢，風乎？雲乎？玉條瘦乎？元章多草書，神出鬼沒，不知何處起，何處落，其顛放殆天授，非人力，不能學，不敢學。東坡以謂超妙入神，豈不信然？蔡京字在蘇、米之間，後人惡京，以襄代之，其實襄不如京也。趙孟頫，宋宗室，元宰相，書法秀絕一時，予未嘗學，而海內尊之。今四家書缺米，而補之以趙，亦何不可？

板橋道人鄭燮。

上海博物館藏墨蹟

板橋書目

二《典》、三《謨》、《禹貢》、《洪範》、《旅獒》、《周官》、《武成》。

「七月流火」、《楚茨》、《南山》、《甫田》、《大田》、《良耜》、《豐年》、「莫春」、「篤公流」、「綿綿瓜瓞」、「皇矣上帝」、《厥初生民》、大率《鹿鳴》二十二章，《文王》十八章，並《由庚》、《華黍》小注，是常需之典贍也。詩幾章，章幾句，其下小字一段，名為小序，最是好典。

《月令》、《禮運》、《玉藻》、《文王世子》、《學記》、《檀弓》上下，直須理醇，經學、史學之宗祖也。

乾坤二卦全、上下《系傳》全。

《春秋》唯讀三《傳》，而三《傳》又以「左氏」為最。先取□大戟讀之，次觀辭令之妙，次觀古博處，如郯子紀官，晏子論和同，及爽鳩、季葥之舊，祝鮀長衛於蔡。又籍談舉典，季文之論□凱，子產論參商，又有火□，又有珠玉、寶玩，罔不備也。子產一人文便有三四十篇，絕妙。

《國語》中，吳、越最麗辣。

乾隆丁丑正月二十三日燈下，板橋道人。

南京博物館藏墨蹟

板橋潤格

大幅六兩，中幅四兩，小幅二兩，條幅對聯一兩，扇子斗方五錢。凡送禮物食物，總不如白銀為妙；公之所送，未必弟之所好也。送現銀，則中心喜樂，書畫皆佳。禮物既屬糾纏，賒欠尤為賴帳。年老神倦，亦不能陪諸君子作無益語言也。

畫竹多於買竹錢，紙高六尺價三千。任渠話舊論交接，只當秋風過耳邊。

乾隆己卯，拙公和尚屬書謝客。板橋鄭燮。

劉柳村冊子（足本）

板橋自京師落拓而歸，作《四時行樂歌》，又作《道情》十首。四十舉於鄉，四十四歲成進士，五十歲為范縣令，乃刻拙集。是時乾隆七年也。

《道情》十首，作於雍正七年，改削十四年，而後梓而問世。傳至京師，幼女招哥首唱之，老僧起林又唱之，諸貴亦頗傳誦，與詞刻並行。

拙集詩詞二種，都人士皆曰：「詩不如詞」。揚州人亦曰：「詞好於詩」。即我亦不敢辯也。

遊西湖，謁杭州太守吳公作哲，出紙二幅，索書畫。一畫竹、一寫字。湖州太守李公堂見而訝之曰：「公何得有此？」遂攫之而去。吳曰：「是不難得，是人現在此，公至南屏靜寺訪之，吾先令人作介紹可也。」次日，泛舟相訪，置酒湖上為歡，醉後，即唱予《道情》以相娛樂。云：「十年前得之臨清王知州處，即愛慕至今，不知今日得會於此！」遂邀至湖，遊苕溪、霅溪、卞山、白雀，而道場山尤勝也。府署亭池館榭甚佳，皆吾揚吳聽翁先生所修葺。

虎墩吳其相者，海上鹽鳖戶也，貌粗鄙，亦能誦吾《四時行樂歌》，制酒為壽。同人皆以曰咄咄怪事。

高麗國索拙書，其相李艮來投刺，高尺二寸，闊五寸，厚半寸，如金版玉片，可擊撲人。今存枝上村文思上人家，蓋天寧寺西院也。

妙正真人婁近垣與予善，令其侍者石三郎歌予詩詞，飄飄有雲外之響。予愛之，遂舉以贈。董耻夫亦令歌《竹枝》焉。後三年，求去，泣不可留，仍返於妻。想其仙骨，不樂久住人世俗塵囂熱耶？

新安孝廉曹君，是墨人曹素功後裔。嘗持藏墨三十二挺謁予，易《詞鈔》一冊。且云：「公有《宦宦家》詞：『朝霞樓閣冷，尚牡丹貪睡，鸚哥未醒。』不但措詞雅令，而一種荒淫滅亡之氣，已兆其中，以本句妙。」故鄉曹君知言，故亦以詞稱。

紫瓊崖道人慎郡王也贈詩：「按拍遙傳月殿曲，走盤亂瀉蛟宮珠。」愧不敢當，然亦佳句。

南通州李瞻雲，吾年家子也。曾於成都摩訶池上聽人誦予《恨》字詞，至「蓬門秋草，年年破巷；疏窗細雨，夜夜孤燈。」皆有齎諮涕洟之意。後詢其人，蓋已家弦戶誦有年。想是費二執御挾歸邪。

《蘭亭》六種，棗木刻。《武王十三銘》八分書，碑在范縣。臨濟派滿天下，祖庭不修，可悲也，予作碑以新之，在大名府東關外。濰縣城隍廟碑最佳，惜其榻本少爾。

板橋居士好填詞，蓋其童而習之也。十餘歲遊金陵書肆，得其年陳先生迦陵詞半冊，喜其辭繁氣茂，遂學之，然已突過其頂。如《送顧萬峰之山東》詞云：「到看泰岱縱天墜，矗青空，千岩萬嶂，雲揉月洗。封禪碑銘今在否，鳥跡蟲魚怪異，為我弔秦皇漢帝。夜半更須臨日觀，紫金球湧出滄溟底，盡海內，奇觀矣。」

迦陵好用成語，此則自鑄偉詞，神清骨銳，恐非迦陵所能到也。

又《晚景》一首，調寄蝶戀花：「一片青山臨古渡，山外晴霞，漠漠收殘雨。流水遠天波似乳，斷煙飛上斜陽去。徙倚高樓無一語，燕不歸來，沒個商量處。鴉噪暮雲城堞古，月痕淡入黃昏霧。」

板橋山中之作便摹寫秦黃，無復迦陵矣。

作是詞才二十六歲。後七年，遊京師，欲以直隸秀才入北闈，為友人所阻。先不得入小試。遂發憤入山，與老僧枯坐，或遊於碎泉亂石臥松倒柏之間，欲深究詞學。細翻花間、草堂，知蘇辛豪蕩，尚屬詞家外調，況陳髯乎。遂刻意於太白、飛卿、南唐後主、少游、柳七之間。柳七以「曉風殘月」壓倒銅琶，遂令子瞻醉心，姬人擁膝。其他俚語最多，正不及少游之風流穩俊也。

少游詞云：「斜陽外，寒鴉數點，流水繞孤村。」又云：「行人一棹，天涯酒醒處，殘陽暮鴉。」又云：「臂上妝猶濕，襟間淚尚盈，水邊燈火漸人行，天外一鉤殘月帶三星。」

又云：「名韁利鎖，天遠知道，和靜也瘦。」其好句不一而足，豈止柳七之「曉風殘月」而遂已乎。

板橋貌寢，既不見重於時，又為忌者所阻，不得入試。愈憤怒，愈迫窘，愈斂厲，愈微細，遂作《漁父》一首，倍其調為雙疊，亦自立門戶之意也。

「宿雨新晴江氣涼，濕煙初破柳絲黃，才上巳，又清明，桃花村店酒餅香。漠漠海雲微漏日，茫茫春水漸盈塘，波瀲蕩，燕低昂，小舟絲網曬魚梁。」

漁父雙疊，後半又拗一字，蓋師其意，不師其詞。

板橋最窮最苦，貌又寢陋，故長不合於時。然發憤自雄，不與人爭，而自以心競。四十外乃薄有名，所謂諸生曰：「萬盈四十乃知名」也。其名之所到，輒漸加而不漸淡，只是中有汁漿耳。莊生謂：「鵬怒而飛，其翼若垂天之雲。」古人又云：「草木怒生」。然則萬事萬物何可無怒邪？板橋書法以漢八分雜入楷、行、草，以顏魯公《座位稿》為行款，亦是怒不同人之意。

乾隆庚辰秋日，為柳村劉三兄書此十二頁。

大連張里安先生藏墨蹟

佚文

乾隆三十年歲在乙酉夏六月二十有五日，鹺使者立齋高公，至焦山瀠清行在，薰檢宸章，畢事後，謁海神祠，見筆墨狼藉几上，問曰：「誰在此？」左右曰：「板橋鄭燮。」公曰：「吾知是人久矣！何不邀之一見？」遂拜公於神祠中。

公又招之行館，暢談疇昔，快敘平生。公之先相國文定公，給賑山東，燮以縣令謁道上，蒙垂青眼，以屢見拙書，稱為故人。公之從兄水部尚書、進總制兩江昭德先生，提刑山左時，遇燮最厚。獨未見公耳。然其心慕神馳，蓋亦久矣。凡公之眷眷於燮，與燮之眷眷於公，其情一也。

是日也，藏戟枝於山麓，隱旌旆於雲端，攜詩卷於松篁，掛酒瓢於林壑，萬樹將迎，群鷗歡喜。公則青鞵布襪，笠帽方袍，左攜佳兒，右偕上客。燮亦得與於雅韻高標之末，以恬以愉，信可樂乎！

公典鹽筴者凡八年，皆在吾揚州，燮亹敢擅投一刺，固所以自愛，亦所以重公，且所以重公之先世也。公也未嘗招之使前，王事重，不暇接交致客也。今公且去矣，乃得相見於焦山，以暢其相欽相慕之懷，一日之內，定三世交，無滋後悔，人願天從，信不誣矣。謹書其始末於松寥閣之南軒。

世後學板橋鄭燮拜手。

山谷論書

古人作〈蘭亭序〉、《孔子廟堂碑》，皆作一淡墨本，蓋見前賢用筆回腕餘勢，若深墨本，但得筆中意耳。今人但見深墨本，收盡鋒芒，故以舊筆臨仿，不知前輩書翰亦有鋒鍔，此不傳之妙也。右軍自言見秦篆及漢《石經》正書，書乃大進，故知局促轅下者不知輪扁斫輪有不傳之妙。王氏以來，惟顏魯公、楊少師得《蘭亭》用筆意。

永思同社老長兄，板橋居士弟鄭燮。

榮寶齋藏墨蹟

遼寧博物館藏墨蹟

印章卷八

姓名字號

鄭（白文・方），刻者不詳

燮（白文・方），刻者不詳

鄭（朱文・方），刻者不詳

燮（朱文・方），刻者不詳

鄭（朱文・方），刻者不詳

燮（朱文・方），刻者不詳

鄭（朱文・方），刻者不詳

燮（白文・方），刻者不詳

鄭燮（白文・方），高郵米先生刻

鄭燮（白文・立），刻者不詳

鄭燮（白文・立），刻者不詳

鄭燮（白文・立），刻者不詳

鄭燮（白文・立），刻者不詳

鄭燮（白文・立），刻者不詳

鄭大（白文・立），刻者不詳

鄭大（白文・立），刻者不詳

燮印（白文・方），刻者不詳

燮印（白文・方），刻者不詳

燮印（白文・方），刻者不詳

鄭燮印（白文・方），刻者不詳

鄭燮印（白文・立），刻者不詳

鄭燮之印（白文・方），刻者不詳

鄭燮之印（白文・方），刻者不詳

鄭燮之印（白文・方），刻者不詳

鄭燮之印（白文・方），刻者不詳

鄭燮之印（白文・方），刻者不詳

鄭燮信印（白文・方），刻者不詳

鄭燮信印（白文・方），刻者不詳

臣鄭燮印（白文・方），刻者不詳

克柔（朱文・方），徐柯亭刻

克柔（朱文・方），刻者不詳

克柔（朱文・方），刻者不詳

克柔（朱文・方），刻者不詳

克柔（朱文・方），刻者不詳

克柔（朱文・方），甘泉高鳳岡刻

克柔（朱文・方），刻者不詳

克柔（朱文・方），刻者不詳
板橋（朱文・立），刻者不詳
板橋（白文・方），刻者不詳
板橋（朱文・立），刻者不詳
板橋（朱文・方），刻者不詳
板橋（朱文・立），刻者不詳
板橋（白文・立），刻者不詳
板橋（白文・立），刻者不詳
板橋（朱文・立），刻者不詳
板橋（朱文・立），刻者不詳
板橋（朱文・立），刻者不詳
板橋（白文・立），刻者不詳
板橋（白文・方），刻者不詳

板橋（白文・方），刻者不詳
板橋（白文・方），刻者不詳
鄭板橋（白文・方），刻者不詳
鄭板橋（白文・方），刻者不詳
鄭板橋（白文・方），刻者不詳
板橋居士（白文・方），濰縣諸生郭芸亭刻
板橋道人（白文・立），刻者不詳
板橋道人（白文・方），刻者不詳
板橋□燮（白文・方），刻者不詳
滎陽鄭生（白文・方），刻者不詳
滎陽鄭生（白文・方），刻者不詳
滎陽鄭生（白文・橢圓），刻者不詳
滎陽鄭生（白文・橢圓），刻者不詳

籍貫齋館

興化人（白文·立），刻者不詳

揚州興化人（白文·立），天臺潘西鳳刻

橄欖軒（朱文·立），揚州道人吳于河刻

雪浪齋（朱文·立），上元司徒文膏摹刻

雪浪齋（朱文·立），刻者不詳

三十六峰山館（朱文·立），刻者不詳，清人李星漁舊藏

三十六峰山館（朱文·圓），刻者不詳，清人李星漁舊藏

來雲堂印（白文·立），刻者不詳，清人李星漁舊藏

江上小堂竹印（白文·矩），刻者不詳，清人李星漁舊藏

松下主人（朱文·方），刻者不詳，清人李星漁舊藏

花月主人（白文·異），刻者不詳，清人李星漁舊藏

廣文館（朱文·方），刻者不詳

苦難身世

麻丫頭針線（白文・方），刻者不詳

麻丫頭針線（白文・立），刻者不詳

麻丫頭針線（白文・方），刻者不詳

雪婆婆同日生（白文・方），杭州身汝敬刻

思貽父母令名（朱文・方），刻者不詳

二十年前舊板橋（朱文・方），通州李霽刻

二十年前舊板橋（朱文・方），刻者不詳

二十年前舊板橋（朱文・立），歷城朱青雷刻

二十年前舊板橋（白文・立），刻者不詳

康熙秀才雍正舉人乾隆進士（白文・方），歷城朱青雷刻

丙辰進士（朱文・方），河南僧人靜山刻

政治抱負

所南翁後（朱文・立），江陰沈鳳刻

谷口（朱文・立），刻者不詳

谷口（朱文・立），刻者不詳

谷口（白文・橢圓），刻者不詳

谷口人家（白文・方），高攀鱗刻

耕田谷口（白文・方），刻者不詳

書帶草（白文・方），刻者不詳

臣燮（白文・立），刻者不詳

恨不得填漫了普天饑債（白文・方），揚州道人吳于河刻

都官（白文・方），刻者不詳

乾隆東封書畫史（白文・方），刻者不詳

北海（朱文・立），刻者不詳

爽鳩氏之官（白、朱文・方），刻者不詳
爽鳩氏之官（白、朱文・方），刻者不詳
古爽鳩氏之官（白・矩），刻者不詳
濰夷長（白文・方），揚州道人吳于河刻

幽默詼諧

官獨冷（白文・方），刻者不詳
俗吏（朱文・立），如皋孝廉姜恭壽靜宰刻
俗吏（朱文・立），刻者不詳
俗吏之為之也（白文・立），刻者不詳
風塵俗吏（白文・立），刻者不詳
七品官耳（白文・方），膠州高鳳翰左手刻
七品官耳（白文・方），刻者不詳

七品官耳（白文・方），刻者不詳

七品官耳（白文・方），刻者不詳

七品官耳（白文・方），刻者不詳

十年縣令（朱文・橢），揚州道人吳于河刻

爕何力之有焉（白文・方），刻者不詳

鳳（朱文・圓），揚州道人吳于河刻

王鳳，揚州道人吳于河刻

紫鳳（朱文・方），刻者不詳

竹嫩（白文・立），刻者不詳

古狂（白文・立），刻者不詳

樗散（朱文・葫蘆），刻者不詳

鷓鴣（朱文・異），膠州高鳳翰刻

鷓鴣（白文・立），畢一庵刻

鷓鴣（白文・立），刻者不詳

鷓鴣（白文・方），刻者不詳

不求甚解（朱文・橢圓），刻者不詳

酒囊飯袋（白文・方），刻者不詳，清人李星漁舊藏

吃飯穿衣（白文・方），刻者不詳

修身養性

多種菩提結善緣（白文・立），刻者不詳

畏人嫌我真（白文・立），揚州道人吳于河刻

直心道場（朱文・方），上元司徒文膏刻

餘力學文（白文・立），刻者不詳

動而得謗名亦隨之（白文・方），揚州道人吳于河刻

富貴非吾願（白文・立），刻者不詳

私心有所不盡鄙陋（朱文・方），歷城朱青雷刻

遊思六經結想五嶽（朱文・立），華亭徐寅刻

游好在六經（朱文・方），板橋摹刻浙江石門晚邨先生之作

有竹人家（白文・方），刻者不詳

何可一日無此君（朱文・方），刻者不詳

不可一日無此君（白文・立），刻者不詳

恃鬻耳（朱、白文・方），揚州道人吳于河刻

飲人以和（白文・方），刻者不詳

飲露餐英顑頷何傷（白文・方），刻者不詳

海濱民（朱文・立），刻者不詳

嬰寧（白文・立），刻者不詳

瓜州（白文・立），刻者不詳

見人一善忘其百非（白文・方），刻者不詳

祀興則民壽（朱文・立），刻者不詳，清人李星漁舊藏

見大則心泰禮興則民壽（白文・方），刻者不詳，清人李星漁舊藏

長慶富貴（白文・立），刻者不詳，清人李星漁舊藏

一片冰心在玉壺（白文・方），刻者不詳，清人李星漁舊藏

一葦所如（朱文・方），刻者不詳，清人李星漁舊藏

拈花微笑（朱文・立），刻者不詳，清人李星漁舊藏

舟行若窮忽又無際（朱文・立），刻者不詳，清人李星漁舊藏

讀易草堂（白文・方），刻者不詳，清人李星漁舊藏

致遠（白文・立），刻者不詳，清人李星漁舊藏

多壽多福多男子（朱文・方），刻者不詳，清人李星漁舊藏

保延壽而宜子孫（白文・異），刻者不詳，清人李星漁舊藏

結歡喜緣，刻者不詳

自在□（朱文・橢圓），刻者不詳

皆大歡喜（白文・立），刻者不詳，清人李星漁舊藏

皆大歡喜（白文・方），刻者不詳，清人李星漁舊藏

名山如樂好輕身（朱文・方），刻者不詳，清人李星漁舊藏

山水有清音（白文・異），刻者不詳，清人李星漁舊藏

一覽眾山小（白文・立），刻者不詳，清人李星漁舊藏

松下清齋（白文・橢圓），刻者不詳，清人李星漁舊藏

嗜古成癖（朱文・立），刻者不詳，清人李星漁舊藏

愧未讀書常猶夜行（白文・方），刻者不詳，清人李星漁舊藏

香風欲起錦浪初生（朱文・立），刻者不詳，清人李星漁舊藏

鑿開風月長生地（白文・立），刻者不詳，清人李星漁舊藏

從吾所好（白文・立），刻者不詳，清人李星漁舊藏

歡喜無量（朱文），刻者不詳

芳心寄物華（朱文），刻者不詳

藝術追求

鄭蘭（白文・方），揚州道人吳于河刻

鄭蘭（白文・方），刻者不詳

鄭蘭（白文・方），刻者不詳

鄭大（白文・立），刻者不詳

鄭風子（朱文・圓），揚州道人吳于河刻

六分半書（朱文・立），揚州道人吳于河刻

心血為爐鎔鑄今古（白文・立），刻者不詳

癡絕（白文・立），刻者不詳

惡竹（白文・立），刻者不詳

鄭為東道主（白文・立），歷城朱青雷刻

鄭為東道主（白文・立），刻者不詳

吹古揚州（朱文・立），刻者不詳

青藤門下牛馬走（白文・立），揚州道人吳于河刻

無數青山拜草廬（白文・立），揚州道人吳于河刻

橫掃（白文・立），刻者不詳

敢徵蘭乎（白文・方），刻者不詳

病黎閣（朱文・立），刻者不詳

紅雪山樵（白文・方），刻者不詳

借書傳畫（白文・立），刻者不詳

老畫師（白文・方），刻者不詳

書畫悅心情（白文・異），刻者不詳

老而作畫（白文・立），刻者不詳

以天得古（白文・方），刻者不詳

雞犬圖書共一船（朱文・方），揚州王濤刻

北泉草堂（白文・立），刻者不詳

白箋（朱文・方），刻者不詳

詩絕字絕畫絕（朱文・立），揚州道人吳于河刻

樂曠多奇情（白文・方），刻者不詳

放情丘壑（白文・方），刻者不詳

師造物（白文・方），刻者不詳

臣師造物（白文・方），刻者不詳

三絕（朱文・立），刻者不詳

九溪十八澗中人（白文・方），刻者不詳

海闊天空（朱文・立），南通州丁有煜刻

歐後鄭五（朱、白文・方），刻者不詳

蘭竹石癖（白文・立），刻者不詳，清人李星漁舊藏

永以為好（朱文・方），刻者不詳，清人李星漁舊藏

新篁補舊林（朱文・立），刻者不詳，清人李星漁舊藏

酒知書畫膽（白文・立），刻者不詳，清人李星漁舊藏

空山無人（朱文・異），刻者不詳，清人李星漁舊藏

水流花開（朱文・異），刻者不詳，清人李星漁舊藏

何須問主人（朱文・異），刻者不詳，清人李星漁舊藏

梅花賓主（白文・立），刻者不詳，清人李星漁舊藏

萬古雲霄一羽毛（朱文・立），刻者不詳，清人李星漁舊藏

江左儒生（白文・方），刻者不詳，清人李星漁舊藏

藏之名山（白文・立），刻者不詳，清人李星漁舊藏

甘露被野嘉禾遂生（白文・方），刻者不詳，清人李星漁舊藏

一別如雨（朱文・方），刻者不詳，清人李星漁舊藏

細雨微生太液波（朱文・立），刻者不詳，清人李星漁舊藏

白鶴橫江青雲萬里（朱文・立），刻者不詳，清人李星漁舊藏

邯鄲俠客（白文・方），刻者不詳，清人李星漁舊藏

多情不及少情閑（白文・方），刻者不詳，清人李星漁舊藏

妙用還從樂處生（白文・立），刻者不詳，清人李星漁舊藏

青苹結緣（白文・方・無邊），刻者不詳，清人李星漁舊藏

三十六峰都在前（白文・立），刻者不詳，清人李星漁舊藏

清話一爐香（白文・立），刻者不詳，清人李星漁舊藏

歌詠太平（白、朱文・方），刻者不詳，清人李星漁舊藏

曾三顏四禹寸陶分（白文・立），刻者不詳，清人李星漁舊藏

深山竹樹飽風霜（白文・方），刻者不詳，清人李星漁舊藏

惟三更月是知己（朱文・異），刻者不詳，清人李星漁舊藏

江南水闊（白文・方），刻者不詳，清人李星漁舊藏

江南水闊（朱文・立），刻者不詳，清人李星漁舊藏

愛君自欲君先達（白文・立），刻者不詳

隨喜（朱文・立），刻者不詳

有數竿竹無一點塵（白文・長方），刻者不詳

骨常新（白文・立），刻者不詳

痛癢相關，刻者不詳

眼大如箕，刻者不詳

江南巨眼，刻者不詳

個中，刻者不詳

敬常存僞，刻者不詳

搜盡奇峰打草稿，刻者不詳

書被催成墨未濃（朱文），刻者不詳

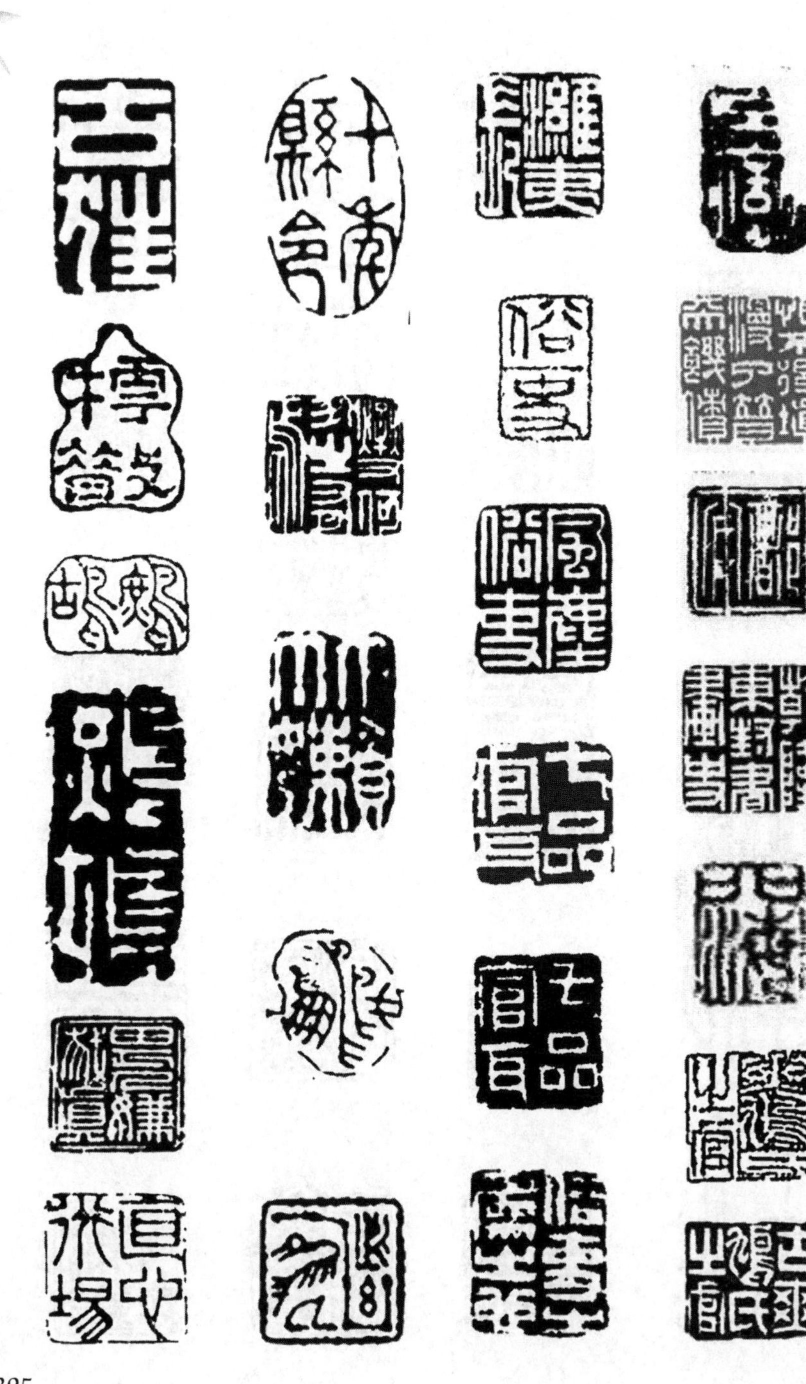

印跋卷九

興化鄭燮著　梁溪秦祖永輯

留伴煙霞

余種蘭數十盆，三春告莫（暮），皆有憔悴思歸之色。因移植於太湖石黃石之間，山之陰，石之縫，既已避日又就燥，對吾躺亦不惡也。來年忽發箭數十，挺然直上，香味堅厚而遠。又一年更茂。乃知物個有本性。贈之詩曰：蘭花本是山中草，還向山中種此花。塵世紛紛植盆盎，不如留與伴煙霞。

板橋。

硯田生計

西園左筆壽門書，海內朋友索向余。短劄長箋都去盡，老夫贗作亦無餘。

西園工詩畫，尤善印篆，病廢後用左臂，書畫更奇。余作此印贈之，竟忘其雷門也。鄭燮並志。

修竹吾廬

余家有茅屋三間，南面種竹。夏日新篁初放，綠蔭照人，置一榻其中，甚涼適也。秋冬之際，取圍屏骨子，斷去兩頭，橫安以為窗櫺，用勻薄潔白之紙糊之。風和日暖，凍蠅觸窗紙上，冬冬作小鼓聲。於是一片竹影零亂，豈非天然圖畫乎！凡吾畫竹，無所師承，多得於紙窗粉壁、日光月影中耳。一節復一節，千枝攢萬葉；我自不開花，免撩蜂與蝶。

板橋道人。

活人一術

詩、書六藝皆術也，生兩間而為人者，莫不治一術以為生；然弟賴此以生，而非活人之術。有術焉，疾病困苦，瀕亡在即，而以術治之無不安者，斯真活人之術矣。吾友蕉杉，博學多藝，更精折肱之術，因為之作此印，並貽以頌曰：存菩提心，結眾生緣，不是活佛，便是神仙。

板橋道人。

桃花潭

世人竟說桃花源，桃花源中盡神仙。當年漁人已無門戶覓，何況今去太原數千年。桑樹雞犬隨時有，桃花流水在人間。林希汪子多雅致，恰向古津結一庵。紅樹青溪相掩映，使人想像桃花潭。春來遍是桃花水，飲我春酒使我酣。

克柔子篆。

更一點銷磨未盡愛花成癖

老至年來，心腸鐵石。每逢佳日，常發春心。燒燭照紅妝，只恐海棠睡去；小樓聽夜雨，劇憐深巷花殘。妒花上之狂蜂，獨居香國；羡枝頭之好鳥，占盡春光。但願王孫不去，四節皆春；怕看水面文章，空庭寂寞云耳。倚花詞兄正。

鄭燮。

怡然自適

三間茅屋，十里春風，窗裡幽蘭，窗外修竹，此何等雅趣，而安享之人不知也。懵懵懂懂，絕不知樂在何處。惟勞苦貧病之人，忽得十日五日之暇，閉柴扉，掃竹徑，對芳蘭，啜苦茗，時有微風細雨潤澤於疏籬仄徑之間，俗客不來，良朋輒至，亦適然自驚為此日之難得也。凡吾畫蘭畫竹畫石，用以慰天下之勞人，非以供天下之安享人也。希林老弟如何？

燮記。

花蘿緣映衫

掀天揭地之文，震驚雷雨之字，呵神罵鬼之談，無古無今之畫，原不在尋常眼孔中也。未畫以前，不立一格，既畫以後，不留一格。昨自西湖爛醉歸，沿山密篠亂牽衣；搖舟已下金沙港，回首清風在翠微。希林老弟台正。

鄭燮。

大吉羊

晴雨總無憑，枉殺愁人，留春不住送春行。多未分明，眼下青青。名利竟如何？歲月蹉跎，幾番風雨幾晴和。愁水愁風愁不盡，總是南柯。

板橋作詞記。

明月前身

雲淡風高，送鴻雁一聲悽楚。最怕是、打場天氣，秋陰秋雨。霜穗未儲終歲食，縣符已索逃租戶。更爪牙常例急於官，田家苦。紫蟹熟，紅菱剝；桄桔響，村歌作。聽喧填社鼓，漫山動郭。挾瑟靈巫傳吉兆，扶藜老子持康爵。祝年年多似此豐穰，田家樂。時丁卯春，同諸同年王文治、郭方儀游，見田家有感興，作詞二首。

茶煙琴韻書聲

江南二月花抬價，有多少遊童陌上，春衫細馬。十里香車紅袖小，婉轉翠眉如畫，佯不解旁人覷咱。忽見柳花飛亂絮，念海棠春老誰能嫁？淚暗濕，香羅帕。

杏花深院紅如許，一線畫牆攔住。歎人間咫尺千山路，不見也相思苦，便見也相思苦。分明背地情千縷，翻惱從教訴。奈花間乍遇言辭阻，半句也何曾吐，一字也何曾吐！又鐫詞四首，板橋作。

思古

乙巳秋日，板橋道人燮。

以上秦祖永《七家印跋》

劉氏燕廷

玟虛大師自西湖來，譚禪說法，意解西來，謂餘曰：「年來如登七十二峰之上，佛法雖空，此語不虛。」即制印以贈，乾隆丁巳暮春初日刊於邗上，鄭燮識。

佛老云：「色即是空，空即是色。」蓋自有而至無。自無而復有，歸根曰：真實不虛。佛理淵深，只在靈光一點，所謂識之不見其首，尾之不見其後也。板橋又識。

南京博物院藏印

英雄本色印跋

羔堂四長兄有心力而爽朗不私，能任事而節廉自愛，開口見喉，視人如己，真英雄未有不本色者。板橋鄭燮與之交，一見了然，久而不變，故覓舊石，令老桐刻「英雄本色」贈之。

銀川棟維進先生藏印

判牘卷十

北京故宮博物院

鄭生瑞等果將糧食、器具私載潛逃，該莊何止爾一人呈控？明有別情，不將實情說出，不准。

據稱王小胖出外五年不歸，究在何處？作何生理？有無音信？夫婦大倫未便因貧而廢。著王振先同原媒據實複奪。

既據地已退還，情願息結，准具遵依銷案。

既於五月十三日逃走，何至今始來遞字？明有別情，姑准存案，仍一面找尋，務獲具稟。

同堂兄弟視為仇讎，無怪乎於茂勉之不理於爾也。仍自央人理說。

婦必戀夫，爾子相待果好，焉肯私自歸家？應著爾子以禮去喚，不必控。

既係墳地，又經告爭用貴價贖回，未便絕賣，但係荒年救急，應著崔鳳彩認還，一切使費並契錢價，放贖可耳。

既有一段大義，何男人悉皆昏昧，惟借一年老婦人出控？著該族支眾據實呈奪。

據詞已悉，秋後起埋祖塋可也。原詞註銷。

陳氏雖經改嫁，小丑律應歸宗，何時藉詞悔賴？不准。

張複舉在伊地內使土，且離爾墳尚遠，不便告阻。至複舉蓋屋如果侵佔爾地尺餘，自邀約地，原中理講，丈退可也。

屢批詞證理處，乃抗延不理，是否唐貞違拗，抑係詞證擱置不理？准拘詞證複奪。

陰雨連綿，水淹到處都有，所稱潘兒莊挑築新堤與爾莊妨礙，何不早稟？至今日水淹始控乎？況爾莊八十餘家獨爾一人出頭，明係挾嫌，藉端生事。不准。

牟兆玨於牟昌吉過繼兆仁之時，何不出而理阻？至今三十餘年，突欲告爭，無此情理，不必過慮。

據稱臘月廿六日夜間，張玉滋將爾母搶去盜賣，娶主是何名姓？何處人氏？財禮若干？爾母是否情願？現在何處？何早不控？搶去糧粟多少？家器係何名目？爾現年若干？詳細開明，用代書戳呈奪。

譚氏究因何故自經？恐嚇詞內情節是否確實？仰該族長、約地、甲、鄰秉公確查，複奪。

樹已清楚，從寬准息，仍具兩造遵依備案。

王朴庵被王六戮傷身死，爾將其全家兄弟人等悉行告上，已拖死王奮薦一人。王六疊夾幾次未得真情。現去嚴審，刑房理當伺候，有何偏袒？從來殺人者死，一人一抵，有何拘縱之處？因該犯病未痊癒，不能招解，何得聽信訟師倚恃屍親，屢行刁瀆，凜之慎之。

因富姐已嫁，批令媒調處查複，今反逃匿不出，可惡已極！准拘訊。

郎氏因無嗣而嫁，又有母家主婚，便非苟合，明係不得分財禮，借詞瀆控。既無干證，又無代書狀圖記，不准。

廟係合莊有分，何止爾一人具控？應自邀集莊眾並議，不必多事。

過嗣有一定之例，先盡同父周親，次及大功、小功、緦麻。爾係何等服制？是否應繼，自邀該族長、支眾、親鄰秉公議繼，不必控。

即著爾等協同族眾，查應繼人，議繼可耳。

既係服弟，墳樹已經伐空，應邀族長、尊親以家法處之可也。

婚姻大事，全憑聘禮，雖寸絲尺布，皆可為據，若止換盅、注柬，未便即指為紅定之盟也。不准。

李氏既已改適，覆水難收，所有遺產應著繼子承受。不遵另稟。

既據李之蘭等承認賠樹築墳，今因何翻悔不修？著將原由據實開明，稟奪。

馬顯出賣林樹與韓四何涉？遽行攔阻，其中必非無因。著爾等再行確查，據實聲明，另行複奪。

張氏於何月日改適？既於四月不家，何早不俟問？管姓何名？究係何人使錢？著詳晰開明呈奪。

既係四房公樹，業經出伐，時值封印。著自邀各房長、友眾，以理諭處。

爾於前七月廿三日，將董景姐托侯氏尋主雇工，若不說明，雇主焉肯交人領去？據稱二十五日即去要人。已云送歸，如果無人，何當不呈控？既云私販賣出，又云推諉支吾，呈詞含混，又無干證，不准。

所稱聘禮八千，銀簪、綢衫曾否收下？著再複奪。

孀婦寡媳，應善為撫恤，何得縱子逼嫁。姑從寬，准息，再犯倍處。

李氏如果守貞，豈肯改適？今成親一月，告亦何益？無非為財禮起見，著詞證確查理處。

爾既相幫在前，再幫其將母柩出殯可耳。

爾宅賣與李小好，係何人作中？果否李斌等分肥？著詞證據實稟，複奪。

爾被孫萬年等毒打，受傷何處？未據聲明，自是節外生枝，不准。

爾有糧銀四兩七錢，非貧士可知。束脩應聽學生按季自送，何得借完糧名色橫索！不准。

爾既不知地被人種去，又何知是賭帳准折？刁詞可惡！但是否墳地出典，詞證確查複奪。

准撥醫保外調治，仍查傳的屬保領。

所黏並非合同，且字跡新鮮，未足為據，應自邀人理說。

既據小起出外僅十八月，兩有信音，並未身死。業經伊父赴黃村去叫，應俟回日完姻。

徐思恭不得借詞滋事。原詞註銷。

爾果情願守貞，李明山何敢強嫁？准存案。

所稱祖塋，係爾何人？李來臻等是否有分？白楊係何年月日盜賣？開明另稟。

既據調處，從寬准息，仍取兩造，遵依備案。

既據張則榮之子昭穆不對，著族長、詞證等將小二用議立可也。

如果年限未滿，地種麥禾，自不肯放贖。但是否勒霸，干證確查實複。

既據劉顯得次子劉小卜係應繼，劉長生不得阻撓。即著爾等公同議立可也。

張鳳池究係何人？想亦奉先自寫自遞，亂鬧官牙（衙），可惡之至！不准。

既據患病三月，耽誤子弟亦所不免，但斯文體統，非可斤斤較計，應彼此看破。

師道固所當尊，友誼亦不可不篤。准息，銷案。

詞證協同公親查處複。

遵依存案。

准開印日拘訊。

准照舊充頭。

准換文申送，著禮房出票。

卅□聽之。

從寬准息。

遵依附卷。

准據詞關複。

准結附卷。

遵依附卷。

准存案官中理交，不得借詞人實稟。附卷候訊。

果不交價，自應理討。十千而外，爾無望也。詞證查複。

著宋交關查，至地畝糧食自行取討，准訴，候訊奪。

俟全退日稟奪。

准拘，割完糧，稟覆奪。

尊依附卷。既奉批查，焉敢徇私？應俟複到奪。

准候複奪，不必捏瀆于孟大對詞內批示矣。

昨已明白批示，不得多瀆。

私宰奉禁，那得牛行貼？並本縣捐廉買牛致祭可耳。

陳介祺批：「存心如此，祭時神或歆之。」

各集貼，並非可為例，嗣後每逢祭期公平買賣可也。仍不准。約地干證查處複。

陳介祺批：「稽而不征，方不擾民而各得其所。」

爾既遭喪，便不合與人爭訟，仍著徐曰誠調處可耳。

陳介祺批：「衰絰入公門，大干教化，調處輕矣。」

雖據同中契買。著將後買五分墳地以原價放贖可也。

陳介祺批：「原值准贖先隴，仁人孝子之推恩矣。」

矢志守節，甚屬可嘉。准據稟批照收執可也。

陳介祺批：「使君自有婦，羅敷自有夫。余常謂有《三百》古義，化行俗美，方能不妒不淫。」

陳介祺又批：「此等處一不循理，則孽由我作矣。」

爾女十五，婿年二十歲，年甲未為不當，亦難審斷分拆，業經做親，應成連理。彼此當堂具。銷案。

陳介祺批：「戶昏田土不能公允，則釀大案而入刑名。教化風俗陰騭，俱存乎此。刑則法不可枉、不可縱而已。」

陳介祺又批：「刑期無刑，辟以止辟，聖人所以殺人而當謂之仁也。」

查閱合同，有不許棟與族人（耀先）傷折一枝。則爾未便砍賣。爾果貧窮，應自央該族人量為周給。

陳介祺批：「思人猶愛其樹，況先隴之松楸乎！」

既有合同，應邀原議事人理說，何必控？仍著爾等協同各房支眾秉公理處複。

張惠背議歸宗是何情故?著族證查明確複。繼單暫存。

陳介祺批:「歸宗自是大義，兼祧或可兩全。」

張惠反變，必非無因，著聲明實複，不得含糊混瀆。

著該地鄰確查，秉公據複。是否屬實，再行稟奪。著仍管行頭，如有抗違者，重責。是否詞證?確查處複。

李一氓編《鄭板橋判牘》

明放案一:此冊陳介祺跋云:「板橋先生以文章之秀，發於政事，吾邑賢令尹也。片紙隻字，人皆珍之。四方亦於濰求之，遂日以少矣。此批牘十一幅，亦將入曆。以余所知，附題數語。田間歸來，視卅年前或少親切耳。陳介祺，光緒戊寅九月十二日。」

明放案二:收藏者李一氓題記云:「有陳介祺跋語之三葉，乃系後得，因重裝添入冊末。前者得之濟南，後者得之京市，要均板橋知濰時所作之判牘也。一氓記。」

中國歷史博物館

著親族遵批即日議複。如再抗延。先拘重責。

該族長、詞證秉公調處，速複。

著原差免押，聽爾自由。臨審到案可也。

王廷美有無恃強逞兇?該地保複奪。

著原差齊犯審。

附卷。仍俟爾父病癒，即行尋找。毋遲。

道遠果否買貨外出?著地鄰查明，結複。

既於四月二十四日傳柬，何早不具控?爾子不在家又不將婚書呈驗，憑何察核?不准。

仰詞證官中確查理處，複。

莫聽讒言，靜候諭處。

是否馮顯宗將女盜嫁，干證確查實，複奪。

詞證確查實，複。

再不許擅自伐樹。

准息銷案，如再反復，按名拘責。

已批王林氏詞內矣。

張宗周准免到案。

祭品俱發，現銀買辦，准查。因何分文不給？或在衙役，或在集頭，罪有攸歸。准拘複。

邀同族證議立。

准照原詞拘訊。

業經批出不得倚恃婦女多瀆。俟來春開訟訊。

准暫緩票喚。

王廷美等有無恃強逞兇？詞未聲明，混覆不准。

既據眾人調處，以地換地，各立界石，准息銷案，遵依附卷。合同發。十六日開倉。

查典買田宅不稅契者，笞五十。仍追契內價□一半入官；不過割者，其田入官。今該生隱匿多年，被人首告，理應詳革究擬，姑從寬，著持契當堂驗稅，薄罰可也。

該族長協同詞證秉公理處。

李一氓編《鄭板橋判牘》

北京李一氓先生

又無代書圖記，不准。

著原差齊人。

過冬至稟審，前已批示，何必再瀆。

准暫關複，仍著爾將劉氏訪確，稟縣關發准結。

仍著爾等將劉氏訪查，稟縣關發。

小敬姐現年若干歲？有無生下子女？開明另稟。

業經停借，毋庸再瀆。

仍著原議事人調處。如再不服稟究。

不遵狀式，邀同族證驗界理講，不必構訟。

准訴，契發還，臨審帶來。著原差即日帶人審。

查冊無名無憑，發給。

著孫文智等三日內具複，如遲拘究。是否實情，原議事人秉公複奪。准給粥。

俟緝獲張二建到案齊審。票准暫銷。

著即多撥鄉夫，盡力撲捕仍候親打。

告人之夫，使伊妻作證，於理不順。如果情實，添具確證來。

准俟商道人質對。

邀同原議人理講可也。官民草窪自有界限，何得混耳爭奪。著約地查複。准領銷案。

既經張大河等說過各半分錢，只合同眾理討，不合牽伊牲畜。不必存案。

如果盜典情實，添具干證來。

既據地土俱已清楚，從寬准息，著具。

兩造遵依備查，執批催處於曉等，毋得諉延，致於未便。

孫有初等秉公理處複。

得鳳詐贓屬實，自應究追。

爾父欲賣地救饑，何得架詞阻當。

量斗於集何損，況協同殷實人量，更無弊竇，楊姓何得借詞。滋准照原詞拘訊。

准麥後拘訊。

□□□□博，只合呈告本人，不得意株連，著據實呈奪。

爾一人不足為據，著同約鄰等來複。

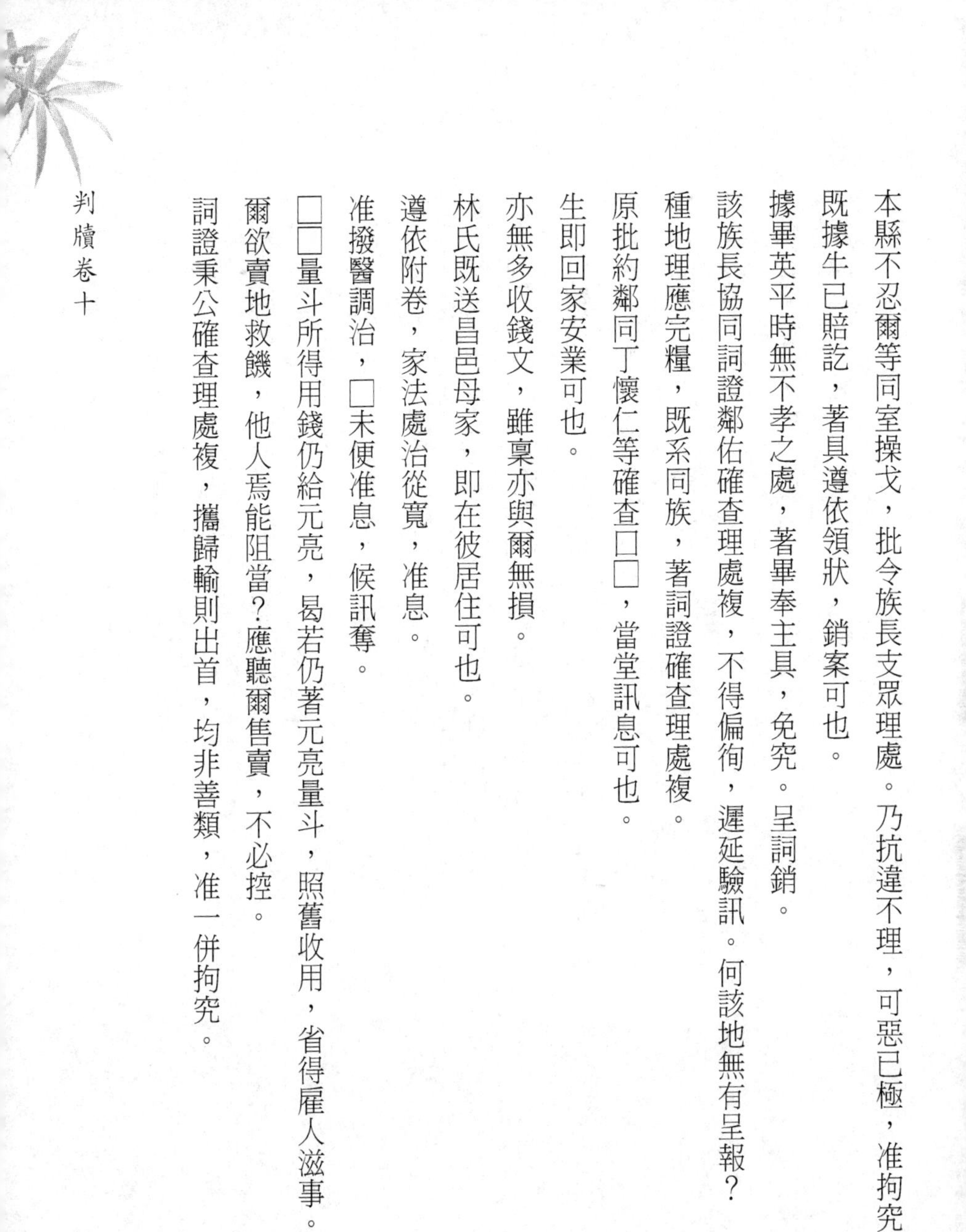

本縣不忍爾等同室操戈，批令族長支眾理處。乃抗違不理，可惡已極，准拘究。

既據牛已賠訖，著具遵依領狀，銷案可也。

據畢英平時無不孝之處，著畢奉主具，免究。呈詞銷。

該族長協同詞證鄰佑確查理處複，不得偏徇，遲延驗訊。何該地無有呈報？

種地理應完糧，既系同族，著詞證確查理處複。

原批約鄰同丁懷仁等確查□□，當堂訊息可也。

生即回家安業可也。

亦無多收錢文，雖稟亦與爾無損。

林氏既送昌邑母家，即在彼居住可也。

遵依附卷，家法處治從寬，准息。

准撥醫調治，□未便准息，候訊奪。

□□量斗所得用錢仍給元亮，曷若仍著元亮量斗，照舊收用，省得雇人滋事。

爾欲賣地救饑，他人焉能阻當？應聽爾售賣，不必控。

詞證秉公確查理處複，攜歸輸則出首，均非善類，准一併拘究。

既投稅規已繳，即繕記。

著原中催楚，如違稟追。

王鎮業經賠禮，又原差即齊人審。

賭博，著原差即日審。

准限五日繳完，著即幕審。

候訊詳，不必多瀆，邑赴彼控理可也。

冊結必須彼處開造未便，銀先行繳庫，即准保。

□寬准息，如再有欺壓弊，唯息人是問。

是否盜嫁情實，抑係分財禮不均？仰該約地協同干證確查複。

爾與郭氏是否親叔嫂？另呈奪。

已經賑濟，其外出來歸不可考究，不准。

仍著爾邀人理處。

改嫁聽爾自便，何得混請批示？不准。

著詞證查明理處，並催尚敦、呈繳批文。

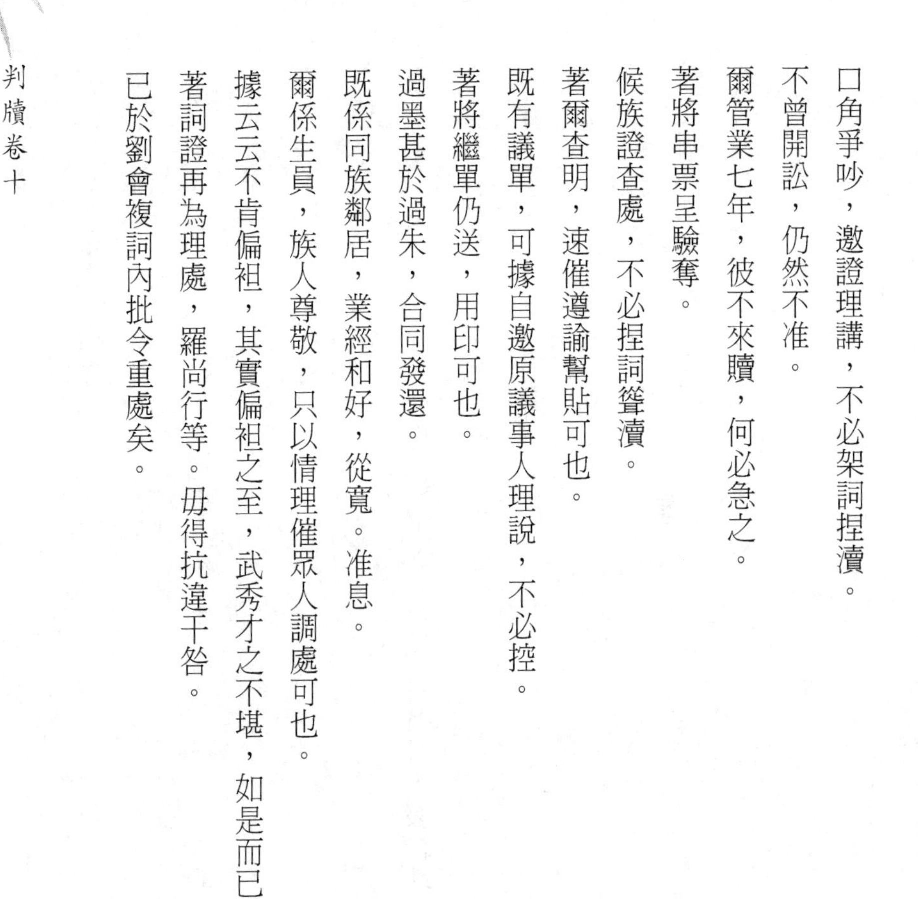

口角爭吵，邀證理講，不必架詞揑瀆。

不曾開訟，仍然不准。

爾管業七年，彼不來贖，何必急之。

著將串票呈驗奪。

候族證查處，不必揑詞聳瀆。

著爾查明，速催遵諭幫貼可也。

既有議單，可據自邀原議事人理說，不必控。

著將繼單仍送，用印可也。

過墨甚於過朱，合同發還。

既係同族鄰居，業經和好，從寬。准息。

爾係生員，族人尊敬，只以情理催眾人調處可也。

據云云不肯偏袒，其實偏袒之至，武秀才之不堪，如是而已。

著詞證再為理處，羅尚行等。毋得抗違干咎。

已於劉會複詞內批令重處矣。

著原差立速帶案，取保辜調治。

准保辜存案。

著將爾賣給某人地若干，應過糧若干，□□若干，逐一查明，另稟奪。

田產細事停訟，不准。

自邀族眾理丈，立界可也。

著原差齊人審。

既有子女，又有祖塋，何得埋於亂崗？但是否情實，該約地確查複。

既係公夥墳樹，准變賣度活。

當堂查卷稟明，且遵依銷案。

仰族長協同詞證確查理處複。

錢債細務停訟，不准。

昨已明白批示，不必多瀆。

著同兩造詞證來複。

該房查稟，核奪。

詞證確查實複。

既有原媒，何得混賴？即著李明方、許本生來複。

事隔久遠，又無中人，混瀆不准。

錢債細務，不得架詞聳瀆，可惡！不准。

李一氓編《鄭板橋判牘》

日本辻本氏先生

爾係安邱審定販稍解回安插，何得架詞混瀆。不准。

祖塋樹木既係範有先偷賣，爾應向有先查究，何得罪及買主？混瀆。不准。

准拘爾子董小四到案責究。

賭賬毫無據證，借首子以告人，刁健。不准。

已考取，現在足用，不准具認。

當賣地價是否償還賭債，事隔多年已無確據，明係架捏刁賣。不准。

著保人即日催楚。

靜候訊奪，不必屢瀆。

准保候審。

無抱（報）告不准。

孫小管現處何處？開明呈奪。

事關墓樹，爾又年老，既無確證，又無抱告，仍自邀原議人理說。

既據軍廳斷結之案，大有具口遵依，何得翻控？原詞註銷。

案已據陳悉白等調處，廷珂貧窘無聊，止有地一畝與爾抵麥價，批允照議歸結，曾否給過？未據開明。著詳晰開明呈奪。

王錫之子既不合繼，即邀族眾公議另繼可也。

既據九百年，塋樹，何止爾一人具控？如果盜賣情真。著同眾人來稟。

即著徐守成催贖完聚。

如再遲延，定行拘究。

放火有何確據？呈未聲明，代書又無戳記。不准。

完糧例有定限，何得混請？暫緩，不准。

事隔年遠，混瀆。不准。

王句既未卜葬，著王永昌、王永富公同料理出殯，不必賣地。

如果理說，何致被毆。明有別情含糊。不准。

果係爾子帶去之產，爾子身死，理應給還，著原議人公同討回可也。

王氏果欲守節，二十日嫁娶，即應喊鳴地鄰稟究，何遲今始控？明有別情。不准。

孫玉梅率子逞兇，如果屬實，因何延至半月始行告理？明係架揑混瀆。不准。

倉內並無可借之穀，不准，冊發還。

已經關查，俟複到日奪。

立繼以安貞婦，未便延緩。

地土細事，停訟。不准。

當堂具有呈狀，焉有不給之理？明係揑詞。不准。

該族長協同詞證，秉公議應嗣人，理處複。

既據有地二頃五十畝，尚謂之窮人乎？不准。

有無應繼之人？當堂一訊即明，何必又息，以滋反復。

爾既係族長，即查照批詞，著為處置。
罵亦所應得，聽之而已。只不與較可也。
有無字帖確據？並不聲明，不准。
時值停忙，邀同族證。自向理講可也。
俟范守成與杜下武和好，還票可耳。
既據調處已妥，著張牟氏具領銷案。
已于孫玉梅詞內批示矣。
准訊究，仍著將爾父傷痕加謹醫痊報查，起獲凶刀貯庫。
仁居二次許給錢文，不過憫爾之孤苦耳。不得援以為據。仍不准。
雖據當日說明，但尚嚴錢未交清，似難退業。仍協同高鳳，催尚嚴還錢出屋可也。
楊滋乏嗣，過繼永休，所遺田產，應歸承受，非爾所得覬覦也，妄控。不准。
查勘該社並未被災。不准。
事關婚姻，應該到案。
俟壽光縣主回署關催。

種地理應完糧，准拘納。

再等三月可也。自今日為始。

該房查卷送閱。

既據原有古路可由，又係一家，著詞證以情理調處。

果係爾子所賣之產，周參何敢憑空霸伐？明有別情。不准。

已經關查，俟複到日奪。

俟兩造干證複到奪。

果有盜賣霸產情事，自有小領具控。仍不准。

呂小來現年若干歲，既於二月間拐物潛逃，何早不呈控？爾果以情理取討，呂永傑豈有將爾毆打之理？明有別情不說，不准。

爾妻被馬旺拐賣，如果屬實，因何延至數載始行控究？其中明有別情，混瀆。不准。

爾係當堂承認還錢之人，仍應爾還，不得混延。

糴穀已停，如何添得。不准。

衙門不比菜園，未便出入由爾。不准。

爾既代為說合借錢是實，速為催楚，毋致興訟。

准該生代父聽審。

明係推諉。不准。

既無見證，混瀆。不准。

爾夫在壽光身死，業經驗明通報，何須賣宅告狀。史宏才是爾夫兄，是否分居？並賣宅與何人？是何日月？一併聲明具稟。

岳超元原係半子過嗣，即另繼，超文尚有一半家資，何至無人養活。謊詞。不准。

既據原議人皆故，憑何查斷？應自邀族眾親鄰理說。不必控。

養子原不可逐，但視其人賢否耳。既修舊好，准息。

告狀不許過四名，何得混牽多人？候訊奪。

所拾字跡究係何人寫擲？現在毫無證據，而欲令日輝受害乎？不准。

欠錢嗔賭博，無據混瀆。不准。

伐樹救饑，無大不是。但係祖塋，應同眾說明。

爾果欲守貞，誰敢強爾改嫁？仰族長鄉地鄰佑查察報究。

該社無災，又想增戶，不足之心可惡。不准。

□侄出外，並未死亡，何得議□混瀆。不准。

既無干證，又無抱告。不准。

賭賬欠錢，何不當時舉首？迄今無賭具、賭證而欲揑告乎？搶豆之故，明有別情。不准。

爾子賣產花消（銷），妄首子侄，與蔣爾[爾]洪等何罪？突行牽告，甚屬可惡。不准。

盜賣塋地，罪在爾子，何得以通同等語混行牽告？刁瀆。不准。

如果詐錢情實，例應犯事地方控告，不得越瀆，仍不准。

或有欠租情事，非霸產也。方得時雨，人各自新，何苦退地。不准。

是否患病情實？該鄰右確查複。

既無干證，又不遵式。不准。

詞無證佐，混瀆。不准。

多事，混瀆。不准。

李一氓編《鄭板橋判牘》

山東高象九先生

查無原狀，擅敢假揑批詞，朦混率覆，大膽已極，准拘訊。

准爾領回，臨審到案可耳。

爾果不願將次孫出繼，著該族長開明宗圖，呈閱，另議可也。

小黑雖繼林氏為孫，既係張氏之子也。不與母見面，反架詞疊控，何一愚至此，候訊奪。

自向理講鄰回，團聚可也。

爾即交張嘉運可也。

原息人王作肅等據實覆奪。

口角細故，詞證理處。

靜候理處，不必聳瀆。

准照原詞拘訊。

姜氏現在患病，未便延緩，速繼一子，以慰貞婦之心。

姜氏雖死，理應擇繼承嗣。

既據孫繼，將塋地退出，徐文將原價給還，著各具狀。當堂面領息。

准傳牟瑞雲訊奪。

已批詞證，官中理處，候複到奪。

爾果同眾議繼，何至爭執？

從寬准息，著具兩造，遵依銷案。

准開印後拘訊。

借場打坯，應自向王善景等情講可也。

著潘可啟自同族眾理說。

爾欲守貞，誰能逼爾改嫁？

業經註銷，何得瑣瀆？

既同眾立有繼單，岳均等何得妄生覬覦？單發還。

既係祖塋樹株，應同公議，不得混請批示。

是非自有公論，著族眾人等將始末根由，據實速覆，毋得偏袒干咎。

爾叔乏嗣，應否何人承繼？著邀同親族議立，不必混請存案。

據稟已悉，候族鄰議覆奪。

奉批查處，焉敢抗違？俟覆到奪。

是否平墳？抑係誣控？著據實覆奪。

於運之母不肯，難以改適，靜候回家完姻。

准麥後拘覆。

准保辜存案。

據詞已悉，婚柬鈴墜，暫行寄庫。

買賣地畝，現應隨時稅割，今被他人告發，未便從輕，候當堂訊奪。

爾無攔阻，准免到案。

既據姜氏始欲改適，今仍悔過終志，查應繼嗣人，議繼可也。

准拘息事人等，一併審奪。

准據稟關覆。

如果情實，應著爾弟亓全來稟。

俟龐之德等覆到奪。

許爾魁果否冒充牙行、私抽稅課？著約地確查速覆。

九百年樹誰敢盜竊？必有賣樹之人，開明另稟。

昨已明白批示，不得倚婦人混瀆。

邀同該莊鄉眾，理逐可也。

杜小三是否背恩毆打杜氏？詞證確查實覆。

靜候族長查處，不必混行多瀆。

准喚丁澤協同尋找。

既係王國和等調過，仍著詞證理處。

候當堂查訊奪。

准據結關覆。

爾既不願息，准當堂面訊。

仰族長詞證查應繼人，並開爾圖承奪。

杜下武、范守城處覆。

宋真詳等有無謀嫁情事，著約證查明覆奪。

當官不過一問，如年甲不對，亦應當堂查看，不必多瀆。

准訴王齊氏等，不必到案。

爾不令爾婦出官，又告人婦女何也？候訊奪。

劉進、張汝良、王永富、王賢臣、王燦等，並無原狀，何得混複？准拘訊究。

有何深冤？已諭詞證調處，刁瀆可惡。

果係祖塋公樹，耿超等何得無故伐賣？致干未便。

候族長人等覆到奪。

著原息人孫所慧等實複。

《鄭板橋書畫》影印

尺牘卷十一

自序

板橋之尺牘，不是古文，不是今文，要說便說，隨意寫來。尺牘只是尺牘而已。朋友書劄往還，信筆亂塗，歷年既久，共有百數十通，或不曾留底，或底稿久已遺失，及今搜檢，只存五十五通，春長無事，重行抄成一本，藏之家中，使將來子孫看看，不欲刻也。

《板橋家書》刻成於兩年前，見者都說不好，家書不好，尺牘未必會好，如其刻成，不識字者拿去補窗糊壁，識字者厭惡歎氣，又要說不好。作孽！作孽！何必！何必！不如省寫刻書錢去買酒吃，吾得之矣。乾隆壬申，板橋鄭燮。

焦山別峰庵與徐宗於

山居安適，讀書有進，日月疾徐，都非所問。此間嵐影水光，松風竹雨，泉流鳥聲，在在飽含詩情畫意，怡悅心目。當旭日初吐，野露尚滋，暑氣未濃之際，科頭跣足，起自竹榻，輕披敝衣，獨憑山窗，展卷讀杜少陵《秋興》詩，字字尋味，句句咀嚼，如啖冰瓜雪藕，心肺生涼，一日之中，暑氛任何毒烈，不能侵我半點也。前人屢言夏日山居，如何至樂，令身嘗之，可喜無量！

山中和尚，泰半是錢奴化身，市儈轉世，口念阿彌陀，心貪阿堵物，俗不可耐，觸人欲嘔。八山遊客，不問雅俗，但視衣衫；入寺燒香，只計貧富。有錢佈施，聲聲居士、檀越，合十念佛，狀似彌勒；無錢施捨，則白眼相加，冷語對答，陰森之氣，逼人發抖，知客堂中，最為可恨，請客一坐，有請坐、請上坐之等次；待客一茶，有泡茶、泡好茶之分別。內外各有廋詞隱語，彼此相通，亮中說話，暗中關切，冷眼傍觀，氣破肚皮。悲哉！悲哉！莊嚴佛地，清淨梵宮，變作論斤較兩之市井。我佛有靈，定當低眉合眼，效夫子之喟然而歎也。山中如許和尚，止一起林上人可與相近；法海寺之仁公亦尚有根基，不是庸俗。仁公湛深經典，談吐雋妙，悲天憫人，德行均好。起林則詩僧也，詞章高古，詩格超群，每來長談，盡日不倦。山居幸此二位師父，得心神曠逸，胸腹舒泰，讀書作畫，一無變故。不則，我雖不中熱惹暑，亦必深中眾光頭之塵毒無疑也。山窗弄墨，肌膚涼爽，乖便書告一二，清快！清快！

高郵舟中書寄許衡山

智者樂水，仁者樂山，自問既非智者，仁也難信，而乃性樂山水，大奇，大奇！是我身之病乎？來此浹旬，無日不登岸遊觀，而夜夜宿於舟中，友朋相邀堅留，極不願舍此就陸，則仍返而宿焉。有人說我怪僻，則亦怪僻可焉。我睡於是，飲食於是，便溺於是，處此一個小天地中，悠哉，悠哉，幾忘卻我此來究為何事。泊舟之所良好，幾家茅舍，一帶垂楊，綠山照人，好風微拂，與曩年山居情況，又覺為之以異。當夕陽將下，村舍飯罷，三五村姑娘手攜小筐，摘取塘中嫩菱，坐門前大樹下剝而啖之，嬉笑天真，全無作態。或有一二人轉喉唱歌，歌詞清妙，聲音柔媚，轉折疾徐，自合拍度，倚船窗傾耳而聽之，但覺魄動神飛，心靈溶化，是醉是夢，都不自知。迨歌聲倏寂，娃影不見，舉目一望，月在林杪，船艤河畔，方知此身尚處舟中也。此時不禁鳴鳴自歌，把杯獨酌，歌畢酒空，頹然倒臥，一枕乍回，東方明矣。此游之樂不易；聽村娃唱歌更不易！彼酸溜溜之秀才，規行矩步之道學先生，目不斜視，耳不旁聽，若聞我此游有此樂，雖不駭殺，亦當恨殺。書告足下，其謂我何哉？

寄潘桐岡

板橋平生好謾罵人，尤好罵秀才，以此招人怨毒，此自惹也，與天何尤？與人何尤？板橋近來頗自悔，欲思不罵，留積些陰德起來；然我已積有一肚皮宿氣，無處發洩，必成臌病。試看秀才們，一篇腐爛文章，僥倖中試，即如小兒得餅，窮漢拾金，處處示人闊大，卻處處露其狹窄，處處自暴醜陋。詩云子曰，動輒以詩書嚇人，酸腐之氣，尤屬可憎。若問胸中經濟，只一團茅草亂蓬蓬耳。板橋嘗見一秀才手劄，四引孔子，五引孟子，經訓滿紙，宛如一篇陰騭文，歸根到底，只是勸人戒酒，費如許大氣力，該罵乎？不該罵乎？細細想來，不怪他們不讀書，反怪他們讀書太多，囫圇吞棗，一團茅草亂蓬蓬，塞的肚皮裡推廓不開，若以秦火燔而空之，亦是一快！或曰「板橋亦是秀才出身，因何不罵」？因為板橋生平讀書而外，只識得寒而思衣，饑而思食，倦而睡覺，病而服藥，凡舉動飲食之間：坐，不必端正之席；吃，不必割方之肉。免被唾罵，或者在是。老弟疑我好辯乎，我豈好辯，亦自覺可憐而不得不說焉。幸老弟有以教我。

李氏園中答方超然

寓此小園，倏已匝月，每日讀書作畫外，與園主人唱酬為樂，主人昆仲俱賢，不樂仕進，奉母園居，母慈子孝，兄弟友愛，一門之內，飽含春氣。愚兄寓此，不自覺為其陶融似醉，樂不思歸，此幸事焉！園主人既非大富，亦非赤貧，所謂中人之家，無虞衣食，門無車馬，室有藏書，自奉以儉，待客甚誠。讀詩書而無腐氣，喜吟詠頗具性靈，家釀極其醇和，園蔬別饒風味。遊息是中，雖老吾身可也。來書及字樣兩頁，愚兄均已看過。承問草書，為告數言：草書之作，其原始於漢黃門令史遊之《急救章》，本名章草，張懷瓘《書斷》，所謂「損隸之規矩，縱逸奔放，赴速急就」是也。厥後張芝變為今草，益臻神化，較之章草，尤為便捷。張實草書功臣；而《晉書・衛恒傳》，反云「匆匆不暇草書」，似乎反屬遲難，抑何可笑，此東坡所以譏之也。或又矯為之說：古人草書，正不苟且，故較楷書為更遲。愚兄以為皆非也。蓋草書無不速疾者，若《恒傳》所云草書，則因急遽之中不及起草，猶今人所謂打草稿耳。書不起草，不免塗抹添改，有失敬謹之意，故言及之。特傳中文字過於求簡，令人誤為草字之草書，受人譏笑，實乃自咎。若此語不辯，混雜為即今之草書，豈謂舞鳳驚蛇之筆，必須吮毫濡墨，循依尺寸，而不能揮之俄頃者乎？更不成為其說話也。辱承下問，輒就心頭記得者寫告數言，須知其詳，自有圖書可考，無須愚兄之多說多話焉。

李氏園再答方超然

老弟之小楷法書，精絕，妙絕！可突過唐人而無遜，欽佩已久。但弟之草書，愚以為太偏跡象，少活潑自然之趣，如衣冠傀儡，雖然也能動作文武，遠觀逼真，近觀則未免露其本形，一舉手，一翹足，非不靈活，非不似人，形狀逼肖矣。無奈此舉手翹足之間，總帶幾分呆態，少自然。歸於底，傀儡則仍為傀儡而已。吾輩賦詩作文，寫字，習畫，雖云不悖於古，亦不可信古太過。神而明之，明而化之，全由此心主持，不為所囿，亦不為所惑，師法古人，變化在我，如此始能卓拔成家，與古抗爭。若泥古太過，自墜夾板之中，脫身無日，則飛蟲入網，盲人迷道，將見其越跳越緊，越撞越昏，永失自在也。老弟草書，即係師古太甚，偏涉跡象。功夫非不深邃，而筆情少活脫之妙，結構有呆板之形，因求古而反為古所困，刻鵠類鶩，前人早有警悟之語。願此後作草書時，以心役手，勿以手就心，象求以外，再以神求，神會融通，書法自能增進，他日若不成功，我不敢再言作草矣。

老友長白音布，書法精妙，冠絕人寰，聞其學書之時，曾效維摩面壁，一心參領，越十二年而書法大妙，至於今日，聲名卓越。神悟二字，是其成功之根基。老弟諱超然，超字在上，若神而明之，超以象外，將來未有不超然出人上，超絕一世，超卓成家也。附此以博一笑！

與侯嘉璠

前日飲李氏宅，朋好數人，相與談詩，有言天臺侯生詩膽絕壯，詩筆雄奇。近日少年為詩者，當更無出其右，將來造就，未可限量也。燮亦以為然，眾口一詞，當非阿好。座有某公，獨排眾論，起而爭執，謂侯生詩膽誠壯，詩筆誠雄奇，其如踦馳野馬，不中尺度，何因將足下極口詆諆，極力指摘，竟謂侯生之詩，無一句可讀，無一字可味，攻擊得體無完膚，我不知彼何恨於侯生也？燮心中不平，乃與爭論，彼竟自稱前輩，斥燮為狂，謂不中尺牘之詩，無一可觀。且不得取功名，蓋其意必欲如排律應制之作，方得稱詩。如此荒傖，實所罕見。其隱然以科名自負，又如見其肺肝也。燮因問曰：公所謂詩之尺度，不知如何方得為合，尺幾何？度幾何？一詩中合究竟有多少尺度？我又不知若漢之建安七子，唐之李杜元白，其全集中之詩篇，合尺度者究有多少？公發此言，於古今人之詩，想盡已衡量一過矣，願以見告？彼無詞可答，但連飲巨杯，借酒掩其面上丹赭之色。燮因又曰：某不才，但公能詩之名，早已耳聞而熟，「鄰機聲札札，林斧響丁丁」，非公詩中之名句乎，做詩必須如是，方合尺度，燮今悟矣。夫以今日之侯生與公較，固功名富貴不如公，身分言詞不如公，公如牡丹，侯生如梅花、松柏，濃麗繁華，誰能幾及；特更越數十年後，人將只知有侯生，而不知有公之「鄰機聲札札」也。燮言既竟，一座驚呆，彼無言悻悻而去。有此趣事，何可不告，我願足下吃飯之時，暫為遺忘，不可思想，恐因想起而令人噴飯也。

與起林上人

揚州風尚，近來又為之一變。巨富之商，大腹之賈，於玩弄骨董餘暇，家中都聘有冬烘先生。明言坐館，暗裡捉刀，翻翻詩韻，調調平仄，如唱山歌一般，湊集四句二十八字，使人揚言於眾，某能做詩矣，某能作文矣，若黃某、杜某、金某，是此一類之魁渠也。更有一班無賴文人，日奔走於彼等之門，依附阿諛，說石為玉，指鐵成金。謂某詩近古，某詩逼唐，才由天授，非關人力，誰說商賈中無才乎。阿諛人到如此地步，亦已盡止。此不足引人發笑，但覺彼等之可憐，不知大師以為如何？距今旬日前，黃某在園中開宴迎賓，居然傳花行酒，刻燭催詩，一意附庸風雅。席次，園主人詩先成，中有「拋磚引玉待諸公」之句，此梅坡告我也。愚謂園主人所拋之磚，不知是何分寸，是何種類？我雖未見，而主人之顏之厚，或足與拋磚相等，書以相告，大師能為彼念佛乎？又，某商喪子，曾自撰哀悼之文，舉以示人，人不能讀。揚州風水素來甚好，近不如何故，生出了此班妖魔，張真人若蒞此土，我必求其一施法力焉。或曰：文人無賴，日事奔走阿諛。彼等非天生媚骨，恬不知恥，何至若是；所以若是者，為謀家庭升斗，將使兒不啼，女不哭，妻子不罵讀書無用也。困窮如是，情有可原。待如黃、朱二子，學力俱優，在揚州薄有聲名，愚素欽仰，乃亦追逐其間，隨聲附和，是何道理？或曰：亦為貪故，傷哉貧也！

寄音布

老哥實命不猶，半生顛躓，或謂恃才傲物，以狂得罪，致功名無望，困死可期，此言其實大謬。弟以為兄之困躓，非傲非狂，實命也天也。廿載以來。每得兄賜書，言及功名身世，從未發一嗟怨之詞，哀傷之語，固知兄素性放達，樂天知命，功名二字，未嘗戚然於心胸，而自斫其身也。弟意功名乃生前之名，文章學術乃身後之名；生前之名，只能榮耀王一時；身後之名，方足垂留乎百世。今日之功名有分與否，不關他年之事。他年聲名遺留與否，亦不全係於今日之功名富貴。然則生前之困躓，與我將來何干哉。自有天地國君以來，歷代榮享功名富貴者，不知其有千萬人，當初未必不煊赫一世，榮耀一時。但試一翻開二十四史來看看，每一朝代之留名人物，總共只有那幾個，而那幾個人物，亦各有各的出身，並不一列。或有生前榮耀，身後無名者，不在少數。由此可知功名富貴是一件事，死是一件事；傳名又是一件事也。老哥書法文章，久已有名，今日之困躓，安知非天之有意成全？今日之放達，安知非他日成名之由？將來此身雖死，形骸雖腐，骨殖雖朽，音布兩字必不會磨滅。書法文章，竊恐比今日增光百倍也。別久，因使者之便，寫此數行，非敢代兄解嘲，藉以自發牢騷耳。另有贈詩，伏乞觀覽。

雷塘含真閣答程羽宸

燮住此地已將兩月，踐許生之約也。每日看花飲酒，評詩作畫，其樂亦自不凡。惟幾夜以來，每入睡後，必於夢中相逢吾子。酸辛萬分，乃無一語；醒後思量，更增悒鬱。如是者已數夜，豈夢神見妒，不許夢中開口說話乎？正苦恨間，忽奉惠書，開緘展讀，墨酣神足，筆走龍蛇，吾眼未花，固識為羽宸之親筆也。備知近況，欣快何如！近來未出揚州一步，非甘蠖居，實因家累，飲酒食肉，未改其常，若與吾子相比，何啻大鵬之與雞鶩？氣煞！恨煞！吾子稟豪俠之氣，具充囊之金，遨遊天下，名山大川，奇風異族，盡入詩囊。人生如是，亦復何恨。揚州風俗近來大變，與吾子前年蒞此時，幾已面目全非。燮至如何地步，想往來人早有傳聞，子也略知一二，恕我不能盡述，亦不願述也。許生頗有根基，近從燮學畫，大有進境。此間閣外有修篁一叢，幽綠悅人，風晨月夜，坐窗前奮筆為之寫照，極具清趣，此活稿也。較之與可粉本，有過無不及。神理妙境，我得而師之矣。畫竹一幅，題詩二首，輒附便奉觀，好弄筆墨，如何可已。

范縣署中寄陸伯儀

前因寄發家書之便，曾附微資，托舍弟轉送台兄，相已收受。此不足言惠，略表一點舊時同學之情。兄台知我有素，當信此非不潔之財也。變今日居然做官，並非文章有靈，亦不是命運亨通，只是我家祖宗積有一點功德，經過數代，僥倖適逢其會，輪到我的身上來，我有何能哉？若論文章，兄台與徐宗於又何嘗輸我；即是胸中經濟，兄台與徐宗於又何嘗輸我；而兄台與徐宗於落落未遇，我乃做官，是我之經濟文章另有妙處乎？非也，連我自己也不相信也。回憶爾時數人讀書古廟，深更半夜，談文娓娓不去，雖天寒風勁亦不顧。有時一人燒粥，一人斧薪，以鹹豆子下粥，大啖大笑，腹飽身暖，剔燈再讀，如是其樂。或短衣騎石獅子脊背上，縱談天下事，誰可將十萬兵，誰可立功邊徼，以異國版圖獻天子者，又如是其樂。今一念及之，古廟無恙耶？石獅子無恙耶？誰得再與我古廟談文？誰得再與我在石獅子背上論兵？誰得再與我啖鹹豆子下粥？淒慘之極，我淚不禁簌簌落矣。府上老伯母，仍強健？為我請安。

范縣署中復圖牧山

廣文先生自逞聰明，解詩鬧出笑話，受人譏訕，氣憤成病，此自惹其殃，與人何干。儲生畫草蟲，畫題中說明莎雞、蟋蟀系二物，此本不誤，而人亦非笑之，此非笑者之無學，儲生之冤也。二事只相差數日，乃一則氣憤成病，一則坦然之辯，此廣文先生不及儲生處。《詩・豳風》：「五月斯螽動股，六月莎雞振羽，十月蟋蟀入我床下。」朱《注》云：「蜥螽、莎雞、蟋蟀本是一物，隨時候變化而異其名。」此說恐未確也。《爾雅》云：「蜥螽蚣蝑。郭《注》謂：蚣，蜙也，俗呼舂蟀。」陸佃云：「亦或謂之舂箕。《草木疏》云：「蝗類，青色、長角、長股，股鳴者是也。或曰似蝗而小，股黑有文，五月中以兩股相切作聲，聞數步外者是也。」此是一生九十九子，《詩・周南》：「螽斯羽，詵詵兮，宜子孫，振振兮。」即此。蓋斯螽即螽斯，斯本語助，故或云螽斯，或去斯螽，螽類非一，此其一種也。《爾雅》又云：「翰，天雞。郭《注》云：「小螽，黑身赤頭，一名莎雞。又曰樗雞。」陸佃云：「其鳴以時，故有雞之號。《詩》曰：「六月莎雞振羽，」言於是時莎雞羽成而振迅之也，幽州人謂之蒲錯。《古今注》：「一名絡緯，謂其鳴如紡緯也。」此則莎雞自成一種也。《爾雅》又云：「蟋蟀，蛩。郭《注》云：「今促織也，亦名青蛚。」陸佃云：「似蝗而小，善跳，正黑有光，澤如漆，一名蛩，一名促織，一名吟蛩，秋初生，得寒乃鳴。」此則蟋蟀自成一種也。三種蟲類，顯然各判，紫陽竟欲混而一之，實不知其何所據。承示儲生所作畫，畫品不凡，將來大可造就，有出藍之望。如以板橋此劄示之，儲生當為釋然。

范縣署中復杭州餘生

聞名數年，識面乃止二次，魯山浙水，相見為難，每逢杭州人士，未嘗不念我餘生也。辱贈《壯遊詩草》，並附書下問，拙哉餘生。方今文運昌明，人才輩出，生不去求教大人先生，求賜序跋，而乃遠道貽書，求教於落拓無名之板橋，餘生真笨矣哉！詩草已三覆，大抵五古失於凝練，七古少雄奇之氣，如新纏足之小娘，步下不得自然，時露疲態。全卷中維七絕戛戛獨造，突過古作者。若《摘星岩》四首，《玉皇廟遇雨》四首，《舟中月夜》五首，殊使人心折無已！愚意此後五言宜讀陶淵明，七言宜讀杜少陵、蘇東坡，再加以一番磨練功夫，將來多少有些進益也。我友山陰胡天遊稚威，曠世奇才，詩筆雄奇峻拔，迥異流俗，特奉《孝女李三行》一篇，可當觀摩之助。此後如與相逢，盡可呈詩求教，為致板橋誘引之意，或不將生擯諸門外也。板橋久未作詩，作亦無甚好句。欲觀近作，實無應命，直心直肚之言，想餘生當能信我。

范縣衙齋答李蘿村

板橋當年習畫蘭竹，只是亂塗亂撇，無所謂家數，無所謂師承。花費了紙張筆墨，自己拿來塗貼牆壁，自己玩玩而已。此中不知是何冤孽，二十年前畫的是蘭竹，無人問起，無人談論。二十年後畫的仍是蘭竹，不曾改樣，卻有人說好，有人出錢要買，甚至有人專喜板橋畫的蘭竹，肯出大錢收買。二十年前他所搖頭不要，送他他亦不受者，二十年後卻承他如此看重，讚賞到世間罕有，板橋可謂有福氣也！然我自家看看，板橋仍是板橋，蘭竹仍是蘭竹，到底好在那裡？自家問自家，也問不出一個道理，想是眾人說了好，眼裡看來也覺好了。

來書謂琅玡氏欲求板橋畫竹，乞足下為之先容，如肯落墨，潤筆加倍報酬，但問畫與不畫，不計錢多錢少。琅玡氏如此多財，如此闊大，板橋未曾下筆，早將魂靈兒嚇飛九霄之外矣。我聞琅玡氏富而慳吝，所行多不義。平日與窮人乞丐面上，雖一文之施，亦不輕與，拔其一毛，叫痛半日。今琅玡主人因求板橋之畫忽然作此豪語，以錢財為餌，欲板橋上其釣鉤兒，其人之反常乎？其家之變兆乎？此中必有道理。板橋性喜塗抹，終日寫字作畫，忙得推撇不開，便要罵人；若數日不畫，又思一幅紙來玩玩。此雖賤相，亦關性情。至若以金求我，偏不肯畫，不請我畫，卻喜畫一幅贈與之，這是什麼道理？我自家也覺索解不得。琅玡氏多財，板橋早已知之；琅玡氏好畫，板橋今日才曉。方今畫家多矣，大江南北之以畫鳴於時者，指不勝屈，琅玡氏不求張不求李，乃獨求板橋之畫，可謂有緣哉！惟板橋是窮措大出身，最喜金銀，也最怕金銀。喜者，喜其能養家活口，救人性命也；怕者，怕他能熏灼心肺，使人改行變節也。若琅玡氏之金銀錢物，尤使人寒心而且肯受用。何以故？懼怕他叫痛而造孽也。寫了幾幅紙，不曾明說一個道理，到底畫與不畫？曰：怕他錢多，不畫不畫。琅玡氏若再來請托，可即以鄙意相告，彼自絕念。至足下之與板橋，無一絲一點芥蒂在也。

范縣署中寄錢之青

舍弟來書，備知故鄉近事，馮陶兩家訟累，糾纏經年，至今未結，而兩家之資財耗損極矣。夫訟則凶終，古有明訓，人非鹿豕，豈有白甘對簿公庭，再接再厲，輕於捨棄錢財而不顧者；是必受有極大之冤抑，鄰里不能申雪，親友不能調停，無路可走，乃出而訟之官，以求平反曲直，一伸其氣忿也。然如馮、陶之訟，起因甚屬細微，問其何所爭，何所恨，只為二分墓地耳。二分墓地，所值有限，所爭亦小，何必訟？訟至糾結而不可解，所以然者，端為閣下居中作俑也。或謂訟事初起，本可調停，只因閣下一言挑撥，遂致橫決。洎後兩家顏面攸關，騎虎難下，不得不孤注一拼，冀獲勝於最後。閣下真爆竹上之藥線也，一經引發，大作響聲。可怕！可怕！馮姓是我家老親，陶姓自先大父時即交往，兩家與我鄭氏都有交關。訟事初興，舍弟馳書相告，燮即命彼勸導兩家息爭言和，毋致訟累。無奈舍弟為人謹愿，又端訥而不善說話，結果勸而無功，付之一歎，然猶未知閣下居中作俑也。今舍弟又有書來，始知此事大半係於閣下之口，始則以言挑撥，繼則乘風煽焰，推波助瀾。雲端裡看廝殺，的是好玩，其如重重冤孽，累積而難消何。聞馮、陶訟累經年，兩家所化錢財，半入閣下囊中。彼為二虎，君作卞莊，彼自叫苦，君則歡樂，計亦良得。且誰人不愛錢，誰人不願富裕？一旦財物充盈，既可自家享福，又可以遺之子孫。一舉數得，計亦佳矣。如此有財可發，有廝殺可看，除非呆子，又何樂而不為。然積錢以遺子孫，不若積德以遺子孫，錢有盡時，德無窮期。孰輕孰重，智者自辨。東鄰拆屋，西鄰造屋，張家賣田，李家買田，彼拆屋賣田者，祖上是何等心計，何等多財？一到子孫手裡，如是如是。世事靡常，天理必彰，人又何必忙忙碌碌，百計營謀，使將來多一班拆屋賣田之對手乎？現成茶飯，是我本分所吃；粗布衣衫，是我本分所穿。非分之物，吃著不久，做官如是，做人亦如是。魚因貪餌而穿腮，狗因爭骨而折齒。魚狗前車，可不警戒！閣下因廣攬詞訟起家，年來金多勢大，鄉人側目，莫可如何。樂則樂矣，禍亦種焉。如能幡然悔悟，即將馮、陶兩家勸導息訟，為修省入手第一方，則皇天有眼，一善可以消十惡。他日福德綿長，拆屋賣田，永輪不到錢氏子孫身上，懿歟休哉！

范縣署中寄呂楚生

板橋好飲，而楚生不愛酒；楚生嗜賭，而板橋不喜賭。兩人之癖嗜不同，而交情深密，十年如一日，未嘗有一毫改變也。足下自入都門，忽已年餘，不見片紙飛來，豈日日沉湎於賭博，將故人置諸度外？前日齊生南歸，轉道來署，備知老弟近況，不謂板橋臆料，竟然中第。有味哉，楚生之賭博也！齊生謂老弟近來愈耽於賭，賭與更豪，嘗一夕負五百金，賭興不衰。駭殺人哉，楚生之豪賭也！

賭博，古時已有。《南史‧王僧虔傳》：高祖素善書，篤好不已。嘗與僧虔賭書數十紙，而不能判高下。高祖問誰是第一？僧虔對曰：「陛下書帝王第一，臣書人臣第一。」高祖大笑。又羊玄保善奕，棋品第三。宋文帝與賭郡，玄保戲勝，即以補宣城太守。此亦豪賭也。賭之為類不一，古有賭書、賭詩、賭酒等，皆出以偶然為戲，迨後以錢財相賭，品斯下矣。我友杭大宗世駿，性最好賭，不負不肯止，或勸之，迄不少悟。嘗預製皮衣一襲，備寒冬需用。衣未著身，已因賭而質向長生庫中。人有非筆之者，大宗不顧，曰：惟賭最樂，衣服與我何預哉？然大宗卒因此貧乏。賭之為害，可不懼怕！老弟年華壯健，才力過人，正當有為之時，不宜沉迷此中，消磨其英銳之氣。丈夫得意，來日方長，一舉高飛，前程可卜。何可辜負光陰，耗財喪志，令讀書辛苦功夫，盡拋荒於此道中乎？板橋見人賭博，自家肚裡也曾打算過，假令賭博而能發財起家，天下商賈將盡行絕跡。我只見舉債無台典質無物，因好賭而敗者比比也。老弟嘗勸板橋戒酒，而板橋不聽，我今還以相勸，亦明知老弟未必見聽。但勸而不聽，總比默然不勸者稍勝，故強學一回道學先生，勸說幾句正經話。若老弟以我言為放屁，則亦算他放屁可耳。

范縣答鮑匡溪

《明史論》一十四篇，俱已讀畢，筆鋒銳利，論古超越過人，非摘拾牙慧者可比。吾子近來讀史功夫，又精進一層矣。拜服！拜服！十四篇中，於明太祖一論尤卓絕。文章亦非泛泛，讀之三覆，飲酒無算。孟子曰：「君之視臣如土芥，則臣視君如寇仇。」明太祖意思有誤，惡其言之不善，竟欲出之孔門之外，不知孟子之言有所傳授，非一人之私言也。《檀弓》穆公問子思論舊君反服之禮，即孟子之言所自出。當日廷臣如以此言折之，我不知明太祖將何以對？

天生民而立之君，民為貴，君為輕，古之為君者深明此義。其自視也如朽索，其視臣也如股肱，是以民安而國治。降至春秋，衛人出君，師曠以為其君實甚，昌言於晉君之前，與孟子告宣王同一警戒之意。至秦始皇尊君卑臣，君恣睢於上，臣諛佞於下，是以民亂而國亡。漢高帝定天下，叔孫通定朝儀，不能法三代典禮，一切參用秦制。帝曰：吾乃今日知皇帝之貴也。此言一出，古聖王欿然自視之心，無復存矣。人君皆喜叔孫通之言，惡聞孟子之言。晉侯能容師曠，齊王能容孟子，皆並世之臣也。明太祖不能容二千年前之亞聖，愚亦甚矣！宜乎開國之初，賢奸雜用，一傳以後，靖難兵起，皆此自滿之一念有以致之。吾子於明太祖欲撤孟子祀典一事，文中雖曾涉及，但未暢論。衙齋多暇，率書此數百字借代奉答，非賣弄筆墨也。竹樓、源甫近況何似？希致板橋想望之意！附奉蘭花便面一頁，及時搖拂，如晤故人於二百里外，想當快慰。

范縣答無方上人

大師不忘故人，遠道貽書問訊，至誠可感！燮幸此土，兩更寒暑，疏放久慣，性情難改。因此屢招物議，曰酒狂，曰落拓，曰好罵人。所幸貪墨二字，未嘗侵及我身半點也。所聞參劾云云，不為無因。燮近來未改其常，心中亦無煩惱，飲酒如故。作畫如故，如其真個去官，抵椿擲去烏紗，還我鄉里而已。大師於孫公家見燮所畫竹石橫幅，因印文有「徐青藤門下走狗」字樣，以為太不雅觀，大師何不達哉。世之營營擾擾，奔趨如狗者眾矣。大師春秋七十，目所見，耳所聞，怪怪奇奇之行，數當不少，大師曾無一語以為怪，乃於燮印文中著一狗字，獨驚異以為怪。何不怪世之營營擾擾，奔趨類狗者之行，而獨怪印文中之狗字乎？世事紛紜，人情幻忽，人而狗行者，秦鏡難窮，溫犀難遍。人不如狗，莫說絕無，或者竟有。反之狗勝人者，若古人文集中所記義犬，見非一見，所謂頑奴黠僕，破家陷主，其不及狗也多矣！燮平生最愛徐青藤詩，兼愛其畫，因愛之極，乃自治一印曰「徐青藤門下走狗鄭燮」。印文是實，走狗尚虛，此心猶覺慊然！使燮早生百十年，而投身於青藤先生之門下，觀其豪行雄舉，長吟狂飲，即真為走狗而亦樂焉。山陰童鈺詩曰：「尚有一燈傳鄭燮，甘心走狗列門牆。」今為大師誦之，不知再以為怪否？

范縣寄朱文震

曩日索予畫，因意興不到，勉強而畫之，目視不慊於心，遂撕毀，久未以報。昨有故人貽予狗肉，烹手高妙，質味上乘，如獲異寶。亟以之下酒，大快朵頤。不嘗此絕味蓋半載矣。酒後，興忽來，遂濡筆酣墨，畫此幅石以貽青雷，青雷看看是否當意？米元章論石，曰瘦，曰縐，曰漏，曰透，四字可謂盡石之妙。而東坡乃曰：「石文而醜」。一著醜字，則石之千態萬狀，皆從此處。彼元章但知好之為好，而不知陋劣之中有至好也。東坡胸次，其造化之爐冶乎？予今畫之石，醜石也，醜而雄，醜而秀。醜至盡頭，越顯其雄秀之致。青雷見此幅，室中倘有元章之石，當棄而弗顧矣。何快如之！

濰縣署中寄郭南江

椶亭來，出足下所著說經之文，包括《易傳》、《尚書》、《論語》、《孟子》等，文凡三十有七，洋洋巨觀，足使小儒見而咋舌。足下又識言於後，謂文有不是處，要請板橋指正，板橋何敢焉！惟中有《越人關弓》篇，愚意似未曾參得要義，姑為之說，一作商量。《孟子》：「有人於此，越人關弓而射之，則已談笑而道之；其兄關弓而射之，則已垂泣涕而道之。」朱子、趙氏皆未細釋其文，自來亦無人精譯說過。解之者曰：越人關弓而射人，已不過談笑而開道之；其兄關弓而射人，則恐限兄於殺人之罪，已必垂泣涕而勸道之。被射一人，談笑涕泣又一人，合之越人，其兄，凡四人。或又曰：射之，射已也，越人將射已可以理喻，可以情遣，談笑道之，亦橫逆自反之意。其兄將射已，則人倫之大變，故必涕泣。是以有人於此之人，為談笑涕泣之人，亦即被射之人。《文選》左思《吳都賦》，劉氏注引《孟子》作「越人彎弓而射我」，可見其說由來久矣。

余謂二說皆涉迂曲，於引義不甚切當。越人、其兄當一讀。有人於此，於越人而欲射人，所射者越人，與已何干。於其兄而欲射之，則哀痛迫切，是有不能已者。《小弁》之時，申繒西戎方強，王室方騷，為之傅者，習見夫龍漦作孽，檿弧告災，哲婦傾城，青宮失位，逆知驪山之禍，有甚於關弓而射其兄者，故悲怨之積，作歌告哀，冀幸君之一悟，所謂親親也。考之毛萇《詩傳》引《孟子》云：「有越人於此，彎弓而射之，我則談笑而道之」，明以所射之人為越人，如此說，義既直截，與《小弁》亦切於事情。燮向不喜細考細究之文，今因讀大文偶然觸悟，特地寫出一觀。義之當否，不可強同，且勿笑為餖飣上剝芝麻也。

濰縣署中寄陸伯儀

燮方生子，兄已抱孫。我與兄年相若耳，而一則得子已晚，一則抱孫甚早，人生之遭逢苦樂，豈可以常情測量哉。憶彼此少年時，兄台豪氣凌雲，才華飆發，談文古廟，縱酒山家。謂不得一官，情甘磨穿鐵硯，埋頭於書本中老卻此身。乃曾幾何時，兄台因慈親老邁，奉養任重，不忍棄家遠遊，以故兩番鎩羽，即捨棄舉業，務農事親。天倫之樂，絕勝名題雁塔，可謂善事其親，善用其身者也！兄自太夫人棄養，即亦不思再舉，及今二十有餘年，家園久守，有田可耕，有忽可吃，甘為太平之民，人生如是，何必定要做官哉。燮自筮仕至今，未有寸進，牧民下吏，上負宸恩，下慚親故；而鬢有二毛，齒牙搖動，若與兄台相較，真在官不如在野。一身閒散，優遊卒歲，含飴弄孫，人倫至樂。興思及此，燮真欲感歎死矣！茲因家報之便，輒奉微物二色，紋銀四兩，以代買果餌與文孫吃，禮薄心誠，故人當不見卻也。

濰縣署中寄胡天遊

人生不幸，讀書萬卷而不得志，抱負利器而不得售，半世牢落，路鬼揶揄，此殆天命也夫！稚威曠代奇才，世不恒有，而乃鬱鬱不自得，人多以狂目之，嗟夫！此稚威之所以不遇也。雖然，以子之才，不遇何傷，子所為詩文，早已競傳於眾口，名公巨宦，大人先生，詩壇文場之中，莫不知有山陰胡天遊者，子即不遇，而子之才不因不遇而汨沒也，子何鬱鬱為？

近聞子有北遊之訊，且將歷燕趙，出居庸，至遼沈，繞海道而歸，歸而遁跡山中，著書立言以終老，子之志何其壯而悲涼乎！遼沈為我朝龍興之地，山川雄浩，實生異人，以子之曠代奇才，將所經所歷者發而為詩歌，寫而為文章，我知異日必有勝過《秋霖賦》、《孝女李三行》之絕作出現。板橋不死，定有摩挲雙眼快讀奇篇之一日焉。贈詩一章，為吾子壯其行色，祈賜觀覽！

濰縣署中答程羽宸

音書隔絕者數載，每念故人，輒縈魂夢。不謂今日坐堂甫罷，朵雲忽從天外飛來，開緘快讀，胸腹俱舒。箋尾別注一行曰：「錢唐袁枚死矣。」嗚呼哀哉！只此六字，已令我神呆，心跳，目登，鼻酸，搓手，頓足。適接故人書而一喜，此際睹六字而大悲，袁枚其真死耶？我但覺天地昏沉，雲日黯淡，庭中之樹木花草，室中之圖籍器具，無一而不易色。此無他，奇才變滅，萬物無光也。燮與袁枚，初無一面之雅，或一箋之通問，然讀其詩，知其人奇才也。世間出一學人易，得一奇才難。若山陰胡天游與袁枚，均曠代奇才也，而今已去其一，可不哀哉！夫奇才為天地山川靈秀所鐘毓，百年難得一人，世有奇才，則江山生色，邦國增輝，可謂異寶。百年中得一已難，今聖朝乃並世有其二，非盛世不可得而有也。所恨者如此奇才顧乃不永其年，不留之點綴江山文物，中道遽奪之以去，使聖朝喪此異寶，殊使人頓足號啕而不能自已。雖然，留有〈小倉山詩〉卷在，袁枚死為不虛矣！

濰縣署中答劉宋二生

宋生作文，文中將二十七寫作廿七，三十四寫作卅四。劉生以為不典，斥言其近俗，宋生不服，口舌爭辯，彼此不能決，乃來書請問板橋，願有說以定是非，好學哉二生！愚烏可以不答乎。按廿音入，《說文》：「二十並也」。顏之推《稽聖賦》云：「魏嫗何多，一孕四十，中山何夥，有子百廿」。此即文中用廿之證。十與廿相葉，俗音讀廿為念者，大誤。又，三十並為卅，四十並為卌，卅音撒，卌音錫。始皇《禪梁父刻石》辭曰：「皇帝臨位，作制明法。臣下修飾。廿有六年，初並天下罔不賓服。」此乃以四字為句，三句一葉韻，而今《史記》刻本皆作「二十有六年」，一字改作二字，失其真矣。茲略引一段，以明宋生用作文字非俗。劉生能於此等處研索，亦見細心。此番雖屬宋生操勝，然劉生好學不倦，亦有可敬處！總之，讀書以字字咀嚼，潛心探討，不放一字一句含糊過去為上。昔蘇東坡在翰林時，讀《阿房宮賦》至四更時候，老吏苦之，坡猶灑然不倦，此可謂善讀書者。若過目成誦以為能者，其實卻最不濟事，眼中了了，心下匆匆，方寸無多，何暇應接，何能細味。

濰縣署中寄黃癭瓢

足下因鍾馗出處無據，故堅拒孔公之情，卻還其金與紙，不願作此荒唐畫，此畫家之審慎也。乃孔公不加細察，遷怒於足下之身，危言相逼，飾詞中傷，竟欲置人於死地，毒哉孔公，手段何若是其辣乎！畫雖小道，然於誨淫誨盜，敗壞綱常名教，牽引人心，或涉離奇怪妄，事無考據者，本不當昧然下筆，惹人譏嘲笑罵，自貽其辱。鍾馗既無其人，斬鬼更無其事，如果著墨，足下拒之，情真而理合也。羅兩峰善畫鬼趣，憑空落墨，任情設境，千態萬狀，興趣兼到。畫非不佳妙，而人有好之，亦有非之者，正以其荒唐無稽故耳。有一種蔓生之菜，葉圓而厚，名曰葵。故《考工記》云：「大圭長三尺，杼上終葵首。」蓋言圭首圓而厚如葵，齊人謂椎為蔠葵，又因其音而廣之，遂以蔠葵訛為鍾馗焉。世俗不察，懸空冥構一神像，鐵面虬髯，襆首長袍，手執一椎以擊鬼，狀殊猙獰可怕。文人之好事者，又架空樓閣，戲為之立一傳，謂為開元進士，剛正不阿，嚴而有威，忠貞而死，死後為神，善啖鬼卒。懸其像於堂中，足使諸邪退避，辟除不祥。相沿既久，心而不察，鍾馗神遂即真矣。其實皆文人寓言，何足為據。足下稟無稽不畫之旨，不因金多而動心，不以威逼而屈志，毅然拒卻，是真氣骨崚嶒，見識遠大，畫師中之錚錚者！燮雖欲不為拜倒，不能也。今日因威力與陷阱交逼，為圖自保，不得不遁而去之。然有知之者，必不謂足下畏怯而潛蹤，皆曰遠害而高飛，微特清名不損，大筆之流傳，且因此而益高貴，得不謂之畫以人重乎。黔中多炎瘴，伏維珍攝自愛！燮頓首啟。

濰縣署中寄李復堂

作宰山東，忽忽八年於茲，薄書鞅掌，案牘勞形，忙裡偷閒，坐衙齋中，置酒壺，具蔬碟，攤《離騷經》一卷，且飲且讀，悠悠然神怡志得，幾忘此身在官；然與當日江南之樂比並，又渺乎其小也。燮愛酒，好漫罵人，不知何故，歷久而不能改。在范縣時，嘗受姚太守之告誡，謂世間只有狂生狂士而無狂官，板橋苟能自家改變性情，不失為一個循良之吏，且不一定屈於下位，作宰到底也。姚太守愛我甚摯，其言甚善，巴望板橋上進之心，昭然可見。余也何德，乃蒙太守如此加愛。但是板橋肚裡曾打算過，使酒罵人，本來不是好事，欲圖上進，除非戒酒閉口，前程蕩蕩，達亦何難；心所不甘者，為了求官之故，有酒不飲，有口不言，自加桎梏，自抑性情，與墟墓中之陳死人何異乎？天生萬物，各適其用，各遂其好。鳥，翼而飛，獸，足而走；人，口而言。有口不言，豈非等諸翼而不飛，足而不走，有負其用，於心安否？且衣之暖者莫如裘，味之美者莫如酒。酒品酒德，前人早有詞贊，何必多說。伯倫之荷鍤以行，「死便埋我」，正以愛酒之故。苟非呆漢，斷無美味當前而自甘捨棄者。登徒子見十六七歲嬌娃，其果不動心焉乎？幾番商量，寧可烏紗不戴，不可一日無酒；寧可伍於劉四，不甘學作金人。官小官大，身外之事耳。適我性情，不官亦可長壽；違性逆情，雖官而不永年。官而夭不知壽而樂，我寧取其前者。故人，故人，謂我何哉？揚州有應時之鮮魚佳蔬，此地則甚苦，飲食那及江南？幸有門生所饋火腿，堪以下酒。平山堂北，梅花嶺畔，神魂繫之！

濰縣署中寄再寄李復堂

署後有小園半畝，結構甚妙，中一池如掌大，池中多栽芙蕖，應時作花，清香四溢。傍通一小徑，徑連雜花淺草，相間互映，亦有清趣。小樓一間跨水上，樓中僅可坐四五人，安置一幾一爐，文房用具，四面開窗牖，身處其中，尚覺光亮，憑窗望朝霞夕暉，嵐光峰影，水色波紋，莫不愉快。公退之暇，每登樓科頭袒跣，偃臥其中，薰風南來，胸襟爽朗，不欲復問人間事。越半個時辰，襟懷既爽，意興自來，乘時而起，鋪紙研墨，拈毫畫大幅之竹，以寄我故人李鱓。想此畫到得江南時，知了已叫於樹杪，炎炎長夏，對此之翛翛之竹，亦可助我故人滌煩卻暑，何況畫中竹與水相間乎。板橋作大幅竹，每好畫水，因水與竹性相近也。少陵詩云：「映竹水穿沙」，又云：「懶性從來水竹居。」此亦為水竹之一證。渭川千畝，淇泉綠竹，西北且然，況蕭湘雲夢之間，洞庭青草之外，何在非水，何在非竹也。板橋少時，讀書真州之毛家橋，日在竹中閒步，潮去則濕泥軟沙，朝來則溶溶漾漾，水淺沙明，綠蔭澄鮮可愛。時有鯈魚數十頭，自池中溢出，遊戲於竹根短草之間，至足樂也！斯地斯情，猶依留於我之心上，而少年不再，此樂難逢，畫事既竣，不禁惝恍若有所失。古人畫意高超，筆精墨妙，蘭竹尤工。讀此劄，觀此畫後，不知作何感想？

濰縣答金棕亭

世間之物，一物有一物之味，各不相同，而人之所嗜，各有所喜，亦各有所不喜。喜甜者必惡鹹，喜酸者必惡辣，或有兼而好之，其人必不知味者也。凡物，質味兩佳者固多，有質無味者亦不少。若素食中之刀豆、茭白、茄子，葷腥中之海參，豬肝、羊肚、黃鰻，皆有質而無味，一嘗即不思再食。鱗介中之蟹蔬中之筍，水果中之荔枝，皆質美而味醇，苟一嘗之，令人一再思食。此所謂天生尤物也。人具口舌齒牙，莫不愛嗜此等尤物，竟有終身嗜之若命者，無他，食色根於天性，不可強焉。余於蟹、筍、荔枝等，亦所愛嗜，每逢其物見新，必一再嗜之以為快；然覺物之具有至未，雖久嗜而不厭者，舍狗肉莫能勝也！所謂物各有味，粗人笨漢，一嚼下嚥，初不知其質之高下，味之精粗，必得用一番咀嚼功夫，深辯其質味之良窳，定其品物之美惡。斯不孤負我有此口，有此舌頭。不然，凡物入肚，都變糞汙，一頓咬嚼，又何必分雞肉與豆腐哉！盡世間之食物，無論其為貴，為賤，為熊掌、鹿尾，為鹹菜、蘿蔔，殘餘一入牙縫之中，未有不變臭腐者，品質如何，已混淆不能分別，遑論其物之貴賤乎？故食物中只有二種入牙縫而不臭腐，經宿而不變，剔而聞之，本質依然。

其物為何？薑與狗肉是已。謂余難信，曷不一試？板橋每食狗肉，必加薑少許與之同煮，其味更美，所嫌此物最宜冬季，不能常將下酒，引為恨事。薑者，食物中之雋味，狗肉則為至味，亦神味也！若以狗肉為穢物，為不可食，世間再無更有味之物可吃，奈何，奈何！袁枚最喜品評食物，每嘗佳味，著之筆墨，極有辯別本事。但聞其確信因果，生平不敢嘗狗肉，此是袁家才子之大缺陷！足下素以知味自負，郇公之廚，譽出眾口，今乃來書痛斥狗肉，貶之為穢物，毀之為臊臭，狗肉何辜，蒙此惡名，而豈知味者之言乎？爰代狗肉昭雪，著諸辯論。若心不甘服，盡可來書再決，謹操不律以待。

濰縣署中答侯嘉璠

鄂公子選妾吳門，得邵氏之女，姻緣將成，忽因此女足大而黜，事遂中變，嘻！公子何不達乎。凡女子之美醜，不全繫於足。設有足下如菱，而身軀臃腫，肌膚糙黑，麻瘢滿面，如鳩盤茶、母夜叉者，試問公子當意否耶？老弟謂婦女弓足，始作俑者是李後主。後主宮中，有令宮女素帛裹足之說，此說恐不儘然，未敢全信。按，樂府《雙行纏》詞云：「新羅繡行纏，足趺如春妍。他人不言好，獨我知可憐。」以此，似起始於六朝時代。然《史記》有云：「臨淄女子，彈弦纏足。」又云：「揄修袖，躡利屣。」意古已有之，不始於六朝也。又《襄陽耆舊傳》云：「盜發楚王塚，得宮人玉屣」；而晉世履有鳳頭、重台、分梢之制，亦似與弓足有關。陶宗儀謂唐人題詠，略不及之，亦未博考。杜牧詩云：「鈿尺裁量減四分，碧琉璃滑裹春雲；五陵年少欺他醉，笑把花前出畫裙。」段成式詩云：「醉袂幾侵魚子纈，彩纓長戛鳳凰釵；知君欲作閒情賦，應願將身托繡鞋。」《花間集》云：「慢移弓底繡羅鞋。」據此，則婦女弓足，亦屢見於唐人詩詠矣。可知婦女纏足之風，實不始於李後主，其來已古，特無從考定，起始於何代何人耳。總之，若以婦女足下為美，正見其瞳子如豆大，不識手韻姿色為何物也。陋劣之極！

濰縣再寄侯嘉璠

前書想已賜覽。考婦女弓足，必於幼小時以帛纏裹極緊，使肌肉受堅逼之力，兩足不得生長過大，漸至瘦小而成弓形，此即今之纏足也。詠足詩之見於古者，如「兩足白如霜」，如「臨流濯素足」，此不纏之說也。若前書中所引，卻是纏足之說，相傳東昏始作其俑，使潘妃以帛纏足，金蓮貼地行其上，謂之步步生蓮花；然石崇悄沉香為塵，使姬人步之無跡，殆又已先之矣。《史記》所云利屣者，以屣首尖銳言之也。若據此言，則纏足之風，由來已久，如唐詩所云「六寸膚圓，光光緻緻」，但不及後世之極纖小耳。至於弓足之稱，言足纏久而中斷，變如弓形，殊不知燕趙女子，於五六歲時即纏，天然纖小，並無弓形，其弓形者，或嗤之為鵝頭腳，何足為貴。愚以為婦女姸媸，不能專憑雙足之大小斷，當分別其肌膚、面目、姿色、手韻等等，分而觀之，合而論之，美醜自辯。若姿態絕佳之婦女，而裙下襯以一雙鵝頭腳，竊恐不見其美，反顯其有病態耳。嘗有士人娶一女，姿色絕世，而裙底之雙足極大，士人意有不滿，時露於悒之色，女問之，士人以實告，女微哂之，隨口朗吟曰：「三寸金蓮自古無，觀音大士赤雙趺。不知纏足何時起？起自人間賤丈夫。」士人頓覺開悟，夫妻歡愛，逾於新婚燕爾焉。愚謂此女性靈質慧，胸中具有如許大學問，寥寥二十八字，竟能啟悟其夫，閨房婉好，女子中實不可多得。惜鄂公子選妾吳門時，無人念此詩與他聽耳。

濰縣三寄侯嘉璠

板橋於第一書中早已說過，大凡一個婦女之美醜，並不全在於裙下雙鉤，盡有金蓮三寸，而容態如無鹽轉世，嫫母再生，偶一見之，均將低眉垂睫而過，不敢正視，雖有小足，亦莫如之何也。乃今老弟來書，烘雲托月，語帶雙關，若謂板橋之婦之雙足，不是尺二蓮船，定是十寸編艑，心有顧忌，故不得不為大足作護法，以博床頭人之歡心，冤哉枉也！老弟之多疑如是乎？余二十五歲姑娘娶婦，夫婦同庚，至今已屆三十年，雖人老珠黃。說不到一個美字，但拙荊雙足，故不因年高而變大，老弟指我為大足解嘲，為床頭人作護法，直以河東獅子視拙荊，以季常疑我也，可不冤哉！若言拙荊裙底真形，雖不及燕趙女子之天然纖小，猶足壓倒一般鵝頭腳而有餘，我若誇口，爛斷舌頭，老弟再不相信，不妨親來署中一見。端的人老腳不老，不是妻子腳大，丈夫替他撒一大謊也。擲筆胡盧。

濰縣署中寄靳秋田

我不知是何冤孽，自到濰縣以來，官事不忙，卻忙於寫字作畫，天天執筆，累得人好苦也！本來畫是文章經濟之餘，雕蟲小技，不足為貴。昔人課餘習畫，陶情尋樂，原雅事也。我今反因作畫而忙，官書簿冊，幾至不治，我不是做官而來，變了作畫而來，此苦事也！若至應接不暇，我雖欲畫一蘭，一竹，一石，一水，又安望其能畫得有神哉？我非俳優，而人乃以俳優視我，索畫則逕畫可耳，由我造境，由我落墨，一竿竹，幾片葉；一本蘭，幾朵花，任意隨心，方有樂趣。然而索畫者偏不然，此人要我畫竹石，彼人要我畫水竹，一紙傳來，出題點索，或要題詩，或要題款，我非戲臺上之俳優，豈能宛轉依人，任他點戲乎？忿恨之極，亦懊惱之極！我因思得一法，凡有來紙出題點索者，原紙退回，一概不畫。彼以白紙來，我以白紙去，我筆不動，彼能強執我之手腕哉？行之數月，其法大驗，求者即少，身心俱安，此拒畫之靈方也，而板橋得其應驗，不亦快活！但若忙則思閑，靜極則思動，久未弄墨，又覺心兒癢癢，想得一幅紙來玩玩，解些宿積。不意故人之紙適至，欣然命筆，為作數箭蘭，數塊石，題長歌一首以張之。畫有灑然清脫之趣，歌有冷冷幽遠之香，畫得其時，筆得其候，是何因緣之巧合歟？此畫必當懸諸壁上，焚香瀹茗，穆然靜對而讀之，自有幽芳飄落襟袖，使人意消神適。彼傖夫俗子，安得知此？

寄無方上人

南天北地，懷想為勞，寒暑迭更，杖錫不降，豈北地風光，勝過江南春色乎？惟德行更隆，禪座清悅，定遂私祝！燮自解組歸來，瞬經一載，家門和順，兒子無乖，晚年如此，亦足自慰。近日延光庵新來一僧，自號郎乘，彌陀不拜，賭博是耽，眼高於頂，目空一切，奔走官府衙門，出入縉紳府第，氣派浩大，勢焰凌人，向其來歷，莫能詳曉。或謂安陵公曾拜此僧座下，為其弟子，此僧靠山穩固，有恃無恐，故架子闊大，行為無所顧忌耳。空穴來風，或非無因，安陵而有此方外之師，則其為人亦可知矣。板橋昨遇此僧於許公席上，終席未交一語，聆其言，則某太守相交至深；某孝廉為其弟子，某觀察後日壽辰，彼必赴祝；昨在某姓家中，因賭負二百四十金，改日再往，則擬背城一戰，贏回其所負之數焉。一派言詞，塞得我兩耳汙脹難忍，幾欲效巢父臨河而洗，幸酒席已闌，主人送客，始得清靜。延光庵素為高僧焚修之所，梵宇清幽，贊在人口。今此僧一到，必致菩薩低眉、庵容失色無疑也。特告大師，想當悲憫！

另一紙

此等和尚，不是厭塵俗而出家，卻是喜多事而出家，聽他言語，天天勞碌，更比在家人煩忙數倍，或謂「袈裟未著嫌多事，著了袈裟事更多」，若喜多事，又何必落髮出家乎？淮陰邊壽民數遇此僧，因惡其言行，慢不為禮，和尚似亦知之，而狂妄大言如故。壽民謂余曰：「如此和尚，實為釋門中之害馬，苟不治之，伊不胡底？嗣後當預藏一擂槌於袖底，再遇此僧，必離席戟指大罵，罵之不悛，乃出槌痛撻其光頭，十下不悛，撻之二十，二十不悛，至於五十，至於百，至於二百、三百，必撻之使念佛悛改而後已。」此真懲治劣僧之良法也，非邊生不能出此！余以其言甚雋，故另紙書以相告。然上人僧而非劣，此後南歸，固無虞光頭之被撻也，附此以博一笑。

答博也上人

蘭花畫幅，已由米舊山專差送到寶刹，舊山信人，能不負我之所托，可感，可敬！上人嫌蘭花幅中夾雜荊棘太多，世外之身，對之不安，要當使荊棘盡刪，幽香獨吐，斯為清靜。尊意未嘗不合。然燮以蘭花列雜荊棘，亦自有說。昔東坡畫蘭，長帶荊棘，見君子能容小人也。吾謂荊棘不當盡以小人目之，如國之爪牙，王之虎臣，自不可廢。蘭在深山，已無塵囂之擾，而鼠將食之，鹿將齦之，豕將啃之；熊、虎、豺、狼、狐、兔之屬將齧之；又有樵人將拔之、割之，若得荊棘為之護撼，其害斯遠矣。余之畫此，非惡蘭也，愛蘭也。蘭得荊棘而護持之，可以長保其幽貞之性，王者之香，獨處深山，永其年壽，不亦可乎?若就上人說法，正因芸芸眾生，多煩多惱，人心陷阱。平地荊棘，以懼荊棘而逃禪，守我六根清靜之身，與深山幽蘭而並壽，畫多荊棘，所以顯禪門中偏無荊棘，偏得清靜也。上人聰明智慧，觀於此畫，其亦可以悟矣。

答許生樗存

生讀《論語》，至季氏富於周公句，疑其擬出不倫，來書求解，生之心何其周密，生之好學，又何其勤而不倦也！夫擬人必於其倫，茲何以不倫？特筆也。為人臣而以富名，剝民罪一，無君罪二。自作三軍，而三家富；自舍中軍，而季氏益富。當是時，隱民取食，眾心半歸私室，視君若贅旒久矣。以此蔽罪季氏，季氏若弗聞焉，國人亦若弗聞焉。譬諸斷獄，堂下巨奸大猾，堂上官鞫訊，無驚心動魄語，不足以折服其心。且自古無以富稱周公者，以富稱周公，不倫也。擬季氏於周公，尤不倫也。以侯國之卿，其富架乎天子、三公，宗國始祖之上，季氏聞之，必色駭然；魯人聞之，必瞿然驚。國勢衰弱，天下之人心，未有不追思先氏者。周之衰也，〈簡兮〉，思文王也；〈匪風〉，懷周道也。奸雄篡奪，未有不假託聖人者。王莽篡漢，□〈大浩〉，放金縢，事事學周公，魯之有季氏，猶周之有周公也。季氏亡則魯不昌，卜楚邱之父言之。天生季氏，以貳魯侯，史墨言之。迄乎定、哀，大勢已去，舞八佾，歌雍徹。魯立周公之廟，以諸侯僭天子；三家立桓公之廟，以大夫僭天子。在季氏以為先世季友誅僖叔以定亂，大義滅親，比之周公誅管蔡，文子引周公制禮以去莒僕，功比虞舜。昭公出奔，平子攝政，諸侯不敢討，負扆居攝，何多讓焉。國人之無識者，從而附和之，如魯卜晉史之言，未可知也。夫子憂之，借及門取斂一事，聲罪致討，攻冉有即以攻季氏，記者微會聖意，特筆書之，隱動國人以追思先世之心，實著季氏以妄托元勳之罪。使通國之人皆知周公公德不可忘，則尊公室之義自明；季氏掊克過分，則弱私室之義自見。厥後夫子既歿，三千、七十之徒，大率魯人居多，平日熟聞大義，必有助魯君以誅三桓者。或以史無明文疑之，不知其事見《禮》、《郊特牲》篇，大夫強而君殺之，義也，由三桓始也。此事在悼公以後，穆公以前，觀公儀子為政，子柳、子思為臣，其時魯無三桓可知。孔門以筆削討季氏，托之空言；魯君以斧鉞誅三桓，見之行事。季氏不能援兩社之勳，盜取魯國，其不致如三家分晉，田氏篡齊者，《論語》書法彌亂於無形，此所謂不倫中之倫，寓《春秋》討罪之義焉。孟子曰：「孔子成《春秋》而亂臣賊子懼。」板橋亦曰：「記者成《論語》而亂臣賊子懼。」上文所言，皆板橋平日讀書心得，積之已久，尚未筆錄，適逢老弟來書，乃不憚煩而寫出。此《論語》中之特筆書法，前人都忽略過去，未有解說，我今摘出，自謂發前人未發之秘，也是讀《四書》者不可不知。我嘗見所謂經師經生者，凡所解說，大都摘拾前人唾餘，穿鑿附會，懸擬摹想，不從實在研索，盡失書中真義。老弟若以我此書示之，彼等如不吐出舌頭，亦必驚得連連屁響也。

與豸青山人

刑律中之笞臀，實屬不通之極。人身上用刑之處亦多，何必定要責打此處。設遇犯者美如子都，細肌豐肉，堆雪之臀，肥鵝之股，而以毛竹板加諸其上，其何忍乎？豈非大殺風景乎！夫堆雪之臀，肥鵝之股，為全身最佳最美之處，我見猶憐，此心何忍！今因犯法之故，以最佳最美最可憐之地位，迎受此無情之毛竹大板，焚琴煮鶴，如何慘怛？見此而不動心憐惜者，木石人也。女人之兩隻乳，男子之兩爿臀，同為物之最可愛者。人無端而犯法，其臀則未嘗犯法，乃執法者不問青黃皀白，動輒當堂吆喝，以笞臀為刑罰之第一聲，此理實不可解。我又不知當初之制定刑律者，果何惡於人之臀，懲罰時東也不打，西也不打，偏欲笞其無辜之臀也，臀若有口，自當呼冤叫屈。昔宰范縣時，有一美男犯賭被捉，問治何罪，按律須責四十大板，當堂打放，余謂刑罰太重，曷不易之？吏對不可。余無奈坐堂，但聞一聲呼喝，其人之臀已褪露於案前，潔如玉，白如雪，豐隆而可憐，笞責告終，幾至淚下。人身上何處不可打，而必打此臀，始作俑者，其無後乎！足下嘗謂犯法婦女之摑頰掌嘴，最為可憐可痛，桃腮櫻口，豈是受刑之所在乎？板橋則謂男子笞臀，尤可痛惜。聖朝教化昌明，恩光普照，將來省刑薄稅，若改笞臀為笞背，當為天下男子馨香而祝之！

與申笏山

笏山與我別久矣。笏山之詩名遍天下，士林文苑，誰不知關中申甫詩壇巨擘，眼前浮沉，何足道哉。保祿書來，知足下在都日，因論詩忤張司農，司農大恨。嘗語人曰：申甫恃才肆志，目空一切，不有挫折，何能抑其傲岸之氣；意在言外，識者早為足下慮焉，而今驗矣。雖然，昂藏六尺，清介其行，浩博其才，金石其身，不為奇士，亦稱丈夫，眼前之小挫折，豈足損人毫末，笏山詩名，固非抑吾者所得而幾也。往余在京見司農所為《鄴中詠古》詩，詩止八首，旁注則有一十九行之多，舉凡有關鄴中掌故，收羅殆遍，徒逞淵博，卻不值觀者一哂。獅子搏兔，出其全力，不是兔子之狡，乃是獅子之愚也。夫做詩只為比興感歎，借詩之名，寫我之懷，心有所感，詠之於詩，所謂詩乃心聲，往昔聖人，早有明訓。至於排比故事，堆砌古典，秦磚漢瓦，夏鼎商鐘，一齊搬置，列雜詩中，則是類書辭書而非詩也，何足貴乎？若欲自炫淵博，何不獨編一部類書或辭書，借詩逞博，適見其人之不經，詠古云乎哉！聞司農言詩，最喜盛唐，力詆中晚，雖有名作，一概抹殺，竟謂中晚之時無好詩，足下因不服其言，與之辯難，致觸其怒，今日之果，即昔日所種之因也，司農器量之小，殊使人可驚而慨歎。余謂詩家之分唐界宋，最屬無謂，人各有所好，亦各有所不好，愛李惡杜，尊唐黜宋，各遂其性，若欲強執天下人而盡同之，世無是理也。昔杜少陵不喜陶詩，歐陽公不喜杜詩，然陶、杜之詩，曾不因人不喜而有貶，迄於今日光焰如故。元稹有云：「鳥不走，馬不飛，不相能，胡相譏。」世之分唐界宋、尊唐抑宋者，能知此意，自可免卻許多閒氣，特此意只許笏山知，而不許張司農知之耳。

再與申笏山

詩家所謂四唐，即是初、盛、中、晚。說者謂：初唐自高祖武德元年戊寅歲，至玄宗先天元年壬子歲，凡九十五年。盛唐自玄宗開元元年癸丑歲，至代宗永泰元年乙巳歲，凡五十三年。中唐自代宗大曆元年丙午歲，至文宗太和九年乙卯歲，凡七十年。晚唐，自文宗開成元年丙辰歲至哀宗末年丙寅，總計二百八十九年。然余謂詩格雖隨朝代之氣運而變遷，其間轉移之處，亦非可以年歲限截，況有一人而經歷數朝，今雖分別年歲。究不能分一人之詩以隸於某年之下。甚者，以訛傳訛，或一詩而分載兩人，或異時而互為牽引，則四唐之強分界域，亦是刻舟求劍，其說愚而可笑也。若張謂詩出初唐，盛、中、晚無好詩；李謂詩出盛唐，初、中、晚無好詩；王與陸又謂詩出中、晚，初盛唐無好詩。你也有說，我也有說，究竟那一朝代之詩最好，卻無人能斷定，無人能答出來，蟪蛄鳴，蝦蟆叫，但聽一片嘈雜之聲，聒得人兩耳欲聾也。笏山、笏山，其謂之何？

答汪希林

父母考終，人子為親衣衾棺槨而殮，擇地而葬，哭泣盡哀，永安窀穸，此所謂禮也，孝也。足下既葬二親，事隔經年，因惑於術者之言，忽欲改葬，心何多疑，志何不堅，善惑一至於是，辱為至好，敢不一勸。夫葬法審向之說，自昔從向上起長生，如葬穴坐北向南，則向屬南方離火，火生於寅，旺於午，墓於戌。葬穴坐南向北，則向屬北方坎水，水生於申，旺於子，墓於辰。葬穴坐西向東，則向屬東方震木，木生於亥，旺於卯，墓於未。葬向坐東向西，則向屬西方兌金，金生於巳，旺於酉，墓於丑。生、旺、墓三方，砂水合局則吉，此一定之法也。近來忽有於坐山起長生者，謂坐北向南當作坎局；坐南向北當作離局；坐西向東當作兌局；坐東向西當作震局，而生、旺、墓三方皆隨之移易矣。如用此說，則一不論向而論山，將審向一說盡廢，與舊說若冰炭之不相合，依新說乎？依舊說乎？然以二說推驗休咎，亦未能判其孰為准應，問之精於此道者，大都模棱兩可，謂甲子重經，風水改易，未聞判斷為一定如何也。總之，風水之術，原屬渺茫難憑，堪輿家畫蛇添足，非富即貴，打動人心，藉以賺錢，「寅葬卯發」，我則但聞其說，未見其事也。

愚意選擇墓地，不必望大富大貴，要子孫如何發達，只要地位清佳，地土溫腴，墓外有氣勢可觀，穴中無蟻無水，埋葬其間，先靈永妥，不妨自家，不礙別人，便是好風水耳。如必欲一門發達，代代興旺，雄武如秦之始皇帝，大可揀選天下最好之地而葬之，使子孫萬世，綿延不絕，何至沙丘身殞，一傳而即斬滅宗祏乎？君子於此，亦可警悟。吾揚有諺曰：「心地好，陰地超」。心田純厚，陰地不好而自好，吾何必信惑術者，改葬易向，使先靈不安於窀穸中乎。足下明達，當能體會斯言。

寄杭大宗

施生載哲來，出新刻《子不語》一部，袁枚筆也。余展而觀之，一卷未終，噁心欲嘔，頭腦昏昏然，肚腹亨亨然。隔宿之飯，幾至奪喉而出，是何惡劄，害人至於如是，深悔當時未暇辨別，遽展其卷，孟浪，孟浪，又不得不怪我手眼之無知也。袁枚，才子也。以不才子而作此惡劄，情有可原；以才子而作此惡劄，責無可恕。才子，才子，大變！大變！以我猜想，袁枚近來不是患了失心，定是害成癡病。不癡不失心，他決不作此等惡劄，惡劄出，而袁枚之才名壞矣！凡此書中所記，妖妄鬼魅，事事物物，無一不惡，無一不令人作嘔，文筆如何，更不忍言。足下如已看過，吾固不必多說；設或未見，吾更不必多說，但勸足下後日得見時萬勿展讀，恐惹噁心也。夫以袁枚之才，何書不可著，而必作此書，而必惹人作惡，是誠何心，實屬不解。袁枚之著作已多，袁枚之才名亦著也，即他書作成，毅然效法祖龍，盡付一炬，獨遺一部《倉山詩集》於世間，袁枚之才名亦著也。古人有作文止一篇，作詩止一句，其名流傳於百世千秋，至今而不湮滅者，所作貴精妙，不貴在多也。今日有如此之才子，不料其忽患失心，竟以此等惡劄刻而行世，殊令我為袁家才子惜，為士林歎，為天下人哭，悲從中來，百方抑制而莫能自已也。

與金農

陳公在都轉運盧公座上，見板橋贈傅君詩，因詩中有佳人二字，大罵板橋不通，此亦難怪。因陳公之極通，板橋之不通，而乃引起其大罵，罵得其時哉！陳公因極通之故，於佳人二字，不願瑣瑣問其來歷，開口便罵，以極通罵不通，極通當罵，不通當受，亦可謂罵得其宜哉！然板橋正因自家不通，小心翼翼，詩中不敢亂用字眼，謂丈夫不可稱佳人，則吾有對證之書卷在。後漢尚書令陸閎，姿容如玉，威儀秀異，光武嘗登臺見之，歎曰：「南方故多佳人」！此丈夫可稱佳人之一證。魏大將軍曹爽輔政驕奢，太傅司馬懿因爽從蹕謁高平陵時，即閉城勒兵拒之。司農桓范勸爽與其弟中領軍羲挾天子詣許昌，發四方兵以自輔，爽等默不應，自甲夜至五鼓，爽乃投刀於地，曰：我亦不失作富家翁。范哭曰：「曹子丹佳人，生汝兄弟，犢耳！」此又一證。苻秦時，竇滔妻蘇蕙作《璿璣圖詩》，讀者不能盡通。蘇氏歎曰：「徘徊宛轉，自成文章，非我佳人，莫之能解。」則妻稱夫亦可曰佳人也。若云佳人二字為不通，則古人已先我不通，板橋在後；然古人之不通，未嘗受罵，板橋之不通，卻受人大罵，亦命也夫！設使陳公在座不罵，人亦不知他是極通，必須指斥丈夫稱佳人為不通，而將板橋大罵，然後人始知他是極通，板橋是極不通，此一頓罵，不是板橋之不幸，正是陳公之極通大幸也，我又何必多說哉。

與盧雅雨

燮來山中時，秋風颯爽，黃菊綻英，正是一個好天氣。乃曾幾何時，已山寒雲暗，木葉飄零，露冷霜嚴，轉入隆冬之候，天時如是，人亦何獨不然。少而壯，壯而老，而頭童齒豁，而駘背龍鍾，春秋迅逝，荒草一壞，今日之黯淡冬容，固昔日之爛漫好春焉，天地依然，而景色大異矣。能不感歎！恭維我公勳高德茂，業崇望隆，杖履清佳，山居遙祝！

茲有布衣傅雯，字凱亭，閭陽人，精指頭畫，山水人物，生動妙肖，氣韻不凡。且園先生而後第一人，非野狐參禪，江湖粥藝之論，燮心賞久矣。前來揚州，因傾慕我公盛德，特謁高衙，閽人不識，撓阻之不為啟白，三謁三拒，嗒然而退。傅雯今來山中，述說前事，燮為太息，特具一箋，為之先介，雯如再來，伏乞開閤而納之，一觀妙藝，以證燮言，竊念本朝風雅一席，自新城王公以後，六十年來，主者無人，廣陵絕響，四海同嗟。天降我公，以碩德峻望，起而繼之，且又居東南之勝地，掌財賦之均輸，書生面目，菩薩心腸，愛才如命，求賢若渴。宜海內文士，天下英奇，來歸者如晨風之郁北林，龍魚之趨藪澤也。我公玉尺在手，因材而量，凡有一藝之長，不使無門向隅，登之座上，洗其酸寒，世有大賢，士無屈躓，若孟嘗庸陋，猶未敢以方賢者也。燮性孤兀，素不為人輕介，今因折賞其藝，情不自持，代具一箋，非為傅雯懷藝無聞而惜，實為大賢遺才而動也。推臆陳辭，惟希明鑒！

答紫瓊崖道人

自別朱門，迭更寒燠，風塵俗吏，屢因為米折腰，勞勞山左，究何補於國計民生，可憐哉，俗吏之俗也！一經解組，如釋重負，徜徉山水，寄情詩酒，臉龐兒反比舊時肥，豈天生頑材，只許以如此用耶？舉頭梁月，低頭江波，正值相思，忽頒錦翰，野人落拓，尚勞懷念，金石之交，真愈久而彌堅也。暢慰何極！承以燮為揚州人，下問揚州故實，並及杜舍人詩中二十四橋，輒就所知，敢告大略。揚州在唐時最為富盛，繁華壯麗甲天下，每夕妓館燃絳紗燈數萬，燈紅酒綠，笙歌達旦，一夕燈燭之費，人得之即可致富。舊城南北十五里一百一十步，東西七里，三十步，有二十四橋。最西濁河茶園橋；次東大明橋。入西水門有九曲橋；次東正當帥衙，南門有下馬橋；又東作坊橋。橋東河轉向南，有洗馬橋；次南橋；又南河師橋；周家橋；小市橋；廣濟橋；新橋；開明橋；顧家橋；通泗橋；太平橋；利國橋。南水門有萬歲橋；青園橋。自驛橋北，河流東出，有恭佐橋。次東水門東出有山光橋。又自衙門下馬橋直南，有北三橋，中三橋，南三橋，號九橋，不通船，不在二十四橋之數。一說出西郭二里許，有小橋朱欄碧甃。題曰「煙花夜月」，相傳即為二十四橋舊址，蓋二十四橋只是一條橋，嘗會集二十四美人於此，故名。或謂杜舍人之「二十四橋明月夜，玉人何處教吹簫？」即指此橋。總之，年代久遠，名跡荒圮，郡志中如此說，實不能起故人而問之，今人也只好如此說說而已。

枝上村答姜七

辱問，今人書劄結尾，每寫不宣，不備，不具，不一等字樣，是否有據？按此非今人杜撰，確有來歷。昔王右軍所書帖，多於後結寫不具，猶言不備也，有時竟寫不備。其「不具」二字，草書似不一一。蔡君謨帖尾則竟寫不一一，亦不失理。今人書劄後每寫不具、不一等字，其原或始於右軍也。又右軍帖語有頓乏匆匆。《顏氏家訓》云：「書翰多稱勿勿，相承如此，莫知其原，或有妄言忽忽之殘缺耳。」其說亦不甚通。勿，當音讀物，禁止之辭。又州里所建之旗，亦曰勿，建旗蓋以聚民，其事貴速，故凡急遽者率稱勿勿。今流俗妄於勿字中斜加一點，音讀為聰，彌失真矣。這個匆字，定是學究杜撰出來，亂真害人，有誤後學，不可不辯。《祭義》：「勿勿其欲，饗之也。注：勿勿，猶勉勉也，慤愛之貌。」杜牧詩：「浮生長勿勿」，是知勿勿出於《祭義》，未嘗無據，不特稱於書翰，唐人詩中亦用之也。總之，古人在前，今人在後，今人後生數百年，自有今日之文字使用。不必事事去效學古人。若以仿古為能，與人書劄，盡寫了石鼓文字，人將瞠目不識，必駭我以為發癡也。

枝上村再答姜七

今以書劄與書信相混，不知劄與信亦有分別。古時無紙，文字書於小木簡，謂之劄。《漢書》有云：「上令尚書給筆劄」，今則不甚分別矣。晉武帝《報帖》云：「故遣信還」。《南史》：「晨起出陌頭，屬與信會。」古謂使者曰信，言陌頭與使者相遇也。黃詰云：「公至山下，又遣一信見告。」《謝宣城傳》云：「荊州信去倚待。」陶隱居云：「明旦信還，仍過取反」。虞永興帖云：「事已信人□具」凡云信者，皆謂使者也。今遂以遺書饋物為信，故謂之書信，而謂前人之語亦然，謬已。王右軍《十七帖》有云：「往得其書，信遂不取答。」謂昔嘗得其來書，而信人竟不取回書耳。世俗讀往得其書信為一句，遂不取答為一句，大誤也。古樂府云：「有信數寄書，無信心相憶。莫作瓶墜井，一去無消息。」包佶詩：「去劄頻逢信，回帆早掛空。」此二詩尤可確證。以上所舉，可證古之所謂信，乃是使者，並非今之往來之書信。板橋不是自炫淵博，逞弄才情，寫此一大段出來，特以君殷勤下問，不能不答，既經答明，此書亦輟筆而止。

枝上村寄金壽門

板橋住在此間，每日飲酒作畫，曉而夕，夕而曉，屈指算算，不覺已過一月光陰。主人待我太好，食宿並不要自家照顧，有時恍恍惚惚，只道住在自己家裡，直到主人入來，聞了他聲音，見了他面孔，始知此身是客。糊塗！可笑！昔人有云，四時之景，無過初夏，老青嫩黃，俱作香氣，亦不辨其為何香也。每至雨後初霽，是時曉煙將收，紅日未掛，如昭儀出浴，倍覺秀媚撩人。人行蹊中，面面皆收寒綠，心神曠然，初夏之景，能說不可愛乎？此間主人好佛，滿肚慈祥，一身雅骨，於當今名書畫中，尤喜金農筆墨，愛君之畫，過於珠玉。嘗謂此間陳設，猶有缺恨，苟得金農畫一佛像，居中供養，佛光名筆，兩相輝映，雖朝夕焚香頂禮，不辭勞也。主人好客，待客勝於家人，板橋身已嘗之，當不謂誑。金農來乎？初夏清和，村居邑適，臨窗揮汗，亦稱至樂。莫待炎日熇蒸，蟬鳴樹杪，剖瓜揮汗時揮翰，已有負此佳勝矣。金農來乎？

枝上村寄米舊山

世人癖好骨董，近日揚州此風愈盛。轉運盧公，雅喜考究此道，但求物真，不計值鉅，進者既多，骨董成市，懿歟盛哉！盧公門下英才羅列，碩彥如林，某也精於考古，某也善於鑒別，各逞才情，各窮智力。一磚之細，立說萬言，一器之微，著辨成冊，引經據史，窮源竟尾，汪洋浩博，炫目怵心，於是乎骨董真矣。夏商之鼎，秦漢之尊，淳化之帖，定州之窯，宣德之爐，成化之瓷，甚至斷碑殘碣，廢銅爛鐵，破瓷啐玉，如龍宮斗寶，一齊羅列眼前。摩挲賞玩，主人讚歎，座旅順稱奇。大老題詩，名公賜跋，一經品題，身價十倍，於是乎骨董之值更昂矣。一瓦也而值百金，一石也而值千錢。上有所好，下必效之。超等之物，歸於超等之家；次等之物，轉入次等之手。不脛而走，永無遺棄。骨董風行，骨董商之腰纏乃富。得其時哉！得其時哉！

舊山好骨董而不好骨董，板橋不好骨董而好骨董，好雖同而骨董不同也。夫伏羲《八卦》，文周《繫辭》、《洪範》九疇、《毛詩》三百，皆超等之骨董也。其次若《汲塚周書》、《竹書紀年》、《尚書大傳》、《春秋繁露》、班之《漢書》、司馬之《史記》，韓愈之文，杜甫之詩，皆是著名骨董，世人都不寶愛，而板橋甚愛好之。且其值甚廉，貧如板橋，猶可買而觀賞，遺之子孫。如許古物，奈何世人都不愛好，偏去考究些夏鼎商罍，秦磚漢瓦。此骨董何其幸運，彼骨董又何其不遇於時，我不禁為之長太息而不能已也。我家有鹹菜缸兩隻，釘靴一雙，紫砂夜壺一個，皆是先高祖時遺留之物，歷經四代，古色斑斕，世間異寶，謂之骨董，名副其實。板橋因此數物，是祖上遺留，手澤猶存，愛之若命，平日不肯輕以示人。舊山好骨董，我有此世間稀有之古物，盍造敝廬一觀賞，以擴此眼界乎？君如有興賁臨，板橋當先日返家，謹瀹茗掃階以待。

怡山精舍寄勗宗上人

上人慧眼，能辯人賢愚善惡於咫尺之間，昔日衡量，半已應驗，何其神乎！淫僧德山，曩居菩提時，上人澄空慧眼，悲憫為懷，謂此僧貪嗔癡妄，六根未淨，色空未晤，後日當以犯淫毀滅其身，我不救之，誰人相救？善哉！善哉！於是上人為彼念佛說法，諄諄告戒，大聲一喝，跪地朗悟，誓志清修。生公之舌，石亦點頭，四大皆空，諸天歡喜，德山當有救也。洎後上人北去，德山南來，棲止無染庵中，蒲團不坐，如來不拜，木魚不敲，彌陀不念，日圖一睡，夜出逍遙，昔日戒詞，付諸煙雲縹渺中矣。或見此僧飲酒食肉，縱情漁色，乘夜易裝，出入青樓，個中鴇龜，不問有發無發，但視銀錢。如此荒唐，已非一日。孤鴻冥飛，自謂得計，不知弋人舉舉，早伺其後，將乘隙而圖之也。前日之夕，時當三鼓，天昏月黑，淫僧潛入韓氏孀婦之居，好夢正酣，門戶大響，當地無賴子一擁而入，淫僧不及遁身，雙雙就獲，鳴諸里長，琅瑺鐵鎖，縶送有司，佛門弟子，一變而為階下囚徒，善哉！善哉！

官以此僧不守清規，穢亂佛門，姦淫孀婦，罪大惡極，法不可恕，當堂重笞，立枷衙前，號示於眾。不料此僧外強中乾，虛有其表，皮囊雖形肥厚，精氣早經消亡，一經立枷，苦楚難支，自辰至酉，雙眼泛白，魂飛氣斷，不是圓寂，乃曰枷死。淫僧結果，如此而已。淫僧，淫僧，佛力慈悲，地獄具在，陽愆雖消，陰司難有，入火輪地獄乎？入阿鼻地獄乎？則非愚鈍根人所知矣。

怡山精舍寄邊壽民

淮陰之濱，沮洳之次，有類似蝸殼之茆屋結於其間者，非邊生之葦間書屋乎？邊生以善畫蘆雁聞，葦間書屋即因雁而結。書屋結成，而邊生之畫雁益工，雁之羽毛，雁之形態，雁之飛，雁之浴，雁之食，雁之宿，一一傳神毫楮之間，無不肖妙。天下之畫雁者，當無過於邊生矣！當夫月白風清，波涼露冷，蘆荻搖風，野煙斂影，天淨沙明。雁兒歡喜之際，即邊生凝神窮矚，遊心墨會之時。得之耳目，化之心神，運之毫楮，而邊生之寫蘆雁，乃得極化工之妙境也。然沮洳之次，蘆荻之間，日積月累，風露侵身，邊生羸弱，何能禁受？於是而痁瘧大作，形神斫喪，病維摩為二豎困矣。

昨得張子照書，備知病狀。困臥床褥者已越三月，草木無靈，諸藥罔效，憂心忡忡，不禁為我至友焦急。七年之艾難求，八法之針不遇，惡病纏綿，如何？如何？此間左鄰俞叟，素業岐黃，回春妙術，仁心濟世，不計銀錢茲應燮之懇求，慨賜秘合之鱉甲丹二服，服法禁忌，另詳一單，專足奉呈，祈速試服，丹如神驗，不妨再求，瘧鬼遠離，圖報未晚。若謂「子章髑髏血模糊，手執金錘崔大夫」，口誦杜詩，亦能愈瘧，此說渺茫，未敢執信。

與圖牧山

燮自呱呱入世時，天公似即為我排定位置，註定命運，以故賦性爽直，骨體不媚，好酒漫罵，深中膏肓。因此早得狂名，招人憎怨。兼之拙於酬應，不會逢迎，冷氣何多，笑顏太少，凡斯人之不合我眼，不洽我情者，終席不與交一語，此皆宦途之所不宜，而我乃一一犯之，欲安其位而升其秩，不亦難乎。每當靜夜長思：境之順逆，官之利鈍，頭上天公，早自安排。行年六十向外，夕陽雖好，已近黃昏，又何必苦苦掙持，而為逆天之舉，飄然歸去，老我田園，做一個太平盛世之逸民，正恐靖節公之不及我也。解組以來，如釋重負，硯田所入，尚足自給，青山綠水，暢我襟懷，鳥語泉聲，適我情志，較諸薄書鞅掌，案牘勞形，上官拘束，下吏紛擾，南面作宰時，如經轉輪一過也。

將來若有盈儲，擬以製錢五六十千，買地一大陂，築一草茅院子，除主屋、廚屋、奴子屋以外，另建客堂一間，書房二間，憩所一間，用碎石鋪曲徑一條，通達二門，徑旁雜植花草，上架藤棚，門外則列種樹木，夏日來臨，炎威何懼。院左臨河之處，結一小園，園中雜植卉木、葛藟、蕭艾、楊柳、梧桐，因地量移，隨宜點綴。更鑿一池，引河水入來，養魚百尾，池旁架一小亭，僅可容納兩人對坐，小幾面外，別地長物。春夏之交，灌木陰翳，細草幽香，黃鸝清歌，綠漪清漾，蛙聲斷續，螢光明滅，遊息其間，何必桃源，幽澹之趣，豈獨柴桑翁所可領略哉。時或良朋偶蒞，雅客忽臨，先餉苦茗，繼具嘉釀，池內鮮鱗，烹而佐酒，畦中時蔬，煮以充饌，對坐長談，興趣彌永，主醉客歸，客醉主送，及門一揖，就此而別，不作酬應場中一句俗語，真爽快也。若有傖夫俗客，昧然闖到，囂呼竟日，也不開門，此所謂身飽煙霞之氣，心絕宇宙之塵，人能如此終身，又何浮榮之足慕乎？略言鄙願，勿嗤狂狷。

與伊福納

昔在濰縣時，曾與舍弟言論文章之妙，即雜入家書中為之，今此書尚在舍弟處。昨有生員三位專誠來舍，拜見板橋，一生袖出制藝一本求教，視之，乃全椒薛氏選本，所選均近人之作，兼五與板橋皆在其內，問其何因而來，此生謂因在舍弟處見《板橋家書》，中論時文超徹精妙，心折無已，故而特來請教。又有一生林姓，自述在江寧時見過袁枚，呈文章於彼求教。袁枚謙遜謂：「近來時文作手，或推伊福納為最，鄭燮次之，此殊大謬。伊能詩而時文不精，板橋深於時文而不會做詩，欲求深造，盍往見板橋求教乎？問道於盲，無益也。」

板橋曰：「兼五之時文妙絕天下，薛氏選有名作，列諸卷首，自非阿好，袁枚將金作鐵，謂之不精，毋乃太過。至謂板橋不會作詩，我不願辨；若云深於時文，一深字談何容易，則我豈敢當之。板橋嘗謂本朝文章，當推方百川制藝為第一；其次則侯朝宗之古文；他若詩歌詞賦，東拉西扯，牽瓜纏李，皆無所謂真氣，貌似神離，不能獨樹一幟。百川之時文，精粹湛深，抽心苗，發奧旨，繪物態，狀人情，千迴百折，椎敲錘擊，工力悉稱，而卒造乎淺近，有功世教，啟悟性靈，謂非冠絕一代，不可得也。惟我兼五能得其神，浹其髓，沉精領奧，氣實骨撐，凌空欲脫，擲地作聲。北有兼五，南有郭沅，餘子碌碌，難望項背，板橋何人，而能領此一深字乎？袁枚之言，雅不願聞。以意度之，或系諸生苦纏，袁枚推撇不開，故為此言以引人遠離，將板橋作餌，張冠李戴，使得自家清靜也。誠如所料，則袁枚亦狡獪矣哉！

答朱生青雷

做文章文法之繁簡，各有妙處，亦各有不妙處，如宋子京修《唐書》，過求簡煉，時有語病，致歐公以「宵寐匪禎，劄闥洪庥」訾之，此是歐公正當處。如「逸馬殺犬於道」，簡練可觀，然《五代史》亦有太簡之病，不能為歐公諱。如《公羊傳》敘：「郤克跛；孫良夫眇；季孫行父禿」。下云：「齊使跛者迎跛者；眇者迎眇者；禿者迎禿者。」唐人劉某讀此文，謂宜省去跛者以下句，但云各以其類迎，其說未嘗不時。如《孟子》「寡人之于國也」一節，上敘河內凶云云，以下但云河東凶亦然，〈齊人有一妻一妾〉章，上敘早起施從良人之所之云云，以下對妾之語，但云今若此。此皆簡練得可觀可喜。然亦有以不省文為妙者，如《孟子》「今王鼓樂於此，百姓聞王鐘鼓之聲，管籥之音；今王田獵於此，百姓聞王車馬之音，見羽旄之美」。與下節無以異。《史記・魯仲連傳》：「秦圍趙，魯仲連見平原君曰：事將奈何？君曰：勝也何敢言事！魏客辛垣衍令趙帝秦，今其人在是，勝也何敢言事！仲連曰：吾始以君為天下之賢公子，吾今然後知君非天下之賢公子也。」其句重遝，卻成為千古絕妙文字，若過求簡煉，文章反致失神，此又以繁冗見長者。要而言之，文章一道，本無定質，文法繁簡，各有妙處，有不妙處，視人之用之者如何，執一以求之，未有不畫虎類犬，神氣索然，貽笑於人者也。此理至為明顯，行文時不可不知。

答宋生思璟

辱書下問，並摘示汪堯峰文中謬誤二十餘條，足見賢弟讀書有得，眼高心細，非如走馬看花者可比，敬佩！敬佩！所摘謬誤，確非無的放矢，吹毛索疵，見識博大，可證近來精進，汪琬若在，亦當無詞。汪琬雖以能文鳴於國初，或許為文章作手，然刻意仿古，氣力薄弱，才情柔懦，不及侯朝宗萬萬，當時因有大人先生推贊，遂致成名，實屬汪之僥倖也。古今文人詩人著作謬誤，何代無之。如范武子士會也。而《今古人表》置士會於中上，列武子於上中，名且未識，安能定其高下，豈非笑話。又，王文考〈魯靈光殿賦〉云：「奚斯誦僖，歌其路寢」。不知公子奚斯但作寢廟，非作誦之人也，其誤亦甚。至如唐人詩中謬誤，更屬笑話百出，略摘幾人，以博一笑！「繞朝贈士會以策」，指方策之策也。李白詩「臨行贈汝繞朝鞭」，則誤以為鞭策。阮籍臨廣武歎曰：「時無英雄，遂使豎子成名！」傷時無劉項，使名歸司馬是也。李白詩「沉醉呼豎子，狂言非至公」，則誤以豎子為沛公。霍去病用兵為有天幸。王維詩「衛青不敗由天幸」。則誤以霍去病為衛。放麑本秦西巴，孟孫氏之臣。陳子昂詩：「吾聞中山相，乃屬放麑翁」。則誤以魯為中山。顏延年「一麾乃出守」，麾言去耳。杜牧詩「欲把一麾江海去」。則誤以為旌麾之麾。」《左傳》「詰朝相見」，謂明早也。宋之問詩「紫禁仙輿詰旦來」；李迥秀詩「詰旦重門聞警蹕」。則誤以「詰旦」為今日也。裴秀《冀州記》云：「緱氏仙人廟者，昔王僑為柏人令，於此登仙而去。」許渾詩：「王子求仙月滿台；可憐緱嶺登仙子，猶自吹笙醉碧桃。」則誤以王僑為王子喬，姓同音同，把兩個姓王的並作一人，尤其可笑！所以板橋的意思，讀書不可囫圇吞棗，不求甚解；也不可信古太過，謂古人用事必不錯誤。若一入迷，便要受古人之欺，將來自家有誤時，人必摘拾之以為笑柄。蓋古人大都成名而去，其人已死，有的名聲極大，即有謬誤，人不敢冒昧指責、譏笑，那人已死，亦聽不見了。若我自家還不曾死，有目能視，有耳能聽，萬一出了錯誤，有人指摘、譏笑。如何難堪。故讀書時雖要眼高心細，明察其中謬誤，不受其欺；一面自家作詩作文時，也須隨在留神，不使暗生毛病，免人指摘，這方是功夫到家處也。此一番說話，板橋自以為心得之言，不知聽者是耶？否耶？盡興！盡興！不再多言。

再答朱生青雷

承示文章三篇，所見良是，附語亦極精當。宋朝洪邁，號稱一代通儒，然其論文法繁簡，亦有偏僻之處，文章之道，可謂難矣。《史記・衛青傳》云：「校尉李朔，校尉趙不虞，校尉公孫戎奴，各三從大將軍獲王，以千三百戶封朔為涉軹侯；以千三百戶封不虞為隨成侯；以千三百戶封戎奴為從平侯。」《前漢書》云：「校尉李朔、趙不虞、公孫戎奴，各三從大將軍獲王，封朔為涉軹侯；不虞為隨成侯；戎奴為從平侯。」二書同一敘事，《史記》繁而《漢書》簡，《漢書》所省實較《史記》為優，此與愚前書中所引《孟子》今王鼓樂云云不同，《孟子》以不省文而取勝，《史記》此段，以不省文而討厭，高低大別。洪邁則謂《漢書》較《史記》雖省去二十一字，終不若《史記》所敘為樸贍可喜。容齋此說，殊非定論。若文章概以冗長蕪蔓為勝，則拖泥帶水，疊床架屋之作，盡可目之為佳篇，豈足盡文章之能事乎？恐未必也。是知文章之妙，猶如八面觀音，橫看，豎看，正看，側看，遺失一面也不可，不但於有字句處觀看，尤須於無字句處求之，此中奧妙，甚非易言。讀文如是，作文亦如是，悟此妙旨，造詣自深，一旦下筆為文，自能探得驪龍頷下珠矣。

答王夢樓

常言俗語，每有征驗，不可因言語之俗而斥之。諺云：「好事不出門，惡名傳千里。」板橋自來相信此二語，今因太守之事，其信益堅。辱問太守泛湖受窘事，是否傳說有誤，疑而難信，不知此事千真萬確，一點不誤，僅為君告。是日春陽藹藹，雜花繽紛，風和水碧，板橋獨處無侶，買小舟泛湖，輕搖慢蕩，尋覓詩料，不意此時有畫舫迎頭搖來，船上奴子大聲呵叱，把篙作勢，餘船紛紛讓開，任他過去。此畫舫去後，少頃又搖回來，又大聲呵叱；又任意將篙戮人或船；橫衝直撞，如入無船之境。他在湖中搖來搖去，撞船罵人，綜計有五六次之多，而他船均聲音寂寂，不出一言，奇哉！怪哉！因叩問舟人，始知太守借畫舫觴客，遊湖為樂。以堂堂太守，親民之官，而乃仗勢欺壓良儒，橫行如是，殊為聖朝白圭之玷，若不儆之，何以泄板橋胸中之氣。因思是日適為國恤，太守湖塗，卻未想到，借題生髮，可以折服他也。遂回舟等待，遇畫舫搖回時，命小舟撞其船弦，舫上奴子一喝，果攖太守之怒，兩個虎狼人役，立將板橋拿上大船，欲正闖道驚官之罪，聲勢洶洶，膽怯者早已滿身戰慄矣。太守固不認識板橋，板橋亦不認得太守，當時但見高坐堂皇者怒形於色，拍桌戟指，似欲立加笞責。板橋深恐受辱，即謂：「道在何許？官在何方？今日國恤，親民之官乃畫舫聽歌，國典具在，豈容饒恕！」太守聞言變色，立刻離座作禮，叩問姓氏，則逕答之曰鄭板橋。太守笑顏相向，連聲引咎，堅邀入席共飲，板橋正色卻之，謂賢太守遊湖辛苦，久仰風範，難得相見，治下狂且，敬獻一詩為壽，遂吟詩四句，拜別離船而歸。記此詩結尾處是「山川草木猶含淚，太守聽歌試畫船。」蓋紀實也。越日，太守浼人來舍，懇求板橋謹秘此事，免得張揚開去，有礙官聲。板橋謂秘之不難，惟須壽我五百金，倘太守不應，亦不堅索，但將此詩刻印加注，傳佈揚州一郡，咸使聞之。其人去而復來，出三百金足數，並述太守悔改之意，板橋不欲過甚，一笑而罷。此事當時即為隱秘，知者甚少，是何因由，足下竟得知其故，「好事不出門，惡名傳千里」，我今愈信此語為不虛也。所索之三百金，板橋已散給湖濱一帶貧苦人家，其數雖微，亦可支援幾日糧，太守出金，板橋散之，或曰「買了花炮給人放」，其斯之謂乎。太守耗此一筆金，或者在暗中懊喪心痛，然而板橋卻覺得十分有趣！

松風禪室寄陳際青

讀書難，識字尤難，漢以前之字，雖少而難識，漢以後之字，雖多而易曉。然而古今字體嬗變，音韻有別，欲窮其源流變化之跡，非易事也。昔劉夢得欲作〈九日詩〉，因《六經》中無糕字，遂輟而不為。或笑之曰：「劉郎不敢題糕字，虛負詩中一代豪！」愚謂此是劉之審慎，不是膽小，笑之者似乎太過。《九經》中所無之字，指不勝屈，《九經》有筆墨字而無硯字，如史載筆、公輸削墨之類，意是古人用墨，以器和之，如《莊子》所云「紙筆和墨」是也。硯字雖見於《西京雜記》，「天子以玉為硯」；及《異書》引「帝鴻氏之硯」，然硯字不見於經，且唐人多以瓦為硯，故昌黎《毛穎傳》止稱為陶泓，及宋初硯以譜行，端歙二石擅名天下矣。《九經》中有燭字而無燈字，至漢竹宮祠太一，自昏至曉然燈，有七枝燈、百枝燈之類。然《上林》鐙字，卻從金旁，是以五金鑄之也。《九經》中無面字，《周禮》所謂面，即是今之炒麥，至王莽始有啖面及鰒魚之文。《九經》無茶字，或以苦荼即是也，見於《爾雅》中，謂之櫝茗，即是今之茶，但《經》中只有荼字耳。《九經》中又無豉字，至宋玉《九辯》有云：「大苦鹹酸。《注》：大苦，豉也。」又《史記・貨殖傳》云「鹽豉千答」。《前漢・食貨志》云：「長安樊少翁賣豉，人號豉樊。」《九經》中無醋字，止有醯及和用酸而已，至漢方有此字。

《九經》中所無之字，不止此數字，其餘不及列舉，要在平日讀書時留心考索，明其所無，察其所有，也是一種學問。足下研經不倦，極有功夫，如於經中之字有所發明，甚願書以見告，質疑問難，固亦朋友間一種快事也。天氣嚴寒，而在此間不能吃狗肉，空自垂涎，夢寐思之，何日忘之，老饕乾急，和尚竊笑於旁，不出十日，板橋居士逃矣。

答同年蔡希孟

再接賜書，伏承獎飾，過當，過當。來教示以「道雖難盡，知可自進；理雖無窮，明可自通。」此誠古君子之用心，僕雖淺頑，亦嘗側聞君子之風矣。夫君子學道則愛人，為政持大體，不尚矯枉過正。即清厘考生籍貫一事，亦宜崇尚寬大。揆諸「普天之下，莫非王土；率土之民，莫非王臣」之義，更無冒籍可言。凡生長於斯者，即為土著，其父縱系客籍，理當許其子入籍應試，以副盛朝宏采庶士之誼。僕持此議，蓋非一日矣。宰范縣時，有李生者，縣試第一，與考諸生，群起而攻，謂李生系蜀籍，其父經商來范，獲厚利，遂居焉。僕固知定例如此，擬准諸生之請，扣除案首，而李生來縣大哭，言稱「生於斯長於斯者十七年矣，若回四川本籍應試，言語不同，路途遙遠，蜀道難行，自古已然，此生誓不作入川應試想，公祖既格於眾議，扣除生名，則生終身無出頭之日，生焉辱沒，不如速死。」言下伏地嗚咽，僕見之頗為不忍，許以稟聞府憲，設法轉圜，李生終退。僕既繕稟詳府，竟不得直。上峰反謂僕私有所徇，乖違公義。僕懷不能白，遵批扣除李生名，猶不忍坐視其憂鬱覓死，遂收之為畫徒。因足下之論政，遂盡與披傾。

復同寅朱湘波

去臘接惠書，而稽遲報答者，緣被二豎為祟，擾亂神思，未能握管故也。王竹齋來署，備陳臺端治績，又道眷懷下走，齒飾溢情，惶恐惶恐。僕久知縣事，治績毫無，勉竭涓埃，稍報聖德，猶不得竅要，無補治理。弦歌之化不行，狂妄之毀迭起。去秋八月，曾被揭控，幸賴中丞見恕，曲賜優容，不特鄙人感激，凡在知愛，咸各代為額手，非逢如遇，焉能妄狂不諱如此乎？外間毀我者，未察其實，措詞奚能悉當。僕之過在口，然亦只罵推廓不開之秀才，豈敢眼高於頂，目空四海？敬有一藝之長，一行之善者，僕必心嚮往之，此則僅可為知已者道破，不願令俗人士窺測也。足下至性過人，文章經濟，冠絕一時，僕每與竹齋置酒論當世賢豪，德行學問如足下者，能有幾人？僕學不修，德不進，只有好酒好罵兩種痂癖，而外間譽我者，皆屬過情之言，莫待識者聞之掩口胡盧，即鄙人聆之，亦覺肉痲難受。只期足下時賜針貶，匡我不逮，賤軀所患足疾，時發時愈，雖非膏盲痼疾，而頻年糾纏不絕，精力日益衰弱，晝不耐勞，夜不酣睡，兼之索書索畫，積紙盈案，催促之函，來如雪片，如欠萬千債負，未識可有清償之日否？去家十一載，久思解組歸田，以延殘喘，而苦衷不為上峰見諒，能不悒悒乎？

與同學徐宗于

少年同學，晨夕晤對一堂，而今不相見者已十七年。足下種竹養魚，山林多趣，甘為盛世之逸民，清高可慕。弟薄書錢谷，案牘勞形，忝為牧民之下吏，煩惱自尋。憶筮仕至今，歲月不居，忽忽已十有二年矣，無功於國，無德於民，心勞日拙，精力日益衰頹，鬢毛斑矣，齒牙動矣，及今解組歸來，殆將相見不相識歟？承惠書以弟與東坡相提並論，此何敢當！文忠公乃宋代大儒，擅詩文書畫四絕之長，皆堪歷劫不磨，流傳千古，豈區區所能攀躋耶。

所示鄉俗日靡，賭風熾甚，敗家失業者眾，搶劫偷竊之案迭出，殊堪浩歎，有司何竟置若罔聞？夫國家設官授職，原為地方除暴安良計，何縣令殆全無心肝者？若認真緝捕，按律懲辦，匪徒決不敢如是猖獗。足下不忍鄉民慘罹匪患，擬與舍弟創辦民團，以謀自衛，誠屬扼要之圖。惟舍弟不諳兵法，編制操練，皆須足下偏任其勞足下雖非軍事專家，而於兵地必有心得，猶憶少時同學古廟中，足下論兵起舞，縱言孫武兵法，虎虎有生氣，會逢盛世，四海乂安，以致埋沒英雄，殊可惜也。吾鄉不辦民團則已，若辦民團，教練一席，非公莫屬也。幸抒抱負，捍衛梓鄉。至禱！至禱！

復同年孫幼竹

昨奉手書，備荷心注，並蒙惠寄大箸二函，簿書偶暇，時一展讀，具見尊意高超，宗尚紫陽除弊救時之旨，不氾濫於記問，不沉溺於功名，直欲造古人第一等地位，苟非三折肱於此道者，曷能若是，欽佩！欽佩！承示「明季諸儒都喜放言高論，適足以致寇」，實非苛責前賢。申公不云乎，「為政不在多言」，為學亦然。無如矯同立異，幾為儒者之通病，賢如朱子，尚不免有門戶之見，嘗與陸子討論無極，見解各殊，遂成冰炭。朱詆陸為頓悟，陸詆朱為支離，其實見理合一，並無差異。朱子主「道問學」，何嘗不開達本原；陸子主「尊德性」，何嘗實征踐履。蓋學識之爭辯，往往因毫釐之相差，釀成水火之不相容。足下來書，洋洋數千言，暢論黃南雷、孫蘇門、顧亭林、李盩厔諸先儒學術，語語入微，絲絲入扣，僕何人斯，敢萌希賢之想？所以與士林齗齗爭辯者，只為一般推廓不開之秀才而發，若謂黨同伐異，則吾豈敢！

以上上海大通圖書社刊本

與焦五斗書

早間遣奴子送墨蘭一幅，想已呈覽，乞為教正。不過糊牆黏壁之物，未足入高人賞鑒也。汪錫三兄家開吊，弟為治賓，仍須白裡外褂。去年所借宮綢裌套，祈發來手，用後即趙上。待雪晴後，更當謀一聚之歡也。弟板橋鄭燮頓首五斗老長兄前。慶餘。

上海圖書館藏墨蹟

與紫瓊崖主人書

紫瓊崖主人殿下：

拜別後，無日不想望風裁，蒙詩中見憶，固知吾王之意眷眷也。詩刻想已獻納，不盡區區。范縣令鄭燮謹頓首。

揚州博物館藏墨蹟

與江賓谷江禹九書

學者當自樹其幟。凡米鹽船算之事，聽氣候於商人，未聞文章學問，亦聽氣候於商人者也。吾揚之士，奔走躞蹀於其門，以其一言之是非為欣戚，其損士品而喪士氣，真不可複述矣。賢昆玉悄然閉戶，寂若無人，而岳嶽蕩蕩，如海如山，令人莫可窮測。嗟呼，其可貴也！文章有大乘法，有小乘法。大乘法易而有功，小乘法勞而無謂。《五經》、《左》、《史》、《莊》、《騷》、賈、董、匡、劉、諸葛武鄉侯、韓、柳、歐、曾之文，曹操、陶潛、李、杜之詩，所謂大乘法也。理明詞暢，以達天地萬物之情，國家得失興廢之故。讀書深，養氣足，恢恢遊刃有餘地矣。六朝靡麗，徐、庾、江、鮑、任、沈，小乘法也。取青配紫，用七諧三，一字不合，一句不酬，拈斷黃須，翻空二酉。究何與於聖賢天地之心、萬物生民之命？凡所謂錦繡才子者，皆天下之廢物也，而況未必錦繡者乎！此真所謂勞而無謂者矣。且夫讀書作文者，豈僅文之云爾哉？將以開心明理，內有養而外有濟也。得志則加之於民，不得志則獨善其身，亦可以化鄉黨而教訓子弟。切不可趨風氣，如揚州人學京師穿衣戴帽，才趕得上，他又變了。何如聖賢精義，先輩文章，萬世不祧也。賢昆玉果能自樹其幟，久而不衰，變雖不肖，亦將戴軍勞帽，穿勇字背心，執水火棍棒，奔走效力於大纛之下。豈不盛哉！豈不快哉！曹氏父子，蕭家骨肉，一門之內，大小殊軌。曹之丕、植，蕭之統、繹，皆有公子秀才氣，小乘也。老瞞《短歌行》，蕭衍《河中之水》歌，勃勃有英氣，大乘也。彼雖毒蛇惡獸，要不同於蟋蟀之鳴，蛺蝶之舞；而況麒麟鸞鳳之翔，化雨和風之洽乎！司馬相如，大乘也，而入於小乘，以其逞詞華而媚合也。李義山，小乘也，而歸於大乘，如《重有感》、《隨師東》、《登安定城樓》、《哭劉》、《痛甘露》之類，皆有人心世道之憂，而《韓碑》一篇，尤足以出奇而制勝。青蓮多放逸，而不切事情。飛卿歎老嗟卑，又好為豔冶蕩逸之調，雖李、杜齊名，溫、李合噪，未可並也。詞與詩不同，以婉麗為正格，以豪宕為變格。燮竊以劇場論之：東坡為大淨，稼軒外腳，永叔、邦卿正旦，秦淮海、柳七則小旦也。周美成為正生，南唐後主為小生，世人愛小生定過於愛正生矣。蔣竹山、劉改之是絕妙副末，草窗貼旦，白石貼生。不知公謂然否？

板橋弟鄭燮頓首賓谷七哥、禹九九哥二長兄文几。乾隆戊辰九日，濰縣頓首。

潘承厚《明清兩朝畫苑尺牘》

與丹翁書

昨有人傳老兄息辭數語，不知的否？細味之，真非大筆不能也。冒濫領賑，當途所最忌。乃云：寫賑時原有七口，後一女出嫁，一僕在逃，只剩五口；在首者既非無因，而領者原非虛冒。宜州尊見之而賞心，板橋聞之而擊節也。此等辭令，固非庸手所能，亦非狠手所辦，真是解連環妙手。夫妙則何可方物乎？千古好文章，只是即景即情，得事得理，固不必引經斷律，稱為辣手也。吾安能求之天下如老長兄者，日與之談文章秘妙，經史神髓乎？真可以消長夏、度寒宵矣。

令公子病，甚為憂心。只宜閒靜，少出門為妙。令愛君歸寧，弟無物堪贈，他日當作書畫一兩通表意耳。來銀二金收訖。畫三幅與令姪，並照人，遂不復另啟也。

言溥兄書來八金九甲，畫一張、聯一副，代書舊聯，承老長兄推轂，謝復何言。板橋弟鄭燮頓首丹翁世長兄先生尊前。

上海博物館藏墨蹟

與杭世駿書

君由鴻博，地處清華，當如歐陽永叔在翰苑時，一洗文章浮靡積習，慎勿因循苟且，隨聲附和，以投時好也。數載相知，於朋友有責善之道，勿以冒瀆為罪，是所冀於同調者。堇浦詞兄，弟燮頓首。

震鈞《天咫偶聞》卷六

與杭世駿書

燮到杭州，遍詢蘇小墓所。皆云西泠橋畔，是其埋玉處也。然禾郡至今有蘇小墳，未知孰是?竊意蘇小或葬錢塘，未必即在湖畔。博物君子，必有灼見。雖閭巷瑣事，大雅所不屑道。在名士風流，未嘗不深考也。希指示，幸甚!幸甚!堇浦詞兄。弟燮狀。

震鈞《天咫偶聞》卷六

與金農書

賜示《七夕詩》，可謂詞嚴義正，脫盡前人窠臼，不似唐人，作為一派褻狎語也。夫織女乃衣之源，牽牛乃食之本，在天星為最貴，奈何作此不經之說乎!如作者云云，真能助我張目者，惜世人從未道及，殊可歎也。我輩讀書懷古，豈容隨聲附和乎!世俗少見多怪，聞言不信，通病也。作劄奉寄，慎勿輕以示人。壽門征君，弟燮頓首。

震鈞《天咫偶聞》卷六

與金農書

詞學始於李，唐人惟青蓮諸子，略見數首，余則未有聞也。太白《菩薩蠻》二首，誠千古絕調矣。作詞一道，過方則近於詩，過圓則流於曲，甚矣，詞學之難也！承示新詞數闋，俱不減蘇、辛也。燮雖酷好填詞，其如珠玉在前，翻多形穢耳。板橋弟燮書寄壽門老哥展。

震鈞《天咫偶聞》卷六

與金農書

古董一道，真必有偽，譬之文章，定多贗作，非操真鑒者，不能辨也。夏鼎商彝，世不多有，而見者殊希。老哥雅擅博物，燮曾有「九尺珊瑚照乘珠，紫髯碧眼號商胡」詩以持贈矣。然竊有說焉：世間可寶貴者，莫若《易象》、《詩》、《書》、《春秋》、《禮》、《樂》，斯豈非世上大古器乎！不此之貴，而玩物喪志，奚取焉！然此只堪為知者道耳。狂愚之論，敢以質之高明。壽門征士，燮奉簡。

震鈞《天咫偶聞》卷六

與李鱓書

十日不相見面，如隔三十年也。地乾泥軟，可一過我乎？王老父台並杜三、葉大兄，欲邀公為壺酒碟菜之會，不識肯一命駕否？畫事固緊，談事亦不可廢，佇望切切。復堂老先生，晚弟鄭燮頓首。

北京西單文物商店藏摹本

與勗宗上人書

燮舊在金台，日與上人作西山之遊，夜則挑燈煮茗，聯吟竹屋，幾忘身處塵世，不似人海中也。迄今思之，如此佳會，殊不易遘。茲待涼秋，定擬束裝北上。適有客入都之便，先此寄聲；小詩一章，聊以道意：「昔到京師必到山，山之西麓有禪關；為言九月吾來住，檢點白雲房半間。」勗尊者，弟燮頓首。

震鈞《天咫偶聞》卷六

與董偉業書

昨承訂渡江觀劇，中宵忽抱小恙，不獲奉陪同往矣，殊深歉仄也。特此覆愛江良友，弟燮白。

震鈞《天咫偶聞》卷六

與田雲鶴書

昨買一小園，在水中央。又得銅菩薩像五枚，意欲改此園為銅菩薩庵。

阮元《廣陵詩事》卷八

與光纘書

承三枉顧，而不得一回候，罪何如也。溽暑炎歊，薰耳灼目，三遊湖而三病，兩拜客而兩病，老朽殘軀，惟裹足杜門為便耳。高明諒之。

偶畫折枝蘭一盆，以為清供，亦銷暑之一法也。板橋弟鄭燮頓首光纘四哥足下。乾隆辛巳七月二日。

吳白匋藏墨蹟

書贈織文世兄

織文世兄，別去二十餘年。余在山左，常念念；君在江南，亦常想至吾山左。雖不果厥志，而兩心相思，無一刻忘也。乾隆丁丑，來高郵，方圖買舟過訪，而織文已蕩槳而至，叩余寓齋。邀歸村落，流連數十日，以償廿年饑渴。織文極能詩，而謬愛拙作，輒能誦數十篇。不辭老醜，更錄近草十數紙，為屏風帖以請教。昔太宗屏風摘古人嘉言懿行，而余自寫其詩詞，無知自大，真有愧古人，亦曰從主人之意耳。書畢系以詩：杭州只有金農好，宦海長從李鱓遊；每到高山奇絕處，思君同倚樹邊樓。板橋老人鄭燮。

揚州博物館藏墨蹟

與柳齋書

佳政滿矣，流及旁邑，況本邑乎！燮在下風，拜沾餘澤，欣慰之懷，非筆舌所能述也。古人一行作吏，詩文筆墨束之高閣，非大才鮮克兼之。足下惠澤滿人間，而新詩妙染，紛紛幾席，其論文尤清瘦而腴。陳孟公書啟，蘇子瞻竹石，風流其復見乎！昨在貴治，曲荷周旋，沃領大教。界河船中一會，未罄雅談，至今耿耿。燮一歲之中，居家者不過二三月，其餘則東西南北而已。非盡為貧而出，蓋山川風月，詩酒朋儕，性之所嗜，不可暫離耳。老弟屢過敝邑，未展一飯之留，深為歉仄。令兄先生及諸侄，諸年侄，首春清吉，最切懷思，殊深一念之想也。學愚兄鄭燮頓首柳齋老弟執事。乾隆著雍攝提格太蔟之月窈九日行。

聶崇歧先生藏摹本

楹聯卷十二

勝跡

蘇州網師園濯纓水閣

曾三顏四；
禹寸陶分。
乾隆己巳春日，板橋鄭燮書。

江蘇古籍出版社1984年版《古今對聯叢談》

蘇州留園

蝶欲試花猶護粉；
鶯初學囀尚羞簧。
板橋鄭燮。

無錫市文物商店藏木刻

山東濰縣城隍廟戲樓（一）

切齒漫嫌前半本；
平情只在局終頭。

興化鄭板橋紀念館1984年第1期《板橋》

山東濰縣城隍廟戲樓（二）

儀鳳簫韶，遙想當年節奏；
文衣康樂，休誇後代淫哇。

興化鄭板橋紀念館1984年第1期《板橋》

山東濰縣縣衙

視民如傷，濰邑蒼生皆吾子；
修己以敬，東林前輩是我師。

貴州人民出版社1988年版《鄭板橋》

山東濰縣大堂

官要虛心，總能發伏厘奸，須識我得情勿喜；
民宜安分，若到違條犯法，可憐汝無路求生。

貴州人民出版社1988年版《鄭板橋》

山東濰縣復園

菊松陶令宅；
書畫米家船。

金盾出版社1995年版《巧妙對聯三千副》

山東濰縣復園

倚樹聽泉，任天而動；
看花濯雨，得氣之清。

金盾出版社1995年版《風景對聯三千副》

山東濰縣草廟子花園

花落家僮未掃；
鳥啼山客猶眠。

興化鄭板橋紀念館1984年第1期《板橋》

山東濰縣南松廢園

屏花蓄雨春還麗；
水檻臨風晚更佳。

河南美術出版社2001年版《書家對聯顧問》

四川灌縣青城山天師洞台榭

心清水濁；
山矮人高。

江西人民出版社1983年版《名聯欣賞》

四川灌縣青城山天師洞齋堂

掃來竹葉烹茶葉；
劈碎松根煮菜根。

上海文化出版社1991年《鄭板橋對聯輯注》

江蘇南京半山亭（一）

玲玲瓏瓏簸；
孔孔洞洞山。

金盾出版社1995年版《巧妙對聯三千副》

江蘇南京半山亭（二）

蜿蜿蜒蜒路；
晶晶玲玲泉。

金盾出版社1995年版《巧妙對聯三千副》

興化沙灣吳公湖

一粒沉沙萬斛珠；

半灣湖水千江月。

板橋鄭燮。

1981年8月13日《新華日報》

興化拱極台淥波亭

六七月間無暑氣；

二三更後有漁歌。

興化政協文史資料委員會1986年第10輯《興化文史》

興化城隍廟

雪逞風威，白占田園能幾日；

雲從雨勢，黑漫大地沒多時。

揚州丁家桐先生提供

興化柳園

北迎拱極，西接延青，共分得一池煙水；
春步柳堤，秋行蔬圃，最難消六月荷風。

姚文田等《重修揚州府志》卷二十三

興化李園靜坐亭（一）

無事此靜坐；
有福方讀書。

上海文化出版社1991年版《鄭板橋對聯輯注》

興化李園靜坐亭（二）

種十里名花，何如種德；
修萬間廣廈，不若修身。

上海文化出版社1991年版《鄭板橋對聯輯注》

興化施耐庵神牌

遵祖宗一脈傳流，克勤克儉；
教子孫兩派正路，唯讀唯耕。

興化高岩先生藏墨蹟

興化烏巾蕩藕花居

老屋掛藤連豆架；
破瓢舀水帶鯈魚。

上海玉佛沙門1933年版《興化佛教通志》

興化竹泓鎮火星廟神台

自舍黎民歸北極；
長依少皞作西流。

興化竹泓鎮鄭氏後裔提供

興化某廟

欲除煩惱須成佛；
各有前因莫羨人。

興化薛振國先生藏墨蹟

浙江紹興日鑄山

雷文古鼎八九個；
日鑄新茶三兩甌。

興化鄭板橋紀念館藏拓片

浙江桐廬嚴子陵釣台

先生何許人？羲皇上人；
醉翁不在酒，山水之間。

大眾文藝出版社2001年版《中華酒聯大觀》

江西貴溪龍虎山洞府

龍虎山中真宰相；
麒麟閣上活神仙。

清代宣鼎《夜雨秋燈錄·雅騙》

江蘇鹽城郝氏宗祠

志欲光前，惟有詩書教子；
心存裕後，莫如勤儉持家。

1984年第4期《美術研究》

北京白雲觀華室

咬定一兩句，終身得力；
栽成六七竿，四壁皆清。

板橋道人。

中國民間文藝出版社1985年版《北京名勝楹聯》

江蘇如皋土地廟

鄉里鼓兒鄉里打；
當坊土地當坊靈。

清代李斗《揚州畫舫錄》卷六

江蘇南通州雙薇園

秋風秋雨雙薇樹；
江南江北個道人。

清代季念詒《通州直隸州志·山川志》

真州江上茶肆

山光撲面因朝雨；
江水回頭為晚潮。
板橋鄭燮題。

鄭板橋《揚州雜記卷》

鎮江焦山自然庵(一)

汲來江水烹新茗；
買盡青山當畫屏。

清代梁章鉅《楹聯叢話》卷六

鎮江焦山自然庵(二)

此地從來有修竹；
為師真可立梅花。

上海文化出版社1991年版《鄭板橋對聯輯注》

鎮江焦山別峰庵

室雅何須大；
花香不在多。

鎮江焦山別峰庵鄭板橋讀書處

鎮江焦山海若庵

楚尾吳頭，一片青山入座；
淮南江北，半潭秋水烹茶。

清代吳雲《焦山志》卷一

鎮江焦公祠

蒼茫海水連江水；
羅列他山助我山。

嶽麓書社1984年版《對聯話》卷二

鎮江海西庵

臨流口吸西江水；
隔岸拳擊北固山。

上海文化出版社1991年版《鄭板橋對聯輯注》

揚州青蓮齋

從來名士能評水；
自古高僧愛鬥茶。

清代李斗《揚州畫舫錄》卷四

揚州江秩文園

草因地暖春先翠；
燕為花忙暮不歸。

上海博物館藏墨蹟

揚州瘦西湖小金山月觀

月來滿地水；
雲起一天山。

清代袁枚《隨園詩話》卷九

揚州寄嘯山莊

一面樓臺三面樹；
二分池沼八分田。

上海商務印書館《古今聯語彙編》

揚州馬氏小玲瓏山館

咬定幾句有用書，可忘飲食；
養成數竿新生竹，直似兒孫。

清代梁章鉅《楹聯續話》卷二

揚州常書民小園

憐鶯舌嫩由他罵；
愛柳腰柔任爾狂。

鄭板橋《揚州雜記卷》

揚州桐軒

遺韻滿江淮，三家一律；
愛才如性命，異世同心。

清代李斗《揚州畫舫錄》卷二

揚州勺園

移花得蝶；
買石饒雲。

板橋老人鄭燮。

揚州博物館藏墨蹟

揚州個園住秋閣

秋從夏雨聲中入；
春在寒梅蕊上尋。

乾隆乙酉夏，板橋鄭燮。

揚州百尺梧桐閣

百尺高梧，撐得起一輪月色；
數椽矮屋，鎖不住五夜書聲。

乾隆乙酉春，板橋老道人鄭燮。

揚州博物館藏墨蹟

興化鄭板橋故居藏墨

題贈

贈郝梅岩公

此人如碧梧翠竹；
其志在高山流水。

1982年11月13日《新華日報》

贈又老年學兄

墨蘭數枝宣德紙；
苦茗一杯成化窯。

乾隆三年八月廿四日，又老年學兄，板橋居士鄭燮漫題。

上海人民美術出版社1980年版《鄭板橋》

贈韓鎬

刪繁就簡三秋樹；
領異標新二月花。
與韓生鎬論文，鄭板橋。

濰坊市十笏園藏石刻

贈郎一鳴

為善無不報；
讀書當及時。

常志英等《濰縣誌稿》卷廿九

贈君謀、翊清父子

有子才如不羈馬；
知君身後是凋松。
書賀君謀老先生暨令郎翊清年兄大教，板橋鄭燮。

濰坊博物館藏墨蹟

贈如南

階下青蔥留玉節；
夜來風雨作秋聲。
如南年長兄先生，板橋鄭燮。

興化昭陽鎮文化站文史資料組提供

贈韓夢周

讀書從劓齒而入；
作文以生辣為先。

濰坊李會林先生提供

贈景翁老先生

民於順處皆成子；
官到閒時更讀書。

乾隆壬午，題為景翁老先生使君並正，板橋鄭燮。

揚州文物商店藏墨蹟

贈嘯江大師

秋老吳霜蒼樹色；
春融巴雪洗山根。
書為焦山嘯江大師，乾隆癸未九月，板橋鄭燮。

揚州博物館藏墨蹟

贈勖公

搜盡奇峰打草稿；
摘來紅葉補袈裟。
題贈勖公，板橋鄭燮。

清代釋覺銘《圓津禪院小志》

贈詠亭大兄

琢出雲雷成古器；
辟開蒙翳見通衢。

詠亭大兄，夢予贈以偶句，因令予書之。不敢相讓，乃為走筆。但慚愧好句如珠，未免為板橋裝臉色也。乾隆乙酉春，橄欖軒主人鄭燮。

揚州博物館藏墨蹟

贈金國元

富貴如浮雲，休言子弟登龍虎；
金錢身外物，莫代兒孫作牛馬。

興化文化館《水鄉文藝》

贈白駒老友

白菜青鹽粯子飯；
瓦壺天水菊花茶。

興化鄭板橋紀念館藏墨蹟

贈某商人

打松算盤；
得大自在。

齊魯書社1985年版《鄭板橋全集》

贈周老年學先生

黃山雲似海；
天姥日為丸。

書似周老年學先生，板橋鄭燮。

山東文藝出版社1984年版《明清名人楹聯墨蹟集》

贈晴江年學老長兄

東雲歸硯匣；

裁夢入花心。

晴江年學老長兄屬，板橋鄭燮。

山東棗花村書畫店《古今名人楹聯彙編》

贈焦山某長老

花開花落僧貧富；

雲去雲來客往還。

清代梁章鉅《楹聯續話》卷四贈允翁年學兄

浮碧一川思訓畫；

硬黃半榻右軍書。

書為允翁年學兄，板橋鄭燮。

揚州博物館藏墨蹟

贈某僧友

白沙泉煮穿心罐；

黃連香燒索耳爐。

上海文化出版社1991年版《鄭板橋對聯輯注》

題揚州錦湖行畫舫

搖到四橋煙雨裡；

撥開一片水雲天。

清代李斗《揚州畫舫錄》卷十八

題白駒蘭玉池浴室

滌浣澄心蘭可佩；

薰蒸和氣玉為儀。

山西人民出版社1990年版《板橋對聯》

贈李鱓我適居

奸佞當朝，焉能安其身；
蒺藜滿田，何以措禾苗。

興化衛伯塤、吳漢池先生提供

題胡文照「大夫第」

以八千歲為春；
之九萬里而南。

宗教文化出版社2001年版《鄭板橋與佛教禪宗》

贈梅鑒上人

寒山萬里尋梅鑒；
古渡千秋見板橋。

興化湯踐生先生提供

述懷

妙墨疑懸漏；
雄才欲唾珠。

虛心竹有低頭葉；
傲骨梅無仰面花。

作畫題詩雙攬擾；
棄官耕地兩便宜。

靜檢羲軒冊；
濃熏班馬香。

板橋鄭燮。

廣州市美術館藏墨蹟

江蘇古籍出版社1984年版《古今對聯叢談》

興化鄭板橋紀念館藏拓片

郭照《鐵如意室所藏書畫錄》卷二

課子小書齋，聊可借觀魚鳥；
連家新竹圃，何須多構湖山。

乾隆癸酉仲春，板橋鄭燮。

興化鄭板橋故居藏拓片

藏書何止三萬冊；
橦樹常教四十圍。

乾隆廿三年歲次戊寅秋八月，板橋鄭燮。

安徽省博物館藏墨蹟

近水短橋皆畫意；
遠峰晴雪有詩無。

戊寅八月書於明聖湖之勾留處，板橋鄭燮。

宜興史慶康先生藏拓片

錦江春色來天地；
玉壘浮雲變古今。

移花兼得蝶；
買石更饒雲。
乾隆己卯，鄭燮書。

江西人民出版社1984年《實用對聯》
寧波天一閣藏墨蹟

操存正固稱完璞；
陶鑄含弘若渾金。
乾隆癸未，板橋鄭燮。

揚州博物館藏墨蹟

烹茶活火還溫酒；
洗研餘波好灌花。
乾隆甲申二月，板橋鄭燮。

興化金谷香先生提供

鶴矯雲中，霞飛飆半；
竹明水際，松挺岩阿。

乾隆甲申秋杪書於杏花樓，板橋鄭燮。

齊魯書社1985年版《鄭板橋全集》

願與不解周旋客飲酒；
難為未識姓名人作書。

戴盟《板橋楹聯漫話》

須要小心；
不可大意。

興化金谷香先生提供

深心托豪素；
努力愛春花。

板橋居士鄭燮。

上海陸平恕先生藏墨蹟

松枝留古骨；
梅花無豔情。

興化金谷香先生提供

栽培心上地；
涵養性中天。

興化高岩先生提供

前身應是明月；
幾生修到梅花。
鄭燮。

興化王中書先生提供

古鼎藏書，百年相伴；
名花美酒，四季皆春。

鎮江博物館藏墨蹟

辛苦自成名進士；
碎煩終困老書生。
竹君老夫子自詠句，後學板橋鄭燮書。

興化魏伯塤先生提供

種竹似培佳子弟；
擁書如拜小諸侯。

興化高岩先生提供

隔靴搔癢贊何益；
入木三分罵亦精。

江西人民出版社1985年《諧聯集萃》

七寶莊嚴才學坐；
萬花飛舞聖人書。
板橋鄭燮。

《名人名聯真跡大全》

富於筆墨窮於命；
老在鬚眉壯在心。

興化張學曾先生藏拓片

風度如聯寒水淼；
秋空還接遠雲平。

興化高岩先生提供

春物誘才歸健筆；
夜歌牽醉入叢杯。
板橋鄭燮。

揚州古籍書店藏墨蹟

慧裡聰明長奮躍；
靜中滋味自甜腴。

濰坊市十笏園藏石刻

古書不厭看還讀；
益友何妨去復來。

濰坊房文齋先生提供

不過奢華不過儉；
也知稼穡也知書。

鹽城宗樹源先生提供

吐有揚雄書無價；
夢到江華筆有神。

鹽城宗樹源先生提供

除卻詩書無可好；
獨有山水不能憐。

鹽城宗樹源先生提供

藏書古鼎良友，百年相伴；
美酒名花皓月，四季皆春。

興化王吉生先生藏墨蹟

伴我書千卷；
可人竹一叢。

臺灣版《名人與名聯》

老圃老農吾不如也；
一丘一壑自謂過之。

興化昭陽鎮文化站文史資料組提供

才短自知能事少；
禮疏常覺慢人多。

人民日報出版社1990年版《中華對聯鑒賞》

欲求寡過偏多過；
且喜藏書未藏書。
如翁老長兄句，板橋鄭燮書。

宗教文化出版社2001年版《鄭板橋與佛教禪宗》

淚盡數行；
詩留千古。

興化彭國良先生提供

格言

格超梅以上；
品在竹之間。

興化王中書先生提供

書從疑處翻成悟；
學到窮時自有神。

江西人民出版社1983年版《名聯欣賞》

書有未曾經我讀；
事無不可對人言。

江西人民出版社1983年版《名聯欣賞》

寶鼎沉香浮柏子；
玉壺春水浸梅花。

興化昭陽鎮文化站文史資料組提供

身無半畝，心憂天下；
讀破萬卷，神交古人。

文化藝術出版社1982年版《對聯欣賞》

過眼寸陰求日益；
關心萬姓祝年豐。

文化藝術出版社1982年版《對聯欣賞》

貧不賣書留自讀；
老猶栽竹與人看。

濰坊考功卿先生提供

醉題蕉葉成詩稿；
閑折花枝當酒籌。

興化管同慶先生提供

徑幽花氣聚；
波定月光圓。

興化昭陽鎮文化站文史資料組提供

宅第

興化東門住宅

東臨文峰古塔；
西近才子花洲。

興化鄭榮慶先生藏墨蹟敘時

述時

春風放膽來梳柳；
夜雨瞞人去潤花。

板橋鄭燮。

徐州博物館藏拓片

述物

山奔海立；
沙起雷行。
乾隆辛未秋，板橋鄭燮。
濰坊市十笏園藏石刻

山隨畫活；
雲為詩留。
乾隆戊寅七夕，板橋道人。
濰坊市十笏園藏石刻

秋江欲畫毫先冷；
梅水才煎腹便清。
板橋鄭燮。
《古今名人楹聯彙編》

洗硯魚吞墨；
烹茶鶴避煙。

興化張配五先生提供

漫掃白雲看鳥跡；
自鋤明月種梅花。

興化張學珍先生提供

風吹柳絮為狂客；
雪逼梅花做冷人。

常州天寧寺藏墨蹟

風篁類長笛；
流水當鳴琴。
板橋鄭燮。

興化魏伯塤先生藏漆屏

竹疏煙補密；
梅瘦雪添肥。

清代林蘇門《邗江三百吟》卷七

江秋逼山翠；
日瘦抱松寒。

鄭燮。

天津楊柳青年畫社藏墨蹟

天際識歸舟；
雲中辨江樹。

板橋鄭燮。

濰坊市文物商店藏墨蹟

一庭春雨瓢兒菜；
滿架秋風扁豆花。

板橋鄭燮。

茶亦醉人何必酒；
花還耐雪況於松。

江西人民出版社1983年版《名聯欣賞》
興化管同慶先生提供

秋水初晴浪澄煙外；
幽蘭未放香在雲端。

河南美術出版社2001年版《書家對聯顧問》

性溶海月波常靜；
身露金鳳樹不凋。

興化袁政余先生提供

霜熟稻粱肥，幾郮農唱；
燈紅樓閣迥，一片書聲。
乾隆壬午蕤賓月，板橋鄭燮。

清人謝誠均《enen齋書畫記》卷二

題畫

莫道牡丹真富貴
誰知梅花百花魁。

板橋道人。

宜興韓其樓先生藏墨蹟

潔疑無地種；
芳不待人知。

興化市圖書館藏拓片

處世總無窮竭處；
看花全在未開時。

北京故宮博物院藏墨蹟

諧謔

世道不同，話到口邊留半句；
人心難測，事當行處再三思。
多讀古書開眼界；
少管閒事養精神。
打草稿用全力；
說閒話無慢心。
乾隆戊寅，板橋鄭燮。

上海人民美術出版社1980年版《鄭板橋》
濰坊市文物商店藏拓片
重慶市博物館藏墨蹟

詩酒圖書畫；
銀錢屁股屄。

清代曾衍東《小豆棚》卷十六

飽暖富豪講風雅；
饑饉畫人愛銀錢。

花城出版社1983年版《古今楹聯拾趣》

舞文弄墨千般眾；
種草養花一場空。

乾隆壬子秋，板橋鄭燮

揚州周嗣強先生提供

蓬破船裝零碎月；
牆倒屋進整齊風。

金盾出版社1995年版《格言對聯大觀》

雜綴

六十自壽聯

常如作客，何問康寧，但使囊有餘錢，甕有餘釀，釜有餘糧，取數葉賞心舊紙，放浪吟哦，興要闊，皮要頑，五官靈動勝千官，過到六旬猶少；定欲成仙，空生煩惱，祇令耳無俗聲，眼無俗物，胸無俗事，將幾枝隨意新花，縱橫穿插，睡得遲，起得早，一日清閒似兩日，算來百歲已多。

清代梁章鉅《楹聯叢話全編》卷二十二

自挽聯

張長哥，李矮哥，慢慢同行，膽小休教嚇我；
地藏王，閻羅王，粗粗相會，面狠好不驚人。

1986年9月23日《揚子晚報》

題宮燈

雲駛月暈；
舟行岸移。
板橋書。

交忠朝廷；
因賜百姓。

煙臺地區文管組藏墨蹟

挽內弟

愛君之才，悲君之命；
先我而死，後我而生。

興化鄭板橋紀念館館藏資料

鄭板橋《儀真客舍寄內子》

挽李鱓

遺愛遍山東，一字一畫一詩人間墮淚；
宏才感天闕，賜果賜茶賜飯地下銜恩。

興化高岩先生提供

挽李鱓

無不開之船，打槳揚帆，老先生脫離苦海；
有未完之戲，停鑼歇鼓，吾小子收拾壇場。

東台呂蔭堂先生藏墨蹟

涼絲玉網千層結；
研粉宮箋五色裁。

清代朱祖謀《梡鞠錄》卷下

到處雲山到處佛；
當坊土地當坊靈。

清代李斗《揚州畫舫錄》卷六

三絕詩書畫；
一官歸去來。

清代梁章鉅《楹聯叢話》卷十二

匾額卷十三

二字匾額

蘇亭

李斗《揚州畫舫錄》卷十五

明放案：李斗《揚州畫舫錄》卷十五云：「篠園花瑞即三賢祠，乾隆甲辰，歸汪廷璋，人稱為汪園。於熙春台左撤蘇亭，構閣道二十四楹。以最後之九楹，開閣下門為篠園水門。初盧轉運建亭署中，鄭板橋書『蘇亭』二字額，轉運聯云：『良辰盡為官忙，得一刻餘閒，好誦史翻經，另開生面；傳舍原非我有，但兩番視事，也栽花種竹，權當家園。』後因篠園改三賢祠，遂移是額懸之小漪南水亭上，聯云：『東坡何所愛白居易；仙老暫相將杜荀鶴。』因題曰三過遺蹤，列之牙牌二十四景中。後復改名三過亭，今俱撤為閣道。」

束雲

鄭燮。「鄭燮之印」（白文）。

韓鳳林、宮玉果編《鄭板橋書法集》

春塢

鄭燮。「板橋」（白文）。

韓鳳林、宮玉果編《鄭板橋書法集》

靜軒

板橋鄭燮書於濰署。「?」（白文）、「板橋」（白文）。

余毅《鄭板橋書畫拓片集》

養怡

古人云：養怡之福，可得永年。陶冶性情，且安且適，怡則養矣。故為繡園七兄書之。

李佳《左庵一得敘錄》

鞠族

南陽之水，飲者輒壽。姬翁世長兄夫婦年近六十，如四十許人，其壽正未有艾；諸子孫亭亭直立，渾厚聰明。題以「鞠族」，莫非壽也。佳辰八月，菊將放時，達街盈砌，吸其露不猶其飲其水乎？乾隆二十二年秋八月。

《興化任氏族譜》

三字匾額

小書齋

板橋鄭燮。「鄭燮之印」（朱文）。

濰坊十笏園藏石刻

靜儉齋

板橋。

濰坊市博物館藏墨蹟

藏經樓

乾隆庚辰，板橋鄭燮書。

鎮江金山寺藏木刻

明放案：《白蒲鎮志》卷六云：「法寶寺『藏經樓』三字，其（指鄭板橋）所書也。」

節孝坊

鄭板橋《濰縣署中寄墨弟》

四字匾額

難得糊塗

題識：聰明難，糊塗難，由聰明而轉入糊塗更難，放一著，退一步，當下心安，非圖後來福報也。

乾隆辛未秋九月十之九日，板橋。「橄欖軒」（朱文）、「鄭燮之印」（白文）、「七品官耳」（白文）。

濰坊市博物館藏石刻

吃虧是福

題識：滿者，損之機；虧者，盈之漸。損於己則益於彼，外得人情之平，內得我心之安，既平且安，福即在是也。

板橋鄭燮題云濰縣官廨。「七品官耳」（白文）。

鎮江金山寺工藝廠藏石刻

龍跳虎臥

乾隆庚午。「板橋」（白文）。

濰坊市博物館藏石刻

待露草堂

書為容駟年世兄。

板橋鄭燮。「丙辰進士」（朱文）。

山東王國華先生藏墨蹟

聊避風雨

板橋。「七品官耳」（朱文）、「鄭」（白文）、「克柔」（白文）。

揚州博物館藏木刻

惟德是輔

板橋鄭燮。乾隆壬申題濰縣城隍廟戲樓。

常志英等《濰縣誌稿》卷二十

神之聽之

板橋鄭燮。乾隆壬申題濰縣城隍廟戲樓。

常志英等《濰縣誌稿》卷二十

十子成林

題為彼公和尚。板橋。

南通狼山准提庵藏木刻

明放案：板橋另一匾題為「十指成林」。「指」通「子」。

韓鳳林、宮玉果編《鄭板橋書法集》

松葉主人

燮。「濰夷長」（白文）。

私人藏

天外雲濤

板橋。「鄭燮之印」（白文）。

五字匾額

戶外一峰秀

板橋。

私人藏

聊借一枝棲

為「擁綠園」所書。

丁家桐《絕世風流鄭燮傳》

歌歈古揚州

板橋鄭燮三書此額。一與郭君方儀，一與常君酉北，此則與松亭陳三哥也。略不如前，亦有別味。

揚州博物館藏木刻

六字匾額

寸魚兩竹之軒

板橋老人。

揚州周斯達先生藏墨蹟

何須多搆湖山

板橋。

余毅《鄭板橋書畫拓片集》

七字匾額

無數青山拜草廬

乾隆二十五年夏五月，為保培源「藝園」所書。

徐縉、楊廷撰《崇川咫聞錄》

明放案：「匾額」，亦稱「扁額」。或稱「匾」或「額」。它是懸掛在廳堂或亭榭上的字牌。一種說法是：用以表達義理、情感之類的字牌稱「匾」；用以表達建築物名稱及性質之類的字牌稱「額」。也有一種說法認為：横著的稱「匾」，豎著的稱「額」。

匾額集字、印、雕、色之大成。以其性質，則分堂號匾、牌坊匾、商號匾、壽匾及文人題字匾；以其題材，則分歌功頌德、繪景抒情及述志興懷；以其材料，則有木刻、石刻及灰制等。

「以匾研史，可以佐證；以匾習書，可獲筆意；以匾讀辭，可得精髓。」板橋匾額，大多經世濟世，自謳自歌。

書目卷十四

款署具體年份之作

楷書歐陽修《秋聲賦》，紙本，尺寸不詳，1715年作，上海陸平恕先生藏墨蹟

草書板橋《滿江紅·田家四時苦樂歌》，紙本，26.4×158.7cm，1729年作，上海博物館藏墨蹟

行書板橋《賀新郎·送顧萬峰之山東常使君幕》，紙本，128.4×31.2cm，1730年作，上海博物館藏墨蹟

草書節錄懷素《自敘帖》，紙本，尺寸不詳，1731年作，南通博物院藏墨蹟

行書板橋《恭頌徐母蔡二姑母》詩，紙本，尺寸不詳，1734年作，南京徐石橋先生藏墨蹟

楷書秦觀《水龍吟·春詞》冊頁，尺寸不詳，1734年作，南京蕭平先生藏墨蹟

楷書板橋《道情十首》詞，紙本，尺寸不詳，1735年作，天津市藝術博物館藏墨蹟

行書板橋《道情十首》詞，手卷，紙本，30×434cm，1737年作，史樹青題跋，私人藏

楷書范質《誡子孫》詩，紙本，79×48cm，1738年作，廣州市美術館藏墨蹟

六分半書蘇軾《虢國夫人夜遊圖》，紙本，24.2×28.3cm，1738年作，遼寧省博物館藏墨蹟

行書節錄蘇軾文，紙本，142.8 ×57.5cm，1738年作，北京故宮博物院藏墨蹟

行書《金縷曲》詞。紙本，尺寸不詳，1739年作，貴州省博物館藏墨蹟

六分半書節錄懷素《自敘帖》，紙本，190.5×104.9cm，1740年作，揚州博物館藏墨蹟

書作《岣嶁碑》文。紙本，尺寸不詳，1740年作，煙臺市博物館藏墨蹟

行書節錄懷素《自敘帖》，紙本，1740年作，揚州博物館藏墨蹟

行書板橋《上江南大方伯晏老夫子》詩，紙本，135.5×74cm，1741年作，北京故宮博物院藏墨蹟

六分半書鄭谷口遺句，紙本，110.7×58cm，1749年作，首都博物館藏墨蹟

行書呂鯤《夏日道中》詩，紙本，56.8×22.5cm，1742年，作首都博物館藏墨蹟

行書劉禹錫《奉送浙西李僕射相公赴鎮》詩，紙本，尺寸不詳，1742年作，北京故宮博物院藏墨蹟

書作呂鯤《夏日道中》詩，紙本，56.8×22.5cm，1742年作，首都博物館藏墨蹟

書作《與紫瓊崖主人書》，紙本，尺寸不詳，1742年作，揚州博物館藏墨蹟

為載臣先生書《道情十首》詞，紙本，尺寸不詳，1743年作，北京夏衍先生藏墨蹟

隸書古代歌謠，紙本，尺寸不詳，1744年作，國家博物館藏墨蹟

行楷書與李鱓合題循九王像，紙本，24.5×28cm，1745年作，鎮江博物館藏墨蹟

行書《揚州雜記》卷，紙本，18.1×158.3cm，1747年作，上海博物館藏墨蹟

行書板橋《與江賓谷江禹九書》。紙本，尺寸不詳，1748年作，上海博物館藏墨蹟

隸書蔡中郎十字殘碑，紙本，48.5×52cm，1749年作，私人藏

行書陶淵明《桃花源記》，綾本，100×44cm，1749年作，私人藏

行書板橋《自詠》詩，紙本，尺寸不詳，1749年作，北京故宮博物院藏墨蹟

行書《板橋自敘》卷，紙本，28.7×190.1cm，1749年作，北京故宮博物院藏墨蹟

行書宋自遜《賀新郎》詞，紙本 174×44.5cm，1750年作，私人藏

行書古人七絕三首，紙本，78.2×27.6cm，1750年作，揚州博物館藏墨蹟

六分半書七言聯，「秋從夏雨」，紙本，尺寸不詳，1750年作，揚州個園住秋閣藏木刻

行書《板橋自序》尾碼附記，紙本，28.7×190.1cm，1750年作，北京故宮博物院藏墨蹟

行書古人七絕詩二首，紙本，174×44.5cm，1750年作，昭雪堂主人藏墨蹟

隸書「龍跳虎臥」匾額，紙本，尺寸不詳，1750年作，濰坊市博物館藏石刻

行草書板橋《范縣詩》，紙本，尺寸不詳，1751年作，香港霍寶材先生藏墨蹟

行書「山奔海立」聯，紙本，尺寸不詳，1751年作，濰坊市十笏園藏石刻

行書七言聯，「作畫題詩雙攪擾」，紙本，尺寸不詳，1751年作，濰坊市十笏園藏石刻

行書《田遊岩佚事一則》。紙本，尺寸不詳，1751年作，濰坊市十笏園藏石刻

楷書「小書齋」匾額，紙本，尺寸不詳，1751年作，濰坊市十笏園藏石刻

行書《重修城隍廟碑記》，紙本，22×218.4cm，1752年作，南京博物院藏墨蹟

行楷書唐人七絕三首，紙本，164×94cm，1752年作，濟南市博物館藏墨蹟

草書孟浩然《臨洞庭上張丞相》詩，紙本，175.5×51cm，1752年作，私人藏

行書《題宋拓聖教序》，紙本，尺寸不詳，1752年作，四川省博物館藏墨蹟

行書「有子才如不羈馬」聯，紙本，尺寸不詳，1752年作，濰坊市博物館藏墨蹟

行書「靜儉齋」匾額，紙本，尺寸不詳，1752年作，濰坊市博物館藏墨蹟

隸書扇面，「老困烏紗十二年」，紙本，尺寸不詳，1753年作，北京寶古齋藏墨蹟

行書「課子小書齋聊可借觀魚鳥」聯，紙本，尺寸不詳，1753年作，鄭板橋紀念館藏拓片

行書《為道士吳雨田作》，紙本，64×35cm，1753年作，北京故宮博物院藏墨蹟

行書節錄懷素《自敘帖》，紙本，尺寸不詳，1754年作，鎮江博物館藏墨蹟

行書板橋《贈濟甯烏程知縣孫擴圖》詩，紙本，尺寸不詳，1754年作，濟甯李既匋藏墨蹟

六分半書板橋《道情十首》詞卷。紙本，尺寸不詳，1754年作，天津市藝術博物館藏墨蹟

行書古人七絕詩三首。紙本，尺寸不詳，1754年作，瀋陽故宮博物院藏墨蹟

行書宋代黃庚《池荷》詩，紙本，162×84cm，1755年作，濟南博物館藏墨蹟

行書節錄懷素《自敘帖》，紙本，180.9×107cm，1755年作，揚州博物館藏墨蹟

隸書法常禪師詩偈，紙本，167.8×44cm，1755年作，揚州博物館藏墨蹟

行書天童悟禪師《金山》詩，紙本，167.7×44.5cm，1755年作，揚州博物館藏墨蹟

行書節錄梁武帝《書評》，紙本，182×105cm，1755年作，揚州博物館藏

行書節錄蘇軾尺牘，紙本，尺寸不詳，1755年作，遼寧省博物館藏墨蹟

行書蘇軾《答賈耘老》紙本，122.3×46.4cm，1756年，國家博物館藏墨蹟

行書李白《夜泊牛渚懷古》，紙本，136×60cm，1756年作，揚州博物館藏墨蹟

隸書李公左僕《木客》詩，紙本，141×71.7cm，1756年作，遼寧省博物館藏墨蹟

隸書西周太公《金匱硯銘》等，紙本，84.9×49.4cm，1756年作，武漢市文物商店藏墨蹟

行書蘇軾《王定國藏〈煙將疊嶂圖〉》，紙本，50×58.5cm，1756年，揚州博物館藏墨蹟

六分半書《板橋潤格》等，紙本，90×45.5cm，1756年作，私人藏

行書跋興化王李四賢手卷，紙本，尺寸不詳，1756年作，揚州李梅閣藏墨蹟

行書王維《山中與秀才裴迪書》，紙本，尺寸不詳，1756年作，興化車國貴先生藏墨蹟

六分半書韓愈《送李願歸盤谷序》，紙本，22×141cm，1757年，廣東省博物館藏墨蹟

行書韓愈《桃源圖》，紙本，113.7×46.8cm，1757年，中國國家博物館藏

行書《板橋書目》，紙本，尺寸不詳，1757年作，南京博物院藏墨蹟

行書《贈織文世兄》，紙本，176.7×39.8cm，1757年作，揚州博物館藏墨蹟

行書劉滄等人詩，紙本，尺寸不詳，1758年，鎮江博物館藏墨蹟

行書七律詩，紙本，138.2×74.4cm，1758年作，重慶博物館藏墨蹟

行書板橋《自遣》詩，紙本，139×77cm，1758年作，私人藏

行書板橋《道情十首》詞，紙本 175×90cm，1758年作，私人藏

行書《論蘇軾書》，紙本，尺寸不詳，1758年作，旅順博物館藏墨蹟

行書李壺庵《道情》詞卷，紙本，尺寸不詳，1758年作，濟南市文物商店藏墨蹟

六分半書「山隨畫活」聯，紙本，尺寸不詳，1758年作，濰坊市十笏園藏石刻

行書「近水短橋皆畫意」聯，紙本，尺寸不詳，1758年作，江蘇宜興史慶康先生藏鉤摹本

隸書「藏書何止三萬冊」聯，紙本，121×26.5cm，1758年作，安徽省博物館藏墨蹟

行書板橋《自遣詩》，紙本，尺寸不詳，1758年作，無錫市文物商店藏墨蹟

行書「打草槁用全力」聯，紙本，尺寸不詳，1758年作，重慶市博物館藏墨蹟

行書再題《宋拓聖教序》，紙本，尺寸不詳，1759年作，四川省博物館藏墨蹟

草書《祝允明北郊訪友》詩，紙本，尺寸不詳，1759年作，上海李廣先生藏墨蹟

行書「移花兼得蝶」聯，紙本，尺寸不詳，1759年作，寧波天一閣藏墨蹟
六分半書《板橋潤格》，紙本，尺寸不詳，1759年作，濰坊市博物館藏石刻
行書蘇軾《金山夢中作》扇面，紙本，尺寸不詳，1760年作，鎮江市博物館藏墨蹟
六分半書《劉柳村冊子》（足本），紙本，42×630cm，1760年作，大連張里安先生藏墨蹟
六分半書《板橋自序》，紙本，尺寸不詳，1760年作，上海徐平羽先生藏墨蹟
行楷書「藏經樓」匾額，紙本，1760年作，鎮江金山寺藏木刻
為丁有煜刻治硯銘，尺寸不詳，1760年作，南通博物苑藏硯品
行書板橋《與焦光纘書》，紙本，尺寸不詳，1761年作，南京吳白匋藏墨蹟
行書「霜熟稻粱肥幾邨農唱」聯，紙本，尺寸不詳，1762年作，謝承均《瞶瞶齋書畫記》
行書題陳公伯瞻出使高麗贈送詩文卷子，紙本，尺寸不詳，1762年作，鄭板橋故居藏墨蹟
行書「民於順處皆成子」聯，紙本，尺寸不詳，1762年作，揚州市文物商店藏墨蹟
行書為尚賓作《論書法》，紙本，尺寸不詳，1763年作，南京博物院藏
行書題嘯江大師「秋老吳霜蒼樹色」聯，紙本，尺寸不詳，1763年作，揚州博物館藏墨蹟
為慧通禪師作行書《遊焦山》七絕二首，紙本，尺寸不詳，1763年作，鎮江博物館藏墨蹟
六分半書「操存正固稱完璞」聯，紙本，尺寸不詳，1763年作，重慶博物館藏墨蹟

行書寄芸亭七絕詩，紙本，尺寸不詳，1764年作，中國歷史博物館藏

隸書《岣嶁碑》（四屏），紙本，129×50.8cm，1764年作，私人藏

行書「烹茶活火還温酒」聯，紙本，尺寸不詳，1764年作，興化金谷香先生藏墨蹟

行書板橋《遊焦山》詩，紙本，尺寸不詳，1764年作，江西省博物館藏墨蹟

六分半書「琢出雲雷成古器」聯，紙本，145.3×23.1cm，1765年作，揚州博物館藏墨蹟

六分半書「百尺高梧撐得起一輪月色」聯，紙本，1765年作，揚州博物館藏墨蹟

行書《蝶戀花．無題》詞，紙本，尺寸不詳，1765年作，臺北國泰美術館藏墨蹟

行書題碧崖和尚遺照，尺寸不詳，1765年作，鎮江市博物館藏墨蹟

有尺寸而無年份之作

行書奉房母江太夫人八十榮慶詩，紙本，184×41.8cm，年代不詳，天津藝術博物館藏墨蹟

行書題沛郊兄嫂夫人七十雙壽詩，紙本，184×41.8cm，年代不詳，北京鄧永清先生藏墨蹟

行書自作詩，紙本，70×42cm，年代不詳，興化市博物館藏墨蹟

行書為翔高作橫披，紙本，53×100cm，年代不詳，興化市博物館藏墨蹟

行書手劄一通，紙本，24×28.5cm，年代不詳，興化市博物館藏墨蹟
行書冊頁，紙本，27×21.5cm，年代不詳，興化市博物館藏墨蹟
六分半書《山谷論書》，紙本，181.5×94.3cm，年代不詳，榮寶齋藏
行草唐詩七絕三首，紙本，141.8×71.8cm，年代不詳，蘇州博物館藏
行書錄蘇軾《題煙江疊嶂圖》，紙本，23.5×82cm，年代不詳，常州市博物館藏
行書鄭板橋《贈袁枚》詩，紙本，92.5×50cm，年代不詳，四川省博物館藏
行書唐詩五絕三首，紙本，179×96cm，年代不詳，青島市博物館藏
行書板橋《瑞鶴仙．田家》詞，紙本，116×58cm，年代不詳，首都博物館藏
行書自作詩，紙本，178×49cm，年代不詳，清華大學美術學院藏
行書，嵇叔夜書，紙本，189×102cm，年代不詳，清華大學美術學院藏
行書劉禹錫詩，紙本，164x87cm，年代不詳，清華大學美術學院藏
行書《岣嶁碑》文，紙本，184×102cm，年代不詳，清華大學美術學院藏
行草書鄭板橋《贈潘桐岡》詩，紙本，130×66cm，年代不詳，廣州市美術館藏
行書蘇軾尺牘《與魯直》，紙本，185×107，年代不詳，廣州市美術館藏
行書板橋《菩薩蠻．留春》詞，紙本，176×46.5cm，年代不詳，廣州市博物館藏

行書蘇軾尺牘《與魯直》，紙本，176.4×110cm，年代不詳，遼寧省博物館藏

六分半書《論淡墨本》，紙本，198×99cm，年代不詳，遼寧省博物館藏

行書雜論，手卷，紙本，24×172.6cm，年代不詳，遼寧省博物館藏

行草書板橋《道情十首》詞，手卷，紙本，27×211.5cm，年代不詳，廣東省博物館藏

隸書板橋《贈金農》詩，紙本，72×52cm，年代不詳，廣東省博物館藏

行書板橋《留別恒徹上人》詩，紙本，162.6×92cm，年代不詳，廣東省博物館藏

行草書吳訥《宿承天觀》詩，紙本，190×41cm，年代不詳，廣東省博物館藏

行草書節錄懷素《自敘帖》，紙本，106×63.5cm，年代不詳，天津藝術博物館藏

行書李商隱七絕三首，紙本，150.3×46cm，年代不詳，南京博物院藏

行書蘇軾詩文，紙本，113×44cm，年代不詳，重慶博物館藏

行書板橋《唐多令．思歸》詞，紙本，108.5×45.5cm，年代不詳，安徽省博物館藏

行書蘇軾詩文，紙本，72×43cm，年代不詳，安徽省博物館藏

隸書崔國輔《長樂少年行》，紙本，83×40cm，年代不詳，揚州博物館藏

行書蘇軾《記承天寺夜遊》，紙本，74.3×116cm，年代不詳，揚州博物館藏

行書板橋《與墨弟書》，紙本，22×55.5cm，年代不詳，揚州博物館藏

行書曹操《觀滄海》詩，紙本，152×68cm，年代不詳，揚州博物館藏
行書節錄梁武帝《書評》，紙本，170×92.8cm，年代不詳，揚州博物館藏
草書杜甫七律三首，紙本，85.5×35.2cm，年代不詳，揚州博物館藏
行書板橋《送陳坤秀才入都》等，紙本，106.6×73.8cm，年代不詳，揚州博物館藏
行書手劄一通，紙本，31.8×19.9cm，年代不詳，揚州博物館藏
行書唐人七絕二首，紙本，30×17.9cm，年代不詳，揚州博物館藏
行書《與織文兄》書劄，紙本，176.7×39.8cm，年代不詳，揚州博物館藏
行草書司空曙《江村即事》詩，紙本，65×100.8cm，年代不詳，南京博物院藏
行書《坡公小品》（1—10），紙本，29×18.2cm，年代不詳，揚州博物館藏
行書板橋《梅莊記》，紙本，30.5×129.2cm，年代不詳，揚州博物館藏
六分半書古人七絕十五首，紙本，17.2×140.3cm，年代不詳，揚州博物館藏
行書七絕二首，紙本，70.8×43.1cm，年代不詳，上海博物館藏
行書《論書》，紙本，104.4×54.4cm，年代不詳，上海博物館藏
草書盧延讓《苦吟》詩，紙本，132.6×29.8cm，年代不詳，上海博物館藏
草書陸仲園《滿江紅·贈王正子》詞，紙本，尺寸不詳，年代不詳，中國國家博物館藏

行書宋人詩，紙本，64×17cm，年代不詳，中國國家博物館藏

行書贈木翁老先生，紙本，700×420cm，年代不詳，興化市博物館藏

行書王維《山中與裴秀才迪書》贈翔高，紙本，530×100cm，年代不詳，興化市博物館藏

行書手劄，紙本，240×285cm，年代不詳，興化市博物館藏

行書冊頁，紙本，270×215cm，年代不詳，興化市博物館藏

隸書節錄懷素《自敘帖》，紙本，69×32cm，年代不詳，私人藏

行書《小廊》詩，紙本，174×45cm，年代不詳，私人藏

行書羊士諤《尋山家》詩，綾本，144×40cm，年代不詳，私人藏

行書板橋《寄懷劉道士並示酒家徐郎》詞，紙本，169×46cm，年代不詳，私人藏

隸書民謠，紙本，74×55cm，年代不詳，私人藏

行書板橋《板橋潤格》，紙本，110×62cm，年代不詳，私人藏

六分半書節錄趙與時《賓退錄》，紙本，143.5×77.5cm，年代不詳，私人藏

行書《樂府詩》，紙本，117×38cm，年代不詳，私人藏

行書節錄蕭衍《古今書人優劣評》，紙本，175×87cm，年代不詳，私人藏

行書板橋《惱濰縣》等，紙本，141×37cm，年代不詳，私人藏

行書曹操《觀滄海》詩，紙本，170×59cm，年代不詳，私人藏

草書司空曙《江村即事》等，紙本，200×95cm，年代不詳，私人藏

行書張弼《淮安雪夜》詩，紙本，132×31.5cm，年代不詳，私人藏

行書李白《送賀監歸四明應制》詩，紙本，138×37cm，年代不詳，私人藏

六分半書嵇康《酒會詩》，紙本，175×70cm，年代不詳，私人藏

行書鄭谷《張谷田舍》詩，紙本，119×48cm，年代不詳，私人藏

六分半書蘇軾題跋，紙本，200×58cm，年代不詳，私人藏

行草書蘇東坡《琴詩》，紙本，105×44.8cm，年代不詳，私人藏

行書板橋《和學使者于殿元枉贈之作》，紙本，133×29cm，年代不詳，私人藏

行書板橋《瀟湘八景・遠浦歸帆》詞，冊頁，24×12cm，年代不祥，私人藏

行楷書板橋《揚州》詩四首，冊頁，30×16cm，年代不詳，私人藏

行草書白居易《百花亭》詩，紙本，136×46cm，年代不詳，私人藏

行書節錄懷素《自敘帖》，紙本，190×109cm，年代不詳，私人藏

草書臨《書譜》，紙本，187×104cm，年代不詳，憨齋珍舊藏

六分半書節錄梁武帝《書評》，紙本，164×73cm，年代不詳，私人藏

草書韋應物《滁州西澗》詩，紙本，140×37cm，年代不詳，私人藏

行書節錄懷素《自敘帖》，紙本，197×113.5cm，年代不詳，私人藏

行書板橋《瀟湘八景·洞庭秋月》詞，紙本，161×41.5cm，年代不詳，私人藏

行書張東海《淮安雪夜》詩，紙本，124×46cm，年代不詳，私人藏

草書李白《秋登宣城謝朓北樓》詩，紙本，106×21cm，年代不詳，私人藏

行書劉禹錫《烏衣巷》詩，紙本，115×31cm，年代不詳，私人藏

行書板橋《儀真縣江村茶社寄舍弟》，紙本，105×26cm，年代不詳，私人藏

行書板橋《浪淘沙·暮春》詞，紙本，183×43cm，年代不詳，私人藏

行書板橋《揚州》詩，紙本 239×120.8cm，年代不詳，私人藏

行書王維《辛夷塢》詩，紙本，81×45.5cm，年代不詳，私人藏

均無尺寸年份之作

行書《與丹翁書》，紙本，尺寸不詳，年代不詳，上海博物館藏墨蹟

隸書題許松齡，紙本，尺寸不詳，年代不詳，武漢東湖屈原紀念館藏墨蹟

六分半書《贈偈船和尚》，紙本，尺寸不詳，年代不詳，南通市博物館藏墨蹟

行書《寄懷興化舊友》，紙本，尺寸不詳，年代不詳，興化張永泰先生藏墨蹟

行書木翁先生壽詩，紙本，尺寸不詳，年代不詳，興化市圖書館藏墨蹟

行書題成母單太君七十具慶詩，紙本，尺寸不詳，年代不詳，興化圖書館藏墨蹟

行書挽志先表兄，紙本，尺寸不詳，年代不詳，揚州沈華先生藏墨蹟

行書《和藥溪》，紙本，尺寸不詳，年代不詳，蘇州文物商店藏墨蹟

行書《虞美人．和董恥夫贈招哥》，紙本，尺寸不詳，年代不詳，上海唐雲先生藏墨蹟

楷書《送江恂官湖南》七絕兩首，紙本，尺寸不詳，年代不詳，天津藝術博物館藏墨蹟

六分半書陸仲園詩十二首，紙本，尺寸不詳，年代不詳，南京宋文治先生藏墨蹟

行書陸仲園《江南春》詞十闋，紙本，尺寸不詳，年代不詳，北京裴濟民先生藏墨蹟

行書《賀新郎．題友人藏李越□先生墨蹟》，紙本，尺寸不詳，年代不詳，北京慶雲堂藏墨蹟

行書「寸魚兩竹之軒」匾額，紙本，尺寸不詳，年代不詳，揚州周斯達先生藏墨蹟

行書「待露草堂」匾額，紙本，尺寸不詳，年代不詳，山東王國華先生藏墨蹟

隸書「歌吹古揚州」匾額，紙本，尺寸不詳，年代不詳，揚州博物館藏墨蹟

行書題宮燈「雲駛月暈」聯，紙本，尺寸不詳，年代不詳，煙臺地區文管所藏墨蹟

行書為揚州汪氏宅勺園作「移花得蝶」聯。揚州博物館藏墨蹟

行書題焦山別峰庵「室雅何須大」聯，紙本，尺寸不詳，年代不詳，鎮江焦山別峰庵藏木刻

行書「深心託豪素」聯，紙本，尺寸不詳，年代不詳，上海陸平恕藏墨蹟

行書「松枝留古骨」聯，紙本，尺寸不詳，年代不詳，興化金谷香藏墨蹟

行書「洗硯魚吞墨」聯，紙本，尺寸不詳，年代不詳，興化張配五藏墨蹟

行書「竹疏煙補密」聯，紙本，尺寸不詳，年代不詳，林蘇門《邗江三百吟》卷七

行書「黃山雲似海」聯，紙本，尺寸不詳，年代不詳，《明清名人楹聯墨蹟集》

行書「靜檢羲軒冊」聯，紙本，尺寸不詳，年代不詳，郭照《鐵如意室所藏書畫錄》卷二

行書「江秋逼山翠」聯，紙本，尺寸不詳，年代不詳，天津市楊柳青畫社藏墨蹟

行書「天際識歸舟」聯，紙本，尺寸不詳，年代不詳，濰坊市文物商店藏墨蹟

行書題興化鄭宅「東鄰文峰古塔」聯，紙本，尺寸不詳，年代不詳，興化鄭榮慶藏墨蹟

行書題老友「白菜青鹽粯子飯」聯，紙本，尺寸不詳，年代不詳，鄭板橋紀念館藏墨蹟

行書題焦山自然庵「汲來江水烹新茗」聯，紙本，尺寸不詳，年代不詳，鎮江博物館藏拓片

行書題江秩文園亭「草因地暖春先翠」聯，紙本，尺寸不詳，年代不詳，揚州博物館藏墨蹟

行書題如南「階下青蔥留玉節」聯，紙本，尺寸不詳，年代不詳，天津市博物館藏墨蹟

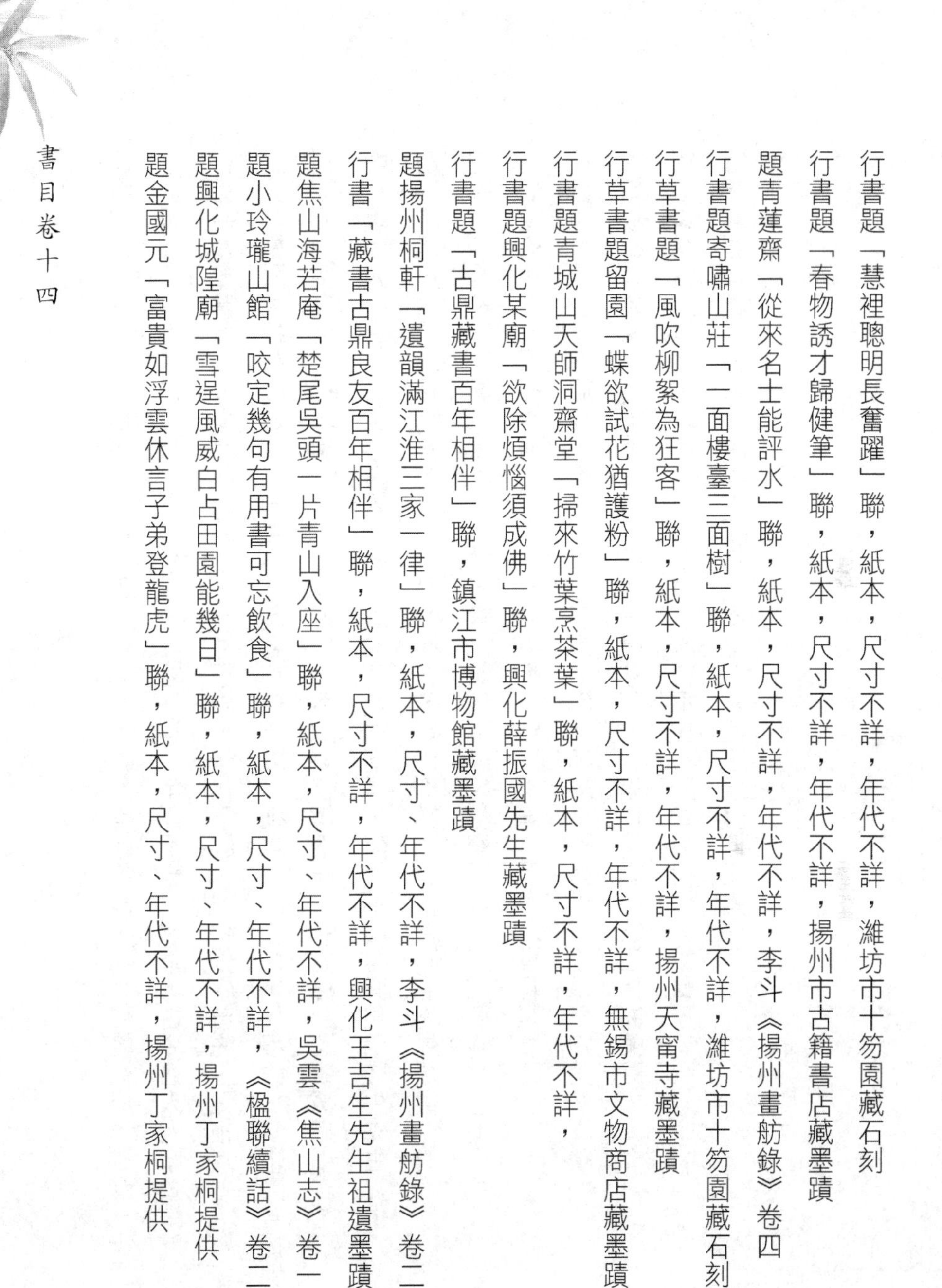

行書題「慧裡聰明長奮躍」聯，紙本，尺寸不詳，年代不詳，濰坊市十笏園藏石刻

行書題「春物誘才歸健筆」聯，紙本，尺寸不詳，年代不詳，揚州市古籍書店藏墨蹟

題青蓮齋「從來名士能評水」聯，紙本，尺寸不詳，年代不詳，李斗《揚州畫舫錄》卷四

行書題寄嘯山莊「一面樓臺三面樹」聯，紙本，尺寸不詳，年代不詳，濰坊市十笏園藏石刻

行草書題「風吹柳絮為狂客」聯，紙本，尺寸不詳，年代不詳，揚州天甯寺藏墨蹟

行草書題留園「蝶欲試花猶護粉」聯，紙本，尺寸不詳，年代不詳，無錫市文物商店藏墨蹟

行書題青城山天師洞齋堂「掃來竹葉烹茶葉」聯，紙本，尺寸不詳，年代不詳，

行書題興化某廟「欲除煩惱須成佛」聯，興化薛振國先生藏墨蹟

行書題「古鼎藏書百年相伴」聯，鎮江市博物館藏墨蹟

題揚州桐軒「遺韻滿江淮三家一律」聯，紙本，尺寸、年代不詳，李斗《揚州畫舫錄》卷二

行書「藏書古鼎良友百年相伴」聯，紙本，尺寸不詳，年代不詳，興化王吉生先生祖遺墨蹟

題焦山海若庵「楚尾吳頭一片青山入座」聯，紙本，尺寸、年代不詳，吳雲《焦山志》卷一

題小玲瓏山館「咬定幾句有用書可忘飲食」聯，紙本，尺寸、年代不詳，《楹聯續話》卷二

題興化城隍廟「雪踶風威白占田園能幾日」聯，紙本，尺寸、年代不詳，揚州丁家桐提供

題金國元「富貴如浮雲休言子弟登龍虎」聯，紙本，尺寸、年代不詳，揚州丁家桐提供

題興化柳園「北迎拱極西接延青」聯，紙本，尺寸、年代不詳，《重修揚州府志》卷三十三

行書題晴江「束雲歸硯匣」聯，紙本，尺寸不詳，年代不詳，謝華《古今名人楹聯彙編》

行書「富於筆墨窮於命」聯，紙本，尺寸不詳，年代不詳，興化張學曾先生藏拓片

題興化施耐庵神牌「遵祖宗一脈傳流克勤克儉」聯，紙本，尺寸、年代不詳，興化高岩提供

題勖公「搜盡奇峰打草稿」聯，紙本，尺寸不詳，年代不詳，釋覺銘《圓津禪院小志》

贈梅鑒上人「寒山萬里尋梅鑒」聯，紙本，尺寸不詳，年代不詳，興化湯踐生先生提供

題「醉題蕉葉成詩稿」聯，紙本，尺寸不詳，年代不詳，興化管同慶先生提供

題「竹疏煙補密」聯，紙本，尺寸不詳，年代不詳，林蘇門《邗江三百吟》卷七

為個道人題李方膺墨竹冊，紙本，尺寸不詳，年代不詳，上海朵雲軒藏墨蹟

行書陳繼儒小窗幽記句，紙本，尺寸不詳，年代不詳，陝西省三原縣博物館藏墨蹟

行書板橋《遊焦山》七絕二首，紙本，尺寸不詳，年代不詳，鎮江博物館藏

行書《夜台八景》，紙本，尺寸不詳，年代不詳，天津藝術博物館藏

行書蘇軾《答言上人》，紙本，年代不詳，陝西三原縣博物館藏

畫目卷十五

款署具體年份之作

題李鱓《蕉竹月季圖》。紙本，墨筆，尺寸不詳，1734年，北京故宮博物院藏墨蹟

跋李鱓《三清圖》，紙本，墨筆，尺寸不詳，1736年，首都博物館藏墨蹟

題高鳳翰《披褐圖》，紙本，墨筆，尺寸不詳，1738年，山東省博物館藏墨蹟

題程鳴《閒居愛重九圖冊》，紙本，墨筆，尺寸不詳，1740年，四川大學博物館藏墨蹟

題高鳳翰等《雅雨山人出塞圖》長卷，紙本，墨筆，1740年，北京故宮博物院藏墨蹟

題圖清格《蘭石》條幅，紙本，墨筆，尺寸不詳，1740年，中國國家博物館藏墨蹟

題《蘭竹石圖》，紙本，墨筆，127.8×57.7cm，1740年，北京故宮博物館藏墨蹟

題《芝蘭圖》，。紙本，墨筆，尺寸不詳，1740年，陝西省美術家協會藏墨蹟

題《墨竹圖》長卷，紙本，墨筆，30.5×470.7cm，1742年，北京故宮博物院藏墨蹟

題《蘭石圖》，紙本，墨筆，尺寸不詳，1745年，泰裕藏墨蹟

題李鱓《枯木竹石圖》，紙本，墨筆，尺寸不詳，1745年，日本東京國立博物館藏墨蹟

題《梅蘭竹石》四條屏，紙本，墨筆，尺寸不詳，1745年，興化市鄭板橋紀念館藏拓片

與畫友合作《桐華庵勝集圖》，紙本，墨筆，尺寸不詳，1746年，香港王南屏先生藏墨蹟題

《竹石圖》，紙本，墨筆，尺寸不詳，1746年，戈壁舟先生藏墨蹟

題《蘭竹圖》，紙本，墨筆，尺寸不詳，1747年，上海博物館藏墨蹟

與汪士慎等合作《花卉圖》，紙本，墨筆，尺寸不詳，1747年，揚州僧讓之舊藏

題《水墨蘭芝圖》，立軸，紙本，墨筆，97×130cm，1748年作，私人藏墨蹟

題《蘭石圖》，紙本，墨筆，尺寸不詳，1749年，山東省煙臺地區文管組藏墨蹟

題《盆蘭圖》，紙本，墨筆，54×86cm，1750年，廣東省博物館藏墨蹟

題《盆菊瓶竹圖》，紙本，墨筆，116×55cm，1752年，濟南市博物館藏墨蹟

題《翠竹芝蘭圖》，紙本，墨筆，尺寸不詳，1753年，曲阜文管會藏墨蹟

為粹西寫蘭，紙本，墨筆，116×58.5cm，1753年，北京故宮博物院藏墨蹟

畫竹贈門生王允升，紙本，墨筆，125×54.5cm，1753年，南京博物館藏墨蹟

為聖翁作《蘭竹石圖》，紙本，墨筆，74×130cm，1753年，濟南市博物館藏墨蹟

《盆菊瓶竹圖》，立軸，紙本，墨筆，113×40.7cm，1752年，北京故宮博物院藏墨蹟

《墨竹圖》，二十年前，立軸，紙本，墨筆，137.5×72cm，1753年，南京博物院藏墨蹟

《墨竹圖》，新篁寫得，立軸，紙本，墨筆，121.5×62cm，1753年，湖北省博物館藏墨蹟

《蘭竹石圖》，一幅青山，橫軸，紙本，墨筆，74×103cm，1753年，濟南市博物館藏墨蹟

題《竹石圖》，紙本，墨筆，尺寸不詳，1754年，揚州博物館藏墨蹟

為漸老作《竹石圖》，紙本，墨筆，217.4×120.6cm，1754年，上海博物館藏墨蹟

為紹翁作《竹枝大幅》，紙本，墨筆，129×66.7cm，1754年，武漢市文物商店藏墨蹟

題《墨蘭圖》，紙本，墨筆，尺寸不詳，1754年，中國美術研究所藏墨蹟

題黃慎《月夜遊平山圖》，紙本，墨筆，尺寸不詳，1754年，上海博物館藏墨蹟

為荊伯年作《竹石圖》，紙本，墨筆，85×93cm，1755年，廣西壯族自治區博物館藏墨蹟

為樹人作《柱石圖》，紙本，墨筆，尺寸不詳，1755年，天津藝術博物館藏墨蹟

與畫友合作《三友圖》，紙本，墨筆，尺寸不詳，1755年，常州何乃揚先生藏墨蹟

《墨竹圖》並題識，紙本，墨筆，尺寸不詳，1755年，蘇州市博物館藏墨蹟

《芝蘭竹石圖》並題識，紙本，墨筆，尺寸不詳，1756年，揚州文物商店藏墨蹟

《竹石圖》並題識，紙本，墨筆，133×66cm，1756年，天津藝術博物館藏墨蹟

為澄軒作《竹石圖》並題識，紙本，墨筆，尺寸不詳，1756年，徐州博物館藏墨蹟

為劉母卞太作《蘭竹石圖》，紙本，墨筆，184×93cm，1756年，上海市文物商店藏墨蹟

《竹石圖》，昔人畫華，立軸，紙本，墨筆，170×90cm，1756年，天津藝術博物館藏墨蹟

為繼瞻作《墨竹圖》並題識，紙本，墨筆，尺寸不詳，1757年，江蘇省國畫院藏墨蹟

為織文作《墨竹圖》，紙本，墨筆，170×75.2cm，1757年，廣東省博物館藏墨蹟

《竹石圖》軸並題識，紙本，墨筆，尺寸不詳，1757年，北京故宮博物院藏墨蹟

《蘭石圖》並題識，紙本，墨筆，尺寸不詳，1757年，南通博物苑藏墨蹟

為侶公大和上作《蘭竹荊棘圖》，紙本，墨筆，178×110.3cm，1757年，常州市博物館藏墨蹟

為為沛老作《墨竹圖》並題識。紙本，墨筆，尺寸不詳，1757年，泰州市博物館藏墨蹟

題黃慎《黃漱石捧硯圖》。紙本，墨筆，尺寸不詳，1757年，北京故宮博物院藏墨蹟

題《蘭石圖》，立軸，紙本，墨筆，133×69cm，1757年作，私人藏墨蹟

為賜老作《墨竹圖》並題識。紙本，墨筆，170×91.5cm，1757年，天津歷史博物館藏墨蹟

為肅公作《雙松圖》並題識。紙本，墨筆，201×101cm，1758年，山東省博物館藏墨蹟

《竹石圖》並題識，紙本，墨筆，尺寸不詳，1758年，中國美術家協會藏墨蹟

於范縣官署作《竹石圖》。紙本，墨筆，178.8×103cm，1758年，上海博物館藏墨蹟

為瀛翁作《竹石圖》並題識。紙本，墨筆，171×91cm，1758年，上海博物館藏墨蹟

《清朝柱石圖》並題識。紙本，墨筆，尺寸不詳，1758年，臺北國泰美術館藏墨蹟

《山頂妙香圖》並題識。紙本，墨筆，131.5×72.2cm，1758年，天津藝術博物館藏墨蹟

《竹石圖》並題識。紙本，墨筆，尺寸不詳，1758年，日本龜井氏攝心庵藏墨蹟

《蘭竹石圖》並題識。紙本，墨筆，88.3×59.5cm，1758年，揚州博物館藏墨蹟

《竹石》四條屏並題識。紙本，墨筆，尺寸不詳，1758年，南京市鼓樓公園藏漆屏

次女出嫁作《蘭竹圖》以贈。紙本，墨筆，尺寸不詳，1758年，北京故宮博物院藏墨蹟

為口京作《清溪蘭竹圖》。紙本，墨筆，尺寸不詳，1758年，無錫市博物館藏墨蹟

《竹石圖》並題識。紙本，墨筆，尺寸不詳，1759年，遼寧大連市文物商店藏墨蹟

為柿伯表弟作《蘭花》橫幅。紙本，墨筆，尺寸不詳，1759年，南京市博物館藏墨蹟

《竹石圖》並題識。紙本，墨筆，128.8×68.5cm，1759年，浙江省博物館藏墨蹟

為廷翁作《竹石圖》。紙本，墨筆，197.5×108.8cm，1759年，榮寶齋藏墨蹟

《蘭竹石圖》橫幅。紙本，墨筆，尺寸不詳，1759年，浙江崇壽德藏墨蹟

《松芝延壽圖》並題識。紙本，墨筆，260×101cm，1759年，上海博物館藏墨蹟

題郝香山藏《墨梅圖》。紙本，墨筆，尺寸不詳，1760年，蘭州顧子惠先生藏墨蹟

跋孫柳門藏黃慎《丁有煜像》卷。紙本，墨筆，尺寸不詳，1760年，南通博物館藏墨蹟

《蘭竹石圖》並題識。紙本，墨筆，尺寸不詳，1760年，中國美術家協會藏墨蹟

《竹石圖》並題識。紙本，墨筆，140×91.5cm，1760年，廣州博物館藏墨蹟

為載翁作《竹石圖》並題識。紙本，墨筆，尺寸不詳，1760年，北京劉九庵先生藏墨蹟

跋李鱓《花卉冊》。紙本，墨筆，尺寸不詳，1760年，四川省博物館藏墨蹟

《柱石圖》。紙本，墨筆，176×94cm，1760年，廣州市博物館藏墨蹟

題為高風翰《香流幽谷圖》。紙本，墨筆，尺寸不詳，1760年，南京博物館藏墨蹟

題丁有煜《墨竹冊》。紙本，墨筆，尺寸不詳，1760年，南通博物苑藏墨蹟

《芝蘭全性圖》並題識。紙本，墨筆，172.7×91.5cm，1761年，上海博物館藏墨蹟

《墨竹》通屏。紙本，墨筆，222.5×252cm，1761年，揚州博物館藏墨蹟

為焦五斗跋《乞水圖》。紙本，墨筆，尺寸不詳，1761年，美國普林斯頓大學美術館藏墨蹟

《墨竹圖》並題識。紙本，墨筆，尺寸不詳，1761年，揚州徐笠樵藏墨蹟

《蘭竹石》堂幅。紙本，墨筆，尺寸不詳，1761年，中國歷史博物館藏墨蹟

為瞻喬作《蘭石圖》。紙本，墨筆，尺寸不詳，1761年，方濬頤《夢園書畫錄》卷二十三

《墨竹圖》十二頁。紙本，墨筆，尺寸不詳，1761年，日本東京國立博物館藏墨蹟

《蘭竹石圖》，立軸，紙本，墨筆，187.7×93.2cm，1761年，美國三藩市亞洲美術館藏

《蘭竹石圖》贈六源。紙本，墨筆，197.2×113.8cm，1762年，揚州博物館藏墨蹟

《墨竹》四條幅。紙本，墨筆，尺寸不詳，1762年，上海劉靖基先生藏墨蹟

《仿文同竹石圖》並題識。紙本，墨筆，127.5×68.3cm，1762年，北京故宮博物院藏墨蹟

為靜翁年兄作《竹圖》。紙本，墨筆，尺寸不詳，1762年，中國歷史博物館藏墨蹟

《蘭竹石圖》並題識。紙本，墨筆，175×104cm，1762年，天津藝術博物館藏墨蹟

《竹石圖》並題識。紙本，墨筆，尺寸不詳，1762年，北京西單文物店藏墨蹟

《蘭竹石圖》並題識。紙本，墨筆，尺寸不詳，1762年，嘉興王少鵬先生藏墨蹟

《華封三祝圖》並題識。紙本，墨筆，167.7×92.7cm，1762年，中國歷史博物館藏墨蹟

《竹石圖》並題識。紙本，墨筆，尺寸不詳，1762年，德國柏林東亞美術館藏墨蹟

《竹石圖》並題識。紙本，墨筆，324.6×136cm，1762年，旅順博物館藏墨蹟

《蘭竹石圖》手卷。紙本，墨筆，30.9×828.2cm，1762年，上海博物館藏墨蹟

《蘭竹石圖》橫幅並題識。紙本，墨筆，尺寸不詳，1762年，山西省博物館藏墨蹟

《竹石圖》並題識。紙本，墨筆，尺寸不詳，1762年，泰州博物館藏墨蹟

《托根亂岩圖》，咬定，立軸，紙本，墨筆，189.6×49.5cm，1762年，南京博物院藏墨蹟

《蘭竹芳馨圖》，蘭竹，立軸，紙本，墨筆，189.6×49.5cm，1762年，南京博物院藏墨蹟

《甘谷菊泉圖》，南陽，立軸，紙本，墨筆，189.6×49.5cm，1762年，南京博物院藏墨蹟

《南山松壽圖》，如南，立軸，紙本，墨筆，189.6×49.5cm，1762年，南京博物院藏墨蹟

《柱石圖》，誰與荒齋，立軸，紙本，墨筆，160.1×51.5cm，年代不詳，南京博物院藏墨蹟
《蘭花竹石圖》，紅蘭，手卷，紙本，墨筆，30.9×828.2cm，1762年，上海博物館藏墨蹟
《蘭竹圖》，日日，立軸，紙本，墨筆，104.2×51.2cm，1762年，浙江省博物館藏墨蹟
《竹石圖》，乾隆，立軸，紙本，墨筆，155.5×54.5cm，1762年，濟南市博物館藏墨蹟
《竹石圖》，迸出新篁，立軸，紙本，墨筆，324.6×136cm，1762年，旅順博物館藏墨蹟
《竹石圖》，（絕）雲，立軸，紙本，墨筆，尺寸不詳，1762年，泰州博物館藏墨蹟
為碧岑老世兄作《竹石圖》並題識。紙本，墨筆，尺寸不詳，1763年，榮寶齋藏墨蹟
《叢竹圖》並題識。紙本，墨筆，91×170cm，1763年，瀋陽故宮博物院藏墨蹟
題朱逢年《山水人物圖冊》（十二頁）。紙本，墨筆，尺寸不詳，1763年，諺園寶藏墨蹟
《幽蘭圖》並題識。紙本，墨筆，尺寸不詳，1763年，湖北省鐘祥縣博物館藏墨蹟
《墨竹圖》並題識。紙本，墨筆，尺寸不詳，1763年，武漢市文物商店藏墨蹟
《墨竹》四條屏。紙本，墨筆，尺寸不詳，1763 年，北京市工藝品進出口公司藏墨蹟
為觀文作《蘭竹圖》紙本，墨筆，190×105cm，1763年，上海人民美術出版社藏墨蹟
《蘭竹石圖》留贈杏花樓主人。紙本，墨筆，179×95cm，1764年，上海博物館藏墨蹟
為某君題畫六段。冊頁，紙本，墨筆，28×38.2cm，1764年，中國國家博物館藏墨蹟

為敬翁作《竹石圖》並題識。紙本，墨筆，尺寸不詳，1764年，辛冠潔先生藏墨蹟

為宜綸作《竹圖》並題識。紙本，墨筆，尺寸不詳，1764年，香港至樂樓藏墨蹟

為茂林作《蘭竹石圖》並題識。紙本，墨筆，尺寸不詳，1764年，無錫市博物館藏墨蹟

《蘭竹石圖》，終日作字，立軸，紙本，墨筆，208×139.3cm，1764年，上海博物館藏墨蹟

《蘭竹石圖》，昔人云，立軸，紙本，墨筆，240.3×120cm，1764年，上海博物館藏墨蹟

題《焦山竹石圖》，幽風高德，立軸，紙本，墨筆，100×137 cm.，1764年，私人藏墨蹟

作《竹石圖》並題識。紙本，墨筆，77×100cm，1765年，興化市博物館藏墨蹟

為濟翁作《竹石圖》並題識。紙本，墨筆，尺寸不詳，1765年，南京市博物館藏墨蹟

作《竹石圖》並題識。紙本，墨筆，尺寸不詳，1765年，山西省博物館藏墨蹟

《修竹新篁圖》並題識。紙本，墨筆，尺寸不詳，11765年，北京故宮博物院藏墨蹟

《竹石圖》並題識。紙本，墨筆，尺寸不詳，1765年，揚州市文物商店藏墨蹟

《蘭竹圖》，十畝桑麻，紙本，墨筆，104.2×51.2cm，1765年，浙江省博物館藏墨蹟

《墨竹圖》，茅屋一間，紙本，墨筆，153.8×50.5cm，1765年，北京故宮博物院藏墨蹟

有尺寸而無年份之作

《立根亂岩圖》並題識。紙本，墨筆，189.6×49.5cm，南京博物館藏墨蹟

《幽蘭圖》並題識。紙本，墨筆，91.6×51.4cm，年代不詳，遼寧省博物館藏墨蹟

《墨竹圖》並題識。紙本，墨筆，189×85.5cm，年代不詳，清華大學美術學院藏墨蹟

《雨洗琅玕圖》，人間，手卷，紙本，墨筆，27.9×95cm，年代不詳，鎮江博物館藏墨蹟

《墨竹圖》，軒前，立軸，紙本，墨筆，186.5×47cm，年代不詳，天津歷史博物館藏墨蹟

《竹石圖》，滿紙清風，立軸，紙本，墨筆，68×93.6cm，年代不詳，徐悲鴻紀念館藏墨蹟

《衙齋聽竹圖》，衙齋臥聽，立軸，紙，本墨筆，187×97cm，年代不詳，徐悲鴻紀念館藏

《竹石圖》，咬定青山，立軸，紙本，墨筆，231.7×58cm，年代不詳，炎黃藝術館藏墨蹟

《竹石圖》，惺齋年，立軸，紙本，墨筆，168.7×90.5cm，年代不詳，炎黃藝術館藏墨蹟

《墨竹圖》，予家，立軸，紙本，墨筆，140.5×37.3cm，年代不詳，蘇州博物館藏墨蹟

《竹石圖》，我亦有亭，立軸，紙本，墨筆，60.9×35.6cm，年代不詳，臺北故宮博物院藏

《立石圖》，橫軸，紙本，墨筆，70.5×95.3cm，年代不詳，廣西壯族自治區博物館藏

《墨竹圖》，立軸，紙本，墨筆，106×41.5cm，年代不詳，廣西壯族自治區博物館藏

《竹石圖》，茅屋一間，橫軸，紙本，墨筆，73.6×99cm，年代不詳，私人藏墨蹟

《墨竹圖》，只道霜筠，立軸，紙本，墨筆，115×67cm，年代不詳，首都博物館藏墨蹟

《蘭竹圖》之一，山多蘭草，冊頁，紙本，墨筆，31×45.1cm，年代不詳，雲南省博物館藏

《蘭竹圖》之二，一團勁悍，冊頁，紙本，墨筆，31×45.1cm，年代不詳，雲南省博物館藏

《蘭竹圖》之三，東風昨夜，冊頁，紙本，墨筆，31×45.1cm，年代不詳，雲南省博物館藏

《蘭竹圖》之四，立根堅固，冊頁，紙本，墨筆，31×45.1cm，年代不詳，雲南省博物館藏

《墨竹圖》，敲門欲看，立軸，紙本，墨筆，281×139.5cm，年代不詳，旅順博物館藏墨蹟

《峭石新篁圖》，兩竿，立軸，紙本，墨筆，198×116cm，年代不詳，旅順博物館藏墨蹟

《墨竹圖》，小苑茅堂，立軸，紙本，墨筆，190×82.5cm，年代不詳，旅順博物館藏墨蹟

《蘭花圖》，時而有心，冊頁，紙本，墨筆，24×31cm，年代不詳，濟南市博物館藏墨蹟

《墨竹圖》，積雨新晴，立軸，紙本，墨筆，54×79.5cm，年代不詳，清華大學美術學院藏

《墨竹盆蘭圖》，畫得，立軸，紙本，墨筆，113×46cm，年代不詳，清華大學美術學院藏

《竹石圖》，昨夜西風，立軸，紙本，墨筆，138.5×66cm，年代不詳，清華大學美術學院藏

《墨竹圖》，畫工何事，立軸，紙本，墨筆，189×85.5cm，年代不詳，清華大學美術學院藏

《竹石圖》，竹枝刷石，立軸，紙本，墨筆，138×78cm，年代不詳，清華大學美術學院藏

《蘭竹石圖》，春風，立軸，紙本，墨筆，120×69.5cm，年代不詳，清華大學美術學院藏

《竹石幽蘭圖》，古人，立軸，紙本，墨筆，105x78.5cm，年代不詳，廣州市博物館藏墨蹟
《蘭石圖》，轉過，立軸，紙本，墨筆，91.6×51.4cm，年代不詳，遼寧省博物館藏墨蹟
《荊棘叢蘭圖》，滿幅皆君子，手卷，紙本，墨筆，31.5×508cm，年代不詳，南京博物院藏
《歲寒四友圖》，板橋居士，手卷，紙本，墨筆，21×381cm，年代不詳，四川省博物館藏
《蘭竹圖》，午夢醒來，冊頁，絹本，墨筆，37.5×27cm，年代不詳，廣東省博物館藏墨蹟
《蘭竹圖》，一林舊竹，冊頁，絹本，墨筆，37.5×27cm，年代不詳，廣東省博物館藏墨蹟
《蘭竹圖》，居高貴能，冊頁，絹本，墨筆，37.5×27cm，年代不詳，廣東省博物館藏墨蹟
《蘭竹圖》，全拋尤裡，冊頁，絹本，墨筆，37.5×27cm，年代不詳，廣東省博物館藏墨蹟
《墨竹圖》，一枝高竹，紙本，墨筆，141.8×63.2cm，年代不詳，廣東省博物館藏墨蹟
《蘭花圖》，所南翁畫蘭，立軸，紙本，墨筆，102×45cm，年代不詳，廣東省博物館藏墨蹟
《蘭竹石圖》，鮮筍，立軸，紙本，墨筆，208×106cm，年代不詳，廣東省博物館藏墨蹟
《墨竹圖》，掃取寒梢，立軸，紙本，墨筆，100×89cm，年代不詳，廣東省博物館藏墨蹟
《竹石圖》，只有，立軸，紙本，墨筆，154.5×92.5cm，年代不詳，廣東省博物館藏墨蹟
《蘭竹圖》（之一），玉盎，冊頁，紙本，墨筆，31×45cm，年代不詳，天津藝術博物館藏
《蘭竹圖》（之二），板橋，冊頁，紙本，墨筆，31×45cm，年代不詳，天津藝術博物館藏

《蘭竹圖》（之三），石如，冊頁，紙本，墨筆，31×45cm，年代不詳，天津藝術博物館藏

《蘭竹圖》（之四），板橋，冊頁，紙本，墨筆，31×45cm，年代不詳，天津藝術博物館藏

《蘭竹圖》（之五），板橋，冊頁，紙本，墨筆，31×45cm，年代不詳，天津藝術博物館藏

《蘭竹圖》（之六），板橋，冊頁，紙本，墨筆，31×45cm，年代不詳，天津藝術博物館藏

《竹石圖》，宦海歸來，立軸，紙本，墨筆，164.5×45.8cm，年代不詳，天津藝術博物館藏

《蘭竹圖》，未出土時，冊頁，紙本，墨筆，44.3×47.1cm，年代不詳，天津藝術博物館藏

《墨竹圖》，減之又減，立軸，紙本，墨筆，153.8×50.5cm，年代不詳，北京故宮博物院藏

《竹石圖》，揚州鮮筍，立軸，紙本，墨筆，120.2×59.8cm，年代不詳，北京故宮博物院藏

《蘭竹石圖》，和君胸次，立軸，紙本，墨筆，123×65.4cm，年代不詳，北京故宮博物院藏

《梅竹圖》，一生從未，立軸，紙本，墨筆，尺寸不詳，年代不詳，北京故宮博物院藏墨蹟

《蘭竹石圖》，有蘭有竹，立軸，紙本，墨筆，88×46cm，年代不詳，重慶博物館藏墨蹟

《七月新篁圖》，竹葉，立軸，紙本，墨筆，66×34.8cm，年代不詳，重慶博物館藏墨蹟

《蘭花圖》（之一），冊頁，紙本，墨筆，18.5×13.8cm，年代不詳，安徽省博物館藏墨蹟

《蘭花圖》（之二），冊頁，紙本，墨筆，18.5×13.8cm，年代不詳，安徽省博物館藏墨蹟

《蘭花圖》（之三），冊頁，紙本，墨筆，18.5×13.8cm，年代不詳，安徽省博物館藏墨蹟

《蘭花圖》(之四),冊頁,紙本,墨筆,18.5×13.8cm,年代不詳,安徽省博物館藏墨蹟
《蘭石圖》,千秋,立軸,紙本,墨筆,108.5×46.5cm,年代不詳,安徽省博物館藏墨蹟
《芝蘭圖》,作詞莫難,立軸,紙本,墨筆,104×67.5cm,年代不詳,安徽省博物館藏墨蹟
《竹石圖》,兩枝石筍,立軸,紙本,墨筆,126×59.5cm,年代不詳,安徽省博物館藏墨蹟
《墨竹圖》,未畫,立軸,紙本,墨筆,134.5×64.5cm,年代不詳,安徽省博物館藏墨蹟
《墨竹圖》,文與可,立軸,紙本,墨筆,189×140cm,年代不詳,安徽省博物館藏墨蹟
《墨竹圖》,畫大幅,立軸,紙本,墨筆,104.5×146.5cm,年代不詳,揚州博物館藏墨蹟
《幽蘭佛手圖》,始則,立軸,紙本,墨筆,52.4×60cm,年代不詳,揚州博物館藏墨蹟
《柱石圖》,柱石圖,立軸,紙本,墨筆,153.1×77.2cm,年代不詳,揚州博物館藏墨蹟
《蘭竹石圖》,平生,立軸,紙本,墨筆,178×102cm,年代不詳,揚州博物館藏墨蹟
《墨竹圖》,新竹高於,立軸,紙本,墨筆,169×86.2cm,年代不詳,揚州博物館藏墨蹟
《竹石圖》,一拳岩下,橫披,紙本,墨筆,62.9×99.5cm,年代不詳,中國國家博物館藏
《竹石圖》,我亦有亭,立軸,紙本,墨筆,60.9×35.9cm,年代不詳,上海博物館藏墨蹟
《墨竹圖》,我亦有亭,立軸。紙本,墨筆,102.6×48.3cm,年代不詳,上海博物館藏墨蹟
《蘭竹石圖》,此花不是,手卷,紙本,墨筆,46×141.6cm,年代不詳,上海博物館藏墨蹟

《竹石圖》，筍葉沿江，立軸，紙本，墨筆，115.7×36.7cm，年代不詳，中國國家博物館藏

《竹石圖》，江南鮮筍，立軸，紙本，墨筆，134.3×75cm，年代不詳，中國國家博物館藏

《蘭圖》，九畹蘭花，立軸，紙本，墨筆，148.5×46.5cm，年代不詳，私人藏墨蹟

《墨竹圖》，小苑茅堂，立軸，紙本，墨筆，162.5×47.3cm，年代不詳，遼寧省博物館藏

《蘭竹石圖》，幾枝，橫軸，紙本，墨筆，360×830cm，年代不詳，興化市博物館藏墨蹟

《竹石圖》，竹得此中，立軸，紙本，墨筆，1300×720cm，年代不詳，興化市博物館藏墨蹟

《竹石圖》，石塊玲瓏，立軸，紙本，墨筆，940×560cm，年代不詳，興化市博物館藏墨蹟

《竹石圖》，十笏茅齋，橫軸，紙本，墨筆，770×1000cm，1765年，興化市博物館藏墨蹟

《墨竹圖》，墨和風雨起毫端，立軸，紙本，墨筆，31×38cm，1747年，私人藏墨蹟

《竹石圖》，一半青山，立軸，紙本，墨筆，133×67cm，年代不詳，私人藏墨蹟

《梅花圖》，立軸，絹本，墨筆，77×25cm，年代不詳，私人藏墨蹟

《墨竹圖》，立軸，紙本，墨筆，134×67cm，年代不詳，私人藏墨蹟

《竹石圖》，立軸，紙本，墨筆，138×26cm，年代不詳，私人藏墨蹟

《竹石圖》，立軸，紙本，墨筆，146×36.5cm，年代不詳，北京文物公司舊藏墨蹟

《墨竹圖》，買得邨田水竹居，立軸，紙本，墨筆，125×30cm，年代不詳，私人藏墨蹟

《竹石圖》，立軸，設色紙本，171×91cm，年代不詳，私人藏墨蹟
《盆蘭幽香圖》，蘭花不合到山東，立軸，紙本，墨筆，133×37cm，年代不詳，私人藏墨蹟
《竹石幽蘭圖》，石畔青青竹數竿，立軸，紙本，墨筆，163×83cm，年代不詳，私人藏墨蹟
《三友圖》，墨竹蕭蕭間墨花，立軸，紙本，墨筆，137×70cm，年代不詳，私人藏墨蹟
《墨竹圖》，酒罄君莫沽，立軸，紙本，墨筆，36×16cm，年代不詳，私人藏墨蹟
《墨竹圖》，昨日至石濤舍，立軸，紙本，墨筆，183×47cm，年代不詳，私人藏墨蹟
《墨竹圖》，衙齋聽竹，立軸，紙本，墨筆，79×32cm，年代不詳，私人藏墨蹟
《蘭石圖》，新篁綴玉，立軸，紙本，墨筆，94×43.5cm，年代不詳，私人藏墨蹟
《墨竹圖》，春風問訊，立軸，紙本，墨筆，32×43cm，年代不詳，文物公司舊藏墨蹟
《墨竹圖》，蘭竹千尺，立軸，紙本，墨筆，167.5×83cm，年代不詳，私人藏墨蹟
《竹石圖》，石邊品鳳低檀口，立軸，設色紙本，175×45cm，年代不詳，私人藏墨蹟
《幽壑蘭泉圖》，蘭也無多竹也稀，紙本，墨筆，87×136cm，年代不詳，私人藏墨蹟
《墨竹圖》，胸有成竹，立軸，紙本，墨筆，242×117cm，年代不詳，私人藏墨蹟
《新篁瘦石圖》，斫盡枯條長嫩篁，立軸，紙本，墨筆，127×72cm，年代不詳，私人藏墨蹟
《竹石圖》並題識。紙本，墨筆，73.6×99cm，年代不詳，私人藏墨蹟

《歲寒四友圖》並題識。紙本，墨筆，21×381cm，年代不詳，四川省博物館藏墨蹟

《蘭竹圖》冊頁（四開）。紙本，墨筆，141.8×63.2cm，年代不詳，廣東省博物館藏墨蹟

《柱石圖》並題識。紙本，墨筆，153.1×77.2cm，年代不詳，揚州博物館藏墨蹟

《墨竹圖》並題識。紙本，墨筆，115×67cm，年代不詳，首都博物館藏墨蹟

《蘭竹圖》（四開）。紙本，墨筆，31×45.1cm，年代不詳，雲南省博物館藏墨蹟

《墨竹圖》並題識。紙本，墨筆，281×139.5cm，年代不詳，旅順博物館藏墨蹟

《墨竹圖》。紙本，墨筆，190×82.5cm，年代不詳，旅順博物館藏墨蹟

《蘭花圖》（冊頁）。紙本，墨筆，24×31cm，年代不詳，濟南市博物館藏墨蹟

《墨竹圖》並題識。紙本，墨筆，138×78cm，年代不詳，清華大學美術學院藏墨蹟

《竹石圖》並題識。紙本，墨筆，120×69.5cm，年代不詳，清華大學美術學院藏墨蹟

《竹石幽蘭圖》並題識。紙本，墨筆，105×78.5cm，年代不詳，廣州市博物館藏墨蹟

《竹石圖》並題識。紙本，墨筆，154.5×92.5cm，年代不詳，廣東省博物館藏墨蹟

《蘭竹圖》（冊頁，六開）。紙本，墨筆，31×45cm，年代不詳，天津市藝術博物館藏墨蹟

《墨竹圖》並題識。紙本，墨筆，164.5×45.8cm，年代不詳，天津市藝術博物館藏墨蹟

《墨竹圖》並題識。紙本，墨筆，153.8×50.5cm，年代不詳，北京故宮博物院藏墨蹟

《墨竹圖》並題識。紙本，墨筆，106×41.5cm，年代不詳，廣西壯族自治區博物館藏墨蹟

《蘭竹石圖》並題識。紙本，墨筆，88×46cm，年代不詳，重慶博物館藏墨蹟

《竹石圖》並題識。紙本，墨筆，126×59.5cm，年代不詳，安徽省博物館藏墨蹟

《七月新篁圖》並題識。紙本，墨筆，66×34.8cm，年代不詳，重慶博物館藏墨蹟

《幽蘭佛手圖》並題識。紙本，墨筆，52.4×60cm，年代不詳，揚州博物館藏墨蹟

《柱石圖》並題識。紙本，墨筆，153.1×77.2cm，年代不詳，揚州博物館藏墨蹟

《蘭竹石圖》並題識。紙本，墨筆，178×102cm，年代不詳，揚州博物館藏墨蹟

《竹石圖》並題識。紙本，墨筆，62.9×99.5cm，年代不詳，中國國家博物館藏墨蹟

《竹石圖》並題識。紙本，墨筆，60.9×35.9cm，年代不詳，上海博物館藏墨蹟

《竹石圖》並題識。紙本，墨筆，102.6×48.3cm，年代不詳，上海博物館藏墨蹟

《蘭草圖》並題識。紙本，墨筆，148.5×46.5cm，年代不詳，私人藏墨蹟

為希翁作《蘭竹石圖》並題識。紙本，墨筆，46×141.6cm，年代不詳，上海博物館藏墨蹟

為紹言作《蘭竹石圖》。紙本，墨筆，123×65.4cm，年代不詳，北京故宮博物院藏墨蹟

為霖老年學兄作《墨竹圖》。紙本，墨筆，100×89cm，年代不詳，廣東省博物館藏墨蹟

為衛老作《盆蘭竹圖》。紙本，墨筆，113×46cm，年代不詳，清華大學美術學院藏墨蹟

《蘭竹石圖》並題識。紙本，墨筆，36×83cm，年代不詳，興化市博物館藏墨蹟

《竹石圖》並題識。紙本，墨筆，130×72cm，年代不詳，興化市博物館藏墨蹟

《竹石圖》並題識。紙本，墨筆，94×56cm，年代不詳，興化市博物館藏墨蹟

均無尺寸年份之作

《題蘭竹石》。紙本，墨筆，尺寸不詳，年代不詳，興化市文化館藏墨蹟

《墨蘭圖》。紙本，墨筆，尺寸不詳，年代不詳，武漢童邱龍先生藏墨蹟

《蘭竹石圖》並題識。紙本，墨筆，尺寸不詳，年代不詳，上海博物館藏墨蹟

《蘭花圖》並題識。紙本，墨筆，尺寸不詳，年代不詳，上海博物館藏墨蹟

《蘭花圖》並題識。紙本，墨筆，尺寸不詳，年代不詳，上海朵雲軒藏墨蹟

《竹圖》並題識。紙本，墨筆，尺寸不詳，年代不詳，江蘇常州張德俊藏墨蹟照片

《竹石圖》並題識。紙本，墨筆，尺寸不詳，年代不詳，中國美術館藏墨蹟

《蘭竹圖》並題識。紙本，墨筆，尺寸不詳，年代不詳，周斯達《鄭板橋題畫佚稿》

《蘭竹菊圖》並題識。紙本，墨筆，尺寸不詳，年代不詳，余毅《鄭板橋書畫拓片集》

《蘭竹圖》小幅並題識。紙本，墨筆，尺寸不詳，年代不詳，趙慎畛《榆巢雜識》卷上

《蘭竹圖》。紙本，墨筆，尺寸不詳，年代不詳，郭照《鐵如意室所藏書畫錄》卷一

《竹石圖》屏條。紙本，墨筆，尺寸不詳，年代不詳，福建泉州古文物拓片商店藏拓本

《墨竹圖》並題識。紙本，墨筆，尺寸不詳，年代不詳，邵松年《古緣萃錄》卷十四

《幽蘭圖》冊頁。紙本，墨筆，尺寸不詳，年代不詳，北京故宮博物院藏墨蹟

《墨竹圖》斗方。紙本，墨筆，尺寸不詳，年代不詳，余毅《鄭板橋書畫拓片集》

《墨竹圖》冊頁並題識。紙本，墨筆，尺寸不詳，年代不詳，北京故宮博物院藏墨蹟

《墨竹圖》並題識。紙本，墨筆，尺寸不詳，年代不詳，日本大阪本山彥一藏墨蹟

《墨竹圖》並題識。紙本，墨筆，尺寸不詳，年代不詳，福建泉州古文物拓片商店藏拓本

《龍孫起蟄圖》並題識。紙本，墨筆，尺寸不詳，年代不詳，日本岡山縣柚木玉樹藏墨蹟

《空谷幽香圖》並題識。紙本，墨筆，尺寸不詳，年代不詳，美國明德堂藏墨蹟

《竹石圖》並題識。紙本，墨筆，尺寸不詳，年代不詳，江蘇常州何乃揚藏墨蹟

《竹石圖》並題識。紙本，墨筆，尺寸不詳，年代不詳，江蘇常州何乃揚藏墨蹟

《竹石圖》並題識。紙本，墨筆，尺寸不詳，年代不詳，江蘇常州何乃揚藏墨蹟

《墨竹圖》並題識。紙本，墨筆，尺寸不詳，年代不詳，江蘇常州何乃揚藏墨蹟

《墨竹圖》並題識。紙本，墨筆，尺寸不詳，年代不詳，江蘇常州何乃揚藏墨蹟

《竹石圖》並題識。紙本，墨筆，尺寸不詳，年代不詳，世界書局《鄭板橋全集》

《墨竹圖》並題識。紙本，墨筆，尺寸不詳，年代不詳，《支那南畫大成》

《蘭花圖》並題識。紙本，墨筆，尺寸不詳，年代不詳，江蘇常州何乃揚藏墨蹟

《蘭竹石圖》並題識。紙本，墨筆，尺寸不詳，年代不詳，江蘇常州何乃揚藏墨蹟

《蘭竹圖》並題識。紙本，墨筆，尺寸不詳，年代不詳，《支那南畫大成》

《竹圖》並題識。紙本，墨筆，尺寸不詳，年代不詳，柳溥慶先生藏墨蹟

《墨竹圖》並題識。紙本，墨筆，尺寸不詳，年代不詳，柳溥慶先生藏墨蹟

《石圖》並題識。紙本，墨筆，尺寸不詳，年代不詳，南京許莘農藏墨蹟照片

《竹石圖》並題識。紙本，墨筆，尺寸不詳，年代不詳，日本喬木末吉藏墨蹟

《盆蘭圖》並題識。紙本，墨筆，尺寸不詳，年代不詳，李百剛等《鄭板橋佚文輯錄》

《蘭竹石圖》。紙本，墨筆，尺寸不詳，年代不詳，江蘇省江都市圖書館藏墨蹟

《蘭竹圖》並題識。紙本，墨筆，尺寸不詳，年代不詳，李百剛等《鄭板橋佚文輯錄》

《蘭竹圖》並題識。紙本，墨筆，尺寸不詳，年代不詳，江蘇常州張德俊藏墨蹟照片

《竹石圖》並題識。紙本，墨筆，尺寸不詳，年代不詳，揚州周斯達《鄭板橋題畫佚稿》

《蘭石圖》並題識。紙本，墨筆，尺寸不詳，年代不詳，揚州周斯達《鄭板橋題畫佚稿》

《蘭竹圖》並題識。紙本，墨筆，尺寸不詳，年代不詳，揚州周斯達《鄭板橋題畫佚稿》

《蘭竹圖》並題識。紙本，墨筆，尺寸不詳，年代不詳，揚州周斯達《鄭板橋題畫佚稿》

《蘭竹圖》並題識。紙本，墨筆，尺寸不詳，年代不詳，揚州周斯達《鄭板橋題畫佚稿》

《蘭竹石圖》並題識。紙本，墨筆，尺寸不詳，年代不詳，揚州周斯達《鄭板橋題畫佚稿》

《蘭竹圖》並題識。紙本，墨筆，尺寸不詳，年代不詳，揚州周斯達《鄭板橋題畫佚稿》

《蘭圖》並題識。紙本，墨筆，尺寸不詳，年代不詳，揚州周斯達《鄭板橋題畫佚稿》

《蘭圖》並題識。紙本，墨筆，尺寸不詳，年代不詳，揚州周斯達《鄭板橋題畫佚稿》

《蘭竹石圖》並題識。紙本，墨筆，尺寸不詳，年代不詳，揚州周斯達《鄭板橋題畫佚稿》

《蘭竹石圖》並題識。紙本，墨筆，尺寸不詳，年代不詳，四川省美術家協會藏墨蹟

《蘭竹石圖》並題識。紙本，墨筆，尺寸不詳，年代不詳，美國耶魯大學藝術館藏墨蹟

《蘭花圖》並題識。紙本，墨筆，尺寸不詳，年代不詳，方濬頤《夢園書畫錄》卷廿三

題羅智《山水》條幅。紙本，墨筆，尺寸不詳，年代不詳，揚州市文物商店藏墨蹟

題高翔《山水圖》。紙本，墨筆，尺寸不詳，年代不詳，揚州商健勳舊藏墨蹟

題李鱓《古柏凌霄圖》。紙本，墨筆，尺寸不詳，年代不詳，美國私人藏墨蹟
題李鱓《老少年圖》。紙本，墨筆，尺寸不詳，年代不詳，嘉興王少鶴舊藏墨蹟
題李鱓《紅菊》冊頁。紙本，墨筆，尺寸不詳，年代不詳，許征白先生舊藏
題華嵒《浣紗溪．扇面》。紙本，墨筆，尺寸不詳，年代不詳，宣人哲舊藏
題許湘《芭蕉圖》。紙本，墨筆，尺寸不詳，年代不詳，南京博物院藏墨蹟
題李寅《殘菊圖》。紙本，墨筆，尺寸不詳，年代不詳，揚州蕭畏之先生舊藏
題李寅《紅秋色圖》。紙本，墨筆，尺寸不詳，年代不詳，揚州徐感也先生舊藏
題周璕《龍圖》。紙本，墨筆，尺寸不詳，年代不詳，揚州陳重慶先生舊藏
題曹若汀《看子圖》。紙本，墨筆，尺寸不詳，年代不詳，南京許莘農先生藏墨蹟
為遮康作《蘭石圖》並題識。紙本，墨筆，尺寸不詳，年代不詳，南通博物館藏墨蹟
為冰翁作《盆蘭圖》並題識。紙本，墨筆，尺寸不詳，年代不詳，余毅《鄭板橋書畫拓片集》
為陶四達作《芳蘭靈芝圖》並題識。紙本，墨筆，尺寸不詳，年代不詳，上海博物館藏墨蹟
為慧如大師作《蘭圖》。紙本，墨筆，尺寸不詳，年代不詳，李佐賢《書畫鑒影》卷十六
為秀林作《蘭竹石圖》並題識。紙本，墨筆，尺寸不詳，年代不詳，西安美術學院藏墨蹟
為親翁六十榮壽作《蘭竹石圖》。紙本，墨筆，尺寸不詳，年代不詳，日本河井荃廬藏墨蹟

附一

鄭板橋年譜簡編

康熙三十二年癸酉（1693） 一歲

◇十四世長門進士。

十月二十五日子時，生於江南揚州府興化縣城東門外古板橋。姓鄭，名燮，字克柔，號板橋，又號理庵。先世寓居蘇州閶門，明洪武三年（1370）播遷興化城內汪頭。曾祖新萬，字長卿，十一世長門庠生。生於明萬曆四十四年（1616）十一月十四日子時，娶吳氏，繼陳氏。歿於清康熙九年（1670）十一月廿八日辰時，葬於蘇顧莊。祖湜，字清之，十二世長門儒官。生於順治二年（1645）七月初八日未時，歿於康熙三十七年（1698）七月初四日丑時，葬於剎院寺；祖母蔡氏，江蘇揚州府興化縣蔡靈皋室女。父之本，字立庵，號夢陽、厚生。十三世長門廩生。生於康熙十二年（1673）十月初四日未時，歿年未詳，葬於剎院寺。以文章品行為士先，設帳授徒數百輩，皆成就；生母汪氏，江蘇淮安府鹽城縣汪翊文室女。端嚴聰慧特絕。繼母郝氏，江蘇淮安府鹽城縣郝林森室女。叔父之標，字省庵。生於康熙十四年（1675）二月十一日巳時，娶陸氏。生子墨，字克己，號五橋，庠生。

嘉慶修《昭陽鄭氏族譜》

◇石濤於大樹堂作花卉通景並題識。

石濤（1642—1718）清初畫家。姓朱，名若極。本籍桂林（今廣西）人，僧籍全州（今廣西），為明靖江王朱贊儀十世孫。父亨嘉被翟式耜俘殺時，若極年尚幼，後隱身為僧，法名原濟，亦作元濟，號石濤，又號苦瓜和尚、大滌子、鈍銀、石道人，清湘陳人，清湘遺人，清湘老人，瞎尊者、半個漢，膏盲子、支下人、夢童生等。早年屢遊安徽敬亭山、黃山；中年住南京，晚年居揚州賣畫。擅山水，且「脫胎於山川」，「搜盡奇峰打草稿」，進而「法自我立」。所畫山水、蘭竹、花果、人物，講求新格，意境蒼莽新奇，書法擅隸、行。工詩，並擅園林疊石，王原祁贊為「江南第一」。對「揚州八怪」和近代中國畫影響極大。有《苦瓜和尚畫語錄》（即手寫刻本《畫譜》）及後人所輯《大滌子題畫詩跋》等。

◇米價暴漲，廷禁釀酒。

◇擴大鄉、會試錄取名額。

◇《唐詩掞藻》八卷成，高士奇編。

高士奇（1644—1703）：字澹人，號江村。錢塘（今浙江杭州）人。以諸生供奉內廷，入直南書房，為帝所寵信，官詹事府少詹事。因植黨營私被劾，解職歸田。後復召入京，官禮部侍郎。能詩文，善書法，精鑒賞，所藏書畫甚富。著有《天祿識餘》、《江村消夏錄》、《春秋地名考略》、《金鼇退食筆記》、《左傳紀事本末》、《扈從西巡日錄》、《清吟堂集》等。

康熙三十三年甲戌（1694）二歲

◇秋八月，石濤於靜慧寺作山水八幀，並題跋。

◇正月，河道總督于成龍被革職。

◇七月，康熙帝巡邊。

◇帝詔王鴻緒主修《明史》，萬斯同審核。

王鴻緒（1645—1723）：初名度心，字季友，號儼齋，又號橫雲山人，江南華亭（今上

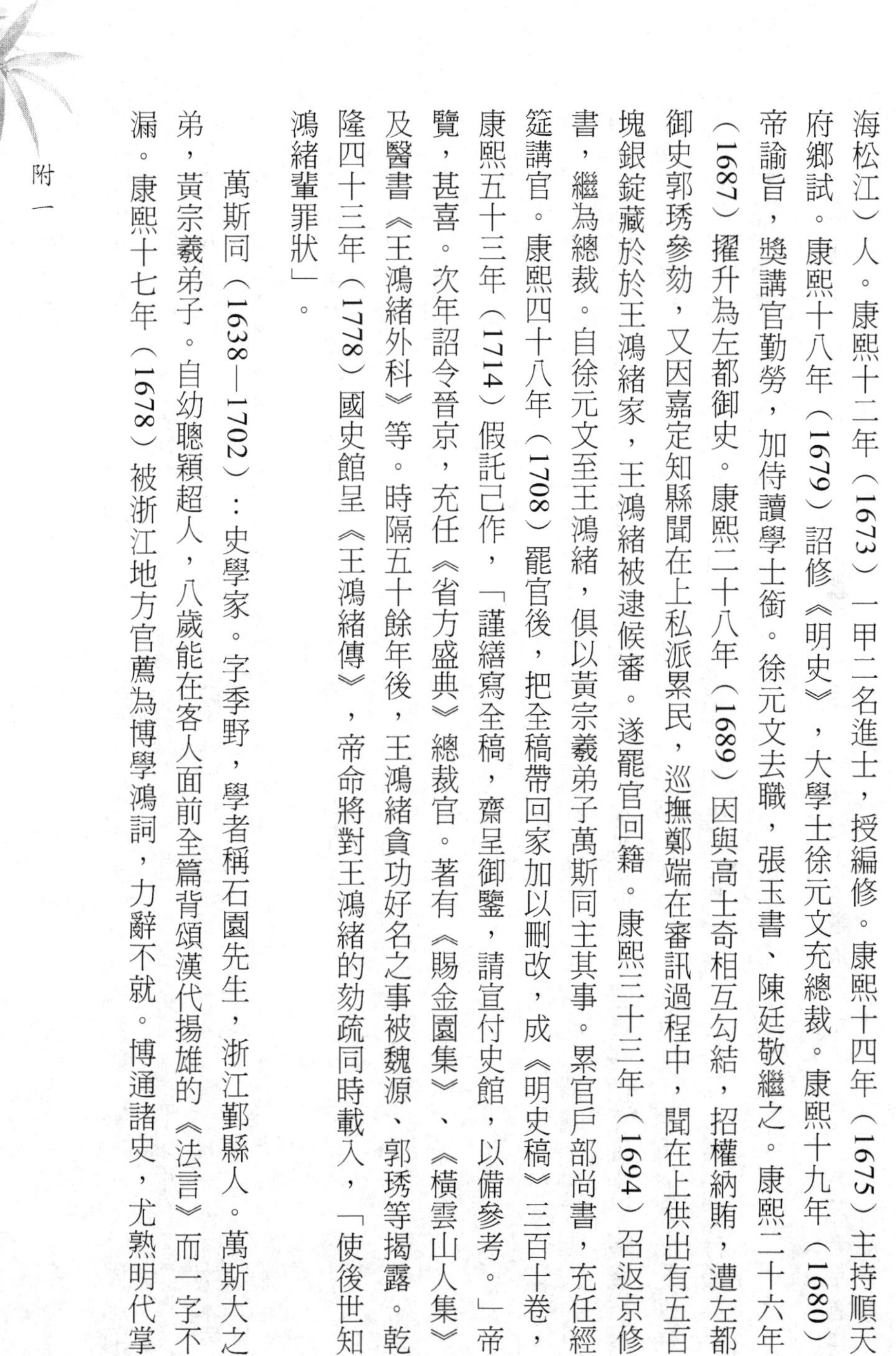

海松江）人。康熙十二年（1673）一甲二名進士，授編修。康熙十四年（1675）主持順天府鄉試。康熙十八年（1679）詔修《明史》，大學士徐元文充總裁。康熙十九年（1680）帝諭旨，獎講官勤勞，加侍讀學士銜。徐元文去職，張玉書、陳廷敬繼之。康熙二十六年（1687）擢升為左都御史。康熙二十八年（1689）因與高士奇相互勾結，招權納賄，遭左都御史郭琇參劾，又因嘉定知縣聞在上私派累民，巡撫鄭端在審訊過程中，聞在上供出有五百塊銀錠藏於於王鴻緒家，王鴻緒被逮候審。遂罷官回籍。康熙三十三年（1694）召返京修書，繼為總裁。自徐元文至王鴻緒，俱以黃宗羲弟子萬斯同主其事。累官戶部尚書，充任經筵講官。康熙四十八年（1708）罷官後，把全稿帶回家加以刪改，成《明史稿》三百十卷，康熙五十三年（1714）假託己作，「謹繕寫全稿，齋呈御鑒，請宣付史館，以備參考。」帝覽，甚喜。次年詔令晉京，充任《省方盛典》總裁官。著有《賜金園集》、《橫雲山人集》及醫書《王鴻緒外科》等。時隔五十餘年後，王鴻緒貪功好名之事被魏源、郭琇等揭露。乾隆四十三年（1778）國史館呈《王鴻緒傳》，帝命將對王鴻緒的劾疏同時載入，「使後世知鴻緒輩罪狀」。

萬斯同（1638—1702）：史學家。字季野，學者稱石園先生，浙江鄞縣人。萬斯大之弟，黃宗羲弟子。自幼聰穎超人，八歲能在客人面前全篇背頌漢代揚雄的《法言》而一字不漏。康熙十七年（1678）被浙江地方官薦為博學鴻詞，力辭不就。博通諸史，尤熟明代掌故。康熙十八年（1679）清廷開局修《明史》，以布衣身份參加編修，不署銜，不受俸，前後一十九年，成《明史稿》。他認為撰寫史書必須「事信而言文」。著有《歷代史表》、《歷代宰輔滙考》、《宋季宗義錄》、《河渠考》、《石經考》、《石鼓文考》、《南宋六陵遺事》、《群書疑辨》、《石園詩文集》等。

◇帝詔高士奇回京入值南書房，授王鴻緒工部尚書。

康熙三十四年乙亥（1695）　三歲

◇李方膺生。

李方膺（1695—1754一作1756）：畫家。字虬仲，號晴江、秋池、抑園、白衣山人等。通州（今江蘇南通）人。曾任樂安、蘭山、潛山、合肥知縣；去官後長期流寓南京借園，號借園主人。常往來揚州賣畫。善畫松竹蘭梅，法徐渭、陳淳。尤長寫梅，用筆放縱而蒼勁蟠曲；松石蘭竹，筆意恣縱，簡逸傳神。評者謂其梅「獨具靜逸氣」。能詩，詩中能抒發其不得志和孤傲之情。李玉棻《甌鉢羅室書畫過目考》中列為「揚州八怪」之一。

◇夏日，石濤過巢湖，因風滯留，遂作《巢湖圖》，贈張太守。九月，為器老年翁作

《山水冊》並題跋。

◇廷詔畫家王翬作《北征圖》。

王翬（1632—1717）：清初畫家。字石谷，號耕煙散人、烏目山人、清暉主人、劍門樵客等。常熟（今屬江蘇）人。與王時敏、王鑒、王原祁合稱「四王」。加吳歷、惲壽平，稱「清六家」。

◇汪熹儒編《唐詩評選》刻本十卷成。

◇十月，廷發兵噶爾丹。

◇重修太和殿。

太和殿：俗稱「金鑾殿」，北京故宮三大殿（太和、中和、保和）中最大的一個。明永樂十八年（1402）建，初名奉天殿，嘉靖時改名皇極殿。清順治二年（1645）始稱今名。今殿為康熙三十四年（1695）重修。建於三層漢白玉台基之上，殿高35米，東西長64米，南北寬33米，總面積2377平方米。外有廊柱一列，全殿內外立有大柱84根。重簷廡殿式，黃色琉璃瓦頂。裝飾絢麗，金碧輝煌，為全國最大的木構大殿。明清兩代帝王即位，或節日慶典、朝會大殿等，均在此舉行。

◇於紹興蘭渚山麓重建蘭亭。

康熙三十五年丙子（1696） 四歲

◇生母汪氏病歿，育於費氏。

費氏：板橋《乳母詩》序云：「先祖母蔡太儒人之侍婢也。燮四歲失母，育於費氏。時值歲饑，費自食於外，服勞於內。每晨起，負燮入市中，以一錢市一餅置燮手，然後治他事。間有魚飧瓜果，必先食燮，然後夫妻子母可得食也。」

◇春，石濤在揚州為歙縣程浚（葛人）題所藏弘仁《曉江風便圖卷》；九月，於揚州作《春江垂釣圖》並題句，寄八大山人。

八大山人：即朱耷（1624或1626—1705），明寧王朱權後裔。南昌（今江西）人。明亡，一度為僧，又為道，住持南昌青雲譜道院。一生所用的別號多達數十，常用的主要有：雪個、個山、人屋、驢漢，最著名的當屬五十九歲後所用的「八大山人」，四字連綴寫成，似「哭之」、「笑之」，表現出了極端的內心矛盾。擅畫水墨花卉禽鳥，筆墨簡括凝煉，極富個性，所畫魚鳥每作「白眼向人」的情狀，形象誇張、創立新貌，逸氣橫生。山水學黃公望、董其昌，但用筆乾枯，多顯荒涼蕭索氣象。花鳥學沈周、陳淳、徐渭。題詩含意隱晦，多寄寓亡國之痛。與弘仁、髡殘、原濟（石濤）合稱「清初四僧」。

◇八大山人書《桃花源記》一段，寄石濤請其補圖。石濤補之，並題識成卷。

◇二月，康熙帝出獨石口親征噶爾丹。

◇五月，昭莫多之戰，噶爾丹敗。

◇十一月，噶爾丹譴使納款。

康熙三十六年丁丑（1697）　五歲

◇約於本年，父立庵續娶郝夫人。

◇春日，石濤為博爾都仿仇英《百美爭豔圖》巨卷，至秋日完成。石濤題跋。

仇英（約1501—約1551）：明畫家。字實父，號十洲，太倉（今屬江蘇）人。居蘇州。

出身工匠，以賣畫為生。擅人物，尤工仕女，又善水墨、白描，皆精工妍麗。山水多學趙伯駒、劉松年。青綠之作，細潤而風骨勁峭。亦善花鳥。晚年客於收藏家項元汴天籟閣從事臨摹和創作，足以亂真。與沈周、文徵明、唐寅並稱「明四家」。

明放案：博爾都跋云：「向隨駕南巡，覓得仇實父《百美爭豔圖》，索清湘先生寫之。」

◇顧氏秀野草堂刻本《溫飛卿詩集箋注》九卷成，明曾益箋注，顧予咸補注，清顧嗣立續注。

康熙三十七年戊寅（1698）　六歲

◇祖父鄭湜去世，壽五十三。

◇春日，石濤在揚州新建的大滌堂作《桐蔭圖》，並題跋。後又致書八大山人，求作《大滌堂草圖》卷。

◇讀書堂刻本《杜工部詩集注解》二十卷成，張溍評注。

◇二月，于成龍偕西洋人安多得等勘察渾河。

◇七月，疏浚渾河竣工，始改永定河。

康熙三十八年己卯（1699） 七歲

◇乳母費氏為生活所迫，不告而去。

◇二月，曹寅為石濤仿作《百美爭豔圖》題跋。四月，天津大悲院月翁世先生造訪大滌草堂，石濤作《山水》立軸相贈。

曹寅（1658—1712）：文學家。字子清，號荔軒，又號楝亭。先世漢族，原籍豐潤（今屬河北），自其祖父起為滿洲貴族的包衣（奴僕），隸屬正白旗。為《紅樓夢》作者曹雪芹之祖父。官至通政使、管理江寧織造、巡視兩淮鹽漕監察御史。善射騎，能詩詞，校勘古書頗精。著有《楝亭詩鈔》、《楝亭詞鈔》、《續琵琶記》、《楝亭五種》、《楝亭藏書十二種》等。

◇八大山人著人送來《大滌堂草圖》，石濤題跋。

◇孔尚任傳奇劇本《桃花扇》成。

孔尚任（1648—1718）：戲劇作家。字聘之、季重，號東塘，別署岸堂，又稱雲亭山人。山東曲阜人。孔子六十四代孫。初隱居石門山中，過著養親不仕、閉門讀書的生活。康熙二十四年（1685），帝南巡至曲阜時，被詔御前講經，頗受賞識。破格授國子監博士。在此後的三年中，他隨工部侍郎孫古豐到淮、揚一代治水，遊南京，憑弔前朝歷史遺跡，並接觸了明朝遺老冒辟疆、石濤等人。獲得了關於南明興亡的遺聞和珍貴的史料。累遷戶部主事、員外郎等職。康熙二十九年（1690），他回到京師，不再熱衷於官宦生涯，決意完成傳奇劇本《桃花扇》，「借離合之情，寫興亡之感。」用以「懲創人心，為末世之一救。」（《桃花扇小引》）康熙三十八年（1699），「三易其稿而書成」，獲得極大的成功。當時與《長生殿》的作者洪昇有「南洪北孔」之稱。康熙三十九年（1700），被革職罷官，遂還鄉。曾與顧天石合作《小忽雷》劇本。著有詩文集《湖海集》、《石門集》、《長留集》、《岸堂稿》、《闕里新志》等。

◇二月，康熙帝第三次南巡，至揚、蘇、杭等地，五月返回。

◇四月，始修明太祖陵於鐘山。

康熙三十九年庚辰（1700）　八歲

◇春，石濤作《石榴萱草圖》，贈自京口將歸鎮江的少文先生，賀其得子；秋，作《秋葵圖》，並題識；冬，為曠齋先生作墨筆《雙清圖》。除夕，作《庚辰除夕詩》律詩四首。

◇金農隨父觀摩五代畫僧貫休所作十六軸菩薩圖像。

貫休（832—912）：五代前蜀畫家、詩人。和安寺僧，俗姓姜，字德隱，婺州蘭溪（今屬浙江）人。七歲出家，工書畫，其書人稱「姜體」。以畫羅漢為最著名。筆法遒勁，形象誇張。在吳越為錢鏐所重。唐天復間入蜀，為蜀主王建所禮遇。號為禪月大師。存世《十六羅漢圖》，傳為其作品。著有《禪月集》。

◇八大山人畫幅開始出現以鹿為主體的題材。

◇于成龍卒，壽六十三。張鵬翮繼任河道總督。

◇畫家王原祁奉詔鑒定書畫。

王原祁（1642—1715）：字茂京，號麓台、石師道人，太倉（今屬江蘇）人。王時敏孫。康熙九年（1670）進士。官戶部侍郎。命鑒定內府名畫，充《佩文齋書畫譜》總裁。山水學「元四家」，以黃公望為宗。祖父時敏稱其學黃公望「形神俱得」。善用乾筆焦墨，層層皴擦，用筆沉著，自稱筆端有「金剛杵」。更於淺絳法獨有心得。晚年好用元吳鎮墨法。弟子有黃鼎、唐岱等，稱「婁東派」。與王時敏、王鑒、王翬合稱「四王」，加吳歷、惲壽平，稱「清六家」。

康熙四十年辛巳（1701）　九歲

◇博爾都復將石濤所仿作《百美爭豔圖》寄回，囑石濤代為裝裱，並題賦。

◇吳敬梓生。

吳敬梓（1701—1754）：小說家。字敏軒，號粒民，晚自稱文木老人，安徽全椒人。諸生。青年時生活豪縱，後家道衰落，移居江寧。二十三歲時中秀才，二十九歲參加科考遭到斥逐。三十六歲時，安徽巡撫趙國麟欲薦其應博學鴻詞試，他稱病不赴。晚年益貧，卒於揚州。善詩賦，尤以小說《儒林外史》著稱。有《文木山房集》等。

◇《芥子園畫譜》二、三集成。

《芥子園畫譜》：又稱《芥子園畫傳》。中國畫技法圖譜。共三集：初集為山水集，五卷，清初王概以明李流芳課徒畫稿增編而成，康熙十八年（1679）木版彩色套印；二集為蘭、竹、梅、菊四譜，八卷，諸升、王質繪、王概、王蓍、王臬兄弟論訂；三集為花卉、草蟲及花木、禽鳥兩譜，四卷，王氏兄弟編繪。木版彩色套印。每集首列畫法淺說，亦有畫法歌訣；次摹諸家畫式，附簡要說明；未為摹仿名家畫譜。畫譜系李漁婿沈心友刻於李漁在南京之別墅「芥子園」，故名。嘉慶二十三年（1818），書坊又將丁臯《寫真秘訣》一卷等合刻成第四集人物畫譜。光緒間，巢勳又將此四集重摹增編，在上海石印發行，流傳甚廣。

◇《刪訂唐詩解》成，二十四卷，吳昌祺評訂。

◇《香山詩鈔》成，二十卷，楊大鶴選。

◇十二月，連川瑤人反清。

康熙四十一年壬午（1702）　十歲

◇乳母費氏重返板橋家中。

◇正月，石濤為費密作《先塋圖》，並題跋。八月，為哲翁五十壽辰作《石竹水仙圖》。

費密（1623—1699）：字此度，號燕峰、跛道人，四川新繁（今成都市新都區）人，生於明末清初，著名學者、詩人和思想家。

◇八大山人於南昌與羅牧等人組織「東湖書畫會」。

◇高翔與鄭里馬秋玉正式訂交。

高翔（1688—1753）字鳳岡，號西堂、樨堂，又號西堂，江蘇甘泉（今揚州）人。詩書畫篆刻皆工，畫擅山水花鳥，尤以蘭梅為佳。所畫墨梅，筆意清秀，墨法蒼潤，構圖雅潔，意趣簡淡，為世所重。山水師法石濤、漸江。與石濤於揚州訂為忘年交，石濤死時高年二十，每逢清明必掃墓，終生不輟。篆刻學程邃。為「揚州八怪」之一。善詩，著有《西唐詩鈔》。

◇黃慎別母離家，拜師學畫。

黃慎（1687—1768）：畫家。字恭壽，又字恭懋，號癭瓢子，福建寧化人。家貧，流寓揚州，以賣畫為生。書以草書為最，多取法懷素。人物畫學上官周，且間之以狂草筆法，筆墨放縱流暢，氣象雄偉，多以神話為題材，古韻十足。花鳥畫學徐渭，揮灑自如，縱逸潑辣，妙趣橫生。亦畫漁夫、乞丐，形象怪特，有時失之粗俗。能詩，主要作品有：《漱石捧硯圖》、《東坡玩硯圖》、《瓶梅圖》、《醉眠圖》、《南蟹圖》、《群乞圖》、《溪鴨圖》等，著有《蛟湖詩鈔》等，為「揚州八怪」之一。

◇萬斯同卒，壽六十五。

◇洞庭席氏琴川書屋《唐詩百名家全集》刻本成，三百二十六卷，席啟寓編。

◇清廷限制外任官隨帶家口。

康熙四十二年癸未（1703）　十一歲

◇乳母費氏之子俊為操江提塘官，欲迎養其母，費氏不肯離去。

◇秋，石濤為劉石頭作《苦瓜妙諦冊》十二幀；冬，又為汐丁老年台畫扇面。

◇金農結識同里項霜田，始與吳征君、亦諳和尚往來。

金農（1687—1763）：書畫家。字壽門，又字司農、吉金，號冬心先生、稽留山民、曲江外史、枯梅庵主、金牛山人、昔耶居士、金牛湖上詩老、蓮身居士、心出家庵粥飯僧、如來最小之弟等，浙江仁和（治今杭州）人。少年時受業於何焯。曾被薦舉博學鴻詞科，入京未試而返。好遊歷，客揚州，以書畫自給。工詩，嗜奇好古，藏金石文字甚富。書得古趣，在隸楷之間，號曰「漆書」。亦能篆刻，得秦漢法。五十歲後開始作畫，畫竹、梅、馬、人物、山水，格調拙厚淳樸，以梅花及佛像為最工。被目為當時畫壇高品。為「揚州八怪」之一。有《冬心先生集》、《冬心先生續集》、《冬心齋硯銘》、《冬心先生雜著》等。

◇高士奇卒，壽六十。

◇蔣廷錫登進士。

蔣廷錫（1669—1732）：字揚孫，又字酉君，號西谷，又號南沙、青桐居士，江蘇常熟人。進士出身，官至大學士。擅畫蘭石及花鳥，工於水墨寫生。所作花鳥神韻生動，風致超逸，為時所重。其畫風影響到康雍時御窯瓷器繪畫。傳世作品有《柳蟬圖》等。著有《青桐軒秋風集》、《片雲集》等。

◇《唐詩集經》成，四卷，關廷偉選，顧元標注。

◇宋犖、丘邇求刻本《唐百家詩選》成，二十卷，宋王安石編。

◇棲鳳閣刻本《晚唐詩鈔》成，二十六卷，查克弘、林紹乾編。

◇正月，康熙帝第四次南巡，至杭而返。

◇十月，修治黃河粗成（前後十餘年），獎河道官員。

◇始建避暑山莊。

避暑山莊：一稱「承德離宮」，又稱「熱河行宮」。位於河北省承德市區北部，距北京市230公里。占地面積564萬平方米，石砌宮牆周長約10公里，別具一格、宏偉壯觀的皇家園林和園外漢、蒙、藏等不同民族風格的寺廟為後人留下了珍貴的古代園林建築傑作。與北京紫禁城相比，避暑山莊以樸素淡雅的山村野趣為格調，取自然山水之本色，吸收江南塞北之風光，成為中國現存占地最大的古代帝王宮苑。

明放案一：康熙三十六景

煙波致爽　芝徑雲堤　無暑清涼　延薰山館　水芳岩秀　萬壑松風　松鶴清樾

雲山勝地　四面雲山　北枕雙峰　西嶺晨霞　錘峰落照　南山積雪　梨花伴月

曲水荷香　風泉清聽　濠濮間想　天宇咸暢　暖流暄波　泉源石壁　青楓綠嶼

鶯囀喬木　香遠益清　金蓮映日　遠近泉聲　雲帆月舫　芳渚臨流　雲容水態

澄泉繞石　澄波疊翠　石磯觀魚　鏡水雲岑　雙湖夾鏡　長虹飲練　甫田叢越

水流雲在

明放案二：乾隆三十六景

麗正門　勤政殿　松鶴齋　如意湖　綺望樓　青雀舫　馴鹿坡　水心榭

頤志堂　暢遠台　靜好堂　冷香亭　采菱渡　觀蓮所　清暉亭　般若相

滄浪嶼　一片雲　萍香泮　萬樹園　試馬埭　嘉樹軒　樂成閣　宿雲簷

澄觀齋 翠雲岩 罨畫窗 凌太虛 千尺雪 寧靜齋 玉琴軒 臨芳墅

知魚磯 湧翠岩 素尚齋 永恬居

康熙四十三年甲申（1704） 十二歲

◇約於是年，隨父讀書於真州毛家橋。

真州：古州名。宋大宗祥符六年（1013）升建安軍置，治揚子（今江蘇儀征真州鎮），轄境相當於今儀征、六合等市縣地及南京市江北部分。明洪武二年（1369）廢。宋為東南水運衝要，為江淮、兩浙、荊湖等路發運使駐所，繁盛過於揚州。

毛家橋：又名茅家橋。道光刻本《儀征志》云：「在縣東北三十五里，近江都界。」

◇四月，石濤於耕心草堂作墨筆《筍竹》，並題跋。歲末，作墨筆《梅花》，並題跋。

◇戲曲作家洪昇卒，壽六十。

洪昇（1645—1704）：戲曲作家。字昉思，號稗畦（一作稗村）、南屏樵者，浙江錢塘（今杭州）人。出身書香門第，世宦之家，才情高俊，勤奮好學。做過二十年國子監生。著有傳奇《長生殿》。當時與孔尚任齊名，有「南洪北孔」之稱。康熙二十八年（1689）因在佟皇后喪期演唱所作《長生殿》，被劾入獄，革國子監生籍，後漫遊江南。康熙三十三年（1704）乘船經烏鎮，醉後失足落水而死。傳奇有《長生殿》、《回龍記》、《回文錦》、《鬧高唐》、《錦繡圖》、《天涯淚》、《孝節坊》、《長虹橋》、《青衫濕》等九種，雜劇《四嬋娟》一種。今僅存《長生殿》、《四嬋娟》兩種。另有《嘯月樓集》、《稗畦集》、《稗畦續集》等。

◇昭質堂刻本《唐詩審體》成，二十卷，錢良擇編。

◇四月，康熙帝派侍衛拉錫等自京探察黃河源，至星宿海而返。

康熙四十四年乙酉（1705）　十三歲

◇初夏，嚼公和尚以萬曆曾用筆見贈，石濤以詩謝；重九日，石濤於大滌草堂作《山水圖》贈滄洲道先生，並題跋。

◇秋後，八大山人卒，壽八十。

◇王原祁擢升侍講學士，入直南書房，充書畫總裁。

◇《全唐詩》成，九百卷，康熙作序。

《全唐詩》：總集名。彭定求、曹寅等十人奉敕編。因康熙帝作序，故又稱《欽定全唐詩》。九百卷。以清初季振宜《唐詩》為底本，參取明人胡震亨《唐音統籤》增訂而成。共收唐、五代詩歌四萬九千四百零三首，殘句一千餘條，作者二千八百三十七人，以時代先後之序排列，並附詩人小傳。光緒間有石印本。建國後有中華書局鉛印本。今人陳尚君有《全唐詩補編》，收錄王重民等補遺五種，存詩六千餘首。

◇二月，康熙帝第五次南巡，四月至揚州歸返。

康熙四十五年丙戌（1706）　十四歲

◇約於是年，繼母郝夫人卒。

◇三月望日，石濤作潑墨《水亭閑趣圖》，並題句；七月，作《雲山無盡圖》，並題句；臘月，作《竹屋松岩圖》，並題句。

◇四月，金農至蕭山訪毛奇齡，遊會稽、探禹穴。

毛奇齡（1623—1716）：經學家、文學家。字大可，號初晴，又以郡望稱西河。浙江蕭山人。四歲時其母口授《大學》即能背誦。入塾讀書時，與堂伯兄毛萬嶺齊名，被呼「小毛生」。推官陳子龍稱其為才子。明季諸生，明亡，卜居南山讀書。康熙十八年（1679）被薦為博學鴻詞科，試列二等。授翰林院檢討，充任《明史》纂修官。康熙二十四年（1685）充任會試同考官。此後，病假歸鄉，不再復出。

毛奇齡淹貫群書，注重考證，自負在經學。曉音律，好駁辨，能詩文。被收入《四庫全書》的書目有四十餘部。主要著作有：《毛詩續傳》、《國風省篇》、《詩劄》、《毛詩寫官記》、《白鷺洲主客說詩》、《詩傳詩說駁議》、《古今通韻》、《仲氏易》、《推易始末》、《易小帖》、《古今尚書冤詞》、《經問》、《四書改錯》、《春秋毛詩傳》、《竟山樂錄》、《西河詩話》、《西河詞話》等。

◇十月，廷遣官查究山東周村一帶開爐私鑄小錢。

◇十二月，拉藏汗捕送假達賴喇嘛。

康熙四十六年丁亥（1707）　十五歲

◇春日，石濤為《摹蓬萊仙境長卷》題句；三月，為摹宋人《八鶴圖》作跋。七月，作《設色山水冊》十二幀，並作跋。秋、冬之交，石濤卒，壽六十六。葬於揚州平山堂後蜀崗上。

◇何義門因服喪，歸里守制，金農讀書於何宅。

何義門：即何焯（1661—1723）。書法家。字屺瞻，號義門。長洲（今蘇州）人。康熙四十二年（1703）進士，授編修。長於考訂，校勘古碑版最精。喜臨摹晉、唐法帖，所作真、行書入能品。與姜宸英、汪士鋐、陳奕禧合稱「四大書家」。

◇《歷代題畫詩》成，一百二十卷，陳邦彥編。

◇正月，康熙帝第六次南巡，至杭州，五月而返。

康熙四十七年戊子（1708）　十六歲

◇芸香閣刻本《唐人萬首絕句選》成，七卷，王士禛編選。

◇帝詔孫岳頒、王原祁等編纂《佩文齋書畫譜》成，一百卷，御制序。

《佩文齋書畫譜》：中國書畫藝術類書。帝令孫岳頒、王原祁等編纂。一百卷。分論書畫、書畫家傳、書畫跋、書畫辨證及書畫鑒藏等門。論書畫門又別為書體、書法、書學、書品及畫題、畫法、畫學、畫品等類。徵引古籍一千八百四十四種，注明出處，便於查考。

◇九月，帝廢皇太子允礽，並處分其黨羽。

康熙四十八年己丑（1709）　十七歲

◇從鄉先輩陸種園先生學詞，同塾的有王竹樓、顧萬峰等。

陸種園：名震，字仲遠，一字仲子，又字種園。號榕材，又號北郭生。江蘇興化人。康熙間諸生。劉熙載等《重修興化縣誌》卷八云：「陸震，……少負才氣，傲睨狂放，不為齷齪小謹。宋塚宰犖巡撫江南，期以大器。震淡於名利，厭制藝，攻古文辭及行草書。性情孤峭，貧而好飲，輒以筆質酒家，索書者出錢贖筆。家無擔石儲，顧數急友難。某負官錢，震出其先儀部奉使朝鮮方正學輩贈行詩卷，俾質金以償，後遂失之，某恧甚，震曰：『甑已破矣』，與其人交契如初。詩工截句，詩餘絕妙等倫，鄭燮從之學詞焉。」著有《茗芋堂文集》，未及刊行，稿已半佚。《陸種園詩集》，後有清末楊世沅抄本，系鄭燮、趙魚、胡士敏、任遐昌、周煌、夏瑚、周志彤、魏熉、繆函、楊必發、繆文炳、張舒甲、張泌、許冕等親友學生獻藏與通力搜羅而集成。書前有雍正六年同學弟吳宏謨序，後有宣統元年楊世沅跋。因故楊氏刻印無成，此書至今世無印本。

王竹樓（1692—1777？）：名國棟，字殿高，號竹樓。《興化縣誌》云：「乾隆六年（1741）副榜。工詩，尤善書。客居揚、通、潤州等地，每日求書者甚多。嘗與黃慎、李鱓等往返酬唱。著《竹樓詩鈔》五卷，由「一柱樓詩」案犯徐述夔作序，後遭禁，書藏北京圖書館。

顧萬峰（1693—？）：字萬峰，一字桐峰，又字澥陸，號桐峰、錫躬。《興化縣誌・文苑》云：「於觀性嗜古，不屑攻舉子業。書出入魏晉。杭太史（世駿）評其詩云：『綿邈滂沛，清消淒厲。』居鄉惟與李鱓、鄭燮友，目無餘子。客游四方，公卿大夫及知名士莫不折服，簡親王亦憐其才而下交焉。乾隆七年，張宮詹鵬翀錄其詩，進呈乙覽。十六年，高廟南巡，於觀獻賦頌恩，賜大緞。數奇不偶，恬然無怨尤意。嘗語人曰：『吾生平最得意事，惟登泰山絕頂，見雲氣噴薄有聲，俯視大海，茫茫洋洋，此時四顧無儔，作天地真人想，覺塵世富貴，無異鴟得腐鼠耳。』少為庠生，俄棄去，以山人終。」著有《澥陸詩鈔》等。

◇高鳳翰遊金陵宏濟寺。

高鳳翰（1683—1748或1749）：畫家。字西園，號南村。晚號南阜老人。又自稱老阜、石頑老子等。山東膠州人。舉孝友端方，為歙縣丞。公薦為泰州巡鹽分司，久寓揚州。工詩文書畫，擅篆刻。書法以草體勝，圓勁蒼鬱。山水畫學北宋各家之雄渾，又有元人的清逸，不拘成法，氣勢豪邁。花卉用筆奔放，筆墨秀潤，設色鮮麗。山石用筆硬健，勁逸奇麗。晚年右臂病殘，改以左手作畫，號左生，又號丁巳殘人。好硯，藏千餘方，均手自銘琢。傳世作品有《灣上送別圖》、《錦繡富貴圖》、《鳥鳴春樹圖》、《梅花圖》、《牡丹圖》等。著有《硯史》、《南阜山人全集》等。凌霞將其列入「揚州八怪」之一。

◇三月，復立允礽為皇太子。

◇六月，廷禁淫詞小說。

◇九月，廷命年羹堯任四川巡撫。

年羹堯(1679—1726)：名將。字亮工，好雙峰，漢軍鑲藍旗人。康熙三十九年（1700）進士，庶起士散館後授檢討。先後任四川、廣東鄉試考官，累遷侍講學士、內閣學士。四十八年（1709）擢升四川巡撫。五十七年（1718），授四川總督，協助辦理松潘軍務，為清軍入藏驅逐準噶爾軍提供後勤保障。六十年（1721），奉詔返京覲見皇帝。六十一年（1722）康熙去世，雍正登基，召撫遠大將軍允禵還京奔喪，由年羹堯管理大將軍印務。雍正元年（1723），青海和碩特部首領羅卜藏丹津出兵進攻鄰部及軍政重地西寧，企圖割據青海。清廷命年羹堯為撫遠大將軍，岳鐘琪為參贊大臣，率師進討。他先遣軍分路遏其鋒、斷其後、絕其援，將其擊潰。然後令岳鐘琪率軍追擊，出敵不意，直抵柴達木，殲滅羅卜藏丹津軍。因功進一等公。二年（1724）十月，雍正賜給年羹堯雙眼花翎，四團龍補服、黃帶、金幣等，加一等阿思哈尼哈番世職。三年（1725）二月初一，出現「日月合璧，五星聯珠」吉兆，年羹堯上疏祝賀，竟把「朝乾夕惕」寫成「夕惕朝乾」，雍正認為是大不敬。改授杭州將軍，年羹堯拒不赴任，此時，山西巡撫伊都立、都統范時捷、川陝代理總督岳鐘琪、河南巡撫田文鏡等官員紛紛上奏參劾年羹堯的種種罪狀，大有牆倒眾人推之意。凡九十二款，當大辟，十二月，雍正令其在獄中自裁。終年四十八歲。

康熙四十九年庚寅（1710）　十八歲

◇廷命張英、王士禎等編撰《淵鑒類函》成，凡四百五十卷。

張英（1637—1708）：字敦復，號樂圃，江南桐城人（今屬安徽）。保和殿大學士、軍機大臣加太保張廷玉之父。康熙二年（1663）舉人，康熙六年（1667）進士。由翰林院編修充日講起居注官，擢侍讀學士，康熙十六年（1677）入值南書房，歷忍兵部侍郎、禮部侍郎、工部侍郎、禮部尚書，康熙三十八年（1699）授文華殿大學士，兼禮部尚書。康熙帝稱張英「素性醇樸」、「恪恭盡職」。尤其稱道張英「每有薦舉從不令人知」。康熙四十年（1701）以原官致仕，歸桐城後親撰《聰訓齋語》及《恆產瑣言》兩部家訓。四十七年（1708）病逝，賜謚文端。性淡泊。

王士禎（1634—1711）：清代詩人。字子真，一字貽上，號阮亭，別號漁洋山人。新城（今山東桓台）人。原名士禛，死後因避雍正（胤禛帝）諱改名士正，乾隆時，詔命改稱士禎。順治八年（1651）鄉試中舉，十二年（1655）會試中進士，時年僅二十二歲。初授江南揚州推官。五年中清理大案八十三件。康熙三年（1664）擢禮部主事，後累遷戶部郎中，十一年（1672）主持四川鄉試。改授翰林院侍講，不久，升為侍讀，入直南書房，漢官由部曹改詞臣自王士禎始。康熙很欣賞王士禎的才華和詩文風格，集王士禎詩文三百首成冊，命名曰《御覽集》。不久，升遷為國子監祭酒，三十七年（1698），授都察院左都御史。四十三年（1704），因輕判王五、吳謙案被革職。四十九年（1710），康熙眷念舊臣，恢復王士禎刑部尚書職。五十年（1711），病死。壽七十八。乾隆三十年（1765）追謚號「文簡」。

《淵鑒類函》：類書名。帝命張英等在《唐類函》的基礎上進行增補。《淵鑒類函》博采《太平御覽》、《玉海》、《山堂考察索》、《天中記》等書，廣收宋元明各代文章及事類。凡四百五十卷，分「天」、「歲時」、「地」、「帝王」、「後妃」等四十五部。每部之下又分若干子目，計有二千五百三十六小類。每類的內容又各分五項：一、釋名、總論、沿革、緣起；二、典故；三、對偶；四、摘句；五、詩文。且每類都分「原」、「增」兩部分。《淵鑒類函》版本較多，而清光緒九年（1883）上海點石齋石印本最便使用。

◇帝諭張玉書、陳廷敬等始編《康熙字典》。

張玉書（1642—1711）：字素存，號潤甫，江南丹徒（今江蘇鎮江）人。順治十八年（1661）進士。官至文華殿大學士兼吏部尚書。曾數次視察黃河及運河河工，多所建議。曾諫止封禪。又參與《平定朔漠方略》、《明史》纂修，任總裁官。為相二十年，深得康熙倚重。後從聖祖出巡熱河，病死。著有《張文貞集》等。

陳廷敬（1638—1712）：清代政治家、文學家、理學家和詩人。字子端，號說岩，晚號午亭。澤州（今山西晉城）人。歷任經宴講官（康熙帝之師）、禮部侍郎、都察院左都御史和吏、戶、刑、工四部尚書，官至文淵閣大學士兼吏部尚書加三級。陳廷敬自幼聰穎過人，才華橫溢，五歲入私塾，九歲能賦詩，十九歲中舉人，二十歲中進士，輔佐康熙五十三年，升遷二十八次，對開創「康熙盛世」起了非常重要的作用。並以總裁官的身份領導編修了《康熙字典》、《佩文韻府》、《明史》等大型語言工具書和史志巨著。陳廷敬生平好學，詩、文、樂皆佳。與清初散文家汪琬，著名詩人王士禎皆有往來，「皆能得其深處，而面目各不相假」。康熙對陳廷敬有「房姚比雅韻，李杜並詩豪」的評價。著有《午亭文編》五十卷和對我國傳統理學有深刻獨到研究的《困學緒言》，今存詩兩千六百餘首，館臣提要譽之曰：「其著述大抵和平深厚，當時咸以大手筆推之。」又，清代最著名的清詩選本沈德潛的《國朝詩集別裁集》，選收乾隆朝前九百九十六人三千九百五十二首詩，「以詩存人，不以人存詩。」標準甚嚴，陳詩被選入十五首，名列前八十名，反映了其詩壇地位。

《康熙字典》：字書。張玉書、陳廷敬等奉詔，以明代梅膺祚《字彙》和清代張自烈《正字通》兩書為底本，「增《字彙》之闕遺，刪《正字通》之繁冗」，費時六年編纂而成。是我國第一部以「字典」命名、規模和影響較大的字書。係康熙「重文化」標誌性工程之一。

《康熙字典》基本上仿照《字彙》和《正字通》體例，以子、丑、寅、卯、辰、巳、午、未、申、酉、戌、亥標分為十二集，每集又分上、中、下三卷，按二百一十四個部首（《四庫全書總目提要》云二百一十九個部首，與今通行本不同）把字分錄在十二集內，「收字求其該洽而無遺漏，說解求其詳確而不繁冗」「載古文以溯其字源，列俗體以著其變遷」。書前有「總目」、「檢字」、「辨似」、「等韻」各一卷，書後附收錄冷僻字的「補遺」及收有音無字或音義全無字的「備考」各一卷。共收字四萬七千零四十三個（99版《辭海》謂收字四萬七千零三十五個）

官修書《康熙字典》由於出自眾手，故錯誤較多，特別是鑒裁不精。廷派訓詁學家王引之（1766—1834）於道光七年（1827）主持對該書進行大規模的修訂，《康熙字典考證》臚列訛誤二千五百八十八條，由武英殿重新刊行。日本人渡部溫《康熙字典考異正誤》指出錯誤四千七百多條；中國語言學家王力（1900—1986）《康熙字典音讀訂誤》指出音讀之誤五千二百餘處。著名學者錢玄同、黃雲眉、蔣禮鴻、錢劍夫等均對《康熙字典》作過精深的考辨。

◇王源卒，壽六十二。

王源（1648—1710）：思想家。字昆繩，號或庵，直隸大興（今屬北京）人。康熙舉人。年輕時「喜任俠、言兵」。五十六歲時與李塨師事顏元，為顏李學派重要人物。主張「有田者必自耕」。著有《易傳》、《兵書》、《平書》、《居業堂文集》等。

康熙五十年辛卯（1711）　十九歲

◇李鱓中舉。

李鱓（1686—1762）：畫家。亦作鱓。字宗揚，號復堂、懊道人、中洋等。江蘇興化人。康熙舉人，曾為宮廷畫師，後任滕縣知縣。去官後，寓居揚州賣畫。擅花卉蟲鳥。初師蔣廷錫，又師高其佩，亦取林良、陳淳、徐渭諸家。其畫縱橫馳騁，不拘繩墨，多得天趣。書法頗具顏筋柳骨。能詩，為「揚州八怪」之一。

◇高鳳翰中秀才。補博士弟子員。

◇盧見曾中舉。

盧見曾（1690—1768）：文學家。字抱孫，號澹園，別號雅雨山人，室名雅雨堂，山東德州人。工詩文，性度高廓，不拘小節。康熙五十年（1711）舉人，六十年（1721）中第二甲進士。其父盧道悅，康熙九年（1670）進士，曾作過陝西隴西、河南偃師縣知縣，著有

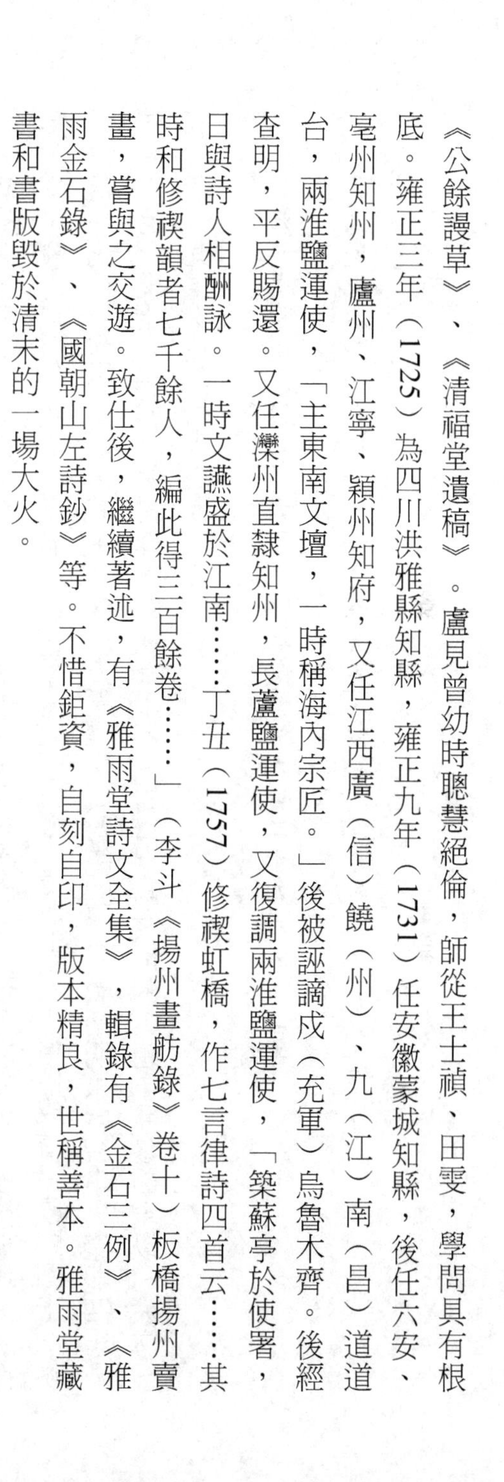
《公餘謾草》、《清福堂遺稿》。盧見曾幼時聰慧絕倫，師從王士禎、田雯，學問具有根底。雍正三年（1725）為四川洪雅縣知縣，雍正九年（1731）任安徽蒙城知縣，後任六安、亳州知州，廬州、江寧、潁州知府，又任江西廣（信）饒（州）、九（江）南（昌）道道台，兩淮鹽運使，「主東南文壇，一時稱海內宗匠。」後被誣謫戍（充軍）烏魯木齊。後經查明，平反賜還。又任灤州直隸知州，長蘆鹽運使，又復調兩淮鹽運使，「築蘇亭於使署，日與詩人相酬詠。一時文讌盛於江南……丁丑（1757）修禊虹橋，作七言律詩四首云……其時和修禊韻者七千餘人，編此得三百餘卷……」（李斗《揚州畫舫錄》卷十）板橋揚州賣畫，嘗與之交遊。致仕後，繼續著述，有《雅雨堂詩文全集》，輯錄有《金石三例》、《雅雨金石錄》、《國朝山左詩鈔》等。不惜鉅資，自刻自印，版本精良，世稱善本。雅雨堂藏書和書版毀於清末的一場大火。

◇李方膺與同里丁有煜訂交。

丁有煜（1682—1746）：詩人、畫家。字麗中，一字介堂，號石可，晚號個道人。南通州（今江蘇南通）人。貢生。善繪事，尤長畫梅。工摹印。著《雙薇園詩鈔》、《崇川詩鈔匯存》、《清畫家詩史》等。

◇王士禎卒，七十八。遺言收高鳳翰為門人。

◇王原祁擔任總裁，主持繪製《萬壽盛典圖》。宮廷畫家冷枚、徐玫、顧天駿、金昆、金永熙、劉慶餘、鄒文玉、李和、樊珍、楚恒、賀銓、佘熙璋、永治、徐名世等十四人參與其事。

◇十月，戴名世《南山集》文字獄興，株連甚廣。

戴名世（1653—1713）：字田有，號褐夫，別號憂庵，人稱潛虛先生。安徽桐城人。擅長古文，散文長於史傳。留心明代史事，訪問遺老，考訂野史，準備成書。康熙四十一年（1702）刊行《南山集》，其中多採用方孝標《滇黔紀聞》所載南明永曆帝事。康熙四十八年（1709）進士，任翰林院編修。康熙五十年（1711）為左都御史趙申喬參劾，以「大逆」罪被殺。此案株連數百人之多。

◇清廷普查，全國田畝六百九十三萬頃，人口二千四百六十二萬。

◇為慶祝康熙帝即位五十年，蠲免天下錢糧。

康熙五十一年壬辰（1712）　二十歲

◇高翔於揚州城南之燕（宴）集作《揚州即景圖》冊頁。

高翔（1688—1753）：字鳳崗，號西唐，又號樨堂，甘泉（今江蘇揚州）人。終身布衣。晚年右手殘廢，常以左手作畫。與石濤、金農、汪士慎友善。石濤死時，高翔年方二十。李斗《揚州畫舫錄》云：「石濤死，西唐每歲春掃其墓，至死弗輟。」擅山水，取法弘仁和石濤。所畫園林小景，多從寫生中來，秀雅蒼潤，自成格局。畫梅「皆疏枝瘦朵，全以韻勝。」也精寫真，金農、汪士慎詩集上的小像，皆係高翔手筆。線描簡練，神態逼真。精刻印，學程邃。亦善詩，著有《西唐詩鈔》。為「揚州八怪」之一。

◇黃慎娶妻張氏。

◇曹寅病卒，壽五十五。

◇王原祁擢升戶部左侍郎。

◇二月，李光地奉詔校理《性理精義》。

李光地（1642—1718）：字晉卿，號厚庵，又號榕村，福建安溪人。順治十二年

（1655），十四歲的李光地為了避盜，舉家蟄居於山岩中，脫險歸家後努力讀書。康熙九年（1670）進士，入翰林院庶起士，散館授編修。三藩之亂時，他正在鄉，遂向朝廷獻用兵之計。康熙十九年（1680）李光地還京，授內閣大學士。康熙二十五年（1686）授翰林院掌管學士，向皇帝講經史，兼任起居注官、教習庶起士。用為兵部侍郎。康熙三十年（1691）主持會試。康熙三十七年（1698）出任直隸巡撫。康熙四十四年（1705）為文淵閣大學士。康熙帝潛心理學，御纂《朱子全書》、《周易折中》、《性理精義》等書，皆由李光地校理。康治程朱理學，著有《榕村全集》。

◇九月，再廢皇太子允礽。

康熙五十二年癸巳（1713）二十一歲

◇李鱓客京城，於一閣樓、萬柳莊作畫。九月，於熱河行宮向康熙獻畫，後供奉內廷，在南書房行走，受蔣廷錫教習。

蔣廷錫（1669—1732）：畫家。字南沙，一字酉君、揚孫，號西谷，又號青桐居士。江蘇常熟人。御史蔣伊之子。康熙四十二年（1703）進士，雍正朝任禮部侍郎、戶部尚書。六十歲時官文華殿大學士、太子太傅。並任《明史》總裁。足見朝廷對他的看重。未第時，與馬元馭、顧雪坡遊，以逸筆寫生，風神生動，意度堂皇，點綴坡石水口，無不超逸。間作水墨折枝窠石，以及蘭竹小品，極有韻致。又能一幅中工率間出，色墨並施，而神韻生動。嘗畫塞外花卉七十種，為宮禁所寶。流傳真跡絕少，間有之，多為馬元馭、馬逸父子代筆。清初惲壽平在花鳥畫壇起衰之後，蔣廷錫學其沒骨畫技，變其纖麗之風，開創了根植江南、傾動京城的「蔣派」花鳥畫。

康熙駕崩後，雍正下令蔣廷錫重編《古今圖書集成》。其中《古今圖書集成・醫部》共收醫書五百二十卷，採集歷代名醫著作，為中醫學類書之冠。壽六十四。諡文肅。在詩壇上，他被宋犖稱的「江左十五才子」之一，被詩人錢陸燦稱為「機杼於子美而縱橫出入於香山、東坡、山陰之間。」是「無所不學焉，無所不舍焉。」能夠「嶄然自成」。著有《青桐軒詩集》六卷、《片雲集》一卷、《西山爽氣集》三卷、《破山集》一卷及《秋風集》一卷等。其中有投贈詩、題畫詩、送別詩、紀遊詩、閒情詩、懷古詩等各種題材，讀之能夠看到蔣廷錫對於自然人情的認識以及在此基礎上對人生的感悟。傳世畫作有：《竹石圖》，藏中國美術館；《花卉圖》，藏南京博物院；《野菊圖》、《四瑞慶登圖》等。

◇二月，《南山集》案結，戴名世被誅。

◇仇兆鼇《杜詩詳注》成，計二十五卷。

◇康熙六十大壽，命吏部侍郎孫住代祭東嶽泰山神。

泰山：在山東省中部，綿延起伏於長清、濟南、泰安之間，長約兩百公里。為片麻岩構成的斷塊山地。主峰玉皇頂在泰山市北，海拔一千五百三十二米。古稱東嶽，一稱岱山、岱宗。山峰突兀峻拔，雄偉壯麗。從山腳到山頂，沿途古蹟名勝三十多處，中路有壺天閣、王母池、斗母池、經石峪；西路有黑龍潭、扇子崖、長橋等。中西兩路匯合後為中天門、等天險十八盤，有南天門、碧霞祠、瞻魯台、日觀峰。中西兩路之間有普照寺、馮玉祥墓。登日觀峰看日出，更為勝景。

泰山之尊，主要得益於歷代帝王的封禪。封禪為古代禮儀之最，甚至超過帝王的登基儀式。被稱為「曠世大典」。泰山現為全國重點風景名勝區。一九八七年十二月被聯合國教科文組織列入《世界文化與自然雙遺產名錄》。

◇帝奉太后巡幸塞外，九月還京。

康熙五十三年甲午（1714）　二十二歲

◇約於本年，開始繪畫創作。

◇二月，程羽宸遊黃山，作《黃山紀遊詩》六十八首。

◇金農與厲鶚訂交。

厲鶚（1692—1752）：文學家。字太鴻，號樊榭，錢塘（今浙江杭州）人。康熙舉人，善詩能詞，詞論推崇周邦彥、姜夔，為浙西詞派的重要作家。著有《樊榭山房集》、《遼史拾遺》、《宋詩紀事》、《南宋院畫錄》等。

◇李鱓雖以繪事供奉內廷，卻以詩文名動公卿。

◇冬，高鳳翰作《芭蕉圖》軸。

康熙五十四年乙未（1715）　二十三歲

◇與同邑徐氏成婚。

◇九秋，出遊京師，寓北京甕山漱雲軒手書小楷歐陽修《秋聲賦》軸並跋。

甕山：吳長元《宸垣識略》卷十四云：「甕山在京城西三十里玉泉之東，西湖當其前，金山拱其後。乾隆十六年（1751）賜名萬壽山，山前為清漪園。」即今頤和園之萬壽山。卷十四又云：「甕山，相傳有老父鑿石甕，上有華虫雕刻文，中有物數十種，悉為老父攜去。置甕於山之西，留識曰：石甕徙，貧帝裡。嘉靖初，甕不知所在，嗣是物力漸耗。」

歐陽脩（1007—1072）：北宋傑出文學家、史學家。字永叔，號醉翁、六一居士。吉水（今江西。一說江西廬陵）人，天聖進士，官館閣校勘。因直言論事被貶職夷陵。慶曆中任諫官，支持范仲淹，要求在政治上有所改良，被貶滁州。官至翰林學士，樞密副使、參知政事。謚文忠。力主文學應「明道」、「致用」，反對宋初以來靡麗險怪之風，散文說理暢達，抒情委婉；詩受李韓影響，氣勢豪邁，流暢自然；詞襲南唐餘風，婉麗多采，情思深遠。曾與宋祁合修《新唐書》，並獨撰《新五代史》。又喜集金石文字，編為《集古錄》。著有《歐陽文忠集》。為「唐宋八大家」之一。

◇七月，李鱓於宮廷作《石畔秋英圖》軸，絹本，著色。

◇十月十六日，高翔於煮字窩題呂半隱《山水》掛軸。

◇蒲松齡卒，壽七十六。

蒲松齡（1640—1715）：文學家。字留仙，一字劍臣，別號柳泉居士，世稱聊齋先生。山東淄川（今屬淄博）人。少有文名，為施閏章、王士禛所器重。因醉心科舉功名，十九歲應童子試，考中縣府道三個第一，補博士弟子員，從此後便屢試不第，七十一歲始成貢生。中年一度除在寶應、高郵充幕賓外，長期在家鄉為塾師。家貧。能詩，善作俚曲。著有《聊齋志異》、《聊齋文集》、《聊齋詩集》、《聊齋俚曲》等。

◇王原祁卒，壽七十四。

◇義大利畫家郎世寧來京傳教，旋供奉內廷作畫並輸入西洋技法。

郎世寧（Giuseppe Castiglione，1688—1766）：天主教耶穌會修道士、畫家兼建築家。義大利人，出生米蘭。原名朱塞佩•伽斯底里奧內。年輕時在歐洲學習繪畫，曾為教堂繪製聖像。康熙五十四年（1715）來北京傳教，次年抵達澳門，起漢名郎世寧。繼而北上，約於雍正元年（1723）進如意館，旋任宮廷畫師。又因他精通建築學，曾參與增修圓明園建築工事。擅人物肖像、花鳥、走獸，尤工畫馬。所作參酌中西畫法，注意透視與明暗，刻畫細緻，注重寫實。為中西文化藝術的交流作出了積極貢獻，頗得皇家青睞。去世後葬於北京阜城門外。存世作品有《百駿圖》、《弘曆觀馬戲圖》、《嵩獻英芝圖》等。

◇素心堂刻本《唐詩貫珠》成，六十卷，胡以梅箋注。

◇是年，英東印度公司與廣東清吏簽訂通商合同。

康熙五十五年丙申（1716）　二十四歲

◇考取秀才。

◇金農染疾，病臥家中，自號「冬心」。

◇汪士慎寓揚州佛寺，以賣字畫為生。

汪士慎（1686—約1762）：畫家。字近人，號巢林、溪東外史等，原籍安徽休寧，流寓江蘇揚州。精篆刻，工隸書、花卉，尤善墨梅，管領冷香，清妙獨絕。筆墨疏落，氣清神暢。偶畫人物，能詩，傳世作品較多，主要有：《春風香國圖》、《空里疏花圖》、《墨梅圖》等。著有《巢林詩集》。為「揚州八怪」之一。

◇程夢星告歸揚州，建篠園，立詩社。

◇毛奇齡卒，壽九十四。

◇袁枚生。

袁枚（1716—1797），清代詩人。字子才，號存齋，一號簡齋、隨園老人，浙江錢塘（今杭州）人。乾隆四年（1739）進士，乾隆七年（1742）知溧水，八年（1743）改知江浦，復從江浦改知沭陽。乾隆十年（1745）調知江寧。十三年（1748）秋解組。僑居江寧，築園林於城西小倉山，號隨園。論詩主張抒寫性情，創「性靈說」。與主張「主格調」的沈德潛爭雄長。遠近投詩文者竟無虛日。多數詩篇盡寫閒情逸致。部分作品能對漢儒和程朱理學進行抨擊，並宣稱：「《六經》盡糟粕」。詩以新穎靈巧見長，其文不拘義法。書信頗具特色。廣結四方文士，為一派宗主。與蔣士銓、趙翼並稱「江右三大家」。以才運情，享盛名五十年。著述有《小倉山房詩集》正三十七卷、補二卷；《小倉山房文集》正二十四卷、續十一卷；《小倉山房外集》正六卷、補二卷；《小倉山房尺牘》十卷；《子不語》

正二十四卷、續十卷；《隨園詩話》正十六卷、補十卷；《隨園隨筆》二十八卷；《隨園食單》一卷；《牘外餘言》一卷等。編纂有《續同人集》十四卷；《紅豆村人詩稿》十四卷；、《南園詩選》二卷；《八十壽言》六卷；《碧腴齋詩存》八卷；《袁家三妹合稿》四卷；《州縣心書》一卷；《隨園女弟子詩選》席佩蘭等，六卷；《州縣心書》一卷；《日記》；《幽光集》袁枚亡友；《五家集》袁樹、陸建；《今雨集》袁枚詩友；《積翠軒詩稿》高瞻；《童二樹詩稿》童鈺；《陳淑蘭詩稿》陳淑蘭。

◇閏三月，《康熙字典》成。

康熙五十六年丁酉（1717） 二十五歲

◇堂弟墨生。

◇李方膺成婚，補通州生員。

◇華喦客京召試，列為優等，授縣丞職以歸。

華喦（1682—1756）：畫家。原字德嵩，改字秋岳，號新羅山人、白沙道人、東園生、布衣生、離垢居士等，福建上杭人。曾在造紙作坊做徒。少喜繪畫，後流寓揚州，以賣畫為生。擅山水、人物，尤精花鳥、草蟲、走獸，遠師馬和之，近學陳洪綬惲壽平及石濤。重寫生，構圖新穎，形象生動。時用枯筆乾墨淡彩，敷色鮮嫩不膩，畫格松秀明麗，空靈有致，獨樹一幟。工書，取法鐘繇、虞世南。傳世作品有：《松鼠啄栗圖》、《薔薇山鳥圖》、《白雲松舍圖》、《林梢雀躍圖》、《天山積雪圖》、《鳥悅明花圖》、《桃潭浴鴨圖》、《鳥鳴秋樹圖》等，能詩。著有《離垢集》、《解弢館詩集》等。

◇二月，《皇輿全覽圖》成。

《皇輿全覽圖》：繼利瑪竇之後，西方地圖學相繼傳入中國。康熙年間，中國政府聘請西方傳教士白晉（Joachim Bouvet）、雷孝思（J.B.Régis）、杜德美（PetrusJartoux）等十人來中國從事大地測量和繪製地圖，並傳授這方面的知識，從而引進了西方大地測量學和地圖製圖學。

自訂立「尼布楚條約」之後，法國傳教士張誠曾向康熙呈上一份從歐洲來的缺少中國詳情的亞洲地圖。康熙從這份地圖受到啟發，決定利用張誠等人的西方測繪技術，組織人力繪製一份全國地圖。於是，購買儀器。當他到全國各地巡視時，命外國專家隨行，測定各地的經緯度，為製圖作準備。康熙四十七年（1708），由各國傳教士及何國棟、索柱、白映棠、貢額以及欽天監的喇嘛楚兒沁藏布蘭木占巴、理藩院主事勝住等中國學者二百餘人混編的測量隊伍組成。全國範圍的三角測量和繪製地圖工作陸續開始進行。至五十六年（1717），這支測繪隊伍走遍了東北、華北、華東、華中、西南各省，繪製了一幅幅各省地圖。全圖告成。康熙將之命名為《皇輿全覽圖》。

《皇輿全覽圖》此圖採用經緯圖法，梯形投影，比例為1:1400000。全圖共計四十一幅，借鑒科學技術實測後繪製，以天文觀測為基礎，使用三角測量法進而測圖。採用了偽圓柱投影，以經緯度製圖法繪製。以漢、滿文共注地名，其中滿文用以邊疆，漢文用以內地。第一次實測了臺灣省地圖。在尺度丈量上的全國統一，實地測量地球的子午線弧長等，都給清代地圖製圖充實了依據，提高了製圖品質。《皇輿全覽圖》的測繪，由此成為世界地理學史上的一件大事。

《皇輿全覽圖》在中國地圖發展史上具有劃時代的意義，自清中葉至民國初年，國內外出版的各種中國地圖基本上都源於此圖，其範圍之廣，內容之詳，超過了以往任何中國地圖。

康熙費三十年心力，組織領導測繪全國地圖，不但在中國是第一次，在亞洲也是創舉，意義十分重大。規定使用固定統一的尺度，以工部營造尺（1尺＝0．317米）為標準尺和計算單位。以營造尺十八丈為一繩，十繩為一里，天上一度即地下兩百里，也就是兩百里合地球經線一度。用繩量地法測量各地的距離里數，採用三角測量法、梯形投影法等等，這些都是首次運用，很有創見，不僅奠定了中國地理學、測繪學的基礎，對世界地理學也是一大貢獻。

《皇輿全覽圖》（又名《皇輿遍覽全圖》），木刻墨印設色，不注比例，板框210cm×226cm，現存於故宮博物院。康熙五十六年（1717）內府刻本，是康熙朝繪製全國輿圖中刊刻年代較早而又罕見的善本輿地圖。

◇蔣廷錫擢升內閣學士。

◇冷枚等十四人合繪《萬壽盛典圖》二卷完稿。

冷枚：清畫家。字吉臣，號金門畫史，一作金門畫史。膠州（今山東膠縣）人。康熙朝宮廷畫家。焦秉貞弟子。善畫人物，尤精仕女，兼善界畫。工中帶寫，工細淨麗。《膠州志》卷三十云：「工丹青，妙設色，畫人物尤為一時冠。」亦能畫樓臺殿宇界畫和山水。所畫人物工麗妍雅，筆墨潔淨，色彩韶秀，其畫法兼工帶寫，點綴屋宇器皿，筆極精細，亦生動有致。圖繪一身著長裙的仕女，髮髻高挽，一手支頤，一手持書，側身倚桌案而立。其神態文靜閒適中略帶倦意，大家閨秀清閒寂寞的生活，刻畫得細緻入微。圖中人物比例勻稱，衣紋線條圓潤流暢，可以看出畫家的深厚功底。而背景的描繪也顯得獨具匠心，無論懸於牆上的畫幅、笛子，還是膝下的小犬都不是可有可無之物，圖中人物的生活情趣和身份均由此得到印證。此作如此精妙地刻畫出人物的精神層面，無疑堪稱人物畫佳作。傳世畫作有《東閣觀梅圖》、《桐陰刺繡圖》、《羅漢冊》、《避暑山莊圖》等。

康熙五十七年戊戌（1718） 二十六歲

◇設塾於真州江村。

江村：《儀征縣續志》卷六云：江村在遊擊署（遊擊署在城南海濱）前。里人張均陽築，今廢。興化鄭板橋燮嘗寓此，與呂涼州輩倡和，有聯云：「山光撲面因新雨，江水回頭為晚潮。」呂奐：《儀征縣續志》卷八云：「呂奐，字涼州，歙詩人呂音子也。工詩，好奕。所居江村，占山水之勝，與興化鄭板橋諸名流歌飲其中。」

◇作〈曉行真州道中〉詩。

◇高鳳翰遊嶗山絕頂。

◇李鱓於宮廷乞歸。

◇夏日，金農與厲鶚訪鮑西岡又同遊岩溪。

◇盧見曾登進士。

◇孔尚任卒，壽七十一。

◇九月，清軍駐西藏拉薩。

康熙五十八年己亥（1719）　二十七歲

◇於江村作〈村塾示諸徒〉詩。盡抒困頓失意之感，表示願過漁隱生活。

◇黃慎出遊建寧、贛州、南昌、廣東、南京等地賣畫。於建寧作扇面《碎琴圖》，圖繪十三人，以陳子昂為中心人物。署「江夏盛」。

◇李鱓於石城旅舍作《雜花》卷，開始「丹青縱橫三千里」的賣畫生涯。

◇正月，詔准功臣子弟襲父位。

◇銅板圖《皇輿全覽圖》總印行四十一幅。

康熙五十九年庚子（1720）二十八歲

◇初夏，高鳳翰作《荷花蘆葦圖》。

◇仲冬，金農客揚州作《麻姑仙壇記跋》。並與陳撰、厲鶚相聚，常出入程夢星之「篆園」。

◇黃慎在綠天書屋作《洛神》、《陶令簪菊飲酒》、《琴趣》、《西山招鶴》、《東坡事蹟》等人物圖冊。

◇文學家厲鶚中舉。

◇清軍遠征西藏，驅逐策妄阿拉布坦，並扶持達賴六世在西藏的統治。

康熙六十年辛丑（1721）二十九歲

◇金農為高翔贈畫題句。並在家著手整理《冬心齋石刻禊帖》。

◇黃慎為避免與南海一畫家同名，始改「黃盛」為「黃慎」。

◇高鳳翰遊琅琊。

◇厲鶚南歸，《南宋院畫錄》成書。

◇是亦山房刻本《唐詩摘鈔》成，四卷，黃生選評。

康熙六十一年壬寅（1722）　三十歲

◇父立庵卒。

◇師陸種園卒。

◇作《七歌》。

◇十二月二十七日，作小楷《范質訓子詩》。

范質（911—964）：字文素，大名府宗城（今河北威縣）人。自幼好學，九歲能文，十三歲誦五經。後唐明宗長興四年（933）進士。授忠武軍節度推官，遷封丘令。後晉高祖天福年間，宰相桑維翰奏為監察御史，隨桑維翰為泰寧、晉昌節度從事。出帝天福八年（943）三月，桑維翰入為侍中，薦其為主客員外郎、入史館。開運元年（944）六月，為翰林學士。後晉亡，為草降表。後漢初，加中書舍人。隱帝乾祐元年（948）四月，為戶部侍郎。後周初為樞密副使。太祖廣順元年（951）二月，為兵部侍郎。六月，為中書侍郎、同平章事。後周顯德四年（957），加封為爵扈。范質上書朝廷，建議重修法令，領銜編定了宋代第一部法典《宋刑統》。先後晉左僕射、門下侍郎、司徒等。顯德六年（959）夏，世宗病危，臨終托孤，命范質為顧命大臣，輔佐七歲的恭帝柴宗訓，加開府儀同三司，封蕭國公。顯德七年（960）正月初三，趙匡胤陳橋兵變還京，范質率百僚以降。宋太祖命范質為大禮使。負責太祖祭天事。乾德元年（963）封魯國公，范質奉表固辭，太祖不允。二年（964）正月，加拜太子太傅。九月，卒，年五十四。

范質性卞急，好面折人，以廉介自持。所得祿賜，多給孤遺。臨終時「家無餘資」，宋太祖曾對侍臣們說：「聞范質只有宅第，不置田產，真宰相也。」范質在趙匡胤稱帝后「降階受命」，有負世宗所托，宋太宗也說：「循規矩，慎名器，持廉節，無出質右者。但欠世宗一死，為可惜耳。」范質的侄子范杲官居六品，曾來書求范質為其夤緣人事，求奏升遷。范質作詩八百言，諄諄教誨。其詩時人傳誦，以為勸戒。臨終前告戒范昱：不要向皇帝請封謚號，不要刻碑立傳，品格之高殊屬少有。工詩文。有《范魯公集》三十卷。《五代通錄》六十五卷，《晉朝陷蕃記》四卷，《桑維翰傳》三卷，《魏公家傳》三卷及《格言後述》五卷等。

明放案：此係紙本，墨筆，縱79釐米，橫48釐米，廣州市美術館藏墨蹟。

◇八月朔日，高翔於五嶽草堂作《峰巒迭秀圖》。

◇金農之師、文學家何義門逝世。

◇正月，帝舉行千叟宴，與宴者一千零二十人。

◇十一月十三日，康熙帝玄燁卒，壽六十九。

◇十二月，皇四子胤禛繼位，年四十四，年號雍正。

◇陳夢雷等輯《古今圖書彙編》成。

《古今圖書集成》：原名《古今圖書彙編》。類書名。最初由誠郡王（胤祉）命其門客陳夢雷等纂集，雍正時，又命蔣廷錫等據《彙編》重為編校，改稱《古今圖書集成》。全書一萬卷，目錄四十卷，分六編三十二典六千一百零九部，總字數達一億六千萬左右。一、曆象編，分乾象、歲功、曆法、庶征四典；二、方輿編，分坤輿、職方、山川、邊裔四典；三、明倫編，分皇極、宮闈、官常、家範、交誼、氏族、人事、閨媛八典；四、博物編，分藝術、神異、禽蟲、草木四典；五、理學編，分經籍、學行、文學、字學四典；六、經濟編，分選舉、銓衡、食貨、禮儀、樂津、戎政、祥刑、考工八典。每典分若干部，每部先匯考，次總論，有圖、表、列傳、藝文、選句、紀事、雜錄、外編等項目。

《古今圖書集成》是現存類書中一部規模最大、用處最廣、體例最為完善的類書。它比《大英百科全書》多三、四倍，有「康熙百科全書」之稱。雍正四年（1726）以銅活字排版，共印六十四部。1934年上海中華書局曾據殿版原本縮小影印，共印八百部。1985年起，中華書局、巴蜀書社聯合影印中華本。

◇是年，全國地畝八百五十一萬餘頃，人丁戶口二千五百三十餘萬。

◇王鳴盛生。

王鳴盛（1722—1797）：史學家、經學家。字鳳喈，一字禮堂，別字西莊，晚號西沚，江南嘉定（今屬上海市）人。乾隆十二年（1747）鄉試以「五經魁」中舉。乾隆十九年（1754）一甲二名進士，授翰林院編修。詞臣考試第一，擢升為侍讀學士。乾隆三十三年

（1768）典福建鄉試，升為內閣學士兼禮部侍郎。隨即左遷光祿寺卿。後母喪歸里，遂不復出。居蘇州三十年，潛心治史，以文自給。並以漢儒為宗，研治《尚書》。又對中國古代制度、器物、碑刻等均有考證。著有《十七史商榷》一百卷、《尚書後案》、《蛾術編》一百卷。另有《耕養齋詩文集》、《西沚居士集》。

雍正元年癸卯（1723）　三十一歲

◇初春，遊海陵，宿彌陀庵，始與梅鑒上人訂交。

海陵：即今江蘇泰陵市。古縣名。春秋時吳地，漢置海陵縣。因其地高阜而又傍海得名。南北朝時曾為海陵郡治所，五代南唐以後為泰州治所。唐武德三年（620）置吳州，武德七年（624）廢，縣復海陵。隸屬邗州。

梅鑒上人：海陵城南彌陀庵主持。

◇賣畫揚州約十年左右。

◇作〈哭犉兒五首〉。

◇作〈賀新郎・送顧萬峰之山東常使君幕〉詞二闋。

◇金農往山東蓬萊，途經臨淄邂逅趙執信。

◇黃慎客廣東韻州作畫，於納涼季節旋返揚州賣畫。

◇汪士慎至揚州賣畫，初客於馬秋玉小玲瓏館之七峰草堂。並為厲鶚等七人所著《南宋雜事詩》作序。

◇鄭方坤登進士。

鄭方坤：字則厚，號荔鄉，福建建安（一作建寧）人，鄭方城之弟。雍正元年（1723）進士，知直隸邯鄲縣。舉卓異，擢知景州。歷任山東登州、沂州、武定、兗州知府，以足病自免。在官多善政。博學有才藻，為詩下筆不休，有淩厲之概，與兄方城友於最篤，競爽齊名，有《卻埽齋倡和集》。自著有《蔗尾詩集》十五卷，《蔗尾文集》二卷，《補五代詩話》十卷，《全閩詩話》十二卷，《本朝名家詩鈔小傳》二卷，及《嶺海叢編》共百卷。《清史稿》卷484有傳。

◇三月，帝向直省總督以下各地方官頒發諭旨十一道。

◇七月，帝准直隸巡撫李維鈞奏請，詔令在全國推行「攤丁入地」。

◇八月，帝詔實行秘密立儲法。

◇清廷確立大學士管理部務體制。

◇清廷特簡各部院堂官中漢大臣兼管順天府尹事。

◇廷恢復京察，改舊例六年一行為三年，以子、卯、午、酉年為察期。

雍正二年甲辰（1724）　三十二歲

◇出遊江西，於廬山結識無方上人。

廬山：一稱匡山或匡廬。相傳殷、周間有匡姓兄弟結廬隱此得名。在江西省九江市南部，聳立鄱陽湖、長江之濱。為古老變質岩斷塊山。主峰漢陽峰，海拔1474米。山中群峰林立，飛瀑流泉，林木蔥蘢，雲海彌漫，集雄奇秀麗於一體，自古有「匡廬奇秀甲天下」之巒。山上雲霧縹緲，夏季涼爽宜人。著名勝跡有小天池、大天池、花徑、白鹿洞、仙人洞、三疊泉、含鄱口、五老峰、香爐峰、龍首崖、文殊台、東林寺、廬山溫泉等。為全國重點風景名勝區，並被列入《世界文化遺產名錄》。

無方上人：字無方，號剩山。俗姓盧，江西人。初為江西廬山寺僧，後住錫京師甕山圓靜寺。後又遷孝兒營。無方得法於曙山（超崙），傳臨濟正宗第三十四世，「大法了徹」。曾為恂勤郡王說法，郡王「深禮敬之」。乾隆二十四年（1759），三月十五日示寂於彌勒寺，世壽七十五。據永忠《延芬室集》載，無方是一位深諳禪理佛法和擅長詩畫篆刻的沙門，保祿以「西江馬大師」目之。無方重交誼，常與詩僧蓮峰、狂士顧萬峰、朱青雷、詩人成雪田、成桂、士人保祿等酬唱。雍正二年（1724），板橋出遊江西，在廬山與之訂交。板橋與無方是接觸最多、結交最長、歷時最久的一位。板橋所作詩文有〈贈甕山無方上人二首〉、〈甕山示無方上人〉、〈懷無方上人〉；繪畫有《為無方上人寫竹》、《畫盆蘭勸無方上人南歸》；尺牘有〈范縣答無方上人〉、〈寄無方上人〉。上人：佛教指德智兼備可為僧眾之師的高僧。南朝宋以後多用為僧人的尊稱。《圓覺要覽》云：「內有德智，外有勝行，在人之上，曰上人。」鮑照有〈秋日示休上人〉詩，杜甫有〈已上人茅齋〉詩。

◇於無方上人處結識筆帖式保祿。

筆帖式：官名。清代在各衙署中設置的低級官員。掌管翻譯滿、漢章奏文書，以滿洲、蒙古和漢軍旗人擔任。筆帖式為滿語「士人」之義（一說為漢語「博士」的音譯）。

◇遊洞庭湖，作《浪淘沙‧和洪覺範瀟湘八景》詞。

洪覺範：北宋僧惠洪（1070—1128）。俗姓彭，名覺範。筠州（今江西高安）人。一作新昌（今浙江新昌）人。擅書法，工詩詞，著有《冷齋夜話》等。

瀟湘八景：謂瀟、湘流域的八處勝景。為宋沈括《夢溪筆談》所描述。歷代皆有才子追和。清孫承澤《庚子消夏記》載：元人繪有《瀟湘八景圖》。洪覺範所作《瀟湘八景》詞，後有賡和。元馬致遠《落梅鳳》、鮮於必仁《普天樂》等，均寫此八景。

◇過黃陵廟，為黃陵廟女道士畫竹並題云。

◇金農自揚州天寧寺移居淨業精舍。

天寧寺：位於揚州城北，江南名剎之一。本為晉太傅謝安別墅，後建謝司空寺。東晉義熙十五年（419），尼泊爾名僧佛馱跋陀羅在此譯大方廣佛《華嚴經》六十卷。唐證聖元年（695）建證聖寺。天復年間（901—904）易名廣福寺。北宋政和元年（1111）改名天寧寺。後被毀。明洪武年間重建。清康熙年間，曹寅在兼任兩淮巡鹽御史時，曾受命在此設立書局。主持刊刻《全唐詩》，纂修《佩文韻府》。乾隆二十二年（1757）弘曆帝巡遊揚州，曾在寺內建造行宮、御花園和御碼頭。御花園的問匯閣內藏有手抄本《四庫全書》一部。現存建築為清同治、光緒年間重建。尚有山門、天王殿、大雄寶殿、金剛殿、羅漢堂、萬佛樓、方丈樓及兩廂廊房等。

◇九月，黃慎在揚州作《金帶圍圖》。

◇杭世駿中舉。

杭世駿（1696—1773），字大宗，別字堇甫，浙江仁和人。少負異才，於學無所不貫。所藏書，擁楊積幾，不下數萬卷，沉潛其中，目睇手纂，幾忘晨夕。雍正二年（1724）鄉試舉人。受聘為福建同考官。乾隆元年（1736）召試博學鴻詞，授編修。官至御史。校勘武英殿《十三經》、《二十四史》，纂修《三禮義疏》。先生博聞強記，口如懸河。時方苞負重名，先生獨侃侃與辨，方遜避之。先生性簡傲通脫，不事修飾；雖同輩時或遭其睥睨。然自謂：「吾經學不如吳東壁，史學不如全榭山，詩學不如厲樊榭。」先生兼通禮學，有請復漢儒盧植從祀議。又議：當制服可以立師道，厲澆季。朋友不制服，防不肖者貢媚權勢，賢者結怨流俗。時論皆以為治。在館閣嘗自《永樂大典》抄輯宋元來諸儒禮記說數百卷，以續宋衛正叔書。著有《道古堂文集》四十八卷、《道古堂詩集》二十六卷、《石經考異》二卷、《諸史然疑》一卷、《兩漢蒙拾》二卷、《晉書補傳贊》一卷、《文選課虛》四卷、《續方言》二卷、《榕城詩話》三卷、《三國志補注》六卷、《質疑》二卷、《詞科掌錄》、《史記考異》、《兩漢書疏證》、《三國志補注》、《北史搴稂》若干卷，均刊行。《續禮記集說》若干卷，近始付梓於浙局。《金史補》殘存五卷，藏江南圖書館。另有著述《史漢北齊疏證》、《歷代藝文志》、《兩浙經籍志》、《續經籍考》等遺稿，均不可得矣。罷歸，杜門奉母，自號秦亭老民。偕裡中耆舊及方外友結南屏詩社。後迎駕湖上，賜復原職。壽七十八。

◇**紀昀生。**

紀昀（1724—1805）：學者、文學家。字曉嵐，一字春帆，晚號石雲，觀弈道人，孤石老人。直隸河間府獻縣（今河北滄州市滄縣崔爾莊）人。其高祖紀坤，字厚齋，係明末人。能文，著有《花王閣剩稿》。其父紀容舒，字遲叟，清康熙五十二年（1713）恩科進士，曾供職刑部和戶部，做過雲南姚安知府，故稱姚安公。撰有《唐韻考》、《杜律疏》、《玉台新詠考異》等。紀昀才華橫溢，文思敏捷，勤奮好學。博古通今。乾隆十年（1745）秀才，十三年（1748）順天鄉試第一名舉人，十九年（1754）二甲第四名進士，入翰林院為庶起士，授任編修，辦理院事。外放福建學政一年，丁父憂。服闋，即遷侍讀、侍講，晉升為右庶子，掌太子府事。乾隆三十三年（1768），授貴州都匀知府，未及赴任，即以四品服留任，擢為侍讀學士。同年，因坐盧見曾鹽務案，謫烏魯木齊佐助軍務。召還，授編修，旋復侍讀學士官職，官至禮部尚書、協辦大學士。乾隆間，曾任四庫全書館總纂官，纂定《四庫全書總目提要》。並主持寫定《四庫全書總目》兩百卷，論述各書大旨及著作源流，考得失，辨文字，為代表清代目錄學成就的巨著。

能詩文，文筆簡約精粹，不冗不滯，敘事委曲周至，說理明暢透闢，但多應制奉和、歌功頌德之作，屬於典型的「廊廟文學」少數述懷、紀行詩歌尚清新可誦。因其「敏而好學可為文，授之以政無不達」（嘉慶帝御賜碑文），死後謚文達。鄉里世稱文達公。有《紀文達公遺集》三十二卷、《評文心雕龍》十卷、《歷代職官表》六十三卷、《史通削繁》四卷、《河源紀略》、《鏡煙堂十種》、《畿輔通志》、《沈氏四聲考》三十六卷、《唐人詩律說》一卷、《才調集》、《瀛奎律髓》評、《李義山詩》、《陳後山集鈔》二十一卷、《張為主客圖》、《史氏風雅遺音》、《庚辰集》五卷及《景成紀氏家譜》等。

◇讀書齋刻本《唐詩金粉》成，十卷，沈炳震編。

◇閏四月，廷命纂修《大清會典》。

《大清會典》，書名。簡稱《清會典》。清代官修政書。康熙時初修，雍正、乾隆、嘉慶、光緒各朝迭加續纂。有康熙二十九年（1690）成書一百六十二卷；雍正十一年（1733）成書二百五十卷；乾隆二十八年（1763）成書一百卷；嘉慶二十三年（1818）成書八十卷；光緒戶二十五年（1899）成書一百卷。《會典》採取「以官統事，以事隸官」的寫法，以政府機構為綱，係以各種政事。各朝所修《會典》敘事時間相接，彙編清代各官衙的執掌、政令、事例，及職官、禮儀等制度。為研究清代典章制度的重要資料。各書成書時均有殿本。

◇六月，廷禁江西邪教。

◇帝祭歷代帝王時，親改一上香為三上香。

◇帝清時謁陵敷土改十三擔為一擔。

◇廷征地丁銀二千六百三十萬兩，雜賦六十九萬八千兩。

◇廷賜明裔朱之璉一等侯。

雍正三年乙巳（1725） 三十三歲

◇得尹會一、馬曰琯資助，第二次出遊京師。

尹會一（1691—1748）：字元孚，號健餘，直隸博野（今屬河北）人。雍正二年（1724）進士，曾任襄陽、揚州等地知府。治民力效呂坤，且頗有政聲。乾隆元年（1736）署兩淮都轉鹽運使。二年（1737）署廣東巡撫，後調署河南巡撫。於河南農政、紡織、倉儲多有建議。黃河水災，以工代賑。十一年（1746）以吏部侍郎督江南學正，曾命各州縣立社學，以擴廣理學。十三年（1748）卒。著有《健餘詩稿》、《健余先生撫豫條教》。其中：《健余先生撫豫條教》曾被奉為官箴書之經典。

馬曰琯（1688—1755），字秋玉，號嶰谷。諸生。原籍安徽祁門，後以行鹽致富寓居揚州。著作有《沙河逸老小稿》。弟曰璐（1697—1766），字佩兮，號半查。著作有《南齋集》。兄弟倆勤敏好學，擅詩詞，喜交友，時稱「揚州二馬」。馬氏兄弟喜愛藏書、抄書、印書。於揚州東關街馬家園林內築「街南書屋」，後以園中的「小玲瓏山館」聞名於世，其中的叢書樓藏書百櫥，積十萬餘卷，頗多秘笈與善本。《四庫全書》編纂時，徵求海內秘本，經馬曰璐之子馬裕進獻而被採擇的達七百七十六種。徐珂《清稗類鈔》云：「此次贈銀二百兩。」

◇入京，作〈鄴城〉、〈銅雀台〉、〈泜水〉、〈易水〉詩。

◇二月二十四日，題宋拓虞永興〈破邪論〉序冊。

虞永興：即虞世南（558—638）。唐初書法家、文學家。字伯施，越州余姚（今屬浙江）人。官至秘書監，封永興縣子。人稱虞永興。能文辭，工書法，親承王羲之七代孫僧智永傳授，繼承了二王（羲之、獻之）的書法傳統，外柔內剛，筆致圓融遒麗，與歐陽詢、褚遂良、薛稷並稱為唐初四大書家。正書碑刻有《孔子廟堂碑》。詩多應制之作，文辭典麗。編有《北堂書鈔》一百六十卷。

〈破邪論〉序：唐法林法師文，虞世南撰序並書。小楷三十六行，行二十字。前銜題「太子中書舍人吳郡虞世南撰並書」。

◇秋，治「思古」印，並題刻邊款。

◇十月十九日，於燕京憶花軒作〈花品跋〉，以抒發自己胸中之悶。

◇始與慎郡王允禧交往。

允禧（1711—1758）：康熙帝玄燁第二十一子。雍正之弟，乾隆叔父。為熙嬪妃陳氏所生。字謙齋，號紫瓊道人，又號春浮。雍正八年二月封貝子，五月進貝勒。十三年十一月，高宗（弘曆）即位，晉慎郡王。官宗室左宗正。與乾隆同歲。《清史稿‧聖主諸子》謂「（允禧）詩清秀，尤工畫，遠希董源，近接文徵明。」沈德潛《清詩別裁集》謂「（允禧）勤政之暇，禮賢下士。畫宗元人，詩宗唐人，品近河間、東平，而多能遊藝，又間平所未聞也。」

◇大中丞孫丈予告歸里，作《盆蘭圖》相贈，並題識。

孫丈：即孫勷，字子未，號娥山。以大理寺少卿致仕，未至巡撫（大中丞），但宰相隆科多曾以巡撫官銜拉攏過他，被他拒絕。孫於雍正四年辭官歸里，雍正三年即將此意予先告知板橋，板橋作此詩畫以贈。

◇拜見同邑、兵部職方司主事孫兆奎，作《送職方員外孫丈歸田諱兆奎》七律二首。

孫兆奎：字斗文，一字鶴浦。江蘇興化人。學識淵博，專於評文。康熙四十二年（1703）進士，歷任廣西武緣知縣、兵部知方司主事、吏兵二部則例館纂修官，後官至員外郎，乞歸。著《孫斗文文稿》。與堂弟孫宗緒、孫麒稱「三孫」，比為「三鳳和鳴」，立匾以志。

◇作〈燕京雜詩〉三首。

◇返揚後，因不得志，始作〈道情十首〉以遣興。

道情：曲藝的一個類別。淵源於唐代道教的「道曲」，是以道教故事為題材的。也可以說是漢江流域文化孕育出來的一個民間說唱藝術品種。「道情」一詞始見於南宋，南宋時用漁鼓伴奏、簡板擊節，因此也稱「漁鼓」，或道情漁鼓連稱。到元代其形式趨於穩定。元人雜劇《岳陽樓》、《竹葉舟》等劇均有穿插演唱。明清以來流傳甚廣，題材也有所擴大。特別是乾隆年間，由於一批文人雅士介人道情創作，使道情得到了空前的發展。從此使道情開始走出道觀，進入茶肆里巷。道情隊伍主體已不再是身背葫蘆，雲遊五嶽的道人、道姑，而逐漸變成城鄉各色的藝人等。不僅道情的曲目有所拓寬，其唱腔也逐漸由朦朧虛幻、「飛馭天表、遊覽太空」的「仙樂」而被各地的世俗音樂所取代。正如阿英在《小說閒談》中所說：「道情也有一個盛世，這個盛世就是在乾隆，就是在鄭板橋時代。那時候大概是因為國泰民安吧，雅人高士們在『多閑之餘』，便以道情作為『山房清玩』，一時成了風氣。」而在各地，道情同民間歌謠相結合而發展成許多曲種。有的稱「道情」，如陝北道情，山西則有臨縣道情、離石道情、洪洞道情、永濟道情、陽城道情、長子道情、晉北道情等十來種道情；晉北道情還分為右玉道情等；有的稱「漁鼓」，如湖北漁鼓、桂林漁鼓等；在四川則稱「竹琴」。共同特點是以唱為主，以說為輔，由於曲目的拓寬，道情的唱腔也隨之而發生了變化。在漢江流域道情漁鼓的唱腔中，雖然還保留了「道士腔」、「還魂腔」等道教音樂，但它在道情唱腔中已不是主體，而只能算作道教音樂的餘存罷了。也有只唱不說的。在音樂上則有板腔體和聯曲體之分。

◇作〈沁園春・恨〉詞，曲盡人生之不平。

◇春日，金農初遊京師，於阿雲舉家觀摩都豐廉《地獄變相》。後赴山凱撒州，寓陳幼安午亭山莊三年。

◇十月，李鱓作《三秋圖》。

◇黃慎移居李氏之三山草堂。

◇汪士慎於攤萬山堂書〈繩伎詩〉。

◇九月，帝詔蔣廷錫等重輯《古今圖書集成》成。全書一萬卷，目錄四十卷。分六編，

三十二典，六千一百零九部。

◇《杜律通解》成，四卷，李文煒箋釋。

◇十二月，賜年羹堯獄死；處《西征隨筆》作者汪景祺死，其妻發黑龍江為奴。

◇是年，廷禁家僕告主。

◇帝詔圓明園為春、夏、秋臨御聽政之所。

◇帝敕封關羽曾祖、祖、父分別為光昭公、裕昌公、成忠公，並制神牌，安奉後殿，增春、秋二祭。

◇廷征鹽課四百四十三萬兩。

雍正四年丙午（1726）　三十四歲

◇作《滿江紅・田家四時苦樂歌過橋新格》。

◇五月，為黃慎《鍾馗嫁妹圖》題跋。

◇黃慎在揚州用瘿木製成「瘿瓢」，後隨身攜帶。書板橋《道情十首》（初稿）。

◇高翔於上方寺作《山水圖》十二幀並題記。

◇蔣廷錫擢升戶部尚書。

◇廷以銅活字排印《古今圖書集成》，共印六十四部。

◇八月，帝親至太學釋祭孔子。

◇九月，查嗣庭「維民所止」試題獄起。

查嗣庭（？—約1726）清朝大臣。字橫浦，浙江海寧人。康熙四十七年（1708）進士，翰林院編修，庶起士。雍正元年（1723），查嗣庭由隆科多薦舉，在內廷行走，授內閣學士，兼禮部侍郎銜。蔡珽又復薦舉，授禮部左侍郎，加經廷講官。四年（1726年），典江西鄉試，查嗣庭根據科舉八股文命題的慣例，以《詩經‧商頌‧玄鳥》中「維民所止」的句子為題。被人告發試題「維止」二字，蓄意在去「雍正」之頭。是為大不敬。雍正遂以「諷刺時事，心懷怨望」罪將查氏革職下獄，交三法司定擬具奏，又查其筆劄詩鈔，認為「語多悖逆」。雍正為產除隆科多黨羽，次年五月以「腹誹朝政，謗訕君上」被凌遲處死，並將查嗣庭戮屍梟示。查氏家族及親朋中十六歲以上的被處斬刑，十五歲以下的兒子以及查嗣庭的二哥查嗣傈及其諸子均流放三千里。並停浙江人會試。由於查嗣傈死於戍所，到乾隆即位後被赦歸的也就只剩下被流放的查嗣庭的兒子與侄子二人了。

雍正五年丁未（1727）　三十五歲

◇遊南通州，作〈遊白狼山〉七絕兩首。

◇正月，李鱓過湖州，途中作《土牆蝶花圖》。

◇黃慎返寧化接母至揚州；五月，於廣陵雅閣樓草書板橋《道情》詞卷；九月，作《八仙圖》。

◇金農作〈憶康山舊遊〉詩。

◇高鳳翰為安徽歙縣縣丞，自編詩集《岫雲集》成冊。

◇五月，查嗣庭案結。

◇十二月，禁固大臣隆科多。

◇朝廷始派駐藏大臣。

◇帝詔病痊官員，凡情願起用者，可赴部引見。

◇清廷頒佈《大清律集時例》，律文計四百三十六條。

◇冊封富察氏為弘曆嫡福晉。

雍正六年戊申（1728）　三十六歲

◇春，與陸白義、徐宗於讀書於揚州天寧寺，呫嗶之暇，默寫《論語》、《孟子》、《大學》、《中庸》全篇，不足兩月即成。經核對原文，無一字之誤，後即合裝為《四書手讀》。

陸白義：書法家。名駿，字白義，號左軒。江蘇興化人。邑學生員（秀才）。工文，善行楷，尤精狂草，有龍蛇天矯之勢。書與鄭板橋、顧于觀齊名。

◇八月，於天寧寺為黃慎《米山小幀圖》題跋。

◇九月，與李鱓寓都門定性庵。

◇九月，汪士慎於七峰草堂作《貓》圖；十月，送吳載皇赴趙州，並作《梅花》手卷及七律三首相贈。

◇秋日，金農自澤州南返，過太行途中，作《馬棰銘》。

◇黃慎寓楊倬雲刻竹草堂。

◇李方膺受福建延津郡道魏壯推薦，舉賢良方正；在漳州奉父命作《三代耕田圖》。

賢良方正：漢代選拔統治人才的科目之一。漢文帝為了詢訪政治得失，始詔「舉賢良方正能直言極諫者」。中選者授於官職。武帝時復詔舉賢良或賢良文學。至乾隆元年（1736）始有定制。五年（1740），所保薦之人須赴部驗看，之後，須在太和殿試時務策一道，箋奏一道。道光時期，改在保和殿舉行，與試御史同。

◇秋，高鳳翰赴京舉賢良方正，列一等，雍正帝於圓明園召見，授修職郎。

◇范氏稼石堂刻本《杜律直解》成，五卷，范廷謀撰。

◇廷命各省修志。

◇廷定給在京官發雙俸。

雍正七年己酉（1729）　三十七歲

◇初定《道情十首》並譜曲。

◇作草書《滿江紅·田家四時苦樂歌過橋新格》詞卷。

明放案：此係紙本，墨筆。縱26.4釐米，橫158.7釐米。

◇三月，金農自揚州北上，遊晉祠、太原、平定，在娘子關墜馬，後又去澤州。是年，自畫小像。

◇七月，黃慎在揚開鼎之雙松堂作《蜀岡逢故人圖》。

◇冬日，李鱓旅吳陵，並作《山水圖》。

◇李方膺隨父自閩入京，雍正帝於勤政殿召見，以山東知縣任用。父擢升福建按察使。父子出京，於涿州分手分別赴任。

◇高鳳翰自編《鴻雪集》詩集成書。

◇吳敬梓參加科考遭到斥逐。

◇陳宏謀任揚州知府。

◇五月，呂留良著作案起。

呂留良（1629—1683）：明清之際思想家。初名光輪，字用晦、莊生，號晚村，崇德（今浙江桐鄉）人。與黃宗羲等結識。明亡，散家財結客，圖謀復興。事敗，家居授徒。舉博學鴻詞，誓死不就。後削髮為僧，名耐可，字不昧。號何求老人。與張履祥等講程朱之學，自云：「與友人言必句朱子為斷」。精通醫學，曾注《醫貫》。著有《呂晚村文集》、《東莊吟稿》。死後，因曾靜案，被剖棺戮屍，全家遭禍，著述焚毀。

◇六月，謝世濟注釋《大學》案起，十二月，案結。遭流放。

謝世濟（1689—1755）：字石霖，號梅莊。廣西全州人。康熙五十一年（1712）進士。

授翰林院檢討。雍正四年（1726）官監察御史，聲振天下，因彈劾河南巡撫田文鏡而流放戍邊。雍正七年（1729），謝世濟因注釋《大學》不宗程、朱，遂被控為譭謗程朱，雍正認為其意不在譭謗程朱，而「藉以抒寫其怨望誹謗之私」，是借用古語「拒諫飾非」影射現實，「令充苦差以挫折之」。乾隆即位後，得旨寬免，授湖南糧道。不久，便遭讒言解任。真相大白後，改驛鹽道。以病乞休，家居十二年卒。世濟居塞外九年，得究心經籍。著有《以學居案集》、《史平》、《纂言內外篇》、《離騷解》、《西北域記》等，《清史列傳》並傳於世。

◇七月，陸生枏《通鑒論》案起。

陸生枏：舉人。廣西人。選授江南吳縣知縣，擢工部主事。在京覲見皇帝，雍正帝說他態度傲慢，必是謝濟世一黨，命奪官發往軍前，與謝濟世同效力。陸生枏在軍中撰《通鑒論》十七篇，內中論及建儲和隋煬帝事。雍正七年（1729）五月，駐守阿勒泰的振武將軍、順承郡王錫保疏劾陸生枏《通鑒論》十七篇，文中「抗憤不平之語甚多，其論封建之利，言辭更屬狂悖，顯系排議時政。」《通鑒論》隨本繳進。雍正暴君得奏，於七月初三日諭內閣，對《通鑒論》中的「狂悖」議論逐條加以批駁。批駁完，暴君「提議」將「罪大惡極，情無可逭」的陸生枏就地正法，命九卿、翰詹、科道定擬陸生枏應治之罪。謝濟世與陸生枏均議軍前正法。從官當然遵旨惟謹，本年底，陸生枬在阿勒泰軍中處死刑。赦謝濟世在軍中服役贖罪。

◇九月，雍正帝頒佈《大義覺迷錄》。

《大義覺迷錄》：雍正六年（1727）秋，湖南永興人曾靜，遣徒張熙（化名張倬）赴西安向陝西總督岳鐘琪投書策反。九月二十六日上午，當岳鐘琪正乘轎抵總督署衙門前時，張熙手捧書信攔轎阻道，聲言要親交總督岳鐘琪，並有要事與他講。岳鐘琪命隨員接過書信，見那書信封面上寫：「天吏元帥岳鐘琪。」岳甚為驚奇，隨將投書人交巡捕看守。急忙趕回總督署衙，走進密室，拆書細讀。這封策反信署名南海無主遊民夏靚、張倬。所謂「無主遊民」，就是不承認是清王朝統治下的民人。原信從未公開過，但從以後的審訊口供和《清文字獄檔》中記載，大致有四個方面的內容：一、強調「華夷之分大於君臣之倫」。認為雍正帝是滿洲」女真人，就是夷狄，「夷狄即是禽獸」，「滿人」入主中原是夷狄盜竊王位，清朝歷經「八十餘年天運衰歇，地震天怒，鬼哭神號」，這是夷狄統治帶來的惡果，所以要反對清朝的統治。二、譴責雍正帝是失德的暴君。列出雍正帝謀父、逼母、弒兄、屠弟、貪利、好殺、酗酒、淫色、懷疑誅忠、好諛任佞十大罪狀。這麼多的罪狀，根本無資格當皇帝。三、指責雍正是用陰謀詭計而篡位的。因而天地不容，使天下「寒暑易序，五穀少成」，出現「山崩川竭，地暗天昏」。百姓饑寒交迫，流離失所，屍橫遍野，反清憤忿，一觸即發。四、策劃岳鐘琪同謀造反。稱岳是宋代抗金民族英雄岳飛的後裔，勸其繼承先祖遺志，不應效忠清王朝，要他用手握重兵之機，適時地舉事謀反，為列祖列宗報仇，替大漢民族雪恥。岳鐘琪讀完謀反書信，更加驚駭恐懼。他才平息了瘋子盧宗漢持同樣理由的謀反事件。今又兀自碰到張熙投書策劃謀反，他更加火上加火。於是，他當即向雍正帝如實地上了奏本，從而使曾靜、張熙投書事，成為雍正朝最大文字獄肇起的導火線。

《大義覺迷錄》中的「上諭」部分，內容主要是關於兩方面的。一是雍正對呂留良夷夏大防言論作了全面批駁；二是雍正對曾靜指責他弒父逼母奪嫡自立之事，逐條進行反駁。

《大義覺迷錄》內容以曾靜供詞最多。這些供詞有的是「奉旨問訊」，有的是「杭奕祿等問訊」。其形式都是對曾靜《上岳鐘琪書》及《知新錄》等書中大逆不道的言論提出質問，而曾靜的供詞則痛悔前非，並備述雍正之隆厚聖德、浩大皇恩，令人不忍卒讀。如所謂「彌天重犯今日始知聖恩高厚，雖堯舜不過如此」，「皇上至德深仁，遍及薄海內外，其用意於民，固可謂亙古少媲」，「此是心肝上的實話」等等。連雍正也覺得他「諂媚」。雍正明令將《大義覺迷錄》刊行天下，乃是出於政治宣傳的需要。但此書不僅保存了曾靜、呂留良和嚴鴻逵大量激烈的反清言論，還部分揭示出康熙時諸皇子爭奪王位、雍正得位及其後的相應措施等具體細節。它的刊佈並未能收到預期效果，反而在實際上傳播了對清王室極為不利的言論，因此在即位之初即下令禁毀。但這也正是這本書獨特的史料價值之所在。

《大義覺迷錄》是雍正朝御制國書，是中國歷史上最高封建統治者編纂的一部很有特色的文獻，保存了許多珍貴的歷史資料。刊行全國使其家喻戶曉，欲以使人人「覺迷」。轉眼之間，乾隆繼位宣佈為特號禁書，凡有私藏者，即有殺頭滅身之罪，惟恐有一人「覺迷」。從此《大義覺迷錄》成為絕世罕見的一部皇帝撰寫的御制國書，湮沒二百多年不見天日，這一切更增加了它的神秘色彩。乾隆之所以與雍正處置曾靜謀反案大相徑庭，有他周密的考慮。他在青年時代目睹了這場文字案的前前後後，他清楚認識到：父王對曾靜謀反案和呂留良文字獄案的公開審訊和批判，實際是把父王自己推上審判台；雍正的「華夷之別」的新釋、十大罪狀的自我辯解、皇宮中的秘聞醜事洩露、皇子間爾虞我詐、文武大臣間明槍暗箭等等，統統詳細地記錄於《大義覺迷錄》一書中，損害了萬乘之尊皇帝的光輝形象，暴露了國祚和宮廷的絕密，起到反宣傳作用，根本達不到使臣民「覺迷」的目的，只能更增強人們的反清排滿情緒。因此必須徹底剪除禁錮異端思想的蔓延，肅清其流毒。同時留著這兩個彌天重犯」當「反面教員」，更難以起到「感化」教育的作用。證明他父皇失德確有其事。乾隆深思熟慮，甘願冒著違犯父王遺命的罪名，誅殺了曾靜、張熙，以絕後患。乾隆此舉，實際上是秦始皇「焚書坑儒」的翻版，比其乃父的深謀遠慮「出奇料理」低劣多了。清朝文字獄是我國歷史上數量最多的朝代。康熙、雍正、乾隆三代正是清王朝興盛時期，這三代皇帝都具有雄才大略有所作為，希圖傳江山於萬世，留英名於百代，採取政治上消除敵對勢力，而且加強思想文化領域的絕對統一，故而這一歷史時期文字獄相對苛繁頻仍。這三代皇帝製造的文字獄，有案可查的就有一百七十多起，但就其文字獄的特色來看，都遠不及雍正朝時的曾靜、呂留良文字獄最富有特色，雍正朝時這樁文字獄案，不僅誅連規模之廣，治罪誅戮之嚴酷，而且處置上的「出奇料理」，堪稱文字獄案的絕無僅有。雍正敢於公開全案的詳細末節，敢於公開大批判大辯論，敢於向天下刊發《大義覺迷錄》，讓人人皆知；敢於無罪赦免「彌天重犯」。

《大義覺迷錄》四卷。今存雍正年間內府原刻本及外省翻刻本，另有光緒末年香港仁社書局鉛印本，解放後中華書局有鉛印本。

◇是年始禁吸食鴉片。

◇廷始設軍機房。

雍正八年庚戌（1730）　三十八歲

◇夏五，為旭旦作草書《賀新郎・送顧萬峰之山東常使君幕》軸。

◇李鱓第二次被召入宮，繼續充任畫師。

◇九月，黃慎作《麻姑獻壽圖》及《陳摶出山圖》。

◇李方膺任山東樂安知縣。秋日，開倉賑濟，募民築堤。

◇仲秋，汪士慎於壽萱堂作《梅花蘭石圖》。

◇十一月，金農返抵揚州，作《寒柳圖》。

◇邊壽民作《百雁圖》。

邊壽民（1684—1752）：原名維祺，字壽民，更字頤公，號漸僧，又葦間居士。晚號綽翁、綽綽老人。江蘇山陽（今江蘇淮安）人。不與塵事，為淮上高士。精畫工書，擅花草、鱗介，蘆雁尤負海內重名。有「邊蘆雁」之稱。能詩詞，著有《葦間老人題畫集》、《葦間書屋詞稿》等。為「揚州八怪」之一。

◇十月，廷賞張廷玉、蔣廷錫一等輕車都尉世職，是為漢族文人獲得世爵的起始。

◇十月，廷以「明月有情還顧我，清風無意不留人」詩句興獄，誅翰林院庶起士徐駿。

◇清廷重修曲阜孔廟城。黃瓦畫棟，悉仿宮殿制。

◇廷國庫存銀六千二百一十八萬兩。

雍正九年辛亥（1731）　三十九歲

◇鄭府為祖先安葬。

◇妻徐夫人病故，生有二女一子。

◇春日，作草書節錄懷素《自敘帖》。

懷素（725—785，一作737—799）：唐書法家。僧人。字藏真，本姓錢，長沙（今屬湖南）人。精勤學書，以善「狂草」出名。相傳禿筆成塚，並廣植芭蕉，以蕉葉代紙練字，因名其所居曰「綠天庵」。好飲酒，興到運筆，如驟雨旋風，飛動圓轉，雖多變化，而法度具備。晚年趨於平淡。前人評其狂草繼承張旭，而又有所發展，謂「以狂繼顛」，並稱「顛張醉素」，對後世影響很大。存世書跡有《自敘帖》、《苦筍帖》等。

◇七月十四日，作小楷《滿江紅・金陵懷古》並跋。

◇秋遊興化，作《由興化迂曲至高郵七截句》詩。

◇作《客揚州不得之西村之作》。

◇書杜甫七古《丹青引》。

◇十二月二十九日，作《除夕前一日上中尊汪夫子》詩。

中尊汪夫子：指當時興化縣令汪芳藻。汪芳藻，江南休寧人。雍正七年（1729）舉人。雍正九年（1731）由教習知縣事，蒞任三載。「凡語言文學皆足以振勵風俗」，民望政聲極佳。清人周榘《題板橋先生行吟圖》云：「君之嗣子葛衣粗，君之愛弟已無居。當時邑宰賢無匹，今日空聞作販書。」汪邑宰芳藻，余之舊識也。曾於除夕見板橋詩，即大贈金，玉成其進士，邑中之美談也。近聞取公之詩詞板刷書，作歸遺計，同販夫矣，可發一哂。幔仙。汪芳藻著有《春暉樓四六》四卷，雍正七年（1729）刻本。

◇作六分半書七言聯。

◇李鱓於宮廷隨入侍之刑部侍郎高其佩學畫。

◇李鱓為板橋題額：「適我居」。

◇黃慎作《盲叟圖》。

◇高翔去浙江苕溪。在松陵桐里之雙井院作《竹樹小山圖》扇頁。

◇高鳳翰知安徽績溪縣。

◇黃慎於端午日作《鍾馗依樹圖》；十二月作《攜琴仕女圖》，以草書題云：「樂哉新婚，鼓瑟鼓簧；為以旨酒，載笑載觴。悠悠長道，露浥碧草；愁來煎心，匪不我好。歷歷三台，下土飛回；今我不樂，日月相催。仰視霄漢，出門天旦；鋏好誰彈，長籲累歎。」

◇李方膺被青州府彈劾，田文鏡未予置理。廷諭修小清河，奉命查勘。

田文鏡（1662—1733）：漢軍正黃旗人。監生出身。為雍親王（雍正帝）藩邸莊頭。康熙二十二年（1683）授福建長樂縣丞。先後擢為山西寧鄉知縣、直隸易州知州，爾後又從外官轉為京官，歷任吏部員外郎、郎中、御史直至內閣侍讀學士。康熙五十五年（1716）奉旨巡視長蘆鹽政。雍正元年（1723）奉命祭祀西嶽華山，並署山西布政使。次年任河南巡撫。旋加兵部尚書銜，授河南總督。雍正四年（1726）遭直隸總督李紱及御史謝濟世等結黨誣陷。後又兼領山東，稱河東總督。他與李衛同為雍正朝最被信任的封疆大吏。晚年隱匿災情，致百姓流離。帝命解任還京，以老病還鄉。著有《撫豫宣化錄》等。

◇張師載任揚州知府。

◇水雲漁屋刻本《笠澤叢書》成，五卷，唐陸龜蒙作。

雍正十年壬子（1732）　四十歲

◇秋，赴金陵鄉試。

◇鄉試後，遊南京名勝古跡，作〈念奴嬌・金陵懷古〉詞十二首。

◇作〈滿江紅・金陵懷古〉詞。

◇作〈白門楊柳花〉詩。

◇作〈長干女兒〉詩。

◇作〈長干里〉詩。

◇錢塘江觀潮，作〈觀潮行〉詩。

錢塘江：舊稱浙江。浙江省最大河流。上游新安江源出安徽省東南部休寧縣六股尖，匯蘭江後，東北流到海鹽縣澉浦以下注入杭州灣。全長605公里，流域面積4.88萬平方公里。源頭稱馮村河，安徽歙縣浦口以上稱率水、浙江，浦口以下至浙江建德市梅城間稱新安江；梅城至桐盧間稱桐江；桐盧至蕭山市聞堰間稱富春江；聞堰至閘口段河道曲折如「之」字，故稱之江；閘口以下始稱錢塘江。主要支流有常山港（衢州以下稱衢江、蘭江）、桐溪、浦陽江等。江口呈喇叭狀，海潮倒灌，成著名的「錢塘潮」。幹、支流大部可通航。下游建有錢塘江大橋（有三橋）。中上游建有富春江、新安江、湖南鎮、黃壇口等水庫。並建有新安江和富春江水電站。錢塘江風光綺麗，千島湖（新安江水庫）、富春江為中國著名旅遊勝地。

◇作〈弄潮曲〉詩。

◇作《沁園春・西湖夜月有懷揚州舊遊》。

西湖：漢時稱明聖湖，唐時因湖在城西，始稱西湖。原為淺海灣，與揚州灣相通。後由泥沙堰塞，海面被隔斷，在沙嘴內側的海水成為一個瀉湖。湖周約15公里，面積5.66平方公里。環湖有南高峰、北高峰、玉皇山等。以孤山、白堤、蘇堤分隔為外西湖、裡西湖、後西湖、小南湖及岳湖。湖中有小瀛洲、湖心亭、阮公墩三個小島。小瀛洲是一個水上庭園，洲南湖中有著名的「三潭印月」。舊以「三潭印月」、「蘇堤春曉」、「平湖秋月」、「雙峰插雲」、「柳浪聞鶯」、「花港觀魚」、「曲院風荷」、「斷橋殘雪」、「南屏晚鐘」、「雷鋒夕照」為「西湖十景」，西湖現為全國重點風景名勝區。

◇作〈韜光〉詩。

◇客韜光庵，為松岳上人作畫，並題五絕一首。

松岳上人：杭州韜光庵主持僧人。

◇作家書〈雍正十年杭州韜光庵中寄舍弟墨〉。

◇作〈羅隱〉詩。

羅隱（833—910）：唐代文學家。字昭諫，杭州新城（今浙江富陽西南）人。本名橫，十舉進士不第，遂改名隱。在咸通、乾符中，與羅鄴、羅虬合稱「三羅」。光啟中，入鎮海軍節度使錢鏐幕，後遷節度判官、給事中等職。朱溫代唐，以諫議大夫召，不至，且勸鏐舉兵討溫。其詩文多憤慨時事之作，著有詩集《甲乙集》和《讒書》、《兩同書》等，清人輯有《羅昭諫集》。

◇九月，書作《道情十首》冊。

◇中舉人。

◇在杭州，接到中舉的消息後，作〈得南闈捷音〉詩。

杭州：位於浙江省北部、錢塘江下游，大運河南端。今浙江省會。秦置錢唐縣，隋為杭州治。唐改錢塘縣，五代吳越國都。南宋遷都於此，並為臨安府治。明、清為杭州府治。西湖西部諸山，舊時統稱武林山，故杭州又別稱武林。名勝古跡有靈隱寺、飛來峰、岳墳、虎跑泉，六和塔，宋城等。建有錢塘江大橋三座。杭州現為中國歷史文化名城。

◇作《竹石圖》。

◇黃慎作《天官賜福圖》。

◇李方膺改署莒州知州。

◇夏日，金農於揚州為汪士慎題《蘭竹》；秋日，由真州登舟，遊楚中，本年東返。

◇冬日，汪士慎去淮陰賣畫。

◇尹會一任揚州知府。

◇蔣廷錫卒，壽六十四。

◇鄂爾泰擢升保和殿大學士兼兵部尚書。

◇十月，陝西總督岳鍾琪以「誤國負恩」罪被革職拘禁。

岳鍾琪（1686—1754）：大將。字東美，號容齋，先祖河南湯陰，宋代岳飛二十一世孫。父岳昇龍任四川提督時入籍四川為成都人。康熙五十年（1711）由捐納同知改武職。授四川松潘鎮中軍游擊，再遷升為四川永寧協副將。康熙五十八年（1719）率軍入西藏平亂，康熙六十年（1721）還師，授左都督，不久，擢升為四川提督。雍正元年（1723）隨撫遠大將軍年羹堯破青海蒙古族羅卜藏丹津叛亂立大功，授封三等公、參贊軍機大臣。雍正三年（1725）七月，雍正解除年羹堯的兵權，命岳鐘琪署川陝總督。川陝地處險要，南可控制雲貴湖廣，東可牽制晉冀豫和京都地帶，是和青藏甘高原聯絡的根據地，因而清王朝把它作為西北邊防的重要防衛線。這個重要職位，自康熙十九（1680）年定例，是滿族八旗要員的專缺，岳鐘琪被破例提升這個要位，正說明他受到雍正帝的寵信。雍正六年（1728）九月，湖南生員曾靜派遣他的學生張熙往陝，策動他舉兵反清，岳鐘琪命陝西巡撫西琳將張熙拘訊。雍正八年（1730）五月，帝命寧遠大將軍岳鐘琪回京商量作戰方案。雍正九年（1731）春，返回四川，十二月，帝追究科舍圖之役慘敗的責任，命其還京，雍正十年（1732）以「誤國負恩」罪削爵革職，拘兵部。雍正十二年（1734），被大學士鄂爾泰、副將軍張廣泗等奏擬斬決，聖上改為斬監候（緩期執行），後獲釋家居。乾隆十一年（1746），金川之役師久無功，岳鐘琪以總兵銜啟用。不久，授四川提督。乾隆十四年（1749）正月，隨經略大學士傅恒參與大金川之戰，輕騎入勒烏圍，說降大金川土司沙羅奔，金川平定。加太子少保，授兵部尚書銜，還四川提督任，賜號威信。乾隆十九年，於鎮壓陳琨起義時，病死於四川資州（今四川資中）。謚襄勤。著有《姜園集》、《蛩吟集》等。

岳鐘琪沉毅多智，御士卒嚴，而與同甘苦，人樂為用。終清之世，漢族大臣拜大將軍，滿洲士卒隸麾下受節制，惟他一人。高宗稱之為「三朝武臣巨擘」。

◇廷改軍機房為軍機處。

軍機處：官署名。全稱「辦理軍機事務處」。清代輔佐皇帝的政務機構，俗稱御用秘書班子。雍正朝用兵西北，以內閣地處太和門外，恐機密洩露，雍正七年（1729）設軍機房於隆宗門內，選內閣中謹密者入值繕寫。因隆宗門地近內廷，便於召見。雍正十年（1732）正式更名軍機處。軍機處的特點是簡（簡單）、速（快捷）、密（保密）。軍機處只設軍機大臣和軍機章京二職。大臣由親王、大學士或各部院尚書、侍郎充任，屬差遣官，但任命時亦按各人的資歷分別稱為軍機處行走、軍機大臣上行走、軍機大臣學習上行走。習呼大軍機，其人數一般是三四人到七八人。軍機章京的正式稱謂是「軍機處司員」或「軍機司員上行走」，俗稱小軍機，乾隆時定為滿、漢兩班，各八人，後增至四班三十二人。每班設領班一人，滿語稱為「達拉密」。章京的人選多來自內閣或各部院的一般屬員，亦係差遣職。軍機處除每日晉見皇帝，處理軍國要務外，凡特旨簡放大員，如大學士、六部、九卿、督撫、將軍、提督、都鎮、學差、主考及駐外使臣，皆由軍機大臣開單請旨。軍機處「有官而無吏」，「其權屬於君」，咸豐十年（1860）成立總理各國通商事務衙門，軍機之權漸次移屬後者。宣統三年（1911）成立內閣，軍機處即被撤銷。

雍正十一年癸丑（1733）　四十一歲

◇叔父省庵公卒。

◇患瘡，未能赴京院試，繼續養病於小海外祖父家。

◇在小海，為朱子功先生作行書《恭祝子功八十二壽》壽序通屏。

◇重九日，第二次客海陵，於彌陀庵作〈別梅鑒上人〉詩。

梅鑒上人：泰州南山寺彌陀庵主持。約在雍正元年（1723），板橋與之訂交。板橋作〈別梅鑒上人〉詩。

◇始與高鳳翰訂交。

◇得徽商程羽宸資助，乃赴焦山讀書。

焦山：係「京口三山」名勝之一，向以山水天成，古樸幽雅聞名於世。其位於市區東北，巋然聳峙於揚子江心，與對岸象山夾江對峙。山高71米，周長2000餘米，因東漢焦光隱居山中而得名。又因碧波環抱，林木蓊鬱，綠草如茵，滿山蒼翠，宛然碧玉浮江，是萬里長江中唯一四面環水的遊覽島嶼，「萬川東注，一島中立」，有江南「水上公園」之喻。身臨其境，確有「砥柱中流」之感，好似登上普陀仙島，贏得中外遊人慕名而至。

焦山之所以享譽中外，其一是因為焦山聳峙於江心，似砥柱中流，拔地擎天。於滿山蒼翠中，掩映著峨崖峭壁和古老的棧道，拾級登山，過華嚴閣，便能一覽陡壁峭崖上自六朝以來的歷代名人的詩文石刻，猶如一座天然的「峭壁書廊」。氣勢磅礴；加上山寺隱約，林木蒼翠，水域廣闊，環境幽美，宛若人間仙島在水中縹緲。其次是由於焦山藏有許多珍貴的文物和著名的古跡，摩崖石刻於世皆知。寶墨軒，即著名的焦山碑林，始建於北宋初年，藏碑刻四百六十餘方，楷、草、隸、篆、行各領風騷，詩、書、畫、碑各展風流，集歷史書法藝術之大成，為僅次於西安碑林的全國第二大碑林，漢蔡邕的《焦君贊》、梁紅淹的《焦山逑懷》、唐王瓚詩及大字之祖《瘞鶴銘》為焦山碑林「四古」。寶墨軒中墨寶多，王羲之的《破邪論序》、顏真卿的《題多寶塔五言詩》、米芾的《城市山林》、蘇東坡的《觀文同墨竹題記》、文征明的《錢王先生志銘》等諸家手筆，觀之令人留連忘返。一路秀色邀君遊，一路書法伴君行，觀江、觀景又觀書，可以盡情領略焦山這座書法名山的千年文化積澱。其三是焦山多禪寺精舍亭臺樓閣。寺庵有定慧寺、別峰庵、自然庵、玉峰庵、香林庵、海雲庵等十多個庵寺。鄭板橋詩云「靜室焦山十五家，家家有竹有籬笆……」每個寺廟都有名僧，能詩詞歌賦，善琴棋書畫，清代禪僧幾谷，六靜和尚是著名的畫家，鶴州是拓碑能手，都曾享名一時。鄭板橋、柳亞子、康有為等人，曾在焦山攻讀。焦山還辦過佛學院，慕名來此朝佛受戒的學徒很多，因此，焦山有「文化山」之喻。亭臺樓閣有華嚴閣、觀瀾閣、文昌閣、汲江樓、東升樓、御碑亭、槐影書屋、黃葉樓、乾隆行宮、浮玉齋、枇杷園、蝴蝶廳等古建築精華，點綴扛山，在自然山水中增添了絢麗的色彩。因此，古人又稱焦山十六景：華嚴月色，定慧潮音，山門松影，庵院槐陰，海雲墨寶，石屋藏銘，西岸遠景，東麓新林，江亭禮佛，岩洞尋仙，自然問道，安隱棲禪，危樓觀日，枯木品香，香林花圃，別峰里園。故中國佛教協會主席趙朴初在此揮筆題寫了「無盡藏」三字，耐人尋味。日本森本長老留戀地說：「焦山是我第二故鄉」。

焦山的寺廟、樓閣等名勝古蹟頗具特色，大多掩映在山蔭雲林叢中，故有「山裹寺」之諺。焦山與金山不同，焦山高大雄偉，金山小巧玲瓏；焦山以蒼翠的竹木取勝，金山以輝煌的塔寺建築爭長。自古以來，就流傳著「焦山山裹寺，金山寺裹山」的民諺。

焦山還具有珍貴的「四古」。古寺廟（定慧寺）是明代之建築物，主體建築是綠瓦朱欄，十分古雅。古樹木（六朝柏、宋代槐、明代銀杏），多呈虬奇古怪之態，散佈在山腰水畔寺前廟後，為山寺增添上一層幽邃雅靜、青翠蔥郁的色彩，極宜遊賓休憩。此外，還有古碑刻、崖銘文物皆著名於世。

焦山屹立於大江之中，自古以來就是軍事要地。唐代潤州刺史和鎮江節度史韓混，曾造樓船和戰艦三十餘艘，配備海軍官兵五千多人在大江上操練。南宋德祐元年二月，元軍攻佔鎮江後，宋代杭元將領張世傑在同年七月，率領大批軍艦與元朝水師決戰於焦山，呈現出

「焦圃險要屯包港，宋代興亡戰夾灘」的壯烈搏鬥。南宋抗金英雄韓世忠曾率領官兵數千人，駐紮焦山反擊金兵之事，已成為歷史佳話，英風千載，流傳後世。明正德四年（1519）七月十六日，直隸右都御史史叢蘭因江西寧王反叛，親自率領江淮一帶水兵，在焦山江面進行操演。清道光二十二年（1842）七月，英帝發動了揚子江侵略戰役，英軍艦侵入長江時，曾遭到副都統海齡率領鎮守焦山的青州兵和旗兵數千人，英勇抵抗和沉重打擊英軍，在近代反帝鬥爭史上，寫下了光輝的一頁。

焦山，山峰高聳，天塹幽深，怪石嶙峋，花卉爭妍，香色迎人，很堪觀賞。每逢秋月，豔紅的楓樹、盛開的菊花，吸引著四方遊客，贏得詩人「焦山秋意濃，丹黃葉不同。霜楓盛春花，古剎展新容」的讚美。一九五三年園林局在山麓地帶新辟了焦山公園，園內設有假山、水池、曲橋、渡亭、花房、果園、苗圃、菊壇、松徑、竹叢等美化基地，使焦山更加秀媚多姿、生機勃勃，蒼翠欲滴。加至江面上帆船點點，龍舟競駛，汽笛爭鳴，飛天翱翔，名魚躍水，俊鶻摩空，鳧雁浮江，點綴其間，美不勝收。

焦山上的千年古剎定慧寺，是全國著名寺廟之一。定慧寺始建於東漢興平年間，距今已有一千八百多年歷史。原名普濟寺，宋朝時稱普濟禪院，元代改稱焦山寺，清康熙南巡來遊焦山時將其改名為「定慧寺」，一直沿用至今。「定慧」是佛教修行的精髓，「定慧」取於佛家「由戒生定」，因定發慧和寂照雙融，定慧均等之意。「定」，即去掉一切私心雜念，思想高度集中；「慧」，即由「聞、思、修」三條途徑來增長智慧。「定慧」二字是佛家修行之綱領，可見「定慧」二字頗有深意。定慧寺規模宏大，明代為全盛時期，有殿宇九十八間、和尚三千人，參禪的僧侶達數萬人，加上定慧寺兩旁還有十八個庵寺，稱「十八房」，故在佛教禪寺中有著顯赫地位，是中國古代著名的古剎，曾有「十方叢林」、「歷代祖庭」之稱。大雄寶殿始建於唐代初年，由玄奘大師的弟子法寶寂發起興建，宋景定四年（1263）焚毀後重建，為重簷廡殿式結構，大殿正中梁上有清代康熙皇帝御書「香林」二字匾額，閃爍於燭光香煙之中，更顯得金碧輝煌，莊嚴肅穆。

◇羅聘生。

羅聘（1733—1799），字遯夫，號兩峰、花之寺僧，江蘇甘泉（今揚州）人。自題所居為「朱草詩林」。金農弟子。畫人物、佛像、花果、梅竹、山水，自成風格。作《鬼趣圖》，藉以諷刺當世。袁枚、姚鼐、錢大昕、翁方綱等為之題詠。能詩，有《香葉草堂集》。為「揚州八怪」之一。

◇汪士慎由方可村作伴，去明州（今寧波）一帶賣畫。年底返揚。

◇金農自序《冬心先生集》、《冬心齋硯銘》；十月，《冬心先生集》於廣陵般若庵開

雕。

◇李方膺修《樂安縣誌》並序。

◇正月，廷命各省建立書院；並賜銀千兩作為資費。

◇七月，大學士陳元龍年老乞休，帝命加太子太傅銜，以原官致仕。

◇十月，令各地不得擅立牙行。

◇清廷修成《西寧青海番夷成例》。

雍正十二年甲寅（1734）　四十二歲

◇作〈懷舍弟墨〉詩。

◇續娶郭氏為妻。

◇七月九日，作〈為顧世永代弟買妾事手書七律一首〉。

◇九秋，書作〈恭頌徐母蔡二姑母〉詩。

◇十月，為李鱓《蕉竹月季圖》題識。

◇十一月十日，與李鱓、蓮若上人登李世兄宅。

蓮若上人：法號照徹。康熙間出家於江蘇宜興磐山寺，懂醫術，善書畫。後住錫蘇州開元寺。雍正十二年（1734）十一月十日，板橋與之訂交。

◇約於是年，作小楷秦觀《水龍吟‧春詞》冊頁。

◇正月，高鳳翰作《指畫冊》十頁；二月，請黃鉞為其畫像；後於泰州壩自補景並題為《西亭詩思圖》。

◇八月六日，汪士慎於七峰草堂作《蘭竹圖》。後又於青杉書屋作《梅花圖》。

◇李鱓第二次離開宮廷畫院。

◇金農客揚州，開始留髯，人稱「髯金」。

◇秋，黃愼請馬榮祖為《送黃山人歸閩中》作序。是年作《耄耋圖》。

◇歲末，李方膺改任蘭山知縣。

◇揚州梅花書院落成。

梅花書院：清代李斗《揚州畫舫錄》卷三云：「劉重選建梅花書院，親為校士。而無掌院，迨劉公後，歸之有司，皆屬官課。朱公修復，乃與安定同例。均歸鹽務延師掌院矣。安定書院自王步青始，梅花書院字姚鼐始。」

◇九月，廷禁各省童生罷考。

雍正十三年乙卯（1735）　四十三歲

◇二月，遊揚州北郊，問玉勾斜遺跡，識饒五姑娘，為其書寫《道情》詞，並作《西江月》一闋，作為與饒五姑娘締結姻緣之盟定信物。

玉勾斜：在揚州城西北十五里的雷塘附近。雷塘，又名雷坡。隋義寧二年（618），隋煬帝楊廣南遊江都（今江蘇揚州），當他陶醉在古城的湖光山色、玉女金食之中而忘乎所以時，被他最親密的寵臣、禁軍將領宇文化及縊殺。死後葬云吳公台下，唐代遷葬云雷塘。而玉勾斜是荒淫君主大批無辜宮女的殉葬地。故又稱「宮女斜」。唐代孟遲〈宮女斜〉詩：「雲慘煙愁苑路斜，路旁丘塚盡宮娃。茂陵不是同歸處，空寄香魂著野花」。

◇書作王維〈山中與秀才裴迪書〉。

◇夏赴焦山溫書迎考，作家書〈焦山讀書寄四弟墨〉。

◇五月廿四日，作家書〈焦山別峰庵雨中無事書寄舍弟墨〉。

◇六月十日，作家書〈焦山雙峰閣寄舍弟墨〉。

◇作家書〈儀真縣江村茶社寄舍弟〉。

◇作尺牘〈焦山別峰庵與徐宗于〉。

◇作家書〈焦山讀書復墨弟〉。

◇作家書〈焦山別峰庵復四弟墨〉。

◇作家書〈寄墨弟自焦山發〉。

◇八月，受聘赴杭州任浙江鄉試外簾職（提調監試）。

◇作〈賀新郎・答小徒許樗存〉詞。

◇為真州江上茶肆書作七言聯。

◇作〈再到西村〉詩。

◇十月後，旋返揚州，與李鱓談及赴浙之事，二人合作詩畫。

◇冬日，赴京，準備參加丙辰科考試。

◇在京與名橋結識，作小楷〈道情〉首詞二紙，一奉名橋，一奉雁峰。

◇春日，黃慎攜家奉母自揚歸閩。九月作《山水圖》冊。

◇夏日，金農遊楚州，秋返錢塘。學使帥念祖薦博學鴻詞，上書辭謝。

◇七月八日，汪士慎於巢林書堂作《梅花圖》。

◇八月二十一日，雍正帝崩，皇四子弘曆即位，年號乾隆。

◇十月，乾隆帝命悉數收回前所頒之《大義覺迷錄》。

◇十二月，李鱓作《三清圖》。

◇冬，李方膺因懇荒事，拂河東新總督王士俊意，而被罷官入獄。

◇十二月二十九日，曾靜與張熙師徒被凌遲處死。

◇十二月，《明史》修成。凡三百三十二卷。歷時九十四年。

乾隆元年丙辰（1736）　四十四歲

◇二月，在貢院參加禮部會試，中貢士。

貢院：科舉時代考試貢士的場所。清代貢院通常建立於城內東南方，大門正中懸「貢院」匾額。大門內有龍門，再進為至公堂。龍門與至公堂之間有明遠樓。至公堂之東西側為外簾，至公堂後有進門，入門為內簾。貢院兩旁建號舍，以供應試者居住，其形如長巷，每巷用《千字文》編列序號。應試者入內即封號珊，待交卷日方開。貢院外牆鋪以荊棘，故貢院亦稱荊闈。

會試：明清兩代每三年一次在京都舉行的考試。凡各省的舉人皆可應考。逢辰、戌、丑、未年為正科，若遇有恩科，則次年舉行會試，稱會試恩科。考期初在二月，乾隆十年（1745）改在三月，分三場舉行。

貢士：清制。古代向最高統治者薦舉人才的制度。《禮儀・射義》：「諸侯歲獻，貢士於天子。」《後漢書・左雄傳》：「郡國考廉，古之貢士。」會試考中者為貢士。

◇三月，跋李鱓雍正十三年乙卯冬十二月所作《三清圖》。

◇五月，於太和殿前丹墀參加殿試，中二甲第八十八名進士。

太和殿：俗稱「金鑾殿」，北京故宮三大殿（太和、中和、保和）中最大的一個。明永樂十八年（1402）建，初名奉天殿，嘉靖時改名皇極殿。清順治二年（1645）始稱今名。今殿為康熙三十四年（1695）重修。建於三層漢白玉台基之上，殿高三十五米，東西長六十四米，南北寬三十三米，面積二千三百七十七平方米。外有廊柱一列，全殿內外立有大柱八十四根。重簷廡殿式，黃色琉璃瓦頂。裝飾絢麗，金碧輝煌，為全國最大的木構大殿。明清兩代帝王即位，或節日慶典、朝會大典，均於此舉行。

殿試：科舉制度中皇帝對會試取錄的貢士在殿廷上親發策問的考試。也叫廷試。其制始於唐武則天時。殿試後將進士分為五甲之制始於宋太平興國八年（983），而分為三甲及一甲只限三人始於元順帝，明清襲之。明清殿試時間在會試後一個月。順治初，定為四月一日。康熙時，改為五月初。乾隆十年（1745）改為四月二十六日。乾隆二十六年（1761）定為四月二十一日。二十五日傳臚，其後遂為永制。中式者一甲三名賜進士及第，第一名通稱為狀元，第二、三名通稱為榜眼及探花。二甲均賜進士出身，第一名通稱傳臚。三甲均賜同進士出身。

◇膺登進士後，滿心歡喜，遂作《秋葵石筍圖》以自賀。

◇為能早日出仕，在京作〈呈長者〉及〈讀昌黎上宰相書因呈執政〉詩。

◇繼續接交京中官員，作〈贈國子學正侯嘉璠弟〉詩。

侯嘉璠：字元經，台州（今浙江臨海）人。詞賦敏捷，屢困科場，年五十官江寧縣丞。袁枚稱其「詩文迅疾，始於筆染，終於紙盡，揮霍睥睨，瞬息百變。」（見《國朝耆獻類征》）學政：國子監（即為教育管理機關，類似當今的國家教育部）學官，協助博士教學，並負訓導之責。

◇作〈酬中書舍人方超然弟〉詩。

中書舍人：清廷內閣職掌繕寫文書的官員。

方超然：清書法家。字蘇台，浙江淳安人。官鹽大使，工書。

◇與伊福納同遊西山。

伊福納：姓那拉，字兼五，滿洲人。進士，官戶部郎中。工詩。

◇至甕山與無方上人敘舊，作〈贈甕山無方上人二首〉詩。

◇又作〈甕山示無方上人〉詩。

◇去香山臥佛寺訪青崖和尚，作〈訪青崖和尚，和壁間晴嵐學士虛亭侍讀原韻晴嵐張公若靄、虛亭鄂公容安〉詩和之。

臥佛寺：清代吳長元《宸垣識略》卷十五：「十方普覺寺，俗稱臥佛寺。唐時建，在唐名兜率，元名昭孝，名洪慶，明曰永安，殿前娑羅樹二，來自西域。相傳建寺時所植，今大三圍矣。後殿銅臥佛一，明憲宗時造。又小殿，內香檀臥佛一，唐貞觀年造，已無。本朝世宗（雍正）賜今名，有御制碑，又今上（乾隆）御書聯額。」

青崖和尚：僧元日，字青崖，江蘇鹽城人，俗姓丁。七歲時即超然有出世之想，父母奇之。旋圓具於金陵寶華山。後又遍訪虎丘、天臺、靈隱諸山，參詢尊宿。康熙五十五年（1716），應山陽士坤之請，出任鳳谷村東林院主講，凡四年。雍正十二年（1734），世宗召見，青崖應對塵旨，帝大悅，遂賜紫衣四襲，及寶盂、玉如意等物。高宗即位，復召至京，奉旨開發西山（萬壽山）。遂住錫壽安山十方普覺寺。乾隆八年（1743），乾隆曾賜青崖七律一首。十一年（1746）閏三月示寂，乾隆命葬於壽安山。嗣法弟子二十六人，度名者以萬計。焦忠祖等《阜寧縣新志》卷十有載。乾隆元年（1736）板橋與之訂交。

晴嵐，張若靄（1713—1746）：字，一作景采，安徽桐城人。相國廷玉子。雍正十一年傳臚，乾隆間官至禮部尚書，襲伯爵。以書畫供奉內廷。一日，太后出方寸玉佩，命作《心經》，競日書就。擅山水、花鳥，得王穀祥、周之冕遺意。著有《晴嵐詩存》。

虛亭，鄂容安：字休如，號虛亭，姓西林覺羅氏，滿州鑲藍旗人。大學士鄂爾泰長子。雍正十一年進士，襲三等襄勤伯。乾隆初授編修、侍讀，五年授詹事府詹事，八年授國子監祭酒。後歷任侍郎、巡撫、兩江總督等職。書學歐顏，筆力峻拔，瘦硬通神。嘗於雲南嵩明州海潮寺書「海暗雲無葉，山寒雪有花」楹帖。後在新疆阿睦爾撒納叛亂中戰死。謚剛烈。

◇又作〈寄青崖和尚〉詩。

◇訪法海寺仁公，作〈法海寺訪仁公〉詩。

法海寺：清吳長元《宸垣識略》卷十五云：「法海寺、法華寺在萬安山（今北京西郊門頭溝附近），二寺前後互相連屬，相傳為弘教寺遺址。本朝順治十七年修建，改今名。有御書聯額。」

仁公：京西甕山法海寺方丈，詩僧。字仁化，號二憨，俗姓馬。浙江奉化人。二十三歲出家普陀法華洞，次年於西湖昭慶律寺受具足戒。雍正十一年（1733），雍正恩賜紫衣、缽、杖、如意等，敕主法海寺，凡十年之久。後乾隆亦賜紫衣，命主拈花寺，二十五年（1760）示寂於報恩院。世壽六十五歲。僧臘四十三，弟子於南屏山蓮花峰下建塔葬其遺骸。詳見梁同書《賜紫沙門乾公塔銘》。乾隆元年（1736）板橋與之訂交。板橋又評價仁公「湛深經典，談吐雋妙，悲天憫人，德行均好。」（《焦山別峰庵與徐宗于》）

◇又作〈同起林上人重訪仁公〉詩。

起林上人：京西甕山寺詩僧。是年，板橋曾與他擁衾夜吟，通宵達旦。夜聽秋蟲，晨起看山。饑餐野果，渴飲山泉，一派雅人深致。板橋曾作〈同起林上人重訪仁公〉詩。

◇作〈山中夜坐再陪起上人作〉詩。

◇訪圖牧山，作〈贈圖牧山〉詩。

圖牧山：圖清格，號牧山。滿洲人。書畫家。官大同知府。有孝行。字作鐘鼎、蝌蚪文；山水學石濤；以草書寫菊，獨辟溪徑；竹石、蟲鳥、花卉超逸有趣。

◇又作〈又贈牧山〉詩。

◇作〈宿光明殿贈婁真人諱近垣〉詩。

光明殿：即大光明殿。清吳長元《宸垣識略》卷四云：「大光明殿在永佑廟西光明殿胡同，明萬壽宮地，嘉靖中建。本朝雍正、乾隆年間，兩次重修，有今上御書匾聯。內兩旁有三星、三元、慈佑、慈濟四殿及後方丈，為乾隆唧按添建，有御制詩。光明殿地極敞豁，門曰登豐。前為圓殿，高十數丈，題曰大光明殿。中為太極殿。後有香閣，題曰天元閣。皆覆黃瓦，下列文石花礎作龍尾道，丹楹金飾，龍繞其上，白石陛三重，中設七寶雲龍牌位，以祀上帝。相傳明世宗與陶真人講內丹於此，又稱大都元。今仍設內監道士守之。」

婁真人：光明殿道士。字近垣，江西人。召入京師，居光明殿。曾用符水治好雍正的病。雍正九年（1731）被御封為「妙正真人」，並賜「四品龍虎山提點，司欽安殿住持」。乾隆元年（1736），又被御封為「通議大夫」。一時聲傳儒釋，名震朝野。年九十餘卒。著有《龍虎山志》十六卷，《黃籙科儀》十二卷，《太極靈寶祭煉科儀》二卷，板橋宿光明殿，並為之題詩寫蘭。

◇為婁真人畫蘭並作跋識。

◇本年授官無望，與同鄉任陳晉同入蒲州督學崔紀文幕。

◇六至八月，李鱓寓京師，於西山臥佛寺作《雜花冊》十二頁；於宣武門外古槐賓館作《花鳥冊》八頁。

◇八月，金農受歸安令裘思芹及學政薦舉，入都應博學鴻詞科選，未中；十月，南歸過山東，作〈謁孔廟長歌〉等。

◇黃慎作〈丙辰攜家南歸〉詩。除夕前，寓虔州張露溪知縣署衙。

◇四月，李方膺系獄青州；五月，王士俊獲罪，奉詔出獄，官復原職；十月，作《桃李春風圖》軸、《枇杷晚翠圖》軸、《百花呈瑞圖》軸。

◇盧見曾任兩淮鹽運都轉運，至揚州，旋被彈劾。

◇高鳳翰因盧見曾案也被彈劾。

◇安徽巡撫趙國麟薦舉吳敬梓應博學鴻詞試，敬梓稱病不赴。

◇揚州重建平山堂。

平山堂：位於揚州瘦西湖蜀岡法淨寺（古大明寺遺址）內。北宋慶曆八年（1048）郡守歐陽修所建，因南望隔江諸山皆與堂平，故名。康熙年間重修，建國後屢加修葺。堂為敞開廳，面闊五間，進深三間。與寺內六一祠、平遠樓、天下第五泉及唐高僧鑒真紀念堂等，同為著名遊覽地。清咸豐進士薛時雨題平山堂聯：「幾堆江上畫圖山，繁華自昔。試看奢如大業，令人訕笑令人悲哀。應有些逸興雅懷，才領得廿四橋頭簫聲月色；一派竹西歌吹路，傳頌於今。必須才似廬陵，方可遨遊方可嘯詠。切莫是穠花濁酒，便當了六一翁後餘韻風流。」

◇六月，廷禁私造鳥槍。

◇是年規定，內外簾官子弟另編座號考試，另派大臣閱卷。題目和錄取均由皇帝欽定。

◇九月，廷試博學鴻詞科取十五人。

乾隆二年丁巳（1737）　四十五歲

◇正月初七，作行書《道情十首》卷，贈西峰老賢弟。

◇二月十五日，為在茲作行書扇面。

◇暮春初日，為劉燕廷治「劉氏燕廷」印並附邊款二則。

◇作〈贈胡天游弟〉詩。

胡天游（1696—1758）：文學家。一名騤，字稚威，號雲持，浙江山陰（今紹興）人。少聰慧，性好讀。雍正間兩舉副榜，乾隆間應博學鴻詞試，因病未終場。每稠人廣座間，援筆數千言，落紙如飛。工駢文，詩有奇氣，文頗險澀。卒於蒲州客中。著有《石笥山房文集》。

◇南歸，途經德州，復題雍正三年為送大中丞孫丈予告歸里所作《盆蘭圖》。

◇高郵知州傅椿駕舟至興化來訪，酒後作〈贈高郵傅明府，並示王君廷瀠傅諱椿〉詩以贈。

◇乳母卒，作〈乳母詩〉。

◇復得程羽宸資助，納饒氏為側室。旋住揚州李氏小園。

◇作尺牘〈枝上村答姜七〉。

枝上村：李斗《揚州畫舫錄》卷四云：「天寧寺西園下院也。在寺西側，今歸御花園。舊有晉樹二株。門與寺齊。入門竹徑逶迤，花瓦牆周圍數十丈。中為大殿，旁建六方亭於兩樹間。名曰『晉樹亭』。為徐葆光所書。南構彈指閣三楹。三間五架。制極規矩。閣中貯圖書玩好，皆稀世珍。閣外竹樹，疏密相間，鶴二。往來閒逸。閣後竹籬，籬外修竹參天，斷絕人路。僧文思居之。」

◇作尺牘〈枝上村再答姜七〉。

◇作尺牘〈枝上村寄金壽門〉。

◇作尺牘〈枝上村寄米舊山〉。

◇冬日，在揚州與同窗顧萬峰相遇，酒後於風雪中同至廣儲門外史公墓憑弔，並訪城中董子祠。

史公墓：在揚州市廣儲門外梅花嶺右。史可法（1602—1645），明末抗清名將。河南祥符（今開封）人。字憲之，號道鄰。崇禎進士。初任西安府推官，後由漕運總督、鳳陽巡撫升任南京兵部尚書。崇禎十七年（1644），李自成滅明朝，他在南京擁立福王（弘光帝），加東閣大學士，入閣參政。因馬士英等不願他當國，以督師為名，使守揚州。清軍南下，揚州城被破，他被清軍所執，後而殉難。有《史忠正公集》。因史可法遺體未能找到，其養子史德威便把其父穿戴過的衣冠葬此。以後，揚州人民又於乾隆三十七年（1772）建祠堂紀念。祠堂和墓塚相連，通稱史公祠。

◇春，汪士慎遊揚州保障湖、鐵佛寺、西山諸名勝。

◇夏，李鱓在都門寓齋為考堂書聯；後為山東臨淄縣令。

◇金農病目。

◇高翔五十歲生日，汪士慎與馬氏兄弟賦詩相賀。

◇盧見曾罷官。

◇邊壽民新築葦間書屋成。

◇高鳳翰罷官，右手病廢，寓揚州長壽庵。自號「丁巳殘人」。

◇三月，葬雍正帝於泰陵。

◇帝冊立富察氏為后。

◇帝封烏喇那拉氏為嫻妃。

◇廷補舉博學鴻詞科，取一等一人，二等三人。

◇廷命江西開爐鑄錢。

乾隆三年戊午（1738）　四十六歲

◇小春月，錄蘇軾文。

◇八月廿四日，為又老年兄作六分半書七言聯。

◇中秋後二日書作蘇軾《題虢國夫人夜遊圖》。

◇十月，作行書《種菜歌為常公延齡作》為蒼谷常老先生題照。

蒼谷常老先生：《國朝耆獻類征‧隱逸》云：「懷遠侯常延齡，字喬若，號蒼谷，開平（明開國功臣常遇春封開平王）十二世（《明史》作十世）孫。有大志，襲封，官錦衣（即錦衣衛：原為護衛皇宮的親軍，掌管皇帝出入儀仗。後兼管刑獄，賦予巡察緝捕權力。）指揮。遇事敢言，宗禎中疏陳時政，凡十二上，帝為嘉納。……福王立，馬士英薦舉阮大鉞，……應天府丞郭維等具疏劾之。不報，即掛冠去。乙酉後，與妻等偕恍金陵湖塾，種菜為生，晏如也。歿後無以殮，友人酬金葬之雨花臺側。」

◇晏斯盛　駐節江寧，作〈上江南大方伯晏老夫子諱斯盛〉七律四首。

晏斯盛：字虞際，號一齋，江西新喻人。康熙六十年（1721）進士，改庶起士，雍正、乾隆間歷官翰林院檢討、貴州學政、鴻臚寺少卿、安徽布政使及山東、湖北巡撫等職。史稱其「究心民事，屢陳救濟、民食諸疏。」有《楚蒙山房集》。

◇與金農先後遊廣陵。

◇題高鳳翰《披褐圖》。

◇十月，李鱓調任山東滕縣令。

◇除夕，金農寓滕王閣。

◇欽定《唐宋文醇》成，五十八卷。

◇為鼓勵臺灣士子來京會試，特定十人以上即取一名。

乾隆四年己未（1739）　四十七歲

◇書作〈金縷曲〉詞。

◇夏日，為祖師母大人五十千秋作設色《桃樹直幀圖》。

◇六月廿二日，書作〈岣嶁碑〉文。

岣嶁碑：原刻位於湖南長沙南嶽衡山岣嶁峰，故稱「岣嶁碑」，原跡已無存。相傳此碑為頌揚夏禹遺跡，亦稱「禹碑」、「禹王碑」、「大禹功德碑」。

關於岣嶁碑的記載，最早見於東漢羅含的《湘中記》、趙曄的《吳越春秋》。其後，酈道元《水經注》、徐靈期《南嶽記》、王象之《輿地記勝》等均有記述。岣嶁碑文凡七十七個字，九行。第一至八行每行九個字，最末一行五個字。

南宋嘉定五年（1212）何致遊南嶽時，臨拓全文復刻於長沙嶽麓山雲麓峰。明代長沙太守潘鎰於嶽麓山找到此碑，傳拓各地，自此岣嶁碑名聞於世。明嘉靖三十年（1551年）長沙太守張西銘建立護碑亭。明崇禎三年（1630）兵道石維岳重修亭台，增建石欄。後來，張碧泉將《岣嶁碑》文拓片帶回雲南，刻於安寧縣城東洛陽山上法華寺石壁，世稱摩崖石刻。明嘉靖二十年（1541）紹興知府張明道據嶽麓書院拓本摹勒於此，為碑刻。四川明泉縣（今北川縣禹里羌族鄉）九龍山禹廟碑亭內為碑刻，立於一五六一年。明神宗萬曆三十二年（1609）二月，吏部左侍郎楊時喬刻於江蘇南京棲霞山天開岩側，為摩崖石刻；明萬曆年間，刻於河南汲縣。清康熙年間，周召南、丁司孔重修。碑二側增有明代刑部劉汝南「誇神禹碑歌」、清代歐陽正煥「大觀」石刻；毛會建於西安府學及歸德府署先後翻刻禹王碑。民國廿四年（1935）周翰重修，並增刻「禹碑」額。中華人民共和國成立後，被列為湖南省重點文物保護單位。

◇十月廿日，作〈送都轉運盧公諱見曾〉七律四首。

都轉運：官名。始置於元代，設於產鹽各省區。明清相沿，全稱為「都轉鹽運使司鹽運使」。簡稱「鹽運使」、「都轉運」。其下設有運同、運副、運判、提舉等官，有的地方則設「鹽法道」，其長官為道員。係朝廷派遣到重要產鹽區的管理鹽務的長官。這些長官往往兼都察院的鹽課御史，故又稱「巡鹽御史」。他們不僅管理鹽務，有的還兼為宮廷採辦貴重物品，偵察社會治安，是當時能夠大量搜刮民脂民膏的一個機構。

◇十一月五日，作六分半書《李葂絕句》方幅。

六分半書：隸書，秦代稱「左書」、「史書」。魏晉時稱「楷書」。史稱有波磔的隸書為「八分」，李玉棻《甌鉢羅室書畫過目考》說板橋「法《瘞鶴銘》而兼黃魯直，合其意為分書。」《瘞鶴銘》傳為梁代茅山道士陶弘景的手跡，黃庭堅稱其為楷書之祖。板橋以楷、隸為主，雜入行、篆、草，且以畫意入書，獨創了「隸架楷骨行意篆格草神」的「板橋體」，自稱「六分半書」、「破格書」。書家譽稱「亂石鋪街」、「浪裡插篙」、「搖波駐節」、「醉漢夜歸」、「雨夾雪」、「漫書」等。「如雪柏風松，挺然而秀出於風塵之表。」（鄭方坤《鄭燮小傳》）「如老翁拄杖，小孫牽袂；少男房肆，少女含羞；急者搶道，徐者閃讓；壯者擔物，弱者隨行……」

◇春日，汪士慎為釆赤作《梅花圖》。是年，左目失明。

◇李鱓於滕縣任上作《夏天百祿圖》、《花石竹雀圖》及《古藤黃鳥圖》。

◇李方膺父卒，旋返通州服喪。

◇高鳳翰誣訟事息。

◇袁枚登進士。

◇華亭姚氏松精讀書堂刻本《李義山詩集箋注》成，十六卷，姚培謙箋。

◇是年，《明史》刊行。武英殿本《二十四史》刻成。

◇帝大閱兵於京郊南苑。

乾隆五年庚申（1740） 四十八歲

◇四至六月，於揚州枝上村為黃慎《山水冊》（十二開）題跋。

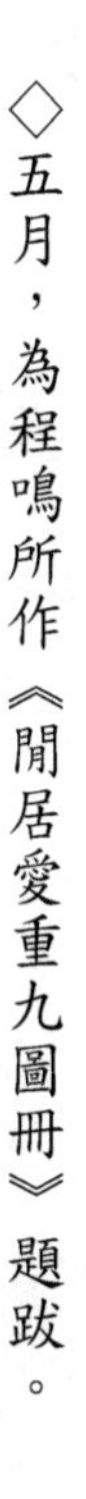

◇五月，為程鳴所作《閒居愛重九圖冊》題跋。

程鳴：清畫家。字友聲，號松門，安徽歙縣人。乾隆間諸生。山水學苦瓜和尚，又參以垢道人。每以禿毫渴筆，運以中鋒，純以畫法成之。不加渲染，自然沉鬱蒼渾，蒼雅可鑒。詩出王士禎之門。與陳撰、方士庶、厲鶚等結為詩畫友。

◇六月十八日，為秉鈞年長翁做行書節錄懷素《自敘帖》軸。

◇題高鳳翰、葉芳林、張珩《雅雨山人出塞圖》長卷。

◇六月廿二日，為圖清格《蘭石》條幅題跋。

◇九月初一日，序揚州董偉業〈揚州竹枝詞〉。

董偉業：字恥夫，號愛江，瀋陽人。流寓甘泉。狂簡自喜，嫉時俗之薄，作《揚州竹枝詞》九十九首。阮元《廣陵詩事》卷四云：「板橋為之序。時江都令某，耳其名，欲一見不可得，強致之，愛江則衣短衫，不言而便溺，令深銜之。適新商賓宦交結官吏者訴之，竟遭笞。笞時，令謂之曰：『恥夫遭恥辱，』董仰視笑曰：『竹板打竹枝』。時人傳之，令亦愧悔。」

◇九秋，飲牛四長兄過予寓齋，檢家中舊幅《蘭竹石圖》奉贈。

◇十一月十二日，於揚州作《芝蘭圖》並題識。

◇在金農寓所，與沈心訂交。

沈心：文學家。字房仲，號松皐，一作松皋，浙江仁和（今杭州）諸生。性落拓，精篆刻，早年跟隨查慎行遊。山水宗黃公望，幽深古雅。旁及星遁、蔔筮、脈訣、葬經，無不洞曉，而尤精於詩。著《弧石山房集》。《印人傳》、《讀畫隨筆》、《杭郡詩輯》、《畫家知希錄》等。

◇二月三日，汪士慎邀諸友室中小飲，並作七律七首。

◇二月，李鱓被罷滕縣令。

◇黃慎寓汀州府署之清友亭，為知府王相作詩、畫合冊，其中：詩35首，山水畫12幀。

◇李方膺撰《山東水利管窺略》付刻。

◇春日，高鳳翰與盧見曾同至鄧尉觀梅，賦觀梅七絕十二首；秋日，為蘇州萬年橋書作九百四十字；北還之先，賦〈三君詠〉；是年，作〈憶鄭板橋〉詩，且自編詩集《鴻雪集》成書。

◇廷頒《大清律例》法典。

乾隆六年辛酉（1741）　四十九歲

◇九月，奉吏部之召，入都候補官缺。

◇入都前，作〈逢客入都寄勖宗上人口號〉詩。

勖宗上人：京西甕山寺僧。

◇入都途中，作家書〈淮安舟中寄舍弟墨〉。

◇在京期間，深受慎郡王允禧的禮誠款待。

◇新秋，為四叔父書大人作〈上江南大方伯晏老夫子諱斯盛〉詩軸。

◇約於此時，作〈山中臥雪呈青崖老人〉詩。

◇高翔為汪士慎繪《煎茶圖》，諸友題詠；仲冬作《蒼松偃蹇圖》。

◇汪士慎作《才有梅花便風雨圖》。

◇七月，李鱓寓山東曆下，作《喜上眉梢圖》。

◇九月，李方膺於半壁樓作《盆菊圖》；十月，作《牡丹圖》。

◇二月，廷頒「欽定」《四書》於官學。

◇六月，重修居庸關及直隸邊牆。

居庸關：位於北京市昌平縣西北部。舊稱軍都關、薊門關。長城要口之一，控軍都山隘到中樞。古九塞之一。今關為明洪武元年（1638）建，與紫荊、倒馬合稱「內三關」。名取「徙居庸徒」之意。形勢險要，向為交通要衝。京包鐵路經此。兩旁翠峰重疊，林木鬱茂蔥蒼，有「居庸疊翠」之稱。舊為「燕京八景」之一。

乾隆七年壬戌（1742）　五十歲

◇春，為范縣令，兼署朝城縣。

范縣：在河南省東北部，鄰接山東省，南瀕黃河。顓頊氏故墟。夏屬昆吾，春秋為晉邑，漢初置縣。北齊文宣天寶元年（550）撤銷，隋文帝開皇十六年（596）復設。唐高祖武德二年（619），范縣改為范州，武德五年（622）州廢，復改為縣。原屬山東省，1964年劃歸河南省。

朝城縣：舊縣名。唐開元七年（719）改武聖縣，治所在今山東省莘縣西南朝城。唐天祐三年（906）改為武陽縣。五代後唐又復為朝城縣。1953年與觀城縣合併為觀朝縣。1956年被撤，劃歸范縣、莘縣和壽張縣（壽張縣於1964年分別劃歸陽谷縣和河南省范縣），今廢為鎮。

◇將之任，作〈將之范縣拜辭紫瓊崖主人〉詩。

◇初到任，命衙中皂隸將縣衙官署之牆壁鑿孔百餘，與街市相通，以「出前官惡習俗氣耳。」

◇春，為程振凡作《蘭竹圖》卷並題識。

程振凡：篆刻家。名鐸，字振凡，江蘇江陰人。諸生。精天文、勾股、篆籀之學。

◇為龍眠主人書作劉禹錫〈奉送浙西李僕射相公赴鎮〉詩。

◇為贊老年學兄書作元代呂鯤七絕〈夏日道中〉詩。

◇六月廿五日，為允禧《隨獵詩草》、《花間堂詩草》撰跋。

◇作〈與紫瓊崖主人書〉。

◇始訂並手寫《詩鈔》、《詞鈔》，由門人司徒文膏雕版。

◇作〈前刻詩序〉。

◇於范縣與蓮峰訂交。

蓮峰：江蘇蘇州怡賢禪寺僧。名超源，字蓮峰，俗姓洪，浙江仁和人。康熙四十五年（1706），十六歲出家，受戒於山西忻州圓照寺。入靈峰山，師從警修大師習台賢宗旨。詣京師檢藏怡園。六十一年（1722）住錫揚州府興化時思寺。雍正四年（1726）住錫山西高平開化禪寺，八年（1730）南歸，旋蒙世宗憲皇帝召入都。十三年（1735）賜紫衣，擢明道正覺禪師法嗣，賜御書「宗門正脈」，囑咐卷、杖鉢、佛塵、如意等物。七月，特命南旋，住錫蘇州怡賢禪寺。十餘年中，主淮陰之湛真、吳江之萬壽，俱綜理有法，道俗咸欽服焉。乾隆十年（1745）四月二十日，集大眾年佛畢，書偈曰：「今年過六九，金毛顛倒走。撞死兩泥牛，笑破虛空口。」端坐而逝。世壽五十有五，僧臘四十。有語錄若干集，嗣孫實堅編源工詩，與程嗣立、蔡寅斗友善。草書法懷素，畫亦高超。著《未篩集》，蔡寅斗序，其徒明印編印。清人陸肇域、任兆麟《虎阜志》卷八、清僧震華《興化佛教通志》、清僧達珍之《正源略集》等均有記載。乾隆七年（1742），板橋與之於山東范縣訂交。

◇高翔於小玲瓏山館誦《雨中集字懷人》一百二十首；六月十九日，與汪士慎等集寒木山房瞻禮觀音畫像。

◇六月，黃慎於芙蓉草堂作《雪騎探梅圖》；十二月，於連城作《呂洞賓圖》。

◇六月，李方膺為新修之《莒州志》作序，並遣人送至莒州知州彭甲聲處。十月，在通州與丁有煜謀舉「滄洲畫會」，未果；十一月，於梅花樓作《松樹圖》軸，並鈐「滄洲大會」印。

◇九月，李鱓於滕縣見月草堂作《蕉陰睡鵝圖》。

◇四月，華嵒作《桂樹綬帶圖》。

◇廷設樂部。

乾隆八年癸亥（1743）　五十一歲

◇暮春之初，與金農、杭世駿、厲鶚文宴於揚州馬氏小玲瓏山館。馬氏分贈馬四娘畫眉螺黛、太子坊紙、宋元古硯；昆季設宴，金農、杭世駿詠詩，厲鶚撫琴，板橋畫竹。

◇作《墨竹》長卷，並錄鄭所南墨竹卷後元、明、清名人題跋。

鄭所南：即鄭思肖（1241—1318）。南宋詩人、畫家。字憶翁，又號三外野人。連江（今屬福建福州）人。曾乙太學生應博學鴻詞試。宋亡，隱居蘇州。扁其室曰本穴世界，以「本」字之「十」置「穴」中，即大宋。坐臥必南向，自號所南。以示不忘宋室。善寫墨蘭，多花葉蕭疏，不畫土、根，寓趙宋淪亡之意。兼工墨竹，多寫蒼煙半抹、斜月數竿之景。詩也表現出懷念宋室的感情。有《一百二十圖詩集》、《鄭所南先生詩集》等。又有《心史》，或疑為後人偽託。存世畫跡有《國香圖卷》、《竹卷》等。

◇六月八日，為載臣先生書《道情十首》卷。

◇七月十八日，作破格書跋臨王羲之《蘭亭敘》。

◇《道情十首》改定付梓，刻者司徒文膏。

◇作家書〈范縣署中寄舍弟墨〉。

◇作〈止足〉詩。

◇作〈櫻筍廚〉。

◇作家書〈范縣署中寄四弟墨〉。

◇金農在揚州畫燈賣燈，曾托袁枚在金陵代售，被袁婉拒；九月，全祖望至揚州，作〈冬心先生賣燈記〉。

◇四月，黃慎於永安作《蘇武牧羊圖》；六月，於寧化作《三仙煉丹圖》。

◇後四月，李方膺作《鯽魚貫柳圖》。

◇重九日，高翔與汪士慎登文選樓並合作《梅花紙帳》巨制。

◇重九日，馬曰琯、馬曰璐兄弟於揚州天寧寺馬氏行庵舉行文宴，參加者有全祖望、厲鶚、程夢星及馬氏兄弟共十六人，因高翔與汪士慎登文選樓，故未得與。

◇二月，杭世駿在考選御史對策中，因主張「意見不可先設，畛域不可太分」、「天下巡撫漢滿參半」，遂被革職；後在杭州與金農、丁敬等結詩社。

◇《重訂李義山詩集箋注》成，四卷，清朱鶴齡注，程夢星刪補，東柯草堂校刻本。

◇官修地理總志《大清一統志》初成，三百四十二卷。歷時五十八年。

《大清一統志》：官修地方總志。從康熙二十五年（1686）開始，前後歷經三次編輯：初次於是年成書，三百四十二卷；第二次於乾隆四十九年（1784）成書，五百卷；第三次於道光二十二年（1842）成書，五百六十卷，是志因始於嘉慶年間，且以纂至嘉慶二十五年（1820）為限，故名《嘉慶重修一統志》。首為京師，下分直隸、盛京、江蘇、安徽、山西、山東、河南、陝西、甘肅、浙江、江西、湖北、湖南、四川、福建、廣東、廣西、雲南、貴州、新疆、烏里雅蘇台、蒙古二十二統部和青海、西藏等地區。每省均有圖、表，繼以總敘，再按府、直隸廳、州分卷，列有疆域、分野、建置沿革、形勢、風俗、城池、學校、戶口、田賦、山川、古蹟、關隘、津梁、堤堰、陵墓、寺觀、名宦、人物、流寓、列女、仙釋、土產等二十五目。內容豐富，考訂精詳，是一部比較完善的全國性地志，為研究中國歷史地理的重要參考書。

◇廷制定闕里「聖廟樂章」，頒發曲阜及天下學宮。

乾隆九年甲子（1744）　五十二歲

◇作家書〈范縣署中寄舍弟墨第二書〉。

◇六月十五日，作家書〈范縣署中寄舍弟墨第三書〉。

◇建子月書作古代民謠。

◇作家書〈范縣署中寄舍弟墨第四書〉。

◇作〈范縣詩〉。

◇作〈登范縣城東樓〉詩。

◇作〈送陳坤秀才入都〉詩。

陳坤：雲南人，因事入都，由侯嘉璠介紹，取道范縣拜訪板橋。板橋有感，臨行相贈此詩。

◇作〈音布〉詩。

音布：《熙朝雅頌集》卷四十云：「故友音布聞遠，又自號雙峰居士。工書嗜酒，往往不與人書。其所善，雖弗請，亦與也。以故多所不合，竟以諸生老。板橋鄭燮為長歌以哀之，詞旨悲愴。余深慨夫故舊之淪亡也，為作是歌。……」（伊福納詩序）。

◇作〈懷揚州舊居即李氏小園，賣花翁汪髯所築〉詩。

◇作〈二生詩宋緯、劉連登，范縣秀才〉。

◇妾饒氏生子。

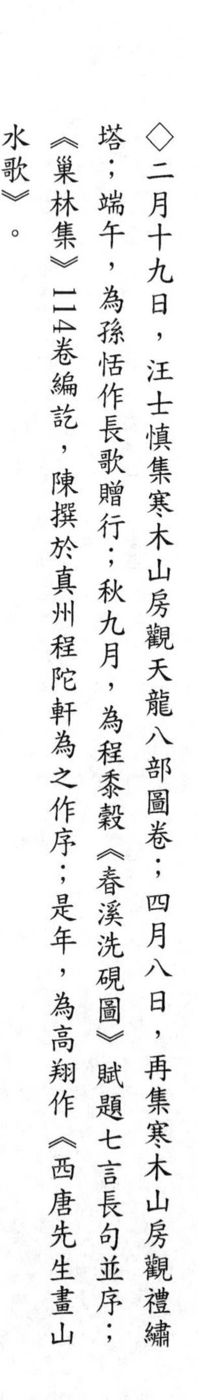

◇二月十九日，汪士慎集寒木山房觀天龍八部圖卷；四月八日，再集寒木山房觀禮繡塔；端午，為孫恬作長歌贈行；秋九月，為程黍穀《春溪洗硯圖》賦題七言長句並序；《巢林集》114卷編訖，陳撰於真州程陀軒為之作序；是年，為高翔作《西唐先生畫山水歌》。

◇十月，李鱓於崇川寓齋作《紅孩映雪圖》。

◇三至十月，黃慎客居福州賣畫；為友人寧愚川作《飯牛圖》並題記。

◇是年，高翔作《彈指閣圖》。（彈指閣係僧文思之居）

◇十月，李方膺於梅花樓作《竹石圖》。

◇盧見曾自塞外赦還。

◇張照、梁詩正等奉詔編撰《石渠寶笈》。

《石渠寶笈》：中國書畫著錄書。乾隆九年（1744），帝命張照、梁思正等編撰。成於次年。四十四卷。著錄當時內府所藏歷代書畫真跡。依貯藏之所，各分書冊、畫冊、書畫合冊、書卷、畫卷、書畫合卷、書軸、畫軸、書畫合軸九類，每類又分上、下兩等，於每一書畫真跡，皆詳載其紙絹、尺寸、款識、印記、題詠和跋尾等項。續編有乾隆五十六年（1791）阮元等《石渠寶笈重編》，八十八冊；嘉慶二十年（1815）英和等《石渠寶笈三編》，一百零八冊。

◇帝御書圓明園四十景。

乾隆十年乙丑（1745）　五十三歲

◇春，作臨王羲之《蘭亭敘》。

◇二月廿四日，與復堂合題循九王像。

◇八月，為曉堂賢友作《蘭石圖》並題識。

◇作〈范縣呈姚太守諱興滇〉詩。

姚興滇：周尚質等《曹州府志》云：姚「字介石，安徽桐城人。乾隆五年（1740）至十二年（1747）任曹州知府。」

◇作〈姑惡〉詩。

姑惡：鳥名。即「苦惡鳥」。蘇軾〈五禽言〉第五詠姑惡自注：「姑惡，水鳥也。俗云婦以姑虐死，故其聲云。」陸遊〈夏夜舟中聞水鳥聲〉詩：「君聽姑惡聲，無乃遺婦魂。」此四句出自蘇軾〈五禽言〉詩。

◇作〈江七姜七名昱、名文載〉詩。

江昱：《國朝耆獻類征•經學》云：江「字賓谷，一字松泉，祖居歙縣，後遷揚州儀征。久困科場，嗜學安貧。工詩文，精於金石，著有《尚書私學》、《韻歧》、《瀟湘聽雨錄》等。」久居揚州，為板橋文友，板橋官濰時有《與江賓谷、江禹九書》。

姜文載：《如皋志•列傳》：「姜文載，字命車，號西堤。天姿雋上，年未冠淹通經史。好為詩，嗜畫，工書，……畫無師承，臻神品，生平濡墨染毫，皆飄飄有凌雲氣。享年不永，三十而歿。」

◇作〈署中示舍弟墨〉詩。

◇作家書〈范縣署中寄舍弟墨第五書〉。

◇作〈懷李三鱓〉詩。

◇福國和尚至范見訪，作〈破衲為從祖福國上人作〉詩。

福國：振華《興化佛教通志》卷二云：「成傳，字福國，興化人，鄭板橋從祖。年十六投泰州如來庵雨文大師剃染，十九詣華山受具，參濟生和尚于揚之福緣。一夕聞香板聲豁然桶底脫落，乃曰：『擊碎疑團見古人，而今不用更參詢。頭頭盡是西來意，法法全彰淨妙身。』濟頷之，出住泰州龍珠。謝事後步禮五台，回道經趙州古柏林寺，即趙州答庭前柏樹子處。檀信一見有緣，堅挽開堂，遂受請進院，自此芳名藹著。莊親王、劉大人奉旨重新其院，後南旋為濟祖編語錄，適晉陵華祝虛習，眾坤以師補之。未幾，復移福庵報國恩也。晚歲退休於邗上圓通庵。乾隆己巳春示寂，壽六十，有語錄一卷。」

◇又作〈揚州福國和尚至范賦二詩贈行〉詩。

◇冬日，范縣卸任，送饒氏母子返興化。

◇作〈滿庭芳・村居〉詞。

◇在興化，題李鱓六十歲之前為退庵禪師四十壽作《枯木竹石圖》。

◇十二月，遊揚州東郭，見李萌《歲朝圖》，遂購之。裝裱後題句。

◇作《竹圖》並題識。

◇作《梅蘭竹石》四條屏並題識。

◇上元日，高翔作《鶴城春望圖》；又以八分書為已故友人朱冕（老匏）作〈歸老匏先生墓碣〉詩。

◇上春三日，汪士慎為沈惠堂五十生日賦詩慶賀。

◇盧見曾擢升永平府知府，李鱓作詩寄之。

◇四月十五日，李方膺作《風松圖》；端陽前二日，作《風雨鍾馗圖》；歲除前二日，於梅花樓作《松樹圖》。

◇高鳳翰《歸雲集》成書，始號「歸雲老人」。

◇金農於蘇州予樓作《魯峻碑》跋。

◇《石渠寶笈》成書，四十四卷，輯錄當時宮廷所藏書畫。

◇改會試於三月進行。

◇帝進烏喇那拉氏為貴妃。

◇帝冊魏佳氏為令嬪。

乾隆十一年丙寅（1746）　五十四歲

◇自范縣調署濰縣。

濰縣：隋開皇十六年（596）置濰州，治所在下密縣（今山東濰坊市西）。大業三年（607）廢。唐武德二年（619）復置，治所在北海縣（今濰坊市），八年（625）廢。北宋乾德三年（965）復置。明洪武九年（1376）降為縣。濰縣縣衙二門於民國年間重修。向裡

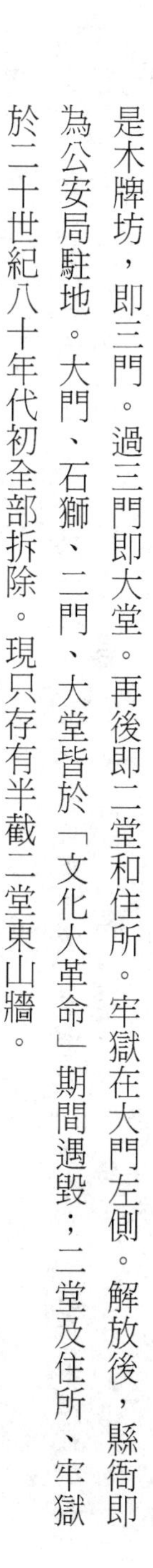

是木牌坊，即三門。過三門即大堂。再後即二堂和住所。牢獄在大門左側。解放後，縣衙即為公安局駐地。大門、石獅、二門、大堂皆於「文化大革命」期間遇毀；二堂及住所、牢獄於二十世紀八十年代初全部拆除。現只存有半截二堂東山牆。

◇一月七日，為顏懋僑作《蕉園集序》。

顏懋僑：字幼客，顏肇維次子，山東曲阜人。博聞強記，早有詩名。因陪同皇帝祭祀先師孔子而授恩貢，充萬善殿教習。寶嗇齋二十三王見到他後稱讚說：「久聞詩人顏幼客，今乃得見耶！」乾隆七年（1741）冬受詔進宮面試，所答均稱皇帝心意，期滿授觀城教諭。曾主修孔子廟，嚴格祭祀活動，依據文書記載訂正頒發祭肉的標準，將被民間侵佔的學田及供養貧寒士子的義田恢復其原制。丁父憂歸鄉。著有《蕉園集》、《西華行集》、《天文管窺》、《摭史奈園集》、《秋莊小識》、《霞城筆記》、《十客樓集》、《半江樓集》《雪浪山房集》、《石鏡齋集》及《九邊形勝阨塞要書》。其父顏肇維，原名顏雍，字肅之，別號漫翁，考充教習，期滿授臨海知縣，廢除里甲闊稅徵米改折之累，甚合民心。考察趙公河故道朱子所作三溝六浦，全都召集民工進行疏通整治，使田地灌溉得以保障，又建築太平橋，另外建築了三處防禦炮臺，建造了九艘戰船，維修了二百餘間空危房屋，對前朝湯信國所築五十九座防備倭寇的城堡進行了大部份維修增高。政績卓著，朝廷三考升其為行人司行人，改禮部儀制司，致仕歸。卒年八十一歲。著有〈鐘水堂詩〉、〈賦莎齋詩〉、〈漫翁編年稿〉及〈太乙樓詩〉等。

◇一月七日，作八分書《武王十四銘》碑：立於大名府東關外。

◇秋九，自濰返揚。與華喦、顏叟、許大等畫友聚於揚州程兆熊之桐華庵合作《桐華庵勝集圖》，華喦題識。

◇十月廿七日，作《竹石圖》奉□亭老寅長兄並題識。

◇是年，魯東大饑，開倉賑貸。

◇大興修築，招遠近饑民赴工就食。

◇饑民出關覓食，作〈逃荒行〉詩。

◇於濰縣署中畫竹呈年伯包大中丞括並題句。

包大中丞括：包括，浙江錢塘人。曾任山東布政使，署理巡撫。中丞：清代對巡撫的稱呼。

◇寄慎郡王書，慎郡王作〈喜得板橋書自濰縣寄到〉七律一首。

◇行部過濰縣城南塋域，下肩輿，尋視碑刻，見於適書藝，擊節稱讚。

行部：漢代制度。刺史常於每年八月間巡行所部，查核官吏治績，稱為行部。《漢書・朱博傳》：「吏民欲言二千石墨綬長吏者，使者行部還，詣治所。」

「於適，書法鐘、王，筆力雄健，嘗書『發育萬物』四字復東嶽廟，邑令鄭燮因事過廟，眾勸其書額，鄭曰：『余字多遜於君』，終不書。故鄭宰濰七年，而東嶽廟無鄭字。今於字邑中流傳殊鮮，或曰：『鄭愛其書，盡搜集之，而本縣因罕見』云。」（《濰縣誌稿》卷四十二）

◇夜出，聞書聲出茅屋，詢知乃貧生韓夢周，即給膏薪助之。

韓夢周（1729—1799）：濰坊市博物館《十笏園石刻資料》云：「韓夢周，字公復，號理堂，東關人，著名理學家。少孤力學。乾隆十一年（1746），鄭板橋來濰任知縣，夜聞理堂讀書聲，異常嘉許，知其貧苦好學，特給膏薪。乾隆十七年（1752）中舉人，二十三年（1758）成進士。三十二年（1767）授安徽來安知縣。」頗有政聲。三十六年（1771）罷歸，遂以設帳授徒為業。著有《理堂集》。

◇正月，汪士慎與管幼孚、吳蔚洲同登文峰寺塔，並用范石湖雨中登安福寺塔韻賦詩，題於管幼孚所繪《文峰塔院圖》上端。是年自號「左盲生。」

◇春月，李鱓醉後於平山草堂作《蕉鵝圖》。（南京藝術學院藏墨蹟）

◇三月廿二日，金農作六十自壽詩；閏三月，參加杭州太守西湖修禊；十二月初八，作漆書一幅。是年始學畫竹。

◇十月，黃慎作《漢鐘離圖》。

◇二月，李方膺於梅花樓作《竹石圖》；春末，赴京謁選，丁有煜為之餞行；四月，過揚州，於杏園作《風翻雷吼圖軸》（故宮博物院藏墨蹟）。是年作《題三代耕田圖》詩四首。

◇李葂受上江學政觀保薦舉，入都應考，被列為一等。

◇三月，廷禁漢人向關外流動。

乾隆十二年丁卯（1747）　五十五歲

◇正月二十三日，作《蘭竹圖》並題識。

◇春旱，民饑，繼續救災。

◇春，與諸同年王文治、郭方儀遊，見田家有感，遂填詞兩首。

王文治：李斗《揚州畫舫錄》卷三云：「字夢樓。丹徒人。乾隆庚辰進士一甲第二名。工詩。尤精書法。城中祠廟，湖上亭榭碑文榜聯多出其手。恒集禊貼字為聯云。」

明放案：此闋詞詞牌係〈滿江紅〉。板橋自注「過橋新格」。

◇八月十四日，作《竹圖》並題識。

◇秋，臨調濟南，協助德保鄉試。作〈濟南試院奉和宮詹德大主師枉贈之作諱保〉。

德保：姓索綽洛氏，字仲容，一字潤亭，號定圃，又號龐村。滿洲正白旗人。乾隆二年（1737）進士、庶起士。乾隆十二年（1747）七月，由侍講學士主山東鄉試。官至禮部尚書。乾隆五十四年（1789）卒，謚文莊。著有《樂賢堂詩鈔》等。

宮詹：即詹事府詹事或少詹。德保官侍講學士，與少詹品級（四品）相當，兼此銜，故稱宮詹。

大主師：謂鄉試主考官。

鎖院：宋代殿試前三日，試官到學士院鎖院，然後陪同考生赴殿對策。明清沿之，但其制略有不同，試官入院後，即封鎖內外門戶，以嚴關防。湯顯祖《牡丹亭・耽試》：「道英雄入彀，恰鎖院進呈時候。」

◇和學使於殿元唱和，作〈和學使者於殿元枉贈之作諱敏中〉。

於敏中（1714—1779）：字叔子，號耐圃，江蘇金壇人。乾隆二年（1737）狀元，授翰林院編修。九年（1744）十二月八日由左中允差山東學政；十二年（1747）十月調任浙江學政；十八年（1753）九月回檔復任山東學政。二十五年（1760）任戶部侍郎兼軍機大臣；三十三年（1768）加太子太保；三十八年（1773）晉文華殿大學士兼戶部尚書。後因廣收地方官員賄賂，事敗，被革職。死後數年，被撤出賢良祠，剝奪子孫世職。著有《國朝宮史》、《素餘堂集》。學使：全稱「都學使者」，亦稱「提督學政」。俗稱「學台」。語出《周禮・春官》：「大司樂掌成均之法，以治建國之學政。」雍正四年（1726）始設，每省一人，按期至所屬各府、廳考試童生和生員；均由侍郎、京堂、翰林、科道及部屬等官由進士出身者簡派，三年一任。不問本人官階大小，任職內皆按欽差待遇，與督都、巡撫平行。光緒三十二年（1906）改設提學使，辛亥革命後廢止。殿元：科舉制度中狀元的別稱之一。因其為殿試一甲第一名而得名。

◇與御史沈椒園酬唱，作〈御史沈椒園先生，新修南池，建少陵書院，並作雜劇侑神，令歲時歌舞以祀沈諱廷芳〉。

沈廷芳（1702—1772）：字畹叔，號椒園。浙江仁和（今杭州）人。乾隆元年（1736）以監生召試「博學鴻詞科」，授翰林院編修，遷河南按察使，以母年老乞退。再補山東按察使。歸時，數千人送至崮山驛。少從方苞遊，詩學查慎行。尤究心經術。著有《隱拙齋集》。南池：錢泳《履園叢話》云：「山東濟寧州城下有南池，因《杜少陵集》有〈與任城許主薄游南池〉詩而得名也。故今東偏小室中，塑一工部像，而以許主薄配之。」御史：即監察御史。官名。隋代始置。唐代御史台分三院，其中監察御史屬察院，掌「分察百僚，巡按郡縣，糾視刑獄，肅整朝儀。」（《唐六典》）品秩低而許可權廣。明清廢御史台設都察院，通掌彈劾及建言，設都御史、副都御史、監察御史。監察御史分道負責，清設十五道。山東道滿漢各二人，掌稽核全省之刑名案件。

◇於濟南鎖院作行書《揚州雜記》卷。

◇十二月於濰縣署中為華口賢友書作劉禹錫七律詩兩首。

◇秋，回鄉探親，過揚州，與汪士慎、李鱓、李方膺合作《花卉圖》並題詩。

◇作〈玉女搖仙佩・寄呈慎郡王〉詞。

◇《蘭竹圖冊》，紙本，水墨，十二開。

◇書作杜甫詩二首。

◇春日，汪士慎應吳蔚洲之邀，同金農、厲樊榭至城東角里草堂看梅，作《梅花通景》屏條；仲夏作《竹石圖》；秋日，聽吳重光彈琴，成五律詩一首。

◇金農為汪援鶉寫《金剛經》一卷，汪刻印千本，散於海外。

◇李方膺復安徽潛山知縣任。

◇紀昀中舉。

◇賦閑草堂刻本《杜詩偶評》成，四卷，沈德潛評。

乾隆十三年戊辰（1748）　五十六歲

◇二月，乾隆奉母東巡泰山，被山東巡撫包括薦為書畫史。

泰山：在山東省中部，綿延起伏於長清、濟南、泰安之間，長約兩百公里。為片麻岩構成的斷塊山地。主峰玉皇頂在泰山市北，海拔一千五百三十二米。古稱東嶽，一稱岱山、岱宗。山峰突兀峻拔，雄偉壯麗。從山腳到山頂，沿途古跡名勝三十多處，有壺天閣、黑龍潭、中天門、南天門、碧霞祠、日觀峰、普照寺等。泰山之尊，主要得益於歷代帝王的封禪。封禪為古代禮儀之最，甚至超過帝王的登基儀式，被稱為「曠世大典」。泰山現為全國重點風景名勝區。一九八七年十二月被聯合國教科文組織列入《世界文化與自然雙遺產名錄》。

◇山東大旱，廷派高斌、劉統勳親督給賑之事。五月至濰，板橋隨行巡視，作《和高相公給賑山東道中喜雨，並五日自壽之作 諱斌，號東軒》。

高斌（1682—1755）：高佳氏，字右文，號東軒，滿洲鑲黃旗人。雍正九年（1731）任河東副總河。十一年（1733）署江南河道總督，十三年（1735）實授。乾隆元年（1736）請設江南河庫道，得准。又奏請淮揚運河口於天妃正月二閘之下相距百餘丈處各建草壩三座。壩下酌建二正石閘，月河二石閘。又於所建二閘尾各建三草壩，層層關鎖收蓄則水準溜緩，可御洪湖異漲，可減運河水勢。他又認為，洪澤湖山盱尾閭的天然南北二壩不可輕開，逼清水全力御黃，高寶諸湖水可循軌入口不至泛溢。六年請改建江都三汊河的瓜儀二河口門，逼水多入儀河便漕鹽運輸。調直隸總督兼管總河印。於永定河上建玲瓏石壩以減泛溢。十年任吏部尚書，仍管直隸水利。不久任協辦大學士，軍機處行走。次年奉命理江南河務。所規劃的黃淮運閘壩設置操作多施行。乾隆十二年（1747）授文淵閣大學士，但仍在江南河道總督任上。十三年（1748）偕左都御史劉統勳入山東賑濟。十八年（1753）黃河決銅山縣張家馬路，同知及守備於工所處斬，縛高斌等赴行刑處，令其目睹。二十年（1755）卒，溢文定。

劉統勳（1699—1773）：山東諸城人。字延清，號爾純。雍正進士，授編修。乾隆時累官至東閣大學士兼軍機大臣。頗能進諫，與劉倫同為高宗所倚任。有「南劉北劉」之稱。曾多次視察黃河、運河河工，均能革除積弊。又充《四庫全書》正總裁，四任會試正考官。著有《劉文正公集》。

◇九月，作〈與江賓谷江禹九書〉。

江禹九：名恂，字禹九。號蔗畦。官蕪湖道。工詩畫，收藏金石書畫，甲於江南。見《揚州畫舫錄》卷。

◇秋末，作《乾隆修城記》。

◇又作《修城記》。

濰縣舊土城：「《濰縣誌稿》卷八云：濰縣城土城創於漢。明正德七年，萊州府推官劉信重修。崇禎十二年，邑令邢國璽以石甃之，紳民各認丈尺，不用衙役督催，聽從民便，不數月而告竣。厥後屢次小修。清乾隆十三年，知縣鄭燮捐貲倡眾大修，不假胥役，修城一千八百餘尺，垛齒城樓表裡完整。合邑坤士州同郭峨等二百四十五人共計捐銀八千七百八十六兩。又各煙店公捐製錢一百二十千文。細冊存案。」

◇書郭峋修城工六十二尺。

◇再作《修城題名碑》。

◇作家書〈濰縣署中寄舍弟墨第一書〉。

◇作家書〈濰縣署中與舍弟墨第二書〉。

◇秋日，汪士慎於寒木山房詠盆蘭，作《蘭竹掛軸》。

◇黃慎在建陽知縣許齊卓署中作詩繪畫，夏去崇安。

◇秋夜，高翔同馬曰琯、馬曰璐兄弟及陸錫疇至南莊看梅。於留雲館為姻親焦士紀（五斗）寫梅。約於是年右臂病廢，遂以左筆代書。

◇八月，李鱓於興化浮漚館作《椿萱百齡圖》。

◇高鳳翰為板橋作《冰雪心肝寄故人》卷，並題詩寄之。

◇李方膺於知縣任作《墨竹圖》。

◇金農寓居揚州城南妹夫之「何氏書屋」種竹百竿。

◇三月，皇后富察氏隨帝東巡曲阜，病死於德州舟次。

◇廷令稽察在京各衙門事務。

◇廷定巡撫均授右副都尉史銜。

◇帝進烏喇那拉氏為皇貴妃。

◇帝因南郊祭祀而詔令製造玉輦。

乾隆十四年己巳（1749）　五十七歲

◇春，濰縣饑。

◇春，為蘇州網師園濯纓水閣書四言聯。

網師園：位於蘇州市東南部。占地約五千平方米。原為南宋史正志萬卷堂故址，稱「漁隱」，後荒廢。乾隆朝，由宋宗元重建。借「漁隱」原意自比漁人，故名「網師園」。網師園分東部和西部，相互對稱。東部為住宅，磚刻門樓圖案精美。有積善堂、擷秀樓等。西部為花園，以池水為中心，有小山叢桂軒、濯纓水閣、看松讀畫軒等建築，其中殿春簃自成院落。雅淡明快，造型精巧，為江南花園住宅的典型。網師園現為全國重點文物保護單位，並被列入《世界文化遺產名錄》。

濯纓水閣：位於網師園雲岡之左。濯纓：濯，洗滌；纓，繫冠的絲帶。《楚辭•漁父》：「漁父莞爾而笑，鼓枻而去，歌曰：『滄浪之水清兮，可以濯吾纓；滄浪之水濁兮，可以濯吾足。』」王逸注：「漁父避世隱身，釣魚江濱，欣然自樂。」後喻超塵脫俗。唐代白居易〈題噴玉泉〉詩：「何時此岩下，來作濯纓翁。」

◇三月，濰縣城工修訖。作〈濰縣永禁煙行經紀碑文〉。

◇作〈濰縣寄舍弟墨第三書〉，囑墨為子擇師及敬師之道。

◇五月，與御史沈廷芳等同游遊郭氏園，沈作〈過濰縣鄭令板橋進士招同朱天門孝廉家房仲兄納涼郭氏園〉詩相贈，慰其失子之痛。

孝廉，漢代選拔官吏的科目之一。武帝元光元年（前134），初令郡、國舉孝、廉各一人。《漢書・武帝紀》顏師古注云：「孝謂善事父母者，廉謂清潔有廉隅者。」後來實際上多由世家大族互相吹捧。舉孝廉者往往被任為「郎」，在東漢尤為求仕者必由之路。漢以後隋以前孝廉合為一稱，州舉秀才，郡舉孝廉。到了明清時即成為對舉人的稱呼。

◇六月二十日早飯後，作行書〈王漁洋冶春詞〉冊。

◇始作〈濰縣竹枝詞〉。

竹枝詞：樂府〈近代曲〉名。本巴渝（今四川重慶）一帶民歌。唐詩人劉禹錫任夔州刺史時，根據民歌改作，係一種七言絕句形式組合的歌詞。歌詠三峽風光和男女戀情，但也曲

折地流露出他遭受貶謫後的苦悶心情，盛行於世。以後各代詩人寫《竹枝詞》的很多，也多詠當地風俗和男女愛情，形式都是七言絕句。語言通俗，音調輕快。

◇作〈濰縣寄舍弟墨第四書〉。

◇秋熟，難民陸續返鄉，作〈還家行〉以紀其事。

◇仲秋八月，書作鄭谷口遺句。

◇秋，作《花卉冊》八頁。

◇作〈濰縣署中與舍弟第五書〉。

◇重訂《家書十六通》、《詩鈔》、《詞鈔》，並手寫付梓。

◇作〈十六通家書小引〉。

◇作〈後刻詩序〉。

◇作〈詞序〉。

◇作〈自詠〉詩贈載臣。

◇為愷亭作《蘭石圖》並題識。

◇作行書〈板橋自敘〉，盡述己之生平志趣。

◇誤聞好友金農捐世，服緦麻設位而哭。

◇作家書〈與四弟書〉。

◇暮春，汪士慎於青杉舊館作《竹石圖》並題「一枝寒玉抱虛心」七言絕句。又作《梅花卷》、《花卉冊》計十二頁。

◇九月，李鱓客湖村，作《秋花鴛鴦圖》。

◇金農在揚州與曲鄰諸老結菊社。

◇黃慎應巡台御史楊開鼎之邀赴臺灣，經長汀、龍岩、南安、泉州、廈門。未果。

◇正月，李方膺於安慶山谷祠、梅花樓作《雜畫圖冊》。是年調知合肥。

◇夏日，羅聘於金陵為雲壑太史作《水仙扇面》圖。

◇高風翰卒，壽六十七。

◇帝進魏佳氏為令妃。

◇始舉經學科，僅取四人。吳鼎、梁錫璵召對勤政殿，授國子監司業；陳祖范、顧棟高年邁不能供職，亦授司業銜。

◇廷定總督均授右都尉史銜。

◇詔畫五十功臣像於紫光閣。

◇十二月，全國人口一億七千餘萬。

乾隆十五年庚午（1750）　五十八歲

◇二月初十，撰〈文昌祠記〉。

◇春，作六分半書七言聯。

◇夏，書作古人七絕三首。

◇秋月，與李鱓合作《蕉竹圖》。

◇秋，書作古詩軸。

◇書作梁武帝蕭衍〈古今書人優劣評〉。

◇於〈板橋自序〉後又綴附記。

◇作《盆蘭圖》。

◇書作七絕詩二首

◇倡建狀元橋。

◇作隸書「龍跳虎臥」匾額。

◇在修濰縣城牆、建橋等重大工程中，郎一鳴慷慨解囊，為板橋令所敬重。遂贈五言聯。

◇書志田廷琳捐修邑城事。

◇黃慎作《壽星圖》。除夕會楊開鼎於南昌城下舟中。

◇六月，金農於揚州石塔寺壁上畫竹；九月，刻《冬心先生畫竹題記》（五十八篇。起於乾隆十三年，訖於乾隆十五年。）

◇秋九月，汪士慎與諸友會於城東吳蔚洲家。賦「吳氏家藏十三銀鑿落歌」，並書長卷答贈。

◇六月，廷禁蒙漢通婚。

◇帝冊烏喇那拉氏為皇后。

乾隆十六年辛未（1751）　五十九歲

◇二月十五日，魯東海水溢，至濰縣禹王台勘災並作〈禹王臺北勘災〉詩記其災情。

◇三月作〈蘭花〉橫幅。

◇三月初三，土匪圍攻濰城。

◇三月，作行草書〈范縣詩〉。

◇五月，法坤宏過濰縣，招飲友人家，聽濰縣商客語及板橋治況，遂作《書事》以記其事。

法坤宏（1699—1785）：字直方，又字鏡野，號謙齋。山東膠州人。乾隆六年（1741）舉人，後以年老授大理寺評事。一生治學嚴謹，著述甚豐。著有《學古編》、《綱目要略》、《春秋取義測》等。《十二家古文選》把他同歸有光、方苞、姚鼐並列稱為「明清四子」。

◇九月十九日，作六分半書「難得糊塗」匾額。

◇秋，作行書「山奔海立」四言聯。

◇秋，作《竹圖》。

◇秋月，作行書節錄蘇軾〈書海苔紙〉。

◇秋，作〈梅蘭竹菊〉四屏條。

◇十一月，書舊作〈濰縣竹枝詞〉二十四首。

◇作行書「作畫題詩雙攪擾」七言聯。

◇作行書〈田遊岩佚事一則〉。

田遊岩：唐代隱士。京兆三原（今陝西）人。永徽時，補太學生。罷歸，自蜀曆荊、楚，愛夷陵青溪，止廬其側。長史李安期表其才，召赴京師，行及汝，辭疾入箕山，築室許由廟東，自號「許由東鄰」。每遇林泉會意，輒留連不能去。其母及妻子並有方外之志，調露中，調露元年（679）高宗幸嵩山，遣中書侍郎薛元超就問其母，並親至其門，遊岩山衣田冠出拜，帝令左右扶止之。謂曰：「先生養道山中，比得佳否？」對曰：「臣泉石膏盲，煙霞痼疾，既逢聖代，幸得逍遙。」帝曰：「朕今得卿，何異漢獲四皓乎？」薛元超曰：「漢高祖欲廢嫡立庶，黃、綺方來，豈如陛下崇重隱淪，親問岩穴！」帝甚歡，因將遊岩就行宮，並家口敕乘傳赴都，授崇文館學士，令與太子少傅劉仁軌談論。帝后將營奉天宮於嵩山，遊岩舊宅，先居宮側。特令不毀，仍親書題額懸其門，曰「隱士田遊岩宅」。文明中，進授朝散大夫，拜太子洗馬。垂拱元年（685），坐與裴炎交結，特放還山。蠶衣耕食，不交當世，惟與韓法昭、宋之問為方外友。頻召不出。

◇撰〈思歸行〉，服官十年，及萌歸田之意。

◇撰〈滿江紅・思家〉。

◇十月八日同科狀元金德瑛曾宿濰縣，板橋贈金德瑛古撞，並作《小古鏡為同年金殿元作諱德瑛》詩。

金德瑛（1701—1762）：字汝白，號檜門，仁和（今浙江杭州）人。乾隆丙辰（1736）狀元，授翰林院編修。曾屢充鄉試主考官，江西、山東等省督學，官至左都尉史。性好古。善鑒別金石摹本及古人手跡。工書。卒於任。有《金檜門詩存》。

◇作家書〈濰縣署中寄四弟墨〉。

◇作楷書「小書齋」匾額。

◇應同里陸白義之約，為家鄉節孝祠題寫「節孝坊」匾額。

◇除夕，金農獨酌於揚州，並作〈憶老妻〉詩。

◇黃慎再度賣畫揚州。寓楊倬雲之刻竹齋。

◇早秋，汪士慎與厲樊榭，授衣等人聚會天寧寺，與具公方丈用東坡病中遊祖塔院韻賦詩。

◇李方膺被劾罷官。兩老僕因受牽累入獄。七到九月於合肥五都軒作梅、蘭、竹及《沅江煙雨圖》。

◇帝慶皇太后六十壽誕，於頤和園甕山前建大報恩延壽寺，更甕山為萬壽山。

◇廷定世襲二品官為恩騎尉。

乾隆十七年壬申（1752）　六十歲

◇正月初一，作〈城隍廟碑草稿自跋〉。

◇二月初十，作〈蘭竹〉條幅。

◇四月初四，作〈題宋拓聖教序〉。

聖教序：唐碑刻。全稱《大唐三藏聖教序》。唐太宗李世民制此序，表彰唐僧玄奘從印度取經，回長安後翻譯佛教三藏（經、律、論）要籍事，並以冠諸經之首。唐高宗李治為皇太子時，又撰《述三藏聖教序記》。高宗朝，將序、記刻石立碑。弘福壽僧懷仁從唐內府所藏王羲之遺墨中集字，歷時二十餘年。碑首刻有七佛像，亦稱《七佛聖教序》。序、記二文後，又刻玄奘所譯《心經》及潤色、鐫勒諸人職官姓名。咸亨三年（672）立。通稱《集王書聖教序》，簡稱《王聖教序》。碑在宋以後中斷，並因捶拓日久，字劃逐漸淺細，故未斷之拓本稱為宋拓。碑現存於西安碑林。

◇五月，城隍廟重修竣工，作《新修城隍廟碑記》。

◇為城隍廟書作「惟德是輔」匾額。

◇再為城隍廟戲樓作「神之聽之」匾額。

◇為城隍廟戲樓作「切齒漫嫌前半本」七言聯。

◇再為城隍廟戲樓作「儀鳳簫韶遙想當年節奏」十言聯。

◇八月十八日，於范縣官署作《竹石圖》並題識。

◇九月，作《蘭竹石圖》並題識。

◇十月二十五日，適逢六十壽辰，遂作五十二言自壽聯。

◇十二月，作行書《贈鐘啟明並留別》詩軸。

◇作《墨竹圖》。

◇同窗陸白義慘遭文字獄禍，不得已，書作十一字聯。

◇捐銀五十兩，倡修城北玉清宮。

◇作《盆菊瓶竹圖》並題識。

◇作《盆菊瓶竹圖》並題識。

◇書作唐人七絕詩三首。

◇年底去任。借住友人郭質亭、芸亭之南園舊華軒。並在此渡歲。

南園：常之英《濰縣誌稿》卷十一云：「南園在縣署東南天仙宮東，明嘉靖時劉應節園也。天啟時，歸郭尚友，增構舊華軒、知魚亭、松篁閣、來風軒諸勝。其孫饒州府知府一璐復加修葺。一璐侄偉業字質亭、偉績字芸亭，均能詩工書，與知縣鄭燮為文字交。時觴詠其中。今園已無跡可尋，而鄭之詩畫猶存人間。」

◇汪士慎雙目全盲。

◇李方膺於金陵寄寓城內淮清橋北項氏花園，名其借園，後與袁枚、沈鳳（凡民）訂交，時人稱為「三仙」；十一月，作《花卉四屏圖》。

◇十二月，李鱓寄居崇川（今南通）西寺。

◇二月，金農撰《冬心先生續集序》。

◇盧見曾為汪士慎《感舊集》作序。

◇翁方綱、程晉芳、錢載登進士。

◇法式善生。

法式善（1752—1813）：文學家。姓烏爾濟氏，原名運昌，字開文，號時帆，蒙古正黃旗人。乾隆進士，官至侍講學士。熟諳當代制度掌故。論詩信奉王士禛的「神韻說」。作詩學王維、孟浩然。有《存素堂詩集》、《清秘述聞》、《槐廳載筆》。又編集時人詩，成《湖海詩》六十餘卷。

◇羅聘娶方婉儀為妻。

方婉儀（1732—1779）：詩人、畫家。一作畹儀，號白蓮居士，安徽歙縣人。據翁方綱《女士方氏墓誌銘》載：婉儀「習詩書，明禮度，兼長於詩畫。故揚州人皆能誦其《哭姑》十二詩。族戚等皆稱道。……江山清淑之氣，不鍾於綺羅豐厚之閨閣，而生在清寒徹骨，畫梅相對之貧士家。」因自號「白蓮」。故銘曰：「萬卷梅花，一卷白蓮。其畫也禪，其詩也仙，吾文冰雪兮，與此石俱傳。」工詩擅畫。以梅、蘭、菊、竹、石等為最。曾與聘合作畫圖，甚至有些為她所代筆。又與金冬心詩詞唱和，瘦影疏香，自有意趣。羅聘稱其有「出塵之致，惟不苟作。」所用印曰：「兩峰之妻」。與羅聘結婚後，二人琴瑟合唱，恩愛無比。她不但美貌多才，而且是一位了不起的賢妻良母，畢生耗盡心血苦苦支撐羅聘困窘的家庭，培養三個兒女吟詩作畫，個個成才，創出清代畫史有名的「羅家梅派」。祖父方願英，雍正時曾任廣東按察使。父方寶儉，國子監生。

◇邊壽民卒，壽六十九。

◇厲鶚卒，壽六十一。

◇廷特設盛京內務府，由盛京將軍兼充總管大臣。

乾隆十八年癸酉（1753）　六十一歲

◇正月，作隸書扇面，以明去官心跡。

◇二月，作行書「課子小書齋聊可借觀魚鳥」十一言聯。

◇三月，作《墨竹圖》並題識。

◇三月十五日，作《雨後新篁圖》屏風，並題識。

◇作《留別恒徹上人》詩。

恒徹上人：常志英等《濰縣誌稿》卷四十二云：「恒徹上人，縣城東北濠外路北關帝廟主持，有戒行，與邑令鄭燮善。其廟中盛栽葡萄，秋風起，葡萄既熟，鄭恒往啖之，歲以為常。鄭燮有〈留別恒徹上人〉詩詠其事，郭麐〈濰縣竹枝詞〉中亦記之……」

◇春，作〈予告歸里，畫竹別濰縣紳士民〉詩。

◇春，離開濰縣。

◇返揚州之日，板橋宴請諸友，李嘯村贈之以聯。

◇九秋，友人常書民強索板橋之畫。板橋作《翠竹芝蘭圖》並題識誚讓之。

◇十一月，作《遠山煙竹》四連幅並題識。

◇十二月二十五日，為粹西寫蘭並題識。

◇作《南園叢竹圖》並題詩二首，留別郭質亭、四弟郭雲亭先生。

◇畫竹贈門生王允升。

◇為文翁年老長兄作《墨竹圖》並題跋。

◇為聖翁作《蘭竹石圖》。

◇書作《為道士吳雨田作》。

◇正月，李鱓寓蒲州（泰州）梅熟庵，作花卉屏十二開；九月，寓興化浮漚館作《牡丹松石圖》

◇春日，金農在杭州請丁敬為《冬心先生續集》作序；秋至揚州，從此不再返里。

丁敬（1695—1765）：篆刻家。字敬身，號鈍丁，又號硯林、梅農、清夢生、玩茶翁、玩茶叟、丁居士，別號龍泓山人、硯林外史、勝怠老人、孤雲石叟、獨遊杖者等，浙江錢塘（今杭州）人。自幼家貧，以賣酒為業，終身淡薄功名。與金農友善，常相唱和。乾隆元年（1736）舉博學鴻詞。又好金石，工篆刻，家富收藏。篆刻宗秦漢，又不囿成規。印風清剛樸茂、古拙渾厚，使當時受柔媚、怪異之風籠罩下的印壇大開眼界。丁敬印章的邊款多為楷書，用刀取法何震，變明人雙刀法為單刀直切石面。由於他對古代碑刻的修養，可以隨刀鋒之起止古趣盎然。開「浙派」之先河，為時所稱。印譜居「西泠八大家」之首，海內奉為圭臬。善寫梅，亦擅蘭、竹、水仙。著有《龍泓山館詩鈔》、《武林金石錄》、《硯林詩集》等。

◇楊開鼎赴京，黃慎作贈別詩送之。

◇春末，合肥事了，兩老僕出獄，李方膺作〈盧郡對薄〉詩四首，〈兩老僕釋囚詩以志喜〉詩二首。離合肥，作〈出合肥別諸父老〉詩二首。十月，為此君和尚畫竹。

◇盧見曾再度出任兩淮都轉鹽運使，李方膺賦詩志喜。盧連署九年。

◇暮春，程南坡在重建的揚州竹西亭會宴聯吟。

◇高翔卒於揚州五嶽草堂，壽六十六。

◇七月，廷禁翻譯滿文小說。

◇廷徵地丁銀二千九百九十五萬兩；鹽課七百零一萬五千兩；雜賦一百零四萬九千兩。

乾隆十九年甲戌（1754）　六十二歲

◇春，應杭州太守吳作哲之邀，遊杭州。作《與墨弟書》。

吳作哲：龔嘉雋等《杭州府志》卷一百一云：「吳作哲，蕭縣人，（乾隆）十七年（1752）任。」

◇五月，作〈致墨弟書〉。

◇在杭州期間，為楊典史子孫補畫盆蘭一幅並題識。

◇五月，返興化。作〈贈濟寧烏程知縣孫擴圖〉詩二首。

孫擴圖：郭式昌等《烏程縣誌》卷十一云：「字充之，號適齋，山東濟寧州人。乾隆元年（1736）舉人，十年（1745）明通榜。十八年（1753）知烏程縣。以儒雅飾吏治，風流文采，照映溪山。試童子，遴拔真才，訓課不倦。（《吳興詩話》）」

◇六月十八日作《竹石圖》並跋。

◇八月十五日題黃慎《月夜遊平山圖》七絕兩首。

◇八月下旬，作花卉卷《蘭菊竹石圖》並題識。

◇重九日，為漸老作《竹石圖》並題識。

◇九月廿一日，為紹翁作《竹枝大幅》並題識。

◇九月廿九日，與汪堂、藥根上人等十餘人聚集百尺樓分韻賦詩。

藥根上人：揚州祇園庵僧。一作藥庵，名湛性（「性」又作「汛」），俗姓徐，江蘇丹徒人，亦稱江都人。擅交際，工詩書篆刻，頗自貴惜，不輕為人落墨。手鐫圖書尤精妙。一時名公重之。汪堂《水香村墅詩》云：乾隆十九年（1754）杪秋，招同鄭板橋、繆客船、黃北垞、蕭鄧林、張煦齋、陶韻亭、金麟洲、廖禹門、沈玉崖、方竹樓、方介亭、徐嘉村、藥根上人集百尺樓，以趙嘏「殘星幾點雁橫塞，長笛一聲人倚樓」句分韻，得「人」字。藥根還與秦諫泉、潘鳳崗、李嘯村、韋藥仙、金兆燕、黃振、江恂、複顯、李中簡、馬氏兄弟、閔華、張秉彝、冒春榮、汪之珩及詩人錢載等互有酬唱。北京故宮博物院現藏有羅聘所繪《藥根和尚像》。

◇十月，作《墨蘭圖》並題識。

◇重返濰縣官齋，為名橋續大哥作《道情十首》詞卷。

◇為嵩年學長兄作《墨竹圖》並題識。

◇書作七絕詩三首。

◇小春月，李鱓於吳陵（泰州）僧舍作《菊圖》。

◇汪士慎臥病，至秋始除。病起作詩一首。

◇二月，李方膺於袁枚隨園畫梅；秋，於借園作《墨梅圖》；十一月作《古松圖》。

◇閏四月，盧見曾為李嘯村所著〈三體詩〉作序。

◇春日，李嘯村同汪堂，黃裕作《新綠》詩。

◇文學家紀昀、王昶、錢大昕登進士。

◇吳敬梓卒，壽五十四。

◇五月十七至二十日，帝於萬樹園夜宴杜爾伯特部長車凌等率眾脫離準噶爾投歸清朝。

乾隆二十年乙亥（1755）　六十三歲

◇夏日為荊伯年學兄作《竹石圖》。

◇秋，作行書節錄蘇軾尺牘二幅。

◇秋，為樹人年學兄作《柱石圖》並題句。

◇冬，作行書《書評》軸。

◇與李鱓、李方膺合作《三友圖》並題詩句。

◇作《墨竹圖》並題識。

◇為朗老年學長兄節錄懷素《自敘帖》。

◇書作唐代大梅法常禪師詩偈。

大梅法常禪師，馬祖道一禪師之法嗣，湖北襄陽人，俗姓鄭。幼年即出家，從師於荊州玉泉寺。其容貌清峻，性度剛敏，具有超人的記憶力，「凡百經書，一覽必暗誦，更無遺忘。」二十歲時，於龍興寺受具足戒，後參禮江西馬祖大寂（道一）禪師。初禮馬祖，法常禪師便單刀直入地問：「如何是佛？」馬祖道：「即心是佛。」法常禪師言下大悟。開悟後，法常禪師離開了馬祖，往四明（今浙江寧波市西南）仙尉梅子真昔日的隱居地，結茅隱修。

◇書作天童悟禪師七絕〈金山〉詩。

◇自山東南歸，過海陵，應梅鑒上人之請，再書〈別梅鑒上人〉詩大、小各一幅並跋。

◇冬日，汪士慎攜盲書狂草饋贈金農，金農作長詩紀之。

◇李鱓年居七十，定居揚州竹西僧舍。以「觶」代「鱓」。

◇黃慎於如皋汪氏之文園，為個道人作坐像圖。

◇三月，李方膺約沈鳳、袁枚及金農聚借園。因雨，諸友未至，遂作《梅花長卷》並題記其事。後諸友皆於卷上有題。

◇馬日琯卒，壽六十八。

乾隆二十一年丙子（1756）　六十四歲

◇二月三日，邀程綿莊、黃慎等九人於竹西亭聚飲，作〈九畹蘭花〉並題識，以紀其盛。

程綿莊（1691—1767）：字啟生，號廷祚，又號青溪居士，江蘇江寧（今南京）人。平生專治經學。有《青溪文集》十二卷，續集八卷。

◇春，為顧堂義子書作蘇軾尺牘〈答賈耘老四首〉四條幅。

◇仲春之月廿七日，於慈山樓為橋門年學兄作此幅隸書軸。

◇四月十四日，於移亭書屋為□（文）翁老學老長兄作《芝蘭竹石圖》並題識。

◇夏五月，書作蘇軾《書王定國所藏〈煙江疊嶂圖〉》。

◇仲夏，作行書〈李約社詩集序〉。

◇秋，書作五言絕句二首。

◇冬，作《竹石圖》並題識。

◇為燕老書作七絕條幅。

◇跋興化《王李四賢手卷》。

◇作行書節錄王維〈山中與秀才裴迪書〉。

◇為澄軒作《竹石圖》並題識。

◇為劉母卞太君八十榮慶暨青藜年學兄作《蘭竹石圖》。

◇書作唐人李白〈夜泊牛渚懷古〉。

◇作《露竹新晴圖》並題識。

◇金農年居七十，由昔耶之序移居西方寺，將啞妾遣去。本年收羅聘為詩弟子，有長歌記之。

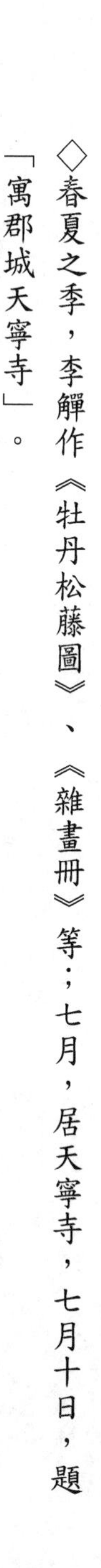

◇春夏之季，李鱓作《牡丹松藤圖》、《雜畫冊》等；七月，居天寧寺，七月十日，題「寓郡城天寧寺」。

◇春日，李方膺作〈六十自述〉詩四首，個道人有和詩。八月，因噎症返歸通州。九月初二，致袁枚函，囑作墓誌。初三，病卒。卒前嘗手書其棺曰：「吾死不足惜，吾惜吾手。」

乾隆二十二年丁丑（1757）　六十五歲

◇正月二十三日，於燈下作行書《板橋書目》。

◇三月三日，兩淮鹽運使盧見曾主持盛大的虹橋修禊，板橋與其會，作〈和雅雨山人紅橋修禊盧諱見曾〉律詩四首。

虹橋修禊：李斗《揚州畫舫錄》卷十云：「元崔伯亨花園。今洪氏別墅也。洪氏有二園。虹橋修禊為大洪園，卷石天洞為小洪園。大洪園有二景：一為虹橋修禊，一為柳湖泛春。是園為王文簡賦冶春詩處。」後盧轉運修禊亦於此……由牡丹西入領芳軒……近水築樓二十餘楹。抱灣而轉。其中築修禊亭，外為臨水大門。築廳三楹。題曰虹橋修禊。旁建碑亭，供奉御制詩二首……。修禊：古俗夏曆三月上旬的巳日（魏以後始固定為三月三日）到水邊嬉遊，以消除不祥。又叫「春禊」。《後漢書・禮儀志上》云：「是月上巳，官民皆絜於東流水上，曰洗濯祓除去宿垢疢為大絜。」江總〈三日侍宴宣猷堂曲水〉詩：「上巳娛春禊，芳辰喜月離。」王羲之《蘭亭集序》：「暮春之初，會於會稽山陰之蘭亭，修禊事也。」

◇又作〈再和盧雅雨四首〉詩。

◇初夏，為繼瞻作《墨竹圖》並題識。

◇孟夏之月為織文世兄作《墨竹圖》。

◇五月，於聽松石室、橄欖軒、河子學堂作行書屏條四幅。

◇五月，在修竹齋為履坦老長兄作行書節錄懷素《自敘帖》。

◇七月作《蘭竹石圖》軸並題識。

◇八月，為任姬上作「鞠族」匾額並題識。

◇八月，作《蘭石圖》並題識。

◇九月，重遊焦山，在焦山別峰精舍之東窗作《墨松圖》。

◇十月二十一日，為天印山農書《漁家》、《酒家》、《山家》、《田家》、《僧家》、《官宦家》、《帝王家》詞卷。

◇十一月，為侶公大和上作《蘭竹荊棘圖》。

侶公大和上：江蘇揚州天寧寺僧。

◇為石蘭同學作《墨竹圖》並題識。

◇為沛老作《墨竹圖》並題識。

◇遊高郵，與分別二十餘年的織文友相會，流連數十日，作《書贈織文世兄》軸。

◇題黃慎《黃漱石捧硯圖》。

◇為賜老年學世兄作《墨竹圖》。

◇作行草書讀韓愈《送李願歸盤穀序》卷。

◇黃慎，是年離揚返里。

◇春，李鱓作《三友圖》軸。

◇羅聘作〈江上懷人絕句〉十五首。

◇郎世寧七十歲壽日舉賀，清廷厚賞。

◇正月，乾隆第二次南巡，至揚州。揚州鹽商為迎奉御駕而整建蓮花轎。

◇朝廷頒佈保甲法。

乾隆二十三年戊寅（1758）　六十六歲

◇正月二十九日，作〈與柳齋書〉。

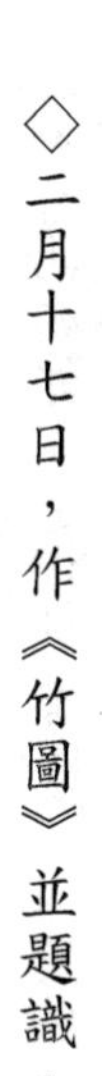

◇二月十七日，作《竹圖》並題識。

◇二月，作行書〈論蘇軾書〉軸。

◇二月，遊膠州，為高鳳翰題寫墓碑。

◇三月二日，為肅公作《雙松圖》並題識。

◇三月上旬，於橄欖軒作行書李壺庵《道情》詞卷。

李壺庵：即清初文學家李沂。字子化，一字艾山，晚號壺庵，江蘇興化人。明代狀元宰相李春芳曾孫李沛之弟。「幼孤，事母孝。鼎革後謝諸生，以詩歌自娛，深入盛唐之室。詩雅典醇正。」王士禛司理揚州「行部至邑，踵門請謁，」，李壺庵固辭不見。著有《壺庵集》、《鸞嘯堂集》、《艾山集》及《秋星閣詩話》等，對後世影響甚大。

◇三月，作《蘭竹石圖》（十二頁）並題識。

◇三月，作《竹石圖》並題識。

◇春遊真州，作〈真州雜詩八首並及左右江縣〉。

◇又作〈真州八首，屬和紛紛，皆可喜，不辭老醜，再疊前韻〉詩。

◇四月，作《竹圖》並題識。

◇四月，作《沙水竹石圖》，並題識。

◇四月，遊范縣，於范縣官署作《竹石圖》並題識。

◇七月七日，書作六分半書「山隨畫活」四言聯。

◇八月，書作六分半書「近水短橋皆畫意」七言聯。

◇秋八月，書作「藏書何止三萬冊」七言聯。

◇秋杪，作行書〈自遣詩〉軸。

◇十月下旬，為瀛翁作《竹石圖》並題識。

◇冬日，作《清朝柱石圖》並題識。

◇為鶴洲作《山頂妙香圖》並題識。

◇作《竹石圖》並題識。

◇作《蘭竹石圖》並題識。

◇作《竹石》四條屏並題識。

◇作《滿山蘭竹圖》並題識。

◇次女適袁氏，作《蘭竹圖》以贈。

◇作行書唐人七律三首。

◇作行書「打草槁用全力」六言聯。

◇作行書北宋陳師道〈從寇生求茶庫紙〉七絕詩軸。

◇與金農、陳對鷗、陳章、張軼青及蔣秋涇應客居揚州的詩人陶元藻之邀，每月聯吟數次。

陶元藻（1716—1801）：字龍溪，號篁村，又號凫亭。會稽（今浙江紹興）人。諸生。

倦遊歸里，於西湖築泊鷗莊，以撰述自娛。工詩，有《泊鷗山房集》、《全浙詩話》、《皃亭詩話》。輯有《趣畫見聞》，專輯舊紹興府屬畫人而各為之傳，有乾隆六十年（1795）自序。

◇為□京年學兄長作《清溪蘭竹圖》並題識。

◇為宅京書作「雲因籠月常教澹」七言聯。

◇五月，慎郡王允禧卒，壽四十八。

◇金農收項筠為詩弟子，並繪小像以贈。

◇黃慎詩集《蛟湖集》成，入詩三百三十九首。寧化知縣陳鼎作序並捐俸。同里雷鋐序。

◇羅聘作灑金《梅花圖》軸。

◇賜經堂刻本《唐詩韻音箋注》成，五卷，沈廷芳、陸謙選。吳壽祺、吳元治注。

◇文茂堂重刊《而庵說唐詩》，二十卷，徐增撰。

◇帝派兵西征。

◇始定歲試題目為四書文一篇，策一道，五言八韻試帖詩一首，默經一段，默《聖諭廣訓》一則。

乾隆二十四年己卯（1759）　六十七歲

◇六月十二日，作《與朱青雷書》。

◇七月十九日，再題〈宋拓聖教序〉。

◇秋，作草書〈祝允明北郊訪友〉詩軸。

◇撰〈集唐詩序〉。

◇書作「移花兼得蝶」五言聯。

◇作行書「東雲」匾額。

◇為開翁暨渭華同學作《竹石圖》並題識。

◇為柿伯表弟作《蘭花》橫幅並題識。

◇作《竹石圖》並題識。

◇為廷翁作《竹石圖》並題識。

◇作《蘭竹石圖》橫幅並題詩。

◇作《松芝延壽圖》。

◇作《自在庵記》。

◇從拙公和尚議，自訂《板橋潤格》。

◇金農於三祝庵作畫多幅。六月於揚州僧舍作自畫像贈羅聘。

◇正月，汪士慎卒，壽七十四。

◇《唐詩觀瀾集》成，二十四卷，李因培選，凌應曾注。

◇璜川書屋刻本《全唐詩鈔》成，九十六卷，吳成儀編。

◇廷命郎世寧等繪《平定伊犁及準噶爾戰功圖》。

◇十二月，廷禁綢、緞、綿、絹出洋。

◇帝晉魏佳氏為貴妃。

乾隆二十五年 庚辰（1760） 六十八歲

◇五月，遊通州，寓保培基井穀園。

井穀園：在通州城之北，由前代遺址拓建而成，內有木石居、風樹軒、桂亭、鶴屋諸勝。園主保培基，與里中文士、畫家多有交往。李鱓來通州時，也曾寓此。著有《西垣集》。

◇五月十三日，於通州應李方膺之侍人郝香山之請，為其所珍藏李方膺於乾隆二十年初夏作於金陵的《墨梅圖》卷題跋。

◇夏五，於通州為丁有煜之侍人孫柳門跋黃慎所作《丁有煜像》卷。

◇為保培源「藝園」書作「無數青山拜草廬」匾額。

保培源：字岷川，別號藝園，保培基之兄。善鑒前人書畫墨蹟，通州著名收藏家。

◇書作蘇軾〈金山夢中作〉詩扇面以贈保培源。

◇七月初七，在如皋汪氏之文園與汪之珩等人同度七夕。

◇秋，於汪氏文園為劉村柳三作《劉柳村冊子》（足本）。

◇作〈板橋自序〉。

◇秋，遊如皋范大任之古澹園，作〈過古澹園〉詩。

◇秋，作《蘭竹石》圖橫幅並題識。

◇秋九月，登高未果，過吳公湖，作《蘭竹圖》並題識。

◇秋杪，作《竹石圖》並題識。

◇作行楷書「藏經樓」匾額。

◇為載翁作《竹石大堂》並題識。

◇跋李鱓《花卉冊》。

◇作《柱石圖》。

◇跋程邃《印拓冊》。

程邃（1605—1691）：清篆刻家、畫家。字穆倩，一字朽民，號青溪、垢區，別號垢道人，自稱江東布衣，安徽歙縣人。諸生。明亡後移居揚州，與萬壽祺同師事陳繼儒，山水初仿巨然，後純用渴筆焦墨，沉鬱蒼古，詩文、書法絕不蹈襲，尤工分書，長於金石考證之學。家藏甚富。篆刻取法秦漢，喜用大篆入印，刀法凝重，富有筆意，為「皖派」代表之一。其風格於文、何、汪、朱外，別樹一幟。著有《會心吟》。

◇為高風翰《香流幽谷圖》題語並贈丁有煜。

◇題丁有煜《墨竹冊》。

◇拜訪丁有煜，知丁氏高看高風翰畫，遂遣奴子往返千里回揚州家中取來高氏《菊石圖》軸以贈。

◇贈硯於丁有煜，並於硯背刻治銘文。

◇會晤李䲭，李䲭為板橋治印一方。

李䲭：書畫家、篆刻家。字瞻雲，號岑村，李方膺侄。南通州（今江蘇南通）人，貢生。乾隆二十二年（1757）迎鑾獻詩賦。所與往還皆一時名流，如李鱓、鄭燮、沈鳳、戴巨川、丁有煜輩。工楷隸，善蘭竹。與沈鳳齊名，時稱「沈李」。著有《古柏樓雜俎》、《城南草堂印譜》、《岑村集》。

◇李䲭作〈喜晤鄭板橋〉詩兩首。

◇板橋擅篆刻，與金農、丁敬、黃易、奚岡、蔣仁、陳鴻壽齊名，人稱「雍嘉七子」。

◇二月，金農於龍梭仙館自序〈冬心先生自度曲〉，羅聘、項筠等出資開雕。

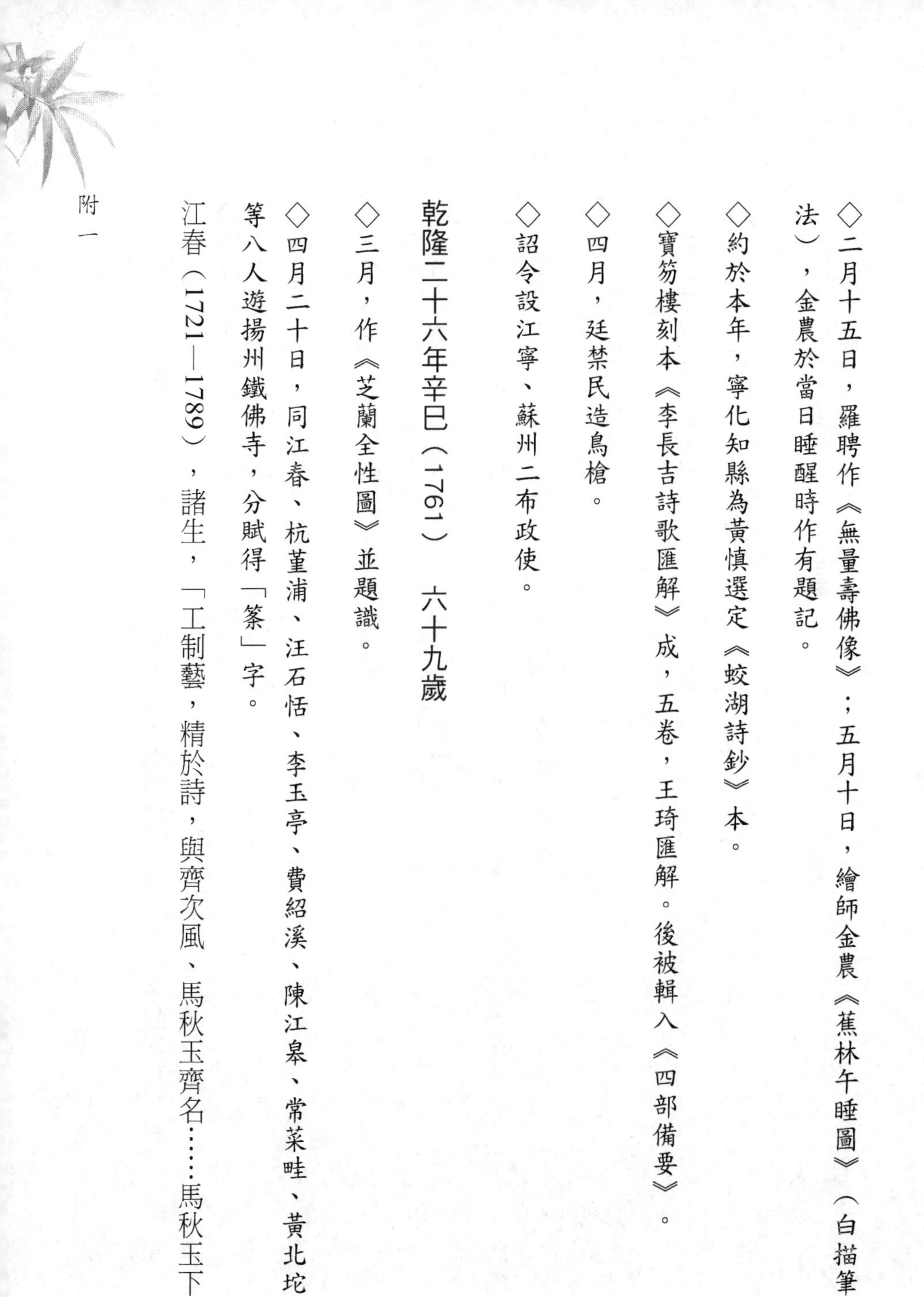

◇二月十五日，羅聘作《無量壽佛像》；五月十日，繪師金農《蕉林午睡圖》（白描筆法），金農於當日睡醒時作有題記。

◇約於本年，寧化知縣為黃慎選定《蛟湖詩鈔》本。

◇寶笏樓刻本《李長吉詩歌匯解》成，五卷，王琦匯解。後被輯入《四部備要》。

◇四月，廷禁民造鳥槍。

◇詔令設江寧、蘇州二布政使。

乾隆二十六年辛巳（1761）　六十九歲

◇三月，作《芝蘭全性圖》並題識。

◇四月二十日，同江春、杭堇浦、汪石恬、李玉亭、費紹溪、陳江皋、常菜畦、黃北垞等八人遊揚州鐵佛寺，分賦得「篆」字。

江春（1721—1789），諸生，「工制藝，精於詩，與齊次風、馬秋玉齊名……馬秋玉下世，方伯（江春）遂為秋玉後一人。」著有《水南花墅吟稿》、《深莊秋吟》等。

◇四月，作《蘭竹石圖》冊頁並題識。

◇七月初二，作〈與焦光纘書〉。

◇七月初七，作《墨竹》通屏並題識。

◇九月十四日，為焦五斗跋汪士慎《乞水圖》。

焦五斗：《揚州畫舫錄》卷十云：「鎮江丹徒人。孝然裔孫。嘗作《焦山志》，忽失去，其子復得之於郡城骨董鋪中。公由是修《金焦二山志》。」

◇十一月，作楷書軸。

◇作《墨蘭圖》並題識。

◇為乃心作《竹石圖》並題識。

◇作《墨竹圖》並題識。

◇作《蘭竹石》堂幅，題識。

◇為瞻喬作《蘭石圖》並題識。

◇於揚州作《竹石圖》並題識。

◇為載翁作《蘭竹石圖》並題識。

◇作《巨石蘭竹圖》橫幅並題識。

◇作《墨竹圖》十二頁，並題識。

◇題《高鳳翰畫冊》。

◇羅聘妻方婉儀三十歲生日，作《石壁叢蘭圖》並題詩以賀。

◇四月，金農評板橋畫竹；九月，金農為焦五斗跋汪士慎《乞水圖》。

◇十月，羅聘為莘叟老表侄作《花卉蔬果冊》。

◇回民馬明新創立新教派。

◇廷定四月二十一日殿試，地點在太和殿。二十五日傳臚，二十六日禮部賜新進士恩榮宴，二十八日於午門前賜狀元六品朝冠，二十九日狀元率諸進士上表謝恩。

◇五月一日狀元率諸進士至孔廟行釋謁禮。

乾隆二十七年壬午（1762） 七十歲

◇春日，於揚州作《蘭竹石圖》，並題識，贈六源同學。

◇初夏，作《墨竹》四條幅並題識。

◇五月，書作蘇軾文軸。

◇夏五月，為受老作《仿文同竹石圖》。

◇五月，作行書「霜熟稻粱肥幾邨農唱」九言聯。

◇後五月二十八日，遵恩師陸震（仲園）後輩陸元禮之囑，題《陳公伯瞻出使高麗贈送詩文卷子》。

陸伯瞻：即陸顒。生於元末，卒於明永樂年間。字伯瞻，江蘇興化人。明洪武三十一年（1398）冬，由刑部改禮部。廷遣顒使朝鮮。次年春，復遣齎璽書曆日，敕賜襲衣白金。

◇夏日，為靜翁年兄作《竹圖》並題識。

◇十月，作《蘭竹石圖》並題識。

◇作《蘭竹石圖》並題識。

◇作《竹石圖》並題識。

◇作《蘭竹石圖》並題識。

◇作《華封三祝圖》並題識。

◇為堂大弟作《竹石圖》並題識。

◇作《蘭竹石圖》並題識。

◇為誕老作《松菊蘭石》四條屏並題識。

◇作《墨竹圖》並題識。

◇作《蘭竹圖》並題識。

◇作《蘭竹石圖》。

◇作《蘭竹石圖》四條屏。

◇為景翁老先生書作「民於順處皆成子」七言聯。

◇作《焦山竹石圖》並題識。

◇為重建之焦山自然庵書作「山光撲面因新雨」七言聯。

◇作《竹石圖》並題識。

◇金農、羅聘合為板橋畫像，板橋為畫像題句。

◇作《蘭竹石圖》卷並題識。

◇作《蘭竹石圖》橫幅並題識。

◇作《竹石圖》。

◇羅聘為師金農編纂《畫佛題記》。

◇七月七日，金農自序《畫佛題記》。

◇李鱓卒，壽七十七。

◇何文煥刻本《唐詩宵夜錄》成，五卷，顧安編。

乾隆二十八年癸未（1763）七十一歲

◇二月，為碧岑老世兄作《竹石圖》並題識。

◇三月三日，與袁枚初遇於盧雅雨虹橋修禊席上，袁枚有〈投板橋明府〉詩相贈，板橋有〈贈袁枚〉詩句奉答。

◇春，作《叢竹圖》並題識。

◇四月五日，應盧見曾之邀，與金農、杭世駿、陳江皋諸人泛舟虹橋，板橋作〈和盧雅雨紅橋泛舟〉詩。

◇四月，濰縣好友郭倫升來訪，作〈懷濰縣二首贈郭倫昇〉贈之。

郭倫昇：名棟，濰縣人。精通醫術。熱心公益，屢督大工役，板橋極為賞識。

◇八月，於吳公湖上，為朱逢年《山水人物圖冊》（十二頁）題句。

朱逢年：字十千，江蘇興化人。工山水人物，用筆精細。其子朱炎於乾隆二十年（1757）繪製《群盲圖》，盲人百態至七十七人之多，今存鎮江博物館。其孫朱紹裔繪製揚州興教寺羅漢壁畫名於時。乾隆五十一年（1786）大荒，朱紹裔作饑民圖十二幅奉呈當道，用以展賑。

◇八月，為尚賓老人作《論書法》軸。

◇九月，重遊焦山，為焦山嘯江大師書作「秋老吳霜蒼樹色」七言聯。

嘯江大師：清代吳雲《焦山志》卷十云：「釋寂會，姓郞氏，字心融，號嘯江。住焦山，少頗任俠，雖薙染，豪氣未除，中年乃折節持戒律，以苦行聞，里人延主竹林方丈寺。儉於田產所入不足供大眾十分之一。素善醫術，尤神於喉科，歲獲酬醫之資，率數百金以上，悉以供眾。有不贍則稱貸而益之。」另，李恩綬等《丹徒縣誌》卷二十七、張學仁《京江耆舊集》卷九等均載其事。

◇於蕉山自然庵為慧通禪師書作〈遊焦山〉七絕二首。

◇於焦山作《幽蘭圖》並題識。

◇書作六分半書「操存正固稱完璞」七言聯。

◇為木齋老長兄作《水竹圖》並題識。

◇作《竹圖》並題識。

◇作《墨竹圖》並題識。

◇作《竹石圖》並題識。

◇作《墨竹》四條屏並題識。

◇作《叢竹圖》並題識。

◇為觀文家兄作《蘭竹圖》並題識。

◇金農於九月歿於揚州天竺庵佛舍，壽七十七。

◇羅聘與項筠共同料理詩師金農後事。羅聘後去杭州，為丁敬畫像。

◇黃慎詩集《蛟湖詩鈔》由陳鼎捐俸刊刻。

◇盧見曾告休，趙子壁繼任兩淮鹽運都轉。

◇教忠堂刻本《唐詩別裁集》成，二十卷，清沈德潛編。

◇曹雪芹卒。壽四十九。

◇五月，圓明園失火。

◇八月，湖南奏修嶽麓書院。

嶽麓書院：原址在湖南長沙嶽麓山。為宋初四大書院之一。北宋開寶九年（976），由潭州太守朱洞創建，大宗祥符八年（1015）真宗賜名賜書。朱熹、張栻、王陽明、周敦頤等講學於此，學者日眾，培養出了很多「傳道濟民」的政治人才和思想精英。如：政治家陶澍，思想家王夫之、魏源，外交家郭嵩燾，軍事政治家曾國藩、左宗棠、胡林翼等。其後雖有替廢，不久即行修復。歷代皇帝多有賜匾賜書。嶽麓書院是湖南人的精神和文化聖殿。書院門聯「惟楚有材；于斯為盛」標誌著湖湘文化的品位和成就。清光緒二十九年（1903）改為湖南高等學堂。一九二六年正式定名為湖南大學。為全國重點文物保護單位。

◇廷改原系正四品知府為從四品。

乾隆二十九年甲申（1764） 七十二歲

◇二月，書作「烹茶活火還溫酒」七言聯。

◇九月，作隸書《岣嶁碑》軸。

◇秋日，作《墨竹圖》。

◇秋末，從邗江歸興化，作《蘭竹石圖》留贈杏花樓主人。

杏花樓：興化城內一座酒樓。位於興化鸚鵡橋（今英武橋）北三十步，海子池西南的棗園中。為邑人李清所築。據劉熙載等《重修興化縣誌•李清傳》載：李清（1602—1683），字映碧，一字水心，明代宰輔李春芳五世孫。少孤，育於祖父李思誠，崇禎四年（1631）進士，仕崇禎、弘光兩朝。歷任刑、吏、工部給事中、大理寺丞等職。明亡不仕，隱居家鄉以著書自娛，有「數十百種」計「千餘卷」。《國朝耆獻類征》：李清寫的小說「行文飛動，有令人歌者，令人泣者，令人解頤者，怒髮衝冠者，唐宋稗史野乘莫逮也。」板橋〈范縣署中寄舍弟墨第二書〉云：「是宅（擁綠園）北至鸚鵡橋不過百步，鸚鵡橋至杏花樓不過三十步，」可見杏花樓在鸚鵡橋北，海子池西南。園主人姓李，係李鱓同宗。

明放案：此係立軸，紙本，墨筆。縱179釐米，橫95釐米。

◇秋杪，於杏花樓書作「鶴矯雲中霞飛龥半」八言聯。

◇為某君題畫六段。

◇作行書節錄懷素《自敘帖》。

◇為東序年學兄作《焦山竹石圖》並題識。

◇書寄芸亭年學兄七絕詩。

◇作《竹圖》並題識。

◇為敬翁同口（學）作《竹石圖》並題識。

◇為宜綸年學兄作《竹圖》並題識。

◇題朱炎《百瞎圖》。

朱炎：清畫家。字樸庵，江蘇興化人。

◇作《墨竹圖》並題識。

◇為茂林年學兄作《蘭竹石圖》並題識。

◇作行書《遊焦山》詩軸。

◇作《竹石蘭圖》並題識。

◇作《蘭竹石圖》並題識。

◇黃慎年屆七十九歲，去福建永安賣畫。

◇羅聘於二至四月作《梅花》冊頁，妻方婉儀以牽牛花汁漬之。

◇阮元生。

阮元（1764－1849）：學者。字伯元，號芸台，江蘇儀征人。乾隆五十四年（1789）進士。官湖廣、兩廣、雲貴總督、體仁閣大學士。曾在杭州創立詁經精舍，在廣州創立學海堂，提倡樸學。主編《經籍纂詁》，校刻《十三經注疏》，匯刻《皇清經解》等。又由經籍訓詁求證於古代石刻，並擴大到天文、曆算、地理。所著《疇人傳》、《積古齋鐘鼎彝器款識》是研究歷代天文學家、數學家生平和古文字學的重要參考資料。論文重文筆之辯，以用韻對偶者為文，無韻散行者為筆，提倡駢偶，對桐城派「古文」的形式有所不滿。著有《研經室集》、《石渠隨筆》等。

◇丁有煜卒，壽八十三。

◇十一月，廷令重修《大清統一志》。

乾隆三十年乙酉（1765）　七十三歲

◇春二月，作《竹石圖》並題識。

◇春，為詠亭大兄作六分半書「琢出雲雷成古器」七言聯。

◇春，為揚州百尺梧桐閣書作六分半書「百尺高梧撐得起一輪月色」十一言聯。

百尺梧桐閣：位於揚州市東關街。原為清初文學家汪懋麟讀書處。汪懋麟，字季角，號蛟門，康熙丁未（1667）進士。以刑部主事入史館參修《明史》。著有《百尺梧桐閣集》等。

◇四月，作《竹石圖》並題識。

◇五月三日，作《修竹新篁圖》並題識。

◇客中畫《竹圖》並題識。

◇作《竹石圖》並題識。

◇作六分半書節錄蘇軾《答言上人》橫幅。

◇為玉老年學長兄作《竹石圖》並題識。

◇為蔚起作行書《江晴詩》扇面。

◇〈蝶戀花・無題〉詞。

◇作六分半書蘇軾文軸。

◇作《墨竹圖》。

◇作《墨竹圖》。

◇為濟翁年學兄作《竹石圖》並題識。

◇為永公大和尚作《瘦竹圖》並題識。

◇題《碧崖和尚遺照》。

碧崖和尚：焦山詩僧。即碧崖祥潔禪師，字碧崖，徽州休寧（一作池州青陽）人。自幼喜趺坐，祝發於金陵清涼山。受具於弁山，挑擔登山，裂石剖竹，至黃山，禮中州和尚。過焦山，參敏修和尚。一主湖州弁山，兩主鎮江焦山。乾隆三十年（1765）八月，示微疾。至初七日，天未明，坐沐浴，索筆書偈曰：「去年八月初七來，今年八月初七去。海雲樓外木樨香，林鳥一聲天欲曙。」擲筆瞑目而逝。世壽六十三，僧臘三十五。建塔於五州山。板橋在其遺照上題詩以悼，緬懷之情，溢於言表。

明放案：丹徒詩人郭家駒讚譽碧崖詩「春風笑開口，明月印禪心。」

◇書作「常如作客何問康寧」五十二言自挽聯。

◇十二月十二日未時逝世。

◇羅聘三十三歲生日，邀蔣士銓等吟詩以賀，復與項筠等扶金農靈柩，葬於故里之黃鶴山。

◇廷定在盛京五部侍郎中特簡一人為兼管府事大臣。

◇皇后烏喇那拉氏隨帝南巡時因忤旨剪髮而被遣回京師，次年憂憤而死。生第十二子永琪、第十三子永璟及第五女。

◇帝進魏佳氏為皇貴妃。四十年正月死，生第十四子永璐，第十五子顒琰（即仁宗嘉慶帝），第十六子（未命名）及第七、八女。

附一

附二

近一百年板橋研究成果目錄

圖書類

一、板橋手訂

《鄭板橋道情十首》（石印本），1919。

《鄭板橋全集》（影印真跡，線裝本一函四冊），上海掃葉山房石印本1919。

《鄭板橋全集》（影印真跡，線裝本一函四冊），鑄記書莊石印本1923。

《鄭板橋全集》（影印真跡，線裝本一函四冊），上海掃葉山房石印本1924。

《板橋集》，沈蘇約點校，上海梁溪圖書館1926。

《鄭板橋全集》（影印真跡，線裝本一函四冊），上海大眾書局1935。

《鄭板橋全集》（影印真跡本），王緇塵編校，國學整理社1935。

《鄭板橋全集》（影印真跡本），中國書店出版社1985。

《鄭板橋全集》（影印真跡本），王淄塵校，中州古籍出版社1992。

《鄭板橋集》（影印真跡本），北京師範大學出版社1993。

《鄭板橋全集》（影印真跡本），江蘇廣陵古籍刻印社1997。

二、後人輯注

1. 家書詩文集

《板橋詩鈔》，上海文寶公司1918。

《鄭板橋全集》，吳門王大錯纂注，上海建文書社1926。

《詳注鄭板橋全集》（全四冊），松江雷瑨注，上海掃葉山房楷字石印本1926。

《板橋集》，上海新文化書社1933。

《板橋集》，大達圖書供應社、廣益書局1934。

《詳注鄭板橋全集》（全四冊），松江雷瑨注，上海掃葉山房楷字石印本1934。

《鄭板橋集》，中華書局上海編輯所編，中華書局1962。

《鄭板橋集》，原中華書局上海編輯所編，上海古籍出版社1979。

《鄭板橋詩詞擷英》，陳書良注評，廣西人民出版社1983。

《鄭板橋全集》，卞孝萱編，齊魯書社1985。

《鄭板橋全集》，中國書店1985。
《鄭板橋先生集外集》（油印本），濰坊市博物館。
《鄭板橋外集》，鄭炳純輯，山西人民出版社1987。
《鄭板橋詩詞選析》，趙慧文，廣東人民出版社1989。
《板橋詞》，趙慧文校，廣東人民出版社1991。
《鄭板橋四書手讀》（影印真跡本），巴蜀書社1993。
《鄭板橋家書詩詞》（影印真跡本），北嶽文藝出版社1994。
《鄭板橋家書詩詞》，北嶽文藝出版社1994。
《鄭板橋全集》，江蘇廣陵古籍刻印社1997。
《鄭板橋詩詞文選》，立人選，作家出版社1997。
《鄭板橋文集》，吳可點校，巴蜀書社1997。
《板橋家書》，寧夏人民出版社1997。
《鄭板橋文集》，劉光乾編，安徽人民出版社2002。
《鄭板橋集》，吳澤順編注，嶽麓書社2002。
《鄭板橋文集》，劉光乾、郭振英編注，安徽人民出版社2002。

《鄭板橋家書》，童小暢注，中國書籍出版社2004。
《鄭板橋文集》，艾舒仁編，四川美術出版社2005。
《鄭板橋詩詞》（線裝本，一函二冊），中國檔案出版社2005。
《鄭板橋集》（線裝本，一函二冊），江蘇廣陵書社有限公司2011。
《鄭板橋集》（全二冊），江蘇廣陵書社有限公司2011。

2. 書畫作品集

《鄭板橋道情詞墨蹟》，上海有正書局1926。
《鄭板橋漁村夕照詞》，上海文明書局1928。
《鄭板橋法書》，尚古三房出版，民國時期。
《鄭板橋書畫藝術》，周積寅編，天津人民美術出版社1982。
《鄭板橋書畫拓片》，山東濰坊市工藝美術研究所編1982。
《鄭板橋書畫》，山東省文物局、濰坊地區編，山東美術出版社1984。
《鄭板橋道情十首》（影印真跡本），興化鄭板橋紀念館編1984。
《城隍廟碑》（影印真跡本），中國書店1985。

《鄭板橋書法集》，周積寅編，江蘇美術出版社1985。

《鄭板橋書法》（碎玉集），王誠龍編，湖南美術出版社1986。

《鄭板橋判牘》（影印真跡），李一氓編，文物出版社1987。

《鄭板橋道情書》（翰墨林影印歷代叢帖），武漢市古籍書店1987。

《鄭板橋書法》（續碎玉集），王誠龍編，湖南美術出版社1988。

《鄭板橋四子書真跡》，北京日報出版社1988。

《鄭板橋畫選》，榮寶齋編，榮寶齋1989。

《鄭板橋書畫集》，周積寅編，人民美術出版社1991。

《鄭板橋書法三種》，北京出版社1991。

《鄭板橋畫蘭畫竹》，西泠印社編，西泠印社1992。

《鄭板橋書畫藝術》，王永興編著，北京體育學院出版社1992。

《鄭板橋款識書法》，北京出版社1993。

《鄭板橋書法選》，中國歷代書法名作系列叢叢書編輯組編，海天出版社1993。

《鄭板橋書畫精品冊》（第一、二集），周積寅編，世界圖書出版公司廣州分公司1993。

《鄭板橋書畫精品選》，興化鄭板橋藝術節組委會編，文物出版社1993。

《鄭板橋書法》（專輯），《書法叢刊》1993年第3期。

《鄭板橋書法全集》，群言出版社1994。

《鄭板橋四子書真跡》，河北美術出版社1995。

《鄭板橋書法精選》（古代名家書法薈萃），當代中國出版社1995。

《鄭板橋書法選》，程朗天編，廣州出版社1996。

《鄭板橋墨蹟》，駱芃芃編，榮寶齋出版社1997。

《鄭板橋書法精選》，吳波編著，延邊人民出版社1997。

《鄭燮》（揚州畫派書畫全集），天津人民美術出版社1998。

《鄭板橋墨蹟》，榮寶齋出版社1999。

《鄭板橋坡公小品》，天津人民美術出版社1999。

《鄭板橋書法字典》，王誠龍編，湖南美術出版社1999。

《鄭板橋書法字典》，韓鳳林、宮玉果編，中國青年出版社1999。

《鄭板橋重修城隍廟碑記》，蕭菲等編，廣西美術出版社2000。

《鄭燮行書詩稿》，蕭菲等編，廣西美術出版社2000。

《鄭燮雜詩帖》，蕭菲等編，廣西美術出版社2000。

《鄭燮行草詩帖》，蕭菲等編，廣西美術出版社2000。
《鄭板橋書畫集》（中國名家畫集系列），福建美術出版社2000。
《鄭板橋寫竹》（名家精品叢書），上海畫報出版編，上海畫報出版社2001。
《鄭板橋蘭竹手卷》，九松堂編，嶺南美術出版社2001。
《鄭板橋判牘》（明清書法精品系列），劉墨主編，遼寧美術出版社2001。
《鄭板橋》（中國畫名家經典畫庫），賈德江主編，河北美術出版社2002。
《鄭板橋書畫集》（全二卷），殷德儉編，中國民族攝影藝術出版社2003。
《鄭板橋書畫集》（全二卷），長城出版社2003。
《鄭板橋書畫神品》，華夏翰林出版社。
《鄭板橋》（國畫明師經典畫庫），天津人民美術出版社2003。
《鄭板橋》（中國十大名畫家畫集），北京工藝美術出版社2003。
《鄭板橋》（中國書法家全集），秦金根著，河北教育出版社2004。
《鄭板橋》（全四卷），紫都、趙麗主編，中央編譯出版社2004。
《鄭燮》（中國古代名家作品叢書），人民美術出版社2004。
《鄭板橋四書手讀》（影印真跡本，一函四冊），線裝書局2004。

《鄭板橋藝術珍品集》（線裝本，一函二冊），劉方明編，廣陵書社出版社 2006。

《鄭燮行書詩軸》，上海書畫出版社2006。

《鄭板橋書法字典》，黃冬梅編，黑龍江美術出版社2006。

《鄭燮卷》（傳世名家書法29），李松、陳旭華主編，中共黨史出版社2007。

《鄭板橋書法精粹》，李秋才編著，內蒙古人民出版社2007。

《鄭板橋書畫集》，王岩編著，陝西旅遊出版社2007。

《鄭板橋四書真跡》（影印真跡本，全三冊），江蘇廣陵書社有限公司2008。

《鄭板橋四書手跡》（影印真跡本，全四冊），鳳凰出版社2010。

《鄭板橋論語手讀》，中國書店出版社2010。

《板橋題畫》，張素琪編注，西泠印社出版社2008。

《鄭板橋書法集》，韓鳳林、宮玉果編，北京體育大學出版社2009。

《板橋論畫》，王其和點校纂注，山東畫報出版社2009。

《鄭燮》（書藝珍品賞析），洪文慶主編，湖南美術出版社2009。

《鄭板橋詩詞選》，大眾文藝出版社2009。

《鄭板橋印冊》，福建人民出版社編，福建人民出版社2010。

《鄭板橋》（中國畫大師經典系列叢書），中國書店出版社2011。
《鄭板橋》（中國歷代繪畫名家作品精選系列），遲慶國、易東升編，河南美術出版社2011。
《鄭板橋》（中國古代名家作品選粹），人民美術出版社2011。

3. 詩文書畫集

《鄭板橋詩文書畫》，豔齊編校，民族出版社2004。
《鄭板橋詩書畫精品集》（全二卷），牟德武主編，中國社會科學出版社2004。
《鄭板橋詩文書畫全集》，曹惠民、李紅權編，中國言實出版社2006。
《鄭板橋詩文書畫精選》，張育林、梅建成主編，江蘇文藝出版社2007。

三、研究專著

1. 大陸

《鄭板橋評傳》，陳東原著，上海商務印書館1928。
《鄭板橋的故事》，洪式良，江蘇人民出版社1958。

《鄭板橋》（中國畫家叢書），潘茂著，上海人民美術出版社1980。

《鄭板橋的故事》，許鳳儀收集整理，中國民間文藝出版社1981。

《鄭板橋罷官》，許鳳儀 王汝金編，人民美術出版社1981。

《鄭板橋》，何瓊崖、潘寶明著，江蘇人民出版社1982。

《鄭板橋軼事》，高寶慶著，山東人民出版社1983。

《鄭板橋賣畫》，黃俶成編，江蘇美術出版社1984。

《鄭板橋的傳説》，劉世喜等搜集整理，新華出版社1984。

《怪人鄭板橋》，許鳳儀著，山西人民出版社1985。

《鄭板橋集詳注》，王錫榮注，吉林文史出版社1986。

《鄭板橋傳説》，江蘇省民間文協、江蘇省揚州市文聯合編，中國民間文藝出版社1986。

《鄭板橋》，房文齋著，貴州人民出版社1988。

《鄭板橋評傳》，陳書良著，巴蜀書社1989。

《鄭板橋逸聞趣談》，婁本鶴著，山東友誼書社1990。

《板橋對聯》，任祖鏞著，山西人民出版社1990。

《鄭板橋與饒五姑娘》，高寶慶著，山東文藝出版社1990。

《鄭板橋年譜》，周積寅、王鳳珠著，山東美術出版社1991。
《鄭板橋與范縣詩文趣事》，李自存、賈璐輯注，河南人民出版社1991。
《鄭板橋對聯輯注》，刁駿著，上海文化出版社1991。
《鄭板橋評傳》，楊士林著，安徽人民出版社1992。
《絕世風流鄭板橋》，陳書良、李湘樹著，湖南出版社1993。
《畫壇怪傑鄭板橋》，王曉寧、建彪編寫，陝西師範大學出版社1993。
《鄭板橋在濰縣》，李金新著，山東濰坊市新聞出版局1993。
《鄭板橋小傳》，黃俶成著，百花文藝出版社1993。
《板橋家書譯注》，華耀祥、顧黃初譯注，人民文學出版社1994。
《絕世風流鄭板橋》，吳洪激著，武漢大學出版社1995。
《鄭板橋》（明清中國畫大師研究叢書），周積寅著，吉林美術出版社1996。
《鄭板橋傳》，楊士林著，安徽文藝出版社1997。
《鄭板橋事蹟考》，許圖南著，中國文聯出版公司1998。
《鄭板橋外傳》，房文齋著，中國美術學院出版社1998。
《鄭板橋的詩與畫》（明清文化名人叢書），吳根友著，南京出版社1998。

《鄭板橋的故事》，曹思彬編著，新世紀出版社1998。
《絕世風流鄭燮傳》（揚州八怪傳記叢書），丁家桐著，上海人民出版社2001。
《板橋家書》，唐漢譯注，中國對外翻譯出版公司2001。
《鄭板橋》，張澤綱著，少年兒童出版社2001。
《鄭板橋與佛教禪宗》，金實秋著，宗教文化出版社2001。
《鄭板橋傳》（中國名人大傳），韓紅著，京華出版社2002。
《板橋家書》（英漢對照），林語堂譯，百花文藝出版社2002。
《鄭燮評傳》（中國思想家評傳），王同書著，南京大學出版社2002。
《鄭板橋傳》，馬道宗著，京華出版社2002。
《鄭板橋的「狂」「怪」人生》，劉中建、林存陽著，北京古籍出版社2002。
《鄭板橋狂異怪才》，楊百靈編著，延邊人民出版社2002。
《板橋家書》，木子譯注，學林出版社2002。
《鄭板橋傳》，韓紅著，京華出版社2002。
《鄭板橋難得糊塗經：作官大智慧》，史晟編，中國文盲出版社2003。
《鄭板橋叢考》（遼海學術文庫），卞孝萱著，遼海出版社2003。

《鄭板橋難得糊塗經：經商大智慧》，史晟編，中國盲文出版社2003。
《鄭板橋全傳》，文源編，光明日報出版社2003。
《鄭板橋家書評點》，陳書良、周柳燕評點，嶽麓書社2004。
《鄭板橋與濰縣》，孫敬明著，山東文藝出版社2004。
《鄭板橋畫傳》，孫霞編著，中國文聯出版社2005。
《難得糊塗：鄭板橋》（第一影響力藝術寶庫），北京出版社2005。
《鄭板橋和他的書法藝術》，張錫庚著，上海書畫出版社2005。
《鄭板橋生平與作品鑒賞》，紫都、趙麗編，遠方出版社2005。
《鄭板橋的經商處世做官大智慧》，鄭板橋，中國長安出版社2005。
《鄭板橋》（中國書畫名家畫語圖解），楊櫻林編，中國人民大學出版社2006。
《鄭板橋》（中國藝術大師圖文館），李林林編，山西教育出版社2006。
《鄭板橋對聯賞析》，党明放著，嶽麓書社2006。
《鄭板橋評傳》（中國思想家評傳），王同書著，南京大學出版社2006。
《鄭板橋書畫編年圖目》，齊淵編著，人民美術出版社2007。
《鄭板橋》，競游主編，內蒙古人民出版社2007。

《鄭板橋詩詞箋注》，華耀祥箋注，江蘇廣陵書社有限公司2008。
《鄭板橋傳》，（臺灣）王家誠著，百花文藝出版社2008。
《鄭板橋集》，毛妍君解評，三晉出版社2008。
《鄭板橋書法大字典》，韓鳳林、宮玉果編，人民美術出版社2008。
《名家講解鄭板橋詩人文》，王錫榮講解，長春出版社2009。
《難得糊塗：鄭板橋》，康橋、葉笑敏著，上海遠東出版社2009。
《鄭板橋書畫鑒賞》，肖志婭、張冰，中國輕工業出版社2009。
《鄭板橋年譜》，党明放著，首都師範大學出版社2009。
《陳書良説鄭板橋》，陳書良著，中南大學出版社2011。
《鄭板橋》（中國思想家評傳簡明讀本），党明放著，南京大學出版社2011。

2.香港

《鄭板橋全集》（線裝本一函四冊）香港華寶齋出版社2004。
《鄭板橋全集》，香港廣智書局。

3. 臺灣

《鄭板橋全集》（影印真跡本），臺北新興書局1956。
《鄭板橋全集》（詳注本），松江雷氏注，台南新世紀出版社。
《鄭板橋全集》（補遺本），台中普天出版社。
《板橋詞鈔》，臺北泰山出版社1963。
《鄭板橋評傳》，王幻著，臺灣商務印書館1968。
《鄭板橋全集》，臺灣時代書局1975。
《影印真跡鄭板橋全集》，《國學叢書》編委會，臺北漢聲出版社1976。
《鄭板橋傳》，王家誠著，臺北藝術圖書公司1978。
《鄭板橋書畫選》，何恭上編選，臺北藝術圖書公司1979。
《鄭板橋外傳》，鬱愚著，臺灣世界文物出版社1981。
《板橋詩鈔》，臺北文海出版社有限公司1983。
《板橋詞鈔家書》，臺北文海出版社有限公司1983。
《鄭板橋書畫拓片集》，余毅編，臺灣中華書局1983。
《鄭板橋題畫詩冊》，本社編，臺北湘江出版社1984。

《鄭板橋傳》，謝一中著，臺北市國際文化事業公司1984。
《鄭板橋詩詞文選》，廖玉蕙選注，臺北時報文化出版事業公司1984。
《鄭板橋傳記資料》，朱傳譽主編，臺北天一出版社1982—1985。
《鄭板橋研究》，沈賢愷著，臺北新文豐出版公司1988。
《鄭板橋尺牘編》，鐵琴屢主編，臺北文廣書局1989。
《鄭板橋傳》，楊士林著，臺北帕米爾書店1993。
《鄭板橋家書》（春在堂尺牘），俞樾等撰，臺北文廣書局1994。
《風流神判鄭板橋》，吳洪激著，臺灣漢欣文化事業有限公司1995。
《鄭板橋逸聞趣談》，婁本鶴著，臺北林郁文化事業公司1996。
《鄭板橋正傳》，李雲彥著，臺北實學社出版公司1999。
《鄭板橋評傳》，王幻著，臺灣商務印書館1999。
《鄭板橋研究》（增訂本），王建生著，臺北文津出版社1999。
《鄭板橋詩詞文選》，廖玉惠選注，臺北時報文化出版事業公司2000。
《鄭板橋傳》，王家誠著，臺北九歌出版社有限公司2001。
《鄭板橋》，劉中建、林存陽著，臺北知書房出版社2003。

《鄭板橋家書的真理與智慧》，童小暢著，臺北大步文化2003。
《難得糊塗：鄭板橋經商大智慧》，史晟編，臺北德威國際文化事業有限公司2004。
《鄭板橋道情詞》，王永安著，臺北2005。

4.日本

《鄭板橋滿江紅詞》，日本二玄社1988。
《鄭板橋書畫集》，小野勝也監修，日本公企有限會社1994。
《鄭板橋詩鈔》，福本雅一，日本京都同朋舍1994。
《鄭板橋》，明清文人研究會編著，內山知也監修，東京芸術通信社1997。

文章類

1.內地

《鄭板橋的文學》，姜華，《中大季刊》1926年6月第1卷第2期。

《板橋生活》（上、下），唐國梁，《磐石雜誌》1932年6月第2卷第1—2期。

《鄭板橋與陸放翁的詩》，唐國梁，《磐石雜誌》1934年3月第2卷第3期。

《鄭板橋的藝術思想》，温廷寬，《美術研究》1959.1。

《談鄭板橋竹蘭石畫的階級性》，王明居，《合肥師範學院學報》1960.1。

《揚州畫派的鄭板橋》，郭味蕖，《文物》1960.7。

《鄭燮的一份手稿》，楊犖，《文物》1961.3。

《鄭板橋的〈濰縣竹枝詞〉》，陳子良，《江海學刊》1961.8。

《關於〈鄭燮的一份手稿〉釋文的商榷》，李聖賢，《文物》1961.10。

《試論鄭板橋的文學主張》，嚴濟寬，《江海學刊》1962.2。

《鄭板橋的傳説》，岱松整理，《民間文學》1962.2。

《鄭板橋的世界觀和藝術觀》，黃純堯，江蘇美協《清代揚州畫派學習研究參考資料》1962年2月。

《鄭板橋的傑出成就》，楊建設侯，江蘇美協《清代揚州畫派學習研究參考資料》1962年2月。

《鄭板橋濰縣軼事》，陳正寬，《山東文學》1962.4。

《鄭板橋的佚文遺事之一二》，陳子良，《文史哲》1962.4。

《鄭板橋談做學問》，石陶，《雨花》1962.4。
《板橋先生印冊》，卞孝萱，《雨花》1962.8。
《胸無成竹》，李智超，《河北美術》1962年7-8期合刊。
《鄭板橋集評介》，伍稼青，《自由談》1963年1月第14卷第1期。
《鄭板橋的傳説》，柳思志整理，《民間文學》1963.3。
《鄭板橋〈劉柳村冊子〉墨蹟殘本》，陳子良，《中華文史論叢》1963.4。
《讀新版〈鄭板橋集〉》，陳子良，《江海學刊》1964.4。
《略論鄭板橋的思想和藝術傾向》，周明增，《美術學報》1975年第4-5期合刊。
《清初畫家鄭板橋》，李福順，《美術學報》1975年第4-5期合刊。
《鄭板橋和他的書畫藝術》，周積寅，《南京藝術學院學報》1978.2。
《鄭板橋的故事》，劉思志搜集，《民間文學》1979.1。
《略論鄭板橋的文藝思想》，李貴良，《齊齊哈爾師範學院學報》1979.1。
《揚州八怪鄭板橋和汪巢鄰居的書藝》，蔣華，《書法》1979.3。
《鄭板橋話竹》，庚辰，《中國青年》1979.4。
《板橋畫竹偶拾》，巍然，《湘江文藝》1979.4。

《鄭板橋及其詩》，朱其鎧，《山東師範學院學報》1979.6。

《鄭板橋的詩書畫》，郭子宣，《山東畫報》1979.11。

《鄭板橋的一首佚詩》，王驤，《揚州大學學報》（人文社科版）1980.1。

《鄭板橋在儀征鎮江事蹟考》，許舍北，《群眾論叢》1980.1。

《鄭板橋的墨竹》，李萬才，《藝術世界》1980.1。

《談鄭板橋巨幅墨竹及其題跋》，鐘鳴天，《江漢考古》1980.1。

《鄭板橋故事六則》，黃友梅等搜集整理，《江蘇民間文學》1980.2。

《揚州一怪》，李國楨，《藝壇》1980.2。

《鄭燮〈板橋先生印冊〉注》，卞孝萱，《揚州師範學院學報》1980.3。

《讀〈鄭板橋集．詩鈔〉劄記》，祝德順，《書評》1980.3。

《試論鄭板橋的文學思想》，朱大剛，《華東師大學報》1980.6。

《鄭板橋的「經驗」》，楚平，《天津教育》1980.8。

《鄭板橋與竹》，徐志福，《朔方》1980.11。

《鄭板橋的「三絕」和「三真」》，陳喬，《中國歷史文物》1981.1。

《鄭板橋詩詞的藝術特色》，劉潤為，《河北大學學報》（哲學社科版）1981.1。

《八怪之一鄭板橋》，汪賢度，《百科知識》1981.2。

《鄭板橋的墨竹》，什凡，《遼寧畫報》1981.2。

《「温故而知新」—重讀〈鄭板橋集〉》，汪冬青，《文學評論》1981.2。

《鄭板橋畫竹與詠竹》，張薔，《南京藝術學院學報》（音樂與表演版）1981.2。

《關於鄭板橋的印章》周積寅，《南京藝術學院學報》（音樂與表演版）1981.2。

《鄭板橋的〈古松圖〉軸》，闕邑，《社會科學戰線》1981.3。

《「胸有成竹」和「胸無成竹」——讀鄭板橋兩則畫竹題記》，王雙啟，《名作欣賞》1981.3。

《鄭板橋散論》，蘆笛，《新美術》，1981.3。

《鄭板橋的「三絕」和「三真」》，陳喬，《中國歷史博物館館刊》1981.3。

《鄭板橋的書法藝術》，魯鋒，《文物天地》1981.4。

《鄭板橋的傳説》，《中國通俗文藝》1981.5。

《從八十方印章看鄭板橋》，黃俶成，《文藝研究》1981.5。

《鄭板橋之「怪」》，鋒明，《江蘇教育》1981.5。

《鄭板橋的〈高山幽蘭圖〉》，胡舜慶，《文物》1981.7。

《二十年前鄭板橋》，舍北，《青海湖》1981.12。
《〈鄭板橋集·詞鈔〉補遺兩闋》，吳嶺梅，《揚州大學學報》1982.1。
《有節 有香 有骨——鄭板橋思想淺談》，汪松濤，《咸寧學院學報》1982.1。
《淋漓翰墨泣鬼神——鄭板橋撰〈新修城隍廟碑記〉》，郭子宜，《文物天地》1982.1。
《鄭板橋的書法藝術》，沈默，《藝叢》1982.1。
《鄭板橋軼事》，慧驥等搜集整理，《山海經》1982.1。
《鄭板橋繪畫作品年表》，周積寅，《美術縱橫》1982.1。
《梓慶雕鐻和板橋畫竹》，趁傳席，《安徽美術通訊》1982.2。
《癡癲與怪狂》，梁長江，《藝術世界》1982.2。
《鄭板橋的文藝思想》，詹赤鋼，《上饒師範學院學報》1982.2。
《板橋敘傳》，黃俶成，《揚州師院學報》1982.2。
《鄭板橋在山東》，高寶慶，《東嶽論叢》1982.3。
《汪芳藻慧眼識板橋》，喻蘅，《朵雲》1982.3。
《鄭板橋談藝》，沈默，《新疆藝術》1982.3。
《關於〈從八十方印章看鄭板橋〉的通信》，陳書良 張樹基 黃俶成，《文藝研究》1982.3。

《談談鄭板橋的治印》，吳嶺嵐、馮少華，《文博通訊》1982.3。
《鄭燮〈墨竹圖〉》，陳德宏，《福建教育》1982.3。
《關於「滎陽鄭生」及「元和公公」——答陳書良同志》，黃俶成，《文藝研究》1982.3。
《關於「王風」印章的問題》，黃俶成，《文藝研究》1982.3。
《板橋青少年時代及其家世》，黃俶成，《揚州師院學報》（社科版）1982.3-4合刊。
《試論鄭板橋的文藝思想》，謝聖明，《江漢論叢》1982.4。
《鄭板橋軼事》，黃調元，《山花》1982.6。
《鄭板橋文藝觀簡論》，黃俶成，《學術論壇》1982.6。
《略論鄭板橋的美學思想》，莊嚴，《求索》1982.6。
《鄭板橋和他的三絕》，王溟灋，《課外學習》1982.6。
《詩書畫印與板橋風格》，潘寶明，《美育》1982.6。
《一枝一葉總關情》，范志亭，《今昔談》1982.6。
《鄭板橋軼事考》，卞孝萱，《上海圖書館建館三十周年紀念文集》1982.7。
《「難得糊塗」瑣議》，宋協周，《隨筆》1982.10。
《湖南省桃江發現鄭板橋真跡》，龔英，《文物》1982.11。

《鄭板橋的藝術觀》，何瓊崖、潘寶明，《文學評論叢刊》1982.16。

《鄭板橋》，秦嶺雲，《美術家》1982年8月第27-28合刊。

《鄭板橋》（電影文學劇本），陳詠華 劉鵬春，《江南》1982.3。

《鄭板橋〈詩鈔〉人名箋證》，卞孝萱，《中國歷史文物》1983.1。

《從四首詞看鄭板橋的初戀》，曲辰，《書林》1983.1。

《鄭板橋論》，魏萊，《讀書》1983.1。

《鄭板橋的喜怒》，陳維雄，《嘉興師專學報》1983.2。

《鄭板橋的傳説》，張俊青搜集整理，《民間文學》1983.2。

《試論鄭板橋的書法藝術》，楊士林，《書法研究》1983.2。

《板橋用印》，凌士欣，《人物》1983.2。

《試論鄭板橋對人民的態度》，胡明，《河北師院學報》1983.2。

《鄭板橋——一個狂怪而真摯的形象》，《上海電視》1983.3。

《〈板橋題畫〉非鄭燮所編、刻、印》，卞孝萱，《社會科學戰線》1983.3。

《鄭板橋與饒五娘》，單國霖，《文物天地》1983.3。

《秦祖永輯鄭板橋〈印跋〉考辨》，卞孝萱，《故宮博物院院刊》1983.4。

《鄭板橋主要交朋錄》，祝德順，《文教參考資料》1983.4。

《鄭板橋和他的詩話》，祝德順，《文教參考資料》1983.4。

《鄭板橋集以外的詩和題字》，祝德順，《文教參考資料》1983.4。

《鄭板橋詞淺測》，葉柏村，《浙江師範大學學報》（社科版）1983.4。

《鄭板橋的故事》，吳林森等搜集整理，《鄉土》增刊1983.4。

《鄭板橋佚文輯錄》，李百孫潤祥，《社會科學輯刊》1983.5。

《鄭板橋〈詩鈔〉人名箋證》，卞孝萱，《中國歷史博物館館刊》1983.5。

《鄭板橋和他的題畫詩》，賀江，《語文園地》1983.6。

《鄭板橋五言詩軸》，張彥儒，《書法叢刊》1983.6。

《鄭板橋畫蘭竹石之外》，卞孝萱，《文物天地》1983.6。

《乾隆焚書與〈板橋詩鈔〉鏟版》，卞孝萱，《文物》1983.10。

《鄭板橋有多少印章》，張崇琛，《文史知識》1983.11。

《先生何許人也—鄭板橋試論》，李亞如，《板橋》1984年總第1期。

《鄭板橋詩藝三談》，孟繁仁，《板橋》1984年總第1期。

《「別辟臨池路一條」——從鄭板橋的文學主張及其作品談起》，葉元章、黃薇，《板橋》

1984年總第1期。

《以文會友　深入民間——鄭板橋與濰人的交往》，高默之，《板橋》1984年總第1期。

《直攄心性　風流千古——略論鄭板橋詩詞的狂怪特色》，陳書良，《板橋》1984年總第1期。

《鄭板橋的世俗社會生活態度初探》，任祖鏞，《板橋》1984年總第1期。

《試論鄭板橋與戲曲》，韋明鏵，《板橋》1984年總第1期。

《鄭板橋〈濰縣竹枝詞〉賞析》，喻蘅，《板橋》1984年總第1期。

《鄭板橋書法的演變及其成就》，蔣華，《板橋》1984年總第1期。

《德政傳千古，碑刻耀藝林——淺識鄭板橋在濰縣所遺碑刻》，李金新、郭玉安，《板橋》1984年總第1期。

《一枝一葉總關情》，黃均，《文物天地》1984.1。

《鄭板橋論讀書》，補拙，《華中師範大學學報》（人文社科版）1984.1。

《修城鑿池救民水火》，郭子宜，《文物天地》1984.1。

《〈鄭板橋家書〉四十六通辨偽》，卞孝萱，《松遼學刊》1984.1。

《鄭板橋題畫詩的「怪」與「真」》，林堅，《鹽城師專學報》1984.1。

《鄭板橋楹聯五十二副》，卞孝萱，《淮陰師範專科學校學報》（哲學社科版）1984.1。

《鄭板橋藝涯趣聞》，師非，《社會科學戰線》1984.1。
《鄭板橋美學思想初探》，李長慶，《社會科學戰線》1984.1。
《鄭板橋的題畫詩》，李棲，《集萃》1984.1。
《鄭板橋的題畫詩》，謝豐，《大連師專學報》1984年第1-2期。
《鄭板橋嫁女的啟示》，潘欣，《家庭》1984.2。
《〈板橋題畫〉刻本與墨蹟勘對》，卞孝萱，《美苑》1984.2。
《試論鄭板橋的「三絕」》，劉夜峰，《藝譚》1984.2。
《鄭板橋雙松圖》，李方玉，《江蘇畫刊》1984.2。
《鄭板橋畫竹》，陶然，《集萃》1984.3。
《鄭板橋與康熙二十一子》，徐石橋　黃俶成，《文物天地》1984.3。
《曹雪芹與鄭板橋》，曾揚華，《紅樓夢學刊》1984.3。
《略論鄭板橋的文學主張及其實踐》，葉元章、黃薇，《青海師專學報》1984.4。
《鄭板橋與鹽城郝氏》，薛振國、董保康、單虹，《美術研究》1984.4。
《鄭板橋書法的演變及其成就》，蔣華，《揚州大學學報》（人文社科版）1984.4。
《鄭板橋晚年及身後事》，黃俶成，《南京師大學報》（社科版）1984.4。

《〈鄭板橋家書〉四十六通辨偽》，卞孝萱，《新華文摘》1984.4。

《鄭板橋手書陸種園詩詞》，卞孝萱，《揚州大學學報》（人文社科版）1984.4。

《鄭板橋治家之怪》，李德成，《家庭》1984.4。

《鄭板橋書法的演變及其成就》，蔣華，《揚州大學學報》1984.4。

《鄭板橋的世俗社會生活態度初探》，任祖鏞，《揚州大學學報》（人文社科版）1984.4。

《鄭板橋與樵夫》，祝世華搜集整理，《鄉土》1984.4-5合刊。

《鄭板橋在范縣》，蔭邵，《中州古今》1984.5。

《鄭板橋的婚姻「怪癖」》，文毅，《婦女生活》1984.6。

《鄭板橋畫藍竹石之外》，卞孝萱，《文物天地》1984.6。

《貶損當道為民請命》，喻蘅，《文物天地》1984.7。

《鄭板橋與杭州二三事》，戴盟，《西湖》1984.7。

《鄭板橋馴馬》，季之光、丁邦元，《逍遙津》1984年12月2日。

《板橋集五家評》，卞孝萱，1984.19。

《論鄭板橋竹題畫記中的藝術見解》，陳友德、范會俊，《韓山師範學院學報》1985.1。

《鄭板橋的兩次杭州遊》，戴盟，《旅遊天地》1985.1。

《鄭板橋的叛逆藝術觀初探》，袁伯誠，《固原師專學報》1985.2。
《〈板橋集〉五家評》，卞孝萱，《文獻》總第19輯1985.2。
《鄭板橋交遊、行蹤漫考》，王錫榮，《板橋》1985年總第3期。
《板橋印章與浙派》，戴盟，《板橋》1985年總第3期。
《「畫法原與筆法通」——讀鄭板橋〈瀟湘晴翠圖〉》，胡舜慶，《板橋》1985年總第3期。
《曹雪芹與鄭板橋》，曾揚華，《板橋》1985年總第3期。
《〈鄭板橋家書〉四十六通辨偽》，卞孝萱，《板橋》1985年總第3期。
《鄭燮、金農、袁枚交誼考辨》，喻蘅，《板橋》1985年總第3期。
《漫談鄭板橋的畫竹藝術》，李鐘淮，《老同志之友》1985.3。
《鄭板橋藝術觀散論》，袁伯誠，《寧夏大學學報》（人文社科版）1985.3。
《談鄭板橋的怪與美》，韓柳，《河北大學學報》1985.3。
《鄭板橋一門書畫——關於鄭板橋研究的新資料》，徐石橋、馬鴻增，《故宮博物院院刊》1985.4。
《鄭板橋倫理思想初探》，楊本紅，《揚州大學學報》（人文社科版）1985.4。
《鄭板橋的早期的手書壽序》，陳詞、張袁祥，《文物》1985.4。

《鄭板橋畫竹及其它》，朱小平，《龍門陣》1985.4。
《談鄭板橋的「怪」與「美」》，韓鄭，《河南大學學報》（社科版）1985.5。
《鄭板橋〈蝶戀花·晚景〉賞析》，婁元，《文科月刊》1985.5。
《鄭板橋〈濰縣竹枝詞〉賞析》，喻蘅，《文科月刊》1985.5。
《鄭板橋行書真跡中的八首詞》，卞孝萱，《學林漫錄》1985.10。
《鄭板橋一字值千金》，路慧，《古今中外》1985年12月。
《鄭板橋》，挹清 錦騮，《中國旅遊》1985.63。
《從〈清實錄〉看鄭板橋》，卞孝萱，《東南文化》1986.1。
《形象 發現 創造——從鄭板橋畫竹說開去》，高煥春，《吉林藝術學院學報》1986.1。
《略論板橋書法藝術的特色》，瞿本寬，《鄭州大學學報》（哲學社科版）1986.1。
《鄭板橋畫派初探》，卞孝萱，《揚州教育學院學報》1986.1。
《鄭板橋詞淺論》，趙慧文，《蘇州大學學報》（哲學社科版）1986.1。
《「怪」的藝術——鄭板橋美學思想管窺》，陳新偉 陳榕滇，《韓山師範學院學報》1986.2。
《鄭板橋詩中的繪畫美》，陳孝寧，《昭通師範高等專科學院學報》1986.2。
《疑是民間疾苦聲——論鄭板橋的〈濰縣竹枝詞〉》，李廷錦，《中山大學學報》（社科版）

1986.3。

《鄭板橋與李復堂的交遊》，薛永年，《板橋》1986年總第4輯。

《鄭板橋佚文初探》，李百，《學術月刊》1986.4。

《鄭板橋印章藝術初探》，李儒光，《湖南師範大學社會科學學報》1986.5。

《江山如畫　民不聊生——論鄭板橋關於農民的詩作》，王同書，《貴州社會科學》1986.6。

《從〈清實錄〉看鄭板橋》，卞孝萱，《東南文化》1986.10。

《鄭板橋畫竹拾零》，厲企文，《溫州師範學院學報》1987.3。

《鄭板橋詞淺論》，劉名泰，《信陽師範學院學報》（哲學社科版）1987.4。

《鄭燮與金農袁枚交誼考辨》，喻蘅，《復旦學報》1987.4。

《陸種園與鄭板橋》，李學中、任祖鏞，《板橋》1987年總第5期。

《宦海常從李鱓遊——略論鄭燮與李鱓的友誼及其他》，戴盟，《板橋》1987年總第5期。

《疑是民間疾苦聲——論鄭板橋的〈濰縣竹枝詞〉》，李廷錦，《板橋》1987年總第5期。

《鄭板橋「堂批」墨蹟》，郭子宣，《文物》1987.9。

《鄭板橋的濰縣詩——兼論對他的歷史評價》，陳炳熙，《東嶽論叢》1988.1。

《鄭板橋「直攄血性為文章」說與〈沁園春．恨〉》，王英志，《徐州師範大學學報》（哲學

社科版）1988.1。
《漫談鄭板橋題畫詩的美學意義》，鐘鳴天，《天中學刊》1988.2。
《詠竹詠蘭詠石　有節有香有骨——鄭板橋題畫詩思想價值漫評》，張漢清　方弢，《大理學院學報》1988.2。
《論鄭板橋「平等、博愛、自由」思想的朦朧意識》，齊國華，《史林》1988.3。
《鄭板橋的文藝美學思想》，張少康，《北京大學學報》（哲學社科版）1988.4。
《略論鄭板橋的平民思想》，李森，《江西社會科學》1988.4。
《真實　瑰麗　奇幻——從〈鄭板橋傳說〉看民間傳說的一些特徵》，《廣西師範學院學報》（哲學社科版）1988.4。
《鄭板橋詩三題》，卞孝萱，《學林漫錄》12集，1988.11。
《江山如畫　民不聊生——論〈鄭板橋集〉裡有關農民的詩》，王同書，《板橋》1988年總第6期。
《漫談鄭板橋的楹聯》，潘茂，《板橋》1988年總第6期。
《鄭板橋楹聯輯注》，刁駿，《板橋》1988年總第6期。
《鄭板橋佚文初探》，李百，《板橋》1988年總第6期。
《板橋畫竹贈包括題詩的意境和背景》，喻行，《板橋》1988年總第6期。

《淺談青藤與板橋》，戴盟，《板橋》1988年總第6期。

《試論鄭板橋的題畫詩》，韓曉光，《濰坊教育學院學報》1989.1。

《談鄭板橋的審美觀》，姜振國，《美苑》1989.3。

《絕世風流鄭板橋——讀陳書良〈鄭板橋評傳〉》《湖南社會科學》1989.6。

《論鄭板橋的三絕藝術》，王衛，《收藏天地》1989年8月創刊號。

《貧賤夫妻百事哀——讀鄭板橋〈貧士〉詩》，董國炎，《名作欣賞》1990.2。

《「訂正」莫如並存——就板橋先生印冊問題同卞孝萱先生商榷》，黃倣成，《藝苑》1990.2。

《一個活生生的鄭板橋躍然紙上——佚文〈板橋自序〉的發現及淺釋》，黃萍蓀，《名作欣賞》1990.4。

《鄭板橋中進士後「校士直隸」考釋》，任祖鏞，《揚州大學學報》（人文社科版）1990.4。

《鄭板橋和孫擴圖》，正樹基，《板橋》1990年總第7期。

《對鄭板橋及其藝術的再認識》，周積寅，《板橋》1990年總第7期。

《論鄭板橋的詠史詩詞》，任祖鏞，《板橋》1990年總第7期。

《對鄭板橋〈鄉村演戲詞〉八首初考》，高岩，《板橋》1990年總第7期。

《從〈潤格〉帖看鄭板橋的書法》，秦永龍，《板橋》1990年總第7期。

《談談鄭板橋的題畫詩文》，許圖南，《板橋》1990年總第7期。
《鄭板橋的文藝價值觀》，朱飛，《西北師大學報》（社科版）1991.1。
《鄭板橋巨幅墨竹同景屏及其題跋》，鐘鳴天，《文物》1991.1。
《從鄭板橋的畫論談藝術形象產生的內在規律性》，王振民，《貴州文史叢刊》1991.1。
《鄭板橋的美學思想》，羅中起，《渤海大學學報》（哲學社科版）1991.3。
《鄭板橋文化心態淺論》，劉懷榮，《山西師大學報》（社科版）1991.3。
《鄭板橋美學思想的哲學基礎》，姚文放，《東嶽論叢》1991.6。
《畫到生時是熟時——讀鄭板橋的一則題畫詩》，麗企文，《大理學院學報》1992.1。
《詩含畫意 畫寓詩情——鄭板橋題畫詩談片》，洛少波，《藝術探索》1992.2。
《鄭板橋的多重人格》，李劍波，《湘潭大學社會科學學報》1992.2。
《鄭板橋題畫詩文的美學價值》，趙麗華，《西南民族大學學報》（人文社科版）1992.3。
《對鄭板橋及其藝術的再認識》，周積寅，《東南文化》1992.5。
《鄭板橋散論》，胡懿安，《晉中師範高等專科學校學報》1993.1。
《原型啟動與理念昇華——讀板橋悼亡詩初探》，張傳璿，《漢江大學學報》（社科版）1993.2。

《論鄭板橋的心態及書風》，《昭通師範高等專科學校學報》1993.2。
《〈道情〉厭〈家書〉——魯迅的鄭板橋觀》，強英良，《魯迅研究月刊》1993.2。
《鄭板橋和「揚州八怪」》，楊新，《文史知識》1993.3。
《板橋故里話板橋》，鄭藝宣，《書法叢刊》1993.3。
《我心中的鄭板橋》，啟功，《書法叢刊》1993.3。
《震電驚雷之字——紀念鄭板橋三百周年》，周積寅，《書法叢刊》1993.3。
《鄭板橋「六分半書」漫議》，李戈，《書法叢刊》1993.3。
《鄭板橋和竹》，洪欣，《奔流》1993.3。
《「觸石穿林慣作狂」——試論鄭板橋的思想特徵》，胡發貴，《揚州師院學報》（人文社科版）1993.4。
《鄭燮論》，黃俶成，《揚州師院學報》（人文社科版），1993.4。
《鄭板橋的生平思想及其它》，王錫榮，《鄭板橋藝術思想國際研討會論文》1993。
《遵天道以行人道——從鄭燮家書窺其哲學面貌》，方迎玖，《鄭板橋藝術思想國際研討會論文》1993。
《千古文章兩怪才——鄭燮與龔自珍》，孫文光，《鄭板橋藝術思想國際研討會論文》1993。
《「難得糊塗」小考》，孫華，《鄭板橋藝術思想國際研討會論文》1993。

《板橋的藝術風範》，李萬才，《鄭板橋藝術思想國際研討會論文》1993。

《鄭板橋與濰縣》，李金新，《鄭板橋藝術思想國際研討會論文》1993。

《鄭板橋藝術的表現特色》，李德仁，《鄭板橋藝術思想國際研討會論文》1993。

《鄭板橋與泰州》，劉華，《鄭板橋藝術思想國際研討會論文》1993。

《鄭板橋題畫述評》，劉昌裔，《鄭板橋藝術思想國際研討會論文》1993。

《論鄭板橋詩文的人民性》，任祖鏞，《鄭板橋藝術思想國際研討會論文》1993。

《日本的墨竹與鄭板橋》，（日）近藤秀實，《鄭板橋藝術思想國際研討會論文》1993。

《鄭板橋其人其畫》，（日）遠藤光一，《鄭板橋藝術思想國際研討會論文》1993。

《少精而異新——從一副對聯看鄭板橋的詩書畫創作特色》，張守傑，《鄭板橋藝術思想國際研討會論文》1993。

《怪才與奇才——從兩首投贈詩看鄭板橋和袁枚》，張丙嘉　吳加才，《鄭板橋藝術思想國際研討會論文》1993。

《論鄭板橋之人品與藝術——紀念鄭公板橋誕辰三百周年》，張重梅，《鄭板橋藝術思想國際研討會論文》1993。

《試論鄭板橋的家政觀》，張躍進，《鄭板橋藝術思想國際研討會論文》1993。

《鄭板橋的重農思想與詠農詩詞淺探》，吳宗海，《鄭板橋藝術思想國際研討會論文》1993。

《胸無成竹，貴在創造——議鄭板橋書畫藝術》，陳紹棣，《鄭板橋藝術思想國際研討會論文》1993。

《論鄭板橋》，房文齋，《鄭板橋藝術思想國際研討會論文》1993。

《鄭板橋美學思想》，周積寅，《鄭板橋藝術思想國際研討會論文》1993。

《三絕詩書畫，一官歸去來——紀念鄭板橋誕辰三百周年》，郭玉安，《鄭板橋藝術思想國際研討會論文》1993。

《看紀念館談鄭板橋》，郭存孝，《鄭板橋藝術思想國際研討會論文》1993。

《情深語切詩意濃，坎坷生世動人憐——讀板橋詩隨感》，錢辰方，《鄭板橋藝術思想國際研討會論文》1993。

《鄭板橋交遊初探》，高岩 王益謙，《鄭板橋藝術思想國際研討會論文》1993。

《鄭燮詩文集版本源流考》，黃俶成，《鄭板橋藝術思想國際研討會論文》1993。

《鄭板橋書藝探微》，潘茂，《鄭板橋藝術思想國際研討會論文》1993。

《鄭燮及其書畫藝術叢論》，潘深亮，《鄭板橋藝術思想國際研討會論文》1993。

《中國文學藝術中的「法」與「無法」》藺松山，《鄭板橋藝術思想國際研討會論文》1993。

《前身相馬九方皋——鄭燮學習石濤方法初探》，劉詩能，《鄭板橋藝術思想國際研討會論文》1993。

《論板橋題竹》，戴盟，《鄭板橋藝術思想國際研討會論文》1993。

《鄭板橋「難得糊塗」新探》，劉歆，《鄭板橋藝術思想國際研討會論文》1993。

《板橋居士與鎮江焦山》，戴志恭 王重遷，《鄭板橋藝術思想國際研討會論文》1993。

《關於鄭板橋廉政愛民思想的初探》，董保康，《鄭板橋藝術思想國際研討會論文》1993。

《鄭板橋詞話》，張清，《鄭板橋藝術思想國際研討會論文》1993。

《「年年畫竹買清風」——談鄭板橋的蘭竹畫》，張樹基，《鄭板橋藝術思想國際研討會論文》1993。

《淺論鄭板橋的書法藝術》，王政權，《鄭板橋藝術思想國際研討會論文》1993。

《一枝一葉總關情 各有靈苗各自探——鄭板橋景觀審美思想初探》，陶濟，《鄭板橋藝術思想國際研討會論文》1993。

《略論板橋書法藝術的特色》，瞿本寬，《鄭板橋藝術思想國際研討會論文》1993。

《「世間不可磨滅之文字」——讀鄭板橋家書十六通》，周中堂，《鄭板橋藝術思想國際研討會論文》1993。

《論鄭板橋的詩詞創作》，房文齋，《鄭板橋藝術思想國際研討會論文》1993。

《絕世奇文共賞析——評鄭板橋〈城隍廟碑記〉》，房文齋，《鄭板橋藝術思想國際研討會論文》1993。

《修築城池　救民水火——鄭板橋的〈修濰縣城記〉》，張守傑，《鄭板橋藝術思想國際研討會論文》1993。

《鄭板橋的倫理思想初探》，楊本紅，《鄭板橋藝術思想國際研討會論文》1993。

《鄭板橋美學思想淺析》，方曉偉，《鄭板橋藝術思想國際研討會論文》1993。

《鄭板橋生平及思想特點初探》，李柏蔭，《鄭板橋藝術思想國際研討會論文》1993。

《略論鄭板橋融詩文書印為——整體的繪畫藝術》，金成生，《鄭板橋藝術思想國際研討會論文》1993。

《試論「板橋體」的形成與發展》，徐亞岷，《鄭板橋藝術思想國際研討會論文》1993。

《日常家用　言近旨遠——讀鄭板橋家書》，梅英，《綏化學院學報》1993.4。

《鄭板橋〈新修城隍廟碑記〉出版題記》，北溟，《北京師範大學學報》（社科版）1993.5。

《鄭板橋與佛門因緣》，蔡惠明，《法音》1993.11。

《鄭板橋豔詞初探》，徐有富，《南京大學學報》（哲學社科版）1994.1。

《鄭板橋知范縣思想管窺》，趙福奎　趙盛印，《濮陽教育學院學報》1994.1。

《試論鄭板橋的〈道情十首〉》，蓉生，《成都師範高等專科學校學報》1994.1。

《鄭板橋的詠竹詩》，高玉海，《南方論刊》1994.1。

《鄭板橋題畫詩》，丹波，《岷峨詩稿》1994.1。

《試論鄭板橋的家政觀》，張躍進，《揚州師範學報》（社科版）1994.2。

《鄭板橋集外詞》，卞孝萱，《文獻》1994.2。

《〈鄭板橋集〉評介》，胡雲富，《北京師範大學學報》（社科版）1994.2。

《鄭板橋與滿族名人的交往》，傅耕野，《滿族研究》1994.3。

《平中見奇　文外有味——介紹鄭板橋的潤格》，張君業，《寫作》1994.4。

《鄭燮詩文集版本源流考》，黃俶成，《社會科學戰線》1994.5。

《鄭板橋「六分半書」之名考辨》，錢貴新，《南通師範學院學報》1995.1。

《論鄭板橋的繪畫藝術》，王雪岑淺，《貴陽師範高等專科學校學報》（社科版）1995.1。

《適性率真　風流千古——淺談鄭板橋題畫之美學價值》，江根源，《浙江師大學報》（社科版）1995.2。

《鄭板橋初試「小玲瓏山館」》，王振強，《世界文化》1995.3。

《鄭板橋書畫鑒定淺析》，潘深亮，《收藏家》1995.3。

《千錘百煉　爐火純青——鄭板橋〈道情〉的幾次修改》，黃俶成，《揚州史志》1995.4。

《鄭板橋生平及其思想特點初探》，李柏蔭，《板橋》1995年總第8期。

《鄭板橋美學思想》（摘要），周積寅，《板橋》1995年總第8期。

《試論鄭板橋的家政觀》（摘要），張躍進，《板橋》1995年總第8期。

《鄭板橋的重農思想與詠農詩詞淺探》，吳宗海，《板橋》1995年總第8期。

《千古文章兩怪才——鄭燮與龔自珍》，孫文光，《板橋》1995年總第8期。

《論鄭板橋詩文的人民性》（摘要），任祖鏞，《板橋》1995年總第8期。

《鄭燮詩文集版本源流考》，黃俶成，《板橋》1995年總第8期。

《板橋的藝術風範》（摘要），李萬才，《板橋》1995年總第8期。

《鄭板橋藝術的表現特色》（摘要），李德仁，《板橋》1995年總第8期。

《板橋書藝初探》（摘要），潘茂，《板橋》1995年總第8期。

《胸無成竹　貴在創造——議鄭板橋書畫藝術》，陳紹棣，《板橋》1995年總第8期。

《鄭燮及其書畫藝術叢論》（摘要），潘深亮，《板橋》1995年總第8期。

《少精而異新——從一副對聯看鄭板橋的詩書畫創作特色》，張守傑，《板橋》1995年總第8期。

《前身相馬九方皋——鄭燮學習石濤方法初探》，劉詩能，《板橋》1995年總第8期。

《鄭板橋與泰州》（摘要），劉華，《板橋》1995年總第8期。

《鄭板橋交遊初探》（摘要），高岩、王益謙，《板橋》1995年總第8期。

《鄭板橋「難得糊塗」新探》，劉歆，《板橋》1995年總第8期。

《「難得糊塗」小考》，孫華，《板橋》1995年總第8期。

《鄭板橋其人其畫》，（日）遠藤光一，《板橋》1995年總第8期。

《日本的墨竹與鄭板橋》，（日）近藤秀實，《板橋》1995年總第8期。

《傾聽民間疾苦聲——鄭板橋在范縣》，崔金利，《中州統戰》1995.12。

《鄭板橋的題畫詩》，林同，《新疆大學學報》（哲學社科版）1996.1。

《鄭板橋為文之道》，韓寶升，《理論學刊》1996.2。

《鄭板橋與靈性文學》，李劍波，《湘潭大學社會科學學報》1996.2。

《鄭板橋的「絕」與「怪」》，王同書，《江蘇社會科學》1996.3。

《鄭板橋在濰縣》，王普之，《春秋》1996.3。

《鄭板橋的潤格》，秋牛，《企業銷售》1996.4。

《詩畫唱酬真名士——鄭板橋與南通》，馬時高，《江蘇地方誌》1996.4。

《鄭板橋款行書軸的修復與鑒定》，李元茂 常銘潔，《收藏家》1996.6。

《新發現的鄭板橋題畫殘稿》，卞孝萱，臺灣《揚州研究》1996.8。

《〈濰縣竹枝詞〉賞析》，林書珍，《克山師專學報》1997.2。

《新有靈犀一點通——讀鄭板橋〈贈勖宗上人〉詩》，東輝，《文史知識》1997.3。
《論鄭板橋詩文的美學追求》，張瑞君，《河北大學學報》（哲學社科版）1997.3。
《鄭板橋之重孫鄭鑾的一副印章》，望寂生，《東南文化》1997.3。
《談鄭板橋畫竹的藝術創作三段論》，宗世英，《松遼學刊》（社科版1997.4。
《鄭板橋藝術影響論》，王同書，《江海學刊》1997.6。
《鄭板橋書法藝術芻論》，張秀文，《書法藝術》1997.6。
《鄭板橋與〈竹石圖〉》，張金棟 高朝英，《文物春秋》1998.1。
《鄭板橋、哥格蘭及其它——兼論藝術形象的真實性和典型性》，徐龍年，《麗水師範專科學校學報》1998.1。
《鄭板橋與通俗小說》，望同書，《明清小說研究》1998.1。
《鄭板橋的審美觀》，周欣倫，《南京廣播電視大學學報》1998.1。
《論鄭板橋的「風雅詩」》，鷲野正明 李寅生，《欽州師範高等專科學校學報》1998.1。
《三絕詩書畫 品高畫亦真——讀鄭板橋的〈水墨竹石蘭大中堂〉》，湯保良，《中原文物》1998.2。
《三絕詩書畫 一官歸去來——論鄭板橋的坎坷人生》，吳伯婭，《紫禁城》1998.2。
《三絕詩書畫 一官歸去來——怪亦不怪的鄭板橋》，陳炎，《古典文學知識》1998.3。

《鄭板橋〈遠山煙竹圖〉辨偽》，郝莉 榮楊 孝軍，《四川文物》1998.3。

《直攄血性為文章——鄭板橋詩淺論》，韓寶升，《昌濰師專學報》（社科版）1998.3。

《鄭板橋尚奇心態的成因及其對藝術創作的影響》，錢榮貴，《湘潭大學社會科學學報》1998.4。

《鄭板橋與呂留良》，卞孝萱，《文史知識》1998.4。

《鄭板橋與南京》，卞孝萱，《紫金歲月》1998.6。

《鄭板橋的文藝思想和創作實踐》，羅堅，《廣西社會科學》1999.1。

《譚雲龍與鄭板橋的偽作》，崔勝利，《收藏家》1999.2。

《鄭板橋軼聞》，王福田，《貴州文史天地》1999.3。

《鄭板橋文藝思想論略》，錢榮貴，《南通師範學院學報》（哲學社科版）1999.3。

《跌宕牢騷生奇氣——從〈恨〉詞看鄭板橋的文化人格》，賀信民，《商洛師範專科學校學報》1999.3。

《鄭板橋方外友考略》，金秋實，《東南文化》1999.3。

《論鄭板橋的繪畫思想》，鄧喬彬，《山東工業大學學報》（社科版）1999.6。

《鄭板橋的藝術與收藏》，朱浩雲，《美術大觀》1999.10。

《正直清廉——紀念鄭板橋》（節錄），曹千里，《金陵職業大學學報》2000.3。

《中國早期啟蒙時代的藝術鉅子——讀〈鄭板橋的詩與畫〉》，何衛平，《湖北美術學院學報》2000.3。
《析鄭板橋寫意藝術化的創作方法》，杜慶元，《淮北煤師院學報》（哲學社科版）2000.4。
《論鄭板橋作品藝術美的獨創性》，啟帆，《寧波教育學院學報》2000.4。
《模糊的界限——從「書畫相通」看鄭板橋的書畫藝術創作》，徐東樹，《福建藝術》2000.4。
《論詩人鄭板橋》，趙杏根，《揚州大學學報》（人文社科版）2000.6。
《鄭板橋臨終課兒》，朱書堂，《美術大觀》2000.9。
《略論鄭板橋的墨竹藝術》，方來徽，《安慶師範學院學報》2001.1。
《鄭板橋的治藝與論藝》，沈鴻鑫，《藝術百家》2001.1。
《啟蒙境域中的「板橋魂」——讀〈鄭板橋的詩與畫〉》，何衛平，《武漢大學學報》（人文科學版）2001.2。
《鄭板橋畫論的美學意義》，劉毅青，《惠州大學學報》2001.2。
《試論「癲狂」人生的多架構層次——鄭板橋心態淺析》，王玉秀，《山東教育學院學報》2001.2。
《鄭板橋與佛教禪宗序》，卞孝萱，《文教資料》2001.2。

《鄭板橋所交期門子弟叢考》，金實秋，《東南文化》2001.3。
《鄭板橋是人詞中的山水園林美》，楊春鼎，《淮南師範學院學報》2001.3。
《「怪人」鄭板橋》，尹芳林，《文史知識》2001.3。
《鄭板橋「走狗」的藝名源於誣謗》，蘭殿君，《文史雜誌》2001.4。
《鄭板橋佚詩佚文考》，卞孝萱，《文獻》2001.4。
《日本東京博物館藏鄭板橋墨竹圖屏風真偽考》，周積寅，《收藏家》2001.7。
《一枝一葉總關情——鄭板橋題畫竹詩》，曹津源，《名作賞析》2001.12。
《「思古狂怪」背後的嚴謹與功力——鄭板橋〈四書手讀〉的啟示》，楊本紅，《檔案與建設》2001.12。
《鄭板橋「怪」因初探》，安占海，《甘肅教育學院學報》（社科版）2002.1。
《淺談揚州畫派及主要代表鄭板橋的美術思想》，石磊，《思茅師範高等專科學校學報》2002.1。
《鄭板橋的女性觀》，卜慶安，《南通師範學院學報》（哲學社科版）2002.2。
《鄭板橋在范縣》，李尚葉，《中州古今》2002.2。
《一代怪傑對傳統的親和與疏離——鄭板橋藝術思想新探》，張寶石，《北京教育學院學報》2002.2。

《論鄭板橋的農本思想——讀〈鄭板橋全集〉心得》，王少海，《江蘇圖書館學報》2002.3。

《論鄭板橋的民本思想》，卞孝萱，《淮陰師範學院學報》（哲學社科版）2002.4。

《也論鄭板橋的民本思想》，朱天曙，《淮陰師範大學學報》（哲學社科版）2002.4。

《師法古人 變化在我——兼論鄭板橋的書法創新觀》，吳文寧，《書畫世界》2002.4。

《鄭板橋審美創作論探微》，郝文傑，《揚州大學學報》（人文社科版）2002.4。

《鄭板橋審美創作探微》，郝文傑 朱天曙，《東疆學刊》2002.4。

《鄭板橋與〈梅竹雙清圖〉》，錢志揚，《南通職業工業大學學報》2002.4。

《一個傳説引出明清兩位書法大師的真跡——董其昌鄭板橋行書碑刻小議》，李學文，《山西老年》2002.4。

《淺談鄭板橋的書畫藝術》，徐強，《宿州師專學報》2002.4。

《板橋道情綜論》，尹文，《東南大學學報》（哲學社科版）2002.6。

《禪宗影響下鄭板橋的詩歌理論及創作》，王俠，《焦作師範高等專科學校學報》2003.1。

《通往圖像的途中——對鄭板橋一則題畫的現象描述》，楊振宇，《新美術》2003.1。

《鄭板橋寫竹「三段説」之我見》，曲剛，《德州學院學報》2003.1。

《論鄭板橋繪畫題跋》，林柏峰，《運城學院學報》2003.2。

《試論鄭板橋詩歌中的人格魅力》，張郁明　張嵐蓓，《揚州教育學院學報》2003.2。
《鄭板橋軼事考》，卞孝萱，《鎮江高專學報》2003.3。
《鄭板橋民本思想的哲學基礎和美學昇華》，姚文放，《藝術百家》2003.3。
《領異標新——鄭板橋書畫的藝術特色》，鄭祖玉，《書畫藝術》2003.3。
《卞孝萱先生與鄭板橋研究》，朱天曙，《淮陰師範學院學報》（哲學社科版）2003.3。
《論鄭板橋的「怪」與「絕」及其文化心態》，譚玉良，《康定民族師範高等專科學校學報》2003.3。
《鄭板橋與程羽宸的情誼——從鄭板橋的書法談起》，卞孝萱，《中國書畫》2003.3。
《論鄭板橋書畫的藝術特色》，鄭祖玉，《臨沂師範學院學報》2003.5。
《鄭板橋書畫藝術的審美取向和成就》，鄭祖玉，《美與時代》2003.6。
《鄭板橋智退説情人》，舜兒　金增友，《美術大觀》2003.6。
《橫看成嶺側成峰——汪士禎、鄭板橋漁家詩賞析與比較》，施紅梅，《江西教育學院學報》2003.6。
《鄭板橋用印》，李美珠，《中國老區建設》2003.8。
《鄭板橋自然主義藝術觀與十八世紀中國思想的發展》，蔣廣學，《東南學術》2004.1。
《論鄭板橋的胸無成竹》，林柏峰，《阜陽師範學院學報》（社科版）2004.1。

《鄭板橋的題畫》，沈鴻鑫，《上海藝術家》2004.1。
《鄭板橋印文考釋》（上），蓉生，《西華大學學報》2004.1。
《鄭板橋印文考釋》（下），蓉生，《西華大學學報》2004.2。
《雅人深致 竹風流韻——由中國竹繪畫藝術言及鄭板橋》，《森林與人類》2004.2。
《談論大師——〈吳門才子〉和〈揚州八怪〉兩書讀後》，羅戎平，《中國圖書評論》2004.2。
《思飄雲天外 筆墨融真情——讀鄭板橋畫竹所想到的》，孟德榮，《美術之友》2004.2。
《「鄭板橋未刻詩」考辨》，卞孝萱，《南通師範學院學報》（哲學社科版）2004.3。
《鄭板橋與徽州考述》，吳建華，《清史研究》2004.4。
《鄭板橋書論思想初探》，秦金根，《重慶三峽學院學報》2004.4。
《鄭板橋的「板橋體」人格》，王永寬，《美與時代》2004.5。
《試論藝術創作的過程——讀鄭板橋為〈竹〉「題畫」有感》，李榮，《藝術教育》2004.6。
《被誤讀的鄭板橋》，彭俐，《中外文化交流》2004.7。
《鄭板橋的墨竹圖》，趙增，《青島畫報》2004.11。
《鄭板橋畫派書派考》，卞孝萱，《許昌學院學報》2005.1。

《鄭板橋的「寫竹三段論」新釋》，馮舒奕，《江蘇廣播電視大學學報》2005.2。

《印章裡的鄭板橋》，林超，《中國書畫》2005.2。

《鄭板橋「難得糊塗」新探》，劉紅 黃明峰，《泰州職業技術學院學報》2005.2。

《真氣 真意 真趣——試論鄭板橋詩中的「真」》，李丹，《廣西師範學院學報》（哲學社科版）2005.2。

《一枝一葉總關情——鄭板橋〈逃荒行〉賞析》，姜桂海，《承德職業學院學報》2005.3。

《鄭板橋與沈德潛詩論主張之異同》，魏中林 蔣國林，《佛山科學技術學院學報》（社科版）2005.4。

《鄭板橋詩論淺析》，魏中林 蔣國林，《佛山科學技術學院學報》（社科版）2005.4。

《鄭板橋詩題材內容簡論》，張曉紅，《甘肅聯合大學學報》（社科版）2005.4。

《尋找書畫作品藝術價值和市場價值的張力——鄭板橋書畫潤格「廣告」的啟示》，劉開雲，《東南文化》2005.6。

《鄭板橋畫竹題記理趣初探》，王念，《安陽師範學院學報》2005.6。

《鄭板橋書畫與揚州徽商》，張靖，《沙洋師範高等專科學校學報》2005.6。

《兩袖清風鄭板橋》，顏坤琰，《文史春秋》2005.9。

《鄭板橋的藝術觀》，張靖，《懷化學院學報》2006.1。

《鄭板橋的藝術觀》，張靖，《常州工學院學報》2006.1。

《中國書畫史和文學史上的濃墨重彩之筆——鄭板橋書畫詩文解讀》，劉開雲，《藝術百家》2006.1。

《從畫價與物價之對比透析鄭板橋的生活狀況》，李永強，《美術學報》2006.2。

《〈鄭板橋叢考〉的學術意義》，朱天曙，《中國書畫》2006.2。

《鄭板橋詞藝術簡論》，張曉紅，《社科縱橫》2006.2。

《試論被誤讀的鄭板橋——從傅抱石〈鄭板橋試論〉談開去》，陳娟，《書畫藝術》2006.4

《鄭板橋畫竹真偽研究略談》，靳鶴亭，《美術》2006.5。

《清初書風對鄭板橋書體的影響》，張靖，《沙洋師範高等專科學校學報》2006.6。

《鄭板橋與江南的關係》吳建華，《社會科學》2006.8。

《鄭板橋先生百首題蘭畫詩、詞及跋文鑒賞》（上、中、下），劉世渡，《中國西部科技》2006.21.27—33。

《鄭板橋書畫藝術》（上、下），沈惠瀾，《藝術市場》2006.11—12。

《鄭板橋佚詩佚文考釋》，卞孝萱，《中國典籍文化》2007.2。

《論藝術作品的生成——從鄭板橋「畫竹三段論」談起》，劉元平，《藝術百家》2007.2。

《鄭板橋為何不畫梅花》，蔡長瑞，《蘭台內外》2007.3。

《鄭板橋的元氣論美學思想》，管才君，《新余高專學報》2007.4。
《論鄭板橋的人居環境思想》，楊軍林，《裝飾》2007.5。
《淺論鄭板橋景物詞的繪畫美》，毛張霞，《石河子大學學報》（哲學社科版）2007.6。
《鄭板橋對聯的藝術風格——讀許圖南〈鄭板橋事蹟考〉》，吳新亞，《金山》2007.7。
《市場主義的先行者——鄭板橋市場觀念及其作品市場價值探析》，許麗麗，《收藏界》2007.7。
《鄭板橋「胸中之竹」與「胸無成竹」詮釋》，陳軍寶，《四川教育學院學報》2007.9。
《鄭板橋與儒釋道》，鄭德開，《楚雄師範學院學報》2007.11。
《鄭板橋墨竹圖的辨偽》，李曉 天羽，《藝術市場》2007.12。
《板橋〈重修城隍廟碑記〉賞析》，萬新華，《東方藝術》2007.16。
《鄭板橋作品市場價值探析》，許麗麗，《東方藝術》2007.17。
《從「胸無成竹」談鄭板橋的藝術探索》，王志固，《美術大觀》2008.1。
《奇才怪傑鄭板橋，雅俗共賞打油詩》，姜斟坤，《文化興化》2008年總第2輯。
《〈鄭板橋評傳〉（一）》，郭味蕖，《榮寶齋》2008.3。
《從〈板橋家書〉看鄭板橋的怪思想》，程剛，《邊疆經濟與文化》2008.3。

《〈鄭板橋評傳〉（2）》，郭味蕖，《榮寶齋》2008.4。
《「喚醒癡聾，銷除煩惱」、「覺人覺世」——從〈道情十首〉管窺鄭板橋之佛道思想》，衛志友，《廣州廣播電視大學學報》2008.4。
《六分半書：書法的困惑——鄭板橋書法形式探析》，王曉光，《書法賞評》2008.4。
《〈鄭板橋評傳〉（3）》，郭味蕖，《榮寶齋》2008.5。
《一塵不染鄭板橋》，彭運輝，《國學》2008.5。
《青竹一竿鄭板橋》，王秀傑，《美術大觀》2008.5。
《「筆墨當隨時代」、「怒不同人」——淺析鄭板橋之「怪」》，衛志友，《北京理工大學學報》（社科版）2008.5。
《關於鄭板橋所謂「難得糊塗」論的辨證解讀》，雷樂耕，《邵陽學院學報》（社科版）2008.5。
《〈鄭板橋評傳〉（4）》，郭味蕖，《榮寶齋》2008.6。
《鄭板橋詩詞的色彩》，趙紅，《中國社會科學研究生院學報》2008.6。
《略論鄭板橋書信中的文藝觀》，秦克祥，《宿州教育學院學報》2008.6。
《鄭板橋的愛竹人生》，陳守常，《文史雜誌》2008.6。
《書法的家傳與古代士大夫的家庭書法教育——以顏子推、鄭板橋、曾國藩為例》，賀文榮，

《美術大觀》2008.7。
《鄭板橋的「天然畫稿」》，翟邊，《新重慶》2008.8。
《〈鄭板橋集〉中詠史類詩歌探討》，衛志友，《綿陽師範學院學報》2008.10。
《解讀鄭板橋詩書畫「三絕」》，申劍飛，《藝術作家》2008.10。
《論鄭板橋繪畫風格及其形式表現特色》，王東，《消費導報》2008.17。
《〈鄭板橋評傳〉（5）》，郭味蕖，《榮寶齋》2009.1。
《鄭板橋遊歷河北留詩篇》，戴永州，《鄉音》2009.1。
《謁濰坊鄭板橋知縣舊衙》，劉樹清，《岷峨詩稿》2009.1。
《〈鄭板橋評傳〉（6）》，郭味蕖，《榮寶齋》2009.2。
《從社會學看鄭板橋的藝術思想》，王平軍，《藝術探索》2009.2。
《鄭板橋的詞論》，陳桂清，《古典文學知識》2009.2。
《鄭板橋與道情》，楊愛國，《文化興化》2009年總第3輯。
《我心目中的鄭板橋》，啟功，《文化興化》2009年總第3輯。
《牛棚讀板橋》，魏明倫，《文化興化》2009年總第4輯。
《鄭板橋題寫匾額考》，党明放，《文化興化》2009年總第4輯。

《淺談鄭板橋的閒章》，張明福，《山東檔案》2009.4。
《鄭板橋其人其畫》，朱金晨，《中文自修》2009.5。
《鄭板橋與興化李氏家族》，武維春，《尋根》2009.5。
《論鄭板橋題畫詩的「三美」》，鐘一鳴，《學許與實踐》2009.5。
《論鄭板橋家書的人文思想及其意義》，李鴻淵，《北京理工大學學報》（社科版）2009.5。
《鄭板橋給自己寫壽聯》，李運英，《文史月刊》2009.8。
《盛世悲歌——淺論鄭板橋「歌行」詩十四首》，梁效永，《安徽文學》（下半月）2009.10。
《再論鄭板橋藝術觀的成因》，李慧國 巨潮，《江南大學學報》（人文社科版）2009.11。
《從〈潤格〉看鄭板橋之怪》，楊湘濤，《科教文匯》（下尋刊）2009.11。
《鄭板橋明斷殺夫案》，柯雲，《文史月刊》2009.12。
《試論鄭板橋的「矛盾人格」》，張愛香，《科技資訊》2009.28。
《胸有成竹鄭板橋》，龔農，《半月選讀》2010.1。
《鄭板橋與瀋陽故宮藏〈墨竹圖〉》，張正義，《中國地名》2010.2。
《鄭板橋的讀書生涯及其主張》，聞紅，《圖書館雜誌》2010.4。
《鄭板橋吟詩罵惡少》，徐敬恩，《老友》2010.4。

《鄭板橋書畫印章知見錄》，党明放，《文化興化》2010年總第5輯。
《鄭板橋的修竹人生》，楊湘濤，《文藝爭鳴》2010.6。
《讀板橋書劄》，余延端，《文化興化》2011年總第6輯。
《鄭板橋與僧道諸家交遊考》，党明放，《文化興化》2011年總第6輯。

碩士論文

《論鄭板橋的多重人格與詩詞創作》，王靈芝，河北師範大學2003。
《鄭板橋書法藝術特點研究》，劉紹偉，北京師範大學2005。
《鄭板橋詩歌研究》，蔣國林，暨南大學2005。
《鄭板橋書法研究》，張靖，首都師範大學2005。
《從性靈文學思潮看鄭板橋詩歌》，張璐，湘潭大學2006。
《鄭板橋詩詞文研究》，張帆，四川大學2006。
《鄭板橋文學綜論》，陳曉燕，西北師範大學2006。
《鄭板橋藝術實踐及美學思想特徵》，龔天雁，山東大學2007。
《鄭板橋題畫詩文研究》，吳志允，山東師範大學2007。

《論鄭板橋的君子觀》，張曉娟，延邊大學2008。
《鄭板橋「矛盾」人格及其詩歌個性特徵研究》，張愛香，湖南師範大學2009。
《鄭板橋散文研究》，趙雪梅，山東師範大學2009。

博士論文

《鄭板橋「怪」在哪裡》，翟墨，中國藝術研究院，《美術史論》1982.2。

2.香港

《鄭板橋的詩書畫》，王恢，香港《人生》1954年11月第8卷第12期。
《鄭板橋其人及其三絕》，懷萱，香港《人生》：1966年4月第39卷第10期。
《鄭板橋的「體」》，靜之，香港《書譜》1975.2。
《鄭板橋其人其事》，戴安，香港《書譜》1976.10。
《鄭燮書李約社詩集敘真跡》，伽藏，香港《書譜》1978.3。
《關於鄭板橋手書書評》，廣庵，香港《書譜》1978.4。
《鄭燮詩軸》，之華，香港《書譜》1978.4。

《鄭燮書法之我見》，張人希，香港《書譜》1978.5。

《論鄭板橋的眼中之竹胸中之竹手中之竹》，楊建侯，香港《美術家》1979.10。

《風流倜儻的六分半書》，王冬齡，香港《書譜》1981.5。

《鄭板橋其字》，拓濤，香港《書譜》1981.5。

《鄭板橋》，秦嶺雲，香港《美術家》1982年第27-28期。

《鄭板橋繪畫談真偽》，周積寅，香港《龍語文物藝術》1991.7。

3. 臺灣

《論清初一個思想激進的作家——鄭板橋》，朱永璋，臺灣《東吳學報》1925年7月第3卷第3期。

《什記板橋》，滔鈺，臺灣《論語》1935年10月第74期。

《漫談鄭板橋》，羅家倫，臺灣《晨光》1953年5月第1卷第3期。

《鄭燮》，張壽平，臺北《中國文學史論集》1958年4月。

《板橋身世》，江帆，臺灣《建設》1965年2月第13卷第9期。

《鄭板橋的反傳統》，陳橋，臺灣《文星》1965年11月第16卷第7期。

《鄭板橋的思想的剖析》，余我，臺灣《出版月刊》1967年5月第24期。
《鄭燮的詩詞欣賞》，譚浩，臺灣《暢談》1968年9月第38卷第3期。
《記詩書畫三絕的鄭板橋》，介庵，臺灣《中國文選》1976年3月第107期。
《多情率意鄭板橋》，李鍌，臺灣《中央月刊》1977年1月第9卷第3期。
《率真風趣鄭板橋》，李鍌，臺灣《江蘇文物》1977.1。
《再談鄭板橋》，瘦鶴，臺灣《江蘇文物》1978.10。
《一代怪人鄭板橋軼事遺聞》，王傑謀，臺灣《暢流》1978年3月第57卷第3期
《三絕詩人鄭板橋》，刁抱石，臺灣《談古今》1978年2月第153期。
《鄭板橋的〈七歌〉》，陸家驥，臺灣《江蘇文物》1978年11月第2卷第5期。
《鄭板橋的三絕》，高拜石，臺灣《海外文摘》1978年12月第370期。
《鄭板橋奇文奇行》，羅石補，臺灣《江蘇文物》1979年9月第4卷第2期。
《鄭板橋詩詞賞析》，沈賢析，臺灣《幼獅文藝》1979年9月第50卷第3期。
《鄭板橋及其詩風的探討》，黃尚信，臺灣《體育學報》1980.9。
《鄭板橋題李方膺墨竹冊》，雪橋，臺灣《藝術家》1981年1月第68期。
《鄭板橋評傳》，何勇仁，臺灣《新天地》第4卷第8期。

附：廣播影視劇

《鄭板橋》（廣播劇），許慶濱 史漢生編，江蘇人民廣播電臺1981年演播。
《鄭板橋在人民心中》（電視記錄片），宋繼昌攝，上海電視臺1984年1月演播。
《鄭板橋》（五集電視連續小品），中央電視臺1985年11月15日演播。
《鄭板橋買缸》，彭治安編劇，四川范溪縣川劇團1985年演出。
《畫壇怪傑鄭板橋》（電視劇），首屆中國興化鄭板橋藝術節1993年11月演播。
《鄭板橋》（三十集電視連續劇），王喜、陳松伶、黎姿等主演，2002演播。
《鄭板橋外傳》（二十集電視連續劇），鄭泉寶執導，唐國強、劉佩琦等主演。
《揚州八怪》（三十集電視連續劇），周康俞執導，劉威、張豐毅、陳佩斯等主演。
《板橋道情》（揚劇），李政成主演，江蘇省揚劇研究所。
《難得糊塗》（淮劇），徐楓樹編劇。
《板橋竹》（歌曲），興化市文化館。
《板橋賣畫》（淮劇），王鋭編劇，興化市淮劇團，央視戲曲頻道2010年9月29日演播。
《板橋放糧》（淮劇），潘金國編劇，興化市淮劇團，央視戲曲頻道2010年9月29日演播。
《板橋斷雞》（淮劇），董景雲編劇，興化市淮劇團，央視戲曲頻道2010年9月29日演播。

《板橋事親》（淮劇），潘金國編劇，興化市淮劇團，央視戲曲頻道2010年9月29日演播。

說明：本稿文目收錄時間截止2010年底，書目截止2011年底。

跋

板橋先生多藝學之材，兼清政之能。家書諸通吐屬雋永；書劄諸篇明心見性；詩詞諸首述誌寄慨；序跋諸篇筆致晶瑩；印章諸款，雅若天鈞之奏；聯語諸則，曠若空谷之音；書法五體相參，天機流暢；繪畫清脫灑然，秀勁絕倫。儼然如雪柏風松，挺然而秀出於風塵之表。

板橋研究迄今將近一百年的歷史。在過去的三十年間，雖有多種不同板橋作品輯本刊行，然惜其多非「鄭學」研究者所為：編次凌亂，篇目多有疏漏；以訛傳訛，釋注縱出歧異，令人深以為憾。

2009年7月，鄙人《鄭板橋年譜》出版上市後，姑就人心之慕願，又萌生了編纂《鄭板橋全集》之念頭。

2010年4月，鄙人以鄭板橋研究者的身份應邀訪問板橋故里。過揚州，就編纂鄭集事宜請教著名學者、鄭板橋資深研究專家、八十一高齡的丁家桐先生，得到了丁老的贊同，並就編纂體例提出了許多建設性的意見，我又一次受到了鼓舞，一次歡欣的鼓舞。

在編纂過程中，承蒙中共興化市委宣傳部副部長、市文化廣電新聞出版局局長劉春龍先生面贈線裝本《鄭板橋書畫珍品集》，承蒙興化市文化廣電新聞出版局副局長、鄭板橋書畫院院長李勁松先生寄贈線裝本《鄭板橋詩詞》，承蒙興化市文化廣電新聞出版局辦公室主任陳學文先生寄贈線裝本《鄭板橋集》，承蒙興化市鄭板橋紀念館館長張長儀先生面贈精裝本《興化歷代名人書畫選》；承蒙興化市文化廣電新聞出版局局長助理、圖書館館長任遠先生寄贈線裝本《鄭板橋印冊》，承蒙著名書畫家、當代鄭板橋妙墨逸趣第一人鄒昌霖先生寄贈影印真跡本《鄭板橋集》，承蒙中國民族攝影藝術出版社社長兼總編輯殷德儉先生寄贈豪華珍本《鄭板橋書畫集》，承蒙天津百花文藝出版社編審、第一編輯室主任高為先生寄贈臺灣王家誠先生力作《鄭板橋傳》等供我參閱；承蒙著名攝影理論家、藝術家、原中國攝影家協會副主席、八十六高齡的袁毅平先生，著名攝影教育家、活動家、世界攝影大師李振盛教授、《文化興化》雜誌編輯汪夕祿先生及鄭板橋後裔鄭家林先生等所給予的熱情關註和大力支持，在此一並表示誠摯的謝意！

脫稿後，承蒙導師丁家桐先生撥冗通審全書，刪繁削蕪，補漏訂謬，傾註了大量的心血，又承蒙丁老不辭弟子之請，欣然為之作序，在此再一次表示真誠的謝忱！

新編本《鄭板橋全集》分家書、詩鈔、詞鈔、小唱、題畫、序跋、碑記、印章、印跋、判牘、尺牘、楹聯、匾額、書目及畫目諸卷，為饗板橋愛好者，卷前除附有清人繪制板橋先

生畫像外，另有板橋家書、詩詞、道情、楹聯、匾額、印章及書畫作品圖版若干。

板橋作為一種文化資源、一種藝術資源、一種學術資源，編纂鄭氏全集，當屬一項宏大的文化學術工程，以筆者之荒學偏識，舛錯在所難免，誠望識者不吝賜教。

E-mail：mingfang8093@163.com

党明放　2011年10月

第十屆中國興化鄭板橋藝術節，識於興化市皇冠大酒店

臺灣版後記

清代藝術大師鄭板橋詩書畫三絕，尤其是他創立的「六分半書」更是獨步天下。一次偶然的機會，得與史學博士、臺灣蘭臺出版社總編輯雷中行先生展開了關於鄭板橋的話題。言談中，先生一再囑我不妨將此方面的書稿交與蘭臺出版。

東漢王符《潛夫論》云：「天地之所貴者，人也；聖人之所尚者，義也；德義之所成者，智也；明智之所求者，學問也。」十多年來，鄙人作為板橋藝術精神的忠實追隨者，之所以看重蘭臺，是因為蘭臺不僅有著三十多年的出版歷程，更重要的是因為蘭臺不僅在臺灣，而且在香港、澳門乃至一部分國家和地區贏得了廣泛的聲譽。蘭臺以「崇尚實學、去絕浮言」為職誌，始終站在學術出版的最前沿，先後推出了國學大師錢穆先生的《孔子傳》、《〈論語〉新解》、《四書釋義》、《中華文化十二講》、《中國學術思想史論叢》及《湖上閑思錄》等；臺灣中正大學雷家驥教授的《〈孔雀東南飛〉箋證》及其主編的飲譽海峽兩岸的學術刊物《中國中古史研究》（年刊）、鑒定學大師楊仁愷先生的《中國書畫鑒定學稿》、簡牘學大師何雙全先生的《雙玉蘭堂文集》、臺灣大學王德毅教授的《王國維年譜》以及韓復智教授的《錢穆年譜》等獨出輩流之作。書中每一披尋，輒增學術氣類之感。真乃：弘天下教化，已翹然為師表；續古今文脈，當傳之於名山。

蘭臺的出版理念是：臺灣出書，全球售賣。蘭臺的出書方式是或自費或協作或審查。所謂審查出版，即蘭臺將作者的書稿分送三位專家審查，倘若專家的意見一致，蘭臺即可出版，並分級支付作者版稅。

鑒此，鄙人便向雷先生遞交了相關著述審查出版的申請函，得到了先生的及時回應。在給蘭臺的數份書稿中，蘭臺決定先出版其中的《鄭板橋年譜》及《鄭板橋全集》。

在收到蘭臺的正式出版合約書之前，雷先生通過電郵傳來了蘭臺審查出書合約制式及出版物範例，鄙人曾就其中相關之細節問題電郵或電話請教先生，最終達成共識。很高興與蘭臺出版社所展開的愉快合作。

觀雲起悟，浮海萌思。需要向讀者諸君匯報的是，因景仰板橋先生的緣故，鄙人數次應江蘇興化市委宣傳部副部長、市文化廣電新聞出版局局長劉春龍先生之邀訪問板橋故裏，感受兩年一屆的「中國興化鄭板橋藝術節」的歡樂氣氛。並在市文化廣電新聞出版局辦公室主任陳學文、《文化興化》雜誌首席編輯汪夕祿及興化市竹泓鎮文化站站長周世洋等先生的陪同下，訪問竹泓鎮板橋先生的後裔，並與板橋十七世孫鄭國洋、十九世孫鄭家林等二十多人舉行了座談，受益匪淺。承蒙興化市文化廣電新聞出版局副局長兼鄭板橋書畫院院長李勁松先生、興化市文化廣電新聞出版局局長助理兼市圖書館館長任遠先生、興化市鄭板橋紀念館館長張長儀先生、副館長高春麗女士、興化籍當代板橋妙墨逸趣第一人鄒昌霖先生、揚州大學美術學院院長、揚州八怪研究所所長賀萬裏教授、江蘇泰州市電視臺首席編導徐雲峰先生、《揚州日報》記者武維春先生及天津百花文藝出版社第一編輯室主任高為先生等先後多次惠寄相關板橋史料，供我參閱。才使鄙人神情開滌，有機會不斷提升本書的增訂幅度。諸賢爽朗之舉，令人感佩之至！

感謝蘭臺出版社社長盧瑞琴小姐！張加君總編！雷中行總編！郭鎧銘責編！康美珠美編！林育雯美編！鄭荷婷美編！正因諸賢辛勤之勞，才使本書得以嶄新的面貌重現書市。

党明放

2012年9月29日識於問字庵

作者簡介

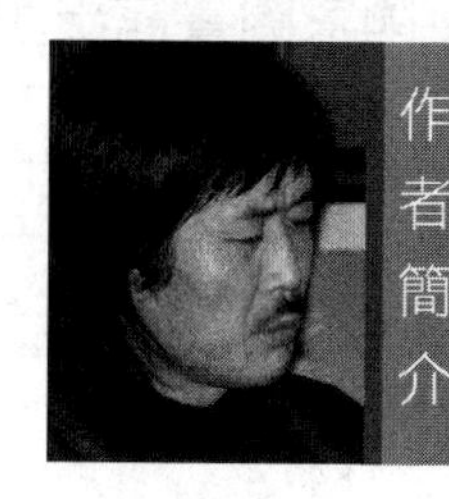

党明放，鄭板橋研究者。兼治唐代宮廷史及陵寢史。書評人。中國國學學會會員、陝西省作家協會會員、揚州大學揚州八怪研究所研究員。1958年生，陝西蒲城人。曾就讀於北京廣播學院新聞系。初從政，後棄政從文，師從著名學者丁家桐先生。著有《鄭板橋年譜》《鄭板橋對聯賞析》《鄭板橋書畫印章知見錄》《鄭板橋》《鄭板橋圖傳》《往事千年：唐代帝王陵墓探秘》《喋血禁門：唐代宮廷政變實錄》《聆聽唐朝》《中國人最應該知道的文化典故》《中國人最應該知道的文壇掌故》《陵寢文化》及《喪葬禮俗》等。編有《揚州八怪楹聯墨跡集》《鄭板橋楹聯墨跡集》《鄭板橋印譜》《鄭板橋書畫集》及《鄭板橋全集》等。

作者博客：http://blog.sina.com.cn/dangmingfang

國家圖書館出版品預行編目資料

鄭板橋全集 / 党明放 編 --初版--
臺北市：蘭臺出版社：2015.01

ISBN：978-986-6231-57-5（精裝）

847.4　　　　　　　　　　　　102000372

古典文學研究叢刊第一輯 7

鄭板橋全集

編　　者：党明放
編　　輯：郭鎧銘、高雅婷、范軒瑋、羅佳兒、趙婉萍
美　　編：林育雯
封面設計：鄭荷婷
出 版 者：蘭臺出版社
發　　行：蘭臺出版社
地　　址：台北市中正區重慶南路1段121號8樓之14
電　　話：(02)2331-1675或(02)2331-1691
傳　　真：(02)2382-6225
E—MAIL：books5w@yahoo.com.tw或books5w@gmail.com
網路書店：http://bookstv.com.tw/、http://store.pchome.com.tw/yesbooks/
http://www.5w.com.tw、華文網路書店、三民書局
博客來網路書店 http://www.books.com.tw
總 經 銷：成信文化事業股份有限公司
劃撥戶名：蘭臺出版社　帳號：18995335
香港代理：香港聯合零售有限公司
地　　址：香港新界大蒲汀麗路36號中華商務印刷大樓
C&C Building, 36,Ting, Lai, Road, Tai,Po, New,Territories
電　　話：(852)2150-2100　傳真：(852)2356-0735
總 經 銷：廈門外圖集團有限公司
地　　址：廈門市湖裡區悅華路8號4樓
電　　話：86-592-2230177　傳 真：86-592-5365089
出版日期：2015年01月 初版
定　　價：新臺幣1500元整（精裝）
ISBN：978-986-6231-57-5